Als Fiona Campbell zum ersten Mal »Uhrwerk Orange« las, veränderte das ihr Leben; kein anderes Buch hatte sie je so gefesselt. Sie beschloss selbst Schriftstellerin zu werden, was außer ein paar Kurzgeschichten und halbfertigen Manuskripten jedoch ein Traum blieb. Erst, als sie nach ihrem Studium in Tokio arbeitete, gelang ihr der Durchbruch. Auf Basis ihrer Erfahrungen in Japan schrieb sie ihren ersten Roman »Eine kurze Geschichte des Scheiterns auf Japanisch«. Ihr Debüt wurde von der Presse frenetisch gefeiert, und seitdem gilt Fiona Campbell als eine der großen Entdeckungen der modernen Literatur.

Fiona Campbell

Eine kurze Geschichte des Scheiterns auf Japanisch

Roman

Aus dem Englischen von

Damaris Brandhorst

BLT
Band 92308

1. Auflage: Januar 2009

Vollständige Taschenbuchausgabe

Bastei Lübbe Taschenbücher in der Verlagsgruppe Lübbe

Deutsche Erstausgabe

Für die Originalausgabe:
© 2007 by Fiona Campbell
Titel der Originalausgabe: »Death of a Salaryman«
Originalverlag: Chatto&Windus, Random House, London
Für die deutschsprachige Ausgabe:
© 2009 by Verlagsgruppe Lübbe GmbH & Co. KG,
Bergisch Gladbach
Redaktion: Dr. Lutz Steinhoff
Lektorat: Jan Wielpütz
Titelbild: © bürosüd, München
Umschlaggestaltung: Nadine Littig
Autorenfoto: © Jamie Lumley
Satz: Textverarbeitung Garbe, Köln
Gesetzt aus der Stempel Garamond
Druck und Verarbeitung: CPI-Ebner & Spiegel, Ulm
Printed in Germany
ISBN 978-3-404-92308-3

Sie finden uns im Internet unter
www.luebbe.de
Bitte beachten Sie auch: www.lesejury.de

Der Preis dieses Bandes versteht sich einschließlich
der gesetzlichen Mehrwertsteuer.

Für Mama und Papa in Liebe

Teil 1

1

Kenji Yamada unterdrückte ein Gähnen, als die überfüllte U-Bahn im Bahnhof von Tokio einfuhr. Die Pendler, die sich auf dem Bahnsteig gesammelt hatten, drängten voller Erwartung vorwärts. Es war Montagmorgen zur Hauptverkehrszeit an der Yamanote-Linie. Er hatte zuvor vergeblich versucht, die Türen der letzten Bahn zu erreichen, doch jetzt befand sich nur noch eine weitere Person vor ihm, und er war fest entschlossen, diese Bahn auf keinen Fall ohne ihn abfahren zu lassen. Indem er rückwärtsging und sich drehte und wand wie ein Wurm, gelang es ihm, sich in den Waggon hineinzuquetschen, wo er hilflos zuschauen musste, wie sich die Türen schlossen und seinen kastenförmigen Aktenkoffer zwischen ihren dicken Gummilippen einklemmten. Selbst wenn er sich hätte bewegen können, wäre es sinnlos gewesen, an dem Koffer zu ziehen oder zu zerren. Er würde sich keinen Zentimeter bewegen lassen. Ihm blieb nichts anderes übrig, als abzuwarten, bis einer der drei grau gekleideten Bahnsteigaufseher die Lippen auseinanderzog und mit einem Ruck den Koffer befreite, sodass sich die Türen ungehindert schließen konnten.

Ein Ruf schallte über den ganzen Bahnsteig. Einer der Aufseher schwenkte einen weißen Stab hoch über seinem Kopf durch die Luft. Die Bahn setzte sich zögernd in Bewegung und rollte dann mit zunehmender Geschwindigkeit zielstrebig dahin. An der nächsten Station wurde sie langsamer und kam mit einem Ruck zum Stehen, sodass

Kenjis Hand von der klammen Chromstange über seinem Kopf abrutschte. Er verlor den Halt und wurde zuerst heftig nach rechts und dann nach links geschleudert, bevor es ihm gelang, wieder halbwegs gerade zu stehen. Auf der einen Seite diente ihm ein älterer Herr als Puffer, der nach schalem Whisky und frischem Tabakrauch roch; auf der anderen Seite eine junge Frau, die ein Parfüm mit einem betäubenden Rosenduft aufgetragen hatte, das den im Abteil vorherrschenden Geruch nach schwitzenden Körpern und ungewaschenen Haaren jedoch nicht überdecken konnte. Kenjis Nase kitzelte, und er nieste, wobei er seine Lippen fest aufeinanderpresste.

Als der alte Mann ausgestiegen war, gelang es Kenji, sich in die Ecke an der Tür zu quetschen, und er zog eine Ausgabe der *Mainichi News* aus der Tasche seines Regenmantels. Leiko Kobayashis Besprechung der besten und schlechtesten Fernsehsendungen der vergangenen Woche erschien immer montags, und er wollte in seinem Büro unter den Ersten sein, die sie gelesen hatten. Doch heute kam Kenji nicht über die erste Seite hinaus. Ungläubig las er, dass Nissan in der Niederlassung in Kanagawa über tausend Arbeitsplätze abbaute. Oder vielmehr schon abgebaut hatte. Tatsächlich war das schon mehrere Wochen her, aber es war der Firma gelungen, die Nachricht vor der Presse geheim zu halten, bis einer der Angestellten sich aus Wut über die Abfindung, die er und seine Kollegen erhalten hatten, an die Presse gewandt hatte. In dem Bericht war ein großes Schwarz-Weiß-Foto des Mannes zu sehen, wie er vor der Fabrik stand und einsam die Faust in die Luft reckte.

Kenji stieß einen leisen Pfiff aus. Er hatte die Automobilindustrie immer für solide gehalten, die letzte uneinnehmbare Bastion, wenn alle anderen bereits kapitulieren mussten. Damit war er nicht allein. Alle dachten das. Doch wenn sie sich hier bereits geirrt hatten, welche Hoffnung gab es dann noch für alle anderen? Mit Schaudern wurde ihm klar, dass ihre Zukunftsaussichten alles andere als rosig waren.

»Shibuja, nächster Halt Shibuja!«, kündigte eine weibliche Automatenstimme über die Lautsprecheranlage an. Er steckte seine Zeitung in die Jackentasche und stieg aus, kam ins Stolpern, fing sich aber schnell wieder und reihte sich in die lange Schlange der Wartenden ein, die sich langsam zum Ausgang schob.

Von hier aus war es nur ein kurzer Weg durch den leichten Nieselregen zu dem Bürogebäude, in dem er arbeitete. Es waren zu viele Menschen unterwegs, als dass man einen Regenschirm hätte aufspannen können. Der Regen lief über seine pomadisierten Haare und spritzte auf seine Brille. Durch die Gläser konnte er verschwommen das Gebäude erkennen, in dem er arbeitete. Es war ein unauffälliges Gebäude mit elf Stockwerken, von denen NBC drei einnahm, die Abteilung für Programmforschung und die Abteilung für leichte Unterhaltung, in der Kenji arbeitete, mit eingeschlossen.

Er fuhr mit dem Aufzug in den siebten Stock und trat in einen fensterlosen Gang, der von grellen Neonlampen an der Decke beleuchtet wurde und mit einem derben rostfarbenen Teppich ausgestattet war. Akribisch beschriftete Pappkartons waren bei der Poststelle über die Länge einer ganzen Wand bis zu einer undurchsichtigen Doppelglastür gestapelt und warteten darauf, dass sie abgeholt wurden. Er gab einen Sicherheitscode aus vier Ziffern in die Tastatur am Türgriff ein, und sofort erklang ein freundlicher Piepton. Der Code wurde jeden ersten Montag im Monat geändert. Also heute. Aber er war auf einem kleinen Zettel gut lesbar mit Klebestreifen am Glas befestigt mit dem Hinweis: »Sagen Sie es niemandem, aber hier ist Ihr neuer Code.«

Er drückte die Tür auf und betrat ein Großraumbüro, das durch einen großen Mittelgang unterteilt war. Immer zwei Tische standen sich gegenüber, im rechten Winkel zum Hauptgang. Kenjis Schreibtisch war, genau wie der seiner Kollegen, mit einem Telefon und einem Computer ausgestattet. Ein Aktenschrank mit zwei Fächern war unter den Schreibtisch geschoben worden, sodass der Platz daneben gerade noch für seine Beine reichte. Da er schon vor geraumer Zeit die Kapazität des Aktenschrankes ausgereizt hatte, war Kenji dazu übergegangen, die Hefter und Akten auf seinem Schreibtisch und auf dem Boden zu stapeln. Neben seinem Stuhl standen niedrige Reihen mit Videokassetten in Kartons, auf denen Pilotfilme und vollständige Serien mit Unterhaltungsshows aufgenommen waren. Die Schreibtische waren hierarchisch angeordnet, und nur der Vorgesetzte der Abteilung für Programmforschung, Shin Ishida, der am obersten Ende der Reihe direkt am Fenster seinen Platz hatte, kam in den Genuss eines freien und aufgeräumten Arbeitsplatzes. In seiner Position konnte er über einen zusätzlichen Stauraum im Keller verfügen. Ganz zu schweigen von den anderen Privilegien, die mit seiner Position verbunden waren, wie zum Beispiel der subventionierten Mitgliedschaft im Maruhan-Golfklub am Stadtrand von Tokio und der Nutzung der gesellschaftseigenen Wohnanlage auf Hawaii.

»Guten Morgen«, begrüßte Kenji die Kollegen, die bereits an ihrem Schreibtisch in die Arbeit vertieft waren. Sie blickten auf, lächelten und grüßten zurück, mehr nicht. Früher hätte vielleicht der eine oder andere von ihnen Kenji gefragt, wie sein Wochenende war, und dieser hätte sich nach dem Baseballspiel des Sohns oder nach dem Essen anlässlich des Geburtstags der Ehefrau erkundigt. Doch in letzter Zeit waren solche Gespräche selten geworden. Tatsächlich redete niemand mehr wirklich lange mit ihm. Nicht einmal über das Wetter.

Kenji stellte seine Aktentasche auf seinem Schreibtisch ab, hängte seinen Mantel auf und ging zum nächsten Getränkeautomaten. Er nahm sich einen starken schwarzen Kaffee mit Zucker, der sich niemals ganz auflöste und immer einen Klumpen aus durchsichtigem Granulat auf dem Boden des Bechers hinterließ. Zurück an seinem Schreibtisch schaltete er seinen Computer an und warf einen Blick auf seine Uhr. Acht Uhr. Er hatte noch genau eine Stunde bis zum Teamtreffen am Montagmorgen. Er machte sich an seine Arbeit.

Ohrenbetäubende Musik erschallte aus dem Lautsprechersystem, das überall im Büro installiert war. Kenji sprang auf und schloss sich seinen Kollegen an, die sich zum Tagungsraum Eins bewegten, einem kleinen, engen, staubigen fensterlosen Raum mit einer Klimaanlage, die je nachdem, ob sie funktionierte oder nicht, entweder pfiff oder stöhnte und ächzte. Die Wände waren in einem Farbton irgendwo zwischen Gelb und Braun gestrichen, was ihn früher oft zu dem Scherz veranlasst hatte, dass wohl eine ganze Familie von Rauchern über Nacht in dem Raum eingeschlossen wurde, sobald alle das Büro verlassen hatten. »Ah, die Watanabes waren wohl wieder einmal am Werk«, hätte er zu Beginn eines Meetings gesagt. Oder: »Die Watanabes haben sich letzte Nacht ja wieder mächtig ins Zeug gelegt.«

Bemerkungen wie diese hatten seine Kollegen immer zum Lachen gebracht. Früher einmal. Jetzt hielt er sich lieber zurück. Das schien ihm das Beste zu sein. Kenji hätte es nicht genau sagen können, aber er war sich sicher, dass sich das Verhältnis seiner Kollegen zu ihm in den letzten Monaten deutlich abgekühlt hatte. Natürlich waren sie nach wie vor höflich, aber er wurde nicht mehr zu den geselligen Lokalbesuchen nach Arbeitsschluss eingeladen. Ab und zu schaute er jemandem in die Augen und bemerkte, dass der Blick nicht mehr so offen und freundlich war wie früher. Oft hatten die Kollegen einfach ihre Gespräche unterbrochen, wenn er zu ihnen stieß. Dafür gab es nur eine logische Erklärung: Sie machten ihm Vorwürfe.

Kenji setzte sich auf einen harten Plastikstuhl in der Ecke des Tagungsraums mit einigem Abstand zu den anderen und tat so, als ob er eifrig in seinem Notizbuch lesen würde, während er darauf wartete, dass Shin Ishida kam. Nur wenige Minuten später betrat dieser mit selbstbewussten Schritten den Raum, dicht gefolgt von seinem Assistenten Akira Eto.

»Guten Morgen.« Ishida rückte seine weinrote Krawatte zurecht und strich sich über die Jacke seines dunkelblauen Anzugs, während er das Team begrüßte. Er war klein, aber überraschend kräftig gebaut. Sogar Kenjis Frau hatte das bemerkt, als die Teammitglieder mit ihren Familien letztes Jahr eine *Onsen*, eine heiße Quelle, besucht hatten und Ishida beim Ausziehen seine gut ausgebildeten Muskeln in den Waden und an den Oberarmen zur Schau gestellt hatte. Sie hatte vorwurfsvoll auf den mickrigen Körper ihres Mannes neben sich geblickt, so als ob sie sagen wollte: »Warum kannst du nicht so aussehen?« Doch es waren nicht nur Ishidas tadellose Kleidung, sein kräftiger Körper oder seine Position innerhalb der Gesellschaft, die ihm den Respekt des Teams einbrachten. Es waren seine aufrechte Haltung, die Geschmeidigkeit seiner Bewegungen und die ruhige, würdevolle Art, wie er mit jedem redete, unabhängig von dessen Rang und auch unabhängig von der Situation. Er war bereits Ende fünfzig. Sein tiefschwarzes Haar zeigte an den Schläfen erste Anzeichen von Grau, und er trug eine riesige schwarz geränderte Brille. Wenn er nicht sprach, putzte er die dicken Brillengläser immer mechanisch mit einem weißen, getupften Tuch. Kenji hätte gern gewusst, ob er dasselbe Tuch vor Gebrauch immer wieder reinigte oder ob er einen großen Vorrat an solchen Tüchern zu Hause hatte.

Ishida räusperte sich und begann mit einer Reihe von Ankündigungen über bereits gestartete und zukünftige Projekte. »Besonders freue ich mich«, sagte er mit Wärme in der Stimme, sodass sich alle auf ihren Stühlen vorbeugten, »über ein Projekt, das zurzeit von unseren Leitern für Innovation durchgeführt wird.«

Kenji blickte zu einer Gruppe von drei Männern, die in der gegenüberliegenden Ecke des Raums saßen. Keiner von ihnen trug eine Krawatte. Sie hatten alle ihren Hemdkragen offen und trugen legere Hosen statt eines Anzugs.

»Dieses Projekt arbeitet mit einer Gruppe von besonders kreativen Zuschauern, die uns helfen werden, die neuesten Trends bei den Unterhaltungsshows herauszufinden. Wir haben für dieses Projekt einen Autor, einen Regisseur und einen Grafikdesigner gewinnen können. Wie man mir versichert hat, haben sie ganz unterschiedliche Ideen. Wirklich grundverschiedene Ideen. Aber«, er neigte für einen Moment den Kopf, »wir befinden uns immer noch in einer schwierigen Phase, und diese Gesellschaft wird nur dann überleben, wenn wir alle zusammenstehen und durchhalten.«

Kenji dachte an die Nissan-Fabrik in Kanagawa und an den einsamen, wütenden Arbeiter und nickte einvernehmlich, während ein leises, zustimmendes Raunen durch den Raum ging.

»Wir müssen hart arbeiten«, schloss Ishida, »aber wir müssen auch gut ausgeschlafen sein.«

Als er sich setzte, war im Raum anerkennender und höflicher, aber dennoch herzlicher Beifall zu vernehmen. Dann erhob sich Eto, und Ishida begann sofort, seine Brille zu putzen. Eto war ein hagerer Mann, der aussah wie ein Vogel, mit einem schmalen eiförmigen Kopf und dünnem Haar. Immer wenn er zum Sprechen ansetzte, zog er die Luft so geräuschvoll und tief ein, dass seine Kunden des Öfteren befürchteten, er würde jeden Moment ersticken. Er hatte ein zerfleddertes Buch mit ausgefranstem Buchrücken und losen Seiten in der Hand, die mit Tesafilmstreifen voller Abdrücke von seinen langen, dünnen Fingern notdürftig zusammengehalten wurden. Er schlug das Buch an einer Stelle auf, wo ein zuvor ausgesuchter und von Ishida für das momentane Betriebsklima als passend befundener Spruch stand, und sagte: »Der Spruch des Tages lautet heute –«, er atmete geräuschvoll ein: »›Ein einziges freundliches Wort kann drei kalte Winter mit Wärme füllen.‹ Das sollten Sie im Umgang mit ihren Kollegen beherzigen und sie in ihrer Arbeit unterstützen.« Er klappte das Buch zu und trat einen Schritt zurück, als ob ihn das unerwartete Geräusch selbst überrascht hätte. Normalerweise war das der Schlusspunkt, der ihnen bedeutete, dass sie aufstehen und wieder an ihre Arbeit gehen sollten, doch natürlich erst, nachdem sie alle gemeinsam das Motto der Nippon Broadcasting Corporation ausgerufen hatten: »Wir arbeiten hart, um unser Versprechen gegenüber unseren Zuschauern überall zu erfüllen.«

Bevor jedoch alle den Raum verlassen konnten, erhob sich Ishida erneut und räusperte sich höflich. »Entschuldigen Sie bitte. Aber ich glaube, wir haben heute einen Geburtstag zu feiern. Sogar einen runden, wenn ich recht informiert bin.«

Kenji blickte peinlich berührt zu Boden.

»Schließen Sie sich mir also bitte an, wenn ich nun Yamada-san einen fröhlichen vierzigsten Geburtstag wünsche.«

Er spürte, dass er rot wurde. Ein heißes feuerrotes Glühen breitete sich auf seinem Gesicht aus, als die Kollegen sich umwandten und ihm auf die Schulter klopften oder über die Stühle langten, um ihm zu gratulieren. Währenddessen ging die Tür zum Tagungsraum Eins auf, und Ishidas Sekretärin schob einen Servierwagen mit frischem Kaffee, schlichten weißen Tassen und einer großen Auswahl an Sahnekuchen herein.

»Bitte bedienen Sie sich.« Ishida wies mit seinem Arm wohlwollend auf den Servierwagen und verließ dann den Raum.

»Na kommen Sie, Yamada-san, nach Ihnen.« Ein Kollege schob Kenji zum Servierwagen, vorbei an den Stühlen und den lächelnden Gesichtern. Ihm wurde warm, als hätte ihn jemand in eine weiche Decke gehüllt. »Vielleicht habe ich mich getäuscht«, dachte er. »Und meine Kollegen haben doch nichts gegen mich.« Er empfand eine große Erleichterung und fühlte sich so unbeschwert wie seit Monaten nicht mehr, während seine Hand über den Tortenstücken innehielt.

»Nehmen Sie sich das größte Stück«, rief jemand ihm zu.

»Hey, nicht das«, scherzte eine andere Stimme, als er zu zögern schien. »Auf dem da steht mein Name.«

NBC war das einzige Unternehmen, das Kenji je kennengelernt hatte, sein erster und einziger Job im Leben. Vor sechs Monaten hatte er mit seinen Kollegen beim Abendessen sein zweiundzwanzigjähriges Dienstjubiläum gefeiert. Er war erschrocken, als ihm plötzlich klar wurde, dass das länger war, als er verheiratet war, sogar länger, als er seinen eigenen, schon verstorbenen Vater gekannt hatte. Auch seine Mutter war bereits gestorben, und obwohl er eine Frau, zwei Kinder und eine unvermeidliche Schwiegermutter hatte, war das Unternehmen für ihn so etwas wie eine Familie. Immer wenn eine neue Show ausgestrahlt wurde, hatte er großes Lampenfieber. Vor allem wenn diese Show von ihm verantwortlich getestet und ausgewählt worden war. Lief sie gut, sonnte er sich in dem Gedanken, einen kleinen Anteil am Erfolg zu haben. Lief sie schlecht, war er tagelang untröstlich. Der einzige Weg, der schwarzen Wolke über seinem Kopf zu entfliehen, bestand für ihn dann darin, sich noch mehr und noch konzentrierter in die Arbeit zu stürzen und weitere Überstunden in Kauf zu nehmen.

Während der Siebziger- und Achtzigerjahre war NBC der Sender mit den höchsten Zuschauerzahlen gewesen und außerdem hochangesehen wegen seiner Nachrichtensendungen und seiner Dokumentationen. In den letzten zwanzig Jahren allerdings hatten die Zahl und die Beliebtheit der leichten Unterhaltungssendungen und vor allem der Gameshows stark zugenommen, und der Sender war nicht mehr wettbewerbsfähig. Eine Abteilung für leichte Unterhaltungsprogramme wurde in aller Eile ins Leben gerufen, doch es war ihr nicht gelungen, mit den Programmen der größten Konkurrenten mitzuhalten. Immer öfter hatte NBC sich daher an unabhängige Produktionsfirmen gewandt, die ihnen wiederholt einen Durchbruch versprochen, aber ihr Versprechen niemals eingelöst hatten. Erst kürzlich hatte die Produktionsfirma Miru TV eine Quizshow in Auftrag gegeben, in der Mütter mit ihren Schwiegertöchtern paarweise gegeneinander antraten und einen luxuriösen Urlaub gewinnen konnten. Kenjis Testgruppen hatten auf die Pilotsendung nur verhalten reagiert. Ihnen fehlte das dramatische Element. Action. Leiden. Kenji hatte daraufhin – so hatte er zumindest gedacht – dem Produktionsteam eine seiner besten Präsentationen geliefert, die in einer großartigen Idee für eine Überarbeitung der Show gipfelte.

»Lassen Sie die Schwiegermutter gegen die Schwiegertochter antreten«, empfahl er dem Team eindringlich. »Die

Gewinnerin nimmt entweder den Sohn oder den Ehemann mit in den Urlaub. Oder, wenn Sie es wirklich hart auf hart kommen lassen wollen, kann sich die Ehefrau statt vom Ehemann auch von einem Freund oder vielleicht sogar von ihrem Liebhaber begleiten lassen.«

Obwohl Kenji Leiter in der Programmforschung war und seine uneingeschränkte Loyalität der Abteilung für Programmforschung gehörte, hatte er immer davon geträumt, in der Produktion tätig zu sein. Er sprudelte über vor Ideen für neue Gameshow-Konzepte und verbrachte Stunden damit, sie im Zug auf seinem Weg zur Arbeit und zurück detailliert auszuarbeiten. Für Kreuzworträtsel war er nie der Typ gewesen. Bei jeder sich bietenden Gelegenheit erzählte er seinen Kollegen von seinen Ideen, aber die waren meist zu beschäftigt, um ihm zuzuhören, und er wollte nicht aufdringlich sein. Dieses Meeting hatte ihm bis dahin die beste Gelegenheit geboten, eine seiner Ideen zu präsentieren, und er konnte es in den Gesichtern seines Teams sehen, dass er ihr Interesse geweckt hatte. An einem Tischende entbrannte sofort eine leise Diskussion, und kurz darauf redeten alle wild durcheinander.

»Entschuldigen Sie bitte«, unterbrach sie eine laute Stimme. Sie gehörte dem Leitenden Regisseur der Show, einem Mann mit Namen Abe E. Kitahara, der charmant und auch überzeugend war. Kenji hatte keine andere Wahl, als Kitaharas Erläuterungen über sich ergehen zu lassen. Er erklärte dem Team, dass Kenjis Testgruppen völlig falsch lägen und dass sie unbedingt am ursprünglichen Konzept der Show festhalten müssten, oder sie würden diese Chance auf einen Riesenerfolg vertun. Für Kenji war das Meeting somit beendet gewesen.

NBC hatte am Ende die Show übernommen, die Zuschauerzahlen waren katastrophal niedrig gewesen, und jede ausgestrahlte Show hatte rote Zahlen geschrieben. Das war das erste Mal in der Geschichte des Senders, und es hatte die Verantwortlichen sehr nervös gemacht. Eine von Kenji nachträglich eingeholte Statistik, der zufolge das Image von NBC durch die Show beschädigt worden war, hatte den allgemeinen Unmut noch erheblich verstärkt. »Ich habe es euch doch gleich gesagt«, hätte an dieser Stelle auch nichts mehr geholfen. Wenn überhaupt, machte Kenji sich Vorwürfe, dass er seine Position nicht vehementer vertreten hatte, und er wusste, dass seine Kollegen es ihm auch vorwarfen. Besonders diejenigen, die an dem Meeting teilgenommen hatten und Zeugen seines Rückziehers nach Kitaharas Auftritt geworden waren. Doch die spontane Geburtstagsfeier konnte ein Zeichen dafür sein, dass er sich vielleicht doch geirrt hatte. Oder, wenn er sich nicht geirrt hatte, dann war ihm wohl der eine oder andere Fehler inzwischen wieder verziehen.

Er goss sich nochmals frischen Kaffee nach und unterhielt sich ein wenig, bevor er sich das größte Tortenstück – darauf hatten schließlich alle bestanden – mit an seinen Arbeitsplatz nahm. Das Tortenstück bestand aus mehreren süßen Blätterteigschichten, mit Sahne und einer üppigen Portion Erdbeermarmelade mit echten Fruchtstücken dazwischen. Als er gerade zur Tür hinausgehen wollte, rief eine Stimme hinter ihm her: »Hey, Yamada-san, vielleicht sollten wir eine Kleinigkeit für die Watanabes zurücklassen. Was meinen Sie? Die kriegen nachts sicher Hunger hier drin.« Alle lachten, und als Kenji wieder an seinem Schreibtisch saß, gönnte er sich einen großen Bissen von seinem Tortenstück. Die Sahne quoll auf der einen Seite heraus und landete auf seinem frisch gereinigten Hemd. Er kicherte in sich hinein, während er sie mit einem Taschentuch abwischte.

Zur Mittagszeit ertönte erneut laute Musik aus den Lautsprechern. Er beendete die Arbeit, mit der er gerade beschäftigt war, und wandte sich seinem Mittagessen zu.

Bevor die Lautsprecher eingebaut worden waren, hatte er das Essen oft einfach vergessen und durchgearbeitet, was ihm nicht viel ausmachte, da er zwischendurch von den Süßigkeiten und den Kräckern in der obersten Schublade seines Schreibtisches naschte. Doch das war, bevor ein verärgerter amerikanischer Angestellter, der vorübergehend in das Unternehmen versetzt worden war, sich beschwert hatte, dass es keine angemessenen Provisionen für die Angestellten gäbe und dass die Leute nicht dazu angehalten würden, regelmäßige und wohlverdiente Arbeitspausen einzulegen. Sechs Monate später tauchten überall im Büro Installateure auf und brachten die Lautsprecher an, die von da an alle daran erinnerten, wann der Arbeitstag anfing und wann er endete, ab wann sie sich Überstunden anrechnen konnten und wann es Zeit war, etwas zu essen. Viele Angestellte aßen in nahe gelegenen Restaurants oder kauften sich etwas in einem der kleinen Läden an der Ecke. Die verheirateten männlichen Angestellten, wie Kenji, stellten die Lunchdosen, die ihre Frauen für sie vorbereitet hatten, in den Kühlschrank im hinteren Teil des Büros und nahmen ihr Essen am Schreibtisch ein.

Sobald er seine Mahlzeit beendet hatte, fuhr Kenji mit dem Fahrstuhl ins Erdgeschoss und machte einen kurzen Spaziergang. Seit er in einer Zeitschrift seiner Frau gelesen hatte, dass es die Verdauung anrege, tat er das jeden Tag, denn er hatte oft furchtbare Bauchschmerzen, vor allem nach dem Essen. Außerdem nutzte er die Gelegenheit, um schnell ein paar Zigaretten zu rauchen, wobei er seine Hand schützend über den glimmenden weißen Stängel hielt, damit dieser im Regen nicht nass wurde. Als er an seinen Schreibtisch zurückkam, war es zwanzig Minuten vor eins.

Den Rest des Tages verbrachte er damit, eine Testgruppe zu organisieren, die die Pilotfolge einer neuen Seifenoper beurteilen sollte. Dafür verschickte er Videokassetten an die Teilnehmer, buchte einen Raum in einem Hotel in der Innenstadt, organisierte einen Moderator und bereitete einen Leitfaden für die Diskussion vor. Um fünf Uhr verließen die Teilzeit- und Saisonangestellten das Büro, wodurch ihm bewusst wurde, dass er ab jetzt Überstunden machte. Im letzten Monat hatte er dreiundvierzig Überstunden angesammelt, obwohl ihm höchstens zwanzig angerechnet wurden.

Ein höfliches Räuspern an seiner Seite ließ ihn aufschauen.

»Ah, Yamada-san. Es tut mir wirklich leid, dass ich Ihre Arbeit unterbrechen muss, aber ich muss mit Ihnen sprechen. Wären Sie bitte so freundlich, in den Tagungsraum Eins zu kommen? Ich bin in fünfzehn Minuten dort.« Ohne eine Antwort abzuwarten, nickte Ishida ihm zu und ging.

Kenji konnte sich nicht vorstellen, warum Ishida ihn sprechen wollte. Es war ziemlich ungewöhnlich, dass er ein Einzelgespräch anberaumte, da sie sich sonst immer im Team trafen. »Vielleicht will er mir ebenfalls zum Geburtstag gratulieren«, dachte Kenji. Überzeugt davon, dass das wohl der Grund für das Gespräch war, verwarf er jeden weiteren Gedanken daran, bis er sich fünfzehn Minuten später von seinem Schreibtisch erhob und mit Notizheft und Stift bewaffnet zum Tagungsraum Eins ging.

Als Erstes fiel ihm auf, dass das Mobiliar im Raum umgestellt worden war. Im vorderen Teil des Raums stand nun ein schmaler Tisch mit zwei Stühlen, und einen davon hatte bereits Ishida belegt, der jetzt neben dem Stuhl stand. Die übrigen Stühle waren gestapelt und in einer Reihe an der hinteren Wand abgestellt worden. Als Zweites fiel ihm auf, dass vor dem freien Stuhl ein volles Wasserglas und eine Box mit Taschentüchern standen.

»Danke, dass Sie gekommen sind. Bitte setzen Sie sich.«

Kenji setzte sich auf die Stuhlkante und kreuzte seine Hände im Schoß: zuerst die linke über die rechte und dann anders herum.

»Ich habe keine guten Neuigkeiten für Sie, fürchte ich.«

Kenji runzelte die Stirn. Er erinnerte sich plötzlich an einen Vorfall aus der Schule, als er acht Jahre alt gewesen war. Die Schulsekretärin war mitten in der Mathestunde hereingeplatzt und hatte Kenji gebeten, sie zum Büro des Schulleiters zu begleiten. Er war hinter ihr hergelaufen, den langen Gang entlang, und brannte darauf, zu erfahren, warum er zum Schulleiter zitiert wurde, aber er war zu ängstlich, um auch nur ein Wort über die Lippen zu bringen. Wie sich herausstellte, handelte es sich einfach nur um eine Verwechslung. Bei einem Fußballspiel war ein Fenster zu Bruch gegangen, und der Junge, der anschließend wegrannte, hatte einen Ranzen getragen, der farblich und von der Form her so ähnlich aussah wie der von Kenji. »Ist ja nicht so schlimm«, sagte der Schulleiter jovial, als er Kenji entließ. Aber Kenji hatte die Angst, die ihn auf dem langen Weg zum Büro des Schulleiters gepackt hatte, nie vergessen können, den kalten Schweiß auf seinem Körper und das Hämmern seines Herzens.

Ishidas Stimme unterbrach seine Erinnerungen.

»Wie Sie wissen, hat die Abteilung für leichte Unterhaltung seit vielen, vielen Monaten Verluste eingefahren. Manche würden vielleicht sogar von Jahren sprechen.«

Als Kenji auf seine Hände blickte, stellte er überrascht fest, dass sie zitterten. Um das Zittern unter Kontrolle zu bekommen, schlug er das Notizheft auf und zückte den Stift, um mitzuschreiben. Sein Mund war wie ausgedörrt, und er sehnte sich verzweifelt nach einem Schluck Wasser, aber er fürchtete, dass er die kalte Flüssigkeit über sein Hemd schütten würde, auf dem bereits deutliche Spuren des Sahnekuchens zu sehen waren. Normalerweise hatte er an seinem Arbeitsplatz immer ein sauberes Hemd in Reserve, für den Fall, dass er sich frisch machen wollte, doch das letzte Mal hatte er vergessen, ein neues mitzubringen.

»Der Aufsichtsrat hat sich mehrere Male getroffen, um zu entscheiden, wie man das Problem am besten angehen könnte. Heute Morgen haben sie einen Beschluss gefasst.« Ishida nahm ein Blatt Papier zur Hand und begann zu lesen. »Zwei Dinge liegen auf der Hand: Zunächst einmal kann NBC im Moment nicht mit anderen Sendern mithalten, die leichte Unterhaltungsshows im Programm haben. Außerdem ist dieser spezielle Markt unberechenbar und ständigen Veränderungen unterworfen. Daher hat sich der Aufsichtsrat mit großem Bedauern dafür ausgesprochen, die Abteilung für leichte Unterhaltung aufzulösen und sich wieder auf das ursprüngliche Profil von NBC, also auf Nachrichten und Dokumentationen, zu konzentrieren.«

Kenji war enttäuscht, aber gleichzeitig auch erleichtert. Das Team hatte mit einer solchen Entwicklung schon länger gerechnet – es hatte entsprechende Gerüchte gegeben –, und jetzt war sie eingetreten. Natürlich traf ihn die Nachricht persönlich, aber vielleicht würde ihm der Wechsel in eine andere Abteilung genau den inneren Auftrieb geben, der ihm fehlte. Da er nun auch wusste, worüber Ishida mit ihm sprechen wollte, konnte er sich etwas entspannen.

»Ich habe die letzten acht Jahre meines Lebens engagiert für diese Abteilung gearbeitet. Es war eine sehr schöne Zeit, und ich bin wirklich traurig über die Nachricht. Aber ich habe großes Vertrauen in den Aufsichtsrat und freue mich auf die neuen Herausforderungen, die vor mir liegen.«

Ishida räusperte sich. »Es liegt auf der Hand, dass das Programmforschungsteam aufgelöst werden muss. Wir haben uns sehr bemüht, für unsere Angestellten einen neuen Arbeitsplatz zu finden. Leider ist uns das nicht immer gelungen. Nicht alle konnten irgendwo anders untergebracht werden.« Er blickte Kenji kühl an. »Unser Budget ist knapp kalkuliert. In den letzten Jahren haben wir uns in allen Abteilungen, nicht nur in dieser, sehr einschränken müssen.«

Kenjis erster Gedanke galt seinen Kollegen, die erst letztes Jahr bei der jährlichen Aufnahme von Hochschulabsolventen von der Gesellschaft eingestellt worden waren. Deutete Ishida etwa an, dass diese Männer und Frauen ihren Arbeitsplatz verlieren würden? Als er vor zweiundzwanzig Jahren den Job bei der Gesellschaft übernahm, wusste er, dass es ein Job fürs ganze Leben sein würde, aber ihm war klar, dass das für die nachfolgende Generation nicht galt. »Die Länge meiner Dienstzeit«, hatte er sich immer wieder gesagt, »macht mich praktisch unkündbar.«

»Wir haben wirklich alles versucht«, fuhr Ishida fort, »ein anderes Team für einen Mann mit Ihren unschätzbaren Erfahrungen und Ihren umfassenden Kenntnissen zu finden. Es tut mir leid, ausgesprochen leid sogar, dass es uns nicht gelungen ist, einen neuen Arbeitsplatz für Sie zu finden.«

Kenji verstand nicht, wovon Ishida eigentlich redete. »Sie meinen also, dass ich in einen anderen Arbeitsbereich versetzt werde? Vielleicht in die Produktion?«, fragte er hoffnungsvoll. Vielleicht war das die Chance, auf die er immer gewartet hatte. Konnte es sein, dass Ishida von seinen Ideen für neue Gameshow-Konzepte erfahren hatte? Kenji wäre mit jedem Arbeitsbereich zufrieden, aber die Produktion wäre die Erfüllung eines lang gehegten Traums.

»Diese Option steht hier leider nicht zur Debatte. Wir bitten Sie vielmehr, in den vorzeitigen Ruhestand zu gehen.«

»In den vorzeitigen Ruhestand.« Kenji wiederholte die Worte, aber er verstand immer noch nicht, was das alles zu bedeuten hatte.

»Ja, in den vorzeitigen Ruhestand.«

»Aber«, er stotterte und brachte die Worte nur unter großer Anstrengung heraus, »ich bin doch erst vierzig.« Er prustete unvermittelt los, denn die Situation erschien ihm auf einmal lächerlich. »Heute ist mein vierzigster Geburtstag. Ich bin viel zu jung für den vorzeitigen Ruhestand.«

»Ich fürchte, Sie haben keine andere Wahl.«

»Keine andere Wahl?« Ein Gedanke schoss ihm plötzlich durch den Kopf. »Ah, jetzt verstehe ich. Das ist ein Witz. Ein Witz, weil ich heute Geburtstag habe.«

»Nein, das ist kein Witz.«

Ein Blick auf Ishida zeigte Kenji, dass es tatsächlich kein Witz war. Kenjis Gesicht verzog sich, und er begann sich gedankenverloren im Nacken zu kratzen, wobei seine Fingernägel lange rote Kratzspuren auf der Haut hinterließen. »Aber ich habe mein ganzes Leben lang hier gearbeitet. Zweiundzwanzig Jahre. Wie können Sie mich in den vorzeitigen Ruhestand schicken? Ich verstehe das nicht. Ich habe meine Frau hier kennengelernt. Sie hat hier im Büro gearbeitet. Sie können sich bestimmt an sie erinnern. Ami. Wir haben zwei Kinder.« Er drehte sich im Stuhl um, blickte zur Tür und dachte an seine Kollegen da draußen. »Sie sind ... waren meine Freunde. Ich sehe sie jeden Tag.«

»Es tut mir wirklich sehr leid, aber ich kann nichts für Sie tun.«

»Das können Sie mir nicht antun.« Kenji versuchte vergeblich, die aufkommende Panik in seiner Stimme zu unterdrücken. »Der Sender hat mich immer unterstützt.

Sie haben mir die Kaution für unser Haus und für meine Krankenversicherung gestellt. Und was wird aus unserer Sommerfahrt?« Der Sender bezahlte seinen Angestellten und ihren Familien jedes halbe Jahr eine Kurzreise. Im letzten Sommer waren sie zu der *Onsen* gefahren. Nächsten Monat wollten sie nach Disneyland in Tokio. »Was soll ich meiner Frau sagen? Und meiner Schwiegermutter? Sie ist gerade bei uns eingezogen. Ihr Mann ist gestorben. Ich muss jetzt für sie sorgen.«

Ishida hatte die meiste Zeit, in der Kenji redete, regungslos zugehört, doch als Kenjis Stimme immer lauter wurde, rutschte er unbehaglich auf seinem Stuhl hin und her. Schließlich machte er Anstalten, aufzustehen. »Wir hatten wirklich keine andere Wahl. Sie sollten sich jetzt etwas Zeit nehmen und sich zusammenreißen. Dann räumen Sie bitte Ihre persönlichen Sachen aus Ihrem Schreibtisch und verlassen das Büro. Es ist wichtig, dass Sie Ihre Kollegen so wenig wie möglich stören. Wir wollen sie auf keinen Fall beunruhigen.« Während er zur Tür ging, nahm er seine Brille ab und putzte sie mit dem weißen getupften Tuch.

Kenji stand ebenfalls auf und folgte ihm zur Tür, wobei er fast flehentlich auf ihn einredete: »Ich werde noch mehr arbeiten. Ich werde absolut zuverlässig sein. Ich werde mir keine weiteren Fehler erlauben. Nicht so wie letztes Mal. Ich weiß, ich hätte mich wehren und mich durchsetzen müssen. Es wird nie wieder vorkommen.«

Ishida verließ den Raum, ohne sich noch einmal umzudrehen. Allein im Tagungsraum, rutschte Kenji mit dem Rücken an der Tür hinunter, bis er völlig in sich zusammengesunken auf dem Boden saß. Er wollte es nicht. Doch seine Beine hatten einfach nachgegeben. Ein unterdrücktes Schluchzen drang aus seinem Mund. Wie sollte er das seiner Familie beibringen? Er hatte sie enttäuscht. Und seine Kollegen? Wie sollte er ihnen je wieder unter die Augen treten? Ihm war übel und schwindelig. Er schlug mit der flachen Hand auf den Boden und murmelte: »Komm, reiß dich zusammen!« Dann stand er auf und machte ein paar zaghafte Schritte. Er fühlte sich noch sehr unsicher auf den Beinen, und da er fürchtete, dass sie jeden Moment wieder nachgeben würden, ging er so schnell wie möglich zur Tür hinaus und durch das Büro.

Zurück an seinem Schreibtisch, öffnete er seine Aktentasche und starrte auf das braune Innenfutter, bevor ihm klar wurde, dass es nichts gab, was er hätte einpacken können. Er musste keine Papiere mehr mit nach Hause nehmen, die er vielleicht während der Fahrt im Zug hätte überarbeiten können, und er besaß keine persönlichen Dinge: keine Fotos von Frau und Kindern, keinen Briefbeschwerer und keine Stifte. Alles hier, vom Taschenrechner bis hin zum Anspitzer, gehörte dem Sender. Alles außer dem Golfballficus. Er nahm die Pflanze, machte seine Aktentasche zu und ging so unauffällig wie möglich zur Tür.

Die Bereichsleiter, die am äußersten Ende der Tischreihen saßen, taten höchst erfolgreich so, als bemerkten sie nicht, wie er das Büro verließ, und arbeiteten mit ernster Miene weiter. Die jüngeren Angestellten hingegen hatten wenig Gespür für Kenjis Bedürfnis, nicht das Gesicht zu verlieren, und einer von ihnen rief ihm im Vorbeigehen zu: »Yamada-san, wo wollen Sie denn so früh mit der Pflanze im Arm hin? Haben Sie etwa eine heimliche Geliebte, von der Ihre Frau nichts weiß?«

Kenji geriet ins Stottern, bis es ihm schließlich gelang, eine schwache Entschuldigung über einen Termin beim Arzt herauszubringen.

Der Kollege, der den Ausdruck in Kenjis Gesicht sah, entschuldigte sich für seine vorlaute Äußerung. »Yamada-san, es tut mir leid. Viel Glück beim Arzt, und hoffentlich sehe ich Sie morgen gesund und munter wieder.«

Vor dem Bürogebäude stellte Kenji seine Aktentasche auf den Boden und knöpfte seinen Mantel zu. Ich bin vierzig Jahre alt, dachte er, und habe keinen Job mehr. Was sollte er jetzt tun? Er konnte den Gedanken, mit jemandem darüber zu reden, nicht ertragen. Schon gar nicht mit seiner Frau. Wenn er jetzt schon nach Hause käme, würde sie misstrauisch werden. Sie würde sich Sorgen machen und sich aufregen. »Warum kommst du so früh nach Hause?« Sie war daran gewöhnt, dass er erst gegen Mitternacht nach Hause kam. »Gab es im Büro nicht genug Arbeit für dich? Bist du nicht mit deinen Kollegen noch etwas trinken gegangen?«, würde sie ihn vorwurfsvoll fragen, und die Röte, die ihr bei jeder Aufregung ins Gesicht schoss, würde sich vom Hals wie eine Hitzewelle über ihr ganzes Gesicht ausbreiten.

Er konnte nichts weiter tun, als die nächstbeste Bar aufzusuchen.

2

Kenji vergrub sein Gesicht in den Händen. Er saß zusammengesunken an der Bar und versuchte, auf der Kante eines hohen Barhockers mit verchromtem Gestell das Gleichgewicht zu halten. Sein beigefarbener Polyesteranzug, den er erst gestern aus der Reinigung geholt hatte, war zerknittert und roch muffig. Er hatte den Kragen seines schneeweißen Hemdes aufgeknöpft und die dunkelrote Krawatte tief in der Jackentasche seines Mantels vergraben, den er achtlos über die Lehne seines Stuhls geworfen hatte und dessen Saum in eine Lache von verschüttetem Bier hing. Seit fast zwei Stunden hatte er hier getrunken und, als sich die Bar zunehmend mit Menschen füllte, einige neugierige Blicke auf sich gezogen. Es war nicht nur seine zerzauste Erscheinung, die die Aufmerksamkeit der Leute erregte, sondern vielmehr die Tatsache, dass er seinen rechten Arm schützend um eine kleine Topfpflanze gelegt hatte.

Er nahm eine Hand vom Gesicht und griff nach dem Glas, das er vor sich hingestellt hatte. Es war nur ein einziger Schluck Whisky darin, der auf das Doppelte oder sogar auf das Dreifache ansteigen würde, wenn die Eiswürfel im Glas geschmolzen waren – mehr als genug, um ihn über die nächste halbe Stunde zu retten. Danach würde er die Gas Panic-Bar verlassen und die letzte Bahn heim nach Utsunomiya nehmen. Doch er griff wiederholt ins Leere.

»Vor einer Minute war es doch noch da«, murmelte er vor sich hin.

Lärmende Musik dröhnte in seinen Ohren und erzeugte ein pochendes Echo in seinem sich drehenden Kopf, während die violetten Lichtkegel von der Tanzfläche alle seine Bewegungen wie in Zeitlupe erscheinen ließen.

Er blickte auf die Barfrau, die vor ihm stand und die klebrige Theke mit einem schmutzigen Lappen abwischte.

»Was kann ich Ihnen bringen?«, fragte sie ihn, und die Frage klang wie eine Aufforderung.

Kenji wedelte abwehrend mit den Händen, und die Bewegung brachte den Hocker, auf dem er saß, ins Schwanken. »Nichts mehr, danke sehr.« Er hatte schon mehr als genug Whisky getrunken und spürte, dass dieser ihm schwer in seinem ansonsten nüchternen Magen lag.

Die Barfrau zeigte gereizt auf ein Schild, das direkt hinter ihr an der Wand hing. Kenji kniff die Augen zusammen und versuchte, die übergroße Hinweistafel mit den Konsumiervorschriften im Gas Panic zu entziffern, die dort nicht nur auf Japanisch, sondern auch auf Englisch und auf Spanisch standen: »Wenn Sie nicht die ganze Zeit etwas zu trinken vor sich haben«, hieß es, »werden Sie gebeten, das Lokal zu verlassen.«

»Whisky.«

Sie knallte Kenji den Drink vor die Nase und wandte sich dem nächsten Kunden zu. Er griff danach, hob das Glas an den Mund und nahm einen kleinen Schluck, der wie flüssige Lava seine Kehle hinunterrann. Sein Magen rebellierte, und er musste sauer aufstoßen. Er schluckte wieder und verzog das Gesicht.

In diesem Moment stieß jemand gegen die Lehne seines Hockers. Er drückte das Glas fest an die Brust, um zu verhindern, dass er einen weiteren Whisky bestellen musste, den er weder wollte noch brauchte, und drehte sich um. Hinter ihm gab es eine Prügelei zwischen zwei jungen Amerikanerinnen, die, wie er sehen konnte, beide eine Zahnspange trugen. Er schaute staunend zu, wie sie sich gegenseitig an den Haaren zogen, sich ins Gesicht schlugen und sich kratzten. Ein junger Japaner mit kahl rasiertem Kopf und Tätowierungen an den Armen, der die Ursache für die Auseinandersetzung zu sein schien, schaute ihnen durch die Rauchschwaden seiner Zigarette gleichgültig zu.

Die Gas Panic-Bar lag im zweiten Stock eines dreistöckigen Gebäudes, in einem großen, lagerartigen Raum, mit unverputzten Betonwänden. Die riesigen schwarzen Röhren der Klimaanlage zogen sich an der Decke entlang und bildeten dicke Kondenswassertropfen, die auf die überfüllte Tanzfläche niederregneten. Dort, an der Kabine des DJs, pulsierte ein Neonschild mit der Aufschrift »Keine Musikwünsche«. Eine gut ausgestattete Bar verlief auf der einen Seite der Tanzfläche, auf der anderen Seite gab es rote Vinylkabinen und zusätzliche Sitzmöglichkeiten, enge Bänke und am Boden festgeschraubte Tische, im hinteren Teil des Raums.

Kenji war noch nie im Gas Panic gewesen und hatte auch nicht vor, sich hier je wieder blicken zu lassen. Doch heute Abend war die Bar für ihn genau das Richtige, denn es war ziemlich unwahrscheinlich, wenn nicht gar unmöglich, dass jemand von seinen Kollegen sich hierher verirren würde. Von seinen ehemaligen Kollegen, verbesserte er sich, und er fragte sich, obwohl der Gedanke schmerzlich war, was sie jetzt wohl gerade machten. Es war Montagabend, also nahm er an, dass sie nach der Arbeit noch weggegangen waren, um etwas zu essen und etwas zu trinken. Wenn die Dinge heute anders gelaufen wären, dann hätte er sie vielleicht begleitet und mit ihnen auf seinen vierzigsten Geburtstag angestoßen. Vielleicht stießen sie sogar gerade auf ihn an? Oder versuchten sie ihn aus ihren Gedanken zu verbannen, während sie sich nachschenkten?

Schließlich war das ganze Team entlassen worden, und Kenji war nicht der einzige Angestellte, für den es schwierig war, einen neuen Arbeitsplatz innerhalb der Firma zu finden. Sie hatten allen Grund, sich Sorgen um ihren eigenen Arbeitsplatz, ihre Hypotheken, ihre Frauen und ihre Kinder zu machen. Kenji wurde noch schwermütiger, als seine Gedanken nicht zum ersten Mal heute Abend um die lebenslange Hypothek auf der Familienwohnung kreisten, in der er mit seiner Frau, seinen zwei kleinen Kindern und seiner nörgelnden Schwiegermutter lebte.

Er stöhnte laut auf und rieb sich die Schläfen, so als ob der Druck allein die Gedanken vertreiben würde. Dabei blickte er sehnsüchtig auf den Boden und fragte sich, wie es wohl wäre, sich dort wie ein Igel zusammenzurollen, nichts mehr zu essen und zu trinken und sich einfach in Luft aufzulösen. Am liebsten so, als ob man niemals existiert hätte. Wie konnte ich nur so dumm sein, fragte er sich wieder und wieder, während er an jedes kleine Detail und an jeden Hinweis dachte, die er übersehen hatte: die Gespräche hinter vorgehaltener Hand, die abbrachen, sobald er sich näherte, und die wissenden Blicke. Jemand hätte ihn beiseitenehmen und vorwarnen können. Dann wäre er vielleicht in der Lage gewesen, irgendetwas zu tun. Ishida umstimmen. Mehr arbeiten. Ein besserer Angestellter sein. Selbst wenn das alles nicht funktioniert hätte, so hätte er zumindest still und leise von der Bildfläche verschwinden können, ohne das Gesicht zu verlieren, anstatt wie gehetzt aus dem Büro zu laufen, mit gesenktem Kopf, einer leeren Aktentasche in der Hand, der Pflanze unter dem Arm und dem Geschmack von Sahnetorte im Mund.

Während er verbittert zu Boden schaute, fühlte er den Druck einer Hand auf seiner Schulter, doch er blickte nicht auf. Er wusste schon, dass es nur wieder ein Mädchen war, das sich an ihm abstützte, um auf die Bar zu klettern, wo sie unter den Blicken der Männer so lange tanzen würde, bis die Musik sie langweilte oder bis sie einfach herunterfiel. Aus dem Augenwinkel sah er ein Paar schwarze Stilettos in seine Richtung staksen. Er blickte auf und wollte die Besitzerin der Schuhe warnen, dass sie fallen und sie beide verletzen könnte, aber er war zu gedemütigt, um etwas zu sagen. Über ihm standen zwei blasse nackte Beine, die kaum von einem kurzen Jeansrock bedeckt wurden, unter dem ein weißes Spitzenhöschen zu sehen war.

Das Mädchen bemerkte selbst, dass sie auf der Bar das Gleichgewicht nicht gut halten konnte, und stieg herunter, wobei sie sich mit ihrem ganzen Gewicht bei Kenji abstützte. Ihr rückenfreies, paillettenbesetztes schwarzes Top klaffte vorne weit auseinander. Peinlich berührt sah Kenji weg.

»Hey, du bist wirklich süß«, lallte sie und kitzelte Kenji unter dem Kinn. »Sprichst du Englisch?«

Er versuchte zu antworten, aber er brachte nichts heraus. Sein Mund klappte bloß auf und zu. Doch das Mädchen schien es nicht zu bemerken.

»Tolle Pflanze.« Sie hob sie hoch. »Wo hast du die denn her?«

Kenji riss die Pflanze an sich und presste sie an die Brust. Er strich zärtlich über die Blätter und dachte an bessere Zeiten und an schönere Orte als diesen. Der Golfballficus war mindestens fünfundsiebzig Zentimeter hoch und wuchs in einem achteckigen Keramiktopf. Er wurde so genannt, weil sein Stamm, der aus vier Strängen bestand, so gepflanzt und geformt worden war, dass er über einem Golfball zusammenwuchs, der nur entfernt werden konnte, wenn man die Äste zurückschnitt. In der Erde steckte ein siebeneinhalb Zentimeter großer Golfspieler aus Plastik, der den Golfschläger über seinen Kopf erhoben hatte und im Begriff war, seinen nächsten Schlag auszuführen. Die Pflanze war ein Geschenk von seiner Frau zu seinem zehnten Firmenjubiläum bei NBC gewesen. Sie war außerdem ein Symbol für ihre gemeinsame Hoffnung, dass Kenji nach zehn Jahren in der Firma, in denen er seinen Aufgaben immer loyal und treu nachgekommen war, bald für eine Beförderung vorgeschlagen würde, die es ihm erlaubte, mit anderen Abteilungsleitern und mit Managern aus dem Aufsichtsrat Golf zu spielen. Doch die letzten zehn Jahre seiner Dienstzeit waren überschattet gewesen von Budgetkürzungen und fortwährenden Umstrukturierungen. Und obwohl der Ficus allen Anforderungen an eine gute Zimmerpflanze gerecht wurde – er hatte einen kräftigen Wuchs, war grün und gesund –, hatte Kenji seinen Anblick manchmal nicht ertragen, denn die Pflanze schien sich regelrecht über ihn lustig zu machen. Manchmal hatte er versucht, sie einfach verkümmern zu lassen, indem er ihr weder Dünger noch Wasser gab. Doch es hatte immer einen umsichtigen Kollegen gegeben, der eingesprungen war, wenn der Ficus seine Blätter hängen ließ.

»Von meiner Frau«, flüsterte er und rülpste laut. Ein Schwall Magensäure schoss ihm in den Mund. Die Musik schien noch lauter zu werden, und der Boden begann unter ihm zu schwanken. Sein Magen krampfte sich zusammen, und in seinem Kopf drehte sich alles. »Ist das ein Erdbeben?«, fragte er das Mädchen, das ihn nur verständnislos ansah.

»Du musst lauter sprechen, ich versteh dich nicht.«

»Ein Erdbeben«, wiederholte er und griff nach den bloßen Armen des Mädchens, als der Boden wieder und diesmal noch heftiger schwankte. Sie hielt das für einen Annäherungsversuch und kicherte, ein Kichern, aus dem ein Schrei wurde und dann ein Aufheulen, als Kenji sich über sie und über die ganze Theke erbrach. Die Leute drehten sich um und sahen zu, wie aus einer dunklen Ecke zwei Rausschmeißer auftauchten, Kenji unter den Armen packten und ihn aus der Bar hinausschleiften. Sie stießen ihn die Außentreppe hinunter und warfen seinen Mantel und seine Aktentasche hinterher, entschieden sich aber nach einem kurzen Wortwechsel dafür, die Pflanze dazulassen.

»Bitte nicht«, bettelte Kenji und kletterte die Treppe halb wieder hinauf, wo ihm jedoch einer der Männer den Weg versperrte. Als er merkte, dass sein Protest aussichtslos war, zog Kenji schwerfällig seinen Mantel an, hob seine Aktentasche auf und machte sich schwankend auf in Richtung Station Roppongi. Unterwegs musste er sich noch einmal in den Rinnstein übergeben.

An der Station Roppongi stellte er sich leicht schwankend mitten auf den Bahnsteig und wartete auf die U-Bahn. In Tokio musste er den letzten Schnellzug zum einhundert Kilometer entfernten Utsunomiya erwischen. Die U-Bahn kam mit einigen Minuten Verspätung. Er stolperte in das Abteil und ließ sich dankbar auf einen leeren Platz gleich bei der Tür fallen. Nachdem er sich übergeben hatte, fühlte er sich besser, aber er hatte pochende Kopfschmerzen und furchtbaren Durst. Während er in seinen Taschen nach den Schmerztabletten suchte, die er ohne Wasser einnehmen konnte, blickte er sich im Abteil um. Es war voll, doch die meisten Leute standen oder saßen am vorderen oder am hinteren Ende des Wagens. Der mittlere Bereich, wo er eingestiegen war, war bis auf ihn und einen anderen Mann völlig leer. Nach einigen Sekunden begriff er auch, warum.

Der Mann roch ranzig nach einer Mischung aus intensiven moschusartigen Körperausdünstungen und einer starken Chemikalie, die Kenji an den Futon erinnerte, auf dem er während seiner Flitterwochen in einem Gästehaus in Osaka geschlafen hatte. (Als er den Hausherrn danach fragte, hatte dieser ihm kurz angebunden und leise gesagt, dass damit Ungeziefer abgetötet würde.) Die Haare des Mannes waren schulterlang, vielleicht sogar noch länger, doch sie waren an den Spitzen verfilzt und starrten vor Staub, Dreck und Hautschuppen. Sein Gesicht war schmutzig, und in seinen Mundwinkeln hatten sich nässende Wunden gebildet. Seine Fingernägel waren lang, spitz und schwarz vor Dreck, und er hatte sich Baumwolltaschen über die Füße gezogen, die er mit demselben Strick umwickelt hatte, von dem auch seine Hose gehalten wurde. Er murmelte vor sich hin, schüttelte immer wieder den Kopf und fuchtelte mit einer Hand in der Luft herum, als ob ihn eine Fliege ärgern würde. Dann beugte er sich vor und ließ einen langen Strahl seines zähen, seltsam verfärbten Speichels aus dem Mund auf den Boden des Abteils tropfen.

»Was glotzt du denn so?«

Kenji, dem nicht bewusst gewesen war, dass er den Mann angestarrt hatte, drehte sich weg, doch es war schon zu spät.

»Was glotzt du denn so?«, wiederholte der Mann jetzt lauter und zog damit die Blicke der anderen Fahrgäste im Abteil auf sich. »Hast du noch nie einen Mann gesehen, den das Glück verlassen hat? Na los, sag schon.«

Eine Entschuldigung vor sich hin stammelnd, erhob sich Kenji von seinem Sitz. Er musste an der nächsten Station aussteigen und beschwor den Zug in Gedanken, schneller zu fahren. Doch der Mann war ebenfalls aufgestanden und redete laut vor sich hin, während er auf Kenji zukam und mit ihm ein so durchdringender Gestank, dass Kenji befürchtete, er müsse sich erneut übergeben. Nach einer kleinen Ewigkeit verwandelte sich die Dunkelheit um die Bahn plötzlich in Licht, und Kenji sprang aus der Tür, sobald sie sich öffnete, und schickte ein Stoßgebet zum Himmel, dass der Mann ihm nicht folgen würde. Glücklicherweise lehnte der sich nur aus dem Wagen und schimpfte hinter Kenji her.

»Ich war einmal genauso wie du. Ich hatte einen Job, eine Familie, ein Zuhause. Und schau mich heute an. Sie haben mir alles genommen. Alles, bis aufs letzte Hemd. Das können sie dir auch antun. Lass dir das eine Warnung sein. Das können sie dir auch antun.«

Kenjis Hände zitterten immer noch, als er den Schnellzug nach Utsunomiya bestieg. Der Zug kroch aus dem Bahnhof von Tokio und schob sich träge an den hohen Gebäudekomplexen vorbei, die die Schienen säumten. Ihre Mauern waren schwarz vom Dreck, der sich über viele Jahre dort abgelagert hatte. Darüber befand sich ein Gewirr von Elektromasten und Kabeln. Plötzlich ernüchtert, starrte er aus dem Fenster in den schwarzen Nachthimmel, der nicht von Sternen, sondern von Neonleuchten erhellt war, die für Bier, Restaurants und Bars warben. Er schloss die Augen, und als er sie wieder öffnete, erblickte er sein eigenes Spiegelbild im Zugfenster. Zunächst erkannte er sich nicht – der Mann dort in dem Fenster sah müde, alt und ausgemergelt aus, und dabei hatte er sich immer für relativ jung gehalten. Vierzig, ja. Aber er sah jünger aus, das war schon immer so gewesen. Jedenfalls bis heute.

Ami, Kenjis Frau, hatte ihm einmal gesagt, dass sein jugendliches Aussehen der Grund gewesen war, weshalb sie ihn ihren anderen Verehrern vorgezogen hatte. Doch nach ihren ersten Verabredungen, kurz nachdem Kenji bei NBC angefangen hatte, hatte sie sich von ihm abgewandt. Sie wollte einen Mann mit besseren Aufstiegschancen. Einige

Jahre später, als sie beide Mitte zwanzig waren, war es Ami immer noch nicht gelungen, einen Mann zu finden, der ihren hohen Ansprüchen genügte, und Kenjis Zukunftsaussichten waren gut. Nach einer langen Verlobungszeit heirateten sie, und kurz darauf, nachdem sie genug Geld gespart hatten, um einen Kredit für eine eigene Wohnung aufzunehmen, wurden die Zwillinge geboren. Am Tag ihrer Hochzeit hatte Ami zu ihm gesagt: »Ich habe mich für dich entschieden, weil du ein anständiger Mann bist, der vowärtskommen will. Und wegen deiner guten Haut. Dir wird das Alter wenig anhaben.« Es war für sie eine Schreckensvorstellung, an der Seite eines kurzatmigen, grauhaarigen Mannes alt zu werden, der keine Treppen mehr steigen konnte, ohne nach Luft zu schnappen.

Der Bahnhof in Utsunomiya war menschenleer bis auf den einsamen Wachmann, der immer dort war. An diesem Abend erschien es Kenji wie eine Unheil verkündende Vorahnung, als er durch die Fahrkartenschranke ging, vorbei an den dunklen Cafés und dem Kaufhaus mit den heruntergelassenen Rollläden. Sogar die Jugendlichen, die immer an der Brücke vom Bahnhof zur Hauptstraße herumlungerten und dort mit Fahrradhelm und Knieschützern ausgestattet zur Musik aus ihrem CD-Rekorder Breakdance-Kunststücke übten, waren schon nach Hause gegangen.

Es war nur ein kurzer Weg zu seiner Wohnung, in der alles still und dunkel war. Er machte kein Licht und ging direkt ins Schlafzimmer. Ami schlief geräuschvoll und sorglos. Er zog sich aus und legte sich neben sie ins Bett. Sie bewegte sich kurz und murmelte etwas, wachte aber nicht auf. Er hätte sie gern berührt und sehnte sich danach, von ihr gehalten zu werden. Doch es war lange her, dass sie sich so nah gewesen waren. Er überlegte, ob er sie wecken und ihr von seinem Job berichten sollte, doch bei dem Gedanken daran, wie sie reagieren würde, sank er zurück auf den Futon. Er lag auf dem Rücken, starrte zur Decke und versuchte, das Loch zu ignorieren, das sich in ihm auftat. Gegen drei Uhr morgens schlief er, durch den gleichmäßigen Atem seiner Frau schläfrig geworden, endlich ein.

3

Wach endlich auf. Seit über einer Stunde rufe ich dich. Ist dir nicht klar, dass du zu spät zur Arbeit kommst?«

Langsam, denn schnelle Bewegungen verursachten ihm Schmerzen, öffnete Kenji erst das eine und dann das andere Auge, bevor er sich auf beide Ellenbogen stützte und sich ein wenig aufrichtete. Sein Kopf dröhnte, und seine Zunge fühlte sich an, als ob sie mit einer Schicht fein zerstoßener Glasscherben bedeckt wäre. Ami starrte ihn von der Schlafzimmertür aus an. Er rollte sich auf die Seite und las prüfend die Zeitangabe auf seinem digitalen Wecker. Stöhnend ließ er sich zurück auf den Futon fallen. Es war genau drei Minuten nach acht.

Er hatte geträumt. Einen Traum über die Queen of Hearts Banquet Hall in Disneyland in Tokio, wo er vorübergehend als Kellner eingestellt worden war. Als er sich an seinem ersten Tag zum Dienst meldete, wurde ihm ein Stapel Kleider in die Hand gedrückt, mit der Aufforderung, sich umzuziehen. Zehn Minuten später erschien er im Restaurant und trug eine riesige weiße Fellhose, eine leuchtend gelbe Jacke über einer flaschengrünen Weste, eine rote Krawatte und ein Paar schneeweiße flauschige Ohren.

Der bloße Gedanke an seine Anzüge, die zu Hause in einer langen Reihe in seinem Schrank hingen, weckte den Wunsch in ihm, so schnell wie möglich aus dem Restaurant zu entkommen. Doch bevor er Gelegenheit dazu hatte, drückte ihm eine junge Frau mit einer blonden Langhaarperücke einen feuchten Lappen in die Hand und scheuchte ihn zu einem gerade frei gewordenen Tisch. »Mach da drüben sauber«, wies sie ihn an, während sie über ihr blaues Kleid strich, »und bring dann die nächsten Kunden zu ihrem Platz.« Sie zeigte auf eine Gruppe von vier Personen, die am Eingang der Banquet Hall darauf warteten, einen Platz zugewiesen zu bekommen.

Er tat, was ihm aufgetragen worden war, und wischte einen Tisch nach dem anderen ab, bis er am ganzen Körper schweißgebadet war. Alle anderen Bediensteten schienen sich in Luft aufzulösen, bis nur noch er allein übrig blieb und alle Arbeiten erledigen musste: Kochen, Servieren, Bestellungen aufnehmen und Tische abräumen und abwischen. Gerade als er dachte, es könne nicht mehr schlimmer kommen, geschah es. Auf seinem Weg zum Eingangsbereich der Banquet Hall hielt er so plötzlich inne, dass die langen weißen Ohren auf seinem Kopf durch die abrupte Bewegung erzitterten. Die nächste Gruppe, die auf einen freien Platz im Restaurant wartete, waren seine Kollegen von NBC. Und hinter ihnen standen seine Frau, seine Kinder und seine Schwiegermutter, den Kopf tief gebeugt vor Scham.

Aus diesem furchtbaren Traum zu erwachen und mit der Realität konfrontiert zu werden war jedoch kaum besser gewesen.

»Wenn du dich beeilst, kann ich dich am Bahnhof absetzen«, rief Ami ihm durch die Tür ungeduldig zu.

Er hatte keine andere Wahl. Er musste ihr erzählen, was geschehen war. Er rollte sich aus dem Bett, stand auf, schlüpfte in seine Hausschuhe und zog seinen Bademantel über. Als er durch den Flur zur Küche schlurfte, konnte er seine ganze Familie dort versammelt sehen. Die Zwillinge, die inzwischen neun Jahre alt waren, saßen am Küchentisch und aßen ihr Frühstück. Yumis Haare waren zu zwei ordentlichen Zöpfen geflochten und mit rosafarbenen Haarbändern zusammengebunden. Er sah, wie sie ihre Beine unter dem Tisch vor- und zurückschwang, bis sie ihren Bruder am Schienenbein traf.

»Autsch«, heulte der auf. »Mami, sie hat mich getreten.«

Obwohl sie Zwillinge waren, war Yoshi erheblich kleiner als seine Schwester, und, so hatte Kenji oft gedacht, er hatte viel von seinem Vater. Yumi hingegen kam eher nach ihrer Mutter.

»Was ist denn jetzt schon wieder los?« Ami ließ sich beim Geschirrspülen nicht unterbrechen.

Kenji öffnete den Mund, um etwas zu sagen, aber es kam kein Wort heraus. Niemand hatte überhaupt Notiz davon genommen, dass er in der Küchentür stand.

»Sie hat mich getreten«, winselte Yoshi.

»Entschuldige dich bei deinem Bruder.«

»Es war nicht Absicht.«

»Ich ...«, setzte Kenji an, aber er wurde von seiner Schwiegermutter, einer kleinen verschrumpelten alten Frau mit weicher faltiger Haut, unterbrochen.

»Hat jemand meine Zeitschriften gesehen?«, fragte sie, während sie eine Brille aus der vorderen Tasche ihres mit Blumen gemusterten Hausmantels herausholte, den sie tagein, tagaus über einer Polyesterhose und einer langärmeligen Baumwollbluse mit Plisseemanschetten trug. »Gestern Nacht waren sie noch da.« Sie hob die Lunchdosen der Kinder hoch und sah in ihre Schultaschen, die an ihren Stühlen hingen.

Wie seine Familie den Morgen verbrachte, bekam Kenji für gewöhnlich nicht mit, und er war dankbar dafür. Doch er wusste, wovon die alte Dame redete. Ami hatte ihm, nachdem ihre Mutter eingezogen war, erzählt, dass sie fest entschlossen war, für ihre Kosten selbst aufzukommen.

Da sie aber kein Geld hatte, nahm die alte Frau an Gewinnspielen in allen Zeitschriften teil, die sie in die Finger bekam, und gab ihre Gewinne an die Familie weiter. Erstaunlicherweise war sie dabei recht erfolgreich, doch die Preise waren in der Regel kaum zu gebrauchen. Paletten mit Hundefutter stapelten sich im Flur gleich neben der Haustür. Ein Paar Winterreifen für einen Jeep lagen unter Yoshis Bett, und Gläser mit eingelegtem Gemüse waren neben der Waschmaschine übereinandergestapelt.

»Mit den Preisen, die ich gewinne, könnte ich die Familie durchbringen«, murmelte Eriko zu ihrer Verteidigung und schob sich an Kenji vorbei zur Küche hinaus. In diesem Moment entdeckte Ami ihren Mann.

»Was stehst du da herum? Du solltest längst angezogen sein. Wenn du dich beeilst, kann ich dich am Bahnhof absetzen, wenn ich die Kinder zur Schule bringe.« Während sie sprach, wischte sie den Küchentisch mit einem feuchten Lappen energisch ab, sodass die großen Locken auf ihrem Kopf leicht auf und ab hüpften.

»Ich muss dir etwas sagen.«

»Was denn? Fühlst du dich nicht wohl? Musst du zum Arzt?«

»Nein, das nicht.«

»Na, dann kann es bestimmt noch warten.« Sie warf den Lappen in die Spüle, trat auf ihren Mann zu, drehte ihn um und schob ihn durch den Flur zum Bad.

»Wir müssen miteinander reden«, protestierte Kenji wenig überzeugend und ließ sich ins Bad schieben, als wäre er ein Kind.

»Keine Zeit.«

Die Tür fiel ins Schloss, und er ließ sich auf den Toilettensitz fallen. Es hatte keinen Sinn. Er hatte es versucht, aber sie hörte einfach nicht zu. Am besten machte er so weiter wie gehabt. Vielleicht war es gar keine so schlechte Idee, nach Tokio zu fahren. Er könnte noch einmal zu Ishida gehen und darum bitten, seinen Job zurückzubekommen. Nein, dazu war er zu stolz. Es wäre besser, sich einen neuen Job zu suchen. Das würde nicht lange dauern. Er war ein Mann mit jahrelanger Berufserfahrung und guten Kontakten. So brauchte Ami nichts davon zu erfahren, bis er etwas Neues gefunden hätte. Seine Entscheidung stand fest. Er würde nach Tokio fahren und sich nach einem neuen Job umsehen. Wenn auch nicht wirklich zuversichtlich, so doch immerhin hoffnungsvoll, stand Kenji auf, wusch sich das Gesicht und putzte sich die Zähne. Nachdem er einen sauberen Anzug angezogen hatte, ging er zurück in die Küche, wo Ami ihm eine Lunchdose gab, die er in seine leere Aktentasche packte. Danach folgte er seiner Familie zum Auto, setzte sich auf den Beifahrersitz und schwieg, bis sie den Bahnhof erreicht hatten.

»Einen schönen Tag«, rief Ami ihm zu, als er die Autotür zuschlug. Dann fuhr sie davon.

4

Was braucht ein Mann außer einem Mobiltelefon und einem Stapel Visitenkarten von verschiedenen Geschäftsleuten, wenn er sich einen neuen Job suchen möchte, dachte Kenji, als er den Bahnhof in Tokio verließ und in das erste Café ging, an dem er vorbeikam. Einer seiner vielen Kontakte würde ihm sicher weiterhelfen.

»Einen großen schwarzen Kaffee bitte.« Er gab seine Bestellung bei dem schlaksigen jungen Mann hinter dem Tresen auf und zeigte auf ein großes rundes, mit Zuckerguss überzogenes Gebäckteilchen. »Und eins von diesen da.«

Nachdem er bezahlt hatte, trug Kenji seine Bestellung in eine Ecke des Cafés und setzte sich. Er legte sein Handy, einen Stapel Visitenkarten und ein Päckchen Lucky Strikes auf den Tisch, zündete sich eine Zigarette an und fing an, seine Visitenkarten durchzusehen. Er fragte sich, wen er zuerst anrufen sollte. Die Antwort lag auf der Hand. Masao Jo war Leitender Angestellter bei einer Agentur für Meinungsforschung, die in Naka-Meguro ihren Sitz hatte. Kenji hatte ihre Dienste oft in Anspruch genommen, wenn er umfangreiche Studien durchgeführt hatte, die NBC mit seinen begrenzten Mitteln und Kapazitäten nicht allein bewältigen konnte. Zuversichtlich wählte er die Nummer.

»Ah, Yamada-san.« Jo schien erfreut, von Kenji zu hören. »Wie geht es Ihnen?«

Die nächsten ein bis zwei Minuten tauschten sie Freundlichkeiten aus, bevor ihnen der Gesprächsstoff ausging.

Jo brach als Erster das Schweigen. »Was kann ich für Sie tun, Yamada-san? Führen Sie eine Studie durch, bei der Sie unsere Hilfe brauchen?«

»Es handelt sich um eine etwas heiklere Angelegenheit.« Kenji berichtete ausführlich über den Konjunkturrückgang, die Umstrukturierungen und Budgetkürzungen bei NBC und über die letzte Entscheidung des Aufsichtsrats, sich aus dem Sektor leichte Unterhaltung zurückzuziehen.

»Das ist sehr bedauerlich«, sagte Jo mitfühlend. »Und außerdem auch ziemlich merkwürdig. Bis jetzt sind noch keine derartigen Gerüchte zu mir gedrungen, und normalerweise erfahre ich so etwas immer zuerst. Ich habe ausgezeichnete Kontakte.«

Kenji zögerte. War er in der Lage, die Worte laut auszusprechen? »Ich bin aufgrund der letzten Umstrukturierungen gebeten worden, in den vorzeitigen Ruhestand zu gehen, und bin jetzt auf der Suche nach einer neuen Arbeitsstelle. Ist in Ihrer Agentur vielleicht gerade eine Stelle für einen Leitenden Angestellten in der Marktforschung frei?«

Jo versicherte ihm mehrmals, wie leid ihm das alles täte. »Das sind wirklich schlimme Neuigkeiten. Für Sie und für Ihre Familie. Leider laufen die Geschäfte momentan bei allen nicht gut, und das gilt auch für meine Agentur. Seien Sie versichert, dass ich mich umgehend mit Ihnen in Verbindung setze, falls ich etwas in Erfahrung bringen sollte, das Ihnen weiterhelfen kann. Vielen Dank für Ihren Anruf.« Er legte so schnell auf, dass Kenji keine Chance hatte, irgendetwas zu erwidern.

Direkt vor Kenji am gegenüberliegenden Tisch saß eine alte Dame mit ledriger Haut. Sie lächelte ihm zu. Er schaute beschämt weg und griff erst wieder zum Handy, als sie das Café verlassen hatte. Der nächste Anruf und alle darauf folgenden waren sogar noch schlimmer als der erste. Sobald er erwähnte, dass er seinen Job verloren hatte, änderte sich der Ton des Gesprächs. Seine Gesprächspartner waren plötzlich weniger verbindlich und wurden sogar misstrauisch. Wie war es dazu gekommen, dass er seinen Job verloren hatte? Warum war er in den vorzeitigen Ruhestand gegangen? Es tue ihnen ehrlich leid, aber nein, sie wüssten nichts von einer freien Stelle.

Er bekam den ganzen Tag über eine Absage nach der anderen, bis es schließlich spät genug geworden war, um nach Hause zu fahren, ohne dass Ami Verdacht schöpfen würde.

Der Rest der Woche verlief ganz ähnlich. Jeden Morgen erwachte er aus einem unruhigen Schlaf voller seltsamer Träume, in denen er Regale in Supermärkten einräumte, Kunden in der Kaufhauskette 7/11 bediente oder den Verkehr in einem U-Bahn-Parkhaus regelte. Tag für Tag quälte er sich aus dem Bett und fuhr nach Tokio, wo er die Jobangebote in Zeitungen studierte, die Webseiten von geeigneten Gesellschaften durchforstete und sich bei Arbeitsvermittlungsagenturen registrieren ließ.

»Was haben Sie an der Universität studiert, Yamada-san?«, fragte ihn die junge Frau in der Arbeitsvermittlungsagentur in Tokio, während ihre Finger geschäftig über die Tastatur flogen. Auf ihrem Schreibtisch stand ein Foto, auf dem sie zwischen einem älteren Mann und einer älteren Frau in der Robe der Universitätsabsolventen zu sehen war, und ein Zertifikat an der Wand ließ erkennen, dass sie erst kürzlich ihren Abschluss in Human Resources Management an der Waseda-Universität erworben hatte.

»Universität?«, erwiderte Kenji. »Ich war auf keiner Universität.«

Das Mädchen blinzelte kurz, während sie auf der Tastatur tippte. »Wie viele Sprachen sprechen Sie?«

»Ich spreche nur Japanisch.« Ein Anflug von Panik stieg in ihm hoch. Warum stellte sie ihm all diese Fragen? Alles, was zählte, war doch, dass er arbeitsfähig und arbeitswillig war. »Ich habe zweiundzwanzig Jahre Berufserfahrung in einer großen Gesellschaft und eine tadellose Personalakte. Ich habe gleich nach der Schule bei NBC angefangen und bin durch harte Arbeit und gute Leistungen zum Programmforschungsmanager aufgestiegen.«

Das Mädchen drehte den Silberring am kleinen Finger ihrer rechten Hand. »Haben Sie irgendwelche Zusatzqualifikationen durch berufliche Weiterbildung erworben?«

»Ich war viel zu sehr mit meiner Arbeit beschäftigt, um irgendwelche Weiterbildungsseminare zu besuchen«, sagte er gereizt. Doch er ärgerte sich nicht über sie, er ärgerte sich über sich selbst. Warum hatte er sich nicht weitergebildet? War es ihm je angeboten worden? Warum hatte er es nicht eingefordert? Vielleicht, weil er in seinem Leben nie etwas eingefordert hatte. Er war sich nicht einmal sicher, ob er es überhaupt könnte.

Das Mädchen lächelte. »Ich gebe Ihr Profil in den Computer ein, und wir werden sehen, welche Stellenangebote unsere Datei für Sie findet. Es dauert nur ein paar Minuten.«

Es waren drei Stellenangebote. Für jede der Stellen sollte nur die Hälfte des Gehalts gezahlt werden, das er zuletzt bei NBC bekommen hatte. Mit einer Hypothek und einer Familie, die er zu versorgen hatte, konnte er sich eine solche Lohnkürzung einfach nicht leisten. Sein Stolz ließ es auch gar nicht zu.

»Das sind alles Stellen für einfache Angestellte«, rief er verärgert aus.

»Heute verlangen die meisten Unternehmen, dass ihre Angestellten nicht nur einen Universitätsabschluss haben, sondern mindestens auch Englisch sprechen. Unglücklicherweise haben Sie keine von diesen Qualifikationen.«

»Ich habe zweiundzwanzig Jahre Berufserfahrung.«
»Es tut mir leid, aber das sind die einzigen Angebote, die unser Computer für Sie gefunden hat. Soll ich ein Bewerbungsgespräch für Sie arrangieren?«
»Nein, nicht nötig, danke.« Er schob seinen Stuhl zurück und verließ das Büro.
Auf der Straße zündete er sich eine Zigarette an. Am Monatsende würde seine Frau von ihm erwarten, dass er sein Gehalt auf ihr gemeinsames Konto überwies, von dem sie ihm dann einen monatlichen Anteil gab. Zum Glück war er so vorausschauend gewesen, einige Ersparnisse auf ein eigenes Konto einzuzahlen. Wie lange die jedoch reichen würden, um seiner Frau weiter die regulären monatlichen Gehaltsüberweisungen vorzutäuschen, wusste er nicht. Höchstens ein oder zwei Monate.
Drei Wochen gingen ins Land ohne die geringste Aussicht auf ein Bewerbungsgespräch. Inzwischen fuhr er mit ungewaschenen Haaren, einem Dreitagebart und einem zerknitterten Anzug nach Tokio. Nach einem weiteren Morgen erfolgloser Arbeitssuche kehrte Kenji zum Mittagessen in einem Lokal in Shinjuku ein, einer Ramen-Bar, einer Bar, wo es chinesische Nudelgerichte gab. Die Bar war leer bis auf einen älteren Mann mit einer blauen Schirmmütze und einer farblich passenden Jacke, der neben der Tür saß. Er war über eine große, dampfende Schale mit Nudeln gebeugt, die er direkt aus der heißen Brühe in den Mund saugte, wobei er gleichzeitig zum Abkühlen Luft holte. Dadurch entstand ein lautes, schlürfendes Geräusch. Nachdem der Mann die Nudeln aufgegessen hatte, hob er seine Schale zum Mund und trank die übrig gebliebene Suppe auf die gleiche Weise. Der Küchenchef sah zu ihm herüber und wischte sich dabei die Hände an seiner fleckigen Schürze ab.
Die Tür flog auf, und jemand trat mit viel Getöse ein. Alle Anwesenden, der Küchenchef, der ältere Gast und

Kenji, drehten sich um, um zu schauen, wer so viel Lärm machte. Es war ein Mann, so um die fünfzig vielleicht, obwohl seine Haare und seine Kleidung vermuten ließen, dass er jünger war.

»Nicht Sie schon wieder«, stöhnte der Küchenchef. Doch etwas in seiner Stimme erweckte bei Kenji den Eindruck, dass er gar nicht so unglücklich darüber war, diesen seltsamen Mann mit dem schäbigen braunen Lederkoffer zu sehen. »Was wollen Sie denn schon wieder?«, fuhr der Küchenchef fragend fort. »Wollen Sie wieder einmal meine Gäste belästigen?«

Der Mann strich über seinen Anzug. Er war aus einem glänzenden schwarzen Stoff mit feinen silbernen Nadelstreifen. »Pah«, sagte er und gestikulierte mit seiner freien Hand. »Was für Gäste? Ich sehe keine Gäste.«

»Sie haben Sie kommen hören, darum sehen Sie keine mehr.«

Der Mann lachte freundlich, legte den Koffer auf einen freien Hocker und öffnete ihn. Der Küchenchef winkte ab. »Ich habe genug von Ihren Produkten. Nichts davon funktioniert richtig, alles geht kaputt. Sie können sich hinsetzen und etwas bestellen oder Ihre Sachen zusammenpacken und gehen.«

»Okay, okay.« Der Mann zog ein weißes Taschentuch aus seiner Brusttasche und wedelte damit in der Luft herum, während er bestellte. »Ich nehme dasselbe wie der Herr da«, sagte er und nickte in Kenjis Richtung, der eine Schale chinesische Nudeln in einer Brühe mit Schweinefleischstücken und Lauch aß. Der Küchenchef machte sich daran, das Essen zuzubereiten, und der Mann setzte sich nicht weit von Kenji entfernt an den Tresen. Obwohl es sonst gar nicht seine Art war, ertappte Kenji sich dabei, wie er den Mann beobachtete. Er wippte wie ein Kind auf dem gepolsterten Hocker auf und ab, während er mit einem Paar Essstäbchen auf allem herumtrommelte, was in der Nähe war. Auch mit seinen Füßen klopfte er den Takt. Sie steckten in schwarzen Lederschuhen, die vorne spitz zuliefen und mit mehreren Lagen schwarzem Klebeband an der Sohle befestigt waren, da sie sich bereits vom Schuh ablöste.

»Jetzt machen Sie schon. Hier verhungert man ja«, rief der Mann und sprang plötzlich auf, um sich auf den freien Hocker neben Kenji zu setzen. »Ich habe hier etwas für Sie, mein Freund.« Er öffnete seinen Koffer und nahm ein Paar rote, in Plastik eingeschweißte Essstäbchen heraus.

Da er nun direkt neben dem Mann saß, konnte Kenji sehen, dass dieser ein dunkelbraunes und ein grünes Auge hatte. Er konnte einfach nicht aufhören, ihn anzustarren.

»Essstäbchen mit Erdbeergeschmack.« Der Mann schob das Plastikpäckchen über den Tresen zu Kenji hinüber. »Sie lösen sich auf, während Sie essen. So schmeckt einfach jedes Essen großartig. Sogar das von Ihrer Schwiegermutter oder seins.« Er wies mit dem Kopf in Richtung Wirt.

»Die Essstäbchen, die ich habe, reichen mir völlig.« Kenji schob das Plastikpäckchen zurück über den Tresen.

Unbeeindruckt griff der Mann erneut in seinen Koffer und holte eine leuchtend orange Plastikunterhose heraus. »Eine aufblasbare Unterhose, für den Herrn, der im Falle einer überraschenden Überflutung der U-Bahn dem Tod durch Ertrinken entkommen will.« Kenji lehnte abermals ab. »Sie sind ein anspruchsvoller Kunde.« Der Mann lachte und griff ein weiteres Mal in seinen Koffer und brachte einen kleinen Ventilator zum Vorschein. »Doch ich denke, hier habe ich genau das Richtige für Sie. Kühlt Nudeln in Sekundenschnelle ab.« Der Ventilator bestand aus drei weißen Plastikflügeln, die auf einem viereckigen Batteriegehäuse mit einer Klemme am unteren Ende steckten. Er klemmte den Ventilator an Kenjis Schüssel und schaltete ihn an. Die Propellerflügel begannen sich zu drehen, erst langsam und dann immer schneller. In diesem Moment wollte Kenji sich gerade ein paar Nudeln in den Mund schieben. Sie verfingen sich in den rotierenden Flügeln, die Kenji die Essstäbchen aus der Hand rissen und heiße Brühe über seinen Anzug und seine Zeitung bliesen.

»Entschuldigen Sie bitte. Es tut mir sehr leid.« Der Mann beeilte sich, den Ventilator auszuschalten und mit einer Handvoll Taschentücher an Kenjis Anzug zu reiben.

»Schon gut«, sagte Kenji energisch, stand auf und setzte sich ans andere Ende des Tresens. Der Mann schaute kleinlaut in Kenjis Richtung, während er sein eigenes Gericht aß, das der Küchenchef vor ihn hingestellt hatte. Nach einigen Minuten ging er zu Kenji ans Ende des Tresens hinüber. Sie aßen beide schweigend ihre Nudeln.

»Hören Sie«, brach der Mann das Schweigen. »Es tut mir leid. Ich bin manchmal etwas übereifrig. Man muss schließlich irgendwie seinen Lebensunterhalt verdienen, nicht wahr?«

»Machen Sie sich wegen mir keine Gedanken.« Die verschütteten Nudeln auf dem Anzug schienen Kenji lediglich das zu sein, was er verdiente, und er hatte nicht vor, sich darüber aufzuregen.

»Mein Name ist Izo Izumi.« Er gab Kenji seine Karte. »Und wie heißen Sie?«

»Kenji Yamada.«

Izo wies auf die durchweichte Zeitung und fragte: »Sie suchen einen Job?«

Kenji richtete sich auf seinem Hocker etwas auf und fragte: »Wissen Sie, wo ich einen finden könnte? Vielleicht sogar einen Job im Bereich Programmforschung? Ich habe durch meine jahrelange Arbeit bei NBC viel Erfahrung.«

»Ich?« Izo schüttelte bedauernd den Kopf. »Nein. Ich liebe meine Freiheit zu sehr, um mich an ein Büro zu binden oder an einen Boss. Die Erfahrung habe ich schon hinter mir. Ich bin eigentlich Anwalt und habe für eine Kanzlei hier in Shinjuku gearbeitet.«

»Anwalt?«

»Ich sehe nicht so aus, nicht wahr? Es ist auch schon eine Zeit her – damals, als alles noch im Aufschwung war.«

Es schien tatsächlich schon lange her zu sein, doch Kenji erinnerte sich gut an diese Zeit. Unbegrenzte Spesenkonten. Jede Nacht mit Kunden in den besten Restaurants in Tokio essen gehen. Extravagante Ausflüge für die Angestellten und ihre Familien.

»Die meisten unserer Mandanten hatten mehr Geld als Verstand.« Der Verkäufer wurde sehr ernst. »Männer, die es hätten besser wissen müssen, wurden von jungen Mädchen verklagt, nachdem sie schwanger geworden waren. Dann bekamen ihre Frauen Wind von der Sache und wollten die Scheidung, ganz zu schweigen von Unterhaltszahlungen für die Kinder, das Haus und den Wagen. Einmal hatte ich sogar einen Scheidungsfall, bei dem sich der Mann und die Frau um den Hund stritten. Einen sehr hübschen Pudel, aber nichtsdestotrotz eben nur ein Hund. Schließlich blieben die Fälle aus. Niemand hatte mehr das Geld, um junge Mädchen auszuführen, und erst recht nicht, um sich scheiden zu lassen. Wir mussten die Kanzlei aufgeben. Ich habe meinen Job verloren und konnte keinen neuen mehr finden. Wissen Sie, ich hatte erst kurz davor meinen Abschluss gemacht, und der war nicht gerade herausragend. Ich hatte den Job nur bekommen, weil mein Onkel ein paar Leute unter Druck gesetzt hat. Ich war ein Wrack und lief durch Tokio, ohne zu wissen, was ich mit mir anfangen sollte. Dann, eines Tages, saß ich in einer Bar und betrank mich, als so ein Typ hereinkam.«

Er drehte sich zur Tür, durch die er vor einiger Zeit selbst hereingeplatzt war.

»Er hatte einen braunen Lederkoffer, so ähnlich wie der hier. Ich dachte mir im Stillen, hey, der Typ will wohl in Urlaub fahren. Doch dann machte er den Koffer auf, und alle Stammkunden aus der Bar drängten sich um ihn. Er hatte alles Mögliche in dem Koffer: Bieruntersetzer, Cocktailschirmchen, ausgefallene Seifen, Nudelfertiggerichte. Alles für wenig Geld. Sie drückten ihm so lange Geld in die Hand, bis der Koffer leer war. Ich sagte zu mir, Izo, so könntest du dir auch deinen Lebensunterhalt verdienen. Also kaufte ich mir von dem wenigen Geld, dass ich noch übrig hatte, einen Koffer, suchte mir ein paar Zulieferer, und jetzt bin ich Vertreter. Ich kann mich nie lange an einem Ort aufhalten, ohne dass es mich in den Beinen juckt. Keine Frau, keine Kinder. Niemand, an den ich denken muss, nur ich selber.«

»Fühlen Sie sich nie einsam?«

»Einsam? Ich? Sie machen wohl Witze.« Das breite Grinsen in Izos Gesicht wurde etwas schwächer. »Ich habe in jeder Stadt ein Mädchen. Das ist das einzig Wahre. Und Sie? Sind Sie verheiratet?«

Kenji erzählte ihm von seiner Familie.

»Keinen Job mehr zu haben muss ziemlich hart für Sie sein. Wie hat Ihre Familie es aufgenommen?«

»Sie wissen es noch gar nicht.« Da Kenji normalerweise in privaten Dingen sehr zurückhaltend war, überraschte es ihn, wie schnell er sich diesem Fremden gegenüber öffnete. »Ich hatte gehofft, dass ich einen anderen Job finden könnte, bevor ich es ihnen erzählen muss. Jetzt bin ich mir nicht mehr so sicher. Es ist schon drei Wochen her.«

Izo kaute auf seiner Unterlippe. »Soll ich Ihnen ein Geheimnis verraten?«, fragte er und lehnte sich zu Kenji hinüber. »Soll ich Ihnen verraten, wie Sie so viel Geld machen können, dass Sie Ihr ganzes Leben keinen einzigen Tag mehr in einem Büro verbringen müssen?«

Kenji versuchte beiläufig zu klingen. »Klar.«

»Haben Sie jemals Pachinko gespielt?«

»Pachinko?«, wiederholte er und dachte an die Spielhallen, in denen er vor seiner Hochzeit öfter gewesen war, und an die Flippergeräte mit den müden Männern, die wie hypnotisiert davorsaßen. »Vor vielen Jahren einmal.«

»Sie kennen also die wichtigsten Regeln, oder?«

Er erinnerte sich an die Regeln. Zunächst kauft man eine Anzahl von kleinen silbernen Kugeln, die man auf einem Tablett unter dem Gerät ablegt. Dann bedient man einen Hebel mit zwei Wahlmöglichkeiten: Man dreht ihn schnell, wenn man die Kugeln mit großer Geschwindigkeit über das Spielfeld schießen will, oder langsam, um die Kugeln gemächlich rollen zu lassen. Danach muss man sich nur noch zurücklehnen und den Kugeln zuschauen, wie sie durch ein Labyrinth aus Stiften, Kanälen und Klappen springen. Mit etwas Glück rollen sie in ein spezielles Loch, und weitere Kugeln fallen aus dem Gerät auf das Tablett. Am Ende des Abends hatte Kenji die übrig gebliebenen Kugeln gegen Zigaretten am Tresen im vorderen Bereich der Spielhalle eingetauscht. Es gab auch andere Preise, die in einem kleinen Laden in einer nahe gelegenen Seitengasse zu Bargeld gemacht werden konnten. Doch er hatte immer nur Zigaretten gewollt, und außerdem war er die meiste Zeit mit leeren Händen nach Hause gegangen.

»In der Regel verliert man«, sagte Kenji und zuckte mit den Achseln. »Aber man spielt auch nicht, um zu gewinnen.« Er spielte auf den hypnotischen Effekt an, den die grellen Lichter und die militärische Marschmusik in der Spielhalle auf ihn gehabt hatten.

»Dann kennen Sie das Geheimnis nicht.« Izo wirkte selbstzufrieden. »Es verbirgt sich in den Nägeln«, teilte er

Kenji mit. »Jede Nacht, wenn die Pachinko-Halle schließt, öffnet ein Angestellter alle Geräte und justiert die Nägel mit einem kleinen Hammer. Die meisten Geräte werden so präpariert, dass der Spieler alle seine Kugeln verliert. Aber bei einigen wenigen – jede Nacht sind es andere – vergrößert er den Abstand zwischen den Nägeln so, dass viele Kugeln in die Gewinnlöcher fallen. Wer am nächsten Tag an so einem Gerät spielt, ist ein Glückspilz, und alle, die ihm zuschauen, werden in ihrer Hoffnung auf einen Gewinn ermutigt.«

»Das hat man mir früher schon erzählt, aber es ist nur ein Gerücht.«

Izo sah beleidigt drein, und Kenji suchte nach Worten, wie er ihn beschwichtigen konnte.

»Wie kann man denn herausfinden, an welchen Geräten man gewinnt?«

»Sie müssen sehr früh kommen. Noch bevor die Halle öffnet. Sobald sie öffnet, müssen Sie schnell loslaufen, um das Gerät zu entdecken, an dem Sie gewinnen. Anfangs ist das nicht einfach. Sie müssen ein Lineal mitnehmen, das Sie an das Schutzglas halten, um den Abstand zwischen den Nägeln zu messen. Sie müssen aber unauffällig vorgehen, oder man wirft Sie raus. Später, wenn Sie sich zu einem echten Profi entwickelt haben, können Sie auf den ersten Blick sagen, ob ein Gerät gewinnt oder verliert.«

»Wie viel kann man damit gewinnen?«

»Wie viel hat Ihre Gesellschaft Ihnen gezahlt?«

Kenji zögerte, erzählte es ihm dann aber doch, und als Izo ihm versicherte, dass ein Pachinko-Gerät sogar noch mehr abwerfen konnte, war er ehrlich fasziniert. »Und warum verdienen Sie dann Ihr Geld als Vertreter? Warum spielen Sie nicht die ganze Zeit Pachinko?«

Izo presste beide Hände auf die Ohren und schüttelte wie wild den Kopf, als ob dort eine Wespe eingesperrt wäre. »Ich habe den Lärm nicht ausgehalten. Die Metallkugeln, die durch die Geräte kullern. Es war, als ob man in einer Blechhütte von einem Hagelsturm überrascht wird. Nicht auszuhalten. Nach jeder Nacht brummte mir der Kopf. Deshalb bin ich ausgestiegen. Ich habe seit Jahren nicht mehr gespielt. Wie dem auch sei –«, er blickte auf seine Uhr und sprang unvermittelt auf, »ich muss zum Zug.« Er sammelte seine Sachen ein, doch bevor er ging, gab er Kenji die beiden roten Essstäbchen. »Geht aufs Haus«, grinste er. »Passen Sie auf sich auf und viel Glück.« Er gab ihm einen kräftigen Schlag auf den Rücken, tauschte ein paar scherzhafte Beleidigungen mit dem Küchenchef aus und räumte das Feld.

Kenji hätte ihn gern gefragt, ob er nicht noch ein bisschen bleiben wollte. Stattdessen sprang er auf, lief zum Fenster der Ramen-Bar und sah, wie Izo am Ende der Straße verschwand. Als er zu seinem Platz zurückkam, räumte der Küchenchef gerade seine Schale ab und lächelte ihn breit an. »Das ist vielleicht ein verrückter Kerl.«

Kenji nickte. Izo war ganz bestimmt verrückt, aber vielleicht war er genau der Glücksbote, auf den er so sehnsüchtig gewartet hatte.

5

*H*ey, was machen Sie da eigentlich?«

Wenn Kenjis Mutter ihn als Kind dabei erwischte, wie er irgendetwas anstellte, kniff sie ihn in den rechten Arm und verlangte zu wissen, was er da eigentlich tat. Kenji heulte und protestierte, aber es dauerte nie lange, bis sie sich wieder vertrugen. Seine Mutter war eine gutmütige Frau, die sich nicht so schnell aufregte. Wenn sie ihn kniff, dann nur, weil er es verdient hatte. Nach seiner Bestrafung hatte er immer verzweifelt versucht, sie wieder milde zu stimmen. Die Zeit, die sie zusammen verbrachten und Geschichten erfanden, war für ihn das Größte. Wann immer sie durch ihr Wohnviertel gingen, auf ihrem Weg zu den Läden oder zu Kenjis Schule, zeigte seine Mutter auf einen Fremden und flüsterte ihm ins Ohr: »Erzähl mir etwas über ihn. Was macht er hier? Wo geht er hin?« Kenjis Antworten waren immer fantastisch: Er war ein Pirat, der durch die Karibik gesegelt und nach Japan gekommen war, um seinen Ruhestand zu genießen. Er hatte eine dreibeinige Katze und war auf dem Weg zum Fischgeschäft, um ihr Mittagessen zu besorgen. An diesem Abend wollte er mit seinen Nachbarn Karten spielen und ihnen ihr ganzes Geld abnehmen. Im Gegensatz dazu waren die Geschichten seiner Mutter einfach, aber sie hatten grundsätzlich etwas Heldenhaftes: Er war ein gewöhnlicher Büroangestellter. Jeden Tag schrieb er ellenlange Zahlenreihen auf viele Blätter und addierte sie. Wenn er damit fertig war, heftete er die Blätter in Ordner und stellte sie in riesige

Regale, aus denen sie niemals wieder hervorgeholt wurden. Den ganzen Tag lang war er ein trauriger, einsamer Mann, doch am Abend erwachte er zum Leben und malte die schönsten Bilder, die die Menschen je gesehen hatten. Kenjis Mutter entdeckte in allem und jedem etwas Schönes, sogar in den gewöhnlichsten Leuten. Sie sagte, dass jeder tief in seinem Innersten eine geheime Leidenschaft oder einen sehnsüchtigen Wunsch und ein verborgenes Talent hatte. Seit Jahren glaubte er, er hätte auch so ein verborgenes Talent. Deshalb hatte er ein Notizheft, das alle seine Ideen für Fernsehsendungen enthielt.

»Was machen Sie da eigentlich?«

Obwohl ihm jemand diese Frage ungefähr dreißig Jahre später stellte, hatte sie dieselbe Wirkung auf ihn. Er erstarrte, und das Lineal, das er an die Schutzscheibe des Pachinko-Automaten gehalten hatte, fiel ihm aus der Hand und landete auf dem Boden. Langsam drehte er sich um und schaute in die Richtung, aus der die Stimme kam.

Der Mann, der hinter Kenji stand, war unglaublich dick. Er war so breit wie der Gang zwischen den beiden Reihen von Pachinko-Automaten. Doch es war nicht nur sein gewaltiger Körperumfang, der ihn von den anderen Pachinko-Spielern abhob und Kenjis Aufmerksamkeit auf sich zog. Er trug ein weites Hawaiihemd, auf dem eine orange Sonne zu sehen war, die über einem Vulkan unterging. Ein rotblaues Meer schwappte in sanften Wellen an den Strand am Fußende des Vulkans, und Mangobäume warfen lange Schatten auf den Sand. Kenji spielte mit dem Gedanken, einfach an dem Mann vorbeizurennen, aber es war unmöglich. Die Beine des Mannes standen auf dem Boden festgewachsen wie zwei Baumstämme. Sie waren so lang und gewaltig wie die eines Sumo Ringers und brachten die Nähte der hellbeigen Cargohose, in die er sich gezwängt hatte, beinahe zum Platzen. Die Füße des Mannes steckten in Sandalen, über denen die Knöchel gerade noch zu sehen waren. Obwohl er versuchte, nicht so genau hinzuschauen, fiel Kenji auf, dass dort, wo die Fettrollen unten an den Beinen des Mannes hervorquollen, tiefrote Striemen in seine Haut schnitten.

Der Mann sah nicht aus wie ein Rausschmeißer. Doch der Maruhan-Turm hatte auch keinerlei Ähnlichkeiten mit den Pachinko-Hallen, in denen Kenji bislang gewesen war.

Es gab fünf Stockwerke, und jedes war mit einer riesigen Auswahl an Videospielen, einarmigen Banditen und Pachinko-Automaten ausgestattet. Aus den Lautsprechern tönte laute Musik, die gelegentlich den Geräuschpegel durchdrang, der durch mehrere Tausend Metallkugeln in mehreren Hundert Pachinko-Automaten erzeugt wurde. Die Automaten hatten keine Ähnlichkeit mit den rein mechanischen Kästen aus Kenjis Erinnerung. Diese Automaten waren aus leuchtend buntem Plastik und hatten einen Bildschirm, auf dem Trickfiguren tanzten und jubelten, sobald eine Metallkugel in einem der Löcher verschwand.

Fiel eine Kugel in ein Loch, wurden drei Bildrollen in Bewegung gesetzt, die sich mit hoher Geschwindigkeit drehten. Wenn alle drei Rollen beim Anhalten das gleiche Bild zeigten, fielen weitere Kugeln unten am Automaten heraus und konnten am Tresen, wo es die Preise gab, eingelöst werden. Dort gab es nicht mehr nur Zigaretten zu gewinnen, um die Kenji früher gespielt hatte. Jetzt gab es Designerhandtaschen und Sonnenbrillen oder Digitalkameras. Auch die Halle hatte keinerlei Ähnlichkeit mit den Hallen aus seiner Erinnerung. Hier gab es lilafarbene Plüschsofas für verliebte Paare, einen extravaganten Springbrunnen und einen Nichtraucherbereich. Doch was ihn am meisten überraschte, waren die Poster im Foyer.

»Jeden Mittwoch ist Ladies' Night«, las er laut. »An diesen Abenden bitten wir die verehrten männlichen Besucher des Maruhan höflich darum, zu Hause zu bleiben.«

»Seit wann spielen Frauen Pachinko?«, hatte Kenji zu dem gepflegten Bediensteten im Foyer gesagt, der ihn beim Hereinkommen begrüßt hatte.

Der Mann im Foyer hatte gelächelt und den Text des Posters noch einmal heruntergeleiert.

»Was machen Sie da, Freundchen?«, fragte der Mann mit dem Hawaiihemd noch einmal und verlagerte sein enormes Gewicht von einem Bein auf das andere.

Kenji blickte sich suchend auf dem Boden um, der mit Comicfiguren bemalt war, doch er konnte sein Lineal nirgends entdecken. Glücklicherweise beachtete ihn keiner der anderen Besucher. Sie saßen völlig weltvergessen vor ihren Automaten mit Ohrstöpseln in den Ohren und Zigarette im Mundwinkel. Die Pachinko-Profis unter ihnen waren leicht an den von Metallkugeln überquellenden gelben Plastiktabletts zu ihren Füßen zu erkennen.

»Ich wollte wirklich keinen Ärger machen«, murmelte Kenji und verbeugte sich entschuldigend. »Ich gehe schon.«

Mit gesenktem Kopf lief er zur Rolltreppe und fuhr ins Erdgeschoss. In dem Glauben, dass er nun in Sicherheit sei, holte er tief Luft, doch sie blieb ihm im Halse stecken, als sich eine große Hand auf seine Schulter legte. Er starrte auf die Nägel am Ende der Finger. Sie waren bis zum Nagelbett abgekaut.

»Warum haben Sie es so eilig?«, fragte der Mann mit dem Hawaiihemd gut gelaunt. Sie standen auf der Straße direkt vor dem Maruhan-Turm, und obwohl es kalt war, stand dem fetten Mann der Schweiß auf der Stirn. Er wischte sie mit einem Taschentuch ab und atmete schwer und stoßweise.

»Sind Sie ein Sicherheitsangestellter?«, fragte Kenji, und der Mann lachte leise mit geschlossenen Augen, die hinter seinen dicken Pausbacken verschwanden. Es war ein heiterer Laut, der tief aus seinem Bauch kam und seinen ganzen Körper vibrieren ließ. Kenji konnte sich ein Kichern nicht verkneifen, und als der Mann ihn fragte, ob er mit ihm essen gehen wollte, sagte Kenji zu.

Einige Minuten später saßen beide auf harten Plastikstühlen bei McDonalds. Kenji knabberte wenig begeistert an einem Hamburger, während sein Begleiter, der sich kurz als Doppo vorgestellt hatte, sich über einen großen Burger, Pommes, einen Schokoladenmilchshake und einen Apfelkuchen hermachte.

»Also, was wollten Sie mit dem Lineal?«, fragte Doppo ihn mit vollem Mund, und als Kenji es ihm erklärte, erheiterte ihn das so sehr, dass es ihn erneut vor Lachen schüttelte und der gelbe Sitz unter seinem Gewicht krachte und ächzte. »Ihr letztes Pachinko-Spiel muss schon länger zurückliegen«, sagte er, und Kenji gab zu, dass es tatsächlich so war. »Heute gibt es die Automaten nicht mehr, bei denen sie die Nägel jede Nacht neu justieren. In ländlicheren Gegenden oder in Vorstadthallen findet man sie vielleicht noch. Aber die meisten Automaten ...«, sagte er und hielt kurz inne, um sich den Mund mit einer Serviette abzuwischen, »... werden heutzutage von Computern gesteuert und kontrolliert. Das bedeutet aber nicht, dass man sie nicht austricksen kann. Man muss nur wissen, wie.« Doppo legte die Serviette auf den Tisch und warf einen prüfenden Blick auf Kenji. »Ich kann es Ihnen zeigen, wenn Sie wollen.«

»Sie würden mir zeigen, wie es geht?«

»Sicher, warum nicht?« Der dicke Mann zuckte mit den Schultern. »Ich bin Ihnen in der Halle eine Zeit lang gefolgt. Sie sahen so aus, als würden Sie irgendetwas im

Schilde führen, und ich wollte wissen, was. Als ich gesehen habe, wie Sie das Lineal aus dem Jackenärmel zogen, habe ich mir gesagt, sieh an, dieser Mann könnte eine Glückssträhne gebrauchen. Ich bin selbst eine Art Spieler, wissen Sie. Genau genommen, seit dem Tag, an dem meine Frau gestorben ist.«

Das Lächeln verschwand aus seinem Gesicht. Kenji suchte nach tröstenden Worten, aber ihm fiel nichts ein. Stattdessen bot er Doppo seine übrig gebliebenen Pommes an. Der lächelte traurig.

»Nein, danke. Ich habe schon genug gegessen, und ich habe meiner Tochter versprochen, dass ich etwas gegen mein Übergewicht tue.« Er tätschelte seinen Bauch. »Sie hackt dauernd auf mir herum und will, dass ich alles aufgebe. Pachinko, Rauchen, Fastfood. Und sie liegt mir ständig in den Ohren, dass ich mit ihr und ihrer Familie auf Hawaii leben soll. Seit meine Frau – ihre Mutter – vor fünf Jahren gestorben ist, geht das schon so. Gestern habe ich mich endlich entschieden, ihr Angebot anzunehmen. Das Klima wird mir guttun, ich verstehe mich mit ihrem Mann, und ihre zwei Kinder sind höflich und gut erzogen. Vielleicht kann ich noch Kartenspielen lernen.«

Er klang nicht sehr überzeugend.

»Sie geben das Pachinko-Spielen also auf?«, fragte Kenji.

»Sieht so aus«, erwiderte Doppo, während er ein Inhalationsgerät aus der Brusttasche seines Hemdes zog und tief inhalierte. »Allerdings nicht«, er steckte sein Inhalationsgerät zurück, »bevor ich Ihnen nicht beigebracht habe, wie man gewinnt.«

6

*K*enji schaute auf seine Uhr. Es war Viertel vor neun in der Früh, und er hatte noch über eine Stunde Zeit bis zu seinem Treffen mit Doppo. Um die Zeit zu überbrücken, trank er einen schwarzen, süßen Kaffee im nahe gelegenen Kaufhaus in Tokio, und als er bald darauf wieder an der U-Bahnstation in Shibuya ausstieg und sich die letzten Kuchenkrümel von seinem Jackett klopfte, bemerkte er, wie ruhig die Bahnstation nach dem morgendlichen Berufsverkehr war.

Während er am Westeingang zur Bahnstation neben einer langen Reihe von Fahrkartenautomaten wartete, bemerkte er einen Mann in mittlerem Alter mit einem Regenmantel und einer Aktentasche, die seiner eigenen ähnelte, der durch eine Absperrung auf den offenen Platz vor der Bahnstation trat. Er dachte an seine Mutter und was sie wohl zu ihm gesagt hätte, wenn sie jetzt da wäre. »Wo will der Mann wohl so eilig hin?«, hätte sie ihn wahrscheinlich gefragt. Der Mann schien es tatsächlich sehr eilig zu haben. Er blickte nicht nach rechts oder links und stieß prompt mit einem Schulmädchen zusammen, das über den Platz schlenderte und den Blick nicht von einem großen Bildschirm lösen konnte, auf dem ein Musikvideo lief.

Während Kenji auf Doppo wartete, fühlte er in sich eine eigenartige Spannung aufsteigen, doch vielleicht kam das nur von dem vielen Koffein, das er getrunken hatte. Er konnte das Gefühl nicht recht beschreiben, aber er hatte es schon einmal in einem Weltraumsimulator auf einer

Ausstellung in Yokohama erlebt. Es war spät am Tag gewesen. Das Konferenzzentrum war fast menschenleer gewesen, und er war der Einzige, der sich schwerelos in der Röhre bewegte und sich erst auf die eine Seite, dann auf die andere Seite rollte und sich dabei frei, losgelöst und vollkommen unbeschwert fühlte. Als die Simulation vorbei war und er schwer auf den Boden plumpste, hatte er gefragt, ob er noch einmal dürfte, doch ihm wurde höflich, aber bestimmt mitgeteilt, dass dies nicht möglich wäre. Niedergeschlagen war er an der nächsten Station in die Bahn gestiegen und hatte gedacht, dass er nie wieder so etwas erleben würde. Doch jetzt fühlte er sich wieder wie damals. Ihm war, als ob er schwebte.

»Guten Morgen, Bürohengst.«

»Doppo«, rief Kenji freudestrahlend aus und nahm Doppos riesige Erscheinung und sein farbenfrohes Hemd wohlwollend in Augenschein. Die oberen Knöpfe des Hemdes waren offen, und man konnte eine Kette mit einem Goldanhänger sehen, die sich tief in das Fleisch an seinem dicken Nacken grub.

Kenji ging Doppo entgegen. In seiner Aktentasche trug er nur seine laut klappernde Essensdose, die Ami für ihn vorbereitet hatte.

»Wir müssen Ihnen ein paar neue Anziehsachen kaufen, Bürohengst.« Doppo lachte freundlich. »Es kann in den Hallen sehr warm und stickig werden, wenn man den ganzen Tag spielt.«

Kenji nickte geistesabwesend und lockerte seine Krawatte. Sie war königsblau, und kleine Golf spielende Männchen waren mit Seidenfaden aufgestickt. Ein weiteres Geschenk von Ami. »Ich wollte eigentlich ein paar Sachen aus dem Haus schmuggeln. Aber ich will nicht, dass meine Frau etwas merkt.«

»Sie haben es ihr also immer noch nicht erzählt?«

»Je länger ich damit warte, desto schwieriger wird es. Ich hoffe immer noch, dass ich bald wieder eine Arbeit finde und es ihr dann erzählen kann, aber ich habe einfach kein Glück.«

»Wie wäre es, wenn wir Ihnen eine kleinere Ausgabe meines Outfits besorgen?« Doppo machte eine kokette Drehung vor Kenji. »Sie können Ihre Sachen in einem Schließfach in der Bahnstation lassen. Aber immer eins nach dem anderen. Lassen Sie uns erst eine Runde Pachinko spielen gehen.«

Kenji war so aufgeregt, dass er beinahe vor Freude gejauchzt hätte. Er eilte hinter Doppo her, aus der Bahnstation hinaus auf den Vorplatz in die wärmende Sonne, wo das Schulmädchen immer noch auf den Videobildschirm starrte, während sie mit einer Hand die Augen gegen die Sonne abschirmte.

Eine kleine, ordentliche Menschenschlange wartete geduldig auf dem Bürgersteig vor dem Maruhan-Turm. Doppo grüßte ein paar Leute aus der Schlange, die ihm höflich zunickten, die Kenji jedoch so aufdringlich anstarrten, dass er froh war, als kurz darauf die Rollläden hochratterten und zwei junge Männer in der Angestelltenuniform des Maruhan-Turms die Türen aufschlossen. Im gleichen Moment trat Doppo zurück an die Wand und gab Kenji mit Handzeichen zu verstehen, es ihm gleichzutun. Die Schlange, die seit ihrem Eintreffen noch länger geworden war, drängte vorwärts durch die geöffneten Türen.

»Lassen Sie sie vorgehen«, sagte Doppo mit einem Achselzucken, als die Leute sich an ihnen vorbeischoben. »Wir haben es nicht eilig. Heute jedenfalls nicht.«

Nachdem sich der Ansturm gelegt hatte, traten sie ein und nahmen eine der vier Rolltreppen, die zwischen dem Erdgeschoss und dem vierten Stock hinauf- und hinunterfuhren. Vor ihnen rannte ein älterer Herr die Stufen der Rolltreppe hoch. Das überraschte Kenji, denn der Herr sah nicht so aus, als hätte er die nötige Kondition, um ein solches Tempo durchzuhalten. Die Rolltreppen schoben sich unbeirrt nach oben, bis sie die vierte Etage einsehen konnten, wo der alte Mann, nun mit einem gelben Tablett voller silberner Metallkugeln ausgerüstet, auf ein Gerät in der hintersten rechten Ecke zulief. Doch eine Frau mit einem Kopftuch und einer großen runden Sonnenbrille war schneller. Er schleuderte die Schirmmütze, die er trug, frustriert auf den Boden und setzte sich an ein Gerät in der Nähe, von wo aus er die Frau mit dem Kopftuch anstarrte und bei jeder noch so kleinen Bewegung von ihr sofort von seinem Sitz aufsprang.

»Hier lernen Sie schon die erste wichtige Lektion.« Doppo grinste über Kenjis verwirrten Gesichtsausdruck. »Wer, glauben Sie, steuert die Gewinnquoten der Automaten?«

Kenji zuckte mit den Schultern. »Die Regierung?«

»Richtig. Aber die Hallen manipulieren sie. Das ist zwar illegal, wird aber von offizieller Seite geduldet. An Tagen, an denen die Halle voll ist und mehr Leute da sind, die es bemerken können, werden mehr Gewinne ausgeschüttet. Die Kunden bekommen den Eindruck, dass das eine gute Halle ist, und kommen wieder. Und unabhängig davon, was für ein Tag gerade ist, gibt es aus den gleichen Gründen immer ein paar Automaten, die so eingestellt sind, dass sie große Gewinne ausschütten.«

In diesem Moment wurde die Musikanlage angeschaltet, und ohrenbetäubende Musik erschallte aus dem Lautsprecher über Doppos Kopf. Er sprach so laut, dass Kenji ihn gerade noch verstehen konnte.

»Die elektronische Steuerung, die die Gewinnausschüttung kontrolliert, wird alle drei bis vier Tage umgestellt.

Wenn Sie ernsthaft spielen wollen, müssen Sie kurz vor Schließung der Halle hier sein und herausfinden, welche Automaten große Gewinne ausschütten. An diese Automaten müssen Sie am nächsten Tag so schnell wie möglich herankommen.« Doppo wies mit dem Kopf in Richtung des Mannes mit der Schirmmütze. »Kommen Sie, ich zeige Ihnen alles.«

Sie schlenderten langsam den nächsten Gang entlang. Kenji blieb hin und wieder erwartungsvoll stehen, wenn er den Eindruck hatte, dass Doppo auf ein Gerät zusteuerte, an dem er mit Kenji spielen wollte. Doch Doppo ging einfach weiter und hörte nicht auf zu reden.

»Die leichtesten Automaten sind die Hanemono. In denen werden die Nägel jede Nacht neu justiert. Das sind die Automaten, von denen Ihr Freund Ihnen erzählt hat. Hier werden Sie diese Automaten aber nirgends finden, und es macht auch wenig Sinn, woanders nach ihnen zu suchen. Sie sind nicht so teuer und leichter zu knacken, doch die Gewinne sind ebenfalls nicht der Rede wert. Worauf wir uns konzentrieren sollten …«, Doppo blieb schließlich doch vor einem Automaten stehen, der dem, vor dem er Kenji am Tag zuvor angesprochen hatte, zum Verwechseln ähnlich sah, »… zumindest am Anfang, ist dieser Typ hier. Diese Automaten heißen ›Deji-Pachi‹, und Sie spielen hier auf die vertraute Art und Weise, indem Sie die Geschwindigkeit bestimmen, mit der die Kugeln in das Gerät katapultiert werden und durch das Labyrinth rollen.«

Kenji notierte sich alles, was Doppo sagte, in demselben kleinen Notizheft, in dem er auch seine Einfälle für Fernsehshows festhielt. Die Geschwindigkeit, mit der man den Hebel drehte, entsprach der Geschwindigkeit, mit der die Kugeln durch das Labyrinth fielen und von den Nägeln absprangen, die diverse Spalten und Kanäle bildeten. Auf dem Spielfeld waren auch etliche Löcher zu sehen. Einige davon waren Gewinnlöcher, andere nicht. Es schien eigentlich alles sehr einfach und klar, und Kenji konnte es kaum erwarten, endlich mit dem Spielen anzufangen. Wenn das die Möglichkeit war, wie er seinen Lebensunterhalt verdienen konnte, worauf sollte er dann noch warten? Seine Ersparnisse neigten sich schneller als gedacht dem Ende zu, und Ami fing langsam an, Verdacht zu schöpfen, und stellte ihm immer öfter Fragen über seine Arbeit, was früher so gut wie nie vorgekommen war. Abgesehen vielleicht von der Frage, was er zum Essen mitnehmen wollte.

Doppo entging Kenjis wachsende Ungeduld, und er redete einfach weiter. »Die Löcher, mit denen Sie gewinnen oder verlieren, sind je nach Gerät, an dem Sie spielen wollen, verschieden. Sie sollten die Automaten also besser vorher genau überprüfen.«

»In Ordnung.«

»Sie müssen fragen oder beobachten, was die anderen Spieler tun. Zumindest in der Anfangszeit. Also, wenn eine Kugel in ein Gewinnloch fällt, wird dieser dreiarmige Bandit aktiviert ...« Doppo klopfte auf die Mitte des Schutzglases. »... und wenn hier drei gleiche Symbole erscheinen, gewinnen Sie weitere Kugeln.«

»Das habe ich verstanden. Können wir ...«

»Geduld. Das ist noch nicht alles.« Doppo senkte seine Stimme und beugte sich verschwörerisch vor. »Einige Leute glauben, dass sie den Weg der Kugeln beeinflussen können, indem sie den Hebel zur Bestimmung der Geschwindigkeit auf bestimmte Weise drehen oder sich leicht gegen das Gerät lehnen. Andere denken, dass es hilft, wenn sie einen Magneten an eine Seite des Automaten halten. Doch bevor Sie sich damit beschäftigen, wie Sie das Gerät überlisten können, müssen Sie erst einmal lernen, wie Sie richtig spielen.«

Zufrieden mit seinen Erklärungen, nickte Doppo Kenji zu und marschierte zum Ende der Reihe, wo er links und dann gleich noch mal links in den nächsten Gang abbog.

»Wollen wir denn gar nicht spielen?« Kenji trottete hinter ihm her, und es gelang ihm nicht, seinen frustrierten Tonfall zu verbergen. Das Notizheft und den Bleistift hatte er längst in die Gesäßtasche seiner Hose verbannt.

»Es gibt noch mehr, was ich Ihnen zeigen will.« Doppo kratzte sich am Kopf und drehte sich von Kenji weg, gerade als dessen Gesicht sich vor lauter Enttäuschung verzog. »Die Automaten in dieser Reihe werden ›Kenrimono‹ genannt und von Profispielern benutzt. Bevor Sie sich an die heranwagen, sollten Sie gut vorbereitet sein und genau wissen, was Sie tun.«

»Und wieso?«

»Weil Sie in ein paar Stunden die Summe gewinnen oder verlieren können, die Sie an einem Tag verdienen.«

Deshalb also hatten sie noch nicht gespielt. Nun verstand er Doppos Verzögerungstaktik. An diesen Automaten würde er das Spiel lernen. Es machte keinen Sinn, seine Zeit mit den anderen Automaten zu verschwenden. Nein, hier könnte er das große Geld machen. Kenji rieb sich erwartungsvoll die Hände, während er sich vorstellte, wie er das erste Mal seit Monaten mit einer Brieftasche voller Geld nach Hause kommen würde. Und vielleicht – er dachte an die Tresen mit den Preisen, an denen sie auf ihrem Weg vorbeigekommen waren – könnte er sogar mit ein paar Geschenken nach Hause gehen. Er setzte sich auf den Hocker vor den Automaten und zündete sich eine Zigarette an.

»Zeigen Sie mir jetzt, wie ich damit spiele?«

»Nein, noch nicht. Es ist ratsam, dass Sie erst an Ihrer Methode feilen, und zwar an den einfacheren Automaten.«

»Aber was kann es denn schon schaden?« Kenji redete so lange auf Doppo ein, bis der schließlich nachgab.

»Also hören Sie gut zu, denn das hier ist ziemlich kompliziert.«

Doppo setzte sich neben Kenji, der erwartungsvoll den Plastikhebel drehte, der die Metallkugeln in den Automaten katapultierte.

»Wenn Sie an diesen Automaten spielen, erwerben Sie bestimmte Anrechte, und um gewinnen zu können, müssen Sie wissen, wie Sie die zu Ihrem Vorteil nutzen können. Nehmen Sie zum Beispiel den Automaten hier. Er ist kalt, das bedeutet, wenn in den letzten dreißig Minuten niemand gespielt hat, stehen Ihre Chancen, damit zu gewinnen, eins zu dreihundert. Es sei denn, Sie schaffen es, eine Kugel in das Loch hier zu bringen. Wenn Sie das schaffen, können Sie zwischen dreihundert und sechstausendfünfhundert Kugeln gewinnen, je nach dem, wie viele Kugeln Sie vorher schon verloren haben. Je mehr Sie verlieren, desto höher stehen Ihre Chancen, zu gewinnen. Es ist ein kluger Schachzug, Ihre Kugeln so lange zu verlieren, wie Sie es sich leisten können. Danach haben Sie für dreißig Sekunden eine Gewinnchance von eins zu dreißig und können die Kugel in jedes Loch außer dem hier versenken. Wenn die Kugel in dieses Loch fällt, verringern sich Ihre Gewinnchancen im Verhältnis eins zu dreitausend für die nächsten sechzig Sekunden.«

»Dann lehne ich mich also einfach zurück und tue nichts, oder?« Kenji drückte seine Zigarette in dem Aschenbecher neben dem Automaten aus.

»So funktioniert es leider nicht, denn wenn Sie in dieser Zeit weniger als tausend Kugeln verlieren, stellt sich die Uhr selbst zurück, und die sechzig Sekunden beginnen von vorn.«

»Okay. Das hört sich alles ganz einfach an.«

»Sie sollten nicht zu selbstsicher sein. Es ist viel schwerer, als es aussieht.« Doppo blickte auf seine Uhr und runzelte die Stirn. »Ich verlasse Sie wirklich sehr ungern, aber ich muss noch ein paar Besorgungen machen. Würden Sie mich eine Zeit lang entschuldigen?«

»Kein Problem.« Kenji hätte beinahe laut gejubelt. Wenn Doppo weg war, konnte er sich endlich an dem Automaten austoben.

»Sie können sich, während ich weg bin, ja mal ein bisschen umsehen und ein paar Leute beim Spielen beobachten. Vielleicht schnappen Sie sogar den einen oder anderen Trick auf. Die Leute hier sind eigentlich ganz freundlich, wenn Sie sie erst näher kennenlernen. Sagen Sie einfach, dass Sie ein Freund von mir sind.«

Nachdem er so lange gewartet hatte, wie er es aushalten konnte, kaufte Kenji für zehntausend Yen Metallkugeln und trug sie zu dem Kenrimono-Gerät, an dem Doppo ihm alles Wichtige erklärt hatte. Er drehte den Hebel und katapultierte einige Metallkugeln nach oben, von wo aus sie durch das Labyrinth hinunterfielen. Sie fielen an allen Gewinnlöchern vorbei und verschwanden am unteren Ende des Automaten, also versuchte er es noch einmal und noch einmal und noch einmal. Nach nur zehn Minuten hatte er keine einzige Metallkugel mehr auf dem Tablett und absolut nichts gewonnen.

»Das verdammte Ding muss kaputt sein.« Er trat gegen den Fuß des Automaten und stieß sich schmerzhaft den Zeh. Daraufhin fasste er den Entschluss, sein Glück anderswo zu versuchen. Er kaufte weitere Metallkugeln und trat in einen anderen Gang. Dieses Mal drehte er den Hebel schneller, sodass die Kugeln mit größerer Geschwindigkeit hochgeschleudert wurden, und verlor alles in fünf Minuten. Erst nachdem er dreißigtausend Yen verloren hatte, gab er sich schließlich geschlagen.

»Was mache ich bloß falsch?«, murmelte er und blickte sich in der Halle um. Alle anderen schienen zu gewinnen, warum gelang es ihm nur nicht? Hatte Doppo ihm die falschen Dinge beigebracht? Er traute dem Kerl nicht. Er kannte ihn ja kaum. Vielleicht war er gar nicht der Profi, für den er sich ausgab. Und wo war er überhaupt? Er wollte ein paar Besorgungen machen, aber er war jetzt seit fast einer Stunde weg. Was sollte das? Er hob das leere gelbe Tablett auf, trug es zum nächsten Tresen und ließ es dort verärgert fallen. Wem wollte er eigentlich etwas vormachen? Kenji Yamada, der Pachinko-Profi? Doch wohl eher Kenji Yamada, der ewige Verlierer.

Er ging mit schnellen Schritten zielstrebig in Richtung Ausgang, und seine Wangen waren vor Zorn gerötet.

»Kenji.« Doppo trat von der Rolltreppe. »Wo wollen Sie denn so eilig hin? Ich dachte, wir könnten zusammen etwas essen.«

»Essen. Ist das alles, an was Sie denken können?«, warf ihm Kenji an den Kopf und trat, den verletzten Ausdruck auf Doppos Gesicht ignorierend, auf die Rolltreppe zu.

»Warten Sie doch.« Unbeirrt eilte Doppo ihm nach. »Ich habe mich mit zwei Freunden zum Essen verabredet. Sie sind Pachinko-Profis wie ich, und ich dachte, es wäre gut, wenn Sie einmal mit ihnen reden.«

Kenji blieb nicht stehen. Er drehte sich nicht einmal um. »Ich muss hier raus«, dachte er und schüttelte sich, weil er schon wieder alles falsch gemacht hatte. Warum war er nur immer so dumm und so leichtgläubig? Musste er alles für bare Münze nehmen, was man ihm sagte?

»Bitte geben Sie nicht auf, nur weil Sie ein bisschen Geld verloren haben. Alle verlieren am Anfang. Deshalb habe ich Sie allein gelassen. Ich habe bemerkt, dass Sie unbedingt spielen wollten, und ich wusste, dass ich Sie nicht davon abhalten konnte. Nur wenn Sie einmal so viel verloren haben, dass es wehtut, können Sie das Spiel richtig lernen.«

»Sie haben mich mit Absicht verlieren lassen.« Blind vor Wut drehte Kenji sich um. »Das waren meine allerletzten Ersparnisse. Das letzte Geld, das ich noch hatte. Was soll ich jetzt machen? Was soll ich meiner Frau erzählen?« Es dauerte einige Sekunden, bis er bemerkte, dass Doppo sich nach vorn gebeugt hatte und nach Luft rang. Er rannte die Stufen zurück zu ihm. »Geht es Ihnen gut? Was ist passiert? Kann ich Ihnen etwas bringen?

Doppo winkte mit einem Arm ab. »Ich muss nur wieder zu Atem kommen«, japste er.

»Kommen Sie. Gehen wir raus an die frische Luft.« Kenji griff einen von Doppos fleischigen Armen und hielt ihn fest, bis sie draußen waren.

Doppo lehnte sich erschöpft an die Außenmauer des Gebäudes.

»Sie dürfen nicht gleich losrennen wollen, bevor Sie nicht gelernt haben zu gehen. Sonst erleben Sie eine Enttäuschung«, stieß Doppo keuchend hervor.

»Bitte nicht sprechen«, flehte Kenji, als der dicke Mann mithilfe seines Asthma-Inhalators tief Luft holte. »Sie machen alles nur noch schlimmer.« Er fühlte sich furchtbar. Warum war er nur so schnell weggelaufen und hatte Doppo gezwungen, hinter ihm herzurennen, obwohl er wusste, dass dieser alles andere als fit war?

»Versprechen Sie mir, dass Sie nicht aufgeben?«, fragte Doppo ihn nach einigen Minuten, als sich sein Atem wieder normalisiert hatte.

»Nein.« Kenji schüttelte den Kopf. »Ich gebe nicht auf. Ich schulde Ihnen zumindest noch einen weiteren Versuch.«

»Gut. Essen Sie denn nun mit mir?«

»Ich kann leider nicht.« Kenji klopfte auf seine leeren Taschen, und seine Wangen röteten sich vor Scham.

»Ich wäre wirklich beleidigt, wenn ich die Rechnung nicht für Sie bezahlen dürfte. Schließlich bin ich dafür verantwortlich, dass Sie Ihr ganzes Geld verspielt haben.«

Obwohl es Kenji peinlich war, stimmte er zu, und die beiden Männer machten sich schweigend auf den Weg.

»Doppo, hier drüben.«

Die Ausstattung des Restaurants wurde von rotbraunem Bambusholz bestimmt. Der Fußboden, die Wände, die Decke, die Tische und Stühle, die Fensterläden, die zugeklappt waren – alles, so schien es zumindest, bestand aus diesem einen Material. Da das einzige Licht im Raum von kleinen Glühbirnen kam, die, von gläsernen Lampenschirmen bedeckt, an langen isolierten Kabelsträngen etwa dreißig Zentimeter über den Tischen hingen, brauchten Kenjis Augen einige Sekunden, bis sie sich an das dämmerige Licht gewöhnt hatten und er die große Gruppe von Leuten erkennen konnte, die in der Ecke des Restaurants saßen und ihnen zuwinkten. Sie bahnten sich einen Weg zu dem Tisch, an der Küche und den Büroangestellten vorbei, die zu Mittag aßen, und Kenji fühlte sich plötzlich ängstlich und nervös. Was wäre, wenn ihn jemand hier erkannte? Oder ihm einer seiner ehemaligen Kollegen über den Weg lief? Er konnte sich zwar nicht erinnern, dass dieses Restaurant je erwähnt worden war, aber vorsichtshalber senkte er den Kopf und hielt sich lieber im Schatten.

Er zählte mindestens zwölf Personen, die um den Tisch herum saßen. Sie begrüßten Doppo sehr herzlich und bombardierten ihn mit Fragen.

»Was macht Ihr Asthma?«

»Liegt Ihre Tochter Ihnen immer noch in den Ohren, mit ihr und ihrer Familie auf Hawaii zu leben?«

»Das muss man sich mal vorstellen. Ich wünschte, meine Tochter würde mir in den Ohren liegen, dass ich nach Hawaii ziehen soll.«

»Ich wünschte, meine Tochter würde ihre Zelte hier abbrechen und nach Hawaii ziehen.«

Jemand lachte. Jemand anderer schlug ihm auf die Schulter.

Kenji hielt sich im Halbschatten, voll Unsicherheit und voll Selbstmitleid. Dieser Mann hatte so viel in die Wege geleitet, um ihm zu helfen, und wie hatte er es ihm gedankt? Er hatte sich aufgeführt wie ein trotziges Kind, das beleidigt war, wenn die Dinge nicht so liefen wie erhofft. Okay, vielleicht war er zu sehr von sich überzeugt gewesen. Oder vielleicht war Pachinko auch einfach nicht sein Spiel. Wie dem auch sei, es war nicht Doppos Fehler.

»Ich möchte Ihnen meinen Freund vorstellen.« Doppo zog Kenji ins Licht. »Bürohengst, sagen Sie ›Hallo‹ zu allen hier. Alle miteinander, sagen Sie ›Hallo‹ zu unserem Bürohengst.«

»Hallo, Bürohengst«, riefen alle, die am Tisch versammelt waren, wie aus einem Mund. Ganz gegen seine Gewohnheit lächelte Kenji und war froh, sich zwischen die Leute an einem Ende des Tisches zu setzen, die für ihn zusammenrückten. Doppo setzte sich ans andere Ende des Tisches.

»Hallo.« Kenji verbeugte sich vor einer älteren Frau, die rechts neben ihm saß. Sie trug ein blaues T-Shirt, auf dem vorne ›Las Vegas‹ stand.

»Sind Sie ein Spieler?«, fragte sie mit heiserer Stimme und schob den Sonnenschild, den sie auf dem Kopf trug und der ihr Gesicht in ein grünes Licht tauchte, ein wenig hoch.

»Noch nicht, aber Doppo versucht gerade, es mir beizubringen.«

»Wirklich?« Die alte Frau zog an einer Zigarette, auf deren Filter Abdrücke von rotem Lippenstift zu sehen waren. »Mir hat er nie seine Geheimnisse verraten. Dabei bin ich seine älteste Freundin.«

»Hören Sie auf, so zu jammern.«

Kenji bemerkte einen drahtigen jungen Mann links neben ihm.

»Regen Sie sich nicht künstlich auf, Professor«, stichelte die alte Dame.

Der junge Mann schnitt ihr eine Grimasse und wandte sich Kenji zu.

»Sind Sie wirklich Professor?«, fragte Kenji.

Die alte Dame lachte gackernd. »Nur dem Namen nach. Er spielt Pachinko, damit er nicht unterrichten muss. Er arbeitet an der Universität, aber er hasst es, zu unterrichten. Er hasst Studenten.« Sie lachte wieder. »Stellen Sie sich vor. Ein Professor, der junge Leute nicht ausstehen kann.«

Der Professor wurde ernst. »Das ist nicht wahr, und das wissen Sie ganz genau. Ich bin an einem wichtigen Forschungsprojekt beteiligt, sodass ich meine anderen Aufgaben nicht immer wahrnehmen kann.«

Kenji hätte gern noch mehr erfahren, aber der Kellner erschien und stellte Schalen mit frittiertem Gemüse, Fleisch und Fisch auf den Tisch, dem eine große Schüssel mit dampfendem weißen Reis folgte. Kenji aß mit Appetit und war überrascht, wie hungrig er war. Er stellte fest, dass er sich wohlfühlte, und unterhielt sich angeregt mit seinen beiden Tischnachbarn.

»Woher kennen Sie Doppo?«, fragte er den Professor, während er mit seinen Stäbchen den Reis aufnahm.

»Ich war ein abgebrannter Student, der verzweifelt Geld brauchte. Doppo hat mich entdeckt, als ich ziellos in einer Pachinko-Halle herumgewandert bin und einen Plan ausgeheckt habe. Er brachte mir das Spielen bei, und ich habe es nie bereut.«

Kenji wurde klar, dass er Doppo Unrecht getan hatte.

»Wenn Sie mich bitte entschuldigen.« Der Professor erhob sich, sobald sie aufgegessen hatten, und legte einige Geldscheine auf den Tisch. »Ich muss heute Nachmittag eine Vorlesung halten. Ich habe mich sehr gefreut, Sie kennenzulernen. Ich lasse Ihnen meine Visitenkarte da.«

»Ich habe leider keine«, sagte Kenji und wurde rot.

»Vielleicht beim nächsten Mal.«

»Können Sie mich mitnehmen?«, krächzte die alte Frau.

»Solange Sie nicht in meinem Auto rauchen.«

»Er behandelt mich wie seine Mutter«, sagte sie mit einem Augenzwinkern, und dann waren beide verschwunden.

Doppo bemerkte den leeren Stuhl an Kenjis Seite und kam zu ihm. Um seinen Hals war eine mit Flecken übersäte Serviette gebunden. »Hat es Ihnen gefallen?«

Kenji nickte und machte eine Geste in Richtung der Leute, die noch am Tisch saßen. »Spielen sie alle Pachinko? Und keiner von ihnen arbeitet in einem Büro?«

»Nur der Professor. Und einige sind damit wahrscheinlich nicht ganz einverstanden.«

»Unglaublich.« Kenji rieb sich den Magen und lehnte sich auf seinem Stuhl zurück.

»Ich habe hier etwas für Sie.« Doppo gab Kenji ein in ein Papiertuch eingewickeltes Päckchen. »Nur ein kleines Geschenk.«

Kenji riss das Papiertuch auf, und ein leuchtend buntes Hawaiihemd kam zum Vorschein. Er lachte herzhaft.

»Gefällt es Ihnen?«, fragte Doppo unsicher.

Kenji faltete das Hemd auseinander und hielt es an seinen Oberkörper. »Ich finde es toll.«

7

*V*erdammt.«

Als Kenji hörte, dass die Rollläden hochgezogen wurden, rannte er den Hügel hinauf, doch es war zu spät. Die Türen des Maruhan-Turms standen offen, als er dort ankam, und die Leute, die vor den Türen gewartet hatten, saßen schon an den Automaten ihrer Wahl. Hätte er doch nur keine Kaffeepause eingelegt, aber Kenji spielte nun schon seit mehreren Wochen Pachinko, und je erfolgreicher er war, desto entspannter ging er die Dinge an. Vielleicht betrachtete er inzwischen alles ein wenig zu entspannt.

Es war Montagmorgen – der Beginn einer neuen Woche –, und wie in den Wochen zuvor, hatte er alles genau geplant und beabsichtigte, den Tag hier im Turm zu verbringen. Leider hatte er gerade die Chance verpasst, sich einen guten Automaten zu sichern, und in eine andere Halle zu gehen war sinnlos. Die Automaten dort würden ebenfalls besetzt sein. Also beschloss er, ein paar Stunden lang nur zu seinem Vergnügen und nicht um Geld zu spielen und darauf zu hoffen, dass zu einem späteren Zeitpunkt einer der besseren Automaten frei werden würde. Während er langsam im vierten Stock der Halle umherschlenderte und sich mehr Zeit ließ als sonst, fiel sein Blick auf einen Automaten in der hintersten Ecke. Er hatte nicht so viele blinkende Lichter wie die anderen, machte weniger Krach und hatte keinen LED-Bildschirm. Kenji konnte sich nicht erinnern, dort je einen der Stammspieler gesehen zu haben. Ihm war bis jetzt noch nicht einmal der

Automat selbst aufgefallen. Andernfalls hätte er natürlich schon dort gespielt. Nachdem er die ersten Kugeln in den Automaten katapultiert hatte, wurde ihm klar, dass die Gewinnquote irgendwann einmal überdurchschnittlich hoch gewesen sein musste, und da der Automat in Vergessenheit geraten war, hatte sich das Verhältnis zwischen Gewinn und Verlust nicht wieder eingespielt. Egal, was er tat, er gewann immer. Er schleuderte die Kugeln lediglich in den Automaten, lehnte sich zurück und sah zu, wie sie durch das Labyrinth rollten. Immer wenn sie in eins der Löcher fielen oder am Fußende des Automaten verschwanden, fielen neue Kugeln auf sein gelbes Plastiktablett.

Etwa zwei Stunden später entschied er, dass er nun genug gewonnen hatte. Er musste drei Mal zu dem Tresen mit den ausgestellten Preisen gehen, bis er seine Tabletts mit Metallkugeln gegen sieben große schmale Plastikkästchen mit einer falschen schwarzen Perle in der Mitte eingetauscht hatte.

Nachdem er den Turm verlassen hatte, bog er in eine Gasse auf der Rückseite des Gebäudes ein. Er stieg über herumliegenden Müll, leere Kartons und kleine Haufen von Gemüseabfällen, die vor den Hintertüren der Restaurants lagen. Schließlich blieb er vor einer unauffälligen Tür stehen. Sie hatte weder Türgriff noch Schloss und konnte nur von innen geöffnet werden. Wenn er nicht gewusst hätte, dass sie da war, hätte er sie wahrscheinlich nicht bemerkt.

Er klopfte leise auf den rissigen roten Türanstrich und wartete, bis sich die Tür einen Spalt geöffnet hatte und eine Nase in der Öffnung erschien.

»Oda.« Kenji wollte die Sache so schnell wie möglich hinter sich bringen. Die Abstecher in die Hinterhofgasse machten ihn immer noch nervös, obwohl er inzwischen häufig hierherkam.

»Was wollen Sie?«, erwiderte Oda unfreundlich. Er öffnete die Tür etwas weiter, blickte aber, während er sprach, über die Schulter auf einen Fernseher, der im Hintergrund dröhnte.

Kenji hatte von den anderen Pachinko-Profis erfahren, dass Oda Stunden damit verbrachte, amerikanische Seifenopern anzuschauen, und dabei versuchte, den Tonfall und den Sprachstil der Schauspieler nachzumachen. Daher klang sein Japanisch wie das eines Texaners, und er kleidete sich auch wie einer, mit blauen Levis, einem karierten Hemd und einem Gürtel mit großer Metallschnalle.

Schweigend übergab Kenji ihm die Plastikkästchen. Oda stieß einen grunzenden Laut aus und schlug die Tür zu. Nachdem Kenji einige Zeit in der Gasse, umgeben von öligen Pfützen und fauligem Geruch gewartet hatte, fragte er sich, ob Oda ihn vielleicht vergessen hatte. Er wollte gerade noch einmal klopfen, als die Tür auflog und Oda seine Hand herausstreckte. Kenji nahm den dicken braunen Umschlag an sich, der ihm entgegengeworfen wurde. Odas Hand verschwand, und die Tür fiel wieder ins Schloss.

»Jetzt hauen Sie ab, und lassen Sie mich in Ruhe«, hörte er eine gedämpfte Stimme rufen.

Kenji warf einen prüfenden Blick um sich, um sicherzugehen, dass niemand außer ihm in der Gasse war, und öffnete den Umschlag. Ihm blieb der Atem stehen. Er war vollgestopft mit Geldscheinen. Wahrscheinlich mehr Geld, als er jemals in seinem Leben gesehen hatte. Das Hochgefühl, das sich beim Gewinnen einstellte, war etwas, an das er sich nie gewöhnen würde. Auch die riesige Erleichterung, die er nach seinem ersten Spielmonat empfunden hatte, als er in der Lage gewesen war, Geld auf das Familienkonto zu überweisen, würde er nie vergessen. Die Dinge liefen inzwischen so gut, dass er ein weiteres Konto hatte einrichten müssen. Er nannte es ›Yumis und Yoshis Universitätsfonds‹.

Er küsste den braunen Umschlag und blickte zum Himmel. »Vielen Dank, Doppo. Ich danke dir, mein Freund.«

Es war ein schneller und leichter Gewinn gewesen. Vielleicht sogar zu leicht, deshalb kehrte Kenji auch am nächsten Tag in den Turm und an den Automaten zurück. An diesem Tag gewann er zehn Plastikkästchen.

»Nicht schon wieder Sie«, stieß Oda hervor, als er die Tür öffnete.

Am dritten Tag, als Kenji zwölf Kästchen gewann, sagte Oda gar nichts mehr und starrte ihn nur durchdringend an.

Als Kenji am vierten Tag in den Turm zurückkehrte, bemerkte er, dass er, sobald er eingetreten war, von jemandem verfolgt wurde.

Er blieb vor dem Automaten stehen und tat so, als würde er ihn näher betrachten, wobei er im Schutzglas das Spiegelbild der Managerin sehen konnte, einer tüchtigen jungen Universitätsabsolventin. Dann ging er weiter, blieb immer wieder stehen, ging kurz darauf wieder weiter, sodass er sich sicher sein konnte. Es gab keinen Zweifel. Sie blieb stehen, sobald er stehen blieb, und ging weiter, sobald er weiterging. Ihm wurde klar, dass sie ihm zu verstehen geben wollte, dass sie da war. Die Verfolgung ging weiter – den einen Gang hinauf und den anderen wieder hinunter.

Er blickte sich in der Halle um. So etwas war noch nie vorgekommen, und er wusste nicht, was er tun sollte. Wenn Doppo nur hier wäre. Es war dumm gewesen, am vierten Tag wiederzukommen. Er hatte es sich zu einfach gemacht, war zu selbstgefällig und dumm gewesen. Da er kein absoluter Anfänger mehr war, kannte er die Regeln. Die Pachinko-Halle hatte eine Art stillschweigendes Abkommen mit den Profispielern. Sie tolerierten einige wenige Stammkunden, reagierten aber sehr nervös, wenn es zu viele wurden oder wenn sie das Gefühl hatten, dass jemand sein Glück zu sehr ausreizte.

»Sie haben gegen die einzige, wirklich wichtige Regel verstoßen.« Er konnte die Enttäuschung in Doppos Stimme fast hören, als er in Richtung des Ausgangs hastete.

»Ich weiß, ich weiß.« Er schüttelte den Kopf. »Was soll ich jetzt tun?«, fragte er und stellte sich vor, sein Freund wäre bei ihm.

»Bewahren Sie einen kühlen Kopf«, riet Doppo, »und machen Sie, dass Sie rauskommen.«

Kenji unterdrückte den Impuls loszulaufen, als er die Absätze der Managerin laut auf dem Boden klappern hörte, und betrat die Rolltreppe. Die Managerin kam ihm nicht hinterher. Seine Hände zitterten immer noch, als er vor dem Turm stehen blieb, um sich eine Zigarette anzuzünden, bevor er die Straße hinunterlief und in der Menschenmenge untertauchte. Schließlich fing er an zu lachen. Erst leise, doch dann bekam er einen richtigen Lachkrampf. Ihm wurde bewusst, dass das die aufregendste Sache in seinem ganzen bisherigen Leben gewesen war.

»Wollen Sie etwas trinken?«, fragte der Professor, während er aufstand und eine Hand in die vordere Tasche seiner schwarzen Jeans zwängte.

»Einen großen Whisky bitte. Ohne Eis«, antwortete Kenji, trat hinter dem Professor hervor und ließ sich auf den Holzstuhl fallen, der für ihn reserviert war. Doppo blickte ihn fragend an, doch er tat so, als bemerkte er es nicht. Einen Fehler zu machen war eine Sache, ihn zuzugeben eine ganz andere. Nachdem die Aufregung verflogen war, fühlte er sich ängstlich, und seine Hände zitterten.

Mehrere Minuten verstrichen, ohne dass jemand etwas sagte, bis der Professor von der Bar zurückkam. Kenji kippte seinen Whisky hinunter und sprang auf, um sich ein Bier zu holen. Dieses trank er etwas langsamer, und als er sein Glas geleert hatte, fühlte er sich ruhiger und ein wenig entspannter. Er blickte auf seine Freunde – Doppo, den Professor und die alte Dame, Michi – und rang sich zu einem Lächeln durch. Erst jetzt, wo er sicher bei seinen Freunden saß, wurde ihm bewusst und konnte er auch zugeben, dass er beinahe alles ruiniert hätte. Seinen Job zu verlieren hatte sein Selbstwertgefühl stark angegriffen. Er konnte die Erinnerung daran nicht ertragen, wie heruntergekommen er durch Tokio geirrt war, nur um jeden Tag neue Tiefschläge einzustecken. Inzwischen war alles anders. Er verdiente Geld – mehr als je zuvor –, und er hatte Freunde gefunden. Wahre Freunde. Menschen, auf die er sich verlassen konnte. Es war ein gutes Gefühl, dazuzugehören, ein Teil von etwas zu sein.

Außerdem – sein Lächeln wurde breiter – war er beim Pachinko-Spielen ein Naturtalent. Es lag ihm einfach im Blut. So jedenfalls wurde es ihm immer gesagt, und wie sollte er da widersprechen? Seine Spielmethode war vielleicht etwas schwerfällig, aber er hatte das Talent, besonders gewinnträchtige Automaten auszuwählen. Diesbezüglich war er sogar besser als Doppo und Michi.

»Wie machen Sie das nur?«, fragten sie ihn, aber er konnte es nicht erklären.

»Ich habe keine Ahnung. Irgendwie strahlen diese Automaten eine besondere Energie aus. Es ist, als ob sie pochen, pulsieren, vibrieren.«

Kenji stellte sein leeres Bierglas auf den Tisch und konzentrierte sich auf seine Freunde. Gerade sprach Michi.

»Er hat mich eine Betrügerin genannt.« Michi atmete den Rauch durch die Nase aus, sodass er sich unter ihrem Sonnenschild sammelte, bis sie ihn mit der Hand wegwedelte.

»Und *haben* Sie betrogen?«, fragte der Professor.

»Natürlich habe ich das. Diese Mistkerle haben es nicht anders verdient.«

»Was wird Ihr Sohn dazu sagen?«, fragte Kenji, wobei er ein Päckchen Lucky Strikes öffnete und den anderen eine Zigarette anbot. Doppo zögerte, bevor er eine nahm. »Und wenn er es herausfindet?«

Michi schnaubte verächtlich. »Das wird er nicht.«

Die alte Frau hielt nicht gerade viel von den intellektuellen Fähigkeiten ihres Sohnes, genauso wenig wie von denen ihrer Schwiegertochter. Sie lebte mit den beiden in einem Apartmentblock in Tokio, und beide gingen davon aus, dass Michi ihre Tage mit der Art von Zeitvertreib füllte, die zu einer älteren Dame passte: Lesen, leichte Bewegung, ruhiges Nachdenken. Dass sie eine Stammkundin in den meisten Pachinko-Hallen in der Innenstadt war und sich zum wöchentlichen Pokerspiel mit den anderen älteren Mietern des Apartmentblocks traf und diesen für gewöhnlich einen Großteil ihrer knapp bemessenen Rente abnahm, entging ihrer Aufmerksamkeit völlig.

»Der alte Idiot saß genau unter einem Spiegel«, sagte Michi. »Ich konnte sein Blatt sehen.«

Doppo drehte sich zu Kenji und lehnte sich über den Tisch, um die Asche von seiner Zigarette im Aschenbecher abzuklopfen. »Wie war denn Ihr Tag?«

Doppo versuchte, die Frage so beiläufig wie möglich klingen zu lassen, konnte den sorgenvollen Unterton in seiner Stimme jedoch nicht verbergen. Wie alle guten Lehrer überwachte er ängstlich Kenjis Fortschritte, und obwohl dieser inzwischen allein und mit Erfolg spielte, ließ sein ehemaliger Lehrer ihn nie ganz aus den Augen.

»Gut«, log Kenji. Er wollte seinen Freund nicht aufregen, da die bevorstehende Anreise seiner Tochter aus Hawaii ihn bereits sehr beunruhigte. Sie würde bestimmt, so hatte er ihnen immer wieder im Vertrauen erzählt, alles an ihm kritisieren und verlangen, dass er auf der Stelle mit ihr kommen und bei ihnen leben sollte. Obwohl er diesem Vorschlag gegenüber nicht völlig abgeneigt war, fiel es ihm schwer, Tokio zu verlassen. Zumindest im Moment noch.

Doppo sagte nichts. Er blickte Kenji nur an. Michi und der Professor saßen schweigend neben ihnen und beobachteten die beiden Männer. Die Bar war vollkommen leer. Das einzige Geräusch, das zu hören war, war Doppos Atem, schwer und rasselnd.

»Okay, ich habe gelogen«, gab Kenji zu. Doppo anzulügen, selbst wenn es zu seinem Besten war, war Kenji einfach unmöglich. »Ich habe es im Maruhan-Turm etwas übertrieben und drei Tage hintereinander gewonnen.«

»Wie viel?«, fragte Doppo, und als Kenji es ihnen sagte, brachen alle in Jubel aus.

»Mehr, als ich je in einer Woche gewonnen habe.«

»In einem Monat.«

»Was ist dann passiert?«

»Als ich heute wiederkam, bin ich verfolgt worden«, gestand Kenji.

»Ich wusste es«, rief Doppo aus und schlug sich mit der flachen Hand auf seinen riesigen Oberschenkel. »Sind Sie okay? Haben sie Ihnen etwas getan?«

Kenji schüttelte den Kopf. »Sind Sie verärgert über mich?«

»Sie ärgern sich doch schon über sich selbst.«

Er nickte.

»Und Sie werden denselben Fehler so schnell nicht wieder machen.«

»Nein.« Er schüttelte den Kopf mit Nachdruck, wobei der Professor und Michi ihn mitfühlend ansahen.

»Nun, dann bin ich froh.«

Kenji fühlte sich wie ein kleines Kind, das von den Älteren und Lebenserfahreneren belehrt wird, und war erleichtert, als der Barkeeper den Fernseher über ihren Köpfen einschaltete und sich alle Blicke darauf richteten.

»Die lang ersehnte Kirschblüte ist inzwischen auch in Tokio«, gab die Nachrichtensprecherin bekannt, während sie aus dem Bild verschwand und eine Karte von Japan erschien. Sie zeigte, dass die Kirschblüte zunächst südlich von Kyushu begonnen hatte und sich von Nord-Osten jeden Tag etwa dreißig Kilometer über Japan in Richtung Hokkaido ausbreitete.

Sie verließen die Bar kurz darauf und blieben noch kurz auf dem Bürgersteig stehen. Es war ziemlich kühl geworden. Kenji zog seinen Mantel eng um sich und stampfte mich den Füßen.

Nachdem sie sich verabschiedet hatten, gingen der Professor und Michi den Hügel hinauf.

Kenji blickte ihnen nach und wandte sich dann wieder zu Doppo um. »Wann kommt Ihre Tochter?«

»Morgen Nachmittag.«

»Dann werde ich Sie wahrscheinlich eine Weile nicht sehen.«

»In den nächsten paar Wochen wohl kaum. Ich werde mich von meiner besten Seite zeigen müssen.«

»Ich wünsche Ihnen viel Spaß dabei«, erwiderte Kenji und beugte sich aus einem Impuls heraus vor, um seinen dicken Freund zu umarmen.

8

»Wach auf, Yoshi.« Kenji sprach leise und rüttelte seinen Sohn sanft.

Yoshi murmelte irgendetwas Unverständliches, drehte sich zur Wand und setzte sich plötzlich kerzengerade im Bett auf. Er trug einen dunkelblauen Schlafanzug mit Comicfiguren, die Kenji nicht kannte, und seine Haare waren auf der einen Seite platt an den Kopf gedrückt und standen auf der anderen Seite wild ab.

Ich sollte ein Foto von ihm machen, dachte er betrübt. »Damit ich diesen Moment nicht vergesse und mich daran erinnere, wie mein Sohn aussieht, wenn er aufwacht.«

»Was ist los? Habe ich verschlafen? Wo ist Mama?«

Kenji wuschelte Yoshi durch sein zerzaustes Haar und lachte. »Es ist Zeit aufzustehen. Wir wollen uns die Kirschblüte ansehen.«

»Wann?« Yoshi starrte seinen Vater ungläubig an.

»Jetzt. Das Frühstück ist in fünf Minuten fertig. Dein Lieblingsessen. Reisomelette.«

Yoshi zog eine Grimasse. Selbst vor dem Wort schien er sich zu ekeln. »Ich habe das letzte Mal mit vier Jahren Reisomelette gegessen.«

Um die Stimmung nicht zu trüben, unterdrückte Kenji den enttäuschten Unterton in seiner Stimme. »Ich bin sicher, dass wir für dich etwas anderes zu essen finden. Also raus aus den Federn.« Er schlug die Bettdecke zurück, damit Yoshi seine kurzen Beine aus dem Bett schwingen und seine Füße in Hausschuhe stecken konnte. Yoshi warf einen Blick auf die Uhr.

»Papa«, jammerte er, »es ist sechs Uhr morgens. Niemand steht am Samstag um sechs Uhr auf.«

»Wir müssen früh raus, wenn wir einen guten Platz bekommen wollen.«

»Wer kommt alles mit?«

»Warum willst du das wissen?«, erwiderte Kenji schroff und bereute es sofort. Obwohl ihn die mangelnde Begeisterung seines Sohnes verletzte, konnte er ihm kaum einen Vorwurf machen. Das war so ziemlich der erste Familienausflug, den sie seit der Geburt der Zwillinge gemacht hatten. Als sie eine Woche alt gewesen waren, waren Ami und er mit dem Kinderwagen im Park spazieren gegangen. Es war Winter und bitterkalt gewesen, doch in ihrer Begeisterung und Aufregung hatten sie es gar nicht bemerkt. Ein paar Wochen später war Kenji befördert worden. Er bekam nun mehr Geld, musste aber länger arbeiten und hatte weniger Zeit für seine Familie. Auch an den Wochenenden war er oft zu müde gewesen, um etwas anderes zu tun, als vor dem Fernseher zu hängen, Baseball zu schauen und Bier zu trinken. Zumindest, so hatte er sich damals selbst beruhigt, sorgte er für seine Familie, und es ging ihnen gut.

Doch mit dem wahren Leben hatte das nichts zu tun. Inzwischen lagen die Dinge anders. Er hatte mehr Energie und fühlte sich wie neugeboren. Wenn er sich seine Begeisterung heute bewahren könnte, würde er die Kinder ganz bestimmt irgendwann anstecken.

»Ich komme natürlich mit. Also beeil dich. Du kannst mir bei den Vorbereitungen für das Picknick helfen, wenn du magst.«

Als er das Schlafzimmer verließ und den Flur entlanggehen wollte, hörte Kenji, wie Yoshi mit dem Seufzer ›Oh Mann‹ aufs Bett zurücksank.

Kenji beschloss, es zu ignorieren, und rief laut: »Zeit aufzustehen, alle miteinander.«

Die Erste, die auf dem Flur erschien, war Eriko. Ihr Haar war auf Wickler aufgedreht und mit einem Haarnetz befestigt. »Hast du jetzt völlig den Verstand verloren?«, fragte sie.

Kenji atmete tief ein und drehte sich zu ihr um. »In Ordnung, Schwiegermutter, wenn du darauf bestehst, kannst du mitkommen. Niemand wird sich heute davor drücken, die Kirschblüte anzuschauen.« Er packte sie an den Schultern und gab ihr einen dicken Kuss auf die Wange.

»Lass mich los, du Wahnsinniger«, kreischte sie und schüttelte ihn ab. »Nimm deine Finger weg.«

Als die Familie an der Ueno U-Bahnstation eintraf, war es zehn Uhr. Alle aus dem Haus zu bekommen hatte viel länger gedauert, als Kenji erwartet hatte, und so kamen sie viel später an ihrem Ziel an als erhofft. Die besten Plätze waren, nach den vielen Leuten zu urteilen, die zum West-Tor des Ueno Parks strömten und dann einem breiten asphaltierten Weg nach Norden folgten, wahrscheinlich schon belegt.

»Wusstet ihr«, fragte Kenji, während er Yoshi an die rechte Hand und Yumi an die linke nahm, »dass das der größte öffentliche Platz in Tokio ist?«

Die beiden Kinder blickten zu ihrem Vater auf und blinzelten in der grellen Sonne.

»Das habe ich ja fast vergessen.« Er ließ die Hände der Zwillinge los und kramte in der vorderen Tasche seines Rucksacks, bis er fand, was er gesucht hatte. Er zog zwei Sonnenbrillen für Kinder heraus, eine mit einer roten und eine mit einer gelben Fassung. Er gab sie den Zwillingen und lächelte ihnen aufmunternd zu, als sie sie aufsetzten.

»Sehr schick. Jetzt könnt ihr sie eurer Mutter und eurer Großmutter zeigen.«

Yumi drehte sich sofort um und rief aufgeregt: »Schau mal, Mami, was Papa uns geschenkt hat.«

»Sehr hübsch.« Ami rang sich ein dünnes Lächeln ab.

»Ihr seht aber entzückend aus«, bestärkte Eriko sie mit etwas mehr Überzeugungskraft.

Beide Frauen trugen in ihrer Mitte eine leuchtend blaue Kühltasche mit den Picknicksachen, die Kenji für ihre Kirschblüten-Besichtigungstour vorbereitet hatte. Da er nicht viel Erfahrung mit Picknicks hatte, hatte er die meisten Sachen im Delikatessenladen des Tokio-Kaufhauses gekauft. Für jeden gab es eine Snackbox mit frittiertem Fischkuchen, geschmorten Auberginen, Reis und einem Nudelsalat mit Gemüse. Er hatte sorgfältig alle Essensverpackungen entfernt, sie in eine Plastiktüte gesteckt und in einen Mülleimer vor ihrem Appartement geworfen. Es wirkte zwar etwas übervorsichtig, doch er wusste, dass Ami sich über die Ausgabe aufregen würde, wenn sie die Verpackungen fände.

Die Zwillinge legten ihre Hand ganz selbstverständlich wieder in seine, und es überraschte ihn, dass diese einfache Geste ihm so viel Freude bereitete.

»Wo war ich gerade stehen geblieben? Ach ja. In diesem Park sind … Na los, ratet mal. Was glaubt ihr, wie viele Museen es hier gibt?«

»Zwei.« Yumi zuckte mit den Achseln.

»Einhundert«, krakeelte Yoshi.

»Kenji, pass auf, dass sie nicht zu übermütig werden«, wies Ami ihn streng zurecht.

Kenji beachtete sie nicht und fuhr fort mit seinen Erklärungen. »Hier gibt es nicht weniger als fünf Museen, und außerdem zwei Tempel, einen Schrein, einen großen Teich, einen Zoo und eintausendzweihundert uralte Kirschbäume. Könnt ihr euch das vorstellen?«

»Wow!«, rief Yoshi aus. Doch das war keine Reaktion auf das, was sein Vater gesagt hatte, sondern eher auf den Pfad, der vor ihren Augen lag. Zu beiden Seiten standen die knorrigen, turmhohen Stämme der Kirschbäume. Die Zweige, die mit Blüten übersät waren, bildeten einen dichten Baldachin über ihren Köpfen. Die Sonne war hier nicht mehr zu sehen, doch die blassen rosa Blüten erstrahlten in ihrem gleißenden Licht.

»Schaut mal, schaut mal! Sind sie nicht wunderschön?« Yumi zeigte auf eine lange Reihe mit roten und weißen Papierlaternen, die zwischen die Bäume gehängt waren und in der leichten Brise hin und her schwankten, die auch die Blütenblätter von den Zweigen löste und durch die Luft wirbelte, bevor sie sanft auf die Köpfe von Kenji und seiner Familie herabschwebten.

»Es schneit.« Yoshi wippte auf den Fußballen und streckte seine Hände nach oben. Um sie herum standen überall verzückte Kinder, und die Eltern hielten den Moment mit der Kamera fest. Kenji holte die Familienkamera aus der Tasche, die um seinen Hals hing, und tat es ihnen gleich. Er hielt die Kamera auf Yoshi gerichtet und sah sich das Motiv an. Vor seinen Augen tauchte ein Bild auf, das sein Vater von ihm gemacht hatte, als er in Yoshis Alter war. Es hatte fast genauso ausgesehen. Das Bild hatte in einem Rahmen neben dem Futon seines Vaters gehangen, auf dem er bis zu seinem Todestag geschlafen hatte. Kenji hatte sich immer darüber gewundert. Sein Vater war ein mürrischer, wenig mitteilsamer Mann gewesen, der seinen Sohn eher zu ertragen als zu lieben schien. Doch warum hatte er das Bild an seinem Bett gehabt, und zwar so, dass Kenjis Gesicht, teilweise verdeckt von Blüten, das Letzte war, was er vor dem Einschlafen sah, und das Erste, was ihm am Morgen entgegenblickte?

Inzwischen konnte Kenji die Enttäuschung, die seinen Vater zermürbt haben musste, etwas besser verstehen. Er war sein Leben lang Postbote gewesen. Vierzig Jahre lang war er immer dieselben Straßen entlanggelaufen, hatte die Post zu denselben Türen gebracht und dieselben Gesichter gesehen. An den Wochenenden verschwand er oft stundenlang mit seiner Kamera. Wenn er wieder nach Hause kam, schloss er sich im Badezimmer ein, das als Dunkelkammer diente, und anschließend hingen Dutzende Fotos zum Trocknen an einer Leine über der Badewanne. Er hatte sich auf Porträtfotos spezialisiert. Kenji hatte sich oft gefragt, ob sein Vater ihm so wenig Zuneigung entgegenbrachte, weil er alle Gefühle für seine Motive aufsparte. Vielleicht hatte er sogar einmal davon geträumt, ein berühmter Fotograf zu werden, wurde aber durch die bloße Existenz von Frau und Kind dazu gezwungen, ein langweiliges Leben im immer gleichen Trott zu führen.

Als junger Mann war es Kenjis größte Angst gewesen, dass er werden würde wie sein Vater, mürrisch und verschlossen gegenüber seiner Familie. Er fürchtete, dass er bereits wie sein Vater war. Die Veränderung war schrittweise vor sich gegangen, doch er hoffte, sie war nicht unumkehrbar. Als Kind hatte er nur Zeit mit seinem Vater verbracht, wenn sie die Kirschblüte bewunderten. Sie schlenderten dann schweigend durch den Park, und sein Vater machte Fotos. Kenji war zum ersten Mal mit seiner Familie zur Besichtigung der Kirschblüte hier, und er wollte es zu einem unvergesslichen Erlebnis für alle machen. In seinem Rucksack hielt er verschiedene Überraschungen für sie bereit: Brettspiele, ein Karaoke-Gerät und eine Flasche mit dem besten Sake, den er auftreiben konnte, für den Fall, dass der Frühlingstag kühl werden würde. Vielleicht war es dumm gewesen, so viel Geld auszugeben, aber warum eigentlich nicht? Er konnte es sich leisten, seine Familie zu verwöhnen, und sie hatte es verdient.

»Wisst ihr, warum diese Jahreszeit so besonders ist?«, fragte Kenji die Zwillinge.

Sie schüttelten den Kopf.

»Wenn die Kirschblüte anfängt, ist der Winter vorbei. Deshalb kommen alle hierher, um zu feiern. Es ist eine Zeit des Neuanfangs. Die Kinder kommen in die Schule, die Universitätsabgänger treten ihre Arbeit an, und die beförderten Angestellten bekommen eine neue Aufgabe. Doch die Blüte hält sich nicht lange. Seht ihr, der Wind weht viele Blätter schon von den Bäumen. In einer Woche ist sie ganz verschwunden. Versteht ihr das?«

»Yumi und Yoshi nickten vielsagend.

»Es ist ein neuer Anfang. Die Zeit, etwas Neues zu beginnen«, flüsterte Kenji. »Jeder verdient einen neuen Anfang.«

Unbeirrt setzten die Yamadas ihren langsamen Spaziergang durch den Park fort, unter den blühenden Bäumen hindurch, vorbei an zahlreichen Gruppen von Familien, Freunden und Büroleuten, die bereits große blaue Plastikdecken unter den Bäumen ausgebreitet hatten und ihr Picknick genossen. Kenji konnte keinen Platz entdecken, wo sie sich hätten dazwischenquetschen können, doch schließlich erspähte er ein freies Fleckchen zwischen einer Gruppe Arbeitskollegen mit roten Gesichtern und einem großen Mülleimer.

Ami rümpfte die Nase.

»Na komm schon«, drängte er sie, während er eine blaue Plane aus seinem Rucksack zog und sie auf dem Boden ausbreitete.

»Das ist unhygienisch.«

»Es wird schon nichts passieren. Glaub mir.«

Widerstrebend stellte sie die Kühltasche in die Mitte der Plane. Nachdem sie ihre Schuhe ausgezogen und sie ordentlich nebeneinander auf den Boden gestellt hatten, setzten sich alle hin und schauten sich fragend an, unsicher, was sie als Nächstes tun oder sagen sollten. Kenji hielt die Spannung nicht länger aus und zog das Karaoke-Gerät aus der Tasche.

»Wo hast du das denn her«, platzte Ami heraus.

»Das ist ein Geschenk«, verkündete Kenji stolz, »für meine Familie.«

»Ein Karaoke-Gerät. Es gibt so vieles, war wir dringender gebrauchen könnten«, fuhr sie ihn an, unfähig, ihren Ärger zu unterdrücken.

»In Ordnung, das können wir auch noch kaufen.«

»Singen wir doch was, Papa«, bettelten die Zwillinge, und das taten sie dann auch. Kenji machte den Anfang mit seinem Lieblingssong von Elvis Presley »Love Me Tender«. Er kannte den Text auswendig, aber er war sich nicht immer sicher, was er da eigentlich sang. Die Zwillinge waren als Nächstes an der Reihe. Yumi sang einen Popsong, den sie mochte, und Yoshi die Titelmelodie seiner liebsten Zeichentrickserie. Beide sangen völlig falsch und blieben nicht im Takt, doch Kenji hielt sie für die besten Sänger, die er je gehört hatte, und flüsterte Ami zu, dass sie vielleicht sogar eine musikalische Karriere vor sich hätten.

»Sie sollten Klavier spielen lernen«, schlug er vor.

»Das tun sie schon.«

Als die Kinder keine Lust mehr hatten zu singen, aßen alle das mitgebrachte Essen. Danach spielten sie einige Brettspiele und Karten. Yumi und Yoshi fielen jedes Mal über ihren Vater her, wenn er etwas falsch machte. Währenddessen bemerkte Kenji, wie sich im Gesicht seiner Frau mehr und mehr Ärger abzeichnete. Sie redete kaum noch, nicht einmal mehr mit ihrer Mutter, und aß kaum etwas. Er konnte nichts sagen oder tun, das ihre Laune verbessert hätte, und später am Abend, nachdem sie wieder zu Hause waren und die Kinder schlafend im Bett lagen, entlud sich ihr Ärger über ihm.

»Was geht hier eigentlich vor?«

Er suchte nach einer Antwort. »Was meinst du? Diesen Tag? Unsere Kirschblütenbesichtigung? Ich dachte, es würde dir gefallen. Ich dachte, es würde allen Spaß machen.«

Ami schien über irgendetwas nachzudenken. »Ist im Büro etwas vorgefallen?«

»Im Büro ist alles in Ordnung«, log er und fühlte, wie ihm die Röte ins Gesicht stieg.

»Was ist aus der Fahrt nach Disneyland Tokio geworden? Warum ist sie gestrichen worden?«

»Budgetkürzungen«, erwiderte er und tat so, als wäre er damit beschäftigt, eine Dose Bier zu öffnen.

»Und warum hast du dann anscheinend so viel Geld?«

»Wir haben einen Bonus bekommen. Eine einmalige Zahlung als Anerkennung für unsere harte Arbeit.«

Ami schien einige Sekunden nachzudenken, dann fragte sie ihn, während sie die Locken auf ihrem Kopf schüttelte: »Hast du eine Affäre?«

Er lachte, stand auf und nahm den angespannten Körper seiner Frau unbeholfen in seine Arme. »Sei doch nicht albern. Kann ich nicht einfach mal einen netten Tag mit meiner schönen Frau und meinen Kindern verbringen, ohne dass du gleich denkst, dass irgendetwas faul ist?«

Über ihre Schulter konnte Kenji eine dreckige Tasse in der Spüle sehen. Er starrte darauf und schwor sich, in Zukunft vorsichtiger zu sein. Das war sein zweiter Fehler in nur einer Woche gewesen. Einen dritten konnte er sich nicht leisten, oder er hätte ausgespielt.

9

Kenji sah in sein Portemonnaie, obwohl er genau wusste, was darin war. Es war vollgestopft mit Zehntausender-Scheinen, Geld, das noch aus den Gewinnen der letzten Woche im Maruhan-Turm stammte und das er noch nicht zur Bank hatte bringen können. Während er prüfend auf das Portemonnaie in seiner Hand blickte, fiel ihm auf, dass es seine besten Tage hinter sich hatte. Die Nähte waren ausgefranst, und das braune Leder war an einigen Stellen fleckig, wo es nass geworden war. Zum Beispiel als es auf einer feuchten Theke gelegen hatte. »Vielleicht sollte ich mir ein neues kaufen?« Er lächelte still in sich hinein. »Ein größeres.«

»Entschuldigen Sie bitte.«

Ein Mann mittleren Alters drängte sich an ihm vorbei. Kenji blickte ihm nach und sah, wie sein Regenmantel im Wind wehte, bis ihm klar wurde, dass er auf dem Bürgersteig auf der gegenüberliegenden Straßenseite vor dem Bahnhof stehen geblieben war und den Leuten im Weg stand. So etwas passierte ihm in der letzten Zeit häufig. Er blieb einfach stehen, starrte irgendwohin und bemerkte gar nicht, dass er die anderen Leute auf ihrem Weg zu einem bestimmten Zielort behinderte. Das liegt wohl daran, dass ich es nicht mehr eilig habe, dachte er, trat zurück und beobachtete, wie der Mann auf die Brücke trat, die über die Straße führte, und zum Bahnhof eilte. Ihm wurde plötzlich bewusst, wie dankbar er war, dass es ihm nicht ging wie dem Mann und er sich keine Gedanken machen musste, wo er hinlief und wie er so schnell wie möglich an sein Ziel kam. Tatsächlich, dachte er, während er sein Portemonnaie zurück in seine Hosentasche steckte, musste er heute nicht einmal nach Tokio fahren, wenn er nicht wollte.

Doppos Tochter war für zwei Wochen von Hawaii nach Tokio gekommen, um ihren Vater zu besuchen. Der Professor befand sich in Osaka auf einer »Studienreise«, wie er es nannte, und Michi zeigte sich von ihrer besten Seite, nachdem ein Mitbewohner aus dem Apartmentblock, in dem sie mit ihrem Sohn und ihrer Schwiegertochter lebte, sich beim Hausmeister über sie beschwert hatte. Ihre Karten, so hatte der alte Mann behauptet, nachdem er dreimal hintereinander verloren hatte, waren gezinkt. Da alle seine Freunde anderweitig beschäftigt waren, gab es für Kenji keinen zwingenden Grund, die ermüdende Fahrt nach Tokio auf sich zu nehmen. Also überlegte er, ob er sich mit einem freien Tag belohnen sollte. Ich könnte in Utsunomiya bleiben, überlegte er. Einmal fünfe grade sein lassen. Nach all der Anspannung und den Dramen der letzten Monate hatte er das Gefühl, dass er es sich verdient hatte.

»Das wäre also entschieden«, sagte er laut und schlenderte über die Brücke zum Bahnhof, wo er seine Kleider in einem Schließfach aufbewahrte, Jeans und eine Auswahl an grellbunten Hawaiihemden, die Doppo ihm unbedingt hatte kaufen wollen. Nachdem er sich auf der Herrentoilette umgezogen hatte, verließ Kenji den Bahnhof und ging in ein kleines Café in der Nähe. Er setzte sich in eine Kabine in der Ecke und bestellte eine Tasse starken schwarzen Kaffee und zwei mit Marmelade gefüllte Donuts bei einer Kellnerin, die sofort sprang, als er sie ansprach. Kenji schlug seine Zeitung auf und las sie von vorn bis hinten durch, auch die Kleinanzeigen für Motorrad-Verkäufe und für Klavierstunden. Erst als er ein leises Räuspern neben sich hörte, bemerkte er die Kellnerin, die in der Nähe der Kabine geschäftig hin und her eilte.

Er blickte auf und lächelte breit. »Schöner Tag, oder?« In Wirklichkeit war es so dunkel und schummerig in dem Café – die Rollläden waren heruntergelassen und mit dem Staub und Dreck unzähliger Jahre bedeckt –, dass man nicht sagen konnte, ob draußen ein schöner oder ein schlechter Tag war. Aber Kenji hatte gute Laune, seine Laune war so gut wie schon lange nicht mehr, und er wollte die anderen daran teilhaben lassen. Kein Zweifel, ein Tag wie dieser machte einfach Spaß: die Dinge leicht nehmen und sich nicht beeilen zu müssen, vor den anderen an den besten Automaten zu kommen. Und wenn er für einen Tag genug gewonnen hatte, sich auf die Jagd nach dem Automaten zu machen, an dem er am darauffolgenden Tag spielen wollte. Eigentlich waren die Dinge in der letzten Zeit so gut gelaufen, dass er von nun an vielleicht nicht mehr so hart arbeiten musste. Eine Drei-Tage-Woche würde wohl reichen, um so viel Geld zu gewinnen, wie er bei NBC verdient hatte. Er konnte sich die anderen beiden Tage freinehmen. Einen Kurs belegen. Vielleicht sogar Englisch lernen.

»Sie müssen etwas bestellen oder gehen«, flüsterte die Kellnerin mit einer leichten Kopfbewegung in Richtung Tresen, von wo der Cafébesitzer ihn anstarrte. Er trug eine weiße Baumwollkappe und kaute auf einem Streichholz. Jedes Mal, wenn er seinen Mund aufmachte, konnte Kenji seine gelben Zähne sehen.

»Noch einen Kaffee bitte.«

»Das reicht nicht.«

»Dann eben mit Donuts.«

Sie hastete davon.

Eine Stunde später verließ Kenji das Café und machte sich auf zum einzigen Internetcafé in Utsunomiya, einem kleinen, zugestellten Raum ohne Fenster und Klimaanlage im Keller eines Gebäudes. Es war niemand da, als er eintrat – die Jugendlichen waren alle noch in der Schule –, und er konnte sich einen Computer aussuchen. Er setzte sich und rief seine E-Mails ab, um zu sehen, ob er eine Nachricht von Doppo bekommen hatte. Da es keine gab, surfte er einige Zeit durch verschiedene Pachinko-Seiten. Mithilfe dieser Seiten hatte er viele Techniken kennengelernt, die er heute erfolgreich anwendete, und erfahren, was sich in den unterschiedlichen Hallen in Tokio abspielte. Einige Profispieler sorgten dafür, dass die Seiten immer auf dem neuesten Stand waren. Vielleicht hatte eine der Hallen ein neues Spiel im Angebot, oder eine andere Halle hatte gerade neu aufgemacht, und die Automaten dort warfen für kurze Zeit große Gewinne ab. Wieder andere warben mit elektronischen Spielereien, um das Spiel interessanter zu machen. Doch er kümmerte sich nicht weiter darum, denn er fand das Spiel gut oder sogar besser, so wie es war. Der Professor meinte, er sei ein Purist.

Zu Mittag aß er ein einfaches Reis- und Omelettegericht im angrenzenden Restaurant und machte sich dann auf den Weg zur Bücherei. Er war schon mehrere Jahre nicht mehr dort gewesen, doch sie war noch genauso, wie er sie in Erinnerung hatte. Der Leseraum war mehr eine fensterlose Ecke im Erdgeschoß als ein Raum, abgeschirmt von zwei Reihen mit grauen Metallregalen. Auf leicht schrägen Zeitungsständern gab es eine Auswahl von nicht mehr aktuellen Zeitschriften und Zeitungen und darunter auf einer Ablage verborgen ordentliche Stapel mit noch älteren Ausgaben. Niedrige, tiefe, breite Stühle waren in Hufeisenform um den Lesebereich herum aufgestellt. Der Lack löste sich von den hölzernen Rahmen, und der dunkelblaue Bezug auf den durchgesessenen Schaumstoffkissen war fleckig. An der Decke hingen kalte

Neonröhren, die mit rechteckigen Plastikschirmen abgedeckt waren, durch die man unzählige tote Fliegen sehen konnte.

Trotz der schäbigen Umgebung fühlte Kenji sich hier wohl. Die Harmonie und die Stille passten zu seiner nachdenklichen Stimmung. Er konnte sich vorstellen, dass er regelmäßig in die Bibliothek kommen würde, wenn er sich entschloss, die Dinge etwas gemächlicher anzugehen. Das war genau der Ort, den er brauchte. Die meiste Zeit des Tages war niemand hier, und er konnte sich mit einem Buch in eine Ecke des Leseraums zurückziehen. Als Doppo ihm einen Detektivroman ausgeliehen hatte, hatte er überlegt, wann er sein letztes Buch gelesen hatte, und war erschrocken, dass es schon mehr als zwanzig Jahre her war.

Gegen sechs Uhr abends verließ er die Bibliothek. Draußen überlegte er, was er als Nächstes tun sollte. Es war zu früh, um nach Hause zu gehen, also entschloss er sich, in die nächste Pachinko-Halle zu gehen. Nicht um Geld zu gewinnen, versicherte er sich selbst, sondern nur für ein kleines Spiel, um die Zeit zu überbrücken. Er ging in Richtung Bahnhof und verlangsamte seinen Schritt, als die Pachinko-Halle in der Ferne auftauchte. Auf der Vorderseite blinkten grelle Neonlichter, und immer wenn ein Kunde durch die automatischen Türen ging, wehte ihm das Geräusch von herunterfallenden Metallkugeln und rhythmischer Musik entgegen. Gerade als er ebenfalls durch die Türen gehen wollte, spürte er, wie sein Handy in seiner Hosentasche vibrierte. Auf dem Display konnte er sehen, dass der Professor ihn anrief.

»Professor«, rief Kenji fröhlich und trat vom Eingang der Halle zurück, damit er ihn verstehen konnte. »Wie geht's, wie steht's? Lernen Sie fleißig in Osaka?«

Der Professor holte tief Luft. »Ich muss Ihnen etwas erzählen. Ich weiß nicht, wie ich es Ihnen sagen soll.«

Kenji fühlte, wie sein ganzer Körper erstarrte. Es war, als ob ihm jemand einen Eimer mit eiskaltem Wasser über den Kopf geschüttet hätte. Sein Magen krampfte sich zusammen. »Mir etwas erzählen? Worum geht es?«

»Es geht um Doppo.« Die Stimme des Professors war kaum noch zu hören. »Er ist tot. Er ist heute Morgen an einem Herzinfarkt gestorben.«

Die Plastikhülle, in der Kenji sein Handy aufbewahrte, zerbrach in zwei saubere Hälften, als das Handy auf dem Boden aufschlug.

10

Die Frau war ganz offensichtlich Doppos Tochter. Sie hatte dieselben runden rosigen Wangen, schmale, klare schwarze Augen und schwarzes glänzendes Haar. Er hatte seine Haare kurz und stachelig getragen. Ihre Haare waren lang und glatt, und wenn sich das Licht darin fing, sah es aus einer bestimmten Perspektive fast aus, als hätte sie einen Heiligenschein.

Als sich der Priester auf ein Kissen vor Doppos Sarg kniete und mit einer leisen, tiefen, wohltönenden Stimme Sutras rezitierte, begann sie zu wimmern. Dann blickte sie auf eine Farbfotografie von Doppo in Postergröße, die an der Wand über dem Sarg hing und die ihn breit lächelnd und in seinem unverkennbaren Hawaiihemd zeigte, und aus ihrem Wimmern wurde ein Weinen und schließlich ein zorniges Aufheulen. Ein großer dünner Mann zu ihrer Rechten hielt ihre Schultern während des ganzen Gottesdienstes umfasst, so als ob sie jeden Moment zu Boden sinken könnte, und ein kleines Kind klammerte sich an ihre linke Hand und blickte von Minute zu Minute ängstlicher drein. Sie stand eingeklemmt zwischen den beiden. Während er sie beobachtete, krallte Kenji sich an seinen Mantelkragen. Es war nicht kalt, doch auch er brauchte etwas, woran er sich festhalten konnte, falls seine Beine unter ihm nachgeben würden, und außerdem bemerkte er mit wachsendem Unbehagen, dass immer mehr der Anwesenden befremdete Blicke auf sein Hawaiihemd warfen. Er hatte es als Ausdruck des Respekts angezogen. Jetzt befürchtete er jedoch, dass es eher respektlos wirkte.

Die letzte Beerdigung, die Kenji erlebt hatte, war die eines Kollegen gewesen, der an *Karoshi*, also an Überarbeitung, gestorben war. An einem Herzinfarkt als Folge von Stress. Nach der Beerdigung hatte er sich etliche Dinge vorgenommen: Er würde das Rauchen aufgeben, weniger trinken und weniger arbeiten. Er hatte sogar damit angefangen, morgens regelmäßig Callanetics zu machen und an den Wochenenden lange Spaziergänge zu unternehmen. Doch keiner seiner guten Vorsätze hatte lange gehalten, und daran musste er jetzt denken, als er sich von seinem Freund verabschiedete.

Nachdem der Priester den Raum verlassen hatte, wurden die Tische mit Platten voller Speisen, alkoholfreien Getränken, Whisky und Bier eingedeckt. Kenji, der Professor und Michi aßen nur wenig und eher aus Höflichkeit als mit Appetit, bevor sie sich in eine Ecke zurückzogen. Sie kannten sonst niemanden hier, und keinem von ihnen war besonders nach Reden zumute. Kenji bemerkte, wie Doppos Tochter auf sie zukam, und spürte, wie Panik in ihm aufstieg.

»Was sollen wir ihr bloß sagen?« Kenji blickte vom Professor zu Michi und wieder zum Professor, während die Frau, die ihrem alten Freund so ähnlich sah, immer näher kam. Michis Augen waren verquollen, und sie gab keine Antwort. Sie hatte den ganzen Tag kaum etwas gesagt. Als sie sich zuerst zu ihnen gesellte, hatte er sie gar nicht erkannt. Er kannte sie nur in Jogginghose und T-Shirt, doch heute trug sie ein schlichtes schwarzes Kleid.

»Ich weiß nicht, was ich ihr sagen soll.« Die Worte blieben ihm im Halse stecken.

Dann stand sie vor ihnen in einem einfachen tiefschwarzen Kimono und mit einem Rosenkranz in der Hand. Er stellte sein Whiskyglas auf einen Beistelltisch, bevor er es sich anders überlegte und es wieder in die Hand nahm.

»Ich danke Ihnen, dass Sie gekommen sind. Ich bin Umeko Suzuki. Doppos ...«

»Ich weiß, wer Sie sind«, unterbrach Kenji sie, ohne dass er es eigentlich wollte. Obwohl der Raum in der Bestattungshalle voller Leute war, kam es ihm plötzlich so vor, als ob es vollkommen still und nichts außer seiner Stimme zu hören wäre. Sie klang laut und unnatürlich hoch. Er hielt für einen Moment inne und sprach mit gedämpfter Stimme weiter: »Ich wollte sagen, dass ich Sie überall erkannt hätte. Sie sehen Ihrem Vater so ähnlich.«

Sie lächelte traurig, obwohl Kenjis Worte ihr zu gefallen schienen.

»Ich dachte, dass Sie meinen Vater vielleicht gut gekannt haben.« Sie zeigte auf das Hemd, das Kenji trug.

»Ja, er hat es mir geschenkt.« Kenji fühlte sich unbehaglich und begann, mit dem Revers seines Jacketts zu spielen, und zog das Jackett enger um seinen Körper.

»Ich muss sagen ...« Sie sah sich in dem Raum um, in dem alle Tische und Stühle an die Wand geschoben worden waren, »... dass mich die Zahl der Trauergäste heute ziemlich überrascht hat. Ich wusste nicht, dass er so viele Freunde hatte. Jetzt verstehe ich etwas besser, warum er nicht mit nach Hawaii kommen wollte. Er wollte Sie hier nicht zurücklassen.«

Schöne Freunde waren wir, warf Kenji sich und den anderen im Stillen vor. Sie alle hatten gewusst, wie schlecht es um Doppos Gesundheit stand. Dass es für ihn wichtig gewesen wäre abzunehmen, nicht mehr zu rauchen, weniger Junkfood zu essen und auf jeden Fall das Pachinko-Spielen an den Nagel zu hängen. Doch nicht einer von ihnen hatte mit Doppo darüber gesprochen. Sie hätten ihm zureden müssen, nach Hawaii zu gehen, wo sich seine Familie besser um ihn hätte kümmern können.

»Ich habe ihn im Stich gelassen«, sagte Kenji so laut, dass sie es hören konnte. »Er war mein bester Freund. Er hat mir aus der Patsche geholfen. Doch als er Hilfe brauchte, habe ich ihn hängen lassen. Ich hätte ihn überreden sollen, die Dinge etwas ruhiger anzugehen, mit dem Rauchen aufzuhören, weniger Bier zu trinken. Aber ich habe nie etwas zu ihm gesagt. Ich war zu sehr mit mir selbst beschäftigt.«

Umeko ergriff Kenjis Hand und lachte. »Niemand konnte meinem Vater sagen, was er zu tun oder zu lassen hatte. Nicht einmal meine Mutter, und er hat sie angebetet.« Ein Schluchzen drang aus ihrer Kehle, während sie sprach, und eine einzelne Träne lief ihr über die Wange. Ihr Ehemann versuchte, vom anderen Ende des Raumes zu ihr zu kommen, aber er wurde immer wieder von Leuten aufgehalten, die ihm ihr Beileid aussprechen wollten.

»Sagen Sie …« Sie hielt Kenjis Hand so fest umklammert, dass seine Finger taub wurden. »… haben Sie Kinder?«

Er nickte. »Zwei.«

Der Professor und Michi zogen sich zurück.

»Dann müssen Sie mir etwas versprechen.«

»Was Sie wollen«, antwortete er. Er würde ihr alles versprechen, was in seiner Macht stand, nur um sich von dem schrecklichen Schuldgefühl zu befreien, das ihn quälte.

»Spielen Sie nie wieder Pachinko. Um Ihrer Familie willen. Um Ihrer Gesundheit willen. Schauen Sie, was Pachinko mit meinem Vater gemacht hat. Es hat sein Leben zerstört.«

Was konnte er ihr erwidern? Er wollte ihr nicht sagen, dass er ihr ein solches Versprechen nicht geben konnte. Dass die Umstände, aus denen Doppo ihn gerettet hatte, viel schlimmer für seine Gesundheit gewesen waren als das Pachinko-Spielen. Also versprach er ihr, dass er niemals wieder spielen würde. In diesem Moment kam ihr Ehemann in die Ecke, in der sie standen, und beendete ihre Unterhaltung.

Kenji ließ sie allein, beobachtete sie aber noch eine Zeit lang. Sie hatten die Stirn liebevoll aneinandergelegt und hielten sich an den Händen. Kurz darauf verließ Kenji die Gesellschaft, ohne sich von seinen Freunden oder von Umeko zu verabschieden. Tränen liefen ihm über die Wangen, und er stolperte auf den Bahnhof zu. Den langen Heimweg verbrachte er in einer Art Trance. Er dachte nur an die Zwillinge und wie sehr er sich wünschte, sie in die Arme zu nehmen und ihr weiches Haar zu küssen.

»Wo bist du gewesen?«, empfing Ami ihren Mann vorwurfsvoll, als er das Apartment betrat und die Tür hinter sich schloss. Als sie sein verweintes Gesicht sah, wurde ihr Ton etwas gnädiger. »Wo bist du gewesen?«, fragte sie noch einmal, und eine Spur von Angst schwang in ihrer Stimme mit.

»Bei der Arbeit«, erwiderte Kenji mit einem Achselzucken. Er war eine Stunde lang in ihrem Viertel herumgelaufen und hatte versucht, seine Fassung zumindest teilweise wiederzugewinnen, bevor er nach Hause ging, doch er fühlte, dass er drauf und dran war, sie wieder zu verlieren. Er wollte Ami alles erzählen. Einen Moment der Zärtlichkeit mit ihr erleben, so wie er es bei Umeko und ihrem Mann gesehen hatte. War es so, wenn man sich wirklich liebte, fragte er sich? Hatten er und Ami je so füreinander empfunden? Es musste doch auch bei ihnen einmal so gewesen sein, oder?

»Lüg mich nicht an.«

»Wie bitte?« Kenji ging an ihr vorbei in die Küche und ließ sich schwer auf einen Stuhl fallen. »Wovon redest du?«

»Ich habe im Büro angerufen.«

Er fühlte sich, als hätte er einen Tritt in den Magen bekommen. Während ihrer ganzen Ehe hatte sie ihn nie im Büro angerufen. Wenn sie ihn sprechen wollte, rief sie ihn auf dem Handy an, und wenn er nicht dranging, hinterließ sie eine Nachricht auf der Mailbox.

»Ich habe mit Ishida gesprochen. Er hat mir gesagt, dass du nicht mehr bei ihnen arbeitest.«

»Ich bin in eine andere Abteilung versetzt worden«, versuchte er sich zu verteidigen, wohl wissend, wie wenig überzeugend seine Antwort klang. Er fing an zu weinen. Die Tränen liefen ihm übers Gesicht. Er weinte nicht nur um Doppo, sondern weil er seine Arbeit verloren hatte, und wegen all der Demütigungen, die er seitdem hatte ertragen müssen.

»Was hat Papa denn?«, fragte eine leise Stimme, und als Kenji sich umdrehte, sah er, dass Yumi im Schlafanzug hinter ihm stand.

»Nichts, mein Liebling.« Er sah die Angst in ihren Augen, die ihn an das kleine Kind bei der Beerdigung erinnerte, und er wünschte sich nichts sehnlicher, als sie zu beruhigen. »Dein alter Papa hat heute nur einen schlechten Tag gehabt.«

»Geh wieder ins Bett, Yumi«, befahl Ami, und das kleine Mädchen gehorchte widerstrebend.

Nachdem Ami sich vergewissert hatte, dass die Schlafzimmertür sich hinter Yumi geschlossen hatte, setzte sie sich Kenji gegenüber hin. »Ishida hat mir erzählt, dass du deinen Job verloren hast.«

Kenji rang nach Worten. »Ja, das stimmt. Heute. Ich habe heute meinen Job verloren. Deshalb bin ich so aufgelöst. Aber mach dir keine Sorgen, ich werde wieder etwas finden. Ich habe schon ein paar Ideen, was ich machen könnte.«

»Vor sechs Monaten. Er hat mir erzählt, dass du deinen Job vor sechs Monaten verloren hast. Stimmt das?«

Einige Sekunden verstrichen, bevor Kenji ihr antwortete. »Ja.« Er nickte und begann, hemmungslos zu schluchzen. Ami blickte ihn verächtlich an, als er ihr alles haarklein erzählte: wie er seinen Job verloren hatte, die endlose Suche nach einer neuen Arbeit und wovon er seine Familie seitdem ernährt hatte. Während er sprach, hoffte er, dass sie ihn in die Arme nehmen würde, doch sie hielt ihre Arme seltsam steif an den Körper gepresst, und ihr Gesichtsausdruck wurde mit jedem Wort kälter und undurchdringlicher. Als er ihr alles erzählt hatte, senkte er den Kopf und wagte nicht, ihr in die Augen zu sehen.

»Du wirst nie wieder eine Pachinko-Halle betreten«, stieß sie zwischen den Zähnen hervor. »Hast du mich verstanden? Nie wieder.«

Es war das zweite Versprechen, das er an diesem Tag geben musste.

Teil 2

11

Kenji hatte wieder eine Nacht in dem kanariengelben Veloursessel verbracht. Erst als Ami die Vorhänge aufzog, schlug er zögernd die Augen auf und starrte auf die Staubteilchen, die im Licht der Morgensonne tanzten, das das Wohnzimmer durchflutete. Er hatte den Sessel und das dazugehörige Sofa nie wirklich gemocht. Die Farbe war eine Zumutung, und außerdem war der Sessel, in dem er geschlafen hatte, eng und unbequem. Jeder Muskel in seinem Körper war verspannt und steif, doch nicht einmal das konnte ihn dazu bewegen, die Nächte wieder in dem Bett zu verbringen, das er seit jeher mit seiner Frau geteilt hatte, und obwohl ihr natürlich auffiel, dass er nicht mehr bei ihr schlief, verlor sie kein Wort darüber. Sie redete in der letzten Zeit so gut wie gar nicht mehr. Zumindest nicht mit ihm.

Er drehte seinen Kopf nach rechts und starrte durch einen Türspalt in den Flur, wo Yoshi und Yumi standen und leise miteinander sprachen, während sie darauf warteten, dass ihre Mutter sie zur Schule fuhr. Sie waren immer höflich und gut erzogen gewesen, doch das hatte sich noch verstärkt, und sie behandelten ihn wie einen Invaliden, der ans Haus gefesselt war und für seine Genesung Ruhe brauchte. Aus der Küche drangen die Geräusche von Eriko, die über den Tisch gebeugt saß und ihren Namen und ihre Adresse auf einen großen Stapel mit Lösungsabschnitten für Preisausschreiben kritzelte, die sie aus Zeitungen und Zeitschriften ausgeschnitten hatte. Manche stammten aus ihrem Haushalt, andere hatte sie von Freunden und Nachbarn bekommen, nachdem diese sie ausgelesen hatten. An der Haustür stand eine ganze Schachtel voll, und sie arbeitete sich langsam durch.

Kenjis Schwiegermutter war immer sparsam gewesen. Als er Ami heiratete, hatte sie dem Paar einen großen Umschlag mit Wertcoupons geschenkt, die sie seit ihrer Verlobung gesammelt hatte. Ami hatte den Umschlag sofort in den Müll geworfen, obwohl sie ihrer Mutter versicherte, die Coupons seien sehr nützlich gewesen. Die alte Dame hatte sich bestätigt gefühlt und ihnen von da an jede Woche einen Umschlag mit Wertcoupons in den Briefkasten gesteckt. Bevor er und Ami heirateten, war Kenji gelegentlich bei ihr zum Essen eingeladen worden. Sie hatte ihnen immer Essen aus Dosen serviert. Eriko war überzeugt, dass frische Zutaten reine Geldverschwendung waren, da sie nur ein paar Tage halten würden, während man Konserven monatelang einlagern konnte. Als junger Mann, der einen guten Eindruck auf die Eltern seiner Freundin machen wollte, hatte Kenji behauptet, er fände Erikos Verhalten liebenswürdig. Doch seit sie nach dem Tod ihres Mannes bei ihnen lebte, waren ihre Gewohnheiten noch verschrobener geworden, und er hatte so gut wie kein Verständnis mehr für sie. Die Frau war die reinste Plage.

Seit Doppos Beerdigung waren genau fünf Wochen vergangen, und Kenji hatte, wie versprochen, in der ganzen Zeit nicht mehr Pachinko gespielt. Stattdessen hatte er seine Suche nach einem »anständigen Job«, wie Ami es nannte, wieder aufgenommen. Dieses Mal von zu Hause aus und unter den wachsamen Augen seiner Frau. Er hatte, wie schon zuvor, sehr wenig Glück dabei. Eriko hingegen war im Aufwind. Letzte Woche hatte sie ein elektrisches Fahrrad gewonnen, es den Nachbarn verkauft und von dem Geld einen Computer für die Kinder besorgt. Sie waren überglücklich gewesen, doch ihm hatte es nur Ärger eingebracht. Je mehr die alte Dame gewann, desto mehr schien sie ihren Schwiegersohn zu verachten. Früher waren sie sich einfach aus dem Weg gegangen, doch inzwischen musste sich Kenji den ganzen Tag ihre anmaßenden Kommentare anhören.

»Ich könnte diese Familie von den Preisen ernähren, die ich gewinne«, rieb sie ihm immer wieder unter die Nase.

»Ach, tatsächlich?«, hatte er ihr mit gespielter Bewunderung erwidert. »Und kannst du mir auch sagen, was genau du mit dem ganzen Hundefutter anfangen willst, das sich im Flur stapelt?«

Nachdem Ami den letzten Vorhang aufgezogen hatte, drehte sie sich um und sah ihrem Mann ins Gesicht. »Wenn du das Frühstücksgeschirr abgewaschen hast, will ich, dass du dich um die Wäsche kümmerst.« Sie stand vor ihm und hatte ihre Hände auf ihre früher einmal stattlichen Hüften gelegt. Inzwischen war sie fast gertenschlank und steckte in einem hautengen türkisfarbenen Gymnastikanzug aus Lycra, einem Kleidungsstück, das sie früher niemals angezogen hätte. Kenji gab sich keine Mühe zu verbergen, dass er entsetzt war, sie in diesem Aufzug zu sehen. Bis vor Kurzem hatte sie lockere, unförmige Kleider bevorzugt. Ihr neues Outfit war extrem körperbetont. Außerdem hatte sie eine andere Frisur. Während sie sprach, zog sie das weiße Frotteestirnband, das sie um den Kopf trug, zurecht und ordnete ihr Haar, das durch eine neue Dauerwelle leicht und lockig fiel.

Hätte ihn in den Jahren, als er bei NBC arbeitete, jemand gefragt, wo die Waschmaschine der Familie sei, wäre Kenji nicht in der Lage gewesen, diese Frage zu beantworten. Mittlerweile war er bestens vertraut mit diesem Haushaltsgerät und seinen Besonderheiten. Mit der Art und

Weise, wie man die Tür aufziehen musste, und mit dem Lärm, den die Maschine beim Schleudern machte, weil sich einer ihrer Füße gelöst hatte.

»Denk daran, dass dich Inagaki-san um Punkt elf erwartet.«

Kenji fragte sich, wie er das wohl vergessen könnte, da Ami seit einer Woche keine Gelegenheit ausgelassen hatte, ihn daran zu erinnern. Inagaki hatte sich, Kenjis Schwiegermutter zuliebe, die er als »eine unerschöpfliche Quelle des Trostes und der Freundschaft für meine Mutter« bezeichnete, bereiterklärt, Kenji zu treffen und sich mit ihm darüber zu unterhalten, ob er ihm einen Posten bei der Fuji-Bank anbieten könne. Kenji setzte große Hoffnungen auf das Gespräch, und seine Frau versprach sich sogar noch mehr davon.

»Ich habe dir deinen besten Anzug rausgehängt.«

Er nickte, als Ami sich zu ihm herunterbeugte, als wollte sie ihn auf die Wange küssen. Doch sie änderte offenbar ihre Meinung und strich ihm nur das Haar aus dem Gesicht, wie sie es bei den Kindern zu tun pflegte.

»Viel Glück«, sagte sie und richtete sich auf. »Und vergiss nicht, zum Supermarkt zu gehen, wenn du bei der Bank warst. Die Einkaufsliste liegt auf dem Kühlschrank.«

Die Tür fiel hinter ihr ins Schloss, und in der Wohnung kehrte Stille ein, bis auf das leise Brummen des Kühlschranks und das kratzende Geräusch von Erikos Füller.

Kenji war klar, wie sehr die Zukunft seiner Familie davon abhing, dass er den Job bei der Fuji-Bank bekam. Die Last auf seinen Schultern war niederdrückend. Aber sie war nicht zu vergleichen mit der Demütigung, die er empfunden hatte, als Ami gut gelaunt die Nähmaschine hervorholte, mit der sie sich vor ihrer Heirat ihre Kleider genäht hatte, und Auftragsarbeiten annahm, die die Schneiderin in der Nachbarschaft nicht bewältigen konnte.

»Das kannst du nicht machen«, hatte Kenji fassungslos protestiert. »Was, wenn die Nachbarn das erfahren? Sie werden denken, dass ich meine Familie nicht ernähren kann.«

Ohne eine Spur von Bösartigkeit hatte Ami erwidert: »Du kannst deine Familie nicht ernähren.«

Es dauerte nicht lange, bis sich die Nähkünste seiner Frau herumgesprochen hatten und sie in ganz Utsunomiya Stammkundinnen fand und sogar Aufträge für Hochzeitskleider erhielt. In ihrem Haus ging es immer öfter zu wie in einem Bienenstock, und die Geräusche der Nähmaschine oder der Kundinnen, die zur Anprobe kamen, waren allgegenwärtig, während sich Stoffreste und Nähgarn auf dem Boden sammelten. Da Ami sehr umgänglich sein konnte, wenn sie wollte, schloss sie schnell Freundschaft mit vielen ihrer Kundinnen. Sie trafen sich oft zum Einkaufsbummel, wobei Ami für sich nichts kaufte, aber ihren Freundinnen beim Geldausgeben zusah. Seit Kurzem ging sie mit ihnen zum Aerobic und hatte festgestellt, dass es ihr Spaß machte und dass sie in den Stunden, wo der Schwerpunkt auf der Choreografie lag, ziemlich gut war.

Tagein, tagaus umgeben von Frauen und den Nähaktivitäten im Haus, sah sich Kenji mit einer neuen Form von Wahnsinn konfrontiert. Nicht genug damit, dass er dieselben vier Wände seit Wochen jeden Tag ertragen musste. Mittlerweile musste er sich auch eingestehen, dass er zugenommen hatte – sein Hosenbund schnitt ihm in die Taille – und dass er sich ständig lethargisch fühlte, obwohl er eigentlich immer ein aktiver Mann gewesen war. Er war nur noch ein wandelndes Gespenst, ein Fremder im eigenen Haus. Ganz egal, wo im Haus er war, und egal, wie sehr er sich bemühte, niemandem zur Last zu fallen, er war eigentlich immer allen im Weg.

Letzte Woche hatte er um diese Zeit auf dem niedrigen dreibeinigen Hocker im Badezimmer gesessen, heißes Wasser aus der tiefen quadratischen Wanne geschöpft und es sich über den Körper gegossen, als Ami an die Tür hämmerte.

»Yumi und Yoshi müssen sich für die Schule fertig machen«, sagte sie. »Du musst jetzt rauskommen und später weitermachen.«

Er versuchte, früher aufzustehen, er versuchte, später aufzustehen. Doch es gab immer jemanden, der dringender ins Bad musste als er, und nun waren schon mehrere Tage vergangen, seit er sich zuletzt gewaschen hatte.

Kürzlich hatte er damit begonnen, einmal pro Woche Doppos Grab auf dem Friedhof in Tokio zu besuchen. Manchmal sprach er mit seinem alten Freund und erzählte ihm, was er so machte. Doch meistens saß er einfach nur da, und ihm wurde kälter und kälter, bis es an der Zeit war, nach Hause zu gehen. Er vermisste Doppo schrecklich. Er hätte auch gern die alte Truppe wiedergesehen, den Professor und Michi. Natürlich wäre es schwer gewesen, an das erinnert zu werden, was nicht mehr seine Welt war, aber sie hätten über Doppo reden können, über seine Güte und sein großes Herz. Es hätte ihm vielleicht gutgetan. Aber Ami verbot es ihm. Was er jetzt brauchte, war etwas, das ihn ablenkte, damit er seinen Freund nicht mehr so vermisste und sich wie ein Versager fühlte, der seine Familie im Stich ließ und dessen Frau nun das Oberhaupt der Familie war.

Ich brauche einen Job, dachte er, stand auf und ging in die Küche, um das Geschirr zu spülen.

12

»Yamada-san. Bitte kommen Sie herein.« Inagaki winkte Kenji in sein Büro und deutete auf einen leeren Stuhl neben seinem Schreibtisch. »Möchten Sie einen Kaffee?«, fragte er großzügig.

»Nein, danke.« Kenji setzte sich und sah sich verstohlen in Inagakis Büro um. Es war kein besonders großes Büro, ungefähr zweieinhalb Meter auf einen Meter zwanzig, und durch den Schreibtisch und die Aktenschränke, die ins Büro hineingezwängt worden waren, wirkte es noch kleiner. Doch dass er überhaupt ein eigenes kleines Zimmer hatte, das ihn von den anderen Angestellten abschirmte, ließ darauf schließen, dass hier ein Mann saß, der Entscheidungen treffen konnte. Kenjis Hoffnung wuchs.

Inagaki sagte, als ob er Kenjis Gedanken gelesen hätte: »Jeden Tag kommen viele Kunden zu mir. Die meisten sind sehr einflussreich, und wir besprechen ein paar persönliche Dinge.«

»Ich weiß, was Sie meinen.« Kenji nickte und betrachtete Inagakis verkniffenes Gesicht, seine schmalen Lippen und die spitzen Wangenknochen, die das Gesicht nach oben zogen wie zwei überdimensionale Zeckenbisse, und seine mit Aknenarben übersäte Haut. Irgendwie kam er ihm bekannt vor. Vielleicht sind wir uns früher schon mal begegnet, dachte Kenji. Da er selbst Kunde der Bank war, bestand durchaus die Möglichkeit, dass sich ihre Wege schon einmal gekreuzt hatten.

»Meine Mutter hat mir von Ihrer misslichen Lage erzählt, und ich möchte Ihnen mein aufrichtiges und tiefes Mitgefühl ausdrücken.« Inagaki sprach mit Nachdruck. »Das sind tatsächlich schwierige Zeiten, für uns alle.«

»Es war wirklich nicht einfach.«

»Meine Mutter dachte, ich hätte vielleicht hier in der Bank eine Stelle für Sie. Ich sagte ihr: ›Mutter, ich kann nicht allen Leuten so einfach einen Job geben. Damit würde ich meine Machtposition ausnutzen, und dann würde man mich von allen Seiten bedrängen. Alle Verwandten, Freunde und Bekannten würden mir die Tür einrennen, sobald sie ihre Arbeit verlieren.‹«

Inagaki zog seine Krawatte zurecht.

»Ich habe meiner Mutter erklärt: ›Yamada-san ist ein Geschäftsmann. Er wird das verstehen. Wenn er im Bankgeschäft Karriere machen will, dann muss er sich – wie alle anderen auch, die zu mir kommen – hocharbeiten.‹ Ich weiß, dass Sie ein Mann sind, der harte Arbeit nicht scheut, und Ihre Schwiegermutter hat mir versichert, dass Sie über jede Arbeit froh wären. Wenn Sie mir also bitte folgen würden.«

»Ihnen folgen?«

»Ja, hier entlang.«

Inagaki erhob sich und stieß dabei gegen ein gerahmtes Foto auf seinem Schreibtisch. Der Rahmen kippte nach hinten und gab den Blick frei auf ein Schwarz-Weiß-Foto von einer gut aussehenden Frau, deren Haare zu einem Knoten hochgesteckt waren und in deren schmalen Ohren große Diamantohrringe steckten. Am unteren Rand des Fotos stand in kunstvoller Handschrift etwas geschrieben. Die Frau kam Kenji bekannt vor.

»Ist das nicht …«, fragte er.

»Ganz recht«, antwortete Inagaki kurz angebunden, während er den Rahmen hochhob und prüfte, ob er beschädigt war. »Ich bin der Präsident ihres Fanklubs.«

»… Hana Hoshino.« Bei genauerem Nachdenken konnte Kenji das Gesicht der Fernsehmoderatorin zuordnen, die in den Achtzigerjahren berühmt gewesen war. Er fragte sich, was wohl aus ihr geworden war, und wollte schon nachhaken, aber er merkte, dass Inagaki nicht in Plauderstimmung war.

Er war hinter seinem Schreibtisch hervorgekommen. Kenji fiel zum ersten Mal auf, dass er am Stock ging und sein anscheinend völlig gelähmtes rechtes Bein hinter sich herzog. Trotzdem bewegte er sich sehr schnell, und Kenji musste beinahe laufen, um auf dem Weg zum Fahrstuhl mit ihm Schritt zu halten. Drinnen drückte Inagaki auf den Knopf »Untergeschoss«.

»Als Sie sagten …«, setzte Kenji vorsichtig an, da er fürchtete, seinen potenziellen Arbeitgeber zu beleidigen, »… dass ich mich hocharbeiten muss, was genau haben Sie damit gemeint?«

Inagaki überhörte die Frage. »Wie geht es Ihren Kindern? Sind sie wohlauf? Bitte richten Sie meine Grüße aus.«

Im Untergeschoss war es unerträglich heiß. Als sich die Türen öffneten, wurden sie in der engen Fahrstuhlkabine von warmer, schwerer Luft eingehüllt. Die Wände waren blassblau gestrichen, die Farbe war rissig und blätterte an vielen Stellen ab. An der Decke verliefen Rohre und Leitungen, die brummten und ächzten, während sie Gas, Wasser und Luft durch das ganze Gebäude transportierten.

Direkt gegenüber dem Fahrstuhl führten zwei große Schwingtüren in einen Raum, der von kaltem Neonlicht erhellt wurde. An allen vier Wänden waren ab Taillenhöhe aufwärts zahllose Fächer angebracht. In der Mitte standen ein paar Männer um einen schäbigen rechteckigen Tisch herum und sortierten die Post in die Fächer. Sie trugen alle ein blaues Hemd, eine blaue Hose und schwarze Schuhe.

Einige von ihnen schätzte Kenji auf unter fünfundzwanzig, doch die meisten waren alt genug, um Großvater zu sein. Als Inagaki den Raum betrat und die Türen heftig hinter ihm vor- und zurückschwangen, murmelten die Männer einen höflichen Gruß, doch ihre Hände sortierten weiter eifrig und unentwegt die Post.

Kenji fühlte einen leichten Druck auf seinem Rücken und ließ sich zum Ende des Tisches führen, wo der älteste Arbeiter stand. Seine Wirbelsäule hatte sich von der Arbeit zu einem Buckel verkrümmt, und sein Kopf war nach vorn gebeugt, als ob es auf seiner Brust etwas Interessantes zu sehen gäbe. Beim Klang seines Namens blickte Soga auf. Der Rest seines Körpers bewegte sich nicht. Er war bleich, und die Haut in seinem Gesicht war dünn wie Pergament und von Falten zerfurcht.

»Soga-san, das ist Kenji Yamada. Er wird ab morgen im Postraum mitarbeiten.«

»Im Postraum«, wiederholte Kenji ungläubig.

»Ich möchte, dass Sie ihn mit seinen Aufgaben vertraut machen. Also, Yamada-san, wenn Sie mich bitte entschuldigen wollen, ich muss zu einer Sitzung. Ich hoffe, dass Sie sich hier in der Fuji- Bank wohlfühlen, und ich freue mich, Sie wiederzusehen, wenn Sie Ihre Arbeit hier bei uns aufgenommen haben.«

»Aber«, stotterte Kenji, während er hinter Inagaki hinausging. »Ich dachte ...«

Inagaki drehte sich zu Kenji um, dessen Satz unvollendet in der Luft hing. »Was dachten Sie?«

Kenji schwieg. Die Hoffnung, die er auf dem Weg hierher gehabt hatte, zerplatzte wie eine Seifenblase. Er fühlte sich völlig leer. »Nichts. Vielen Dank. Ich bin Ihnen wirklich dankbar für Ihre Hilfe.«

»Denken Sie daran: sich hocharbeiten«, rief Inagaki ihm gut gelaunt nach, als sich die Fahrstuhltüren schlossen, und Kenji blieb nichts anderes übrig, als in den Postraum zurückzugehen, wo Soga ihm eine Plastiktüte mit seiner Arbeitskleidung gab und ihm mitteilte, wann und wo er sich zum Arbeitsbeginn am nächsten Tag melden sollte.

Als er wieder draußen vor der Bank stand, nahm Kenji einen tiefen Zug von seiner Zigarette und spürte, wie der Rauch in seinen Lungen brannte. Nach Doppos Tod hatte er sich geschworen, damit aufzuhören, aber er war schon wieder bei zwanzig Zigaretten am Tag. Da er nichts mehr zu tun hatte, hätte er wahrscheinlich auch noch mehr geraucht, aber das knapp bemessene Taschengeld, das er von Ami bekam, ließ solche Extravaganzen nicht zu. Er stellte sich vor, dass sein Freund in diesem Moment bei ihm wäre und die Enttäuschung ihm ins Gesicht geschrieben stünde.

»Ich weiß.« Er schüttelte den Kopf und versuchte, sich von seinem imaginären Freund zu befreien. »Ich kann so etwas einfach nicht machen«, erklärte er geradeheraus, ohne sich an jemand Bestimmten zu wenden. »Es ist unter meiner Würde. Ami wird das genauso sehen. Ich werde es ihr schon klarmachen.«

Er stellte sich vor, dass Doppo lächelte und ihm auf die Schulter klopfte, während er zu einem Mülleimer in der Nähe ging und die Arbeitskleidung hineinwarf, bevor er in den nächsten Bus zurück zu seiner Wohnung stieg.

Ami saß an ihrer Nähmaschine am Küchentisch, auf dem ein großes Stück rubinroter Seide ausgebreitet war, und ihre Nadel stand nicht still, als sie anfing zu sprechen. Sie blickte über den Rand ihrer halbmondförmigen Brille, die sie zum Nähen brauchte, auf ihren Mann.

»Wie war das Bewerbungsgespräch?«

Kenji goss sich ein Glas Wasser ein und trank ein paar Schluck, bevor er sich ihr gegenüber auf einen Stuhl fallen ließ. Er fing an, ihr alles zu erklären. Dass er sich so große Hoffnungen gemacht und geglaubt hatte, ihm würde eine Stelle angeboten, die seiner jahrelangen Erfahrung entsprach. Dass er wusste, wie sehr seine Familie darauf angewiesen sei, dass er diesen Job bekam. Wie schwierig es für ihn sei, zu sehen, dass Ami sich dazu hergeben musste, Kleider zu nähen, obwohl es seine Aufgabe war, die Familie zu ernähren. Wie sehr es ihn betrübte, dass sie inzwischen schon mehr verdiente als er. Und dass er sich jeden Tag mehr schämte.

Ami hörte auf zu nähen und starrte ihren Mann an. »Hat er dir einen Job angeboten?«

»Ja, aber ...«

»Er ist also bereit, dir einen Job zu geben. Das sind gute Neuigkeiten.« Sie blickte wieder auf das Stück Seide, das vor ihr auf dem Tisch lag.

»Aber ...« Kenji erklärte ihr, dass es sich um einen Job im Postraum handelte und dass der Job unter seinen Fähigkeiten lag. Außerdem würde er deutlich weniger Geld verdienen als bei NBC. Deshalb könnte er ihn nicht annehmen.

»Du wirst diesen Job annehmen«, sagte sie und betonte jedes Wort, »mehr gibt es dazu nicht zu sagen.«

»Aber ...«

»Wenn du dich weiter nach einem anderen Job umsehen willst, kannst du das gerne tun. Doch in der Zwischenzeit wirst du Inagakis freundliches Angebot nicht ausschlagen.«

»Du weißt nicht, was du von mir verlangst.«

»Ich sage dazu nichts mehr.«

»Ich bin kein Kind mehr. Du kannst mit mir nicht umgehen wie mit den Zwillingen.«

Sie sah ihn nicht an. Sie würde sich auf keine Diskussion mehr einlassen.

Er musste sie irgendwie dazu bringen, ihm zuzuhören. Er musste ihr klarmachen, wie wichtig es ihm war und wie er es empfand. Ihm blieb nur eine Möglichkeit. »Wenn du das von mir verlangst, kann ich genauso gut alle Hoffnung begraben«, rief er verärgert aus und stürmte aus der Küche.

Er öffnete die Tür zum Flurschrank. In einer Ecke verstaut stand eine karierte Tasche mit drei Golfschlägern, die Ami ihm vor etlichen Jahren gekauft hatte. Sie lagen dort seit Jahren unbenutzt, aber er hatte immer die vage Hoffnung gehabt, dass er sie eines Tages hervorholen würde, wenn er die ersehnte Beförderung doch noch erhielt. Dazu war es nie gekommen, und wenn er jetzt in einem Postraum arbeiten müsste, hätte er garantiert keine Verwendung mehr dafür. Er zog sie so geräuschvoll wie möglich aus dem Schrank und hinter sich her zur Haustür. Ami wusste, wie viel die Schläger ihm bedeuteten. Wenn sie sah, was er tat, würde sie verstehen, wie aufgewühlt er war, und ihn zurückhalten.

»Kenji«, rief sie ihm aus der Küche hinterher, als er gerade die Haustür öffnete. Er hielt den Atem an. Sie hatte am Ende doch noch ein Einsehen. Er hatte sie überzeugt. »Hast du eingekauft?«

13

Die automatischen Türen gingen gemächlich auf, so als ob ihre Mechanik mit den Jahren müde geworden wäre. Kenji stand auf der Türmatte vor dem Supermarkt und wartete geduldig. Als sich die Türen zur Hälfte geöffnet hatten, blieben sie stehen. Er sah sich suchend nach jemandem um, der vielleicht eine Erklärung dafür hatte. Da er niemanden sah, entschloss er sich, es allein mit den Türen aufzunehmen, und zwängte sich durch den Spalt in den Laden.

Es war, als würde man eine andere Welt betreten, eine Welt aus gleißendem Licht und lauter, blecherner Musik. Regale mit fein säuberlich gestapelten Produkten, Tiefkühltruhen und Stände zogen sich in scheinbar endlosen gleichförmigen Reihen durch den Laden. Er drückte die lange Liste, die er von Ami bekommen hatte, an seine Brust und fragte sich, wie er hier jemals etwas finden sollte. Es würde Stunden dauern, stellte er mit Bestürzung fest, während er sich einen Einkaufskorb holte und sich etwas weiter in den Laden vorwagte, weil er nachkommenden Kunden den Weg versperrte, die durch die defekten Türen in den Laden wollten. Im Stillen machte er seiner Frau Vorwürfe. Sie wollte ihm offensichtlich das Leben schwer machen und saß jetzt wahrscheinlich leise in sich hineinlachend zu Hause und stellte sich vor, wie er hilflos durch den Supermarkt irrte und zu stolz war, jemanden um Hilfe zu bitten.

Natürlich tat sie so, als ob sie ihm die Dinge so leicht wie möglich machen wollte. Die Liste, die er in der Hand hielt, war so gegliedert, dass er auf seinem Weg durch den Supermarkt alles der Reihe nach finden würde. Es gab sogar einen Lageplan, auf dem der beste Weg durch die Gänge eingezeichnet war. Aber sie musste einfach wissen, wie sehr ein Ort wie dieser ihn verstörte. Tatsächlich hatte er ziemlich wagemutig bemerkt, dass sie in der Zeit, die sie dafür gebraucht hatte, die Liste und den Plan zu erstellen, auch genauso gut den Einkauf selbst hätte erledigen können. Woraufhin sie verärgert erwidert hatte: »Das nächste Mal kostet es mich viel weniger Zeit, weil du dich dann von allein zurechtfindest.«

Während er in die langen Gänge starrte – vollgestopft mit Dosen, Flaschen und in Plastik eingeschweißten Waren mit zum Gang gedrehten Etiketten –, fragte es sich, ob er sich hier jemals allein zurechtfinden würde. Der Lageplan war keine große Hilfe. Er hatte so wenig Ähnlichkeit mit diesem Supermarkt, dass er sich fragte, ob er überhaupt im richtigen Laden war. Umkehren machte aber auch keinen Sinn. Jetzt war er schon einmal hier, und wenn er sich Zeit nahm und eins nach dem anderen erledigte, würde er schon zurechtkommen.

Er sah nach, was auf seiner Liste ganz oben stand – Äpfel –, und blickte sich um. Ohne Zweifel befand er sich in der Obst- und Gemüseabteilung. Auf abgeschrägten Regalen standen in Taillenhöhe Kästen mit Obst und Gemüse, die auf einer Schicht von künstlichem Gras auslagen und von oben mit pilzförmigen Glühbirnen beleuchtet wurden. Er entdeckte Kartoffeln, Tomaten, Bohnensprossen, Orangen und Wassermelonen. Doch die standen nicht auf seiner Liste, und Äpfel waren einfach nicht zu finden. Erwartungsvoll schlenderte er von Regal zu Regal und stolperte unvermittelt über das Gesuchte: große, vollkommen runde, rosafarbene Äpfel, die schlicht nicht zu sehen gewesen waren, weil jeder einzelne in ein weißes Kunststoffnetz eingewickelt war. Er nahm vier Äpfel und ließ sie in seinen Korb fallen, wo sie mit einem lauten Plumps landeten. Das Geräusch ließ eine Supermarktangestellte, die gerade in der Nähe war, in ihrer Beschäftigung innehalten und aufblicken.

»Wenn Sie die Äpfel so in den Korb werfen, bekommen sie Druckstellen«, sagte sie lächelnd und hielt ihm eine braune Papiertüte hin. »Geben Sie mir doch einfach Ihre Äpfel, und suchen Sie sich noch ein paar mehr aus.« Sie beugte sich über seinen Korb und holte die Äpfel heraus. Durch die Bewegung spannte ihr beige-orange kariertes Kleid über den Hüften.

Kenji schoss die Röte ins Gesicht, und er schaute weg, bis sie wieder aufrecht vor ihm stand, die Äpfel an ihren unübersehbar üppigen Busen gepresst, der sich unter ihrer Uniform abzeichnete.

»Sind Sie zum ersten Mal hier?«

Als sie sprach, bemerkte Kenji, dass sie eine kleine Lücke zwischen den beiden Schneidezähnen hatte.

»Ja«, gab er zu. »Ich habe keine Ahnung, wo ich anfangen soll.«

»Wissen Sie, was? Ich wünschte, mehr Leute wären so ehrlich wie Sie. Es erleichtert vieles. Hier kommen viele Männer her, denen es genauso geht. Aber sie würden nie zugeben, dass sie keine Ahnung haben, bevor sie hier über eine Stunde lang hilflos herumgeirrt sind. Ich sage ihnen jedes Mal, dass es keinen Grund gibt, sich zu schämen.«

»Denen es genauso geht?«

»Ja.« Sie setzte die Brille, die an einer Kette um ihren Hals hing, auf und blickte ihn prüfend an. »Sie sind geschieden, nicht wahr? Oder vielleicht leben Sie getrennt?« Sie verbeugte sich leicht. »Es tut mir leid. Ich hätte nicht so direkt sein sollen. Das war unhöflich von mir.«

Sie machte Anstalten zu gehen. Er suchte verzweifelt nach einem Weg, um sie aufzuhalten. Sie hatte irgendetwas an sich. Die Art, wie sie ihn ansah, und der Tonfall in ihrer Stimme. Beides hatte ohne Zweifel eine beruhigende und ermutigende Wirkung auf ihn. Dass sie in der Nähe war, gab ihm das Gefühl, alles werde sich zum Guten wenden. Doch wie sollte er es anstellen? Er wusste, noch bevor er es sagte, dass er es besser lassen sollte, dass es nicht ehrlich wäre. Aber es half nichts. Er konnte die Worte nicht zurückhalten.

»Ja, Sie haben recht«, murmelte er hastig, als ob die Lüge durch das schnelle Sprechen weniger schlimm wäre. »Ich habe mich getrennt. Vor sechs Monaten.« Es war nicht wirklich gelogen, beruhigte er sich. Schließlich war er vor sechs Monaten dazu genötigt worden, NBC zu verlassen, was ja auch eine Art Trennung war und ähnlich katastrophale Folgen für ihn gehabt hatte.

»Vielleicht kann ich Ihnen dann ein bisschen behilflich sein?« Sie streckte die Hand nach seiner Liste aus.

»Ich wäre Ihnen sehr dankbar.«

Er stieß einen riesengroßen Seufzer der Erleichterung aus und drückte ihr die Liste in die Hand. Sie roch frisch, nach Salatgurke, und als sie die Liste durchging, ertappte er sich dabei, wie er sie unverhohlen anstarrte. Sie hatte die Art Gesicht, das man einfach gern ansah: oval, mit einer hohen Stirn und einem entzückend gerundeten Kinn, einer leichten Stupsnase, hohen, breiten Wangenknochen und vollen mandelförmigen Lippen, die sie mit einem pflaumenfarbenen Lippenstift sorgfältig geschminkt hatte. Ihr schwarzes Haar war zu einem ordentlichen Knoten aufgesteckt, und vereinzelte, herausgezogene Locken umrahmten ihr Gesicht. Er erschrak, als er sich bei dem Gedanken ertappte, wie sich ihre Haut wohl anfühlen würde und dass er ihr am liebsten über die Wange gestreichelt hätte.

Sie würde sich ganz bestimmt weich anfühlen. Wenn er sie hätte beschreiben müssen, hätte er sie wohl als stämmig, vielleicht sogar leicht übergewichtig bezeichnet, doch er konnte sich niemanden vorstellen, der mit etwas zu viel Gewicht besser aussehen würde.

»Mal sehen. Du liebe Güte, das ist aber eine ziemlich lange Liste.« Sie kicherte. »Sie müssen einen gesunden Appetit haben.«

Seine Gedanken überschlugen sich. »Meine Schwester besucht mich mit ihren beiden Kindern.«

»Das ist aber nett. Dann sind Sie nicht so allein. Lassen Sie uns die Liste eins nach dem anderen abarbeiten.«

Als sie ihn durch ihre Brille ansah, wünschte er sich, er hätte heute etwas mehr Wert auf sein Äußeres gelegt. Er hatte das Gefühl, als hätte er seit Monaten keinen Gedanken mehr an sein Aussehen verschwendet. Selbst vor dem Bewerbungsgespräch bei der Fuji-Bank an diesem Nachmittag – bei der Erinnerung daran schüttelte es ihn – hatte er es Ami überlassen zu bestimmen, was er anziehen oder wie er seine Haare kämmen und sich rasieren sollte.

»Wie Sie sehen, finden Sie hier alles an Obst und Gemüse.« Sie zeigte auf die umliegenden Warenstände, während sie mit der Spitze eines Kugelschreibers die Liste überflog. »Die Kühlabteilung mit frischem Fisch, Fleisch, Milch und Joghurt ist am Ende dieses Gangs. Currygerichte und Nudeln sind im Gang zwei. Auf der linken Seite.«

Sie arbeitete sich fachmännisch durch die Liste und machte dabei Notizen auf dem Papier, wobei sie gelegentlich zu ihm herübersah. Sosehr er es auch versuchte, er konnte sich einfach nicht auf ihre Worte konzentrieren. Ihre bloße Gegenwart – weich, warm und betörend – nahm ihn vollständig gefangen. Schließlich beendete sie ihren Monolog.

»Das sollte Ihnen helfen, alles zu bekommen.«

Er dankte ihr überschwänglich, und da ihm nichts mehr einfiel, was er hätte sagen können, blieb ihm nichts anderes übrig, als weiterzugehen. Als er sich umdrehte, um einen letzten Blick auf sie zu erhaschen, lief er direkt gegen einen Tisch. Die aufgestapelten Wassermelonen fielen mit einem lauten Krach zu Boden, wo mehrere in saubere Hälften zerbrachen und ihr rosiges, saftiges Fleisch durch die ganze Abteilung spritzten.

»Hey, passen Sie doch auf«, rief eine Stimme.

Entsetzt schlug Kenji die Hand vor den Mund und ließ vor Schreck seinen Korb fallen. Er bückte sich, um die heil gebliebenen Wassermelonen aufzuheben. Dabei fiel ihm etwas Außergewöhnliches auf: Sie waren quadratisch.

»Das sind keine normalen Wassermelonen«, fuhr die Stimme fort. »Sie sind in speziellen Plexiglascontainern gewachsen.«

»Es tut mir wirklich sehr leid«, stieß Kenji hervor. »Es war ein Missgeschick.«

»Missgeschicke sind nicht billig. Jedenfalls nicht in meinem Laden.«

Beim Sprechen spritzten kleine Speicheltröpfchen aus dem Mund des jungen Mannes auf Kenjis rechte Wange. Er hätte sie gern weggewischt, aber er wollte nicht, dass der junge Mann merkte, dass er ihn unbewusst angespuckt hatte.

»Ich werde für den Schaden aufkommen.« Kenji griff nach seiner Geldbörse.

»Sie haben drei Melonen ruiniert, und die kosten pro Stück zehntausend Yen. Das macht also zusammen dreißigtausend Yen.«

»Das kann ich nicht bezahlen.« Es war mehr Geld, als er im Portemonnaie hatte, und wenn er ohne die Einkäufe nach Hause käme, würde Ami ihm bestimmt unterstellen, dass er Pachinko gespielt hätte. »Ich kann unmöglich ...«

Bevor er eine Entschuldigung herausbrachte, wurde er von einer Stimme unterbrochen.

»Rambashi-san, es war mein Fehler.«

Er fuhr herum und sah die Frau, die ihm kurz zuvor geholfen hatte.

»Ich habe den Kunden abgelenkt, weil ich ihn über unser Spezialangebot für Orangen informiert habe. Sonst wäre ihm der Tisch aufgefallen, und die Wassermelonen wären alle noch ganz.«

Der Ausdruck auf Rambashis kleinem viereckigen Gesicht ließ erkennen, dass er seine Zweifel an der Geschichte hatte. Da ihm aber nichts anderes übrig blieb, stapfte er davon, wedelte mit seinen langen, drahtigen Armen und rief über die Schulter: »Putzen Sie das weg. Und zwar sofort, bevor ein Kunde hier ausrutscht.«

Erst nachdem der junge Mann im Lagerraum im hinteren Teil des Supermarkts verschwunden war, traute sich Kenji wieder zu sprechen: »Ich weiß nicht, was ich sagen soll. Vielen Dank. Nochmals vielen Dank.«

Sie legte einen Finger auf ihre Lippen. »Das bleibt unter uns. Und jetzt sehen Sie zu, dass Sie Ihren Einkauf erledigen, bevor Sie mich noch mal in Schwierigkeiten bringen.«

Er blickte ihr hinterher, als sie ging, und stellte überrascht fest, dass er lächelte.

14

»Das will mir einfach nicht in den Kopf.« Soga kratzte sich an seiner zunehmenden Glatze, auf der die Haut glänzte, als ob er sie mit einem Tuch poliert hätte. »Erklären Sie mir bitte noch einmal, wie Sie es fertiggebracht haben, Ihre Arbeitskleidung zu verlieren.«

»Ich habe sie nicht verloren, sie ist mir vielmehr gestohlen worden«, antwortete Kenji unbehaglich. Er war heute Morgen ziemlich guter Dinge gewesen, beschwingt von seinem gestrigen Erlebnis im Supermarkt. Der Gedanke an die Frau, die ihm geholfen hatte, baute ihn auf, doch je länger er mit Soga sprach, desto mehr fiel das gute Gefühl von ihm ab. Kurze Zeit später empfand er nur noch blanke Ernüchterung.

»Als meine Schlüssel in den Gully fielen, habe ich das Paket weggelegt und sie gesucht. Und nachdem ich meine Schlüssel endlich wieder herausgefischt hatte, habe ich festgestellt, dass mein Paket verschwunden war. Ich habe ein paar Kinder bemerkt, die lachend die Straße runterliefen, aber sie waren schon zu weit weg, um ihnen nachzulaufen.«

»Sie sind mir vielleicht einer.« Soga ließ einfach nicht locker. »Ich kann doch einem Mann nicht zwei Garnituren Arbeitskleidung geben.«

Kenji kam das Kind in den Sinn, das er heute Morgen auf seinem Weg zur Bank gesehen hatte. Es hatte mit einem langen Stock auf einem toten Spatz am Straßenrand herumgestochert, immer und immer wieder, obwohl das arme Tier offensichtlich tot war.

»Vielleicht können Sie das Geld für meine gestohlene Arbeitskleidung von meinem Gehalt abziehen?«, bot er kleinlaut an.

Laut vor sich hin schnalzend humpelte Soga zu einem großen Spind im hinteren Teil des Postraums. »Wer seine Arbeit als Postsortierer antritt, bekommt eine Garnitur Arbeitskleidung«, rief er. »Und er bekommt normalerweise erst dann eine neue Garnitur, wenn die erste abgetragen ist und nicht mehr repariert werden kann. Auf Ihre Arbeitskleidung trifft das, soweit ich weiß, nicht zu.« Er öffnete den Spind mit einem der zahlreichen Schlüssel, die an einem großen Schlüsselbund hingen, den er in der Tasche hatte. Soga nahm zwei Plastiktüten aus dem Schrank und gab sie Kenji. »Es wird nicht ganz einfach sein, Ihnen noch einmal eine neue Garnitur Arbeitskleidung zu geben, also passen Sie bitte auf, dass Sie die nicht wieder verlieren.«

Widerstrebend nahm Kenji die Arbeitskleidung mit in den Umkleideraum für Männer und zog sich dort ein Paar Hosen an, die ein paar Zentimeter zu kurz waren, und ein riesiges Hemd, sodass er sich wie ein kleiner Junge in den Arbeitskleidern seines Vaters fühlte. Er hatte diesen Job antreten müssen. Widerspruch war zwecklos gewesen. Ami ließ sich nicht umstimmen und weigerte sich inzwischen sogar, überhaupt mit ihm über diese Angelegenheit zu sprechen. Frustriert und entmutigt meldete er sich in dem neonbeleuchteten Raum zur Arbeit, während die anderen Angestellten gemächlich einer nach dem anderen eintrudelten. Als alle da waren, machte Soga einige Ankündigungen, bevor er Kenji den Kollegen vorstellte. Ein paar von ihnen warfen Kenji misstrauische Blicke zu, die anderen hingegen zeigten nicht das geringste Interesse an ihm.

»Da Sie heute den ersten Tag bei uns arbeiten ...«, Soga übergab Kenji ein rechteckiges weißes Band mit dem Aufdruck ›Auszubildender‹, »... werden Sie Yamanote begleiten. Er wird Ihnen zeigen, was Sie zu tun haben, und von morgen an sind Sie dann auf sich selbst gestellt.«

Kenji drehte sich nach rechts und lächelte den Mann mit Namen Yamanote zaghaft an, doch dieser war bereits losgelaufen und schob einen weißen Gitterwagen mit zwei Einsätzen durch die Schwingtüren in den Fahrstuhl. Kenji beeilte sich, ihm hinterher zu kommen, verbeugte sich kurz und wünschte ihm höflich einen guten Morgen. Yamanote gab nur einen Grunzlaut von sich und verfiel dann in nachdenkliches Schweigen, das fast den ganzen Tag andauerte. So arbeiteten sie sich von der obersten Etage durch die ganze Bank und hielten überall an den speziell ausgewiesenen Postsammelstellen, wo sie die Post auf ihren Wagen luden.

Nachdem sie ihren Rundgang beendet hatten, brachten sie den Wagen, der mittlerweile vollgeladen war, zurück ins Untergeschoss und verbrachten den Rest des Vormittags damit, die Post zu sortieren. Zunächst wurde die interne von der externen Post getrennt. Die interne Post wurde anschließend in die unteren Fächer verteilt, wo auf Schildern die Empfänger vermerkt waren. Die externen Briefe wurden frankiert und in große Säcke gepackt für das Postauto, das diese kurz vor dem Mittagessen einsammeln sollte.

Nachdem die Säcke im Postauto verstaut worden waren, gingen alle Mitarbeiter des Postraums in die Mittagspause. Die meisten von ihnen aßen im Umkleideraum und starrten mit leerem Blick vor sich hin. Kenji fand die Atmosphäre so bedrückend, dass er mit seiner Essensdose nach draußen ging und sich zum Essen auf eine Bank am Straßenrand setzte. Es war laut, und viele Leute gingen an ihm vorbei, doch es war ihm egal. Der Lärm der vorbeifahrenden Autos war eine willkommene Abwechslung zu Yanamotes ausdruckslosem Gesicht bei ihrem morgendlichen Rundgang durch die Bank und zu Sogas gekrümmtem Rücken. Ganz zu schweigen von dessen langen, dünnen, von Arthritis steifen Fingern. Er fragte sich, ob das alles war, was die Zukunft für ihn bereithielt.

»Warum?« Er konnte die Enttäuschung in Doppos Stimme hören, als er sich vorstellte, dass sein Freund neben ihm auf der Bank säße. Es hatte etwas Tröstliches, sich in den Momenten, wenn er besonders niedergeschlagen war, einzubilden, dass sein Freund noch am Leben war und ihn begleitete, so wie er es immer getan hatte. »Warum arbeiten Sie bloß hier, nach allem, was ich Ihnen beigebracht habe?«

In seinem Kopf suchte Kenji nach einer Erklärung. »Ich habe Ihrer Tochter und meiner Frau versprochen, dass ich nie wieder spiele.« Er aß den Rest seiner Mahlzeit und ging zurück in die Bank.

Am nächsten Tag bekam er eine eigene Route zugeteilt und bekam einen Gitterwagen aus Draht, den er durch das Gebäude schob, bevor er in den Postraum zurückging und schweigend die Briefe sortierte. Er war langsamer als seine Kollegen und hatte, wenn das Postauto kam, die Briefe oft noch nicht zu Ende sortiert. Der Fahrer wartete dann und rauchte eine Zigarette, während er ungeduldig mit den Fingern auf die Motorhaube trommelte oder sich auf den Vordersitz legte und mit einem überdimensionalen Kopfhörer Musik hörte.

Es war kein übermäßig anstrengender Job, doch mit jedem Tag, der ins Land zog, fiel es Kenji schwerer aufzustehen, obwohl es ihm eigentlich hätte leichter fallen sollen. Als er bei NBC gearbeitet hatte, war er jeden Morgen um sechs Uhr aufgewacht und meistens nicht vor Mitternacht ins Bett gekommen. Jetzt war er jeden Abend um zehn Uhr im Bett und stand nicht vor halb neun auf. Nicht weil er sich besonders müde fühlte. Er blieb so lange im Bett liegen, weil ihm das Aufwachen unerträglich war. Je länger er den Gedanken daran, aufzustehen und zur Arbeit zu gehen, hinauszögern konnte, desto besser.

Am ersten Tag seiner zweiten Arbeitswoche passierte jedoch etwas Unerwartetes. Inagaki kam hinkend durch die Schwingtüren des Postraums. Kenji hatte ihn nicht mehr gesehen, seit ihm der Job angeboten worden war, und er hatte sich vor diesem Augenblick gefürchtet. Der Bankmanager gab sich freundlich und höflich, was nur dazu führte, dass sich Kenji die Haare im Nacken sträubten. Er mochte Inagaki einfach nicht, und er traute ihm nicht über den Weg. Dieser Mann hatte ihn gedemütigt, als er ganz unten war. Es machte ihn wütend, mit ihm in einem Raum zu sein.

»Yamada-san, wie haben Sie sich bei uns eingelebt?« Inagaki sah ihn ehrlich interessiert an.

»Gut.« Kenji nickte und biss die Zähne zusammen. Er kannte diesen Mann, doch sosehr er es auch versuchte, er konnte sich nicht erinnern, woher.

»Das freut mich zu hören. Wenn es Ihnen nichts ausmacht, dann kommen Sie bitte mit mir mit. Ich habe eine sehr wichtige Aufgabe für Sie.«

Die anderen Männer blickten von den Briefen auf, die sie gerade sortierten, und starrten Kenji an. Neugierig und sogar etwas hoffnungsvoll folgte er Inagaki durch die Schwingtüren hinauf ins Erdgeschoss, wo sie durch eine Sicherheitstür ins Foyer traten. Kenji war ein wenig schwindelig. Hatte er Inagaki falsch eingeschätzt? War die Arbeit im Postraum nur ein Test gewesen? Sollte er sich auf diese Weise bewähren? Und hier war sie nun, die Chance, auf die er gewartet hatte. Er sollte sich hocharbeiten, hatte Inagaki gesagt, und er war mehr als bereit dazu. Er fragte sich, ob er einen eigenen Schreibtisch, ein Telefon und einen Computer bekommen würde. Selbst wenn er sie sich mit jemandem teilen müsste, wäre es ihm recht. Wenn er nur den Postraum und die Kollegen dort hinter sich lassen könnte. Vielleicht würde es ihn erleichtern, wenn er mit Inagaki darüber spräche. Doch der Bankmanager lief zügig vor ihm her, und Kenji hatte Mühe, Schritt zu halten.

In der Bank herrschte geschäftiges Treiben, und etliche der diensthabenden Servicemitarbeiter wiesen Kunden den Weg zu den Plätzen im Warteraum und anschließend zu den frei gewordenen Schaltern. Inagaki lief am Warteraum vorbei auf einen kleinen Wandschrank ganz links in der Ecke zu, den er mit einem langen, dünnen Schlüssel öffnete. Die Tür ging quietschend auf und gab den Blick auf eine Ansammlung von Putzutensilien frei.

»Im Waschraum der leitenden Angestellten im dritten Stock ist ein kleines Malheur passiert. Eine Toilette ist verstopft und übergelaufen. Beseitigen Sie bitte die Verstopfung, und hinterlassen Sie anschließend alles blitzblank. Hier drin finden Sie die Sachen, die Sie dafür brauchen.«

»Wie bitte?« Kenji war sich nicht sicher, ob er Inagaki richtig verstanden hatte.

Nachdem Inagaki seine Anweisung wiederholt hatte, drehte er sich um und ließ Kenji stehen. Der sah ihm fassungslos und mit weit offen stehendem Mund hinterher. Sein Kopf war voller Dinge, die er hätte sagen wollen, doch er war zu geschockt, um auch nur ein Wort herauszubringen. Eine unbeschreibliche Wut stieg in ihm auf, doch vor allem fühlte er sich zutiefst gedemütigt und beschämt. Wofür hielt der Mann ihn eigentlich? Er war doch keine Putzkraft. Er war ein angesehener Angestellter. Zumindest war er das bis heute gewesen. Dahin hatten sie ihn also inzwischen gebracht. Wenn er keine Familie zu versorgen hätte, würde er auf der Stelle nach oben stürmen und diesem schwächlichen, hinkenden Stock sagen, wohin er sich seinen Mopp und seinen Eimer stecken könnte. So jedoch blieb ihm nichts anderes übrig, als die Putzsachen zusammenzusuchen und in den dritten Stock zu fahren. Wenig später kehrte er mit durchnässter Arbeitskleidung in den Postraum zurück. Soga weigerte sich, ihm eine neue Garnitur zum Wechseln zu geben, und so brauchte er den Rest des Tages, um wieder trocken zu werden, und seine Niedergeschlagenheit wurde mit jeder Minute größer.

»Der Mann ist ein Tyrann«, brach es beim Abendbrot aus ihm heraus.

Eriko wollte kein Wort gegen Inagaki hören. »Er hat sich unserer Familie gegenüber sehr großzügig verhalten«, sagte sie und presste ihre schmalen Lippen zu einem Strich zusammen.

»Er hat eine grausame Art.«

»Er hat es im Leben nicht leicht gehabt«, unterbrach Ami ihn, und da er wusste, dass es sinnlos war, etwas zu erwidern, lehnte Kenji sich einfach zurück und hörte den beiden Frauen zu, die sich den neuesten Klatsch erzählten. Während sie sich miteinander unterhielten, fiel Kenji plötzlich ein, warum Inagaki ihm so bekannt vorkam. Sie waren zusammen zur Schule gegangen, sogar in die gleiche Klasse. Der junge Inagaki war als Kind und Teenager schüchtern gewesen und hatte sich mit seinen dicken Brillengläsern und dem ausgeprägten Hinken immer in eine Ecke gedrückt. Sein Vater war mit einer anderen Frau durchgebrannt. Kenji wusste, dass der junge Inagaki unter seinen früheren Klassenkameraden gelitten hatte, aber er war sich sicher, dass er sich nie an den gemeinen Streichen der anderen beteiligt hatte. Er hatte aber auch nicht versucht, Inagaki zu helfen, doch warum sollte er? Es war nicht klug, die Aufmerksamkeit auf sich zu ziehen, denn man konnte nie wissen, welches Ziel sich die Mitschüler als Nächstes für ihre Schikanen suchen würden.

Doch Inagaki sah die Dinge anscheinend völlig anders. Jeden Tag erschien er im Untergeschoss und ließ Kenji alles Mögliche für ihn erledigen. Immer gab er sich den Anschein von Großzügigkeit und holte Kenji aus dem Postraum, bevor er ihn anwies, den Boden im Umkleideraum der Männer zu schrubben, die Fassade der Bank zu putzen oder die Schilder an den Türen der leitenden Angestellten zu polieren. Wenigstens kannte Kenji nun den Grund. Er wollte sich rächen. Es dauerte nicht lange, bis die Kollegen im Postraum eifersüchtig reagierten, weil sie glaubten, dass Kenjis Sonderdienste die Vorstufe für eine Beförderung waren. Inzwischen redeten sie auch miteinander, doch ausschließlich über ihn und hinter seinem Rücken. Die Stimmung wurde unerträglich, und am schlimmsten war es immer, wenn Inagaki durch die Türen hinkte.

»Yamada-san, wir brauchen dringend Ihre Hilfe«, rief er, und Kenji kochte vor Wut, während er ihm folgte. Doch was blieb ihm anderes übrig? Inagaki war der Boss, und er konnte es sich nicht leisten, noch einmal einen Job zu verlieren, egal, wie sehr er ihn hasste. Wenn er nur mit jemandem hätte reden können. Einem toten Freund alles anzuvertrauen hatte gewisse Vorteile, aber es war nicht so gut wie das Gespräch mit einem lebenden Menschen. Sich mit Michi und dem Professor zu treffen kam nicht in Frage. Wenn Ami das herausfinden würde, wäre sie fuchsteufelswild. Während Kenji hinter Inagaki herlief, blickte er auf die Uhr und fragte sich, ob er es in seiner Stunde Mittagspause bis zum Supermarkt und zurück schaffen würde.

15

*I*ch bin froh, dass wir uns noch einmal über den Weg gelaufen sind.« Kenji nahm einen Schluck Kaffee und stellte überrascht fest, dass er kalt geworden war. Es kam ihm so vor, als ob die Tasse erst wenige Minuten zuvor nachgeschenkt worden wäre. Dai war wirklich eine großartige Begleiterin, und es war leicht, mit ihr ins Gespräch zu kommen. Schon allein ihr leises Lachen zu hören machte ihn glücklich. Es kam ihm dumm vor, dass er vor seinem zweiten Besuch im Supermarkt, wo er hoffte, sie wiederzutreffen, so nervös gewesen war. Immer wieder hatte er mit dem Gedanken gespielt, umzukehren. Jetzt war er froh, dass er es nicht getan hatte.

»Das bin ich auch.«

Ermutigt fuhr er fort: »Ich weiß, dass es sich seltsam anhört. Ich kenne Sie ja kaum. Aber dass ich mit Ihnen über alle diese Dinge reden konnte – meine Arbeit, Inagaki und Doppo –, hat mir richtig gutgetan.«

»Vielleicht genau deswegen«, antwortete Dai und tupfte sich ihre Lippen mit einer Papierserviette ab. Sie sah heute sogar noch hübscher aus, als er sie in Erinnerung hatte, und trug einen orangen Lippenstift, der gut zu ihrem Lidschatten passte. »Es ist immer viel einfacher, mit jemandem, den man nicht so gut kennt, über das zu reden, was einen besonders verletzt hat. Und Sie haben wirklich eine sehr schwere Zeit durchgemacht. In nur sechs Monaten Ihren Job, Ihre Frau und Ihren besten Freund zu verlieren. Es ist wichtig, dass Sie sich alles von der Seele reden, sonst ...« Sie blickte sich in dem Restaurant um, in dem sie zu Mittag gegessen hatten, so als suche sie nach den richtigen Worten. »... würden Sie verrückt werden.«

Kenji nickte und schaute weg. Dai tätschelte seine Hand. Ihre Haut war weich und glatt, doch ihre Freundlichkeit setzte ihm am meisten zu. Es war schrecklich, dass er sie angelogen hatte. Beim ersten Mal war es noch eine Notlüge gewesen. Es war ihm einfach so herausgerutscht. Dieses Mal jedoch hatte er mit voller Absicht gelogen. Er hatte sogar seinen Ehering abgenommen, bevor er durch die immer noch schadhaften Türen in den Supermarkt gegangen war. Er versuchte sich einzureden, dass die Täuschung notwendig war. Wie Dai schon gesagt hatte: Ohne einen Menschen, mit dem er reden konnte, würde er verrückt werden. Vielleicht war er schon verrückt. Zumindest ein bisschen. Und sie war genau das, was er brauchte. Nach nur einer halben Stunde mit ihr fühlte er sich besser: glücklicher, hoffnungsvoller und sogar etwas mehr mit sich im Reinen. Wenn jemand ihn fragen würde, was er zu Mittag gegessen hatte, könnte er es nicht sagen. Er war sich noch nicht einmal sicher, wie er das Restaurant, in dem sie saßen, beschreiben sollte. Doch alles an Dais Gesicht, ihrem Ausdruck, ihren Gesten und ihrem Duft würde ihm ganz genau in Erinnerung bleiben. Er wollte das Bild in seinem Kopf bewahren, sodass er es später bei der Arbeit wieder hervorholen und sich daran erfreuen konnte.

»Jetzt habe ich die ganze Zeit nur über mich geredet.« Er stellte den kalt gewordenen Kaffee auf die Untertasse. »Ich habe Sie gar nicht zu Wort kommen lassen. Bitte erzählen Sie mir doch etwas von sich.«

Dai lächelte kurz. »Da gibt es nicht viel zu erzählen. Ich lebe in einer kleinen Wohnung in der Nähe des Supermarkts. Ich habe eine Katze und ziehe Kräuter in einem Glaskasten. Ich arbeite seit gut einem Jahr im Supermarkt. Davor habe ich im Krankenhaus gearbeitet. In der Kantine.«

»Sind Sie verheiratet? Haben Sie Kinder?«, fragte er und hoffte, überrascht über die Unverfrorenheit seiner Fragen, dass sie beide mit Nein beantworten würde.

»Ja, ich bin verheiratet.«

Er konnte nichts dagegen tun, dass ein Gefühl der Enttäuschung in ihm aufstieg.

»Aber ich habe leider keine Kinder.« Sie unterbrach sich und blickte Kenji prüfend ins Gesicht. »Ich glaube, dass ich Ihnen vertrauen kann.«

Er verzog das Gesicht und hoffte, dass sie es nicht bemerkte. Er hasste es, ihr nicht die Wahrheit sagen zu können.

»Ich werde Ihnen etwas erzählen, das nicht viele Leute wissen. Mein Mann ist im Gefängnis.«

In Kenjis Gesicht war das Entsetzen wohl deutlich zu lesen, denn sie fügte schnell hinzu: »Er hat niemanden umgebracht, Sie müssen also nicht befürchten, dass Sie mit der Frau eines Mörders zu Mittag gegessen haben.« Sie lachte verlegen, während er sich alle Mühe gab, mehr Mitgefühl zu zeigen. »Er hat Autos gestohlen. Schon immer. Seit wir uns mit achtzehn zum ersten Mal getroffen haben. Ja, so lange sind wir schon verheiratet. Zuerst fand ich es lustig und aufregend. Dann haben sie ihn erwischt, und auf einmal war es gar nicht mehr lustig. Jedes Mal, wenn wir in eine neue Gegend gezogen sind, habe ich mir einen Job gesucht und neue Freunde kennengelernt, und er hat Autos gestohlen und wurde erwischt. Die Leute haben Wind davon bekommen. Manchmal hat er sogar Leute bestohlen, die wir kannten. Mir blieb nichts anderes übrig, als wieder wegzuziehen.«

»Das tut mir wirklich leid.« Kenji flüsterte beinahe. »Ich hatte ja keine Ahnung.«

»Niemand kann sich das vorstellen. Sie sind seit Langem der Erste, dem ich die Geschichte erzählt habe. Es fällt mir schwer, die Blicke der Leute zu ertragen.«

Dieser Teil ihrer Geschichte schmeichelte ihm sehr. Er hatte ihr von sich erzählt, und sie hatte ihm ihrerseits etwas über sich anvertraut. Hier saßen also wirklich zwei Freunde, die eine schwierige Zeit durchmachten und sich gegenseitig trösten konnten.

»Wie lange muss er im Gefängnis bleiben?«

»Drei Jahre. Er hat seine Zeit aber fast abgesessen. Dieses Mal hat er einen Jungen mit einem gestohlenen Auto überfahren, und der Junge wäre fast gestorben. Er wird in ein paar Monaten frei kommen. Als sie ihn abgeführt haben, habe ich ihm gesagt, dass ich ihn verlassen werde, und seitdem habe ich ihn nicht mehr gesehen. Ich habe ihn nicht einmal besucht. Nicht wie die anderen Male, als ich noch ganz die pflichtbewusste Ehefrau war und geduldig auf ihn gewartet habe. Doch er wird mich finden. So wie immer.« Sie lächelte traurig. »Meine Güte, es ist schon spät.« Sie blickte auf ihre Uhr und stand eilig auf. »Ich weiß nicht, wie es Ihnen geht, aber ich muss zurück zur Arbeit.«

»Ja natürlich.« Kenji stand ebenfalls auf. Er hatte schon die Rechnung für sie beide bezahlt, deshalb konnten sie das Restaurant einfach verlassen. »Wenn Sie wieder einmal jemanden zum Reden brauchen ...«, bot er ihr an, als sie nach draußen traten, »... bin ich für Sie da.«

»Das wäre wirklich nett.« Sie nickte und küsste ihn leicht auf die rechte Wange, bevor sie sich umdrehte und die Straße hinuntereilte, zurück zum Supermarkt.

Er stand eine Zeit lang wie angewurzelt da. Mit einem einfältigen Lächeln auf den Lippen und seiner Hand an der Wange, so als wolle er den Kuss dort festhalten.

16

*E*iner unserer Kunden hat sich über den Zustand unseres Aquariums beschwert.« Inagaki deutete auf die Glasscheiben des Aquariums, die innen mit einer dicken Schicht grüner Algen bedeckt waren. »Diese wichtige Angelegenheit erfordert unsere sofortige Aufmerksamkeit, also kümmern Sie sich bitte auf der Stelle darum.« Er überreichte Kenji einen Schlüssel und wies auf die Putzkammer.

»Es ist mir ein Vergnügen«, erwiderte Kenji mit einem breiten Lächeln und registrierte befriedigt den verwirrten Ausdruck auf Inagakis Gesicht. Nichts würde ihm an diesem Nachmittag die Laune verderben.

Mit einem Lied auf den Lippen, das er während der Arbeit im Postraum im Radio gehört hatte, suchte er die Putzutensilien zusammen, die er für seine Arbeit benötigte, und holte nacheinander die Fische aus dem Aquarium, um sie in einen mit klarem Leitungswasser gefüllten Eimer zu befördern. Dann leerte er das Aquarium in ein Ausgussbecken in der Kammer und begann an Ort und Stelle, die schleimigen grünen Glasscheiben zu säubern. Ganz auf seine Arbeit konzentriert, die er möglichst schnell hinter sich bringen wollte, bemerkte er den kleinen, hageren, vogelartigen Mann, der in der Tür stand und ihn beobachtete, erst nach mehreren Sekunden. Es war kein Geringerer als Akira Eto, Ishidas Stellvertreter bei NBC.

»Yamada-san.« Eto zog geräuschvoll die Luft ein und wandte den Blick nicht von den rosafarbenen Gummihandschuhen, die Kenji trug. Er klang immer noch wie ein Mann kurz vor dem Erstickungstod.

Kenji erstarrte mit beiden Armen im Aquarium.

»Ich habe mir gedacht, dass Sie es sind, als ich vorhin zur Tür hereinkam. Ich habe mir gesagt: ›Das ist doch Yamada-san.‹ Ich habe es nicht für möglich gehalten. Ich wusste gar nicht, dass Sie hier arbeiten«, fuhr Eto gut gelaunt fort, doch Kenji brachte immer noch kein Wort heraus.

»Geht es Ihnen denn gut?«

Kenji stellte das Aquarium vorsichtig ab und erhob sich.

»Sicher wollen Sie wissen, was Ihr ehemaliges Team so macht. Wie unhöflich von mir. Es geht ihnen gut. Sie arbeiten alle intensiv an einer neuen Reihe von Unterhaltungsshows.«

»Unterhaltungsshows?« Kenji zog die rosafarbenen Gummihandschuhe mit einem lauten Klatschen aus. »Ich dachte, der Sender hat beschlossen, keine Unterhaltungsshows mehr zu produzieren. Dass sie sich auf Nachrichten und Dokumentationen spezialisieren wollten.«

Eto lachte nervös. »Ach wirklich? Das ist seltsam.« In der heißen stickigen Luft der Putzkammer japste er nach Luft wie ein Fisch und sagte ernst: »Der Sender hat eine Krise durchgemacht. Daran erinnern Sie sich sicher. Doch inzwischen ist alles wieder im Lot. Um das zu feiern, verbringen wir unseren halbjährlichen Firmenausflug im Maruhan-Golfklub. Kennen Sie den? Er ist hier ganz in der Nähe. Ich bin gerade dort gewesen, um die Vorauszahlung zu leisten.«

Kenji war sprachlos. Er bemühte sich, seine Gedanken zu ordnen. »Ich dachte, dass die Abteilung für leichte Unterhaltung aufgelöst worden ist. Das wurde vom Aufsichtsrat beschlossen.«

»Nein, die Abteilung ist sehr erfolgreich.«

»Und alle haben vor, Golf zu spielen.« Er ergriff Etos Arm fester, als er es hätte tun sollen. Doch er wollte seiner nächsten Aussage mehr Nachdruck verleihen. »Ich wollte schon immer Golf spielen.«

»Ja, nun dann.«

Eto versuchte sich aus Kenjis Klammergriff zu befreien, doch dieser ließ ihn nicht los. Er ergriff Etos anderen Arm und blickte dem Mann, der ihn jahrelang jeden Montagmorgen mit seinen Weisheiten schikaniert hatte, ins Gesicht. »Ich wollte schon immer Golf spielen.«

»Meine Frau ...« Eto blickte sich Hilfe suchend um, in der Hoffnung, dass ihn jemand aus seiner misslichen Lage befreien würde. »Meine Frau wartet draußen auf mich. Ich muss jetzt wirklich gehen, oder sie wird kommen und nach mir suchen.«

»Natürlich wird sie das«, murmelte Kenji zusammenhanglos. »Meine Frau spricht nicht einmal mehr mit mir.« Er ließ Etos Arme unvermittelt los, und dieser verließ fluchtartig die Kammer. »Warum haben Sie mir das angetan?« Kenji rannte laut rufend hinter Eto her. »Sie haben mir meine Arbeit und meine Selbstachtung genommen. Und jetzt lachen alle über mich und spielen Golf. Ich wollte schon immer Golf spielen.«

Die Kunden an den Schaltern hatten sich umgedreht und starrten zu ihm hin. Auch die Bankangestellten hatten ihre Plätze verlassen und standen auf Zehenspitzen, um zu sehen, was dort vor sich ging. Einer der älteren Sicherheitsbeamten ging auf Kenji zu und fragte ihn, was die ganze Aufregung zu bedeuten hätte. Kenji fühlte sich wie in einer Falle. Alle starrten ihn an und redeten über ihn. Während der Sicherheitsbeamte immer näher kam, suchte Kenji nach einem Ausweg. Überall um ihn herum waren Menschen. Wenn er weglief, würden sie ihn sicher fangen. Also packte er den Eimer und leerte ihn aus, sodass sich das Wasser und zuckende Goldfische auf dem Boden verteilten. Der Sicherheitsbeamte und mehrere Kunden rannten herbei und versuchten die Goldfische zu retten. In der Zwischenzeit konnte sich Kenji unbemerkt aus dem Staub machen.

Draußen regnete es in Strömen. In kürzester Zeit waren seine Kleider völlig durchnässt. Doch er bemerkte es gar nicht, während er, mal rennend, dann wieder gehend, die Hauptstraße aus Utsunomiya hinaus zum Maruhan-Golfklub lief. Als er dort angekommen war, brauchte er einige Zeit, um eine geeignete Stelle zu finden, wo er unter der Umzäunung hindurchkommen konnte. Er kroch auf allen vieren durch den Schlamm und zwängte sich zunächst durch eine Lücke im Maschendrahtzaun und dann durch den dichten Bewuchs auf der anderen Seite. Dann stand er auf und blickte sich um, unsicher, was er als Nächstes tun und wohin er gehen sollte.

Schließlich sah er etwas im Regen aufblitzen. Auf einem Hügel in der Ferne stand eine weiße Hütte. Halb laufend und halb kletternd bewegte er sich darauf zu. Seine durchweichte Hose klebte ihm an den Beinen, und die nassen Socken quatschten in den Schuhen. Die Tür der Hütte war verschlossen, aber das Holz war morsch und verwittert, sodass er nach einigen Rammversuchen hineingelangen konnte. Drinnen fand er genau das, was er gesucht hatte: eine große Auswahl an Golfschlägern und Bällen. Er nahm ein paar Schläger und ein paar Bälle und lief wieder nach draußen, wo der Regen inzwischen sintflutartig fiel und der Himmel ganz grau geworden war, so als würde es bereits dunkel werden. Er hörte ein lautes Grollen in der Ferne und sah einen kleinen Blitz.

Doch er ließ sich davon nicht aufhalten. Er steckte einen Pin in den Boden, so wie er es bei den Profispielern im Fernsehen gesehen hatte, und legte den Ball darauf. Dann holte er aus, doch er schlug daneben. Er holte wieder und wieder zum Schlag aus, aber es gelang ihm nicht, den Ball zu treffen. »Großartig!«, schrie er, ohne die Tränen zu bemerken, die ihm über die Wangen liefen. »Warum kann ich nie etwas richtig machen?« Er hob den Schläger hoch über seinen Kopf, genau wie der Mann in seinem Golfball-Ficus, und machte sich bereit für einen neuen Schlag. Direkt über ihm war ein lautes Donnern zu hören. Ein Blitz brach aus den Wolken, schlug in die Spitze des Golfschlägers ein und bahnte sich seinen Weg am Schläger entlang durch Kenjis Körper. Er zuckte heftig und brach ohnmächtig zusammen. Das Letzte, was wie aus weiter Ferne in sein Bewusstsein drang, war der Geruch nach verbranntem Haar.

17

»Sie sind ja wach. Und ich dachte schon, Sie würden gar nicht mehr aufwachen.«

Seine Augen öffneten sich, und Kenji erwachte aus einem tiefen, bewusstlosen Schlaf und versuchte angestrengt, wieder zu sich zu kommen. Zunächst bemerkte er, dass sein Mund wie ausgedörrt war und dass er den Kopf nicht heben konnte. Sein Kopf wurde nicht festgehalten, doch er fühlte sich einfach schwer an. Schwerer als ein Eisengewicht, und er tat unerträglich weh. Es war, als ob ein kleines Feuerwerk aus Schmerzattacken hinter seinen Augen explodierte. Um sich herum konnte er nur weißes, gleißendes Licht sehen. War es möglich, dass ihm jemand mit einer Lampe in die Augen leuchtete? Oder sah so vielleicht das Leben nach dem Tod aus? Er machte die Augen schnell wieder zu.

»Ich muss tot sein«, dachte er mit einem sonderbaren Gefühl von Erleichterung und Furcht. Doch wenn er tot war, wer hatte dann gerade mit ihm gesprochen, und woher kam das langsame, gleichmäßige Atemgeräusch? Der Gedanke war zu viel für ihn, und er fiel wieder in einen tiefen, traumlosen Schlaf.

Als er das nächste Mal erwachte, sah er wieder nur weißes, gleißendes Licht, doch sein Mund fühlte sich nicht mehr so trocken an, und er konnte den Kopf mit großer Anstrengung ein paar Zentimeter anheben. Er lauschte aufmerksam und voller Erwartung. Da war es wieder. Das gleiche schwere, angestrengte Atemgeräusch, zugleich vertraut und beruhigend. Vielleicht war gar niemand hier außer ihm, erkannte er. Vielleicht war es nur sein eigener Atem. Dass es ihm so vorkam, als käme das Atemgeräusch aus einer anderen Richtung, konnte daran liegen, dass seine Seele sich von seinem Körper gelöst hatte.

Er hob vorsichtig den Kopf, stellte aber enttäuscht fest, dass nichts Ungewöhnliches zu sehen war. Im Großen und Ganzen schien alles so, wie es sein sollte. Vor ihm ausgestreckt lag sein Körper, der mit einer hellgrünen Wolldecke zugedeckt war. Seine Füße zeichneten sich unter der Decke ab, und seine Arme lagen darauf. Er hatte eine Plastikkanüle an seinem linken Handgelenk, und seine rechte Hand war verbunden und schien auf die doppelte Größe angeschwollen zu sein. Er betastete mit seiner unverbundenen Hand sein Gesicht und stellte fest, dass ihm eine Augenbraue fehlte. An der Stelle waren nur noch ein paar Stoppeln. Die andere Augenbraue und das Auge darunter waren mit einer Art Augenklappe bedeckt. Behutsam schob er seine Hand Millimeter um Millimeter nach oben und stellte fest, dass er auf seinem Kopf einen Turban trug.

»Was machen Sie denn da?«

Es war die Stimme, die er schon einmal gehört hatte, eine männliche und leicht amüsiert klingende Stimme.

»Der Tod ist ganz anders, als ich ihn mir vorgestellt habe.« Er versuchte zu sprechen, doch seine Zunge bewegte sich nicht im Einklang mit seinen Lippen. Alles, was er herausbrachte, war ein undeutliches Murmeln. Er hatte sich über den Tod nicht viele Gedanken gemacht. Und wenn doch, hatte er geglaubt, dass er nach seinem Tod ein Gefühl von Glückseligkeit empfinden würde. Doch in diesem Augenblick spürte er nichts als eine gleichgültige und unheimliche Ruhe, die er nicht gerade angenehm fand.

»Machen Sie sich keine Sorgen.« Die Stimme redete ihm beruhigend zu. »Es fühlt sich schlimmer an, als es ist.«

Es war seltsam, doch er hatte keine Angst. Es war, als ob ein Schalter in seinem Gehirn umgelegt worden wäre, der einen Großteil seiner Körperfunktionen ausgeschaltet hatte. Vielleicht war es genau das, was nach dem Tod geschah. »Bin ich tot?«, fragte Kenji die Stimme. Er wusste nicht, mit wem er sprach, doch die Stimme klang freundlich, und er wusste, dass er ihr trauen konnte.

Der Mann lachte leise. Es war ein vertrautes Geräusch. Er durchforstete das, was von seinem Gedächtnis noch übrig geblieben war, nach der Erinnerung, die er mit diesem Lachen verband, aber sie entglitt ihm.

»Hier, trinken Sie einen Schluck.«

Eine warme Hand legte sich auf seine Stirn, und sein Kinn wurde etwas brüsk nach oben gedrückt. Dann wurde ihm eine Plastiktasse an die Lippen gehalten, und Wasser lief in seinen Mund. Er trank gierig und stellte überrascht fest, dass er durstig war.

»Wer sind Sie?«

»Kennen Sie mich denn nicht mehr?«

Er blinzelte einmal und dann noch einmal. In der Mitte des weißen Lichts kam ein schwarzer Punkt zum Vorschein, und drum herum drehten sich grelle, leuchtende Farben. Sie tanzten vor seinen Augen, kamen dann langsam zur Ruhe, bis sie schließlich eine Form annahmen und er zumindest die Umrisse eines Mannes erkennen konnte, eines sehr dicken Mannes. Nach und nach konnte er immer mehr Einzelheiten erkennen. Das Gesicht war groß und rund mit vollen Wangen und einer schwarzen Brille auf einer kleinen Nase. Unter dem Kopf schien eine rote Sonne von einem dunkelblauen Himmel auf eine Palme, deren Stamm vom Meer sanft umspült wurde.

»Doppo«, krächzte er. Jetzt wusste er, dass er gestorben war. »Sie sind das. Ich bin so froh, Sie zu sehen.«

»Das bin ich auch, alter Freund. Das bin ich auch.«

»Ich weiß nicht, was passiert ist.« Er versuchte, sich aufzusetzen, doch Doppo hielt seine Hand fest auf seine Brust gedrückt, bis er es schließlich aufgab und zurücksank. »Ich weiß nicht, wie ich hierhergekommen bin. Wo bin ich? Ich bin tot, nicht wahr? Ich muss gestorben sein.« Bis zu diesem Moment war er ruhig gewesen, doch jetzt überschlugen sich seine Gedanken, und er lechzte nach Antworten. »Es macht mir aber gar nicht so viel aus. Sie sind hier, und alles wird jetzt viel einfacher werden.«

»Sie sind von einem Blitz getroffen worden«, sagte Doppo.

»Von einem Blitz getroffen«, wiederholte Kenji. »Warum bin ich denn von einem Blitz getroffen worden?« Das Ganze kam ihm so unwirklich vor. Das Letzte, woran er sich erinnern konnte, war, dass er das Aquarium in der Bank saubergemacht hatte. Nicht gerade ein Traumjob, doch das berührte ihn nicht. Er hatte schließlich an Dai gedacht. Dai, natürlich. Ihm wurde bewusst, dass er sie nie wiedersehen würde, und er fühlte sich elend. Das schien weitere Erinnerungen in seinem Kopf auzulösen. Sie kamen von irgendwoher, wie ein Fluss, und liefen vor seinen Augen ab wie ein Schwarz-Weiß-Film. Er sah, wie er einen schlammigen Hügel hinaufkletterte. Es goss in Strömen, und er war nass bis auf die Knochen. Er sah nach unten und hielt ein Büschel Gras in einer Hand. Seine Fingernägel waren schwarz vor Dreck. Er fragte sich, was er bloß gemacht hatte.

Als ob er Kenjis Gedanken lesen könnte, sagte Doppo: »Sie sind auf dem Gelände des Maruhan-Golfklubs gefunden worden. Ein Golfschläger hatte sich in ihre rechte Hand eingebrannt. Sie mussten ihn herausschneiden.«

Kenji blickte auf den überdimensionalen Verband und fragte: »Was habe ich dort gemacht?« Er fühlte keine Schmerzen in seiner Hand, was nur bedeuten konnte, dass er tot war. Doch plötzlich fing sie an zu jucken, und ein dumpfer, pochender Schmerz bildete sich hinter seiner Stirn. Doppo war hier und sprach mit ihm, und es war ganz anders als all die Male, die er in Gedanken mit seinem Freund nach dessen Ableben gesprochen hatte. Er musste sich nicht mit aller Macht das Gesicht seines Freundes in allen Einzelheiten vorstellen, er konnte es direkt vor sich sehen, er konnte ihn hören, ihn ansehen, ihn fühlen.

»Sie haben offensichtlich versucht, Golf zu spielen.«

Eine weitere Szene spielte sich vor seinem inneren Auge ab, und sie war noch unerträglicher als die vorherige. Eto stand über ihn gebeugt und starrte ihn an, während er mit rosafarbenen Gummihandschuhen die dreckigen Glaswände des Aquariums reinigte.

»Doppo«, setzte er an, doch dann musste er husten.

»Trinken Sie noch einen Schluck Wasser.«

»Nein.« Kenji schlug ihm die Tasse aus der Hand. Die Heftigkeit seines Zorns überraschte ihn. »Sie haben mich vor die Tür gesetzt.« Die Worte hinterließen einen bitteren Nachgeschmack in seinem Mund, doch er wusste, dass das die Wahrheit war. Vielleicht hatte er es tief in seinem Innersten immer schon gewusst. »Sie haben mir gesagt, dass es auch noch andere treffen würde, aber das war gelogen. Sie wollten mich loswerden.« Auf einmal war alles sonnenklar. Es hing alles mit der Unterhaltungsshow zusammen, die so ein Flop gewesen war. Er hatte versucht, das Produktionsteam zu warnen. Sie hätten vielleicht auf ihn gehört, wenn nicht der Produzent der Show, Abe E. Kitahara, gewesen wäre. Als die Show schlecht lief, war Abe nicht mehr da gewesen. Sie hatten einen Sündenbock gebraucht, und ihre Wahl war auf Kenji gefallen. Das war schon früher vorgekommen, dass sich ganze Teams gegen eine Person verschworen hatten. Er hatte es nur nie für möglich gehalten, dass ihm so etwas je widerfahren würde. »Sie haben mich zum Sündenbock gemacht und hatten nicht einmal den Mut, es mir ins Gesicht zu sagen.« Die Wahrheit tat viel mehr weh, als er es sich vorgestellt hatte. Besonders in diesem Moment.

»Das muss ein ziemlicher Schlag für Sie gewesen sein.« Doppo setzte sich neben ihn.

Als er seinem Freund so ins Gesicht sah, wurde Kenji plötzlich von seinen Gefühlen übermannt. »Ich hätte nie gedacht, dass ich Sie noch einmal wiedersehen würde«, stieß er unter Tränen hervor.

»Hey.« Doppo stand auf. »Werden Sie jetzt bloß nicht sentimental, Bürohengst.«

Kenji rang sich ein kleines Lachen ab. »Ich bin wirklich froh. Es macht mir nichts aus, dass ich tot bin. Alles ist besser als der Job in der Bank.«

Doppo sah ihn fragend an und öffnete den Mund, als ob er etwas sagen wollte, doch dann überlegte er es sich anders. Er setzte sich wieder hin. »Erzählen Sie mir, was passiert ist. Wie konnten Sie nur in so einen Schlamassel geraten?«

»Ami hat alles herausgefunden«, begann Kenji und schilderte, wie sie ihn in der Küche zur Rede gestellt hatte, und alle Fehler, die ihm unterlaufen waren und die ihn letztendlich verraten hatten. »Ich habe ihr versprochen, dass ich das Pachinko-Spielen aufgebe. Dass ich nie wieder spiele. Auch Ihrer Tochter habe ich das Versprechen gegeben.«

Doppo senkte den Kopf und starrte auf den Boden. »Vielleicht ist es besser so. Sie waren nie der geborene Pachinko-Spieler. Sie mögen es nicht, jemanden zu täuschen, und tief in Ihrem Inneren waren Sie immer ein Bürohengst. Warum suchen Sie sich also nicht einen anderen Job beim Fernsehen? Warum nehmen Sie einen unterbezahlten Job als Postsortierer in der Bank an? Sie stellen Ihr

Licht unter den Scheffel.« Während er redete, wurde seine Stimme immer lauter und leidenschaftlicher.

Kenji zuckte mit den Schultern. »Sie haben eine zu hohe Meinung von mir. Das verdiene ich nicht.«

»Pah«, rief Doppo aus. »Ich glaube Ihnen kein Wort. Was ist aus Ihren Träumen von einer Beförderung geworden?« Er blieb hartnäckig und beugte sich näher an Kenjis Gesicht heran. »Sie haben mir einmal erzählt, dass Sie schon immer gerne Produzent geworden wären. Dass Sie Ihre eigenen Fernsehshows produzieren wollten. Warum nutzen Sie die Gelegenheit nicht? Trauen Sie sich etwas zu. Schlagen Sie zurück. Gehen Sie ein Risiko ein.«

»Wie kann ich ein Risiko eingehen, wenn ich noch nie in meinem Leben ein Risiko eingegangen bin? Ich weiß doch gar nicht, wie das geht«, rief Kenji mit lauter Stimme.

»Mit so einer Haltung werden Sie nie Erfolg haben. Dann verdienen Sie es, in einer Bank zu arbeiten. Begreifen Sie denn nicht, dass Ihre Lebenszeit rasend schnell vergeht? Eines Tages werden Sie Ihr Leben endgültig aushauchen, und dann ist es zu spät für all die Dinge, von denen Sie immer geträumt, die Sie sich aber nie zugetraut haben.«

Kenji stellte fest, dass sich sein Kopf nicht mehr so schwer anfühlte, und er drehte sich von Doppo weg, um auf das weiße, gleißende Licht um ihn herum zu starren. Durch die Bewegung lief eine Träne aus seinem rechten Auge über seine Wange. »Diese Träume waren dumm«, flüsterte er kaum hörbar. Er konnte sich gar nicht daran erinnern, dass er Doppo davon erzählt hatte. Er hatte mit keiner Menschenseele darüber gesprochen, nicht einmal mit seiner Frau.

»Erzählen Sie mir noch einmal davon.«

Langsam drehte Kenji sich wieder um und betrachtete Doppo mehrere Sekunden lang. Das Gesicht seines Freundes hatte sich vor Sorge zusammengezogen, und er hatte seine großen wulstigen Finger vor sich verschränkt. »Ich habe davon geträumt, eine Fernsehshow zu produzieren. Eine Wettkampfshow.«

»Was für eine Art Wettkampf?«

Doppo schob seine Brille auf der Nase nach oben. Schweißperlen standen ihm auf der Stirn. Kenji suchte nach dem vertrauten Umriss von Doppos Inhalationsgerät in seiner Hemdtasche, doch es war nicht da. Er nahm an, dass sein Freund es nun nicht mehr brauchte.

»Ich hatte viele Ideen. Ich habe sie immer in mein Notizheft geschrieben.«

»Wenn Sie jetzt, in diesem Moment, eine Wettkampfshow produzieren sollten, wie würde die aussehen?« Doppos Stimme war inzwischen wieder ruhiger.

Kenji bemühte sich, seine Gedanken zu ordnen. Es war keine so schwierige Frage. Als er noch bei NBC gearbeitet hatte, waren ihm viele Ideen in den Sinn gekommen.

»Meine Schwiegermutter nimmt an Preisausschreiben in Zeitschriften und Zeitungen teil«, begann er und sah, dass Doppo ihm hochkonzentriert zuhörte. »Jede Woche macht sie bei Hunderten von Preisausschreiben mit. Und sie gewinnt auch. Nicht nur kleine Preise, sondern auch große, die viel Geld wert sind. Ein paar behält sie, manche verkauft sie. Um mich zu quälen, sagt sie mir oft, dass sie die Familie nur mit den Gewinnen aus ihren Preisausschreiben über Wasser halten könnte. Dass ihre Gewinne uns auf die eine oder andere Weise ernähren und einkleiden könnten.«

»Erzählen Sie weiter.«

»Ich habe mir oft überlegt, dass sie es mir beweisen sollte«, grinste Kenji. »Ich sollte die alte Nervensäge in einen Raum sperren ohne Beschäftigung und ohne Essen. Sie hätte nur ihre Zeitungen und Zeitschriften. Soll sie doch zeigen, wie sie dann klarkommt. Mal sehen, ob sie überleben könnte, wie sie immer behauptet.«

»Und weiter?«

»Nichts weiter. Das ist die Wettkampfshow. Man sperrt einen Kandidaten in einen leeren Raum. Um zu überleben, muss derjenige an Preisausschreiben teilnehmen. Nur wenn Waren im Gegenwert von einer Million Yen gewonnen werden, darf der Kandidat wieder heraus.«

Doppo schlug sich auf den Oberschenkel. Seine riesige Hand machte ein lautes Geräusch. »Das ist eine großartige Idee.«

Kenji nickte und lächelte traurig. »Aber was habe ich davon? Jetzt, wo ich tot bin.«

Doppo beugte sich so weit vor, dass seine Lippen direkt an Kenjis Ohren waren, und öffnete den Mund, um zu sprechen. Sein Atem war eiskalt, und als er seine Hand auf Kenjis Unterarm legte, erschauerte dieser am ganzen Körper.

»Sie sind nicht tot, Kenji. *Ich* bin tot.«

»Wie bitte?« Kenji hatte Mühe, Doppos Worte zu begreifen. »Wie meinen Sie das? Ich muss tot sein. Sie sind tot und Sie sind hier.«

»Ich muss Sie jetzt verlassen.« Doppo stand auf und blickte besorgt auf Kenji.

»Bitte gehen Sie nicht«, bat Kenji, obwohl er wusste, dass Doppo die Wahrheit gesprochen hatte. Er lebte. Während sie miteinander geredet hatten, war das Gefühl wieder in seinen Körper zurückgekehrt. Der pochende Schmerz hinter seiner Stirn war inzwischen unerträglich geworden, und seine bandagierte Hand juckte zum Verrücktwerden. Wenn er tot wäre, könnte er das nicht mehr fühlen.

»Leben Sie wohl. Passen Sie gut auf sich auf, und vergessen Sie nicht, wie stark Sie sind. Schauen Sie, was Sie alles durchgemacht haben, und trotzdem sind Sie immer noch hier. Sie können alles erreichen, was Sie wollen. Vergeuden Sie Ihr Leben nicht, oder Sie werden es bereuen.«

Doppo verschwand im weißen, gleißenden Licht. Eine andere Gestalt erschien an der Stelle, wo er zuvor gestanden hatte. Sie trug eine weiße Papiermütze auf dem Kopf.

»Sie sind ja wach.« Sie nahm mit einer ziemlich brüsken Bewegung sein Handgelenk. »Und ich dachte schon, Sie wollten gar nicht mehr aufwachen.«

18

Kenji rutschte langsam über den schwarzen Ledersitz des silberfarbenen Honda und schaffte es so zu der geöffneten Wagentür. Er streckte sein linkes Bein, das am Unterschenkel in einem Gipsverband steckte, heraus, während er das andere fest auf den schwarzen Asphalt aufsetzte. Mithilfe der Krücken, die er vom Krankenhaus bekommen hatte, gelang es ihm, sich keuchend vor Anstrengung in den Stand zu hieven. Er hoffte, dass es mit der Zeit einfacher werden würde, sich fortzubewegen. Er drehte sich um und lächelte beruhigend, um Ami zu zeigen, dass alles in Ordnung war. Doch sie war gerade damit beschäftigt, ihre Brille, die sie zum Autofahren brauchte, in das blaue Lederetui und anschließend in ihre Handtasche zu packen. Er drehte sich wieder um und starrte auf die rote Steinwand direkt vor ihm.

Nach Doppos Besuch war Kenji jeden Tag länger bei Bewusstsein gewesen. Dadurch hatte er allmählich mitbekommen, dass seine Verletzungen viel schlimmer waren, als er unter dem Einfluss von Schmerzmitteln zunächst angenommen hatte. Als er den Hügel hinaufgeklettert war, war er irgendwann hingefallen und hatte sich den linken Knöchel gebrochen. Glücklicherweise war es ein glatter Bruch, und er hoffte, dass er den Gips in ein paar Wochen loswerden würde. Doch der Heilungsprozess seiner Hand würde viel länger dauern. Sie hatten ein Stück Haut von seinem Oberschenkel in seine Handfläche transplantiert, in die sich der Griff des Golfschlägers eingebrannt hatte.

Und dann war da noch sein Auge. Unter dem weißen Operationsverband, den er trug, verbarg sich eine beachtliche Schwellung. Ein Metallsplitter war in seine Hornhaut eingedrungen und stecken geblieben, und obwohl er operativ entfernt worden war, würde es viele Wochen dauern, bis sich feststellen ließ, ob sein Sehvermögen auf Dauer geschädigt worden war.

Während der ganzen Fahrt vom Krankenhaus zu ihrer Wohnung hatte er Ami von Doppos Besuch erzählt, aber sie schien ihm nicht zuzuhören. Sie schlug die Fahrertür zu und kam mit einem Ausdruck wilder Entschlossenheit im Gesicht – ihre fest zusammengepressten Lippen bildeten eine harte, schmale Linie – zur Beifahrerseite. Ihm fiel auf, dass sie überhaupt kein Make-up aufgetragen hatte, und ihr für gewöhnlich so gepflegtes Haar war ungewaschen und zu einem unordentlichen Pferdeschwanz zusammengebunden. Sie hatte es anscheinend nicht einmal gekämmt.

»Ich sage dir, so ist es wirklich gewesen«, sagte Kenji beharrlich in Richtung Wand. »Er war im Krankenhaus bei mir, und wir haben uns eine ganze Zeit lang unterhalten. Ich habe ihm alles erzählt, und es hat mich sehr erleichtert.«

»Das sagtest du schon«, antworte Ami kühl. »Würdest du ein bisschen zur Seite gehen, damit ich die Tür zumachen kann?«

Er bewegte sich schwerfällig zur Seite und lehnte sich gegen das Auto, während sie die Tür schloss. Das Geräusch hallte durch die Tiefgarage. Ami trug Kenjis Tasche in der einen Hand und legte ihre freie Hand zwischen Kenjis Schulterblätter, so als wollte sie verhindern, dass er nach hinten kippte, und zusammen gingen sie langsam auf die Tür zu, die zum Treppenhaus und zu einem kleinen Fahrstuhl führte.

»Bin ich zu schnell?«

Er schüttelte den Kopf. Mit Krücken zu gehen war schwerer, als er gedacht hatte, und Schweißperlen standen ihm auf der Stirn. »Er hat mir gesagt, dass ich zurück zum Fernsehen gehen sollte«, sagte er atemlos. »Dass der Job bei der Bank unter meinem Niveau wäre. Ich sollte Fernsehshows machen, so wie ich es mir immer gewünscht habe. Das ist schon immer mein Traum gewesen. Dann wurden die Zwillinge geboren, und die Dinge haben sich geändert. Ich habe nicht mehr an mich gedacht. So ist das halt, wenn man eine Familie zu versorgen hat. Das ist nur recht und billig. Aber jetzt sind sie älter, sie sind in der Schule, und du hast deine eigene Karriere.«

»Hier entlang.« Ami schob ihn und sich selber durch die blaue Tür ins Treppenhaus und drückte auf den Knopf am Fahrstuhl. Kurz darauf kam er, und sie quetschten sich hinein. In der Kabine war gerade genug Platz für sie beide und die Tasche.

»Ich habe sogar schon eine Idee für eine Fernsehshow. Ich bin fest davon überzeugt, dass sie gut ankommt. Deine Mutter hat mich dazu inspiriert. Aber sag es ihr nicht. Ich möchte nicht, dass sie sich etwas darauf einbildet.«

»Bitte, Kenji, hör auf.«

Kenji überhörte die Anspannung in Amis Stimme. Er konnte sich nur noch dunkel an die vergangene Woche erinnern. Zunächst war er unendlich deprimiert und verwirrt gewesen. Er war trotz allem nicht tot. Selbst wenn die Bank Kenji nach dem Aufstand, den er veranstaltet hatte, wieder einstellen würde, war ihm der Gedanke unerträglich, wieder dort arbeiten zu müssen. Doch am meisten belastete ihn das, was er gerade erlebt hatte. War Doppo wirklich bei ihm gewesen, oder hatte er sich alles nur eingebildet? Dann übermannten ihn die Schmerzen, und dagegen verschrieben ihm die Ärzte Schmerzmittel und sogar ein Antidepressivum, das ihm helfen sollte, die diagnostizierte »leichte Angstneurose« zu überwinden. Zuerst hatte er sich geweigert, das Medikament einzunehmen. Es kam ihm vor wie ein Eingeständnis, dass er versagt hatte. Der Arzt hatte ihm jedoch sehr zugeraten, das Medikament einzunehmen, und jetzt war er froh, dass er den Rat befolgt hatte. Einige Tage später hatte sich der Nebel in seinem Kopf gelichtet, und er konnte wieder rational denken. Natürlich war Doppo bei ihm gewesen. Er war gekommen, um ihm etwas mitzuteilen: Er musste stark sein und etwas wagen. Und genau das hatte er vor. Er starrte auf sein Spiegelbild in den Spiegelwänden des Fahrstuhls und dachte, dass er sich sehr verändert hatte. Nicht nur wegen all der Verbände, obwohl sie ihn natürlich auch veränderten. Nein, hier war ein Mann, der verschiedene Schlachten geschlagen hatte, der vernichtet und wiedergeboren worden war. Er hatte das Potenzial, ein Vorbild für andere zu sein. Das war nicht das Ende. Es war erst der Anfang.

»Ich habe vor, die Show *Millyenaire* zu nennen.« Er kicherte. »Dadurch bekommt sie einen internationalen Klang, findest du nicht auch? Ich habe mir alles genau überlegt, als ich im Krankenhaus lag.«

Der Fahrstuhl hielt, die Türen gingen auf, und Ami half ihm hinaus, während er ihr die Spielregeln für die Show erklärte. Der Flur, der zu ihrer Tür führte, war zu schmal, als dass zwei Personen nebeneinander hätten gehen können, deshalb humpelte er hinter ihr her und redete dabei pausenlos.

An der Wohnungstür blieb Ami stehen und suchte in ihrer Handtasche nach dem Wohnungsschlüssel.

»Die Show wird der Durchbruch für mich«, sagte Kenji glücklich. »Ich bin froh, dass ich noch nicht tot bin.«

Seine Frau stöhnte laut auf.

»Jetzt habe ich endlich etwas, auf das ich mich freuen kann. Ein Ziel, auf das ich hinarbeiten will.«

»Kenji, bitte«, sagte sie genervt. »Wir sind jetzt zu Hause. Ich will kein Wort mehr über diesen Unsinn hören. Und schon gar nicht vor den Kindern. Sie haben schon genug mitgemacht.« Sie öffnete die Tür, und Kenji humpelte hinter ihr in die Wohnung.

»Das ist kein Unsinn. Doppo hielt es für eine großartige Idee. Ich kann sie in die Tat umsetzen. Ich weiß, dass ich es kann. Es ist wichtig für mich, dass du mir vertraust. Du bist meine Frau. Wenn du nicht an mich glaubst, welche Hoffnung habe ich dann noch?«

»Schluss jetzt!«, schrie sie und drehte sich schwungvoll um, damit sie ihm ins Gesicht sehen konnte. Tränen standen in ihren Augen, und ihre Hände zitterten. »Ich halte das nicht mehr aus. Die Lügen. Die Täuschungen. Den Wahnsinn. Hasst du mich so sehr, dass du mir das antun musst?«

»Ich hasse dich nicht«, erwiderte Kenji erschrocken. Er konnte nicht verstehen, was in sie gefahren war. Warum freute sie sich nicht für ihn? Schließlich tat er das alles doch für seine Familie. »Ich liebe dich. Ich liebe meine ganze Familie.«

»Gut. Wenn das so ist …« Ihre Stimme klang sicherer und weniger emotional. »… will ich in diesem Haus über dieses Thema kein Wort mehr hören. Benimm dich wenigstens einmal in deinem Leben wie ein Mann, und denk vor allem an deine Familie.«

Sie drehte sich wieder um und eilte über den Flur, weg von ihm. In diesem Moment bemerkte er, was ihm beim Hereinkommen entgangen war. Im Eingangsbereich war ein Banner angebracht, auf dem stand »Willkommen zu Hause, Papa«. Yoshi und Yumi standen darunter und zitterten wie Espenlaub.

19

Die Ärztin leuchtete mit einer Taschenlampe in Kenjis rechtes Auge. Ihr Atem ging leicht und regelmäßig, und immer wenn sie ausatmete, konnte er den Geruch von Kaffee wahrnehmen. Sie schaltete die Taschenlampe aus und ging wieder zu ihrem Schreibtisch, wo sie langsam mit einem Finger etwas in den Computer tippte.

»Ihr Auge ist sehr gut verheilt. Es gibt keinen Grund, warum Sie damit nicht sehen können. Rein physisch jedenfalls.«

Sie unterbrach ihr Schreiben und richtete ihre volle Aufmerksamkeit auf ihn.

»Aber ...«, erwiderte er kleinlaut, »... seit dem Unfall sind sechs Wochen vergangen, und ich kann mit dem Auge immer noch überhaupt nichts sehen.«

Sie wandte sich wieder dem Computer zu, und er starrte auf das Poster hinter ihrem Kopf. Auf ihm waren die Gefahren des Passivrauchens für kleine Kinder anhand von schematischen Diagrammen dargestellt.

»Vielleicht«, fuhr sie fort, »haben wir es hier mit einem psychologischen Problem zu tun. Aus Ihrer Krankenhausakte entnehme ich, dass Sie unter Angstattacken gelitten und Antidepressiva bekommen haben. Nehmen Sie diese Medikamente immer noch?«

Kenji wurde feuerrot und schüttelte den Kopf. Er hasste es, wenn die Angstattacken oder die Antidepressiva erwähnt wurden. Er litt unter einem physischen Problem. Er konnte auf dem einen Auge nichts sehen.

»Sind Sie momentan irgendwelchen großen Belastungen oder starkem Stress ausgesetzt?« Sie nahm einen Kugelschreiber in die Hand und drehte ihn zwischen ihren Fingern.

»Ich habe ein paar ziemlich schwierige Monate durchgemacht«, gab er zu. »Ich dachte, dass sich alles zum Besseren wenden würde, aber ich habe mich geirrt. Wissen Sie ...«

»Dann liegt es bestimmt daran.« Sie tippte entschieden auf ihrer Tastatur. »Ich werde Ihnen noch einmal Antidepressiva verschreiben, und ich denke, es ist höchste Zeit, dass Sie wieder arbeiten. Vielleicht ist es genau das, was Ihnen fehlt. Tragen Sie den Augenverband ruhig weiter, wenn Sie sich damit besser fühlen. Das Auge ist immer noch ein bisschen geschwollen. Wir müssen keinen neuen Termin vereinbaren.«

Damit war er offenbar entlassen. Er stand auf und zog seine Jacke an. »Warum habe ich immer noch die Schmerzen in meinem Auge und in meinem Kopf? Das bilde ich mir ganz bestimmt nicht ein.«

»Wie schon gesagt, ich bin sicher, dass die Schmerzen bald verschwinden. In der Zwischenzeit nehmen Sie weiter Paracetamol.«

Kenji schloss die Tür zum Behandlungszimmer hinter sich und musste sich eingestehen, dass sie recht hatte. Es gab keinen medizinischen Grund, der ihn weiter davon abhielt, zu arbeiten. Der Gipsverband an seinem Bein war vor drei Tagen abgenommen worden, und dass er immer noch etwas hinkte, lag daran, dass sein Knöchel noch etwas schwach war. Man hatte ihm empfohlen, den Knöchel nicht so stark zu belasten. Seine Haare und die Augenbraue, die durch den Blitzschlag versengt worden waren, waren inzwischen nachgewachsen, allerdings vollkommen weiß. Die Zwillinge amüsierten sich köstlich darüber, doch Ami behauptete, das sei die Strafe dafür, dass sich ihr Mann so dumm aufgeführt hatte, und bat ihn immer wieder, sich die Haare zu färben. Seine Hand war immer noch bandagiert, doch sie verheilte, und er hatte sich daran gewöhnt, alle täglichen Aufgaben mit seiner gesunden Hand zu erledigen. Die einzige Sorge war sein rechtes Auge. Die Ärztin schien der Meinung zu sein, dass er sich das Problem nur einbildete.

»Warum glaubt mir eigentlich niemand?«, murmelte er, während er sich durch den vollen Warteraum zwängte und die Treppen zum Ausgang hinunterging. Draußen blieb er stehen, um nach einer Zigarette zu suchen, doch er stellte fest, dass er keine mehr hatte. Er entdeckte einen Laden an der Ecke auf der anderen Straßenseite und ging eilig hinüber, um sich in die Schlange vor der Kasse einzureihen. Während die Menschenschlange sich langsam vorwärtsschob, starrte er auf das lange, glatte schwarze Haar der Frau vor ihm. Wenn sie den Kopf bewegte, fing sich das Licht in ihrem Haar, und es sah aus, als ob sie einen Heiligenschein um den Kopf hätte. Als sie ihre Zeitschrift bezahlte, erhaschte Kenji einen Blick auf ihr Gesicht, und er sah die vertrauten runden Wangen und die schwarzen, glänzenden Augen. Es war Umeko Suzuki, Doppos Tochter.

»Suzuki-san.«

Nach einer langen Pause schlug sie die Hand vor den Mund. »Yamada-san. Was für ein Zufall. Ich habe erst heute Morgen an Sie gedacht. Ich habe weder Ihre Adresse noch Ihre Telefonnummer. Ich habe mit Ihrem Freund gesprochen, und er hat mir gesagt, dass er Sie seit Wochen nicht gesehen hat. Dass Ihre Handynummer nicht funktioniert. Ich war wirklich sehr traurig darüber. Wissen Sie, ich habe etwas, das ich Ihnen geben will. Ich wollte es Ihnen bei der Beerdigung geben, aber Sie waren plötzlich verschwunden.«

Kenji schämte sich und wechselte schnell das Thema. »Sie sind nicht nach Hawaii zurückgeflogen?« Das war alles, was er hervorbrachte. Er hatte nicht die blasseste Ahnung, warum sie ihn hatte sehen wollen. Wenn er an ihrer Stelle gewesen wäre, hätte er einen großen Bogen um die Freunde ihres Vaters gemacht, die ihm nicht dabei geholfen hatten, weiterzuleben. Tatsächlich hatten sie alles andere getan als das.

»Doch, für eine Weile schon. Dann hat die Firma meinen Mann in ihre Zweigstelle nach Tokio versetzt. Kurz nach der Beerdigung meines Vaters.« In ihrer Stimme schwang ein bitterer Unterton mit. »Darf ich fragen, was mit Ihrem Auge passiert ist?« Sie blickte mit unverhohlener Neugier auf seinen Verband. »Und mit Ihren Haaren? Sie sind ganz weiß. Ich bin mir sicher, dass sie bei unserem letzten Treffen nicht weiß waren. Ich habe Sie fast nicht wiedererkannt.«

Er berührte unsicher sein Gesicht und betastete den Verband mit seinen Fingern. »Das ist eine lange Geschichte.«

»Sie müssen mir alles erzählen.« Umeko trat zurück und ließ Kenji Zigaretten kaufen. »Haben Sie es eilig? Würden Sie einen Kaffee mit mir trinken?«

Ihre Frage klang beinahe wie eine Bitte, und er konnte nicht anders, als ihr zuzusagen, obwohl er nicht wusste, was sie miteinander zu bereden hätten. Ihre ganze Erscheinung machte ihn sprachlos. Nach ihrer Kleidung und ihrem Schmuck zu urteilen, war diese Frau wohlhabend und stilbewusst. Über was könnten sie sich also unterhalten? Dann erinnerte er sich an Doppo.

»Das würde ich sehr gern.«

»Zwei Tassen Kaffee, bitte. Mit Milch und Zucker.«

Als Umeko ihre Bestellung aufgab, sah Kenji sich um. Sie saßen in der obersten Etage eines nahe gelegenen Kaufhauses, die Umeko als ihren Lieblingsort bezeichnete, wenn sie sich ein paar Stunden die Zeit vertreiben und in Illustrierten blättern wollte. Kenji konnte sich nicht vorstellen, dass er auch nur eine Minute hier verbringen würde. Die ganze Etage war hell und luftig. Er fühlte sich schutzlos und fragte sich, während er die anderen Frauen betrachtete, was sie wohl dachten, wenn sie ihn sahen. Dass es ihm nicht zustand, dort zu sein? Dass er in Begleitung einer für seine Verhältnisse zu jungen, zu gut gekleideten und zu schönen Frau war?

Er öffnete das Päckchen Zigaretten und nahm eine heraus. »Macht es Ihnen etwas aus, wenn ich rauche?«

»Bitte, nur zu.« Sie schob den schweren gläsernen Aschenbecher zu ihm herüber.

Er zündete sich eine Zigarette an, nahm einen tiefen Zug und stieß einen perfekten Rauchkringel über seinem Kopf aus. Er schwebte ein wenig in der Luft und verschwand.

Umeko öffnete den Mund, zögerte aber, bevor sie schließlich fragte: »Kann ich bitte auch eine haben?«

»Aber natürlich.« Kenji lächelte und schob das Päckchen über den Tisch zu ihr. »Doppo sagte immer, dass Sie es nicht mochten, wenn er rauchte.«

»Es gab viele Dinge, die ich nicht mochte, wenn mein Vater sie tat«, sagte sie bestätigend und hustete leicht. »Erst jetzt ist mir bewusst geworden, dass ich mich nicht so oft über ihn hätte beklagen und öfter für ihn hätte dankbar sein sollen.«

»Den Vater auszuschimpfen ist doch die Aufgabe der Töchter, oder etwa nicht?« Er lächelte ihr aufmunternd zu. »Doppo wusste, dass Sie ihn sehr lieben.«

»Wusste er das wirklich?« In ihrer Stimme klang Hoffnung. In diesem Moment erkannte er, dass sie ihm keine Schuld am Tod ihres Vaters gab. Sie suchte Bestätigung bei ihm. Das was das Einzige, was er ihr geben konnte. »Es ist meine größte Angst, dass er nicht wusste, wie sehr ich ihn liebe.«

»Natürlich wusste er das. Er hat ständig von Ihnen gesprochen. Er war sehr stolz auf Sie, Umeko. Er war fest entschlossen, nach Hawaii zu kommen und dort bei Ihnen zu leben. Es gab niemanden in seinem Bekanntenkreis, dem er nicht davon erzählt hatte. Und er hatte einen großen Bekanntenkreis. Er war nur noch nicht bereit, sie alle zurückzulassen.«

»Doch genau das hat er getan.«

»Ja, genau das hat er getan.«

Umeko beugte sich über den Tisch zu ihm hin und sprach mit gedämpfter Stimme. Eine Haarsträhne hing in den Aschenbecher. Er wollte sie wegstreifen, aber er unterdrückte das Bedürfnis. »Wissen Sie, manchmal rede ich immer noch mit ihm.«

»Sie reden mit ihm?« Kenji hatte den Eindruck, dass seine Stimme hoch und schrill klang.

»Zwei Kaffee.«

Die Kellnerin brauchte eine Ewigkeit, um eine Tasse vor Kenji und eine vor Umeko, sowie ein Kännchen mit Kaffeesahne und eine Schale mit Zuckerwürfeln zwischen sie zu stellen. Kenji wartete geduldig, begierig, mehr zu erfahren. »Sie reden mit ihm?« Er wollte nicht zu viel preisgeben. Nicht nachdem er Amis Reaktion erlebt hatte, als er ihr von seinem Gespräch mit Doppo erzählt hatte.

»Ich weiß nicht, ob er mir zuhört, aber ja, ich rede mit ihm.« Umeko nahm einen weiteren Zug von ihrer Zigarette.

»Ist er im selben Raum mit Ihnen? Wenn Sie mit ihm sprechen?« Es fiel ihm schwer, die Aufregung in seiner Stimme unter Kontrolle zu halten.

Sie zögerte. »Manchmal kommt es mir so vor. Mein Ehemann würde mir jetzt wohl widersprechen. Er hasst es, wenn ich so rede. Meistens behalte ich es für mich.«

»Ich kann Ihnen gar nicht sagen, wie froh ich bin, dass Sie mir das erzählen.« Er nahm ihre Hände und scherte sich nicht länger darum, was die anderen Frauen in dem Kaufhauscafé dachten. »Ich bin so froh, dass ich Ihnen heute zufällig begegnet bin. In den letzten paar Wochen habe ich geglaubt, ich verliere den Verstand. Die anderen haben mich so weit gebracht, es zu glauben. Wissen Sie, ich habe Ihren Vater auch gesehen. Ich habe mit ihm geredet. Er hat mir einen guten Rat gegeben.«

Sie öffnete den Mund, um etwas zu sagen, aber er wollte sich alles von der Seele reden und fiel ihr ins Wort.

»Was das für ein Rat war, tut hier nichts zur Sache. Wichtig ist nur, dass ich diesen Rat nicht befolgt habe. Ich habe die anderen bestimmen lassen, was ich denken soll. Jetzt weiß ich, dass ich das nicht hätte tun dürfen. Ich habe so viel Zeit verloren.« Er schob seinen Augenverband zurecht. »Aber das ist jetzt egal. Ich werde es bald wiedergutmachen.«

Sie schien sich von seiner Begeisterung anstecken zu lassen. Als sie sprach, klang ihre Stimme hoch und kurzatmig. Sie griff in ihre Handtasche, holte eine rote Plastikschachtel hervor und schob sie über den Tisch. »Das hätte ich fast vergessen. Hier ist der Grund, warum ich Sie sehen wollte.«

Er öffnete die Schachtel und fragte sich, was wohl darin war. Innen lag auf einem Schaumstoffkissen, das mit rotem Samt bedeckt war, ordentlich drapiert ein goldenes Medaillon an einer Kette. Er nahm es heraus und sah, dass es sich um ein Medaillon des heiligen Christopherus handelte. »Von Doppo?«

»Er hätte gewollt, dass Sie es bekommen.« Umeko lächelte zum ersten Mal, seit sie sich begegnet waren.

»Das kann ich nicht annehmen.« Kenji schob die Schachtel über den Tisch zu ihr zurück.

»Nein, sie steht Ihnen zu. Das ist meine feste Überzeugung. Darum habe ich versucht, Sie zu finden. Mein Vater hat Sie sehr gemocht. Er hat andauernd von Ihnen gesprochen. Und wenn er heute hier wäre, wüsste ich genau, was er Ihnen sagen würde. Er würde Ihnen den Rat geben, Ihrem Herzen zu folgen. Lassen Sie sich von anderen Menschen nicht von Ihrem Weg abbringen. Das wird vielleicht nicht einfach sein, aber Sie dürfen nie die Hoffnung verlieren.«

»Ich danke Ihnen«, sagte er und drückte ihre Hand. Den Rest ihres Kaffees tranken sie schweigend.

20

Die Männer im Raum unterbrachen ihre Arbeit und starrten Kenji an. Soga sprach als Erster.

»Yamada-san. Willkommen zurück. Wir freuen uns sehr, Sie zu sehen.«

Von dem herzlichen Empfang überrascht, zögerte Kenji einen Moment. Die Schwingtür traf ihn im Rücken, und er stolperte vorwärts, während Soga ihm entgegenhumpelte. Als er bei Kenji war, nahm der alte Mann mit seinen knochigen, von Arthritis gekrümmten Fingern ihn am Ellenbogen und führte ihn herein, so als ob Kenji der Invalide sei.

»Jemand muss einen Stuhl holen, schnell«, rief er, als sie beide – der eine humpelnd, der andere hinkend – den Raum betraten.

Es war erst halb zehn Uhr vormittags, und im Postraum waren eine Menge Mitarbeiter, die noch ihre Runde durch die Bank machen mussten. Ein kleiner Fuhrpark von Gitterwagen stand einsatzbereit an der Tür. Nichts hatte sich verändert, während Kenji weg war. Alles war wie zuvor. Die grellen Lichter, das Radio, das leise im Hintergrund lief, die abblätternde Farbe, der schäbige Tisch und das rote Telefon, das in der Ecke des Raumes stand. Das Einzige, was anders war, war der Gesichtsausdruck, mit dem die Männer ihn nun ansahen. Wo zuvor offene Feindseligkeit gewesen war, konnte er nun Sympathie und Mitgefühl lesen.

Ein Stuhl wurde vor Kenji hingestellt, und auf einmal drängten ihn viele Hände dazu, sich hinzusetzen. Er gab sich unter ihrer Übermacht geschlagen.

»Wie geht es Ihnen, Yamada-san?«, fragte Soga. Die anderen Postraummitarbeiter umringten ihn erwartungsvoll und drängelten, um sich einen guten Platz zu sichern.

Er musste lachen. Er fühlte sich beinahe wie die Hauptattraktion. »Es geht mir wirklich gut. Der Arzt hat mir einen guten Gesundheitszustand bescheinigt. Es gibt keinen Grund, warum ich nicht wieder arbeiten sollte. Und hier bin ich also.«

Eine Tasse Kaffe wurde ihm in die Hand gedrückt. Als er einen Schluck nahm, stellte er fest, dass ein Schuss Brandy hineingegeben worden war. Ein sehr guter Brandy, von dem er wusste, dass Soga ihn mochte, doch als er in das von Leberflecken übersäte Gesicht des alten Mannes blickte, sah dieser sofort weg.

»Bitte, bedienen Sie sich.« Yamanote war vor die Mitarbeiter getreten und hielt eine geöffnete Blechdose in der Hand. Kenji schaute hinein. Er konnte sich nicht erinnern, dass Yamanote auch nur ein einziges Mal mit ihm gesprochen hatte, und fragte sich, was er ihm jetzt wohl anbot. Er lächelte. Die Blechdose war bis zum Rand mit Butterkeksen gefüllt. Er nahm sich einen Keks, steckte ihn in den Mund und gab einen anerkennenden Laut von sich, als der Keks ihm auf der Zunge zerging. Yamanote schloss eilig die Blechdose. Die anderen Männer zogen die Augenbrauen hoch und grinsten. Jeder hier wusste, wie ängstlich Yamanote diese Kekse hütete. Er bekam sie einmal im Monat von seiner Tochter aus Europa zugeschickt, und er hatte in all den Jahren, die er im Postraum arbeitete, noch nie jemandem davon angeboten.

»Wie hat es sich angefühlt?«, fragte einer von den jüngeren Mitarbeitern aus dem Hintergrund der Menge, die sich um Kenji versammelt hatten. »Vom Blitz getroffen zu werden?«

Das schien genau die Frage zu sein, die sich jeder stellte, denn im gleichen Moment bewegten sich alle ein Stück auf ihn zu und beugten sich dichter an ihn heran. Kenji machte sich Sorgen, dass er zerquetscht werden könnte, wenn sie alle auf einmal das Gleichgewicht verlieren und nach vorn fallen würden.

»Sie sollten nicht so unverschämt fragen«, wies Soga den jungen Mann zurecht. »Sehen Sie nicht, was unser Kollege durchgemacht hat?« Er drehte sich um und schaute Kenji erwartungsvoll an.

»Um ehrlich zu sein, ich habe überhaupt nichts gespürt.« Kenji zuckte mit den Achseln. »Ich bin einfach im Krankenhaus aufgewacht, und sie haben mir erzählt, was passiert ist. Wie ich mir meine Verletzungen zugezogen habe.«

Überall im Raum war enttäuschtes Murmeln zu hören. Es war offenkundig, dass sie sich alles viel aufregender vorgestellt hatten, und nach so einem herzlichen Empfang wollte er sie nicht enttäuschen.

»Obwohl«, er zog die Brauen zusammen und legte eine kleine Kunstpause ein. »Kurz bevor es passiert ist, habe ich eine seltsame kribbelnde Spannung wahrgenommen. So als ob etwas in der Luft läge.«

»Wie eine elektrische Spannung?«, versuchte eine dünne Stimme ihm zu helfen.

»Ganz genau«, bestätigte Kenji. Die anderen Männer lachten beinahe erleichtert. Er durchforstete sein Gehirn nach guten Einfällen und fuhr fort: »Mein Kopf brummte wie ein Bienenstock. Jedes Haar an meinem Körper richtete sich auf. Meine Pupillen waren groß wie Untertassen. Es war, als ob alle meine Sinne durch die Elektrizität aufs Äußerste angespannt wären, noch bevor der Blitz selbst sich seinen Weg durch die Wolken bahnte. Ich hatte keine Angst.« Er hielt inne, so als ob er einige Sekunden nachdenken müsste. »Ich war einfach nur sehr wütend und wollte so schnell wie möglich weg von hier, weg von der Bank.«

»Das muss man sich mal vorstellen«, hörte er Soga murmeln. »Ein Postraumangestellter, der ein Aquarium sauber machen soll.«
»Und wir dachten …«
»Die ganze Zeit.«
»Inagaki hat ja einiges angerichtet.«
»Hat es weh getan?«, fragte Soga.
Kenji trank einen Schluck Kaffee und genoss den Brandy. »Der Blitz hat den Golfschläger getroffen und ist dann durch meinen Arm und meinen ganzen Körper gefahren. Zunächst war es nur eine kribbelnde Spannung. Beinahe angenehm. Dann wurde sie stärker und stärker. Ich konnte spüren, wie sich mein Körper verkrampfte und zu Boden fiel. Zu diesem Zeitpunkt war der Schmerz unerträglich. Ich habe die Zähne zusammengebissen. Ich hatte Angst, dass ich mir die Zunge abbeißen würde.«
Irgendjemand zog geräuschvoll die Luft ein.
»Ich habe einen stechenden Schmerz in meinem Auge gespürt.« Er berührte seinen Augenverband. »Ich hätte wahrscheinlich vor Schmerz geschrien, aber meine Kiefer waren wie zusammengeklebt. Ich habe verbrannte Haare und verbranntes Fleisch gerochen. Ich habe meine Augen zugemacht und ein grelles weißes Licht gesehen. Dann bin ich ohnmächtig geworden. Als ich aufgewacht bin, war mein Haar vollkommen weiß geworden, und so ist es seitdem geblieben. Und auf dem Auge kann ich immer noch nichts sehen.«
In diesem Moment wurde er von dem schrillen Klingeln des roten Telefons, das in der Ecke des Raums stand, unterbrochen. Das Klingeln schreckte alle auf. Soga humpelte hin und nahm den Hörer ab. Als er zurückkam, klatschte er laut in die Hände und sagte: »Also los, Männer, an die Arbeit. Die Post wartet darauf, eingesammelt zu werden.«

Die Gruppe, die sich um Kenji gebildet hatte, löste sich widerstrebend auf. Er versuchte ebenfalls aufzustehen, doch mehrere Hände drückten ihn zurück auf den Stuhl.

»Nein«, sagte Soga bestimmt. »Sie bekommen bis auf Weiteres die leichteren Aufgaben zugeteilt. Bleiben Sie hier, gehen Sie ans Telefon, helfen Sie uns, die Post zu sortieren, wenn wir zurückkommen.«

»Das kann ich nicht machen«, brach es aus Kenji heraus. »Ich kann nicht einfach hier sitzen und nichts tun, während Sie alle arbeiten.« Er war gerührt, aber auch entsetzt über die Vorstellung.

»Sie können und Sie werden«, antwortete Soga mit Nachdruck und duldete keinen Widerspruch.

Als die Männer einer nach dem anderen, die Gitterwagen vor sich herschiebend, den Postraum verließen, dachte Kenji darüber nach, wie sehr sich ihre Haltung ihm gegenüber verändert hatte. Es kam ihm beinahe so vor, als würde er durch seine Verletzungen keine Gefahr mehr für sie darstellen und wäre vielmehr einer von ihnen geworden. Während seiner Abwesenheit hatte sich offensichtlich herumgesprochen, wie Inagaki ihn behandelt hatte, und er war froh darüber. Es bedeutete, dass der Bankmanager bei den Postraumangestellten an Ansehen verloren hatte und dass er Boden gutmachen wollte und daher Kenji seinen alten Job wieder angeboten hatte, sobald dieser von der Ärztin die Erlaubnis erhalten hatte, wieder zu arbeiten. Er war sogar zu Kenji nach Hause gekommen, um seinem Angebot Nachdruck zu verleihen. Natürlich bedeutete das für Kenji, dass er dorthin zurückkam, wo er am meisten gedemütigt worden war, doch es gab ihm auch die Gelegenheit, von zu Hause wegzukommen. Unter den wachsamen Blicken von Ami hatte er seine Pläne nicht weiterverfolgen und irgendetwas erreichen können. Jedes Mal, wenn er einen Stift in die Hand nahm oder seinen eigenen Gedanken nachzuhängen schien, bombardierte sie ihn mit Fragen. »Was machst du da? Worüber denkst du nach?« Sobald er auch nur irgendwie unbeschäftigt war und Gefahr lief abzudriften, fand sie sofort eine Aufgabe für ihn. »Du kannst die Lappen für mich zusammenlegen. Spül das Geschirr.« Er durfte nicht einmal das Haus ohne Begleitung verlassen. Wenn er nach draußen ging, um nur kurz frische Luft zu schnappen, bestand sie darauf, mitzukommen, und wenn sie selbst nicht da war, begleitete Eriko ihn. Das hatte eines Tages zu einem peinlichen Zwischenfall geführt. Als er einmal mit Ami draußen spazieren ging, lief ihnen überraschend Dai über den Weg. Zum Glück war eine verkehrsreiche Straße zwischen ihnen gewesen, sodass Dai ihnen nur zuwinken konnte. Kenji hatte verstohlen zurückgewinkt, doch Ami hatte es bemerkt und war sofort misstrauisch geworden.

»Wer war das?«, hatte sie verärgert gefragt.

Kenji versuchte, so beiläufig wie möglich zu antworten. »Oh, die Frau? Das ist nur eine Kundin bei der Bank.«

Wieder in der Bank zu arbeiten brachte den Vorteil mit sich, dass er nun einen guten Grund hatte, das Haus ohne Begleitung zu verlassen. Und jetzt ließen sie ihn sogar noch ganz allein im Postraum, und er konnte tun, was er wollte. Etwas Besseres hätte ihm nicht passieren können. Sobald die anderen Männer den Raum verlassen hatten, holte er seine Tasche aus dem Umkleideraum. Darin waren seine Essensdose, sein Notizheft und ein Stift. Eigentlich hätte er an diesem Morgen gern seine Aktentasche mitgenommen. Sie symbolisierte für ihn die Rückkehr zu den alten, besseren Tagen. Oder zumindest den Beginn von etwas Neuem. Doch das wäre Ami ganz bestimmt aufgefallen, und sie hätte darauf bestanden, hineinzusehen, oder hätte Fragen gestellt.

Er setzte sich auf einen hohen Hocker an den Sortiertisch, schlug das Heft auf und starrte auf das leere Blatt, während seine Hand mit dem Stift zögernd darüber verharrte. Er hatte so viel zu planen und so viel zu Papier zu bringen. Also holte er tief Luft und fing an zu schreiben.

Innerhalb einer Woche schaffte er es, wenn die anderen am Morgen und am Nachmittag nicht da waren, die gesamte *Millyenaire* Show detailliert zu planen, so wie er es bei den NBC-Produktionsteams oft beobachtet hatte. Da er so lange mit ihnen zusammengearbeitet hatte, überraschte es ihn nicht, dass er einiges von ihrem Können und ihrer Erfahrung aufgeschnappt hatte. Während seine Hand über die Seiten flog, wurde ihm bewusst, dass es die ganze Zeit über irgendwo tief in ihm geschlummert hatte.

Millyenaire würde damit beginnen, dass der Kandidat mit verbundenen Augen an einen Ort geführt wurde, den er für eine echte Wohnung in der Innenstadt von Tokio hielt. In Wahrheit wäre es ein Drehort in einem Tokioter Filmstudio, der wie eine Wohnung aussehen und wirken würde. Diese Vorgehensweise würde die Kosten senken – die spezielle Filmausrüstung könnte leichter installiert werden –, und am Ende der Show würde eine große Überraschung auf den Kandidaten warten, wenn die Wände der Wohnung einfach einstürzten und ein Livepublikum im Studio dahinter zum Vorschein käme. Die Show würde einmal pro Woche ausgestrahlt und fünfundvierzig Minuten ohne Werbeunterbrechung dauern. Eine Liveberichterstattung und eine Zusammenfassung darüber, wie der Kandidat seine Zeit verbracht, an welchen Wettbewerben er teilgenommen und welche Preise in welchem Wert er gewonnen hatte, sollten die Show abrunden. Er überlegte, ob die Show von einer Moderatorin kommentiert werden sollte, von jemandem, der glamourös und charmant war. Hana Hoshino kam ihm in den Sinn. Er konnte nicht sagen, warum. Er verschwendete auch keine Zeit damit, weiter darüber nachzudenken. Er fragte sich nur, während er die Budgetkalkulation durchging, was aus ihr geworden war und ob sie bereit wäre, eine niedrige Gage zu akzeptieren, um ihre Karriere neu anzukurbeln. Die Produktion der Show musste mit wenig Kosten auskommen, nur so würde sie das Interesse der Produktionsteams wecken. In diesen Zeiten standen alle ziemlich unter Druck.

Es dauerte zwei Wochen, bis seine Pläne detailliert ausgearbeitet waren und er den Anruf tätigen konnte. Er erledigte ihn während seiner Mittagspause von einer Telefonzelle vor der Bank aus.

»Miru TV.«

Kenji holte tief Luft. »Könnte ich bitte mit Abe E. Kitahara sprechen?«

Als Kenji das letzte Mal mit Kitahara gesprochen hatte, hatte er noch bei NBC gearbeitet. Er hatte keine besonders schmeichelhaften Erinnerungen an diesen Mann. Tatsächlich machte er ihn für seine augenblickliche Lage verantwortlich, und außerdem hielt er ihn für eitel, arrogant und nicht besonders talentiert. Doch nichtsdestotrotz konnte Kitahara eine beneidenswerte Zahl umgesetzter Fernsehshows vorweisen, und wenn es irgendjemand schaffte, *Millyenaire* in die Tat umzusetzen, dann war er es, wie Kenji widerstrebend zugeben musste.

Er biss sich auf die Zunge und wartete darauf, verbunden zu werden.

»Kitahara am Apparat«, bellte eine Stimme in die Leitung und erwischte Kenji völlig unvorbereitet. Er hatte damit gerechnet, zunächst mit einer Sekretärin verbunden zu werden.

»Was kann ich für Sie tun?«, bellte die Stimme erneut, und als Kenji nicht antwortete, sagte Kitahara ungeduldig: »Hören Sie, ich bin ein vielbeschäftigter Mann.«

»Kitahara-san, hier spricht Kenji Yamada«, brachte er schließlich heraus, bevor er wieder unterbrochen wurde.

»Ja.« Kitaharas Antwort klang unbestimmt.

»Ich habe früher bei NBC gearbeitet. Als Leiter der Programmforschung.« Dass er seine frühere Stellung anführen musste, hinterließ bei Kenji ein ungutes Gefühl, doch es war wichtig, dass er einen Fuß in die Tür bekam, und er konnte notfalls auch später noch die Karten auf den Tisch legen.

»Und weiter?«

»Ich wäre Ihnen sehr dankbar, wenn Sie mir etwas von Ihrer Zeit opfern könnten. Ich würde gerne mit Ihnen über eine Idee für eine Fernsehshow sprechen. Vielleicht beim Abendessen?« Während er sprach, spielten Kenjis Finger gedankenvoll mit dem Medaillon des Heiligen Christopherus, das er um den Hals trug. Es gab ihm irgendwie Kraft. Er versuchte sich vorzustellen, dass Doppo neben ihm stand, doch es gelang ihm nicht, das Bild seines Freundes heraufzubeschwören.

»Und Sie bezahlen?«

»Natürlich.«

Er hörte das Rascheln von Papier durch das Telefon.

»Heute Abend, acht Uhr. Seien Sie pünktlich. Ich hasse es, wenn man mich warten lässt.« Kitahara nannte den Namen eines Restaurants in Roppongi und legte auf.

21

*K*enji Yamada?«

»Kitahara-san.«

»Bitte sagen Sie doch Abe zu mir.« Beim Sprechen zog sich der leitende Produzent seine braunen Lederhandschuhe aus, die er zum Autofahren anhatte. Er war ein klein gewachsener Mann, der für seine Statur etwas zu viel Gewicht auf den Rippen hatte. Kenji hatte von seinen Kollegen bei NBC erfahren, dass Abes Vater Amerikaner war und dass Abe als junger Mann mehrere Jahre dort gelebt und studiert hatte. Es ging das Gerücht, dass Abe seit etlichen Jahren versuchte, den internationalen Durchbruch zu schaffen, damit er nach Amerika zurückgehen und auf Dauer dort leben konnte. Vielleicht würde ihm das mit diesem Projekt gelingen, und er konnte auf diese Weise auch Kenji helfen.

»Abe-san«, sagte Kenji und verbeugte sich. »Es ist sehr freundlich von Ihnen, dass Sie sich so kurzfristig mit mir treffen konnten.«

»Sie haben erwähnt, dass wir schon einmal miteinander gearbeitet haben, doch Ihr Name sagte mir nichts. Jetzt, wo ich Ihr Gesicht sehe, kommen Sie mir bekannt vor. Haben Sie etwas mit Ihren Haaren gemacht?«

Kenji schüttelte den Kopf. Es war einfacher so, als alles zu erklären.

Abe machte eine Kopfbewegung in Richtung Eingangstür des Restaurants und fragte: »Sollen wir reingehen?«

Kenji lief voraus und öffnete die Tür. Sofort schlug ihnen warme Luft, vermischt mit lauter Essensgerüchen,

entgegen. Im Eingang zog Abe seinen blauen Blazer aus.
»Kann ich Ihnen behilflich sein?«, fragte eine junge Kellnerin, die an der Rezeption stand.

Abe musterte die Kellnerin von oben bis unten und hob zwei Finger hoch. »Zwei.«

Als sie sich zuletzt begegnet waren, waren Kenji zwei Seiten an Abe aufgefallen. Einerseits konnte er ausgesprochen charmant und überzeugend sein. Andererseits gab er sich grobschlächtig und unhöflich. Heute Abend zeigte er sich offenbar von der letzteren Seite.

»Wenn Sie mir bitte folgen wollen.« Sie eilte davon, und ihre Clogs klapperten laut auf den Steinfliesen.

Solide, eichenholzgetäfelte Separees, die mit schwarzen Lacklederkissen ausgestattet waren, zogen sich an den Wänden des Lokals entlang. Der Hauptraum hingegen wurde von drei riesigen rechteckigen Tischen beherrscht, um die herum die Restaurantbesucher dicht gedrängt auf niedrigen Holzstühlen saßen. Jeder Tisch wurde von einem einzigen Chefkoch betreut, der am oberen Ende des Tisches stand und vor dem eine beachtliche Auswahl an rohen Zutaten und Küchenutensilien um eine Kochstelle angeordnet war.

»Bitte nehmen Sie Platz.« Die Kellnerin wies auf zwei leere Hocker am oberen Tischende, das am weitesten von der Eingangstür entfernt war. Sie nahmen auf den Hockern Platz: Abe gleich beim Chefkoch, der mit atemberaubender Geschwindigkeit rohes Gemüse schnitt, und Kenji neben einem jungen Mann und dessen Freundin, die hinter vorgehaltener Hand kicherte.

»Kann ich Ihnen etwas zu trinken bringen?«, fragte die Kellnerin, nachdem sie sich gesetzt hatten.

»Ich nehme eine Flasche Kirin«, sagte Abe. »Und was wollen Sie, Kenji?«

»Für mich dasselbe, bitte.«

Einige Sekunden später erschien sie mit einem Tablett und stellte zwei Flaschen Kirin, zwei Gläser und eine Holzschale mit leicht gesalzenen Erbsen vor sie auf den Tisch. Aus der vorderen Tasche ihrer Schürze zog sie zwei Kärtchen. »Das erste Spiel beginnt in fünfzehn Minuten. Wählen Sie für jedes Spiel bitte nur eine Zahlenreihe aus. Falls Sie alle Zahlen abhaken können, rufen Sie bitte laut. In diesem Fall bekommen Sie einen Rabatt von tausend Yen auf Ihr Essen.« Sie lief klappernd wieder davon, um einer weiteren Gruppe von Gästen, die an der Tür warteten, Plätze zuzuweisen und sie zu bedienen.

Abe nahm einen tiefen Schluck aus seiner Bierflasche und schien Kenji eingehend zu betrachten. Er musterte Kenji von Kopf bis Fuß. »Was ist mit Ihrem Auge passiert?«

Kenji berührte die Augenklappe. »Nur ein kleiner Unfall.« Er dachte nicht gern darüber nach. Jeden Morgen stand er auf, ging ins Badezimmer und entfernte die Augenklappe. Während er auf sein Spiegelbild im Badezimmerspiegel starrte, bedeckte er zunächst das eine Auge und dann das andere mit der Hand. Jeden Morgen das Gleiche. Er konnte mit dem verletzten Auge immer noch nicht sehen. Oder besser gesagt, er konnte schon etwas sehen, aber es war nur dieses weiße, gleißende Licht, das er aus dem Krankenhaus damals kannte. Es schmerzte und blendete ihn, deshalb zog er es vor, sein Auge zu schließen und die Klappe weiter zu tragen.

Abe nickte beiläufig und stellte seine nächste Frage. »Sie arbeiten bei NBC?« Er blickte Kenji beim Sprechen nicht an, sondern schaute sich stattdessen im Restaurant um, bis sein Blick schließlich auf eine junge Frau fiel, die ihm direkt gegenübersaß. »Hallo.« Seine Lippen formten die Buchstaben, sodass sie es sehen konnte. Sie wandte den Blick ab.

Kenji fiel es schwer, von Abes Verhalten nicht abgestoßen zu sein. Die dicken Tränensäcke unter den Augen des leitenden Fernsehproduzenten, die ausgeprägten Linien auf seiner Stirn und sein Doppelkinn ließen vermuten, dass er etwa Anfang fünfzig sein musste. Also alt genug, um der Vater der jungen Frau zu sein.

»Ich habe früher bei NBC gearbeitet. Wir sind uns dort einmal begegnet.« Kenji beugte sich auf seinem Holzstuhl vor und versuchte, Abes Aufmerksamkeit auf sich zu ziehen. Während er sprach, trat ein junger Mann mit orange gefärbten Haaren, die unter einer steifen blauen Leinenkappe hervorlugten, ans Mikrofon im vorderen Teil des Restaurants gleich neben der Eingangstür. »Guten Abend«, sagte er.

»Guten Abend«, erwiderten die anderen Restaurantbesucher erwartungsvoll. Kenji hätte sich vielleicht an dem Spiel beteiligt, wenn er hier nicht etwas Geschäftliches zu erledigen gehabt hätte. Und er war fest entschlossen, mit Abe heute Abend ins Geschäft zu kommen.

Abe blickte zu Kenji. »Hey, das sollten Sie auf keinen Fall verpassen.« Er zeigte auf den jungen Mann mit den orangen Haaren, der kräftig an einer Tombola drehte, in der kleine nummerierte Bälle umhersprangen.

»Das ist wirklich der Brüller. Sie haben bestimmt noch nie einen Raum mit lauter Menschen gesehen, die wegen eines dummen Spiels so aus dem Häuschen geraten. Ich komme gern hierher, einfach um über sie zu lachen.«

»Im Moment arbeite ich in der Fuji Bank in Utsunomiya.«

»In der Fuji Bank.« Abe wandte Kenji nun doch seine volle Aufmerksamkeit zu. »Die Geldautomaten da behalten ständig meine Karte ein. Haben Sie eine Ahnung, warum?«

Kenji musste zugeben, dass er es nicht wusste. Er fragte sich, während er versuchte, Abes Aufmerksamkeit nicht wieder zu verlieren, ob dieses Treffen nur reine Zeitverschwendung war. Er verwarf diesen Gedanken ganz schnell wieder. Es war noch zu früh, um aufzugeben.

»Ich habe am Telefon erwähnt, dass ich eine Idee für eine Fernsehshow habe. Vielleicht wären Sie so freundlich und würden mich etwas mehr darüber erzählen lassen.«

»Aber natürlich können Sie mir mehr darüber erzählen. Doch zuerst lassen Sie uns etwas zu essen bestellen.«

Abe rief dem Chefkoch am Tischende seine Bestellung zu.

Der Koch blickte suchend auf die riesige Auswahl an rohen Zutaten, die vor ihm lagen, und wählte mit sicheren und geschickten Händen Hähnchen- und Rindfleischstücke, Meeresfrüchte und Shiitake-Pilze. Er steckte sie auf Bambusspieße, wälzte diese in Paniermehl und legte sie in sehr heißes Öl, wo sie in Windeseile eine goldbraune Farbe annahmen. Das Essen wurde auf eine Platte gelegt, eine ordentliche Portion Ketchup dazugegeben und beides mit Hilfe eines langen Holzbrettes zu ihren Plätzen herübergereicht.

Nachdem sie diesen Gang beendet hatten, gab Abe eine neue Bestellung auf. Dieses Mal goss der Koch einen Teig aus Eiermasse kreisförmig in eine Pfanne und verteilte großzügig Tintenfisch, Kohl und Zwiebeln darauf. Nachdem die hellgelbe Masse gestockt war, wurde sie in der Mitte gefaltet, in Streifen geschnitten und serviert.

»Also erzählen Sie mir von Ihrer Idee.« Abe schlang den letzten Bissen hinunter, nahm die Bingokarte, die die Kellnerin ihnen gegeben hatte, knickte sie in der Mitte und entfernte mit den Ecken den Dreck unter seinen Fingernägeln. Der Mann mit den orangen Haaren hatte begonnen, die Nummern aufzurufen, und überall um sie herum hatten die Leute den Kopf tief über ihre Karten gebeugt.

»Schauen Sie sich die an.« Abe blinzelte Kenji verschwörerisch zu.

Kenji holte tief Luft. Er war seinen Vortrag mehrmals in Gedanken durchgegangen und wollte nichts falsch machen. »Der Name der Show ist *Millyenaire*«, begann er. Er erläuterte alles, was er ausgearbeitet hatte: das Set, die Beleuchtung, die Moderatorin, die Gestaltung der einzelnen Episoden. Atemlos schloss er: »Wenn der Kandidat Preise im Wert von einer Million Yen gewonnen hat, darf er gehen.«

Vielleicht zum ersten Mal an diesem Abend war es ihm gelungen, Abes volle Aufmerksamkeit auf sich zu lenken.

»Wissen Sie was, Kenji, mein Freund? Das ist keine schlechte Idee. Nein, das ist alles andere als eine schlechte Idee. Sie machen mich wirklich sprachlos. Wer hätte das gedacht? Ein Bankangestellter, dem so eine großartige Idee einfällt.«

»Danke sehr«, strahlte Kenji. »Aber eigentlich arbeite ich im Postraum.«

»Ich meine es ernst.« Abe schien ihm nicht mehr zuzuhören. Er stand auf und nahm sein Handy aus seiner hinteren Hosentasche. »Sie übernehmen die Rechnung, nicht wahr? Ich muss ein paar Anrufe machen.«

Kenji erhob sich halb von seinem Stuhl. »Ich habe ein paar ausführliche Notizen gemacht, wenn Sie daran interessiert sind. Einige Überlegungen zur Moderatorin und zum Set. Sie finden alles hier drin.« Er übergab Abe sein Notizheft.

»Ich bin von dieser Idee wirklich begeistert.« Abe griff nach dem Notizheft und machte sich bereit, zu gehen.

Kenji rief hinter ihm her. »Ich könnte bei Miru TV für Sie arbeiten. Ich könnte bei der Show mitmachen.«

»Natürlich. Wir werden etwas finden. Sie haben meine Nummer, nicht wahr?«, sagte er, verschwand und ließ

Kenji unsicher auf seinem Hocker zurück. Ihm war nicht klar, was das alles zu bedeuten hatte, aber es hatte sich ganz gut angehört.

»*Banzai*«, rief der junge Mann mit der kichernden Freundin, sprang auf und winkte mit seiner Karte in der Luft. Das erste Bingospiel neigte sich dem Ende zu.

22

Amis Wangen glühten, und ein verträumtes Lächeln lag auf ihren Lippen. »Alles, was ich abgenommen habe, werde ich heute wieder zunehmen«, sagte sie, als sie den letzten Rest ihres Himbeersorbets aus der Glasschale löffelte und zum Mund führte, »... nach so einem guten Essen.«

Während sie sprach, bildete sich an der Unterseite ihres Löffels ein großer dunkelroter Tropfen, der sich löste und mit so viel Geschwindigkeit auf dem Tisch aufschlug, dass kleine rote Tropfen auf ihren weißen Kaschmirpullover spritzten. Kenji zuckte zusammen, doch Ami kicherte nur. »Das geschieht mir ganz recht«, sagte sie und rieb erfolglos mit einer Leinenserviette an ihrem Pullover herum, wodurch die Flecken nur noch mehr auffielen. »Das ist die gerechte Strafe, weil ich so gierig bin.«

Kenji stieß die Luft hörbar durch die Zähne aus. »Wie kannst du auch nur ein Gramm zunehmen, wenn du immer so beschäftigt bist und immer hinter jedem herrennen musst?«, fragte er vorsichtig. Ami schien seine Frage gut aufzunehmen, also ging er noch einen Schritt weiter, hob seine Tasse in die Luft und verkündete: »Auf uns. Alles Gute zum Hochzeitstag.«

»Alles Gute zum Hochzeitstag«, erwiderte sie, stieß mit Kenji an und nahm einen kleinen Schluck Sake, bevor sie ihre Tasse wieder auf den Tisch stellte.

Es war kaum zu glauben, dass die Frau, die ihm an dem niedrigen Tisch gegenübersaß, dieselbe Frau war, die mit ihm in der Bahn zur Takao Sanguchi-Station gesessen hatte, von wo aus sie mit einem Shuttlebus zum Restaurant weitergefahren waren. Während der Fahrt hatte Ami immer angespannter und gereizter reagiert und ihren Ehemann ständig gefragt, wo genau sie hinfahren würden.

»Das kann ich dir nicht verraten«, hatte Kenji gesagt und sich mit jedem Mal, wenn er seine Antwort wiederholen musste, entmutigter gefühlt. »Sonst ist es doch keine Überraschung mehr.«

»Ich habe einen Haufen Arbeit«, fuhr sie ihn an. »Stattdessen lasse ich mich von dir durch das halbe Land kutschieren.«

Er hatte gutmütig gelacht. »So lange wird es schon nicht dauern, und meine Gesellschaft ist doch nicht so schwer zu ertragen, oder?«

Sie hatte nichts darauf erwidert.

»Ich kann dir eine Geschichte erzählen, die dich bestimmt zum Lachen bringt«, tastete er sich vor und hoffte, damit ihre Stimmung zu verbessern.

Ami zuckte gleichgültig die Achseln, doch er ließ sich dadurch nicht abhalten. Für ihn war es eine riesige Erleichterung, die Geschichten erzählen zu können. Die täglichen Vorkommnisse in der Bank mit Humor zu betrachten machte seine Arbeit dort viel erträglicher. Obwohl die anderen Mitarbeiter im Moment darauf achteten, dass er recht wenig Arbeit verrichten musste.

»Nagasaki arbeitet bei der Bank und leidet bedauerlicherweise an einem unkontrollierbaren Muskelzucken, und sein rechtes Augenlid ist immer zugekniffen, und seine Zunge schiebt sich vor, bis sie ihm aus dem Mund hängt. Erst gestern ...«, Kenji drehte sich auf seinem Sitz, sodass er Ami ins Gesicht schauen konnte, die ununterbrochen den kleinen Perlenohrring in ihrem rechten Ohrläppchen drehte. »... trifft er zufällig auf eine neue Kassiererin, die sich versehentlich bei ihrer Suche nach Inagakis Büro ins

Untergeschoss verirrt hat. Als Nagasaki ihr unvermittelt über den Weg läuft, rennt sie schreiend zurück ins Erdgeschoss und heult: ›Da unten ist ein Wahnsinniger.‹ Alle Kunden wurden nach draußen in Sicherheit gebracht, während die Sicherheitsleute nach dem Wahnsinnigen suchten.«

Er lachte vergnügt und schlug sich auf den Oberschenkel.

Ami vergewisserte sich, dass keiner von den anderen Fahrgästen ihnen zuhören konnte, beugte sich näher zu ihrem Mann und zischte ihm ins Ohr: »Du bist der Letzte, der sich respektlos über seine Kollegen auslassen sollte.« Sie lehnte sich zurück, verschränkte die Arme über der Brust und starrte auf den Vordersitz.

Den Rest der Fahrt legten sie schweigend zurück. Sie wechselten kein Wort mehr, während der Shuttlebus auf seinem Weg zum Restaurant tief in die herrlich grünen Wälder des Mount Tako eintauchte. Während sie durch den Wald fuhren, betrachtete Kenji verstohlen seine Frau. Ihr Gesichtsausdruck wurde von Minute zu Minute missmutiger. Selbst der Fahrer, der unmittelbar vor ihnen saß, warf Kenji in seinem übergroßen Rückspiegel mitfühlende Blicke zu.

»Ich weiß nicht, womit Sie sich das große Schweigen eingehandelt haben, Kumpel«, flüsterte er Kenji zu, als sie aus dem Bus stiegen, »aber ich hoffe für Sie, dass Sie sie bald aus der Reserve locken können. Sonst müssen Sie sich auf eine ziemlich frostige Nacht einstellen.«

Kenji nickte und beeilte sich, seine Frau einzuholen. Das Restaurant befand sich hinter zwei großen Holztoren mit rostigen ringförmigen Türgriffen und einer Menge Nägeln, die ins Holz geschlagen waren und zu beiden Seiten ein regelmäßiges, rechteckiges Muster bildeten.

Die beiden gingen hinter den anderen Fahrgästen – es waren ungefähr ein Dutzend – einen Pfad entlang, der zu einer Empfangshütte führte, vorbei an einem leise fließenden Fluss, steinernen Laternen und glänzenden Steinwänden, in deren Mauerwerk samtig weiche Mooskissen nisteten. Auf der einen Seite des Pfades waren verschiedene Laubbäume und Nadelhölzer gepflanzt: sorgfältig beschnittene Kiefern, Kastanienbäume, Berberitzen und Ahornbäume in Dunkelrot, Limettengrün und Blau. Auf der anderen Seite waren rosafarbene Nachtkerzen, goldener Helmbusch, Rottannen, gesprenkelte Weiden und Lotosblumen zu sehen. Als sie über eine kleine Brücke gingen, blieb Kenji stehen, um den leuchtend bunten Koikarpfen zu bewundern, der direkt unter ihnen an der Wasseroberfläche nach Luft schnappte. Wasserlilien und Irisblumen wuchsen in üppiger Pracht.

»Schau mal«, sagte er zu Ami und zeigte auf einen Fischreiher, der auf einem Felsen saß und die Neuankömmlinge verächtlich ansah. Doch Ami wartete bereits auf der anderen Seite der Brücke und klopfte ungeduldig mit dem Fuß auf den Kies. Er lief eilig zu ihr hinüber und führte sie den Weg entlang zu der Empfangshütte, wo sie sich geduldig in die Warteschlange einreihten.

»Wie ist Ihr Name bitte?«, fragte die Frau am Empfang.

»Yamada.«

»Einen Moment bitte.« Eine Glocke läutete, und eine weitere junge Frau in einem moosgrünen Kimono mit zarten rosafarbenen Blumen erschien in der Hütte.

»Bitte folgen Sie mir.« Sie winkte ihnen zu, und sie folgten ihr zu einer der privaten Tatamihütten, die in einigem Abstand überall im Garten standen.

Es grenzte an ein Wunder, dass es Kenji gelungen war, einen Tisch im Ukai Toriyama zu ergattern. Als er das erste Mal telefonisch angefragt hatte, hatte man ihm gesagt, dass das Restaurant für die nächsten sechs Monate völlig ausgebucht sei, aber dass sein Name auf die Nachrückerliste käme, für den Fall, dass eine der Hütten doch noch frei würde. Er hatte die Hoffnung schon fast aufgegeben, doch dann hatte das Restaurant gestern angerufen und ihm mitgeteilt, dass in letzter Minute jemand abgesagt hatte. Er hatte die Reservierung spontan angenommen, doch das schien Ami wenig zu beeindrucken.

»Können wir es uns überhaupt leisten, an so einem Ort zu essen?«, flüsterte sie, als sie der Kellnerin folgten.

Kenji senkte die Stimme und erklärte: »Ich habe ein bisschen Geld von meinem wöchentlichen Taschengeld beiseitegelegt, damit wir unseren Hochzeitstag feiern können.«

»Wie hast du das denn fertiggebracht?«, erwiderte Ami. Sein Taschengeld war wirklich knapp bemessen.

»Ich habe mich eingeschränkt. Weniger geraucht und bin zur Arbeit gelaufen, anstatt den Bus zu nehmen.«

Er hatte die Worte kaum ausgesprochen, als Ami unvermittelt stehen blieb und ihre Hände in die Hüften legte. »Yoshi braucht eine neue Schuluniform. Du hättest das Geld besser dafür ausgegeben. Also komm, gehen wir. Wenn wir uns beeilen, erwischen wir vielleicht noch den Bus.« Sie drehte sich auf dem Absatz um, und kleine Steine spritzten hinter ihr in die Luft, als sie mit entschlossenen Schritten zurück Richtung Eingangstor marschierte.

»Nein.« Kenji packte seine Frau bei der Hand und drehte sie zu sich herum. »Wir essen heute Abend hier.«

Das war keine Frage und auch keine Bitte. Es war eine klare Anweisung, und Amis Kinnlade fiel vor Erstaunen herunter. In den zwölf Jahren ihrer Ehe hatte Kenji nicht ein einziges Mal in Gegenwart seiner Frau seine Stimme erhoben. Er hatte ihr immer ihren Willen gelassen. Doch nicht heute Abend. Er war fest entschlossen, ihr heute Abend die Stirn zu bieten. Vor Entsetzen gab Ami klein bei und ließ sich hinter ihrem Mann den Pfad entlangziehen.

Das war vor drei Stunden gewesen, und seitdem hatten sie ein köstliches Essen und einige Becher guten Sake zu sich genommen. Ami war – wie der Busfahrer es Kenji gewünscht hatte – deutlich aufgetaut. Wie hätte es auch anders sein sollen? Die Hütte, in der sie aßen, hatte eine beruhigende Wirkung auf sie beide. Sie war aus kräftigem, leichtgewichtigem Holz, stand auf einer erhöhten Plattform und hatte ein Strohdach, das von Pfeilern gestützt wurde. Der Boden war mit weichen Tatamimatten ausgelegt, und die deckenhohen Fenster, die mit hellorangen Papierblenden ausgestattet waren, tauchten den Raum in warmes Sonnenlicht. Als die Sonne untergegangen war, ging dezentes Licht in der Hütte an, und überall im Garten wurden Laternen angezündet. Kenji fühlte sich im Einklang mit sich und gänzlich von allem abgeschieden, obwohl er wusste, dass sie nicht die Einzigen waren, die hier heute zu Abend aßen. Auch die Kellnerin störte überhaupt nicht, als sie hereinhuschte, um ihnen das Essen zu bringen, die Gläser neu zu füllen und das Geschirr abzuräumen.

Sie hatten sich bei der Auswahl ihres Essens viel Zeit gelassen. Am Ende hatte Kenji es Ami überlassen zu entscheiden. »Ich denke, wir fangen mit dem Walnusstofu an und nehmen danach das Kobesteak.« Er hatte das Steak selbst auf einem *Irori*-Grill, der über einer Sandgrube in der Mitte des Tisches stand, gebraten. Es wurde mit einer Auswahl an Gemüsebeilagen serviert, von denen Ami den größten Teil aß. Als ihr Dessert kam, war sie beinahe zu satt dafür.

Tatsächlich hatte er ihr nicht die Wahrheit gesagt. Sie konnten es sich nicht leisten, in so einem Restaurant zu essen, und er hatte auch kein Geld beiseitegelegt, um dieses Essen zu bezahlen. Stattdessen war er nach Tokio gefahren, hatte einige Runden Pachinko gespielt und genug gewonnen, um sie hierherzubringen. Unehrlichkeit war kein Charakterzug, den Kenji guthieß oder den er überhaupt einsetzen wollte. Doch – so beruhigte er sich selbst – es war ein bisschen so, als ob man Risse in einer brüchigen Wand so lange verputzte, bis man genug Geld hatte, sie anständig zu reparieren. Im Moment konnte er es sich nicht leisten, seine Familie anständig zu ernähren, doch das würde sich sehr bald ändern. Bis dahin musste er Ami für sich einnehmen und sie bei Laune halten.

»Erinnerst du dich?«, setzte er an. »Ich habe dir von meiner Idee für eine Fernsehshow erzählt.«

Ami ließ die Serviette auf den Tisch fallen, mit der sie an ihrem Pullover herumgerieben hatte. »Kenji, verdirb den wunderbaren Abend bitte nicht damit.« Sie setzte sich kerzengerade auf, doch von dem vielen Sake, den sie getrunken hatte, schwankte sie leicht.

Kenji fühlte, wie eine Welle von Mut in ihm aufstieg. Er war es leid, dass ihm nie jemand zuhörte und dass er immer derjenige war, auf dem alle herumtrampelten. »Ich bin dein Mann, und ich dulde es nicht, dass du so mit mir redest«, sagte er trotzig.

Ami blinzelte empört, sagte aber nichts, deshalb holte er tief Luft und begann.

»Letzte Woche habe ich mich mit einem Fernsehproduzenten getroffen. Einem Herrn mit Namen Abe E. Kitahara, der bei einer Produktionsgesellschaft in Tokio arbeitet. Ich kenne ihn noch aus meiner Zeit bei NBC. Wir haben miteinander gegessen. Ich habe ihm von meiner Idee für eine Fernsehshow erzählt. Der, von der ich dir auch erzählt habe. Er fand sie sehr gut.«

Ami grinste verächtlich. »Ich glaube dir kein Wort.«

»Warum sollte ich dich anlügen?«

»Das hast du schon einmal getan.«

Kenji griff über den Tisch und nahm die Hände seiner Frau zwischen seine, doch sie zog sie wieder weg. »Ich habe gelogen, um meiner Familie die Wahrheit zu ersparen. Jetzt muss ich niemandem mehr etwas vormachen. Ich habe schon alles verloren. Es gibt keinen Grund mehr, zu lügen.«

Ami starrte ihren Mann über den Tisch hinweg prüfend an, und ihre Gesichtsmuskeln entspannten sich ein wenig. »Er hat dir einen Job angeboten? Dieser Mann? Dieser Abe E. Kitahara?«

Kenji sank in sich zusammen. Was genau hatte Abe ihm schon angeboten? Ihr Treffen hatte so abrupt geendet, dass er keine Gelegenheit hatte, diese Dinge zu besprechen, und Kenji fühlte sich nicht in der Position, den Fernsehproduzenten zu fragen und ihn dadurch noch länger aufzuhalten oder ihm noch mehr Umstände zu machen, als er es ohnehin schon getan hatte. Er ging einfach davon aus, dass Abe sich melden würde, und obwohl dieser bislang nichts dergleichen getan hatte – eine Woche war inzwischen vergangen –, war noch nicht aller Tage Abend.

»Ja«, antwortete er und schluckte. »Ja, er hat mir einen Job angeboten. Irgendwie. Wir werden meine Fernsehshow zusammen produzieren. Ich werde der stellvertretende Produzent sein.« Das war zwar nicht ganz die Wahrheit, aber Kenji hoffte, dass sich die Dinge genau so entwickeln würden, und diese Neuigkeiten hatten eine erstaunliche Wirkung auf Ami. Sie entspannte sich allmählich, und ein breites Lächeln trat in ihr Gesicht.

»Das sind ja fantastische Neuigkeiten.« Sie legte eine Hand auf den Mund und klopfte nervös auf ihre Lippen, die vom Sorbet leuchtend rot waren. »Was wohl meine Freundinnen dazu sagen werden. Sie werden platzen vor Neid. Wenn wir uns getroffen haben, musste ich immer ihre ewigen Litaneien über mich ergehen lassen, wie erfolgreich ihre Männer in ihrem Job sind und was für eine

Beförderung sie bekommen, und ich musste mich immer zurückhalten. Sie bemitleiden mich, ich weiß, dass sie mich bemitleiden. Aber jetzt nicht mehr. Jetzt stehe ich genauso gut da wie sie. Wenn nicht sogar besser. Mein Mann, der Fernsehproduzent. Ha. Was sie wohl dazu sagen werden?«

Amis Monolog beunruhigte Kenji. Sie schien sich mehr für sich selbst zu freuen als für ihn. Als er sie über den niedrigen Tisch hinweg ansah, fragte er sich, wie Dai wohl auf seine Neuigkeiten reagiert hätte, und ihm fiel auf, dass es eine ganze Weile her war, seit er sie zuletzt gesehen hatte. Vielleicht sollte er einmal im Supermarkt vorbeischauen. Nur um Hallo zu sagen. Sie könnten zusammen zu Mittag essen, und er könnte es ihr erzählen. Er überlegte, ob er ihr ein Geschenk mitbringen sollte. Nichts Großes oder Protziges. Nur etwas Kleines, Hübsches. Sie verdiente es, dass man sie gut behandelte. Bevor er noch weiter darüber nachdenken konnte, klopfte es leise an die Fliegengittertür, und die Kellnerin schlüpfte herein.

»Wenn Sie mir bitte nach draußen folgen würden«, sagte sie höflich. »Das Festival fängt in Kürze an.«

Ami blickte fragend auf ihren Mann, als er ihr beim Aufstehen behilflich war. »Noch eine Überraschung?«, fragte sie.

Er lächelte geheimnisvoll und führte seine Frau aus der Tatamihütte hinaus auf die erhöhte Plattform, wo sie ihre Schuhe anzogen und in den Garten gingen. Überall um sie herum kamen die Gäste aus ihren Hütten in den Garten und sammelten sich um den See herum, wo mehrere Kellnerinnen sich bückten und auf dem Boden etwas zu inspizieren schienen.

Ami sah erwartungsvoll auf Kenji, und er drückte ihre Hand. In diesem Moment richteten sich die Kellnerinnen langsam auf und verschwanden in der Dunkelheit. Einige

Sekunden später erhob sich ein Schwarm Glühwürmchen in die Luft, wo sie wogende Wellen aus grünlich gelbem Licht bildeten, das immer höher in den Nachthimmel stieg.

Ami entfuhr ein kleiner Ausruf des Entzückens.

»Wünsch dir was«, sagte er leise zu ihr und küsste sie sanft auf die Lippen.

23

„Gute Nacht, Soga-san«, rief Kenji an der Tür des Postraums, wo er mit halb erhobener Hand stand und im Begriff war, die Schwingtüren aufzudrücken und nach Hause zu gehen. Man musste rufen, besonders aus einer gewissen Entfernung her, denn mit Sogas Gehör, das ohnehin ziemlich schlecht war, wurde es nach Feierabend, wenn er sein Hörgerät ausschaltete, noch schlimmer. »Bis morgen.«

»Wenn ich dann noch lebe«, antwortete der alte Mann mürrisch, während er den großen grauen Stahlschrank mit einem der vielen Schlüssel abschloss, die an einer langen Kette um seine Hüfte hingen und bei jeder Bewegung laut rasselten. Als wenn ihm das je aufgefallen wäre, dachte Kenji lächelnd.

Er verließ die Bank durch den Hinterausgang, der für die Anlieferungen benutzt wurde und bei dem übergroße Mülltonnen in unterschiedlichen Farben in einer ordentlichen Reihe aufgestellt waren – je eine für die verschiedenen Verpackungsmaterialien, die die Bankangestellten wegwarfen. Auf seinem Weg kam Kenji an einer Gruppe junger Männer vorbei, die sich voneinander verabschiedeten. Er blickte in ihre Gesichter und wünschte sich, er wäre noch einmal jung, ohne Verantwortung und ohne Sorgen. Da, wo vor Kurzem noch Hoffnung und Erwartung in seiner stolz geschwellten Brust gewesen waren und bewirkt hatten, dass er aufrecht und mit hoch erhobenem Kopf ging, saß jetzt ein dicker Kloß und wachsende Verzweiflung. Er fühlte sich unwohl, und obwohl er es nicht gern zugab, zumindest nicht laut, wusste er genau, warum. Vier Wochen waren seit seinem Treffen mit Abe ins Land gegangen, und er hatte immer noch nichts von ihm gehört. Kein Brief, kein Anruf. Nichts. Der Gedanke, abgewimmelt zu werden, hielt ihn davon ab, selbst anzurufen. Das Schweigen konnte nur eins bedeuten: Trotz seiner anfänglichen Begeisterung hatte Kitahara seine Meinung über *Millyenaire* geändert, und so löste sich Kenjis letzte Hoffnung in Luft auf, eine angesehene Position in dem Metier zu bekommen, aus dem er gezwungen worden war auszusteigen.

Er wünschte, er hätte einen Freund, dem er sich anvertrauen und der seine Ängste zerstreuen könnte. Und wenn auch nur für kurze Zeit. Er war noch nicht bereit, die Hoffnung ganz aufzugeben, aber sie schien ihm zwischen den Fingern zu zerrinnen. Mit Ami zu reden war sinnlos. Seit ihrem Hochzeitstagessen hatte sie ihn immer, wenn er von der Arbeit nach Hause kam, mit der Frage empfangen: »Gibt es irgendetwas Neues?« Kenji schüttelte dann jedes Mal wortlos den Kopf. Am Anfang war sie voller Hoffnung gewesen und hatte ihm sogar gut zugeredet: »Es ist nur eine Frage der Zeit. Hab noch ein bisschen Geduld.« Mit der Zeit aber wurden ihre Kommentare zunehmend verächtlich und sarkastisch. Beim Essen pflegte sie, sehr zur Verwirrung der Zwillinge, den »großen Fernsehmann« um eine Schale mit Essen oder etwas Soße zu bitten. Seit Kurzem redete sie gar nicht mehr mit ihm. Wenn sich ihre Augen doch einmal trafen, schaute sie sofort wieder weg, und ein abfälliges Grinsen lag auf ihrem Gesicht. Wenigstens, sagte er sich, als er aus dem Hintereingang der Bank auf die Straße trat und beinahe von einer Fahrradfahrerin angefahren wurde, die ihre Klingel lautstark ertönen ließ, war Ami in dieser Woche mit den Kindern und Eriko zu ihrer Schwester nach Osaka gefahren.

Als er die Straße hinunterging, sah er eine Telefonzelle und blieb davor stehen. Der vage Gedanke, dass er jemanden anrufen könnte, schoss ihm durch den Kopf. Aber wen? Den Professor oder Michi? Beide kamen nicht in Frage, stellte er traurig fest. Wenn Ami je herausfinden würde, dass er wieder Kontakt mit seinen früheren Pachinko-Freunden aufgenommen hatte, würde sie ihm das Leben noch schwerer machen, als sie es ohnehin schon tat. Selbst wenn er sie anriefe, wüsste er gar nicht, was er sagen sollte. Würden sie ihn überhaupt verstehen? Der Professor legte im Umgang mit anderen oft eine überhebliche Art an den Tag, und obwohl Kenji das früher ganz amüsant gefunden und den Professor gern damit aufgezogen hatte, fragte er sich doch, ob der Professor es bemerken würde, wenn er etwas Wichtiges und Heikles mit ihm besprechen wollte. Was Michi betraf, so bezweifelte er, dass sie in ihrem Leben jemals ein ernsthaftes Gespräch geführt hatte, und glaubte eigentlich nicht, dass er ihr mit dieser Annahme sehr unrecht tat. Dann kam ihm der rettende Gedanke: Umeko natürlich. Warum hatte er nicht früher an sie gedacht? Schon der Gedanke, mit ihr zu sprechen, ließ ihn innerlich ruhiger werden. Ohne zu zögern öffnete er die Falttür der Telefonzelle, zwängte sich hinein und wählte. Ihre Nummer war auf ein Kärtchen gekritzelt, das er seit dem Tag in seiner Brieftasche aufbewahrte, an dem sie sich getroffen und im Kaufhaus einen Kaffee getrunken hatten, doch er hatte nie einen Grund gehabt, sie anzurufen. Jedenfalls nicht bis zu diesem Moment.

Das Telefon klingelte eine Zeit lang. Gerade als er die Hoffnung aufgeben wollte, meldete sich eine weibliche Stimme. »Suzuki-san?«, fragte er hoffnungsvoll.

Das Hausmädchen teilte ihm mit, dass die Suzukis derzeit im Urlaub seien. Sie fragte ihn, ob er eine Nachricht für sie hinterlassen wolle, doch er verneinte.

Als er sich aus der Telefonzelle wieder hinauszwängte, versuchte er, sich über die Heftigkeit seiner Gefühle klarzuwerden. Sie trafen ihn gänzlich unvorbereitet. In der kurzen Zeitspanne zwischen seiner Entscheidung, Umeko anzurufen, und der Mitteilung, dass sie nicht da war, hatte er sich genau ausgemalt, wie sie sich zum Essen treffen würden und wie sie ihm anschließend sagen würde, dass er die Hoffnung nicht verlieren sollte und dass sich die Dinge bald zum Besseren wenden würden. Jetzt musste er seinen Plan aufgeben und sich mit dem Gedanken auseinandersetzen, dass seine leere Wohnung auf ihn wartete, wo er unendlich viel Zeit und Gelegenheit hatte, seinen trübsinnigen Gedanken nachzuhängen. Er entschloss sich, den Heimweg so lange wie möglich hinauszuzögern und ein bisschen spazieren zu gehen. Ohne ein genaues Ziel vor Augen machte er sich auf den Weg und starrte in die Fenster der Läden an der Hauptstraße, an denen er vorbeikam. Kurze Zeit später fand er sich vor dem Supermarkt wieder, in dem Dai arbeitete. Sie würde seine Stimmung bestimmt aufhellen können und die Dinge von der positiven Seite betrachten. Aber was hatte er sich noch gleich an jenem Abend vorgenommen, als er mit Ami ihren Hochzeitstag beim Essen gefeiert hatte? Er wollte Dai eine nette Überraschung mitbringen. Er blickte sich eilig um und entdeckte ein Blumengeschäft auf der anderen Straßenseite, das noch geöffnet hatte. Er ging schnell hinüber und kaufte eine einzelne Blume, eine weiße Lilie in einer pyramidenförmigen Vase, die mit Wasser und mit blauen Glassteinen gefüllt war. Sie war schlicht und schön, genau wie Dai.

Als er zurück über die Straße lief, fiel ihm ein, dass Dai vielleicht gar nicht bei der Arbeit war, und ein Gefühl der Schwere breitete sich in ihm aus. Doch solche Sorgen waren unnötig. Er hätte eigentlich wissen müssen, dass Dai ihn nicht im Stich lassen würde. Obwohl es allmählich dämmerte, konnte er die vertrauten Umrisse einer Person erkennen, die vor dem Supermarkt stand. Er rief ihren Namen. Sie blickte auf und hob die Hand und hielt auf halber Höhe unsicher inne. Kenji schöpfte neuen Mut und ging zügig auf sie zu. In dem Moment erstarrte der Ausdruck auf ihrem Gesicht.

»Dai, es ist so schön, Sie wiederzusehen. Hier.« Er gab ihr die Blume. »Das ist für Sie.«

Die Heftigkeit, mit der sie die Blume zurückstieß, erschreckte ihn. »Danke. Das ist sehr freundlich von Ihnen, aber ich kann ein solches Geschenk nicht annehmen.«

»Es ist aber für Sie.« Zögernd hielt er ihr die Lilie wieder entgegen, wobei er die Vasenöffnung mit einer Hand umfasste.

Sie schob sie erneut zurück. »Ich kann sie nicht annehmen.«

Einige Sekunden lang standen sie sich schweigend gegenüber, die Vase zwischen sich, bis Dai das Schweigen brach und Kenji für einen kurzen Augenblick die freundliche, sanfte Frau wiedererkannte, die er hatte treffen wollen.

»Ihr Auge. Was ist mit Ihrem Auge passiert? Und Ihre Haare. Sie sind ja ganz weiß.«

Kenji hatte sich inzwischen so sehr daran gewöhnt, dass er oft vergaß, dass sein verändertes Äußeres jemanden überraschen könnte, der ihn eine Zeit lang nicht gesehen hatte. Die Haare störten ihn so gut wie gar nicht. Wenn er wollte – so wie Ami es immer mit Nachdruck verlangte –, konnte er sie färben. Seine Sehkraft war nicht so leicht wiederherzustellen.

»Ich habe Sie vor einiger Zeit schon mal gesehen. Sie waren mit Ihrer Schwester und ihren Kindern zusammen. Sie haben die gleiche Augenklappe getragen, aber ich wollte nicht hingehen und Sie deswegen fragen, weil Sie nicht allein waren. Haben Sie einen Unfall gehabt?«

»Das ist eine lange Geschichte. Vielleicht können wir irgendwo einen Kaffee trinken gehen?« Er blickte hoffnungsvoll über seine Schulter zu einem Café auf der anderen Straßenseite neben dem Blumengeschäft hinüber. »Ich würde sie Ihnen gern erzählen.«

Dai trat unangenehm berührt von einem Fuß auf den anderen. Um sie herum gingen unentwegt Kunden in den Supermarkt oder kamen heraus. Von Zeit zu Zeit mussten sie ausweichen, damit ein Kunde einen Korb oder einen Einkaufswagen holen oder wieder wegstellen konnte.

»Ich fürchte, das geht nicht.«

Kenji war zutiefst enttäuscht. »Ich bin wirklich auf der Suche nach einem Menschen, mit dem ich reden kann. Es ist so viel passiert, seit wir uns das letzte Mal getroffen haben.«

»Bei mir auch.« Dai starrte auf ihre Füße. Es hatte angefangen zu regnen. Es war ein leichter Nieselregen, und Kenji trat ein wenig näher, sodass er unter dem Vordach stand. Er nahm einen leichten Hauch ihres Parfüms wahr und atmete tief ein.

»Ich hatte eine Idee für eine Fernsehshow«, begann er vertrauensvoll. »Und dazu noch eine richtig gute. Ich war mir sicher, dass ich damit Glück haben würde. Jetzt bin ich mir da nicht mehr so sicher. Sie kam mir in den Sinn – die Idee –, als ich mit schweren Verletzungen im Krankenhaus lag. Ich bin vom Blitz getroffen worden.«

Er hatte gehofft, dass er ihre Neugier wecken und sie so davon überzeugen könnte, einen Kaffee mit ihm zu trinken. Doch die Rechnung ging nicht auf. Dai hörte ihm nicht einmal zu. Ihr Blick war auf etwas gerichtet, was hinter seinem Rücken war.

Er machte einen letzten verzweifelten Versuch. »Es gibt so viel zu erzählen. Lassen Sie uns einen Kaffee trinken gehen. Oder vielleicht etwas essen. Ich zahle auch.«

»Und wer ist das da?«, verlangte eine tiefe Männerstimme zu wissen. Dais Körper verkrampfte sich, und Kenji drehte sich um. Er dachte, dass die Stimme vielleicht zu Rambashi gehörte, dem jungen Supermarktleiter, und dass er Dai in Schwierigkeiten gebracht hatte, weil er sie während der Arbeit angesprochen hatte. Doch die Stimme klang zu tief, zu autoritär, und als er sich umdrehte, sah er einen Mann, der ihm gänzlich unbekannt war. Er war groß und hatte schütteres langes Haar, das er in Wellen gelegt und über den Kopf zurückgekämmt hatte. Seine Hemdsärmel waren bis zu den Ellenbogen hochgekrempelt und gaben den Blick frei auf eine verblasste Tätowierung auf seinem rechten Unterarm, eine nackte Frau auf einem schwimmenden Delfin.

»Tomo.« Dai sprach als Erste. Kenji fiel auf, dass ihre Stimme zitterte. »Das ist mein guter Bekannter Yamada-san. Er hat mir gerade diese hübsche Blume gezeigt, die er für seine Schwester gekauft hat. Sie wohnt momentan bei ihm. Kenji, das ist mein Mann Tomo.«

»Sehr erfreut«, sagte Kenji gestelzt, während er Tomo von Kopf bis Fuß musterte. Ein schwer zu beschreibendes Gefühl breitete sich in ihm aus und wurde immer stärker, bis er erkannte, dass er verärgert war. Vielleicht sogar eifersüchtig. Es machte ihn wütend, dass dieser Mann aufgetaucht war und dass er so eine Wirkung auf Dai hatte. Dai, die für gewöhnlich so freundlich und warmherzig war, war nur noch ein verängstigter, zitternder Schatten ihrer selbst. Dann wurde er wütend. Was machte dieser Tomo hier überhaupt? Dai hatte ihm gesagt, dass ihre Beziehung beendet sei. Oder hatte sie ihn etwa wieder aufgenommen? Der Gedanke löste blankes Entsetzen in ihm aus. War das tatsächlich so? Würde sie so etwas wirklich tun?

Tomo ließ sich Zeit mit seiner Antwort. Er starrte Kenji einfach nur an und kaute schmatzend auf einem Kaugummi, wobei sein Mund ständig auf- und zuklappte.

Die Tür des Supermarktes ging auf, und dieses Mal kam Rambashi heraus, der ein Regencape anhatte und in einer Hand einen großen Golfregenschirm trug. Er verharrte für einen Augenblick, starrte die drei an und öffnete seinen Mund, als ob er etwas sagen wollte. Doch als er Tomo erblickte, überlegte er es sich anders und ging hastig davon.

Das schien in dieser Situation eine kluge Entscheidung zu sein, doch bevor Kenji die Gelegenheit bekam, es ihm nachzutun, baute sich Tomo direkt vor Dai auf und sagte mit bestimmtem Tonfall: »Komm, wir gehen.« Er packte seine Frau am Ellenbogen und führte sie die Straße herunter, wobei er mit Absicht – jedenfalls kam es Kenji so vor, als er ihnen nachblickte – ein Feuerzeug direkt vor dem Supermarkt fallen ließ. Als sie um die Ecke gebogen waren, tauchte Tomo plötzlich wieder auf und schlenderte auf Kenji zu, wobei er das Feuerzeug beiläufig aufhob.

Er beugte sich zu ihm herunter, sodass sein Gesicht nur wenige Zentimeter von Kenjis entfernt war, und raunte ihm zu: »Halt dich von meiner Frau fern.« Dann öffnete er den Mund zu einem Lächeln, wobei seine nikotinverfärbten Zähne zum Vorschein kamen, und schlenderte lässig davon.

24

Kenji hatte sich so beeilt, in die Wohnung zu kommen, dass er vergessen hatte, die Tür hinter sich zu schließen. Er griff hinter sich und gab ihr mit der einen Hand einen Stoß, sodass sie mit einem beruhigenden Geräusch ins Schloss fiel. Jetzt musste es schnell gehen. Es kam nicht oft vor, dass er während seiner Mittagspause nach Hause kam, aber ihm war erst vor einer Stunde eingefallen, dass Ami, die Zwillinge und Eriko heute Abend aus Osaka zurückkehren würden, und deshalb war er nach Hause gerast. Während sie nicht da waren, hatte er die Dinge schleifen lassen und war nicht besonders motiviert gewesen, aufzuräumen. Berge von dreckiger Wäsche und dreckigem Geschirr hatten sich in der Wohnung angesammelt, halb gelesene Zeitungen lagen verstreut auf dem Sofa, und leere Kirindosen standen ohne Untersetzer auf dem Kaffeetisch. Doch am schlimmsten war, dass er es mit dem Rauchen in der Wohnung nicht so genau genommen hatte. Ami bestand immer darauf, dass er seiner »schmuddeligen Angewohnheit« vor der Tür frönte, doch er war während ihrer Abwesenheit ziemlich nachlässig mit dieser Regel umgegangen.

Er sah auf die Uhr und rechnete sich aus, dass er vierzig Minuten zum Aufräumen und mit etwas Glück auch zum Essen hatte. Es war unmöglich, die Wohnung gründlich zu putzen. Doch wenn er durch die Wohnung lief, alles in große Müllsäcke warf und die Spuren seiner Faulheit versteckte, könnte er zumindest das schlimmste Chaos beseitigen.

Ich fange in der Küche an, dachte er, während er durch den Flur lief. Doch plötzlich blieb er wie erstarrt stehen. War das nicht Amis Stimme und die einer weiteren Person, die er nicht zuordnen konnte, die aus dem Wohnzimmer zu ihm drangen? Was machte sie schon so früh wieder hier? Er drehte sich langsam um. Wenn Ami schon wieder zurück war, dann war ihr das Chaos in der Wohnung nicht entgangen, und sie würde ihm sicher gehörig den Kopf waschen. Das war so sicher wie das Amen in der Kirche. Doch er könnte sich vielleicht bis heute Abend davor drücken, wenn er sich unbemerkt davonschleichen würde. Als er jedoch den Fuß aufsetzte, knarrte die Diele, und Ami rief: »Mutter, bist du das?«

»Ich bin es – Kenji.« Auf seine Antwort folgte unheilvolles Schweigen vonseiten seiner Frau, aber ihr Gast reagierte ganz anders.

Rei Takai steckte ihren Kopf durch die Wohnzimmertür und strahlte ihn so erfreut an, als ob Kenji einer der Geschäftsfreunde ihres Ehemanns wäre. »Yamada-san, wie nett, Sie zu sehen. Ein breites Lächeln zog sich über ihr kloßförmiges Gesicht und verschwand wieder. »Kommen Sie doch herein. Immer herein mit Ihnen.«

Widerstrebend ging er über den frisch gewischten Flur ins Wohnzimmer, wo Takai, Amis beste und anspruchsvollste Kundin, auf einem niedrigen Hocker direkt unter der Deckenlampe stand. Das Unternehmen ihres Mannes veranstaltete den alljährlichen Ballabend, und sie wurde für diesen Anlass in eine nachtblaue Satinrobe mit einem voluminösen Rock und einem Neckholder-Top eingekleidet.

Ami blickte kurz auf, so als ob ihr Kopf mit einem unsichtbaren Band nach oben gezogen würde, und warf ihrem Mann einen wütenden Blick zu. Sie winkte ihm mit der Hand zu und sagte mit vorgetäuschter Freundlichkeit in der Stimme: »Kenji, du solltest während einer Anprobe wirklich nicht hereinkommen.«

Takai war Anfang fünfzig, und Kenji hatte gehört, wie seine Frau über sie gesagt hatte, dass das Alter es nicht gut mit ihr gemeint hatte. Er schenkte der unteren Hälfte ihres Körpers keinerlei Beachtung – ihre Beine waren so dünn wie bei einem Spatzen – und blickte nur auf die obere Hälfte, die ziemlich üppig geformt war und nun durch den eng sitzenden Stoff, in den der Körper hineingezwängt worden war, in verschiedenste seltsame Formen gepresst wurde. Der Gesamteindruck war alles andere als schmeichelhaft, doch das würde ihr niemand sagen.

Er blickte sich vorsichtig um und sah, dass der ganze Raum geputzt worden war. Der Boden war gesaugt und von den Zeitungen und Dosen nichts mehr zu sehen. Alle Flächen waren gewischt und glänzten. Die Fenster standen weit offen, und die Zimmerluft roch parfümiert. Kenji murmelte eine Entschuldigung und wollte wieder in den Flur zurück, doch Takai hielt ihn mit schriller Stimme zurück.

»Oh bitte, Yamada-san, Sie müssen bleiben und mich unterhalten. Es ist so langweilig. Ihre Frau kann nicht mit mir reden, weil sie lauter Stecknadeln zwischen den Lippen hat. Kommen Sie herein, und setzen Sie sich. In Ihrer Gesellschaft wird mir die Zeit bestimmt nicht lang werden.«

Kenji zögerte. Er wusste, was immer er auch tat – egal, ob er blieb oder nicht –, es würde Ami nicht gefallen. Er hatte den Eindruck, dass es weniger schlimm wäre, wenn er bliebe. Auf diese Weise würde er zumindest nicht Gefahr laufen, ihre beste Kundin zu verärgern. Also tat Kenji wie ihm geheißen und ignorierte den zornigen Ausdruck auf dem Gesicht seiner Frau. Er machte einen Bogen um die Nadelkästchen und Stoffreste, die auf dem Boden lagen, und bahnte sich einen Weg zum Sofa in der Ecke, wo er sich am äußersten Rand niederließ.

»Sind Sie zufrieden mit Ihrer Arbeit in der Fuji Bank?«, fragte Takai und strich den nachtblauen Satin auf ihrem runden Bauch glatt, der daher kam, dass sie ihrem Mann drei gesunde und, wie sie immer betonte, ausgesprochen erfolgreiche Kinder geboren hatte.

Kenji nickte: »Ja, danke der Nachfrage.«

Ami seufzte hörbar, stand auf und schaltete die Wohnzimmerlampe an, um ihre Arbeit besser in Augenschein nehmen zu können.

»Ihr Sehvermögen ist also immer noch nicht zurückgekommen?«, bemerkte Takai und verzog sorgenvoll das Gesicht.

Instinktiv berührte Kenji seine Augenklappe. »Bis jetzt noch nicht, nein.«

»Ich sollte Ihnen die Telefonnummer vom Arzt meines Mannes geben. Er ist ein sehr fähiger Mann. Er wird Sie schon wieder in Ordnung bringen. Würden Sie mir freundlicherweise meine Handtasche geben?«

Sie zeigte auf eine riesige braune Lederhandtasche mit lauter Taschen, Schnallen und Riemen, die wie eine dicke Katze auf dem Sofa neben ihm lag. Er tat ihr den Gefallen und fragte sich, ob sie darin wohl überhaupt etwas finden würde. Doch er wurde eines Besseren belehrt. Innerhalb von Sekunden hatte sie die Visitenkarte gefunden und gab sie ihm.

»Vielen Dank«, sagte Kenji, lehnte sich zurück und tat so, als ob er die Karte aufmerksam lesen würde. Er wusste, dass er diesen Mann nie anrufen würde, da er sich eine Behandlung bei ihm nicht leisten konnte. Doch es wäre unhöflich gewesen, sie zurückzuweisen.

»Ami hat mir erzählt, dass Sie sich größere und ehrgeizigere Ziele gesetzt haben.« Takai lächelte gönnerhaft zu ihrer Näherin hinunter, die so tat, als sei sie ganz in ihre Arbeit vertieft, und emsig den Saum des Kleides mit Stecknadeln absteckte. »Ein neuer Job beim Fernsehen?«

Kenji zog seine Oberlippe nach oben, während seine Gedanken zu Abe E. Kitahara wanderten, der ihn so schmählich im Stich gelassen hatte. »Ich hatte es in Betracht gezogen«, antwortete er und starrte geradeaus, um nicht auf Takais entblößte, wabbelige Arme und ihr üppiges Dekolleté zu schauen. Er fragte sich, was Ami mit seinem Müll gemacht hatte. Wie wütend war sie wohl gewesen, als sie die Wohnung in dem Zustand vorfand, in dem er sie hinterlassen hatte? Hatte sie ihn verflucht und die Kinder mit der Großmutter weggeschickt, damit sie ungestört sauber machen konnte? War sie fertig geworden, bevor Takai kam? Im Gesicht seiner Frau konnte er keine Antwort auf diese Fragen lesen. Würde sie ihn heute Abend anschreien und beschimpfen? Je länger er darüber nachdachte, desto panischer wurde er. Das Atmen fiel ihm schwer. Zur Beruhigung nahm er das Christopherus-Medaillon und hielt es fest in seiner rechten Hand. Es fühlte sich warm an, wurde immer heißer und fing an, zu brennen. Er stieß einen Schmerzensschrei aus und versuchte verzweifelt, den Verschluss zu finden, damit er es abnehmen konnte. Dabei versengte es ihm unaufhörlich die Haut. Schließlich blieb ihm nichts anderes übrig, als sich die zarte Goldkette vom Hals zu reißen und sie auf den Boden zu schleudern.

Die beiden Frauen warfen ihm ängstliche Blicke zu, taten aber so, als würden sie sein befremdliches Verhalten nicht bemerken.

»Ihr Mann ist wirklich ein Unterhaltungskünstler, nicht wahr?« Takai blickte zu Ami hinunter, die sich mit einer Nadel in den Daumen gestochen hatte und heftig an ihrem Finger saugte, bis das Blut aufhörte zu fließen.

Auf Takais Gesicht lag ein Ausdruck tiefsten Mitgefühls, und Kenji wusste, was sie dachte. Sie bemitleidete Ami, dass sie mit ihm verheiratet war. Das Summen der Gegensprechanlage brachte die Erlösung, und er sprang auf und rief: »Ich gehe.«

»Eine Lieferung für Eriko Otsuki«, sagte eine Stimme am anderen Ende der Gegensprechanlage.

»Ich komme runter.« Kenji öffnete die Tür und ging zum Eingang, wo ein junger Mann in einem königsblauen Overall und einer weißen Baseballmütze stand. Er kam ihm nicht bekannt vor.

»Unterschreiben Sie bitte hier.« Er hielt Kenji ein Klemmbrett entgegen, und der setzte seinen Namen unten auf das Blatt.

»Es gehört ganz Ihnen.« Der junge Mann übergab Kenji etwas, das aussah wie ein Satz Autoschlüssel, und rief über die Schulter: »Tani, lass uns abhauen.«

Kenji blickte über den Mann hinweg und sah einen kleinen, kräftig gebauten Mann im gleichen Overall, der aus einem glänzenden feuerroten Toyota Celica mit sanft abgeschrägten getönten Scheiben und Leichtmetallfelgen mit fünfzehn Speichen ausstieg. »Den hat sie gewonnen?«

»Das dürfen Sie mich nicht fragen«, erwiderte der junge Mann, während er sich auf den Vordersitz eines kleinen Lieferwagens setzte. »Ich bin nur für die Auslieferungen zuständig.«

»Die sind wohl für mich, nehme ich an.« Hinter ihm tauchte Eriko auf und nahm Kenji die Schlüssel mit einer schnellen Bewegung aus der Hand. »Ich habe keine besondere Verwendung für ein Auto«, fuhr sie selbstgefällig fort, »aber vielleicht verkaufe ich es. Steuere meinen Anteil für die Familie bei. Du weißt ja, ich könnte …«

»Wage ja nicht, es auszusprechen«, unterbrach Kenji sie.

25

Alle Sitze waren belegt, als Kenji die Bahn an der Station in Tokio bestieg. Er stand in der Mitte des zweiten vorderen Waggons und umklammerte mit einer Hand eine waagerechte Chromstange, um das Gleichgewicht zu halten, und mit der anderen einen wattierten DIN-A4-Umschlag, auf dem in ordentlicher Schrift der Name des Filialleiters der Fuji-Bank im Stadtteil Harajuku stand. Inagakis Sekretärin hatte Kenji beauftragt, den Umschlag auszuliefern, und hatte betont, dass diese Aufgabe persönlich erledigt werden musste. Und obwohl er sich nicht vorstellen konnte, was für eine Botschaft so vertraulich sein sollte, dass sie nicht über Fax, Telefon oder Computer verschickt werden konnte, so war er doch froh, aus der Bank herauszukommen, wenn auch nur für ein paar Stunden.

In den Wochen nach Kenjis Rückkehr zur Arbeit hatte sich Inagaki nicht blicken lassen. Auch jetzt war er nicht persönlich in Erscheinung getreten, sondern hatte es vorgezogen, den Auftrag für seinen ehemaligen Klassenkameraden über Naoko, seine Sekretärin mit den kräftigen Waden, weiterzuleiten. Glücklicherweise hatte das die anderen Postraumangestellten nicht so verärgert wie früher. Vielleicht hatte es sie sogar noch mehr für Kenji eingenommen. War Inagaki so ein Feigling, fragten sie erbost, dass er nicht selbst in den Postraum kommen konnte? Fürchtete er sich etwa davor, einem Mann in die Augen zu sehen, den er fertiggemacht hatte? Und obwohl Kenji sich noch nicht so leicht geschlagen geben wollte, war er trotzdem dankbar für ihre Unterstützung. Woanders bekam er so wenig davon. Da es inzwischen immer mehr so aussah, als ob der Postraum alles war, was ihn in seinem Arbeitsleben noch erwartete, war es zweifelsohne besser, sich mit seinen Kollegen gutzustellen.

Einige Minuten später kam die Bahn mit quietschenden Bremsen an der Harajuku-Station zum Stehen. Er sprang auf den Bahnsteig und folgte den anderen Pendlern zum nördlichen Ausgang und auf den von Ulmen gesäumten Omotesando. Nur wenige Minuten später war er in der Fuji-Bank.

»Ich möchte bitte mit dem Leiter Ihrer Zweigstelle sprechen«, sagte er zu dem jungen Mann hinter dem Schalter. »Ich soll ihm einen Brief bringen.«

Der junge Schalterbeamte sprang auf und tätigte einen Anruf von einem roten Telefon auf dem Schreibtisch hinter ihm aus. Dann kam er an den Schalter zurück und teilte Kenji mit, dass der Filialleiter in ein paar Minuten hier sein würde. Kenji wartete geduldig, bis schließlich ein Mann hinter dem Schalter auftauchte.

»Sie wollten mich sprechen?«

Kenji erklärte, dass er geschickt worden war, um einen persönlichen Brief zu überbringen, und gab dem Bankleiter den Umschlag. Der Filialleiter drehte ihn mit der Öffnung nach unten, und eine Krawattennadel fiel heraus.

»Ach ja.« Er grinste. »Die habe ich im Golfklub vergessen. Obwohl ich nicht verstehe, warum Inagaki Sie persönlich geschickt hat, um mir die Krawattennadel zurückzugeben. Wir treffen uns sowieso morgen wieder zum Golfspielen.«

Er ging und ließ den wutentbrannten Kenji stehen. Es war also wieder eine von Inagakis Schikanen gewesen. Wurde der Mann denn nie müde, ihn bloßzustellen? War sein Leben so ereignislos, dass seine einzige Freude darin bestand, Kenji zu demütigen?

»Jetzt bin ich schon mal hier«, sagte er sich, während er aus der Bank hinausstürmte, »und ich denke, dass ich mir einen freien Nachmittag verdient habe.«

Es war ein warmer, sonniger Tag. Nachdem er die Bank verlassen hatte, steuerte er schnurstracks einen nahe gelegenen Kiosk an, wo er ein Sandwich und eine Dose Mineralwasser kaufte. Eine fröhliche Melodie pfeifend, lief er den Omotesando hinauf bis zum Yoyogi-Park. Es war Mittagszeit, und der Park war mit Joggern und Büroangestellten bevölkert, die ihr Essen auf dem sonnengebleichten Rasen aßen, und Kinder mit Mützen auf dem Kopf tapsten auf unsicheren Beinen vor ihren Betreuerinnen herum. Er war froh, dass er nicht ganz allein war. Es half ihm, seine Gedanken von Abe und *Millyenaire* abzulenken. Er war dumm gewesen zu glauben, dass er eine Fernsehshow produzieren könnte. Oder dass ein Mann wie Abe ihn überhaupt ernst nehmen würde. Doch damals sah es so aus, als ob Kenji sein Interesse geweckt hätte.

Er fand eine leere Bank und aß sein Sandwich. Es war immer noch zu früh, um nach Utsunomiya zurückzukehren, also entschloss er sich, im Park spazieren zu gehen. Je länger er lief, desto entspannter fühlte er sich. Als er zum Haupteingang des Parks kam, fiel ihm eine Gruppe Männer auf, die sich um einen Lautsprecher versammelt hatten. Einer von ihnen nestelte an einem Kabel auf der Rückseite des Verstärkers, aus dem in unregelmäßigen Abständen Musik erklang und wieder abbrach. Der Song kam ihm bekannt vor. Es war Elvis Presley. Sein Lieblingssong. Er stellte überrascht fest, dass alle Männer fast gleich angezogen waren – ausgewaschene blaue Jeans und ein enges abgetragenes T-Shirt unter einer Jeans- oder einer schwarzen Motorradjacke aus Leder. Die meisten von ihnen hatten lange Haare, das sie mit viel Gel zu einer beachtlichen Tolle gekämmt hatten.

Als der Lautsprecher repariert war, ertönte ein lauter Jubelruf aus der Gruppe, und alle begannen mit ihren spitzen schwarzen Lederstiefeln den Jitterbug zu tanzen. Die schwarzen Lederstiefel waren so abgetragen, dass die Sohlen mit schwarzem Klebeband am Schuh festgemacht worden waren.

»Wo habe ich das schon einmal gesehen?«, fragte sich Kenji.

Einer der Männer drehte sich um und ging, nachdem er Kenji einige Sekunden lang angestarrt hatte, auf ihn zu. »Hey, wir kennen uns doch.«

Etwas an ihm war Kenji sehr vertraut. Nicht nur die Stiefel, sondern auch der Anzug – schwarz, mit feinen silbernen Nadelstreifen. Der Mann kam näher, nahm seine Sonnenbrille ab, und Kenji konnte seine Augen sehen – eins war braun, das andere grün.

»Erinnern Sie sich nicht mehr an mich? Ich heiße Izo Izumi.«

»Aber natürlich.« Jetzt fiel es Kenji wieder ein. Izo war der Vertreter, den er vor vielen Monaten in dem Nudelrestaurant in Shinjuku getroffen hatte.

»Wie geht es Ihnen?« Izo gab Kenji einen freundschaftlichen Klaps auf den Rücken und rief den anderen Tänzern zu: »Schaut mal her. Das ist mein Freund Kenji.«

Sie winkten ihm zu, ohne ihren Jitterbugtanz zu unterbrechen.

Izo zuckte mit den Schultern, so als ob er sagen wollte: »Was soll man machen?«, und zog Kenji am Arm zu einer leeren Bank. »Kommen Sie, wir setzen uns ein bisschen hin, und Sie erzählen mir, wie es Ihnen geht. Haben Sie wieder eine Arbeit?«

Kenji blickte auf seine schlecht sitzende Arbeitskluft, dann wieder auf Izo und nickte. Er öffnete den Mund, um zu erzählen, dass er in einer Bank arbeitete. Doch er erzählte noch viel mehr. Die ganze Geschichte, von Anfang bis Ende. Von seinem Freund und Lehrer Doppo; wie sein Versuch, ein Pachinko-Profi zu werden, ein jähes Ende gefunden hatte, und von seiner Arbeit als Postraumangestellter. Er erzählte Izo sogar von seinem Erlebnis im Krankenhaus – wie es ihn auf die Idee für die *Millyenaire*-Show gebracht hatte – und von seinem erfolglosen Treffen mit Abe. Kenji hatte keine Ahnung, warum es ihm so leicht fiel, mit Izo zu reden. Vielleicht übten Izos verschiedenfarbige Augen eine hypnotische Wirkung auf ihn aus. Vielleicht lag es daran, dass Izo sich wirklich zu freuen schien, ihn zu sehen. Vielleicht brauchte Kenji aber auch einfach nur dringend jemanden, mit dem er reden konnte.

Als Kenji seine Geschichte erzählte, verschwand das Lächeln aus Izos Gesicht, und er runzelte die Stirn. »Sie haben Abe seitdem nicht mehr gesehen? Er hat Sie nicht angerufen?«

Die Frage brachte Kenji etwas aus der Fassung. Er hatte mit Schock, Ungläubigkeit oder einem betretenen Schweigen gerechnet. Ihm war nie in den Sinn gekommen, dass jemand ihm glauben würde.

»Nein«, gab er zu, und das Gefühl der Enttäuschung übermannte ihn. Es war das erste Mal, dass er sich eingestand, wie gekränkt er tatsächlich war. *Millyenaire* war eine gute Idee. Eine ausgezeichnete Idee. Er hatte es beinahe vergessen.

»Sie haben ihn nicht angerufen?« Izo zog die Augenbrauen zusammen.

Allein der Gedanke löste blankes Entsetzen in Kenji aus. »Wie könnte ich?«, brach es aus ihm heraus. »Nur damit ich wieder abgewimmelt werde? Dann will ich es lieber nicht so genau wissen. Und weiter darauf hoffen...« Er zuckte mit den Schultern. »... dass ich eines Tages einen

Anruf bekomme. Aus heiterem Himmel. Und der Bank endgültig den Rücken kehren kann.«

»Das leuchtet mir alles nicht ein.« Izo rutschte neben ihm auf der Bank hin und her. »Irgendetwas stimmt da nicht. Warum hat er sich die Mühe gemacht, Sie überhaupt zu treffen? Warum hat er Ihnen gesagt, dass er interessiert ist, wenn er Ihnen auch einfach hätte sagen können, dass Sie verschwinden und ihn nicht weiter belästigen sollen?«

»Das ist so seine Art. Er kann sehr charmant sein. Aber was er sagt, stimmt oft nicht mit dem überein, was er tut.« Kenji blickte auf, als ein kleines Kind an ihm vorbeitapste und mit seinen rundlichen Beine auf dem Boden aufstampfte. Es war spät geworden, und die Büroangestellten verließen den Park.

»Das ist genau das, was ich befürchte«, sagte Izo.

»Ich könnte ihn anrufen«, bot Kenji zaghaft an, obwohl ihn der Gedanke, dass seine Befürchtungen sich bestätigen könnten, zutiefst ängstigte.

Izo schüttelte energisch den Kopf. »Das ist zu direkt. Bei so einem Mann erreichen Sie auf direktem Wege gar nichts. Sie müssen viel gewitzter sein, wenn Sie die Oberhand gewinnen wollen.«

Kenji hatte keine Ahnung, was Izo meinte, doch er nickte zustimmend.

»Arbeitet er in Tokio?«

»In Naka-Meguro.«

Izo lachte. »Das ist nur ein paar Stationen von hier. Wir gehen zusammen hin. Sie haben doch Zeit, oder?«

»Jetzt gleich? Zusammen? Das geht nicht«, protestierte Kenji. Doch Izo hörte es nicht mehr. Er war schon bei seinem abgenutzten braunen Lederkoffer und bei seinen Freunden, die inzwischen zu einem anderen Song von Elvis Presley tanzten. Er öffnete den Koffer, nahm ein weißes

Hemd heraus, zog es über sein T-Shirt und band sich eine schwarze Krawatte um. Er kämmte sich mit einem Kamm die Haare, schlüpfte in seine Anzugjacke und war bereit.

»Kommen Sie, worauf warten Sie noch?«, rief Izo und federte auf den Fußballen vor und zurück wie ein Boxer.

Kenji wusste es nicht, und er folgte Izo ohne Widerrede aus dem Yoyogi-Park hinaus.

26

»Abe-san ist in einer Besprechung und kann nicht gestört werden«, sagte die Empfangsdame mit Nachdruck und fuhr mit einem lackierten Fingernagel über den Computerbildschirm vor sich.

»Es ist wirklich sehr wichtig. Können Sie nicht vielleicht doch eine Möglichkeit finden?«, schmeichelte Izo und legte eine Hand auf den Schreibtisch aus Milchglas, an dem sie saß. Er war rund und nahm den größten Teil des großzügigen Empfangsraumes ein.

Kenji blieb im Hintergrund und hatte den Eindruck, dass er für Izo eher eine Last war als eine Hilfe. Doch er hatte genug Zeit, sich umzusehen. Anders als bei NBC gab es hier keine Kästen, die an den Wänden entlang gestapelt waren, und auch keine offen verlegten Kabel. Alles sah neu und aufgeräumt aus, und es lag kein Gerümpel herum. Die Wände waren leuchtend weiß gestrichen. Sogar der Boden und die Fliesen waren weiß. Das Einzige, was in diesem Raum nicht weiß war, waren das schwarze Kleid der Empfangsdame und eine einzelne rote Lilie in einer Vase, die auf dem Schreibtisch direkt vor ihr stand. Er fragte sich, ob Abe es so genoss, hierher in die Arbeit zu kommen, wie er es ganz bestimmt tun würde.

»Hmmm, was für ein Parfüm nehmen Sie?« Izo schnüffelte in der Luft.

Suki blickte ihn unbeeindruckt an. »Abe-san kann nicht gestört werden. Wenn Sie eine Nachricht für ihn hinterlassen wollen, gebe ich sie gerne weiter.«

»Kann ich vielleicht für den Rest des Nachmittags hier bleiben und Sie einfach nur ansehen?«

Izo ließ sich nicht entmutigen. Es war Kenji peinlich, es mitanzusehen, und er zog ihn vom Schreibtisch weg. »Kommen Sie. Gehen wir.«

»Es war mir ein Vergnügen, mit Ihnen zu plaudern«, rief Izo über die Schulter zurück, als sie zusammen den Empfangsraum verließen und in eine kleine Lobby hinaustraten. Kenji drückte auf den Abwärtsknopf des Fahrstuhls, während Izo vor einer Reihe Einbauschränke auf und ab ging.

»Sie haben natürlich recht. So wären wir nie weitergekommen. Aber was sollen wir jetzt tun?«

»Wir sollten einfach wieder gehen«, drängte Kenji. Er benahm sich vielleicht wie ein Angsthase, aber das war ihm gleichgültig. Es war spät geworden, und er musste sich noch einmal in der Bank blicken lassen, bevor alle gingen. Er wollte auf keinen Fall, dass die anderen Mitarbeiter sich darüber ärgerten, dass er den ganzen Nachmittag weg gewesen war.

Izo hörte ihm gar nicht zu und rüttelte an den Griffen der Schränke. Alle waren verschlossen, bis auf den allerletzten. Sein Kopf verschwand darin. Als er wieder auftauchte, warf er Kenji etwas zu. »Hier, ziehen Sie das an.«

Ein pastellgrüner Overall landete vor Kenjis Füßen. »Warum?«

»Tun Sie es einfach, und fragen Sie nicht weiter.«

Kenji schüttelte den Kopf, steckte aber einen Fuß in den Overall und kurz darauf auch den anderen. Während er den Overall hochzog, seine Arme hineinsteckte und ihn zuknöpfte, warf er Izo einen unglücklichen Blick zu.

»Und jetzt noch das.«

Eine Baseballkappe landete auf dem Boden. Vorn drauf stand der Name einer Reinigungsfirma, die auch bei NBC für die Putzarbeiten zuständig war. Kaum hatte Kenji sie aufgesetzt, drückte Izo ihm eine Flasche Möbelpolitur und einen Staubwedel in die Hand.

»Was soll das Ganze?« Der Overall war mindestens zwei Nummern zu klein für Kenji und schnitt ihm schmerzhaft in die Oberschenkel.

»Sie müssen ganz natürlich auftreten und dürfen kein Aufsehen erregen«, wies Izo ihn an und schob einen Industriestaubsauger durch die Tür, zurück in den Empfangsraum. Die Räder klapperten laut über den gefliesten Boden, doch obwohl Suki aufblickte, ließ sie sie kommentarlos durch die Milchglastüren hinter sich passieren.

Auf der anderen Seite der Tür stieß Izo einen Siegeslaut aus. »Wir haben es geschafft. Wir sind drin. Jetzt müssen Sie geschäftig aussehen.«

»Und wie soll ich das machen?«

»Polieren Sie irgendwas.«

»Was denn?«

»Ich weiß nicht. Alles Mögliche.«

Das Nächste, was zur Hand war, waren die röhrenförmigen verchromten Türgriffe. Kenji machte sich daran, sie zu polieren, während Izo sich hinunterbeugte und so tat, als würde er den Staubsauger genau untersuchen. »Und jetzt?«, raunte Kenji ihm zu.

»Jetzt suchen wir ihn.«

»Wie denn? Das ist ein großes Büro.« Es war sogar noch größer als das von NBC.

»Sind Sie nur hier, um zu jammern?«

»Natürlich nicht«, erwiderte Kenji verärgert.

»Also dann gehen wir jetzt langsam durch das ganze Büro und schauen überall nach. Und Sie sagen mir Bescheid, wenn Sie ihn sehen.«

Entschlossen, vor Izo nicht als Feigling oder Versager dazustehen, ging Kenji los, den Gang entlang, der um das

Büro verlief. Dabei blickte er allen, die ihm entgegenkamen oder die an ihrem Schreibtisch saßen, prüfend ins Gesicht. Ab und zu blieb er stehen und polierte, was gerade da war – Sockelleisten, Türgriffe, Lichtschalter –, um einen besseren Blick zu haben. Er suchte wie besessen nach dem Gesicht des Mannes, den er vor mehreren Wochen im Restaurant in Roppongi und davor bei NBC getroffen hatte, doch er konnte ihn nirgends entdecken.

»Es hat keinen Sinn«, raunte er Izo zu. »Ich kann ihn nirgends entdecken.«

»Suchen Sie weiter«, sagte Izo und stieß mit seinem Staubsauger gegen eine Tür, die daraufhin aufgerissen wurde.

»Könnten Sie bitte ein anderes Mal weitermachen? Wir haben eine Sitzung hier drin.« Der Mann, der im Türrahmen stand, war mindestens einen Meter achtzig groß und überragte Kenji.

»Ein anderes Mal.« Kenji nickte eifrig.

»Ja. Wir können hier drin keinen klaren Gedanken fassen.«

Der Mann ging wieder zurück in den Raum. Sobald er verschwunden war und die Tür hinter sich geschlossen hatte, lief Kenji auf Zehenspitzen zu den mit Sichtblenden verdeckten Fenstern. Er hatte durch den Türspalt etwas gesehen und wollte genauer nachschauen. »Ich glaube, er war es. Da drin.«

»Wirklich?« Izo drängte sich hinter ihn. »Sie wissen, dass Sie auf dem richtigen Weg sind, oder? Das ist ein großartiger Arbeitsplatz. Ich meine, schauen Sie sich doch nur mal um. Und haben Sie gesehen, was der Typ anhatte? Sein Anzug war vom Feinsten. Mit allergrößter Wahrscheinlichkeit maßgeschneidert.«

»Das ist er. Da drin«, flüsterte Kenji.

Izo schob ihn zur Seite. »Wo?«

»Da. Er sitzt neben dem älteren Herrn. Rechts neben dem Fernseher.«

»Sind Sie sicher?«

»Hundertprozentig.«

Izo bekam einen Lachanfall.

Seine Begeisterung war ansteckend. Kenji merkte sofort, wie seine Stimmung sich aufhellte. »Und jetzt? Was sollen wir tun?«

»Wir brauchen einen Plan.«

»Was meinen Sie damit?« Kenji war fassungslos. »Wollen Sie mir weismachen, dass Sie noch keinen haben? Dass Sie mich aus einer Laune heraus den ganzen Weg hierhergeschleift haben?«

»Lassen Sie mich eine Minute nachdenken. Mir fällt schon etwas ein.«

»Ich habe keine Minute. Verstehen Sie nicht? Ich habe nichts mehr. Das ist meine letzte Chance.« Kenji packte Izo an den Schultern. Die Wucht seiner Gefühle überraschte ihn. Ihre Gesichter waren nur wenige Zentimeter voneinander entfernt. Jetzt, wo sie so nah beieinander standen, konnte Kenji die Umrisse einer Kontaktlinse in dem Auge von Izo erkennen, das er für grün gehalten hatte. Natürlich. Der Mann war ein Betrüger, eine Fälschung, eine Täuschung. Er war ein Idiot gewesen, mit ihm hierherzukommen. Er konnte von Glück sagen, wenn er nach diesem neuerlichen Misserfolg noch einen Job bei der Bank hatte, zu dem er zurückkehren konnte. Wann würde er es endlich begreifen?

»Ich kann keinen klaren Gedanken fassen, wenn Sie mir so auf die Pelle rücken.« Izo versetzte Kenji einen Stoß gegen die Brust, sodass dieser zurücktaumelte.

Kenji öffnete die Knöpfe seines Overalls. »Ich verschwinde.«

»Das geht nicht. Was ist mit Abe?«

Er zuckte die Schultern. »Es ist Zeit, einen Schlussstrich zu ziehen. Mich mit dem zufrieden zu geben, was ich habe, statt von den Dingen zu träumen, die unerreichbar sind.«

»Haben Sie kein Vertrauen zu mir?« Izo fasste Kenji fest an den Schultern und starrte ihn an.

»Doch.« Kenji war sich nicht sicher, ob das stimmte, doch es erschien ihm unhöflich, Nein zu sagen.

»Okay, geben Sie mir eine Chance? Nur eine. Ich versuche, Ihnen zu helfen. Wenn es nicht funktioniert, gehen wir nach Hause. Einverstanden?«

Das klang nach einem fairen Kompromiss. Kenji nickte.

»Warten Sie hier auf mich.«

Das Letzte, was Kenji sah, war das verrückte Grinsen auf Izos Gesicht, als dieser im Sitzungsraum verschwand. Während er darauf wartete, dass Izo zurückkam, fühlte er, wie sein Gesicht heiß und rot wurde, und er kam sich allmählich vor wie ein Verschwörer, also kniete er sich hin und polierte eine Steckdose. Als Izo zurückkam, glänzte sie.

»Was ist passiert? Was haben Sie da drin gemacht?«

Izo hockte sich neben Kenji auf den Boden. »Ich habe gesagt, ich soll die Klimaanlage überprüfen.«

»Und?«

Izo legte Kenji eine Hand auf den Rücken und redete mit gesenkter Stimme: »Ich weiß nicht, wie ich es Ihnen sagen soll. Doch der Typ, Abe, stellt in dieser Minute Ihre Idee zwei Vertretern von NBC vor, und die sind ziemlich begeistert.«

»Wirklich?« Kenji hatte Abe offensichtlich falsch eingeschätzt. Der Fernsehproduzent hatte nur etwas Zeit gebraucht, um die Dinge ins Rollen zu bringen. Er konnte es nicht erwarten, Ami davon zu erzählen. Sie würde zugeben müssen, dass sie völlig falsch gelegen hatte. Und Eriko? Er würde sich nicht länger ihre Anspielungen und ihre boshaften Kommentare gefallen lassen müssen.

»Ich fürchte, er will die Lorbeeren für sich ernten.«

Kenji war verwirrt. »Vielleicht muss er das. Um die Idee zu verkaufen. Sie werden mich später ins Spiel bringen. Vielleicht kenne ich die Leute von NBC.« Er stand auf und versuchte durch das Fenster zu schauen, doch die Sichtblenden waren nun vollständig geschlossen.

»Für mich hörte sich das nicht so an.« Als Izo aufstand, knackten seine Knie. »Er sagte, dass ihm die Idee blitzartig gekommen sei. Ihr Name ist nicht gefallen.

Kenji sah in Izos Gesicht und suchte nach Anzeichen dafür, dass Izo ihm einen bösen Streich spielte. Doch er konnte nichts dergleichen darin lesen. »Wenn das so ist, sollten wir gehen.«

»Nicht so schnell.« Izo packte Kenjis Arm, um ihn aufzuhalten. »Können Sie beweisen, dass es Ihre Idee war? Haben Sie sie irgendwo aufgeschrieben?«

»Nein.«

»Haben Sie mit jemandem darüber gesprochen?«

»Mit meiner Familie, und sie haben mich für verrückt erklärt.«

»Das ist ein Anfang. Okay, kommen Sie mit, und sagen Sie keinen Ton, bevor ich es Ihnen nicht ausdrücklich erlaube.«

»Wie bitte?«

»Fragen Sie nicht, tun Sie einfach, was ich Ihnen sage.«

Abe bemerkte die Eindringlinge nicht sofort. »Wie Sie anhand der Reaktionen auf die Pilotsendung erkennen können«, sagte er zu dem älteren der beiden NBC-Vertreter, in denen Kenji den Stellvertretenden Chefredakteur und dessen Assistenten erkannte, obwohl keiner von beiden wissen würde, wer er war, »... wird *Millyenaire* NBC wieder einen festen Platz im Bereich der leichten Unterhaltung sichern und den Quotenkampf für Sie gewinnen. Es besteht darüber hinaus noch die Möglichkeit ...«

Izo räusperte sich geräuschvoll. Abe blickte auf. Als er Kenji sah, erschien für einen Augenblick ein betretener und unsicherer Ausdruck auf seinem Gesicht.

»Guten Tag allerseits. Mein Name ist Izo Izumi, und das ist mein Mandant Kenji Yamada.« Die Anwesenden im Raum blickten von Izo zu Kenji und wieder zurück. »Ich bin heute hier, weil ich allen Grund habe anzunehmen, dass die Urheberrechte meines Mandanten verletzt werden.«

»Moment mal.« Es war die gepresst klingende Stimme von Abe. »Waren Sie nicht vor einer Minute hier, um die Klimaanlage zu überprüfen?«

»Seine Urheberrechte?« Die Stimme gehörte zu dem großen gut gekleideten Mann, der in den Flur gekommen war, um sich über den Lärm zu beschweren. »Mein Name ist Aran Goto.« Er schüttelte beiden fest und professionell die Hände. »Ich bin der Leiter der leichten Unterhaltung hier bei Miru TV.«

Izo verbeugte sich höflich. »Goto-san, es tut mir leid, Ihnen das sagen zu müssen, doch *Millyenaire* war ursprünglich die Idee meines Mandanten.«

»Wirklich?« Goto starrte Kenji an, der in der Ecke des Raumes stand und hoffte, dass niemand das Wort an ihn richten würde. Das war Wahnsinn, der helle Wahnsinn. Er konnte nicht glauben, dass er hier war, obwohl er schon vor Stunden wieder in der Bank hätte sein sollen. Gleichzeitig konnte er nicht anders, als Izos Verwegenheit zu bewundern. Wenn er auch nur einen winzigen Teil davon hätte, wäre er wahrscheinlich nie in diese unglückselige Lage geraten.

»Mein Mandant hat sich im besten Vertrauen an Ihren Mitarbeiter Abe-san gewandt«, fuhr Izo fort. »Er hoffte, dass aus seiner Idee eine Fernsehshow werden könnte. Abe-san hat meinem Mandanten mitgeteilt, dass er sehr angetan sei von *Millyenaire* und sein Bestes tun würde, um daraus eine Fernsehshow zu machen.«

»Können Sie beweisen, dass die Idee von Ihrem Mandanten stammt?« Gotos Stimme war ruhig und klinisch kühl.

»Natürlich können wir das. Er hat seine Idee urheberrechtlich geschützt, bevor er sich mit Abe-san getroffen hat, und es gibt ein datiertes und beglaubigtes Dokument, auf dem die Idee schriftlich festgehalten ist. Es liegt gerade sicher verwahrt in einem Bankschließfach.«

»Lügner«, brach es aus Abe heraus. »Er hat nicht die Intelligenz, um so etwas zu tun.«

Goto strich sich über seinen gepflegten, von grauen Haaren durchzogenen Bart. »Sie bestreiten also nicht, dass Sie diesen Mann schon einmal getroffen haben?« Er hatte seine ganze Aufmerksamkeit auf Abe gerichtet, der seine Wut nur mit Mühe unterdrücken konnte.

»Nein. Ich meine, ja. Ich bestreite, dass ich ihn schon einmal getroffen habe. Schauen Sie ihn doch an. Eine Idee wie *Millyenaire* könnte er sich niemals ausdenken.«

Alle im Raum drehten sich um und sahen Kenji an, der sich alle Mühe gab, auszusehen wie jemand, von dem eine Idee wie *Millyenaire* kommen könnte und der klug genug war, ein wichtiges Dokument in einem Bankschließfach zu hinterlegen.

Der Stellvertretende Chefredakteur, der mit wachsendem Unbehagen beobachtet hatte, was hier vor sich ging, stand auf, suchte seine Unterlagen zusammen und steckte sie in eine Aktentasche. »NBC war erst vor Kurzem in einen langwierigen Rechtsstreit verwickelt, der gerade zu Ende gegangen ist. Das war eine Erfahrung, die wir nicht noch einmal machen wollen. Wenn Sie uns also bitte entschuldigen, wir werden jetzt gehen.« Sein jüngerer Assistent sprang von seinem Stuhl auf und folgte ihm.

Goto ging ihnen nach und versuchte sie zum Bleiben zu bewegen. »Wenn Sie hier bitte nur ein paar Minuten warten würden. Ich bin sicher, wir können diese Sache regeln.

Vielleicht können wir beim Abendessen weiterreden?« Er nannte den Namen eines exklusiven Restaurants, und die beiden Männer zögerten, steckten kurz die Köpfe zusammen und stimmten dann zu.

»Wenn Sie mir bitte folgen wollen.« Goto öffnete ihnen die Tür. Sobald sie draußen waren, zischte er Abe zu: »Bringen Sie das in Ordnung. Es ist mir ganz gleich, wie Sie das machen. Aber bringen Sie das Ordnung.«

Abe protestierte.

»*Sofort!*«, bellte der Leiter der Abteilung für leichte Unterhaltung und wandte sich zum Gehen.

Abe drehte sich um und sah Kenji und Izo ins Gesicht. Seine Fäuste waren geballt. »Was wollen Sie? Geld, ist es das?«

»Mein Mandant will einfach nur das, was ihm rechtmäßig zusteht.«

Abe brach in schallendes Gelächter aus. »Was ihm rechtmäßig zusteht? Was würde er denn mit *Millyenaire* anfangen? Was könnte er aus *Millyenaire* machen? Nein, die Idee ist bei mir besser aufgehoben. Ich bin der Typ Mann, der etwas in die Tat umsetzen kann. Der? Der arbeitet nur in der Poststelle. Sagen Sie mir, wie viel Sie wollen, und wir können diese leidige Angelegenheit aus der Welt schaffen.«

»Wir wollen kein Geld.« Izo war unbeeindruckt und ließ sich nicht aus der Ruhe bringen.

»Ach, wirklich nicht?« Es war das erste Mal, dass Kenji etwas sagte, seit sie den Sitzungsraum betreten hatten, und er brachte die Worte kaum heraus, so nervös war er. »Warum wollen wir kein Geld? Das hört sich für mich ganz gut an.«

»Wenn Sie uns bitte eine Minute entschuldigen.« Er packte Kenjis Arm so fest, dass dieser vor Schmerz aufschrie, und zog ihn in eine Ecke des Raums. »Haben

Sie gesehen, was diese Leute anhaben? Maßgeschneidert, Designerkleidung. Diese Sachen sind nicht billig. Das Geschäft wirft eine Menge ab, und Sie verdienen eine Chance hier. Nicht nur ein paar Brotkrumen, die von ihrem Teller fallen. Sind Sie auf meiner Seite? Vertrauen Sie mir?«

Kenji nickte. Ohne Izo wäre er überhaupt nicht hier. Er musste ihm eine Chance geben, was immer er auch vorhatte.

»Dann sind wir uns einig.« Izo drehte sich um und wandte sich an Abe. »*Millyenaire* ist die Idee meines Mandanten, und er will als fester Mitarbeiter des Produktionsteams an der Show beteiligt werden.«

»Ich –« Abe legte eine Hand auf seine Brust »– bin der Leitende Produzent der Show.«

»Das ist meinem Mandanten bewusst. Er will diese Position auch gar nicht an sich reißen. Er wäre mit der Position des …« Er machte eine kunstvolle Pause. »… Stellvertretenden Leitenden Produzenten einverstanden.«

Das war besser als alles, was Kenji je zu hoffen gewagt hatte.

»Wie bitte?«

»Stellvertretender Leitender Produzent.«

Es trat eine lange Pause ein, in der niemand etwas sagte. Das Einzige, was man hören konnte, war ihr Atem.

»Wenn ich mich darauf einlasse, wenn ich ihm einen Job gebe, dann ist die ganze Angelegenheit damit erledigt? Niemand wird etwas davon erfahren? Soweit es die anderen betrifft, ist *Millyenaire* meine Idee gewesen?«

»So lauten unsere Bedingungen.«

»Dann sind wir im Geschäft.« Abe verließ mit großen Schritten den Raum, hielt aber an der Tür kurz inne. »Seien Sie Montagmorgen hier, aber ohne den Overall.«

27

*I*ch bin so stolz auf dich.« Ami rückte Kenjis Krawattenknoten zurecht und vergewisserte sich, dass er glatt auf seiner Brust lag. »Ich kann es nicht erwarten, meinen Freundinnen zu erzählen, wie gut du an deinem ersten Arbeitstag ausgesehen hast. Sie sind jetzt schon richtig neidisch. ›Ami‹, sagen sie, ›du wirst dich schon bald in angesagten Kreisen bewegen und nichts mehr mit uns zu tun haben wollen‹. Natürlich lache ich sie aus.« Sie kicherte.

Es hätte ein inniger Moment sein können: wie sie beide in der kleinen Küche standen, nur einen glitzernden gelben Sonnenstrahl des frühen Morgenlichts, das durch das Fenster über der Spüle ins Zimmer schien, voneinander entfernt. Doch als Kenji Amis Gesicht aufmerksam betrachtete, fiel es ihm schwer, die Frau, mit der er seit zwölf Jahren verheiratet war, wiederzuerkennen. Das war zwar ihr Gesicht. Der Schwung ihrer Wangen, ihre Stirn und all die Fältchen und Linien in ihrer Haut, die im Verlauf der Jahre aufgetaucht waren und die er nur zu gut kannte. Doch manchmal kam sie ihm vor wie eine völlig andere Frau. Alles, so schien es, selbst wenn es unbestritten um ihn ging, um seinen Erfolg oder Misserfolg, bezog sich am Ende nur auf sie.

Unwillkürlich drängte sich ihm der Vergleich zwischen Dais Reaktion auf seine Neuigkeit nach seinem letzten Besuch bei ihr im Supermarkt und der von Ami auf. Eigentlich hätte er gar nicht hingehen sollen. Nicht nach der Begegnung mit ihrem Mann und nach seiner Warnung. Und sie hatte auch eingeschüchtert und ängstlich gewirkt, als er hinter den Regalen mit Tupperwaredosen aufgetaucht war, in die sie gerade neue Ware einräumte. Doch nach seiner Kündigung in der Bank hatte er sich mutig gefühlt und so unbeschwert wie ein kleiner Welpe. Und sein Besuch war nicht umsonst gewesen. Nachdem er ihr alles erzählt hatte, hatte sie über das ganze Gesicht gestrahlt, ihn spontan umarmt, woraufhin sie beide peinlich berührt gewesen waren, und ihm gesagt, dass er hart dafür gearbeitet hatte und diese Chance mehr verdiene als irgendjemand sonst. Keiner von ihnen verlor ein Wort über Tomo.

Ami hörte auf zu kichern und wurde wieder ernst, während sie ihm mit beiden Händen über die Schultern fuhr und die Anzugjacke glatt strich. »Aber man kann nie wissen. Vielleicht haben sie ja recht.«

Der Anzug war alt, doch die Krawatte war ganz neu. Ein Geschenk zu seinem ersten Arbeitstag. Sie war dunkelblau, mit aufgestickten kleinen Fernsehern aus goldenem Zwirn. Er hatte gelacht, als sie ihm die Krawatte geschenkt hatte. »Wo hast du die denn gekauft?«, hatte er gefragt und sie in der Hand hin und her gedreht. Sie hatte schüchtern ihren Blick gesenkt und zugegeben: »Die Krawatte habe ich gekauft. Die Fernseher habe ich selber daraufgestickt.« Ihm war durch den Kopf gegangen, dass sie eine ganze Weile dafür gebraucht haben musste und dass es eine ungewöhnlich selbstlose Arbeit gewesen war. Hoffnungsvoll hatte er sie an den Armen genommen und sie leidenschaftlich auf die Lippen geküsst. Sie hatte ihn weggeschoben und gesagt: »Ich kann nicht zulassen, dass alle denken, mein Mann weiß nicht, wie man sich ordentlich kleidet.«

Heute vermied Kenji es, ihre Lippen zu berühren, und küsste sie nur flüchtig auf die Wange. Er schob es auf seine Nervosität. Sein Magen zog sich bei dem Gedanken, was ihn wohl erwartete, zusammen. Er war so unruhig und aufgeregt, dass er seit vier Uhr morgens wach im Bett gelegen hatte.

»Hast du dein Essen eingepackt?«, wollte Ami wissen, während sie ihn zur Tür brachte.

Er schüttelte seinen Aktenkoffer.

Zufrieden rief sie die Zwillinge, dass sie aus ihrem Zimmer kommen sollten. Sie erschienen verschlafen im Schlafanzug und rieben sich die verquollenen Augen. Es war erst sieben Uhr morgens, doch Kenji wollte nicht zu spät kommen, und Ami bestand darauf, dass ihn heute alle verabschieden sollten. Sogar Eriko kam aus ihrem Zimmer, ihre angegrauten Haare auf rosafarbene Plastikwickler gedreht und mit einem Netz bedeckt, um dabei zu sein, wenn er aufbrach.

»Papa.«

Yoshi zog Kenji am Arm, als dieser sein Spiegelbild im Flurspiegel prüfend betrachtete. Es war ein gutes Gefühl, wieder einen Anzug zu tragen. Alles war wieder so, wie es sein sollte. Er blickte zu seinem Sohn hinunter und konnte nicht anders, als dem Jungen liebevoll durch die Haare zu fahren, obwohl er wusste, dass Yoshi das überhaupt nicht leiden konnte.

»Was ist denn?«

»Nächsten Monat gibt es in Tokio eine Godzillashow. Alle aus meiner Klasse gehen hin. Darf ich auch? Gehst du mit mir hin? Die Karten sind schon fast ausverkauft. Wir müssen vielleicht schnell welche besorgen.«

»Yoshi!« Ami kochte. »Ich habe dir gesagt, dass du deinen Vater nicht mit solchen Sachen belästigen sollst.«

Yoshi beachtete seine Mutter nicht und kletterte auf die Paletten mit Hundefutter, die Eriko vor einigen Monaten gewonnen hatte und die immer noch auf dem Flur unter dem Spiegel standen. So ging er seinem Vater bis zur Schulter. »Können wir bitte hingehen? Bitte. Sie haben einen achtzehn Meter großen Godzilla da. Nein, ich glaube, er ist vierundzwanzig Meter hoch. Oder sogar dreißig. Sie bringen ihn mit dem Schiff aus Amerika hierher.«

»Ich finde, das klingt alles ziemlich langweilig.« Yumi kniff ihren Bruder in die Wade. Er schien es gar nicht zu bemerken, so erpicht war er darauf, Kenjis Aufmerksamkeit zu bekommen. Das machte Yumi nur noch wütender, und sie kniff ihn noch einmal.

»Weißt du, was?« Kenji beugte sich hinunter, sodass ihre Nasen sich berührten. »Wie wäre es, wenn nur du und ich hingehen und die Frauen zu Hause bleiben? Wäre das eine Idee? Ich besorge die Eintrittskarten diese Woche. In der Mittagspause.« Es war schon eine ganze Zeit her, seit die Familie gemeinsam die Kirschblüte angeschaut hatte, doch er dachte immer noch gern daran zurück. An das Gefühl von Gemeinsamkeit, daran, wie die Kinder ihn angesehen hatten, weil er sie dorthin gebracht und ihnen ein aufregendes Erlebnis verschafft hatte. Jetzt, wo er wieder arbeitete, wollte er so viele von diesen Momenten sammeln wie möglich, damit er, wenn er einmal alt und im Ruhestand war, einen großen Vorrat hatte, von dem er zehren konnte.

Yoshi grinste, wobei eine Lücke in seinen Vorderzähnen zum Vorschein kam. »Danke, Papa.« Er drehte sich um und ging zur Küche, blieb aber an der Tür noch einmal stehen. »Ich wünsche dir einen schönen Tag, Papa. Den hast du wirklich verdient.«

»Ja, das habe ich, nicht wahr?« Als er die Wohnung verließ, klopfte Kenji sich in Gedanken einen Moment lang selbst auf die Schulter. Yoshi hatte recht. Dai hatte recht. Doppo hätte dasselbe gesagt, wenn er noch leben würde. Izo hatte es immer wieder gesagt. Er verdiente diese Gelegenheit, sein Glück zu machen, wirklich. Er hatte hart dafür gekämpft. Er sah seinen Bus ein Stück weit entfernt und lief los, um ihn noch zu erwischen.

28

„Guten Morgen. Mein Name ist Keiko Mifune. Ich bin Abe-sans Assistentin."

Kenji hatte in dem kühlen weißen Empfangsraum über eine Stunde lang gewartet. Es gab keine Stühle, deshalb war er gezwungen gewesen, nervös auf und ab zu gehen. Ein paarmal hatte er daran gedacht, sich an eine Wand zu lehnen, doch er hatte Angst gehabt, dass er die Wand schmutzig machen würde. Er hatte auch befürchtet, dass er hier ewig warten und dass niemand kommen und ihn holen würde. Aber das alles war auf einen Schlag vergessen, als durch die Milchglastüren hinter dem Empfangstisch auf einmal diese Frau gekommen war, die einfach bildschön war. Sie hatte ein hübsches herzförmiges Gesicht, das von elfengleichen Haaren umrahmt wurde.

»Sprechen Sie Englisch?« Sie blickte ihn durchdringend an.

Er schüttelte den Kopf.

»Das ist schlecht.« Sie blickte auf das Klemmbrett, das sie in der Hand hielt, und machte mit einem roten Kugelschreiber ein Häkchen auf ein Blatt. »Ich nutze jede Gelegenheit, die sich mir bietet. Ich möchte irgendwann nach Amerika gehen. Sind Sie schon einmal in Amerika gewesen?«

Er schüttelte wieder den Kopf und fühlte sich allmählich minderwertig.

»Macht nichts. Wenn Sie mir jetzt bitte folgen würden, ich zeige Ihnen, wo Ihr Schreibtisch ist.«

Sie drehte sich um und ging voraus in das Büro, in dem Kenji und Izo in der Woche zuvor schon gewesen waren.

»Alles hier wirkt sehr ordentlich«, bemerkte er auf dem Weg.

»Vor Kurzem wurde hier alles von Grund auf renoviert«, erklärte Mifune.

Nach dem ungewissen Start war das ein gutes Zeichen. Eine Grundrenovierung konnte nur eins bedeuten: Das Unternehmen konnte eine gute Bilanz vorweisen und machte sich Gedanken darüber, dass es den Angestellten an nichts fehlte und es die bestmöglichen Arbeitsergebnisse aus den Leuten herausholen konnte. Er bewunderte die neu lackierten Schreibtische und fragte sich, welcher davon wohl seiner war. Sie gingen immer weiter und kamen an etlichen Leuten vorbei. Kenji lächelte alle an. Einige lächelten zurück, andere schauten ihn nur neugierig an. Schließlich kamen sie ans hintere Ende des Büros, wo eine Reihe Aktenschränke in L-Form aufgestellt worden waren. Mifune blieb stehen, und er tat das Gleiche.

»Dies sind die Überbleibsel der Renovierung. Wir hatten noch keine Gelegenheit, sie zu entsorgen.«

»Ich verstehe«, antwortete Kenji, obwohl das ganz und gar nicht stimmte. Warum zeigte Mifune ihm das alles?

»Ihr Schreibtisch ist genau hier.« Sie trat hinter die Aktenschränke und zeigte Kenji einen kleinen Schreibtisch, auf dem weder ein Telefon noch ein Computer stand. Er war weder neu, noch glänzte er. Stattdessen schien ein Bein kürzer zu sein als die anderen, sodass er leicht schräg stand, und die Schublade ließ sich nicht schließen, als Mifune sich hinunterbeugte und versuchte, sie zuzumachen.

»Ich verstehe nicht ganz.« Er sah sie an. »Es ist so dunkel hier.«

»Ein bisschen düster, ja.« Sie schaute nach oben, wo zwei Glühbirnen hingen. Die eine war aus, die andere flackerte.

»Könnte ich nicht draußen bei den anderen sitzen?«

»Da ist kein Platz mehr, fürchte ich.« Mifune machte ein weiteres Häkchen auf ihrer Liste.

»Abe-san. Könnte ich bitte mit ihm sprechen?«, bat Kenji.

»Er ist gerade beschäftigt, aber er wird in Kürze bei Ihnen vorbeischauen. Nehmen Sie bitte Platz.«

Er schien keine andere Wahl zu haben, als das zu tun, was sie sagte. Es war sein erster Tag, und er wollte seine neue Position auf keinen Fall gefährden. Er setzte sich und wartete geduldig darauf, dass Abe kam. Er wartete und wartete. Ab und zu stand er auf und blickte über die Aktenschränke in das geschäftige Büro. Da waren sehr viele Leute, doch er konnte weder Abe noch Mifune sehen. Stunden vergingen. Bald war es Mittagszeit. Er holte die Dose aus seiner Aktentasche, die Ami für ihn vorbereitet hatte, und aß schweigend sein Essen. Er hatte keinen Appetit, doch es war ein Zeitvertreib. Als er die Dose wieder zurück in seine Tasche steckte, fragte er sich, wo Abe war. Er sollte seine Arbeit heute antreten, und hier war er nun, saß ganz allein da und verschwendete kostbare Zeit. Es war nicht auszuhalten. Er sprang auf und machte sich auf die Suche nach Mifune. Es überraschte ihn, wie lebhaft, hell und luftig das Büro war. Es war ihm so ruhig, dunkel und beengt vorgekommen hinter den Aktenschränken. Er war froh, sich ein bisschen die Beine vertreten zu können, und brauchte nicht lange, bis er Mifune ganz vertieft in ein Gespräch mit einem männlichen Kollegen bei einem Kaffeeautomaten in der Nähe fand. Beide blickten auf, als Kenji herantrat.

»Es tut mir sehr leid, Sie zu stören, aber ich habe bis gerade eben ganz allein gewartet. Abe-san ist noch nicht aufgetaucht, und ich würde sehr gern mit der Arbeit anfangen.«

»Er ist sehr beschäftigt.« Mifune nahm eine Tasse mit dampfendem schwarzen Kaffee aus dem Automaten. »Gehen Sie bitte wieder an Ihren Platz, und ich suche ihn und schicke ihn so bald wie möglich zu Ihnen.«

Wieder einmal schien ihm nichts anderes übrig zu bleiben, als zu tun, was man ihm gesagt hatte. Als Abe um fünf Uhr immer noch nicht erschienen war, nahm er seine Aktentasche, zog seinen Mantel an und verließ das Büro. Am Abend zu Hause bestand Ami darauf, dass die ganze Familie an dem kleinen Küchentisch miteinander zu Abend aß, damit Kenji ihnen von seinem Tag erzählen konnte. Er schämte sich zu sehr, um die Wahrheit zu sagen, also frisierte er sie. Das Büro, erklärte er ihnen, war sehr modern und ordentlich, und ihm war ein Schreibtisch in einer Ecke weit weg von allen Störfaktoren zugewiesen worden, sodass er seiner Arbeit in Ruhe nachgehen konnte.

»Sie müssen eine hohe Meinung von dir haben«, warf Ami ein, und er nickte und spürte, wie ihm die Röte ins Gesicht schoss. Er nahm einen Schluck Bier, um sein Unbehagen zu überspielen. Zum Glück erzählte Yoshi aufgeregt von einem Kampf, den zwei seiner Klassenkameraden untereinander ausgetragen hatten, und Kenji konnte die Aufmerksamkeit leicht von sich ablenken. Im Stillen hoffte er darauf, dass der nächste Tag besser laufen würde und dass er seiner Familie mehr erzählen könnte.

Doch der zweite Tag verlief nicht anders, und auch der dritte und vierte Tag brachten keine Verbesserung. Abe war nie da. Er war immer außer Haus, in einer Sitzung oder auf einer Geschäftsreise. Im Nu war eine Woche um, und Kenji hatte sie allein in der dunklen Ecke des Büros hinter den Aktenschränken verbracht und fühlte sich immer verzweifelter und frustrierter. Was hätte Doppo in dieser Situation getan? So fragte er sich und versuchte, sich das Gesicht des Freundes vorzustellen. Dass ihm das nicht gelang, brachte ihn völlig aus der Fassung, und weil er nicht in Tränen ausbrechen wollte – in diesen Tagen hatte er sehr nah am Wasser gebaut –, stand er auf und ging zum Kaffeeautomaten. Es war erst elf Uhr morgens, und er war schon bei seiner dritten Tasse Kaffee.

Zwei Männer standen am Automaten und wählten ihre Getränke aus, also wartete er, bis er an der Reihe war. Einer der Männer war groß und drahtig, der andere klein und dick. Keiner von ihnen bemerkte ihn oder schenkte ihm besondere Beachtung.

»Haben Sie das von Abe-san gehört?«, fragte der kleine dicke Mann und nahm einen schwarzen Kaffee mit Zucker. Der Automat begann zu rattern.

»Nein«, antwortete der große dünne Mann und beugte sich zu seinem Kollegen hinunter, der viel kleiner war als er. Als er Abes Namen hörte, beugte sich auch Kenji etwas vor.

»Sie kennen doch das Bonussystem, oder?«

»Aber sicher. Jeder, der eine Show an einen Sender verkauft und aushandelt, dass sie fünfzig Prozent der Kosten übernehmen, bekommt einen Bonus. Das hat bis jetzt noch niemand geschafft.«

»Abe schon. Erst vor Kurzem.« Der kleine dicke Mann nahm einen Schluck Kaffee aus dem Plastikbecher, den er in der Hand hielt, und verzog das Gesicht. »Das ist wirklich der Hammer.«

»Wie viel hat er bekommen?«

»Sechs Monatsgehälter.«

»Das darf doch wohl nicht wahr sein«, rief Kenji aus und lenkte dadurch die Aufmerksamkeit der beiden auf sich.

»Das ist eine riesengroße Ungerechtigkeit. *Millyenaire* war meine Idee.«

»Hey, regen Sie sich nicht auf. Ich erzähle ja nur, was ich gehört habe.« Der kleine Mann tippte seinen Kollegen an den Ellenbogen, und die beiden ließen Kenji stehen und gingen den Flur hinunter, wobei sie ihm über die Schulter einen belustigten Blick zuwarfen. Dann drehten sie sich um, und Kenji wusste instinktiv, dass sie über ihn redeten und ihn auslachten. Wie konnten sie es wagen? Er lief vor dem Automaten auf und ab und scherte sich nicht darum, ob er irgendjemandem im Weg war. In seinem Kopf ballte sich eine Wolke aus Wut zusammen und tobte so sehr, dass er nicht mehr klar denken konnte. Seit seiner Begegnung mit Eto in der Bank war er nicht mehr so wütend gewesen. Wenn er daran dachte, wie lange er an seinem Schreibtisch gesessen und gewartet hatte, hätte er heulen können, so gedemütigt war er. Und währenddessen schloss Abe hinter seinem Rücken die Verträge ab. Verträge, die ihm einen Bonus von sechs Monatsgehältern einbrachten.

Er dachte an Ishida, seinen früheren Chef und Leiter der Programmforschung bei NBC. Als Ishida Kenji sagte, dass es für ihn bei NBC keine Arbeit mehr gab, hatte er nichts erwidert. Er hatte sich nur zurückgelehnt und alles geschluckt. Er hatte immer nur dagesessen und alle Tiefschläge eingesteckt, die ihm widerfahren waren. Aber jetzt war Schluss. Wenn er nur einen klaren Gedanken fassen könnte. Er bekam kaum Luft. Er krallte sich in seine dämliche, mit goldenen Fernsehern verzierte Krawatte und stürmte den Flur hinunter, der am Rand des Büros verlief.

»Ich fasse es einfach nicht«, murmelte er leise und wurde immer lauter. Einige Leute, die in der Nähe arbeiteten, drehten sich um und sahen ihn an. Neugierig zuerst und dann verängstigt. Er war an einem Punkt, wo ihm alles egal war. »Schon wieder. Wer bin ich denn? Steht vielleicht in riesigen Buchstaben das Wort ›Idiot‹ auf meiner Stirn geschrieben? Also, das passiert mir heute zum letzten Mal. Zum allerletzten Mal.«

Er lief mit großen Schritten den Flur entlang und blieb vor der ersten Person stehen, die ihm begegnete. Eine junge Frau. »Ich muss mit Abe sprechen. Wo ist er?«

Sie sah völlig verängstigt aus. Er senkte den Tonfall und fragte sie noch einmal etwas ruhiger.

»Sein Büro ist am Ende des Gangs. Die letzte Tür rechts.«

Kenji lief in die Richtung, in die sie gezeigt hatte. Die Tür am Ende des Ganges war eine solide Eichentür. Und sie war geschlossen. Er hielt kurz inne davor und öffnete sie dann mit Schwung. Abe war in seinem Büro, saß am Schreibtisch und machte seine Fingernägel mit einer Büroklammer sauber.

»Kenji.« Er sprang überrascht auf. »Wie geht es Ihnen? Haben Sie sich schon mit allem vertraut gemacht?« Er kam hinter seinem Schreibtisch hervor. Kenji bemerkte, wie hell, luftig und großzügig das Büro war. Es war nicht zu vergleichen mit der düsteren Ecke, in die er die ganze letzte Woche verbannt worden war.

»Sie haben mich betrogen.« Er zitterte vor Wut und brachte die Worte kaum heraus.

Abe lächelte hinterhältig. »Wovon reden Sie?« Er setzte sich auf die Ecke seines Schreibtisches und inspizierte seine Fingernägel. Durch das Panoramafenster hinter ihm flutete Sonnenlicht in den Raum und tauchte ihn in warmes Licht.

»Der Bonus. Das Geld für die Show. *Millyenaire* war meine Idee. Sie haben sie für Ihre ausgegeben. Das Geld steht Ihnen nicht zu. Es gehört mir. Ich habe eine Frau und Kinder, für die ich sorgen muss.«

»Regen Sie sich nicht künstlich auf, Yamada. Wissen Sie, es war eigentlich gar nicht so viel Geld. Nur ein Tropfen auf den heißen Stein.«

»Wollen Sie mich verschaukeln?«, brach es aus ihm heraus. Er nannte die Summe, von der der dicke Mann gesprochen hatte. »Wie können Sie behaupten, dass das nicht viel Geld ist? Was könnte ich mit dem Gehalt von sechs Monaten alles machen. Ich könnte mit meiner Familie in Urlaub fahren. Nach dem letzten Jahr, das wir durchgemacht haben, wäre das nur recht und billig.«

»Wie schon gesagt.« Abe verschränkte die Arme vor der Brust. »Es war nicht viel Geld.«

»Sie ...« Kenji verschlug es die Sprache. Wie konnte dieser Mann, der seine Idee gestohlen hatte, es wagen, seelenruhig dazustehen und sich über ihn lustig zu machen? Das würde er sich nicht länger gefallen lassen. Er hob seinen Arm auf Kopfhöhe, ballte seine Hand zur Faust und setzte zum Schlag auf Abe an. Er hatte nicht die blasseste Ahnung, wie er zuschlagen sollte. Er hatte noch nie in seinem Leben jemanden mit der Faust geschlagen. Doch Abe, der viel stärker war, als er aussah, fing Kenjis Schlag mit der Handfläche ab, bevor dieser ihn treffen konnte.

»Was glauben Sie eigentlich, mit wem Sie es hier zu tun haben?«, zischte er und drückte Kenjis Faust so weit nach hinten, bis dessen Arm schmerzhaft hinter seinem Rücken verdreht war. »Niemand stellt mich jemals in Frage. Niemand fordert mich jemals heraus. Wenn Sie weiter hier arbeiten wollen«, sagte er lachend, »dann machen Sie sich besser unsichtbar. Gehen Sie mir aus dem Weg, und tun oder sagen Sie nichts, was mich verärgern könnte. Haben Sie mich verstanden?«

Kenji wehrte sich, doch es war sinnlos. Je mehr er versuchte, seinen Arm frei zu bekommen, desto schmerzhafter wurde er von Abe verdreht. Er fürchtete, dass sein Arm jeden Moment brechen würde.

Abe schlang seinen freien Arm um Kenjis Hals und drückte ihm die Kehle so zu, dass Kenjis Gesicht blau anlief und er keine Luft mehr bekam.

»In Ordnung«, krächzte er. »Aber lassen Sie mich los.«

»Geben Sie mir Ihr Ehrenwort, dass Sie nie wieder so etwas versuchen werden?«

»Ehrenwort.«

Abe lockerte den Würgegriff, und Kenji japste gierig nach Luft.

»Großartig.« Abe zog noch einmal schmerzhaft an Kenjis Arm und ließ ihn dann los. »Sie arbeiten nämlich jetzt nicht mehr in der Bank. Sie schwimmen mit den Haien, und ich könnte Ihnen das Leben hier zur Hölle machen, wenn Sie mir in Zukunft nicht etwas mehr Respekt erweisen. Verstehen Sie, was ich meine?«

Kenji nickte stumm.

»Was geht hier vor?« Eine gut gelaunte Stimme ertönte von irgendwo her hinter Kenjis Rücken. Goto stand im Türrahmen.

»Wir albern nur ein bisschen herum«, Abe zuckte mit den Schultern. »Was Männer eben so tun.« Er stieß seine Faust gegen Kenjis Oberarm.

»Stimmt das, Yamada-san?«, fragte Goto, während er einen seiner diamantenen Manschettenknöpfe zwischen den Fingern drehte. »Ich weiß, wie Abe-san manchmal sein kann. Er schießt gelegentlich übers Ziel hinaus.«

»Wir haben nur herumgealbert.« Kenji nickte unterwürfig, und er hasste sich dafür. Die Haut an seinem Handgelenk, wo Abe ihn gepackt hatte, brannte und war rot und wund.

»Ja genau.« Abe legte einen Arm um Kenjis Schultern und drückte ihn fest. Er stand so dicht bei ihm, dass Kenji sein Rasierwasser riechen konnte. »Wo wäre ich ohne Yamada-san? Er ist meine rechte Hand. Wir arbeiten gemeinsam an dieser neuen Show. Ich wäre aufgeschmissen ohne ihn, nicht wahr, Yamada-san?«

Kenji nickte zustimmend.

29

»Klopf, klopf.« Ein junger Mann tauchte am Ende der Reihe mit den ausgemusterten Aktenschränken auf. »Oh, gut, dass Sie da sind.« Er grinste, wobei zwei vorstehende Vorderzähne zum Vorschein kamen, die bei geschlossenem Mund seine Oberlippe etwas nach oben zogen und nach außen drückten. »Könnten Sie damit vielleicht irgendetwas machen?«

Er stellte einen Toaster fast zärtlich auf den Tisch, an dem Kenji über eine Tastatur gebeugt saß. Das Metallgehäuse roch stark verbrannt, und der Geruch stieg Kenji unangenehm in die Nase.

»Ich habe in der Küche gerade Brot getoastet, als ein blauer Funke herauskam.« Der junge Mann lachte. Es war ein befremdlicher, kurzatmiger Laut, der dadurch entstand, dass der junge Mann schnell hintereinander die Luft durch die Nase einzog und durch den Mund wieder ausstieß. »Jetzt funktioniert er nicht mehr.«

Kenji blickte von der Tastatur auf, die er gerade repariert hatte. Den ganzen Morgen hatte er darangesessen und versucht, drei Tasten, die fest eingerastet waren und sich nicht mehr lösen ließen, und auch das frei liegende Kabel in Ordnung zu bringen. Bei dem übergroßen Toaster, der mit allerhand Knöpfen und Rädchen ausgestattet war, handelte es sich offensichtlich um ein altes Modell. Zehn Jahre alt. Vielleicht auch fünfzehn. Es wäre sinnvoller, einen neuen zu kaufen, als diesen zu reparieren, doch er hatte viel Zeit. »Kommen Sie Ende der Woche wieder«, sagte er mürrisch und wandte seine volle Konzentration wieder der Tastatur zu. »Dann habe ich ihn für Sie repariert.«

Der junge Mann drehte sich halb um, zögerte dann aber, wobei er einen langen, schmalen Schatten auf den Tisch warf und das wenige Licht verdunkelte, das in diese abgeschiedene Ecke des Büros drang. Kenji stieß einen lauten Seufzer aus, so als ob er es mit einem hartnäckigen Kind zu tun hätte, und blickte auf.

»Was denn noch?«

Dem jungen Mann, der inzwischen unsicher auf seinen Füßen hin und her wippte, lag zweifellos etwas auf der Seele, was er loswerden wollte.

»Sie sind mir hier schon aufgefallen.« Er kaute nervös auf seiner großen Unterlippe, die wie die Oberlippe etwas vorstand. »Ich habe mich schon öfter gefragt, was Sie hier machen. Dann hat mir jemand erzählt, dass Sie der Hausmeister sind. Das hätte ich nicht gedacht.« Er hob die Hände, um seiner Verwunderung Ausdruck zu verleihen. »Hausmeister sind in der Regel nicht so gut gekleidet.«

Beide blickten schweigend auf Kenjis Anzug. Kenji brach als Erster das Schweigen. Er sah den jungen Mann an und sagte mit fester Stimme. »Ich habe den Toaster Ende der Woche für Sie repariert.«

Dann war Kenji wieder allein.

Wie es dazu gekommen war, dass er den Ruf eines Hausmeisters erworben hatte, wusste er nicht. Nach Abes Drohung hatte er versucht, sich überall zurückzuhalten, sowohl hier als auch zu Hause. Er konnte es sich nicht leisten, schon wieder den Job zu verlieren. Und auch Ami durfte nichts über die missliche Lage an seinem neuen Arbeitsplatz erfahren. Er hatte keine andere Wahl, als jeden Tag zur Arbeit zu gehen und an seinem dunklen Schreibtisch zu sitzen, mit der vagen Hoffnung im Herzen, dass Abe eines Tages Miru vielleicht verlassen würde und er aus seiner Ecke hinter den Aktenschränken hervorkommen könnte. Vielleicht könnte er dann eine Stellung einfordern, die seinen Fähigkeiten und Erfahrungen besser entsprach. In der Zwischenzeit blieb er ganz für sich, tat nichts und brachte trotzdem ein annehmbares Gehalt nach Hause. Das hatte Kenji sehr belastet. Dass Abe keinen moralischen Anstand hatte, bedeutete nicht, dass Kenji genauso dachte. Er hatte die verschiedenen beschädigten Möbel und Gegenstände um sich herum betrachtet – einen Abfalleimer aus Drahtgeflecht mit einem Loch, eine Tastatur, bei der ein paar Tasten klemmten, ein Verlängerungskabel, bei dem ein Kabelstrang aus der Ummantelung herausstand – und war so auf eine Idee gekommen. Er hatte alles repariert und die Dinge, als sie wieder funktionstüchtig waren, ordentlich und gut sichtbar für alle Vorbeikommenden vor den Aktenschränken hingestellt. Nach kurzer Zeit waren die reparierten Dinge verschwunden, und es hatte sich wohl herumgesprochen, dass er Dinge reparierte, denn die Leute kamen plötzlich und brachten defekte Gegenstände zu ihm.

Natürlich war er zutiefst enttäuscht. Es verging kein Tag, an dem er nicht an den Aktenschränken stand, in den geschäftigen Teil des Büros hinübersah und sich wünschte, dazuzugehören. An den neuen, aufregenden Entwicklungen beteiligt zu sein. Sogar hier in seiner abgeschiedenen Ecke des Büros war etwas davon zu spüren. Es lag eine deutlich wahrnehmbare Spannung in der Luft. Die Leute lachten und scherzten miteinander, und immer, wenn jemand vorbeikam, fing er Gesprächsfetzen auf. Alle redeten über *Millyenaire*. Sie sagten, dass die Show der nächste große Clou werden würde und dass Abe, was Kenji besonders bitter aufstieß, zwei weitere große Erfolge erzielt hatte, die sein Ansehen bei den anderen Angestellten von Miru TV unglaublich steigerten. Es war ihm gelungen, einen Sponsor an Land zu ziehen, der fünfzig Prozent der Kosten für die Show übernahm, und er hatte die zurückgezogen lebende Hana Hoshino dazu überredet, aus dem Ruhestand zurückzukehren und die Show zu moderieren. Es war die Rede von Preisen und Auszeichnungen, von einer internationalen Lizenzvergabe und Vermarktungsrechten.

Mit der Zeit fiel es Kenji leichter, mit seiner Enttäuschung fertig zu werden. Es gab genug Sachen zu reparieren, um ihn abzulenken, und er war immerhin in der Lage, seine Familie zu ernähren. Das Lügen jedoch fiel ihm nach wie vor schwer. Jeden Abend, wenn er nach Hause kam, musste er verschiedene Geschichten erfinden, wie sein Tag gewesen war, welche Leute er getroffen hatte und mit welchen Aufgaben er sich gerade befasste. Vielleicht waren seine Geschichten etwas zu gut und zu überzeugend, denn Ami glaubte immer noch felsenfest daran, dass er eine wichtige Rolle in der Firma spielte. Ihre Bewunderung versetzte ihn in Alarmbereitschaft. Also suchte er sich nach Feierabend, anstatt sofort heimzugehen, lauter kleine Beschäftigungen, die ihn von zu Hause fernhielten.

Heute war der Toaster an der Reihe. Nachdem er das Gehäuse abgenommen und eine Zeit lang an der verschmorten Elektrik herumgebastelt hatte, entschied er, dass neue Ersatzteile nötig waren. Um fünf Uhr stand er auf, vergewisserte sich, dass sein Portemonnaie in seiner Hosentasche war, und machte sich auf den Weg zu einem Eisenwarenladen in der Nähe. Er nahm immer den gleichen Weg aus dem Büro, einen Weg, der nicht an Abes Büro, sondern am Sitzungsraum vorbeiführte. Als er an den Glasfenstern vorbeikam, fiel ihm auf, dass die Sichtblende geschlossen war. Das konnte nur eins bedeuten: Im Raum fand eine wichtige Sitzung statt, die unter keinen Umständen gestört werden durfte. Eine Sekretärin, die ihm vor Kurzem einen defekten elektrischen Bleistiftanspitzer vorbeigebracht hatte, hatte ihm eine Geschichte erzählt, die keinen Zweifel daran ließ. Vor einigen Jahren war nach einer Warnung in den Nachrichten, dass es in Tokio in Kürze ein schweres Erdbeben geben würde, das gesamte Gebäude vom Notfalldienst vollständig evakuiert worden. Als die Angestellten aus dem einundzwanzigsten Stockwerk auf ihrem Weg zum Ausgang am Sitzungsraum vorbeiströmten und sahen, dass die Sichtblende geschlossen war, wagte niemand, an die Tür zu klopfen und den Insassen von der Evakuierung zu erzählen. Also blieben diese im Sitzungsraum und arbeiteten einfach weiter, während alle anderen sich vor dem Gebäude an ihrem Sammelpunkt für Notfälle einfanden. Glücklicherweise hatte es sich um einen falschen Alarm gehandelt.

Kenji blickte auf den elfenbeinernen venezianischen Sichtschutz und fragte sich, was dahinter wohl vor sich ging, als der Sichtschutz plötzlich ohne Vorwarnung geöffnet wurde und zwei Augen ihn ansahen. Er lief hastig weiter. Waren das Abes Augen gewesen? Er wusste es nicht. Es war sicher das Beste, so schnell wie möglich von hier wegzukommen.

»Yamada-san«, rief eine Stimme.

Ob er einfach weitergehen und so tun sollte, als hätte er nichts gehört? Wohl kaum. Die Stimme, die aus der inzwischen geöffneten Tür des Sitzungsraums kam, rief erneut seinen Namen. Dieses Mal so laut, dass einige Leute in der Nähe sich schon umdrehten und ihn ansahen. Er wandte sich langsam um. Im Türrahmen stand Goto, wieder in einem Anzug, wie ihn Izo an dem Tag, als sie zum ersten Mal als Reinigungskräfte verkleidet in dieses Büro gekommen waren, so bewundert hatte. Dieser Anzug war marineblau, mit einem hellen lindgrünen Hemd und einer smaragdgrünen Krawatte.

»Meinen Sie mich? Jetzt gleich?« Kenji bemerkte, dass er vor Anspannung zitterte, während er an Goto vorbei in den Sitzungsraum trat, wo die anderen elf Mitglieder des Aufsichtsrats von Miru TV versammelt waren. Nur eine Person fehlte, stellte er fest, als er sich verstohlen im Raum umsah. Abe.

»Bitte nehmen Sie doch Platz.« Goto wies auf einen Tisch, auf dem leere Essensschachteln, Pappbecher, Dosen, Flaschen und Süßigkeitenpapier verstreut lagen. Diese Sitzung dauerte offenbar schon mehrere Stunden. Obwohl die Klimaanlage in Betrieb war, war es im Raum heiß und stickig. Mehrere Leute hatten ihr Jackett ausgezogen und über die Stuhllehne gehängt. Krawatten waren gelockert und Hemdsärmel aufgekrempelt worden. Nur Goto wirkte wie aus dem Ei gepellt und völlig gelassen.

»Wer ist das?«, wollte ein Mann mittleren Alters mit einem großen Leberfleck auf der rechten Wange, der in der Ecke des Raumes stand, von Goto wissen. Kenji erkannte ihn. Es war Takeshi Watanabe, der, wie Abe, leitender Produzent bei Miru TV war.

»Das«, verkündete Goto, während er Kenji in den Raum führte und die Tür hinter ihm schloss, »ist Abes rechte Hand. Sein Assistent.«

»Warum haben Sie ihn nicht schon früher geholt?«, fragte eine Frau mit schweren Hängebacken, die sich einen elektrischen Ventilator vor das Gesicht hielt.

»Ich wusste gar nicht, dass Abe einen Assistenten hatte«, ließ ein anderer verlauten.

»Ich habe gedacht, dass er ein Einzelkämpfer war.«

Um Kenji herum erwachte der Raum zu neuem Leben, und er fühlte sich nicht recht wohl dabei. Die Insassen erhoben sich einer nach dem anderen von ihrem Stuhl oder lösten sich von der Wand, wo sie gelehnt hatten, und kamen auf ihn zu.

»Was will er uns denn sagen?«

»Rücken Sie mal ein Stück. Ich kann ihn ja gar nicht sehen.«

»Hat er schon irgendetwas gesagt?«

Je näher sie kamen, desto mehr wich Kenji zurück, bis er schließlich komplett eingekesselt in der Ecke des Raums stand und ängstlich den Toaster an seine Brust presste. Der Geruch von verbranntem Brot stieg ihm schon zum zweiten Mal an diesem Tag unangenehm in die Nase.

»Was hat er denn da?«

»Einen Toaster.«

»Warum hält er denn einen Toaster in der Hand?«

Warum, fragte er sich, interessierten sich alle so für den Toaster? War sein Geheimnis aufgeflogen? Hatte einer der Mitarbeiter ihn verraten? Wo war Abe? Abe hatte ihn gewarnt, sich möglichst unsichtbar zu machen. Das hier war das genaue Gegenteil. Doch was konnten sie ihm im schlimmsten Fall schon antun? Er hatte ein paar kaputte Dinge repariert und war dafür bezahlt worden. Es war kein Schwerverbrechen.

»Kommen Sie, Yamada-san«, sagte Goto freundlich, legte eine kräftige Hand auf seine Schulter und führte ihn durch die Mauer, die die Mitglieder des Aufsichtsrates gebildet hatten, zu einem schwarzen Lederstuhl am Kopfende des Tisches. »Bitte setzen Sie sich. Wir müssen Ihnen ein paar Fragen stellen, nichts weiter. Nichts, worüber Sie sich Sorgen machen müssen.«

Im Raum wurde es wieder still, und etliche Aufsichtsratsmitglieder setzten sich wieder an den Tisch. Andere blieben stehen und stützten sich auf eine Stuhllehne oder lehnten sich an die Wand. Alle sahen so aus, als würden sie Kenji jeden Moment in Stücke reißen. Er lockerte seine Krawatte.

»Es gibt Neuigkeiten, die Sie vielleicht erschüttern werden.« Goto kam langsam zu Kenjis Platz herüber. Er tat so, als ob er den Toaster erst jetzt bemerken würde, und fragte mit einem leicht amüsierten Unterton in der Stimme: »Kann ich Ihnen das vielleicht abnehmen?«

»Nein danke. Das ist nicht nötig.«

»In Ordnung«, fuhr Goto fort. »Es hat einen Unfall gegeben. Abe, fürchte ich. Er ist tot. Er ist gestern Nacht gestorben.«

Kenji betrachtete eingehend Gotos Gesichtsausdruck. Führte er ihn an der Nase herum? Vielleicht war das alles ein Witz. Doch nichts an seinem Verhalten legte einen solchen Schluss nahe. »Wie?«, fragte er und versuchte, so wenig wie möglich von seinen Gefühlen preiszugeben. Das war nicht schwer, denn er wusste nicht, was er eigentlich fühlte. Eine seltsame Mischung aus Aufregung und Angst machte sich in seinem Magen breit. Wenn Abe weg war, könnte er vielleicht ... Es lohnte sich nicht, weiter darüber nachzudenken. Er wollte sich keine Hoffnungen machen, die sich möglicherweise wieder zerschlagen würden. Ein bescheidener Job würde ihm reichen. Jede Art von Job. Vielleicht wieder in der Programmforschung. Als angehender Leiter, es war ihm gleich. Er würde so gut wie alles machen, außer putzen, Post ausliefern oder Sachen reparieren.

»Es ist eine heikle Geschichte, die nicht aus diesem Raum hinausdringen darf. Zumindest im Moment nicht.« Goto strich die Falten an seinen Hosenbeinen glatt und zog seine Ärmelmanschetten zurecht, während er weitersprach: »Wir wissen noch nicht, wie wir es den anderen sagen sollen oder wann.« Er brach ab und richtete seinen Blick fest auf Kenji. »In diesen Tagen findet in Tokio eine Godzilla-Ausstellung statt. Sie haben vielleicht davon gehört.«

»Ja«, nickte Kenji und fragte sich, was die Ausstellung mit Abes Tod zu tun hatte. »Mein Sohn würde gern hingehen.«

»Das Glanzstück der Ausstellung ist eine achtzehn Meter hohe Nachbildung von Godzilla. Sie wurde per Schiff aus Amerika hergebracht, wo sie eigens für diese Ausstellung gebaut worden ist. Als die Nachbildung kam, stellte man fest, dass sie für den Lkw-Transport in die Stadt zu groß war. Deshalb hat man sie mit Seilen an einem Hubschrauber befestigt, mit dem sie in die Stadt geflogen und auf den Platz vor der Bahnstation Shibuya gebracht werden sollte. Man hatte vor, sie dort als Werbegag für den Event aufzustellen. Laut Plan sollte sie in der Nacht vor der Ausstellungseröffnung herübergeflogen werden. Um Mitternacht, wenn nur ganz wenig los wäre dort. Nur die Ausstellungsmitarbeiter waren dabei, um Godzillas Landung zu überwachen, und sie standen alle hinter der Absperrung. Niemand hat gesehen, wie Abe durch die Absperrung ging, und als sie es bemerkten und ihn warnen wollten, war es schon zu spät. Die Seile sind gerissen, und Godzilla ist heruntergestürzt. Abe wurde bei seiner Einlieferung ins Krankenhaus für tot erklärt. Sein Leben ist im wahrsten Sinne des Wortes aus ihm herausgequetscht worden.«

Kenji verspürte einen übermächtigen Drang loszulachen. Er schlug eine Hand vor den Mund und tat so, als würde er aufschreien vor Schreck. »Das ist ja grauenhaft.« Es war klar, dass alle im Raum ihn genau beobachteten. Er musste unbedingt überzeugend wirken. Er musste den Anschein erwecken, als sei er wirklich betroffen. Schließlich gingen alle davon aus, dass er Abes rechte Hand gewesen war. »Einfach grauenhaft. Wir standen einander, wie Sie sicher wissen ...«, er hatte sich beim Sprechen an den Leiter der leichten Unterhaltung gewandt, »... sehr nah.«

»Gut. Es freut mich, das zu hören.« Goto sprang auf und gab Kenji einen lauten Schlag auf den Rücken. »Nach diesem Vorfall haben wir leider einige unschöne Entdeckungen über unseren Freund und Kollegen Abe gemacht. Er hatte einen Berg Schulden. Er schuldete Leuten in ganz Tokio Geld. Die Miete für seine Wohnung ist seit sechs Monaten nicht bezahlt, und sein Auto sollte demnächst gepfändet werden. Abe hatte anscheinend eine Vorliebe für Hostessen und Hinterzimmerkartenspiele.«

»Als ich sagte, dass wir uns nahestanden«, warf Kenji hastig ein, »meinte ich nicht unbedingt persönlich. Eher beruflich.«

»Yamada-san, das freut mich sogar noch mehr.« Goto redete schnell und ging die ganze Zeit im Raum auf und ab, während alle Blicke auf ihn gerichtet waren. »Denn leider hat er seine Arbeit hier bei Miru TV in einem ähnlich chaotischen Zustand hinterlassen. Wenn nicht sogar in einem noch schlimmeren Zustand als seine privaten Angelegenheiten. Zum Beispiel *Millyenaire*. Abe hat mir versichert, dass alles nach Plan läuft. Dass er einen Sponsor gefunden hätte, der die Hälfte der Produktionskosten übernehmen würde. Dass er Hana Hoshino aus dem Ruhestand geholt hätte und sie die Moderation der Show übernehmen würde. Ich kann aber nirgends einen schriftlichen Beleg finden. NBC wird langsam nervös. Die Nachricht von Abes Tod spricht sich in gewissen Kreisen schon herum, und sie wollen von mir die Bestätigung, dass ihnen dadurch kein Nachteil entsteht. Wenn sie die Bestätigung nicht bald bekommen, steigen sie vielleicht wieder aus. Ich habe nichts, was ich ihnen anbieten kann. Das ist eine sehr heikle Situation, wie Sie sich sicher vorstellen können.«

»Ja natürlich, das verstehe ich.« Kenji nickte unterwürfig, obwohl er sich nicht sicher war, ob er das ganze Ausmaß wirklich erfasste.

»Die Show steht auf wackeligen Beinen«, ließ Takeshi Watanabe mit leidenschaftlicher Stimme verlauten. »Wir wollen in knapp einem Monat mit der Aufzeichnung anfangen, und wir haben keinen Kandidaten, keine Moderatorin und keinen Sponsor. Ich würde gern von Ihnen wissen, ob Sie dieses Chaos in Ordnung bringen können.«

Diese Bemerkung schien die Stimmung im Raum widerzuspiegeln, denn alle stimmten lautstark zu und beugten sich näher zu Kenji hin.

»In Ordnung bringen?«, widerholte er und blickte auf den Toaster.

»Ja«, meldete sich die Frau mit dem Handventilator zu Wort. »Sie waren seine rechte Hand. Sie müssen mitbekommen haben, was vor sich ging.«

»Ich bitte Sie.« Goto rief die Anwesenden im Raum mit ruhiger Stimme zur Ordnung. »Geben Sie Kenji die Gelegenheit zu antworten, wenn er es für richtig hält.« Er drehte sich zu Kenji und fragte: »Sagen Sie mir, ist es so schlimm, wie es aussieht?«

Kenji blickte erst Goto an und dann in die elf anderen verärgerten Gesichter, die ihn anstarrten, und wusste genau, was er zu tun hatte.

»Abes Aktenführung ließ in der Tat ziemlich zu wünschen übrig.« Seine Stimme war nur ein Flüstern. Ein gleißendes weißes Licht durchzuckte sein schlimmes Auge. Das Auge, über dem er immer noch eine Augenklappe trug und mit dem er immer noch nichts sehen konnte.

»Könnte jemand ihn bitten, etwas lauter zu sprechen. Ich kann kein Wort verstehen.«

Kenji räusperte sich und sprach lauter und deutlicher. »Abes Aktenführung ließ ziemlich zu wünschen übrig. Aber ich kann Ihnen versichern, dass wir alles unter Kontrolle haben. Sie haben recht, Abe und ich haben Frau Hoshino überredet, ihren Ruhestand zu unterbrechen. Ich habe erst letzte Woche mit ihr gesprochen, und sie ist von dem Projekt begeistert. Die Verhandlungen mit einer Reihe Sponsoren stehen auch kurz vor dem Abschluss.«

»Ausgezeichnet«, rief Goto begeistert aus, während sich die übrigen Anwesenden sichtlich entspannten. »Dann macht es Ihnen doch sicher nichts aus, die Sache in die Hand zu nehmen? Da weiterzumachen, wo Abe aufgehört hat? Natürlich bekommen Sie dabei tatkräftige Unterstützung. Mifune wird Ihnen gern zur Hand gehen.«

Erst jetzt bemerkte Kenji Abes Assistentin, die mit einem Notizblock auf den Knien in der Ecke des Raums saß und ihre Beine unter den Stuhl geschoben hatte. Er wandte sich bescheiden an die Anwesenden. »Ich übernehme diese Aufgabe mit dem größten Vergnügen.«

Teil 3

30

Dunkin' Donuts war menschenleer, bis auf ein Mädchen in Schuluniform, das ganz links in der Ecke saß, und einen jungen Mann, der zusammengesunken an einem Tisch am Fenster hockte, einen Plastikbecher mit dampfendem Kaffee und eine glimmende Zigarette in einem Aluminiumaschenbecher vor sich auf dem Tisch.

»Soll ich Ihnen noch Kaffee nachschenken?«

»Ja bitte.« Kenji lehnte sich zurück und sah zu, wie die Kellnerin die braune Flüssigkeit in seinen Becher goss. Sie war ziemlich unachtsam und verschüttete etwas von der heißen Flüssigkeit auf den Tisch. Als sie fertig war, war Kenjis Becher so voll, dass er zuerst ein paar Schlucke trinken musste, ohne den Becher hochzuheben.

»Danke sehr«, sagte er höflich und wischte den verschütteten Kaffee mit einer Papierserviette auf.

»Ihre Haare gefallen mir«, sagte sie und kaute schmatzend und mit weit offenem Mund auf einem grellblauen Kaugummi. »Genau wie Ihre Augenklappe. Ich trage manchmal auch eine.«

»Ich hatte einen Unfall.« Er trank einen Schluck Kaffee.

»Zu schade.« Sie kaute wieder schmatzend auf ihrem Kaugummi, wandte sich zu Izo um, der Kenji am Tisch gegenübersaß, und senkte die Kaffeekanne.

»Für mich nicht mehr, danke«, sagte Izo und legte eine Hand auf seine Tasse.

Doch es war schon zu spät. Die kochend heiße Flüssigkeit floss aus der Kanne über seinen Handrücken, und er schrie auf vor Schmerz.

»Hey, passen Sie doch auf.«

»Sie hätten Ihre Hand nicht auf die Tasse legen sollen«, erwiderte sie und machte mit ihrem Kaugummi eine riesige blaue Blase.

»Sie hätten zuerst fragen sollen, bevor Sie den Kaffee ausgießen.«

Sie dachte einen Augenblick nach und sagte dann: »Mein Chef ist heute nicht da. Sie werden also keine Gelegenheit haben, sich zu beschweren.«

»Ich habe nicht im Traum daran gedacht, mich zu beschweren.« Izo stand unvermittelt auf. Erschrocken stolperte sie rückwärts. »Ich könnte es nicht verantworten, dass Sie ihren Job verlieren, wo Sie doch ganz offensichtlich das Leben von so vielen Menschen glücklich machen.«

Mit diesen Worten stapfte Izo zur Toilette, während sie zum Tresen zurückging, um dort die Zeit totzuschlagen.

Kenji zündete sich eine Zigarette an und zog einen Zeitschriftenartikel aus seiner Tasche, den er aus einer von Erikos Zeitschriften herausgerissen hatte. Er faltete das Papier vor sich auf dem Tisch auseinander. Die ersten Abschnitte des Artikels kannte er auswendig, und das Papier riss an den Faltlinien langsam ein, so oft hatte er den Artikel schon gelesen. Der Verfasser des Artikels kündigte sensationelle Enthüllungen an über eine Frau – eine Fernsehmoderatorin –, deren Name vor zwanzig Jahren in aller Munde war, die aber nun seit vielen Jahren die Öffentlichkeit mied. Sie hatte früher verschiedene Domizile in Tokio, Paris und New York besessen, war schnelle europäische Autos gefahren und war mit einem aufstrebenden Filmregisseur verlobt gewesen. Aber jetzt lebte sie an einem unbekannten Ort in Tokio.

»Ich war entsetzt über die Entwicklung in Japan«, so wurde sie zitiert. »Auf dem Höhepunkt meiner Karriere wurden mir Unsummen für ein privates Treffen mit Männern angeboten, die mich heiraten wollten, oder für Gesangsdarbietungen auf Partys, auf denen sich Männer, die es hätten besser wissen müssen, mit Mädchen herumtrieben, die ihre Töchter sein könnten, obwohl diese Männer zu Hause eine Familie hatten, die auf sie wartete. Ich habe versucht, das anzuprangern, doch meine Stimme war nicht laut genug. Deshalb habe ich meinen Erfolg mit allem, was dazu gehörte, an den Nagel gehängt und versuche, ein bescheidenes Leben zu führen.«

Die Darstellung der Ereignisse durch den Journalisten las sich weit weniger rühmlich. Frau Hoshino und ihr gut aussehender Filmregisseur, so behauptete er, hatten ihren Ruhm und ihren Reichtum in vollen Zügen genossen und verschwenderische Partys gefeiert, auf denen Drogen, Alkohol und Sex an der Tagesordnung waren. Sie hatten eine offene Beziehung geführt, die ihnen beiden entgegenkam, bis Frau Hoshino sich in einen sehr bekannten Politiker verliebte, der die beiden mehrere Male in ihrem Haus besucht hatte. Ihre Gefühle für den Politiker wurden nicht erwidert, und es dauerte nicht lange, bis aus ihr ein richtiger Plagegeist wurde. Sie versuchte es mit Anrufen, Briefen und Geschenken, denen ein Selbstmordversuch folgte. Und als selbst das nichts half, zog sie sich aus dem Rampenlicht zurück, leckte ihre Wunden und kehrte nie wieder zurück.

Dieser Artikel weckte in Kenji nicht viel Hoffnung. Er hatte immer noch keine Ahnung, wo sie lebte und wie er sie finden sollte, und falls es ihm doch gelänge, was würde sie wohl zu seinem Angebot sagen? Nein, sicherlich. Bei Lichte besehen, erschien ihm sein Plan noch verrückter. Es wäre zweifellos das Beste, wenn er zu Goto gehen und alles beichten würde. Doch wie sollte er das anstellen? Wenn er das täte, würde er sicher seinen Job verlieren, schon wieder, und auch den Respekt seiner Familie. Sie waren alle so stolz auf ihn. Alle außer Eriko, doch er erwartete keine Wunder. Die Wahrheit zuzugeben, dass es für ihn keine Arbeit gab und nie gegeben hatte, war ein Gedanke, den er nicht ertragen konnte. Er musste es einfach schaffen. Das war die Gelegenheit, auf die er immer gewartet hatte. Er würde mit der Herausforderung wachsen und allen, die an ihm gezweifelt hatten, beweisen, aus welchem Holz er geschnitzt war. Es gab keinen anderen Weg.

Er rieb sich die Schläfen. Sein Kopf schmerzte, und ein grelles Licht zuckte durch sein rechtes Auge. Dieses Licht war seit dem schicksalhaften Abend im Sitzungsraum nicht mehr verschwunden. Er hoffte, dass es ein Anzeichen dafür war, dass seine Sehkraft in dem Auge zurückkehren würde, und hatte einen Termin beim Arzt vereinbart.

Hinter ihm war das Geräusch einer zufallenden Tür zu hören. Kenji blickte auf und sah, wie Izo den Raum durchquerte und auf ihn zukam. Die Kellnerin, die zusammengesunken am Tresen saß, blickte ihn trotzig an. Er lächelte zuckersüß und gab ihr beiläufig den Rat, es mal mit einem Lächeln zu versuchen.

»Haben Sie schon eine Idee?«, fragte Izo und ließ sich gegenüber von Kenji, der das Begleitfoto zu dem Artikel sorgfältig durch eine Lupe betrachtete, auf den blauen Plastiksitz fallen. Izo war nicht sonderlich gut gelaunt, weil sein Koffer mitsamt dem Inhalt erst kürzlich von einem rivalisierenden Handelsvertreter gestohlen worden war, der versuchte, die Gebiete zu übernehmen, in denen Izo verkaufte. Es war, so hatte Kenji erfahren, ein Geschäft, bei dem man über Leichen ging.

»Wissen Sie, ich habe das Foto schon einmal irgendwo gesehen. Ich kann mich nur nicht daran erinnern, wo.«

Kenji legte die Lupe weg, als ob der Blick aus einer gewissen Distanz seine Erinnerung ankurbeln könnte. Es war irgendwo ganz tief in seinem Gehirn vergraben. Das grelle Licht durchzuckte sein Auge, und als es verschwand, erschien ein Bild. Ein Schwarz-Weiß-Foto. Dasselbe, das auch in dem Artikel zu sehen war. Am unteren Rand des Fotos stand etwas in großer, ausgefeilter Schrift. Ein Rahmen. Aus Kristall vielleicht.

»Ich erinnere mich wieder.« Er schlug mit der flachen Hand auf den Tisch, eine Gewohnheit, die er sich von Izo abgeschaut hatte. »Es stand in Inagakis Büro. Ich habe es an dem Tag gesehen, als ich mich für den Job in der Bank beworben habe. In einem Rahmen auf seinem Schreibtisch. Ich habe es umgeworfen, und er hat sich sehr darüber aufgeregt.«

»Er muss wohl ein Fan sein.« Izo blickte auf, fuhr aber fort, den Rand seines Plastikbechers zu zerreißen. »Was soll ich bloß ohne meinen Koffer machen? Ich muss ihn mir zurückholen.« Er schob die Plastikstücke von seinem Becher kreuz und quer über den Tisch.

»Nein, er war nicht bloß ein Fan. Das hat er mir damals erzählt. Ich bin mir ganz sicher. Ja, richtig. Er hat mir erzählt, dass er der Sekretär ihres Fanclubs ist.«

»Worauf warten wir dann noch? Gehen wir«, sagte Izo und stand auf mit der unbeirrbaren Entschlossenheit, die Kenji so an ihm bewunderte.

31

*S*ind Sie so weit?«

Kenji wartete in geduckter Haltung hinter der langen Reihe aus kunterbunten Mülleimern am Hinterausgang der Bank und sprach mit Izo, der in der Bank war, über sein Handy. Von dieser Position aus konnte er gerade noch den Postlieferwagen und den Fahrer erkennen, der wie immer quer auf dem Vordersitz lag und über einen riesigen Kopfhörer Musik hörte.

»Geben Sie mir noch ein paar Minuten«, ließ Izo sich vernehmen. »So viel Zeit, wie Inagaki braucht, um ins Erdgeschoss zu gehen. Dann können Sie raufkommen.«

»Wie lange schätzen Sie?«

»Keine Ahnung. Drei oder vier Minuten.«

»Okay. Ich gebe Ihnen noch genau vier Minuten, dann komme ich rauf. Sind Sie jetzt so weit? Ich lege nämlich gleich auf. Und die vier Minuten laufen von diesem Moment an. Haben Sie mich verstanden?«

Die Verbindung brach ab.

Ihr Plan war, dass Izo einen Aufstand in der Bank machen und verlangen sollte, den Leiter zu sprechen. Derweil würde Kenji durch die Hintertür kommen und sich in Inagakis Büro schleichen. Sie hatten geplant, den Aufstand zeitgleich mit der Ankunft des Postlieferwagens zu inszenieren, weil die Hintertür dann offen blieb und der Fahrer nicht aufpasste. Trotzdem war Kenji nervös. So viel konnte schiefgehen. Er könnte erkannt werden. Um das möglichst zu vermeiden, hatte er sich eine dunkelblaue Jacke und eine gleichfarbige Hose angezogen, so wie Handwerker sie für gewöhnlich trugen. Außerdem hatte er einen Werkzeugkasten dabei.

Nach exakt vier Minuten stand er auf und schlich sich an der Wand entlang durch die Hintertür in die Bank. Der Fahrstuhl wurde von zu vielen Leuten benutzt, deshalb nahm er die Treppe in den dritten Stock, wo er zunächst einen Blick durch das schmale Glasfenster in der Brandschutztür warf, um sicherzugehen, dass niemand im Flur war. Dann ging er mit zügigen Schritten zu Inagakis Büro und war erleichtert, dass Naoko, Inagakis Sekretärin mit den kräftigen Waden, nirgends zu sehen war. Sie machte immer gegen zwölf Uhr ihre Mittagspause. Er schaute auf seine Uhr und sah, dass es jetzt zehn Minuten nach zwölf war. Und was sogar noch besser war, Inagakis Bürotür stand weit offen, und auf seinem Schreibtisch lagen verschiedene Dokumente unordentlich verstreut, so als ob er sein Büro in großer Eile verlassen hätte.

Kenji schloss die Tür hinter sich und ging vorsichtig zum Schreibtisch, wo, so hatte er es jedenfalls in Erinnerung, das Foto von Hana Hoshino in einem Kristallglasrahmen stand. Er hatte Handschuhe angezogen – Izo hatte ihn deshalb ausgelacht, doch Kenji hatte sich nicht beirren lassen – und nahm das Foto jetzt hoch. Am unteren Rand des Fotos stand: »Vielen Dank für Ihre Treue«. Er stellte den Rahmen wieder genau so hin, wie er ihn vorgefunden hatte, und setzte sich auf Inagakis Stuhl. Unter dem Schreibtisch befand sich ein kleiner Unterschrank. Er zog an der ersten Schublade, doch er konnte sie nicht herausziehen. Genauso wenig ließen sich die anderen Schubladen öffnen. Er erhob sich. Drei graue Aktenschränke aus Stahl standen in einer Reihe hinter dem Schreibtisch, und er versuchte einen nach dem anderen zu öffnen. Sie waren nicht verschlossen, aber sie enthielten lediglich Berichte und Dokumente, die sich auf Inagakis Arbeit in der Bank bezogen.

Kenji ging zu dem kleinen Unterschrank am Schreibtisch zurück. Wenn etwas ihm weiterhelfen konnte – und er war sich nicht sicher, was das sein sollte –, dann war es dort verborgen. Da war er sich sicher. Er fing an, den Schlüssel zu suchen. War er an die Unterseite des Tisches geklebt, oder lag er im Bleistifthalter oder in einem Blumenübertopf? Er konnte ihn nirgends finden. Doch dann hatte er eine Idee. Er hob den Rahmen noch einmal hoch und versuchte, ihn an der Rückseite zu öffnen, doch seine Hände zitterten zu sehr. Er schaute wieder auf seine Uhr – es war jetzt vierzehn Minuten nach zwölf. Die Zeit lief ihm davon. Er hatte Izo versprochen, dass er das Büro so schnell wie möglich wieder verlassen würde. Er hatte ihm aber auch versprochen, dass er nicht mit leeren Händen gehen würde.

Er fummelte ungeschickt an dem Rahmen herum, bis sich die Rückseite löste und ein kleiner Schlüssel herausfiel, der genau die richtige Größe für den Unterschrank hatte. Er versuchte, den Schlüssel ins Schloss zu stecken. Er passte. Er zog die oberste Schublade heraus und konnte gerade noch einen Freudenschrei unterdrücken, als er lauter fein säuberlich sortierte Ordner über Frau Hoshino fand: Ihre Diskographie, Zeitungsartikel, Mitgliedsausweise des Fanklubs. Er verlor keine Zeit, sondern suchte direkt den Ordner mit der Aufschrift »Briefe« heraus und zog einen Brief hervor. Er war mit der Hand geschrieben, trug ihre Unterschrift, und rechts oben stand eine Adresse. Sie lag in einem heruntergekommenen Stadtteil von Tokio, was Kenji sehr verwunderte. Er fragte sich, was Frau Hoshino wohl an einen solchen Ort verschlagen hatte? Doch die Adresse stand auf allen Briefen in dem Ordner, also machte er eine Kopie von einem der Briefe, legte ihn in den Ordner zurück und schloss den Schrank ab. Dann legte er den Schlüssel in sein Versteck zurück, vergewisserte sich, dass er alles so hinterließ, wie er es vorgefunden hatte, öffnete die Tür und hastete den Flur und die Treppen hinunter.

Als er zur Hintertür im Erdgeschoss kam, erstarrte er. Soga stand an der Tür und war im Begriff, sie abzuschließen. Sein Rücken schien noch stärker gekrümmt, als Kenji es in Erinnerung hatte. Was sollte er jetzt nur tun? Wenn er eingeschlossen wurde, dann war alles aus. Er hatte keinen Schlüssel mehr, und man würde bestimmt von ihm wissen wollen, was er hier verloren hatte. Es würde unangenehme Fragen, Anschuldigungen und Verdächtigungen geben.

Soga drehte sich um und erblickte Kenji. Falls er überrascht war, ließ er es sich nicht anmerken. »Die Leute sollten hier wirklich abschließen«, sagte er, ließ die Tür unverriegelt und ging davon. »Sonst kann ja jeder rein.«

Kenji konnte nicht fassen, wie glimpflich er davonkam, und trat durch die unverschlossene Tür in den Sonnenschein.

32

Auf beiden Seiten der Straße befanden sich Spielhallen, Videogeschäfte für Erwachsene, Zeitschriftenläden und Sexklubs. Er versuchte krampfhaft, nicht hinzuschauen, doch der Anblick der Prostituierten und die Geräusche drangen aus den Läden in die enge Gasse, und als Izo stehen blieb, um einen fetten Mann mit Schweißflecken unter den Achseln nach dem Weg zu fragen, fand Kenji sich unfreiwillig vor einem Regal mit Videos wieder. Auf den Hüllen waren spärlich bekleidete und nackte junge Frauen mit dem immer gleichen, erstaunten Ausdruck auf dem Gesicht zu sehen. Er wandte sich ab und war froh, dass die freizügigeren Bilder unkenntlich gemacht worden waren.

Sie gingen weiter. Müllsäcke aus den Geschäften lagen auf der Straße, und große braune Ratten machten sich daran zu schaffen. Angeekelt beobachtete Kenji, wie eine Ratte, die einen kugelrunden Babybauch hatte, einen halbleeren Essenskarton über die Straße auf die andere Seite zog, während eine andere mit einem ausgetretenen Tennisschuh in einer Seitengasse verschwand. Der Müll hatte seit Tagen in der heißen Sonne vor sich hingegammelt und sonderte zusammen mit den Abwasserkanälen einen fauligen Schwefelgeruch ab. Er griff in seine Tasche und holte ein sauberes Taschentuch heraus. Das hielt er sich vor Mund und Nase und atmete gierig den Duft nach Weichspüler ein.

Izo und er hatten kein Wort mehr miteinander geredet, seit sie die Bahnstation verlassen hatten, doch Kenji vermutete, dass sie beide dasselbe dachten. Es kann nicht sein, dass sie hier lebt. Auf dem Höhepunkt ihres Ruhms hatte Hana Hoshino einen Platz auf der Liste der reichsten Personen Japans eingenommen. Er fragte sich, wie sie so tief hatte fallen können. Er hatte angenommen, dass sie in einer bescheidenen, aber sauberen Wohnung lebte und mit Kopftuch und Sonnenbrille bekleidet ihre Lebensmittel einkaufte, sich gemeinnützig engagierte, älter geworden, aber immer noch elegant und würdevoll war. Natürlich war es möglich, dass die Adresse aus Inagakis Büro falsch war. Vielleicht handelte es sich einfach um eine Fanpostadresse und nicht um ihren Wohnort.

»Da sind wir.«

Izo war stehen geblieben und sah zu einem kleinen Wohnblock auf. Die Wände waren mit türkisen Kacheln verkleidet, deren Fugen mit dunkelgrünem Moos überwuchert waren. Vor dem Erdgeschoss befand sich eine Art überdachte Veranda, auf der Obst- und Gemüsekisten, Topfblumen, billige Schmuckstücke und Glücksbringer ausgestellt waren. In der Ecke saß ein alter Mann in einem Schaukelstuhl, der beim Schaukeln laut auf den Holzdielen knarrte. Er starrte sie durch die Fenster seiner Bretterbude an.

»Irrtum ausgeschlossen?« Kenji nahm Izo das Stück Papier aus der Hand.

»Hier steht ›Appartement Nummer vier‹. Ich nehme an, dass sie über dem Laden wohnt.«

»Wie kommen wir da rein?« Kenji ließ seinen Blick suchend über das Gebäude schweifen. Es waren keine Treppen oder Seitenwege zu sehen.

»Wir müssen wohl durch den Laden.« Izo schob ihn leicht auf das Gebäude zu. »Sie gehen als Erster. Mir gefällt der Blick nicht, den der Typ uns zuwirft.«

Die Stufen, die auf die Veranda führten, knarrten laut unter Kenjis Gewicht. Im Laden war es dunkel, feucht und muffig.

»Wir suchen Appartement Nummer vier.« Eine Fliege summte um seinen Kopf herum. Er verscheuchte sie mit der Hand, doch sie kam sofort wieder angeflogen.

Der alte Mann wies auf eine halb geöffnete Tür gegenüber der Eingangstür, durch die Kenji und Izo gerade hereingekommen waren.

»Vielen Dank«, sagte Kenji, beugte sich hinunter und nahm aus einer Kiste am Boden so viele Äpfel, wie er tragen konnte. »Wie viel kosten die?«

»Eintausend Yen«, antwortete der alte Mann und erhob sich halb aus seinem Stuhl.

Kenji gab ihm einen Fünftausend-Yen-Schein und ging.

Hinter der Veranda befand sich ein Flur. Auf der rechten Seite war eine einzelne Tür und links ein Treppenhaus zu erkennen. Sie gingen die Treppe hinauf in den dritten Stock und blieben vor der einzigen Tür stehen. Unter der Klingel stand auf einem Stück Papier ein Name, der jedoch mit den Jahren verblasst und unleserlich geworden war. In der Tür waren mehrere knöchelgroße Kerben, und der Bereich um das Schloss war stark zerkratzt. Sie sagten kein Wort und wussten nicht so recht, was sie jetzt tun sollten. Ein junger Mann rutschte das Geländer vom vierten Stock herunter, lief an ihnen vorbei und schwang sich auf das Geländer in den zweiten Stock. Ein Baby weinte hinter einer der verschlossenen Türen, und der Geruch von gekochtem Reis hing in der Luft.

»Na los«, flüsterte Izo aufmunternd. Kenji streckte die Hand aus, zog sie wieder zurück, streckte sie wieder aus und drückte schließlich auf die Klingel. Mehrere Sekunden vergingen, ohne dass sich etwas rührte, also läutete er noch einmal. Dieses Mal waren Geräusche aus der Wohnung zu hören, und eine schrille Stimme rief: »Ich habe Ihnen doch gesagt, dass Sie mich in Ruhe lassen sollen.« Kenji hätte am liebsten sofort kehrtgemacht, doch in diesem Moment wurde die Tür aufgerissen, und eine Frau erschien im Türrahmen. Obwohl sie sich sehr verändert hatte, gab es keinen Zweifel daran, dass die Person, die vor ihnen stand, Hana Hoshino war.

»Hoshino-san.« Kenji sprach als Erster. Er versuchte, seinen Blick nicht von ihrem Gesicht zu wenden, doch ihm entging nicht, dass die ehemalige Fernsehmoderatorin einen fleckigen blauen Satinmorgenmantel trug. Er klaffte an der Taille auf, sodass ein farblich passendes Nachthemd und ein ausgemergelter Körper darunter zu sehen waren. Ihre Schlüsselbeine standen scharf hervor, und die papierdünne Haut spannte sich darüber, sodass sich unter ihrer Kehle eine Kuhle bildete.

»Wer sind Sie?«, lallte sie. In einer Hand hielt sie ein hohes schmales Glas mit einer klaren Flüssigkeit. Die Eiswürfel im Glas klirrten leise, während sie sprach.

Kenji warf Izo einen Blick zu. Sie hatten ausgemacht, dass Izo das Gespräch größtenteils, wenn nicht sogar ganz übernehmen sollte. Schließlich gab es in ganz Japan keine Frau, die seinem Charme widerstehen konnte. So behauptete er jedenfalls. Doch als sich Kenji zu seinem Freund umdrehte, entdeckte er einen Ausdruck auf dessen Gesicht, der ihm ganz neu war. Izo war starr vor Entsetzen.

»Was soll ich ihr sagen?«, raunte er Kenji zu. »Ich habe keine Ahnung, was ich ihr sagen soll.«

Als er sah, wie sehr Izo um Fassung rang, wusste Kenji, dass er die Initiative ergreifen musste. Er musste den Mut aufbringen, mit ihr zu sprechen, und die richtigen Worte finden. »Es mag sich vielleicht verrückt anhören, aber …«

Noch bevor er seinen Satz beenden konnte, kreischte Hoshino los: »Ich habe kein Geld. Wenn Sie Geld von mir wollen, ich habe keins. Es ist alles weg. Endgültig weg.«

Ihr Haar war auf dicke Wickler gedreht und mit Haarnadeln festgesteckt. Während die meisten Wickler ordentlich saßen, hatten sich von einigen ein paar Strähnen gelöst und fielen in großen Locken um ihr Gesicht, als sie im Türrahmen schwankte und mühsam versuchte, das Gleichgewicht zu halten.

»Nein«, beruhigte Kenji sie. »Wir wollen kein Geld. Wir wollen mit Ihnen über eine Fernsehshow reden, die ich produziere. Ich würde mich freuen, wenn Sie sie moderieren. Der Sender würde sich freuen, wenn Sie sie moderieren.«

Sie schien ihn nicht verstanden zu haben. Ihre Unterlippe zitterte, und ihre Augen füllten sich mit Tränen, sodass sich ihre falschen Wimpern zu lösen drohten, von denen eine bereits auf ihrer Wange klebte wie eine Spinne. »Jeder einzelne Yen. Weg. Endgültig weg.«

Izo beugte sich zu Kenji und flüsterte ihm ins Ohr: »Ich glaube, wir sollten lieber gehen. Wir können ein anderes Mal wiederkommen. Wenn sie nicht so ... so betrunken ist.«

»Gehen? Wir sind doch gerade erst gekommen.«

»Ich weiß, aber schauen Sie sich die Frau doch einmal an. Sie ist doch völlig neben der Spur.«

Zögernd gab Kenji nach und machte Anstalten zu gehen, nachdem er sich von Hoshino verabschiedet hatte.

»Wo wollen Sie denn hin? Ich habe nicht gesagt, dass Sie gehen können.« Sie streckte ihre Hand aus, um Kenji an der Schulter festzuhalten. Dabei vergaß sie, dass sie ein Glas in der Hand hatte, und es fiel hinunter, zerbrach in tausend Stücke, und sein Inhalt ergoss sich in einer dickflüssigen Pfütze auf den Boden. Hoshino sank auf die Knie und machte Anstalten, die auf dem abgetretenen Linoleum verstreuten Scherben aufzuheben.

»Bitte lassen Sie das. Sie werden sich noch verletzen.« Kenji packte Hoshino an den knochigen Schultern und versuchte, sie aufzurichten.

»Fassen Sie mich nicht an.« Sie schlug nach ihm. »Was glauben Sie, wer Sie sind, mich so anzufassen? Haben Sie eine Ahnung, wer ich bin?«

»Bitte, Sie müssen aufstehen.« Kenji ignorierte ihre Empörung und zog sie hoch. Dann drehte er sich zu Izo um. »Helfen Sie mir. Wir müssen Sie reinbringen.«

Izo stand das blanke Entsetzen ins Gesicht geschrieben. »Das kann ich nicht. Ich meine, schauen Sie sich die Frau einmal an. Sie ist … sie ist betrunken. In ein paar Minuten wird sie heulen und kreischen. Wenn es eine Sache gibt, die ich nicht ertragen kann, dann ist es eine weinende Frau.« Er schüttelte sich sichtlich angewidert.

»Dann gehen Sie doch. Los, hauen Sie schon ab. Ich komme schon allein zurecht. Auf die Unterstützung, die Sie mir heute gegeben haben, kann ich getrost verzichten«, blaffte Kenji aufgebracht.

Das ließ Izo sich nicht zweimal sagen, und während er die Treppe hinunterlief, versuchte Kenji unter großer Kraftanstrengung, Hoshino zurück in die Wohnung zu bringen. Sie schleppten sich durch einen schmalen Korridor. Auf der linken Seite des Korridors war eine notdürftige Küchenzeile eingerichtet. Als sie sich daran vorbeizwängten, stellte Kenji seine Tüte mit Äpfeln auf der Arbeitsplatte ab. Hinter der Küche befand sich ein kleiner Wohnraum mit einem einzelnen Futon auf einem niedrigen Buchenholzrahmen, einem kleinen runden Tisch mit einem einsamen Stuhl und einem großen Geschirrschrank, auf dem ein tragbarer Fernseher und ein winziger CD-Spieler standen. Jeder Zentimeter Wand im Appartement war vollgehängt mit gerahmten Fotos von einer jüngeren, lächelnden Hoshino, die von begeisterten Fans umringt war, von denen viele ebenfalls auf die eine oder andere Art berühmt waren: Schauspieler und Schauspielerinnen, Serienstars, klassische Musiker und Politiker. Es gab sogar ein Foto, auf dem Hoshino einem ehemaligen Regierungschef die Hand schüttelte. Beim Anblick dieser Fotos behandelte Kenji sie noch vorsichtiger und ehrerbietiger und setzte ihren spindeldürren Körper auf den kleinen Stuhl an dem runden Tisch. Als er ihre Hände umdrehte, sodass ihre Handflächen nach oben zeigten, stöhnte er auf: »Oh nein.« Sie waren blutig von vielen kleinen Schnitten, die sie sich an den Scherben zugezogen hatte.

»Ich hole Ihnen ein feuchtes Tuch.« Er fühlte, wie Panik in ihm aufstieg. Was, wenn sie sich ernsthaft verletzt hatte? Vielleicht sogar genäht werden musste? Sie würde ihm sicher die Schuld für alles geben. »Wo ist Ihr Bad?«

Sie blickte zu ihm auf wie ein kleines Kind und zeigte auf eine Tür am Ende des Flurs.

Das Bad war winzig. Er musste die Tür schließen und sich an die Wand drücken, um das Waschbecken benutzen zu können, und als er das heiße Wasser aufdrehte, ächzten die Wasserrohre an der Decke und spülten eine trübe bräunliche Flüssigkeit ins Waschbecken. Es dauerte etliche Sekunden, bis das Wasser klar wurde, und während Kenji wartete, suchte er nach einer kleinen Schale, in die er ein paar Tropfen Desinfektionsmittel gab. Er wusch ein schmuddeliges weißes Handtuch aus, das über der Toilette an einer Stange hing, und wrang es aus. Dann füllte er die Schale mit Wasser, drehte den Hahn zu und versuchte mit Schale, Tuch und einer Packung Pflaster bewaffnet, die er gefunden hatte, sich so geschickt wie möglich aus dem Bad hinauszuzwängen. Die Rohre über ihm ächzten und verstummten schließlich. Stattdessen hörte er aufgeregte Stimmen. Zuerst nahm er an, dass sie aus einer anderen Wohnung kamen. Dann erkannte er die Stimme von Hoshino.

»Ich habe Ihnen doch gesagt, dass ich kein Geld habe«, schluchzte sie.

»Wir haben Ihnen eine Woche Zeit gegeben, um Ihre Schulden zu zahlen. Andernfalls müssen wir uns etwas ausdenken, um an unser Geld zu kommen.« Jetzt sprach eine männliche Stimme, tief und bedrohlich.

Panik überkam Kenji. Was sollte er tun? Die Stimmen waren alles andere als freundlich, und wenn er im Bad bliebe, sich nicht rührte und kein Geräusch machte, dann würden die Leute da draußen keinen Grund haben anzunehmen, dass er in der Wohnung war. Doch was, wenn der Mann, zu dem die Stimme gehörte, etwas Schlimmes mit Hoshino vorhatte? Könnte er sich wirklich im Bad verkriechen und dabei zuhören? Könnte er es sich jemals verzeihen, wenn er Hoshino nicht helfen würde? Er beschloss, ihr beizustehen, und stellte die Schale und das Verbandszeug im Bad ab. Er riss die Tür auf, zwängte sich hinaus und lief durch den Flur, wobei er das erstbeste Ding nahm, das er fand, um Hoshino besser verteidigen zu können.

»Was machen Sie da?«, rief er. »Nehmen Sie die Hände von der Frau.«

Im Raum waren zwei Männer, die sich über den Stuhl beugten, auf dem die verängstigte Hoshino hockte. Beide waren auffällig gut gekleidet. Einer der Männer strich ihr mit der rechten Hand über das Gesicht, während der andere zusah.

»Wen haben wir denn da?«, fragte der eine Mann und drehte sich zu Kenji um. »Sie haben uns gar nicht gesagt, dass Sie Besuch haben.«

Hoshino antwortete nicht und schluchzte nur, während der Mann ihr Gesicht mit seiner fetten Hand streichelte. Er trug einen dicken Goldring am kleinen Finger.

»Lassen Sie sie in Ruhe.« Kenji sprach deutlich und klar und hörte sich mutiger an, als er sich fühlte. Doch der Mann streichelte weiter Hoshinos Gesicht, obwohl seine Hand inzwischen nass war von ihren Tränen.

»Was wollen Sie dagegen tun?«

»Lassen Sie die Frau auf der Stelle los.«

Die beiden Männer lachten, und es war, als ob durch das Geräusch ein Schalter in Kenjis Gehirn umgelegt wurde. Er fühlte sich nicht mehr ängstlich oder eingeschüchtert. Er war nur noch sehr, sehr wütend und fest entschlossen, etwas gegen diese Männer zu unternehmen.

»Ich bin es so leid, Leuten wie Ihnen zu begegnen. Die sich einfach in das Leben anderer Leute einmischen. Die denken, sie können tun und lassen, was sie wollen. Die andere behandeln, wie es ihnen gerade in den Sinn kommt. Sie haben kein Recht dazu. Sie haben einfach kein Recht dazu.« Er hob seinen rechten Arm, zielte und warf das Geschoss, das er bei sich trug, auf den Mann, der Hoshinos Gesicht streichelte. Er hatte gut gezielt, besser als er es sich hätte träumen lassen. Der Apfel traf den Mann genau auf die Brust, und da er vollkommen verfault war, zerplatzte er beim Aufprall und besudelte seinen protzigen italienischen Anzugstoff mit braunem Fruchtfleisch.

»Sehen Sie, was Sie angerichtet haben.«

Der Mann mit den fetten Fingern starrte ungläubig auf seine Brust, während sein Freund auf Kenji zukam. Kenji warf noch einen Apfel. Dieses Mal zielte er auf das feiste Grinsen des Mannes, traf aber stattdessen seine Knollennase.

»Verschwinden Sie. Sofort!«, rief er und warf die restlichen faulen Äpfel auf ihre Füße, wo sie zerplatzten und ihre teuren italienischen Lederschuhe verschmierten.

»Okay, okay. Wir gehen ja schon.«

Die zwei Männer zwängten sich an Kenji vorbei und versuchten, mit Taschentüchern ihre Sachen sauberzureiben. An der Tür drehten sie sich um und blickten zu Kenji und Hoshino.

»Sie hören noch von uns.«

Die Tür fiel hinter ihnen ins Schloss.

In der Wohnung herrschte vollkommene Stille. Nach mehreren Sekunden hob Hoshino den Kopf und sah Kenji an. Der weiße Puder auf ihrem Gesicht war von ihren Tränen verschmiert. In ihren Augen lag ein ungläubiger Ausdruck. Kenji zuckte hilflos die Schultern. Was sollte er sagen, wo er doch selbst über sein Verhalten völlig entsetzt war? Woher war diese Wut nur so plötzlich gekommen? Dann lächelte sie. Zuerst war es nur ein leichtes Zucken um die Mundwinkel, dann dehnte es sich zu einem breiten Grinsen aus. Kurz darauf lachte sie herzhaft, und er fiel in das Lachen ein und lachte so laut und so lange, dass seine Bauchmuskeln schließlich zu schmerzen begannen.

»Ich kann nicht fassen, was Sie da gerade getan haben«, prustete sie. Sie schien auf einmal vollkommen nüchtern zu sein.

»Ich weiß nicht, was über mich gekommen ist.«

»Haben Sie eigentlich eine Ahnung, was für Kontakte diese Leute haben? Und Sie haben sie mit faulen Äpfeln beworfen.«

»Es war das Erstbeste, was zur Hand war.« Er fand es schön, sie lächeln zu sehen. Wenn sie lächelte, hatte sie Ähnlichkeit mit der Hana Hoshino, die er als junger Mann so bewundert hatte.

Sie erhob sich so plötzlich, wie sie zu lachen begonnen hatte, und zog den blauen Morgenmantel fest um sich. »Wenn Sie mich bitte einen Moment entschuldigen wollen.« Sie ging mit vorsichtigen Schritten durch den Flur und verschwand im Bad, von wo sie nach einigen Minuten mit gewaschenem Gesicht und einem frischen Morgenmantel bekleidet wieder auftauchte. Sie schwankte leicht beim Gehen und musste sich an der Wand abstützen, um das Gleichgewicht zu halten, doch sie war zweifellos klarer bei Verstand als bei seiner Ankunft. »Ich möchte Ihnen etwas geben als Dankeschön für Ihren Beistand.« Sie durchstöberte ihre Wohnung, öffnete Schubladen und schloss sie wieder und hob Papierstapel hoch. »Aber ich habe leider kein Geld. Vielleicht ein signiertes Foto?« Sie öffnete die Tür ihres Geschirrschrankes, der sich über eine ganze Wand im Raum zog, und holte einen dicken braunen Umschlag mit signierten Schwarz-Weiß-Fotos heraus. Sie zog eines heraus und gab es ihm. Es war das gleiche Schwarz-Weiß-Foto, das auch Inagaki auf seinem Schreibtisch stehen hatte. Am unteren Rand stand »Vielen Dank für Ihre Treue«.

»Das ist wirklich sehr freundlich von Ihnen, aber was ich eigentlich wollte ... warum ich heute hierhergekommen bin ... Ich wollte Sie fragen, ob Sie eine Fernsehshow moderieren würden, die ich produziere.« Der Klang des letzten Satzes gefiel ihm. Er fühlte sich selbstbewusst und Herr der Lage.

»Ah ja, Ihre Fernsehshow«, sagte sie etwas vage. »Erzählen Sie mir davon.«

Das tat er, während er den heißen, süßen Tee trank, den sie für sie beide zubereitet hatte.

»Ich muss sagen, dass diese Fernsehshow wirklich sehr ungewöhnlich klingt. Und sehr aufregend. Aber ich ... ich bin wohl kaum die Richtige, um eine Fernsehshow zu moderieren. Ich meine, schauen Sie mich doch mal an. Ich bin nicht mehr die Schönheit, die ich einmal war.«

»Sie sind so bezaubernd wie eh und je.«

Sie lachte unsicher. »Ich stecke bis zum Hals in Schwierigkeiten. Ich habe viele Kredite aufgenommen, um verschiedene Projekte zu finanzieren. Eine Talkshow, um meine Fernsehkarriere wiederzubeleben. Schauspielstunden. Sogar Schönheitsoperationen. Alles umsonst. Und jetzt wollen sie ... die Leute, die mir das Geld geliehen haben ... das Geld zurück. Mit mir haben Sie nur Ärger.«

»Wir würden Sie für den Job bezahlen. Wir könnten Ihre Schulden begleichen.«

»Das könnten Sie für mich tun?«

»Ja, ich denke, schon.« Kenji war sich jedoch alles andere als sicher. NBC war sehr erpicht darauf, Hoshino aus dem Ruhestand zu holen und sie die neue Show moderieren zu lassen. Nur unter dieser Bedingung wollte der Sender sich an den Produktionskosten beteiligen. Doch wäre NBC auch bereit, Hoshinos Schulden zu bezahlen? Gab es noch einen anderen Ausweg? »Wie hoch sind Ihre Schulden?« Als sie es ihm sagte, versuchte er, sich den Schreck nicht anmerken zu lassen. »In diesem Fall sind wir im Geschäft.«

Sie tranken noch eine Tasse Tee, um ihr Übereinkommen zu besiegeln.

33

Die Küche erstrahlte in einem warmen orangen Glanz, als die Nachmittagssonne durch das kleine viereckige Fenster über der Spüle fiel. Eine Tasse mit inzwischen kalt gewordenem schwarzen Kaffee stand in der Mitte des Tisches, an dem Kenji zusammengesunken hockte. Er hatte den Kopf auf die braun karierte Tischdecke gelegt, und seine Füße klopften einen langsamen, monotonen Rhythmus auf den Fußboden.

Es war Samstag, einer der wenigen Wochentage, an denen die Wohnung wie ausgestorben war. Die Kinder gingen in ihre Übungsstunden – er hatte keine Ahnung, in welche. Ami kaufte in Tokio Kleidung ein, und Eriko hatte sich mit ihrer Freundin Wami Inagaki zu einem Einkaufsbummel verabredet. Während er so am Tisch saß und das braune Karomuster anstarrte, fragte sich Kenji verwundert, warum ihn gestern Abend nach seinem Besuch in Hoshinos Wohnung so eine Euphorie überkommen hatte. Sie hatte bis zum Morgen angedauert, bis die Realität ihn wieder eingeholt hatte und die Euphorie von dem schleichenden Gefühl der kalten, nackten Angst verdrängt worden war. Wie hatte er Hoshino nur versprechen können, dass Miru TV ihre Schulden bezahlen würde? Die Umsetzung von *Millyenaire* hing von einem zahlungswilligen Sponsor ab, der im gleichen Umfang Gelder für die Produktion zur Verfügung stellte wie NBC, doch sooft er Abes persönliche Notizen auch durchgesehen hatte, er hatte nirgendwo einen Hinweis auf einen solchen Sponsor entdecken können. Ohne Sponsor würde es keine Show geben. Es sei denn, es gelang ihm selbst, einen Sponsor zu finden.

Zu allem Überfluss hatte er gestern Nacht in einem Anflug von Begeisterung Goto angerufen. Er hatte behauptet, dass Hoshino unterschrieben hätte und dass die Gespräche mit den Sponsoren gut vorankämen. Er gehe fest davon aus, dass er bis zum Wochenende eine Übereinkunft mit einem Sponsor treffen würde. Gotos Begeisterung hatte ihn völlig unvorbereitet getroffen, und er hatte Gotos überschwängliche Pläne für den Start der Show kaum noch bremsen können.

Die Wohnungstür wurde geöffnet und kurz darauf wieder geschlossen. Kenji sah auf. Eriko kam in die Küche und zog quietschend und holpernd einen Einkaufswagen hinter sich her. Seit sie den feuerroten Toyota Cecilia gewonnen hatte, führte sie sich, falls das überhaupt möglich war, noch unerträglicher auf als sonst. Sie hatte den Wagen verkauft und einen Teil des Geldes dafür verwendet, ausstehende Rechnungen zu begleichen, und einen weiteren Teil für einen bescheidenen Familienurlaub reserviert, den sie noch in diesem Jahr machen wollten. Den Rest hatte sie auf die Seite gelegt »für den Fall, dass mir etwas zustößt oder …«, sie hatte in Kenjis Richtung geschaut, «… dass ihm etwas zustößt«.

»Warum sitzt du hier so unnütz im Weg herum?«, nuschelte sie und nahm eine braune Papiertüte mit Karotten – das Grün stand aus der Tüte heraus – aus ihrem Einkaufswagen.

Ami hatte ihr mehrmals gesagt, dass sie kein Obst oder Gemüse aus den Läden in der Nähe kaufen sollte, weil es von schlechter Qualität sei und sich nur ein paar Tage halten würde. Doch Eriko behauptete, dass es dort viel günstiger sei und dass ihre Tochter nicht die übertrieben Supermarktpreise bezahlen sollte.

»Denkst du mal wieder über deine Fernsehshows nach?«, fragte sie höhnisch.

»Du würdest dich nicht so über mich lustig machen, wenn ich dir sagen würde, wen ich gestern getroffen habe«, erwiderte er wütend und bereute es sofort, denn jetzt wandte ihm die alte Dame ihre ganze Aufmerksamkeit zu. Für gewöhnlich redete er zu Hause nicht über seine Arbeit. Seine Familie wusste nichts darüber, was er den ganzen Tag tat, und das war auch besser so. Wenn irgendetwas schieflief, was ziemlich wahrscheinlich war, dann würde er die Erwartungen nicht so enttäuschen. Doch Erikos Kommentar hatte ihn wütend gemacht. Er wollte ihr nur einmal zeigen, dass sie unrecht hatte. Er wollte ihr beweisen, dass er, obwohl sie vom Gegenteil ausging, sehr wohl ein erfolgreicher Produzent sein konnte.

»Was willst du damit sagen?«, wollte sie wissen. Ami hatte Erikos Haare gestern Abend in eine Dauerwelle gelegt, und ihr Haar war sehr lockig und perfekt frisiert.

»Eine ehemalige Fernsehmoderatorin. Sie hatte ihre eigene Talkshow, doch das ist schon ein paar Jahre her. Fünfzehn Jahre, nehme ich an. Wenn nicht länger.« Er wusste, dass die Beschreibung mehr als ausreichend war. Eriko war ein Fan der Hoshino-Shows gewesen, seit sie in den Achtzigerjahren zum ersten Mal ausgestrahlt wurden, und sie verpasste keine Wiederholung im Fernsehen.

Sie zog die Stirn in Falten und presste eine Tüte mit Stangenbohnen an ihre Brust. »Ich glaube dir kein Wort.«

»Es ist wahr.« Er zuckte lässig mit den Schultern. Es machte ihm Spaß, die alte Frau zu verunsichern, und er war geradezu enttäuscht, als die Gegensprechanlage summte und er aufstehen und zur Tür gehen musste. »Hallo«, sagte er in den Hörer.

»Ich bin es, Izo. Kann ich raufkommen?«

»Was wollen Sie denn?« Seine gute Laune löste sich in Luft auf. Er nahm es Izo immer noch übel, dass er ihn gestern so schmählich im Stich gelassen hatte. Der Weg von Hoshinos Wohnung zurück zur Bahnstation war noch schlimmer gewesen als der Hinweg. Nicht nur weil er ihn allein gehen musste, sondern auch weil die umliegenden Straßen in der Dämmerung ganz offensichtlich erst zum Leben erwachten.

»Na kommen Sie schon, mein Freund. Das mit gestern Abend tut mir wirklich leid. Machen Sie schon die Tür auf. Ich würde gern erfahren, wie es gelaufen ist.«

Widerstrebend drückte Kenji auf den roten Knopf, mit dem die Eingangstür entriegelt wurde. Izo erschien nur Sekunden später und trug den vertrauten, abgewetzten braunen Lederkoffer in der Hand.

»Sie haben ihn wiedergefunden?« Obwohl er immer noch etwas verstimmt war, konnte Kenji nicht anders, als sich für Izo zu freuen.

»So ist es. Allerdings war er leer. Aber das ist nicht weiter tragisch.« Er lächelte hoffnungsvoll. »Denn ab jetzt werde ich meine eigenen Geschäftsideen vermarkten. Warten Sie nur, bis Sie das hier gesehen haben.« Er legte seinen Koffer feierlich auf den Boden, öffnete ihn und holte ein Messer mit einer scharfen Klinge und einem kleinen Batteriegehäuse am Holzgriff heraus. An dem Holzgriff befanden sich dünne Metallarme, die sich vom Griff bis zur Klinge zogen, und als Izo die Batterie anstellte, glitt die Klinge mit einer Schneidebewegung aus dem Holzgriff und gleich wieder zurück. »Es ist ein Steakmesser. Für den Gastgeber, der sein Fleisch nicht selber schneiden möchte.« Die Batterie ging aus, und die Klinge blieb stehen.

Kenji runzelte die Stirn.

»Natürlich ist es noch nicht ganz perfekt. Aber geben Sie mir etwas Zeit. Ich werde es schon schaffen. Oh, das hätte ich fast vergessen. Ich habe da etwas für Sie.« Izo holte ein in Geschenkpapier eingewickeltes Päckchen aus dem Koffer und gab es Kenji. Es sah aus wie ein Buch und fühlte sich auch so an.

Kenji war verlegen. Er hatte nichts, was er Izo im Gegenzug hätte schenken können.

»Bitte, machen Sie es auf. Es ist ein Buch. Eine Entschuldigung dafür, dass ich gestern Abend einfach weggelaufen bin.«

Kenji riss das zarte Papier auf und erblickte das Cover des Buches *Japans beliebteste Fernsehshows*. Er lächelte. »Danke sehr. Das ist wirklich sehr aufmerksam von Ihnen.«

»Hey.« Izo blickte über Kenjis Schulter und entdeckte Eriko, die sich in der Küche zu schaffen machte. Er senkte die Stimme. »Wie ist es gestern Abend gelaufen?«

»Sie hat zugesagt.«

»Das ist ja großartig.«

»Ach wirklich? Ich habe ihr Geld versprochen, Geld, mit dem sie ihre Schulden bezahlen kann, und ich weiß nicht, ob ich in der Lage bin, es zu beschaffen.«

Izo legte Kenji beruhigend den Arm um die Schultern. »Na kommen Sie. Bieten Sie mir einen Kaffee an, und dann wird uns schon etwas einfallen.«

Als sie in die Küche gehen wollten, ging die Wohnungstür, durch die Izo eben erst hereingekommen war, erneut auf. Kenji drehte sich um und sah, wie Ami und die Kinder eintraten. Die Kinder hatten in jeder Hand eine Einkaufstüte.

»Yoshi, stell deine Tüten auf den Boden, und hol die letzte aus dem Auto.« Während sie ihrem Sohn Anweisungen gab, ging Ami durch den Flur und musterte den Bekannten ihres Mannes misstrauisch von oben bis unten. »Hallo«, sagte sie kühl, doch als sie die braunen Tüten erblickte, die Eriko aus ihrem Rollwagen lud, vergaß sie Izo sofort wieder. »Mutter«, sagte sie vorwurfsvoll, während sie ihre Tüten auf dem Küchentisch abstellte, »hast du schon wieder verdorbenes Gemüse eingekauft?«

Es war sonnenklar, dass Ami Izo für einen von Kenjis früheren Pachinko-Freunden hielt, also stellte Kenji ihn ohne Umschweife vor. »Das ist mein Freund Izo Izumi. Er ist gekommen, um mir bei der Show zu helfen.«

Ami nahm wohl an, dass Izo damit einer von Kenjis Kollegen bei Miru TV sein musste, und änderte ihr Verhalten schlagartig. »Ich treffe so selten mal einen Kollegen meines Mannes, und er macht aus seiner Arbeit immer so ein Geheimnis. Wir wissen nie, was er eigentlich so treibt. Vielleicht können Sie uns etwas darüber erzählen.«

»Ich fürchte, das ist streng geheim.« Izo schüttelte den Kopf, und Ami lachte fast kokett.

»Wollt Ihr Männer euch nicht setzen? Moment, ich stelle die Tüten weg. So, das ist schon besser. Kann ich euch irgendetwas bringen? Einen Kaffee vielleicht?«

»Kenji wollte gerade welchen machen.«

»Oh bitte, das würde ich gern übernehmen. Ihr müsst euch ungestört um eure Arbeit kümmern, und ich verspreche, dass ich nicht lausche.«

Als Ami den beiden Männern am Küchentisch den Rücken zukehrte und anfing, ihre Tüten auszupacken, trat Eriko zu ihr und flüsterte ihr etwas ins Ohr.

»Bitte Mutter, ich bin beschäftigt«, sagte Ami gereizt. »Ich kann sowieso nichts verstehen. Du musst schon lauter sprechen. Sei doch nicht so albern. Kenji –«, sie drehte sich zu ihrem Mann um, »Mutter behauptet, dass du versuchst, sie zum Narren zu halten, und behauptest, du hättest gestern Hana Hoshino getroffen.«

Kenji und Izo tauschten einen vielsagenden Blick. »Das stimmt«, erwiderten beide wie aus einem Mund und rückten mit ihren Stühlen näher an den Küchentisch heran, als die Zwillinge versuchten, sich mit weiteren Einkaufstüten an ihnen vorbeizuzwängen. In der Küche war bald überhaupt kein Platz mehr. Selbst wenn Kenji gewollt hätte, hätte er nicht aufstehen und gehen können. Er war vollständig eingeklemmt.

»Meine Güte.« Flammende Röte überzog Amis Hals und schoss ihr ins Gesicht. »Das muss man sich mal vorstellen.«

»Was ist denn?«, fragte Yumi.

»Dein Vater hat gestern eine sehr berühmte Person getroffen, was bedeutet, dass er selbst sehr wichtig sein muss.« Ami nahm ihrer Tochter die Einkaufstüte ab und stellte sie auf die Arbeitsplatte.

»Das glaubst du ihm doch nicht etwa, oder?«, wollte Eriko wissen, während Yumi auf der Stelle auf und ab hüpfte und sang: »Papa ist berühmt. Papa ist berühmt.«

Yoshi beobachtete seine Schwester verächtlich und brummte: »Sei nicht so albern. Hör sofort auf.«

Während die Stimmen um ihn herum immer lauter wurden – alle schrien durcheinander, um sich Gehör zu verschaffen, oder fielen sich gegenseitig ins Wort –, breitete sich in Kenjis Kopf ein pochender Schmerz aus. Die Küche erschien ihm unerträglich heiß und stickig. Er musste hier raus, an die frische Luft. Doch die Zwillinge standen direkt hinter ihm und zankten sich, sodass er sich nicht bewegen konnte.

»Wen hat er denn getroffen?«

»Irgendjemand ganz Berühmtes.«

»Wer soll das sein?«

»Ich hoffe doch sehr, dass Sie über mich sprechen.«

Es dauerte nur den Bruchteil einer Sekunde, bis die Yamadas bemerkten, dass die Stimme, eine weibliche, sanfte Stimme mit einer perfekten Aussprache, so als ob die Person eine Sprechausbildung gehabt hätte, zu keinem von ihnen gehörte. Alle verstummten schlagartig, hielten inne und drehten sich um, um Hoshino anzuschauen, die im Türrahmen stand.

»Ich hoffe, es macht Ihnen nichts aus«, sagte sie mit einem koketten Lächeln, »aber die Tür war offen.«

Alle starrten sie an. Keiner bewegte sich oder sagte ein Wort. Es dauerte mehrere Sekunden, bis Kenji merkte, dass sein Mund vor Erstaunen offen stand, und er ihn hastig schloss. Er war noch nie bei einem wahrhaft glanzvollen Ereignis dabei gewesen, und jetzt erlebte er so etwas direkt hier, in seiner Küche.

Eriko fand als Erste die Sprache wieder. »Ich muss dringend jemanden anrufen«, entschuldigte sie sich und zwängte sich aus der Küche.

Ami gewann allmählich die Fassung wieder. »Ich freue mich sehr, Sie kennenzulernen, Hoshino-san. Es ist eine große Ehre für mich, dass Sie in unsere Wohnung kommen. Es ist mir fast peinlich. Sie überraschen uns in einem chaotischen Augenblick, fürchte ich. Ich bin Ami Yamada. Ich nehme an, dass Sie meinen Mann schon gestern getroffen haben. Kann ich Ihnen den Mantel abnehmen?«

»Vielen Dank.« Hoshino zog ihren Mantel aus, unter dem sie ein bunt gemustertes Kleid und ein seidenes Kopftuch trug. Sie legte den Mantel in Amis ausgestreckte Arme. Dann nahm sie ihre große Sonnenbrille ab. »Auch ich freue mich, Sie kennenzulernen. Ihr Mann hat mir einen großen Dienst erwiesen.«

Alle Augen richteten sich auf Kenji. Er wusste, dass er etwas sagen sollte, doch er brachte kein Wort heraus. Die Frau, die da vor ihm stand, hatte sich nicht einfach nur in Schale geworfen, sie hatte sich verjüngt und war beinahe wieder zu dem Star geworden, der sie einmal gewesen war.

Während das Schweigen andauerte, verließ Ami den Raum. Als sie kurz darauf zurückkam, drängte sie Hoshino, sich zu Kenji und Izo an den Tisch zu setzen.

»Möchten Sie etwas trinken? Einen Kaffee, einen Tee, etwas Kuchen? Mutter.« Sie klatschte mit den Händen, bis die alte Dame erschien. »Hilf mir, unsere Gäste zu versorgen.« Sie wandte sich an Hoshino und fragte: »Wollen Ihre Begleiter im Flur vielleicht im Wohnzimmer Platz nehmen?«

»Begleiter?«, fragte Kenji misstrauisch, bevor er sich erhob und einen Blick in den Flur warf, in dem die zwei Männer standen, die gestern in Hoshinos Wohnung gewesen waren. »Was machen diese Männer denn hier?«, fragte er verärgert.

»Kenji, sei nicht so unhöflich«, wies Ami ihren Mann zurecht.

Hoshino griff über den Tisch und tätschelte beruhigend Kenjis Hand. »Machen Sie sich bitte keine Sorgen. Es ist alles in Ordnung. Das sind meine Leibwächter.« Sie kicherte und flüsterte verschwörerisch: »Nachdem Sie gestern Nacht gegangen waren, habe ich ihren Boss angerufen und ihm meine Situation erklärt. Dass ich davon ausgehe, meine Schulden sehr bald bezahlen zu können. Er war sehr darauf bedacht, seine – sagen wir mal – Investition zu schützen, und hat mir seine Männer heute Morgen vorbeigeschickt, damit sie auf mich aufpassen. Wir hatten seitdem viel Spaß miteinander, nicht wahr, Jungs?«

Sie warf einen Blick auf die beiden hünenhaften Männer im Flur der Yamadas. Doch die verzogen keine Miene. Ihr Gesichtsausdruck war undurchdringlich. Nicht nur wegen der schlechten Beleuchtung im Flur, sondern auch weil sie Sonnenbrillen trugen.

»Wir waren sogar einkaufen.« Sie erhob sich und drehte sich leicht. Der Saum ihres Kleides bauschte sich anmutig, dann ließ sie sich wieder auf den Stuhl sinken. »Es hat meine Schulden etwas erhöht, wissen Sie, aber ich brauche doch eine neue Ausstattung, wenn ich wieder ein Star werden soll.«

»Hoshino, wir müssen miteinander reden.« Kenji beugte sich über den Tisch und presste die Handflächen auf die Platte. »Ich muss Ihnen etwas sagen.«

»Kenji, bitte.« Ami schnalzte laut mit der Zunge, während sie ihr bestes Geschirr vor ihn hinstellte.

Hoshino legte wieder ihre Hand auf die von Kenji. Ihre Haut fühlte sich kühl und glatt an, und ihm fiel auf, dass sie einen riesigen Diamantring trug. »Ich kann Ihnen nicht genug danken für das, was Sie für mich getan haben. Sie haben mir neue Hoffnung geschenkt. Gestern war alles aussichtslos. Heute erstrahlt das Leben in neuem Glanz.«

»Entschuldigen Sie bitte.« Izo räusperte sich höflich. »Hoshino-san, wir haben uns gestern kurz kennengelernt.«

»Ach wirklich?«

»Ja, mein Name ist Izo Izumi. Man könnte sagen, dass ich Kenjis persönlicher Berater bin.«

»Wie nett«, sagte sie lächelnd, strich eine Locke, die sich gelöst hatte, wieder unter ihr Seidentuch und rückte ihre Sonnenbrille zurecht.

»Wir haben da vielleicht ein kleines Problem.« Kenji wollte ihr nichts vormachen. Er wollte ihr nichts versprechen, was er am Ende nicht halten konnte. Doch bevor er weiterreden konnte, trat Izo ihm kräftig gegen das Schienbein. »Autsch«, heulte er auf. »Womit habe ich denn das verdient?«

»Ist irgendetwas nicht in Ordnung?« Hoshino warf Kenji einen besorgten Blick zu.

»Kenji wollte Ihnen nur sagen«, warf Izo schnell ein, »wie begeistert er ist, mit einem Profi wie Ihnen zu arbeiten.«

»Ich …«

»Es beunruhigt ihn, dass er Ihnen nicht so gute Bedingungen bieten kann, wie Sie es von früher gewohnt sind.«

»Tatsächlich?« Schon allein der Gedanke schien Hoshino zu bestürzen, doch bevor sie noch irgendetwas sagen konnte, summte die Gegensprechanlage erneut.

»Du liebe Güte, in diesem Haus ist heute ja was los.« Ami stellte den Kaffee auf den Tisch und ging zur Tür, wobei sie sich zuerst aus der Küche und danach an den zwei hünenhaften Männern, die den Weg im Flur versperrten, vorbeizwängen musste. »Ich bin gleich wieder da.«

Kurze Zeit später war eine dünne, krächzende Stimme zu hören, die rief: »Lassen Sie mich durch. Ich brauche nicht viel Platz.«

Hoshinos Leibwächter pressten sich an die Wand, so gut es ging, und ließen Wami durch. Hinter ihr her hinkte ihr Sohn mit langsamen Schritten.

»Mutter, was um Himmels willen tust du da eigentlich? Wir können hier nicht einfach so hereinplatzen«, sagte er.

»Du wolltest sie doch unbedingt treffen, oder nicht?«, entgegnete die alte Frau. »Jetzt hast du die Gelegenheit. Also tu, was ich dir sage, und ich will kein Wort mehr von dir hören.«

»Du täuschst dich, wenn du glaubst, dass sie hier ist«, stieß Inagaki wütend hervor. »Ich habe dir schon ein paarmal gesagt, dass das nur wieder eins von seinen Spielchen ist, um …« Er brach mitten im Satz ab, als er die Küche betrat und zum ersten Mal, zumindest leibhaftig, in das lächelnde Gesicht von Hoshino blickte.

»Und wer ist dieser gut aussehende Mann?«, fragte sie geziert.

34

»Papa, ich will noch nicht ins Bett«, jammerte Yoshi, rieb sich mit den Fäusten die Augen und unterdrückte ein Gähnen. »Ich bin gar nicht müde.«

»Es ist schon spät«, sagte Kenji streng, beugte sich zu seinem Sohn hinunter und strich ihm die Haare aus der Stirn, wodurch eine gezackte Narbe zum Vorschein kam, die Kenji behutsam küsste. »Ich muss noch ein paar wichtige Dinge erledigen. Und du solltest ein bisschen schlafen.«

Die Narbe stammte von einem Vorfall, der sich ereignet hatte, als Yoshi vier Jahre alt war. Ami war zusammen mit Yumi einkaufen gewesen und hatte Kenji gebeten, auf Yoshi aufzupassen, damit nicht beide Kinder an ihr zerrten, während sie Gemüse aussuchte. Kenji und Yoshi hatten am Küchentisch gesessen. Yoshi malte in seinem Buch, und Kenji schaute ihm zu, in Gedanken ganz bei seiner Arbeit. Irgendein Gedanke war ihm durch den Kopf geschossen. Was für ein Gedanke das gewesen war, wusste er nicht mehr, obwohl es mit ziemlicher Wahrscheinlichkeit eine Idee für eine Fernsehshow war, denn er war aufgesprungen und hatte nach seinem Notizheft gesucht, überzeugt, dass er den Gedanken, wenn er ihn nicht sofort aufschreiben würde, bestimmt wieder vergaß. Er suchte überall in der Wohnung nach seinem Notizheft, doch er konnte es nirgends finden. Plötzlich hörte er einen markerschütternden Schrei, er ließ alles stehen und liegen und rannte sofort in die Küche zurück. Yoshi war auf einen Stuhl geklettert und hatte versucht, an einen Saftkarton auf der Arbeitsplatte heranzukommen. Dabei war er heruntergefallen und mit dem Kopf gegen die Tischkante geschlagen. Als Kenji bei ihm war, fühlte sich Yoshis Körper leblos an, und Kenji dachte voller Panik, er sei tot. Er brachte Yoshi sofort ins Krankenhaus, wo er gründlich untersucht, aber schon bald für gesund erklärt und am nächsten Tag nach Hause entlassen wurde. Als Kenji und seine Frau später in der Nacht allein im Bett lagen, konnte Ami ihre Wut kaum zurückhalten. Wo war er gewesen? Was hatte er gemacht, als er eigentlich auf seinen Sohn hätte aufpassen sollen? Kenji war noch nie ein begnadeter Lügner gewesen, und es war ihm nicht in den Sinn gekommen, etwas anderes zu sagen als die Wahrheit. Als er es ihr erzählte, hatte sie nur den Kopf geschüttelt. Wann würde er endlich begreifen, dass er ein ganz gewöhnlicher Angestellter war, der eine Familie zu versorgen hatte, und nicht irgendein Starproduzent beim Fernsehen, fragte sie ihn. Danach hatte sie ihn kaum noch mit den Kindern allein gelassen, und Kenji hielt es für sicherer, alles, was mit den Kindern zu tun hatte, ihr zu überlassen. Außerdem hatte er seinen Traum, Fernsehproduzent zu werden, in ihrer Gegenwart nie wieder erwähnt.

Die Narbe hatte sich mit den Jahren zurückgebildet, war aber nach wie vor zu sehen. Nachdem er seinem Sohn einen Gutenachtkuss gegeben hatte, schaltete Kenji die kleine pilzförmige Lampe neben Yoshis Bett ein, die seinen Sohn, der sich nur widerstrebend hinlegte, in ein warmes rosafarbenes Nachtlicht tauchte. Yumi schlief bereits tief und fest im Raum nebenan, beide Arme über dem Kopf, wie eine Balletttänzerin. Um sie nicht zu stören, schlich Kenji auf Zehenspitzen über den Flur und trabte leichtfüßig los, als er das Telefon klingeln hörte.

»Hallo.« Er zog sich von dem Gelächter und den Gesprächen zurück, die aus der Küche und aus dem Wohnzimmer drangen. »Mifune-san? Ja, hier spricht Kenji.«

Er hörte aufmerksam zu, als Abes frühere Assistentin ihm erklärte, dass Goto zum Start von *Millyenaire* eine Pressekonferenz im Cerulean Tower Hotel anberaumt hatte. Sie sollte morgen stattfinden. Für Hoshino war ein Hotelzimmer gebucht worden, und Kenji sollte dafür sorgen, dass sie sicher dort ankam und gut vorbereitet war. Es war schon eine Weile her, dass Hoshino beim Fernsehen gearbeitet hatte, und Goto wollte sichergehen, dass sie dem Job gewachsen war und einen guten Eindruck machte.

»Das geht alles etwas schnell«, murmelte Kenji und rieb sich die Stirn. Er hatte gehofft, er hätte mehr Zeit. Viel mehr Zeit.

»Goto besteht darauf, dass dieses Projekt so schnell wie möglich in die Wege geleitet wird«, erklärte Mifune.

»Ich verstehe«, antwortete Kenji und erklärte sich bereit, Hoshino zum Hotel zu bringen und sicherzustellen, dass sie gut vorbereitet war. Um auf alles gefasst zu sein, müsste sie jedoch die Wahrheit erfahren. Sein Gewissen würde es nicht zulassen, dass er dabeistand und zusah, wie sie sich weiter in Schulden stürzte und Geld, das ihr nicht gehörte, für Pelzmäntel und Diamanten ausgab. Ihm war inzwischen klar geworden, dass das der richtige Weg war, und so ging Kenji zur Küche, blieb aber kurz an der Wohnzimmertür stehen.

Ami schob sich mit einem Tablett voller Getränke an ihm vorbei. Er hielt sie sanft am Ellenbogen zurück. »Deine Mutter«, flüsterte er und wies mit dem Kopf auf das Bild, das sich im Wohnzimmer bot. »Schau sie dir an.«

»Keine Zeit, keine Zeit, keine Zeit«, flötete Ami mit schriller Stimme.

Er wusste instinktiv, dass ihre Stimme nicht vor Ärger so schrill klang, sondern vor lauter Glück. Die Rolle der Gastgeberin lag ihr sehr. Besonders weil sich unter ihren Gästen ein Star befand. Doch am ungewöhnlichsten war wahrscheinlich, dass es Ami nicht in Alarmbereitschaft versetzte, ihre Mutter und Wami im Wohnzimmer mit Hoshinos hünenhaften Leibwächtern Karten spielen zu sehen. Kenji beobachtete, wie seine Frau selig lächelnd die beiden leeren Gläser der Frauen mit frisch zubereiteter Limonade auffüllte und die leeren Bierflaschen der Männer durch zwei neue ersetzte. Die Untersetzer, die sie den Männern gegeben hatte, wurden von ihnen nicht beachtet. Doch das schien Ami nicht weiter zu stören, obwohl sie Kenji für so ein Verhalten streng zurechtgewiesen hätte.

»Ich gewinne schon wieder«, verkündete Eriko, deckte siegessicher ihre Karten auf und schob das Häufchen Streichhölzer, das sich in der Mitte des Tischs angesammelt hatte, mit einer Hand zu ihrem eigenen schon recht beachtlichen Häufchen. »Also los.« Sie blickte die beiden Leibwächter an, die, riesig, wie sie waren, unbequem auf der Kante des kanariengelben Sofas hockten. »Geben Sie.«

Wami zog mit einem scharfen Geräusch die Luft durch ihre Zähne, während die beiden Leibwächter den Kopf schüttelten.

Wie genau es dazu gekommen war, wusste Kenji nicht. Es war nicht nur das Kartenspielen, das ihn erstaunte, sondern vielmehr die Tatsache, dass sein Haus voller Leute war. Er konnte sich nicht daran erinnern, dass hier früher schon einmal so viele Menschen zusammengekommen waren. Wahrscheinlich war das tatsächlich noch nie der Fall gewesen. Dann traf ihn die Erkenntnis wie ein Blitz. Sie waren alle wegen ihm hier. »Ich bin der Grund dafür«, sagte er laut, und es klang großartig, aber auch beängstigend in seinen Ohren. Er rückte seine Augenklappe zurecht, kehrte Eriko und ihrem Kartenspiel den Rücken und ging in die Küche, wo er auf Izo stieß, der vor der Tür herumlungerte.

»Ist das zu fassen?«, flüsterte er. »Ein Star in Ihrer Küche. In Ihren eigenen vier Wänden.«

Kenji nickte. »Ich habe wirklich Glück.«

»Glück? Mit Glück hat das hier nichts zu tun. Sie haben es sich verdient.« Izo drehte sich um und blickte Kenji ins Gesicht. »Sie werden doch keine Dummheiten machen, oder?«

»Wovon reden Sie?«

Izo sagte mit leiser Stimme: »Ihr die Sache mit dem Sponsor beichten. Dass Sie noch niemanden haben.«

»Ich habe keine andere Wahl. Alles andere wäre ihr gegenüber unehrlich. Aber …«, er zuckte mit den Schultern, »… wenn morgen alles gut läuft, ist das Problem vielleicht schon bald vom Tisch.«

»Was ist morgen?«, fragte Izo und runzelte die Stirn.

»Eine Pressekonferenz.« Kenji berührte Doppos Christopherus-Medaillon. »Ich habe ein gutes Gefühl. Ich weiß nicht genau, warum, aber ich bin sicher, dass wir einen Sponsor finden.«

»Freut mich, zu hören. Jetzt sehen Sie sich das mal an.« Izo machte eine Kopfbewegung in Richtung Küche. »Ich denke, hier haben sich zwei Turteltauben gefunden.«

Kenji warf einen Blick in die Küche und wurde Zeuge des Geschehens, auf das sich Izos Kommentar bezog. An der einen Seite des Tisches saß Hoshino, die ihr Kopftuch abgenommen hatte, sodass ihre langen Locken zum Vorschein kamen. Ihr gegenüber saß Inagaki, die Ellenbogen auf den Tisch gestützt und das Kinn auf den Fäusten. Sein Haar war mit einer beachtlichen Menge Gel über den Kopf nach hinten gestylt, aber in der Wärme, die von der Küchenlampe ausging, hatte sich die Frisur aufgelöst, und die Haare fielen ihm ständig ins Gesicht. Er strich sie immer wieder zurück, doch seine braunen, bewundernden Augen waren ununterbrochen auf Hoshinos Gesicht gerichtet.

»Erzählen Sie mir doch noch einmal, wie Sie Premierminister Nakasone getroffen haben«, bat er. »Welche Fragen haben Sie ihm gestellt? Was hatten Sie an? Was hat er zu Ihnen gesagt?«

Es verunsicherte Kenji, den normalerweise so steifen Bankleiter so zu sehen. Dass er so entspannt und zufrieden wirken konnte, überraschte ihn.

Hoshino nippte an einem Glas Limonade. Kenji sah, dass ihre Hand kaum merklich zitterte.

»Noch einmal?«, sagte sie mit gespielter Überraschung in der Stimme. »Die Geschichte muss Sie doch langsam langweilen.«

»Niemals«, rief er aus. »Jedes Mal, wenn Sie die Geschichte erzählen, erfahre ich etwas Neues. Ein Detail, das Sie beim letzten Mal vergessen haben. Einen Schmuck, den Sie getragen haben. Ein Kompliment, das Ihnen gemacht wurde. Also bitte, erzählen Sie es mir noch einmal.«

»Also gut.« Sie spießte mit einem Zahnstocher ein Stück Wassermelone auf und knabberte daran. Während sie aß, erzählte sie ihre Geschichte erneut und wandte sich dabei nicht nur an Inagaki, sondern auch an Kenji und Izo. Sie blickte abwechselnd auf alle drei, wobei ihre Locken sanft auf ihren Schultern auf- und niederhüpften. Es war fast so, als ob Inagaki es nicht ertragen konnte, wenn sie den Blick von ihm abwandte. Jedes Mal, wenn sie einen der anderen ansah, lenkte er mit der einen oder anderen Frage ihre Aufmerksamkeit wieder auf sich.

Als sie ihre Geschichte schließlich zu Ende erzählt hatte, breitete sich Schweigen in der Küche aus. Hoshino unterdrückte ein Gähnen und machte Anstalten aufzustehen.

»Ich habe Ihre Gastfreundschaft schon überstrapaziert. Es ist Zeit für mich, zu gehen.«

Inagaki blickte sie entgeistert an. »Bitte gehen Sie nicht, noch nicht gleich, meine ich.« Er warf einen vorsichtigen

Blick in Kenjis Richtung. »Wie können Sie gehen, wo Sie mir doch noch nichts von dieser neuen Fernsehshow erzählt haben, die Sie moderieren werden?«

»Vielleicht kann Ihnen mein Partner das besser erklären als ich«, sagte sie mit einer Kopfbewegung in Kenjis Richtung.

»Ich bin froh, dass Sie die Fernsehshow angesprochen haben.« Kenji vermied es, Izo anzusehen. »Ich muss Ihnen dazu etwas sagen, Hoshino-san. Sie müssen wissen, dass wir bis jetzt noch niemanden haben, der die Show finanziell unterstützt. NBC hat sich bereiterklärt, die Hälfte der Produktionskosten zu übernehmen. Ich muss noch einen Sponsor für die andere Hälfte finden. Andernfalls ist das gesamte Projekt zum Scheitern verurteilt.«

Ihr Gesicht fiel in sich zusammen, und zum ersten Mal an diesem Tag konnte man das verbrauchte Gesicht erkennen, das Kenji gestern gesehen hatte.

Ihre Enttäuschung schmerzte ihn, und er bemühte sich, ihre Stimmung aufzuhellen. »Das Risiko besteht, dass wir keinen Sponsor finden. Ich kann Sie darüber nicht im Unklaren lassen. Doch für morgen Mittag ist eine Pressekonferenz anberaumt worden, und ich setze große Hoffnungen darauf.«

Sie sah besorgt aus. »Morgen schon. So bald.«

»Sie findet im Cerulean Tower Hotel statt. Ich bin sicher, dass das die ideale Möglichkeit für mich ist, einen Sponsor zu finden. Viele einflussreiche Leute sind zu der Pressekonferenz eingeladen worden.« Er dachte an die lange Liste, die Mifune ihm am Telefon vorgelesen hatte. »Mit Ihrem Charme und Ihrem guten Aussehen werden wir alle für uns einnehmen.«

»Aber ich bin noch nicht so weit. Was soll ich anziehen? Meine Frisur, mein Make-up.«

»Machen Sie sich darüber keine Gedanken.« Ami erschien an Kenjis Seite. »Ich kann Ihnen dabei helfen. Und ich bin mir sicher, dass ich das perfekte Outfit für Sie habe. Es wird genau zu Ihrem Typ passen.«

»Sie werden in den besten Händen sein, bei einer sehr begabten Schneiderin.« Inagaki tätschelte beruhigend Hoshinos Hand. »Und es gibt viele Leute, die sich für so ein Projekt interessieren. Leute, die die notwendigen Mittel haben. Ich bin überzeugt, dass Yamada-san in der Lage ist, sie zu finden. Nicht wahr, Yamada-san?« Er warf Kenji einen scharfen Blick zu, und der sah in diesem Augenblick wieder den steifen Mann vor sich, den er von seiner Arbeit in der Bank kannte.

35

Kenji packte seine Frau fest an der Hand und führte sie zum Ausgang. Vor der Bahnstation hielt er kurz inne, sodass sie beide wieder zu Atem kommen konnten. Ami blickte zu ihm auf und lächelte. Irgendwie schüchtern oder etwas demütig, schoss es ihm durch den Kopf. Die Wärme der zahlreichen aneinandergepressten Körper im Bahnabteil hatte dafür gesorgt, dass Ami die Röte ins Gesicht gestiegen war. Sie ließ die Hand ihres Mannes los und holte einen kleinen, batteriebetriebenen Ventilator aus ihrer Handtasche – ein Geschenk von Izo –, den sie sich einige Sekunden lang vor das Gesicht hielt. Die Blätter des Ventilators drehten sich schwerfällig in die eine und dann in die andere Richtung, bevor sie schlaff an der Seite herabsanken, an der sich auch der Einschaltknopf befand. Sie mussten beide lachen. Ami steckte den Ventilator wieder in ihre Handtasche und fuhr sich mit der Hand unsicher durchs Haar.

»Du siehst wirklich hübsch aus.« Kenji sprach zärtlich und griff erneut nach der nun wieder frei gewordenen Hand seiner Frau. Der unerwartete Besuch von Hana Hoshino am gestrigen Abend schien seiner Ehe einen lang ersehnten Aufwind beschert zu haben. Den ganzen Vormittag über hatte er sich gefühlt wie ein frisch gebackener Ehemann. Er hatte seine Finger nicht von Ami lassen können, sie ständig bewundernd angeschaut und ihr Komplimente ins Ohr geflüstert. Wie ein liebeskranker Esel, dachte er und lächelte still in sich hinein, bevor er sich umwandte und mit beschwingten Schritten die Busfahrstreifen vor der Bahnstation überquerte. Ami hatte sich empfänglich gezeigt und war ausgelassen, und sie hatte ihrem Mann gesagt, dass sie sich nicht mehr so angespannt fühlen würde bei ihm. Es gab nichts mehr, worüber sie sich ärgerte, und sie würde sich sogar auf das freuen, was die Zukunft brachte. Vielleicht könnten sie bald in eine neue Wohnung ziehen? Eine größere und modernere Wohnung. Möglicherweise könnten sie sogar einen Sommerurlaub im Ausland verbringen, und nicht, wie sonst immer, nur zu Hause bleiben. »Warum dieser plötzliche Sinneswandel?«, hatte Kenji seine Frau gefragt, die nach einigen ausweichenden Antworten schließlich zugab, dass das Auftauchen von Hoshino ihr eine große Sorge von der Seele genommen hatte, die seit Monaten an ihr nagte. Die Sorge, dass ihr Mann sich etwas vormachte und langsam aber sicher den Verstand verlor. Dass er nie zum Leitenden Fernsehproduzenten befördert werden würde, so wie er es sich immer gewünscht hatte. Dass er auch weiterhin ein kleiner Angestellter bliebe. Oder noch schlimmer, bis zu seinem Ruhestand nur noch Postraumangestellter wäre. Jetzt konnte sie erhobenen Hauptes durchs Leben gehen und musste sich nie mehr schämen, mit ihren Freundinnen oder Kundinnen über ihn zu sprechen.

Es war ihm nicht bewusst gewesen, dass sie sich schämte, über ihn zu reden. Doch er schob den Gedanken schnell beiseite, als sie gemeinsam die Brücke erreichten, die über die stark befahrene Schnellstraße führte, wo sich der frühmorgendliche Verkehr Stoßstange an Stoßstange voranschob.

»Jetzt ist es nicht mehr weit«, murmelte er leise, als sie die Brücke hinaufstiegen und hinüber zur anderen Straßenseite gingen. Der Cerulean Tower, den sie seit dem Verlassen der Bahnstation immer vor Augen gehabt hatten, wurde immer größer und imposanter, bis sie sich schließlich in der Zufahrt des mehrstöckigen Gebäudes wiederfanden. Um sie herum wuchsen üppige grüne exotische Pflanzen in Beeten, die in Marmor eingefasst waren.

Als sie die Lobby betraten, spürte Kenji, wie sich Ami an seiner Hand nur widerstrebend vorwärtsbewegte. Er drehte sich um und sah, dass sie hinter ihm stehen geblieben war und blinzelnd ihre Umgebung betrachtete.

»Meine Güte«, entfuhr es ihr. »Ich habe schon immer gewusst, dass es mir zusteht, an solchen Orten zu verkehren. Dass es uns zusteht. Vielleicht ist es jetzt so weit?« Sie blickte ihren Mann fragend an, und auch Kenji musste zugeben, ja, der Cerulean Tower war wirklich ein beeindruckendes Hotel.

Der Fußboden bestand durchgehend aus makellosem weißen Marmor. Um sie herum erhoben sich dunkelgraue, glatte mattierte Wände hinauf zu einer milchweißen Decke. Zu ihrer Linken befand sich eine auf Hochglanz polierte Rezeption aus Walnussholz, ein großer, lang gestreckter Empfangstisch mit abgeschrägten Ecken. Direkt gegenüber der Rezeption verlief eine raumhohe Fensterfront, und davor standen Sitzecken aus massiven Korbstühlen mit moosgrünen Kissen. Neben jedem Korbstuhl stand ein Beistelltischchen aus Walnussholz mit einem schweren Glasaschenbecher und Streichhölzern darauf.

»Guten Morgen.« Ein junger Mann, der gleich im Eingang stand, kam auf sie zu und verbeugte sich höflich. »Willkommen im Cerulean Tower. Wie kann ich Ihnen behilflich sein?«

»Ich bin hier mit einem Ihrer Gäste verabredet. Eine meiner Geschäftspartnerinnen hat ein Zimmer in Ihrem Hotel.« Kenji verspürte den Drang, seine Anwesenheit zu rechtfertigen. Im Gegensatz zu Ami waren die Hotels in Tokio kein Neuland für ihn. Viele der Geschäftspartner, mit denen NBC regelmäßig zu tun hatte, hatten in Hotels wie dem Excel oder dem Park Hyatt übernachtet, und seine Aufgabe war es immer gewesen, sie abzuholen und später wieder ins Hotel zurückzubringen, ihnen die Sehenswürdigkeiten zu zeigen oder sie zum Essen und auf einen Drink in die Bars zu begleiten. Das war jedoch sein erster Besuch im Cerulean Tower, ganz einfach weil die Gäste, die hier logierten, davon ausgehen konnten, dass sie vom Leitenden Produzenten persönlich abgeholt und unterhalten werden würden. Und natürlich war Kenji nie in so einer Position gewesen. Bis heute.

»Bitte hier entlang.« Der junge Mann wies mit dem Kopf auf den imposanten Empfangstisch aus Walnussholz. »Eine meiner Kolleginnen wird Ihnen sicher weiterhelfen können.«

Hinter dem Empfangstresen standen drei junge Frauen. Sie alle wirkten beschäftigt, doch als er sich dem Tresen näherte, schaute eine der Frauen zu ihm auf.

»Guten Morgen, mein Herr. Wie kann ich Ihnen behilflich sein?«

»Ich bin mit einem Ihrer Gäste verabredet. Hana Hoshino. Sie ist eine Geschäftspartnerin.« Kenji studierte nervös den Gesichtsausdruck der jungen Frau. Sie denkt, dass ich es nicht verdiene, hier zu sein, dass ich ein ungebetener Eindringling bin, so fürchtete er.

»Können Sie mir bitte Ihren Namen nennen?«, fragte die junge Frau höflich.

»Kenji Yamada.«

»Wenn Sie hier bitte eine Minute warten würden.« Sie befestigte eine Freisprechanlage an ihrem Ohr und wählte eine Nummer auf der Telefonanlage, die versteckt unter der überstehenden Platte des Tresens zwischen ihnen angebracht war. Er drehte sich höflich zur Seite.

Obwohl es Montagmorgen war und der Blick auf die Uhr zeigte, dass es gerade mal acht Uhr war, herrschte in der Lobby bereits reger Betrieb. Die mittleren Korbstühle auf der gegenüberliegenden Seite waren fast alle von Männern im Anzug belegt, die Zeitung lasen, Kaffee tranken und ununterbrochen Zigarren rauchten. Andere Gäste liefen durch die Lobby, und Portiers schleppten sich mit dem Gepäck ab. Einer der Gäste stach Kenji ganz besonders ins Auge. Ein Mann, dessen Haar unnatürlich schwarz wirkte, bis auf eine weiße Strähne, die sich von der Stirn bis zum Hinterkopf zog wie eine Mähne. Kenji beobachtete, wie der Mann, ganz schwarz gekleidet und in Schuhen, die aussahen wie Ballerinas, über den Marmorboden tänzelte und einem kleinen weißen Hund, der zusammengerollt auf seinem Arm lag und seine kleine Zunge immer wieder herausschnellen ließ wie eine Echse, etwas zugurrte.

»Ich fürchte«, sagte die Empfangsdame, nachdem sie sich höflich geräuspert hatte, »es geht niemand ans Telefon.« Sie blickte auf die elegante goldene Armbanduhr an ihrem schmalen Handgelenk und fügte erklärend hinzu: »Im Speisesaal wird noch das Frühstück serviert. Vielleicht frühstückt Ihre Bekannte gerade und wird in Kürze in ihr Zimmer zurückgehen.«

»Vielleicht haben Sie recht.« Kenji wusste, dass Hoshino selten etwas zum Frühstück aß. Das hatte sie ihm gestern beim Abschied gesagt, als sie sich für den nächsten Tag verabredet hatten. Er warf seiner Frau einen nervösen Seitenblick zu. Sie war von der Nachricht gänzlich unberührt und starrte den Gast mit dem weißen Streifen im Haar und dem winzigen Hund an.

»Möchten Sie gerne warten? Wenn Sie einen Kaffee trinken wollen, schicke ich jemanden vom Servicepersonal zu Ihnen«, schlug die Empfangsdame vor, und Kenji nickte.

Kenji stieß Ami an und führte sie zu einer Gruppe von Korbstühlen und suchte zwei in der hintersten Ecke aus. Ein junger Mann in einer weißen Tunika und in schwarzen Hosen mit einer tadellosen Bügelfalte erschien fast sofort, nachdem sie Platz genommen hatten.

»Guten Morgen.« Er verbeugte sich und reichte Kenji und Ami eine kleine in Leder eingebundene Menükarte, auf der die vergoldeten Umrisse des Cerulean Tower zu sehen waren.

Kenji schlug die erste Seite auf, dann die zweite, doch er war unfähig aufzunehmen, was dort stand. Er hielt es nicht länger aus, sprang auf und ging zum Empfangstisch zurück.

Im Zimmer 1401 ging immer noch niemand ans Telefon.

Er versuchte, eine unbeteiligte Miene aufzusetzen, und ging zu seiner Frau zurück, die Kaffee und Gebäck bestellt hatte. Wo konnte Hoshino nur sein?, fragte er sich. Panik stieg in ihm auf. Sie hätte im Zimmer sein sollen. Sie hatten sich um acht Uhr morgens verabredet. Die Pressekonferenz sollte erst gegen Mittag stattfinden, doch sie würden viel Zeit brauchen, um sich darauf vorzubereiten. Es sollte Kenjis großer Tag werden. Der Tag, an dem schließlich und endlich alles Gestalt annahm.

»Ist sie immer noch beim Frühstück?«, fragte Ami und versuchte, den Puderzucker, der auf ihrem Rock gelandet war, herunterzustreifen.

Kenji nickte verzweifelt und starrte wie gebannt auf seine Frau, die ein Gebäckstück nach dem anderen von der sich rasant leerenden Platte nahm. »Es ist schon Viertel vor neun.« Es fiel ihm immer schwerer, sich die Panik in der Stimme nicht anmerken zu lassen. »Wie lange kann jemand beim Frühstücken sein?«

»Sie haben hier sehr gutes Essen«, verkündete Ami und tupfte sich die Mundwinkel mit einer Serviette ab. »Bitte, setz dich«, bat sie ihren Mann, dessen nervöses Auf- und Ablaufen ihr langsam auf die Nerven ging.

Doch er konnte sich einfach nicht hinsetzen. Er war inzwischen wirklich beunruhigt, sehr beunruhigt. Was war mit Hoshino passiert, nachdem sie gestern Nacht ihre Wohnung verlassen hatte? Ihre Leibwächter hatten sie zurück nach Tokio in ihr Hotelzimmer gebracht. Sie hatten bestimmt dafür gesorgt, dass sie sicher dort ankam. Doch was, wenn sie sich danach aus dem Hotel geschlichen hatte? In eine Bar gegangen war? Noch wahrscheinlicher war es, dass sie in ihrem Zimmer weitergetrunken hatte. Das war genau das, was er befürchtete, seit er bemerkt hatte, wie ihre Hände zitterten. Hatte sie sich einen kleinen Schluck genehmigt, um ihre Nerven zu beruhigen? Und war aus diesem kleinen Schluck eine große Menge kleiner Schlucke geworden?

Eine Stunde kroch dahin, während er die Empfangsdame mehrere Male bat, in Hoshinos Zimmer anzurufen. Schließlich entschied Ami, dass es an der Zeit war, zu handeln.

»Na komm«, sagte sie und verstaute ihre Zeitschrift in ihrer Handtasche. »Wir gehen rauf.«

»Das können wir nicht. Ich meine, wir sind nicht angemeldet.«

»Was bleibt dir denn anderes übrig? Willst du einfach hier bleiben und deine Schuhsohlen mit deinem ewigen Hin- und Hergerenne durchlaufen?«

»Du hast recht. Natürlich hast du recht. Gehen wir, bevor ich es mir wieder anders überlege.«

Sie nahmen den Fahrstuhl in den vierzehnten Stock und folgten den Holzschildern an den Wänden bis ans Ende eines Flurs aus Magnolienholz, der durch Punktstrahler in der Decke beleuchtet wurde. Ihre Schritte machten auf dem üppigen tiefen roten, gold-blau getupften Teppich keinerlei Geräusch. Als sie Zimmer 1401 erreichten, klopfte Kenji leise an die Tür. Niemand antwortete.

»Das hört sie doch nie im Leben«, schimpfte Ami, langte an ihm vorbei und schlug mit den Fingerknöcheln mehrmals kräftig an die Tür. Noch immer kam keine Antwort. Sie beugten sich im selben Moment vor, kicherten wie Teenager und legten das Ohr an die Tür.

»Ich höre nichts.«

»Klopf noch einmal.«

»Nein, klopf du.«

Ein Zimmermädchen trat aus dem angrenzenden Zimmer, eine ältere Koreanerin, und sie fuhren vor Schreck hoch. Ami war die Erste, die die Fassung wieder gewann.

»Oh nein«, rief sie und wühlte in ihrer Handtasche. »Ich habe die Schlüsselkarte drinnen liegen lassen. Das gibt's doch nicht, dass mir so etwas passiert. Direkt auf dem Tisch neben dem Waschbecken. Jetzt müssen wir mit dem Fahrstuhl den ganzen Weg ins Erdgeschoss fahren.« Sie tat so, als bemerkte sie das Zimmermädchen erst jetzt, und drehte sich zu ihr um. »Es sei denn ... Sie können uns wahrscheinlich nicht hineinlassen? Uns die Peinlichkeit ersparen?«

Das Zimmermädchen zuckte mit den Schultern und murmelte etwas auf Koreanisch. Als sie sich zum Gehen wandte, konnten sie sehen, dass an ihren Waden die Krampfadern deutlich hervortraten.

Ami ließ nicht locker, tippte dem Zimmermädchen auf die Schulter und gab ihr pantomimisch zu verstehen, dass sie die Tür öffnen sollte. Die alte Dame sah sie misstrauisch an – Kenji war überzeugt, dass sie ihn für einen Kriminellen hielt –, während seine Frau ihr vorspielte, wie sie das Zimmer verlassen und die Tür geschlossen hatte, bevor sie bemerkte, dass der Schlüssel noch drinnen lag.

»Ahhh«, das Zimmermädchen grinste.

»Da haben wir aber Glück gehabt«, flüsterte Kenji seiner Frau zu, als die Tür schwer hinter ihnen ins Schloss fiel und den Raum in Dunkelheit hüllte. Die Luft roch süßlich und verbraucht.

»Rühr dich nicht vom Fleck«, flüsterte er und bewegte sich mit ausgestreckten Händen langsam vorwärts. Er wollte die Tür nicht erneut öffnen, für den Fall, dass das Zimmermädchen noch auf dem Flur war, und beim flüchtigen Abtasten der Wände hatte er keinen Lichtschalter gefunden. Er wollte einfach geradeaus gehen. Wenn man in einem Hotelzimmer – dabei spielte es keine Rolle, in welchem Hotel man gerade war – von der Tür aus immer geradeaus ging, würde man zwangsläufig irgendwann zum Fenster kommen. So viel wusste er immerhin. Als er sich vorsichtig vorwärtstastete, blieb er mit den Füßen irgendwo hängen – vielleicht an einem Kleidungsstück – und stieß mit dem Zeh gegen etwas Hartes, einen Sessel. Das Geräusch von tiefen, schweren, unregelmäßigen Atemzügen erfüllte den Raum. Seine eigenen, aber auch die von jemand anderem. Dann stießen seine Handflächen auf etwas Hartes, das Fenster, und er zog an etwas, das sich anfühlte wie ein Vorhang, und dann an den Rollläden, wodurch der Raum in Sonnenlicht getaucht wurde.

Ami stieß einen Schrei aus. Quer über dem Bett lag Hoshino, vollständig angezogen, doch der Saum ihres leuchtend bunten Kleides war ihr unschicklich bis zur Taille hochgerutscht und gab den Blick frei auf ihre Strümpfe, die mehrere Laufmaschen hatten. Das Bett war zerwühlt. Eine leere Champagnerflasche lag neben ihr. Weitere leere Flaschen lagen auf dem Boden.

»Hoshino-san«, rief Kenji, doch sie rührte sich nicht. Mit schreckgeweiteten Augen drehte er sich zu seiner Frau um.« »Was machen wir denn jetzt? Sie hat sich bis zur Bewusstlosigkeit betrunken.«

»Stell sie auf die Beine«, befahl Ami und trat ans Bett. »Sie wird inzwischen ihren größten Rausch ausgeschlafen haben. Stell sie auf die Beine, und bring sie ins Bad.«

Obwohl es ihm äußerst unangenehm war, schob Kenji eine Hand unter Hoshinos Rücken und half ihr, sich aufzusetzen. Sie stöhnte. Er schloss die Augen aus Rücksicht auf ihr Schamgefühl und drehte sie etwas, damit er die Arme um sie legen und sie hochziehen konnte. Doch sie sackte in seinen Armen zusammen wie eine kaputte Puppe, während sie wie in einem unbeholfenen Walzer zum Badezimmer schlurften, wo er sie auf den Toilettendeckel sinken ließ.

»Lass uns für einen Moment allein. Ich kümmere mich um sie.« Ami schloss die Tür, öffnete sie erneut und rief hinter ihrem Mann her: »Bestell reichlich Kaffee, Rührei und trockenen Toast.« Als sie die Tür zum zweiten Mal schloss, hörte er unmittelbar danach das Geräusch von laufendem Wasser.

Genau neunundzwanzig Minuten später – er wusste es so genau, weil er die Minuten gezählt hatte – kam Ami wieder aus dem Badezimmer, gefolgt von einer sehr reuigen und verstört wirkenden Hoshino. Ihr schwarzes Haar war feucht, aus ihrem Gesicht waren alle Spuren von Make-up abgewaschen, und sie war in einen weißen Frotteebademantel gehüllt.

»Ich schäme mich so«, sagte sie immer wieder und vermied es, ihm in die Augen zu schauen, »dass Sie mich in so einem Zustand gefunden haben. Dass ich Sie so enttäusche, nach allem, was Sie für mich getan haben.« Sie sprach verhalten, als ob allein die Anstrengung des Sprechens schon zu viel für sie wäre. Er nahm an, dass sie geweint hatte.

»Machen Sie sich keine Sorgen«, versicherte ihr Kenji. »Wir haben noch genug Zeit bis zur Pressekonferenz. Setzen Sie sich, und essen Sie etwas.« Er zog einen Stuhl unter einem runden Tisch am Fenster hervor, und sie setzte sich.

»Ich habe wirklich keinen großen Appetit.«

Ami akzeptierte kein Nein, und wenig später schob sich Hoshino etwas lauwarmes Rührei in ihren Mund, während Ami an ihren Haaren zog und zerrte und diese zu einem kunstvollen Knoten hochsteckte.

Das Telefon läutete und durchbrach das Schweigen, das sich im Zimmer ausgebreitet hatte, und alle drei zuckten zusammen.

»Mein Kopf.« Hoshino war den Tränen nah. »Könnte bitte jemand für mich ans Telefon gehen?«

Kenji lief zum Telefon, nahm den Hörer ab und wünschte dem Anrufer einen Guten Morgen. »Es ist der Veranstaltungsleiter«, flüsterte er und bedeckte die Sprechmuschel des Hörers mit der Hand. »Der Raum für die Pressekonferenz ist bereit, und wir können jederzeit runterkommen und einen Probedurchlauf machen.«

Hoshino sah ihn völlig entgeistert an. Sie stellte ihre Kaffeetasse ab, die sie nicht länger halten konnte, weil ihre Hand so zitterte. »Ich kann das nicht«, murmelte sie, zuerst leise und dann deutlicher. »Ich kann diese Sache nicht durchziehen.«

Im ersten Moment dachte Kenji, dass sie vielleicht einen Scherz machte, doch als er den Ausdruck von blanker Panik in ihrem Gesicht sah, wurde ihm klar, dass sie es sehr, sehr ernst meinte. »Sie haben keine andere Wahl. Sie können uns nicht so im Stich lassen. Es ist schon alles arrangiert. Das ist unsere große Chance, die Show einem breiten Publikum vorzustellen. Einen Sponsor zu finden. Ohne Sponsor gibt es keine Show. Wenn es keine Show gibt, habe ich keine Arbeit mehr.«

»Ich weiß. Es tut mir leid. Aber ich habe nicht das Zeug dazu. Bitte verstehen Sie doch.«

»Das sind nur die Nerven.« Ami klopfte Hoshino beruhigend auf die Schulter. »Wenn Sie erst einmal im Rampenlicht stehen, wird es so sein, als ob Sie nie weg gewesen wären.«

»Es ist schon so lange her, dass ich befürchte, ich weiß nicht mehr, wie es geht.« Ihre Stimme zitterte. »Eigentlich war ich nie wirklich gut.« Eine dicke Träne rollte über ihre Wange, und dann noch eine und noch eine. »Ich kann das nicht«, heulte sie, sprang auf, lief ins Bad und schloss die Tür hinter sich ab.

Kenji blickte Ami an. »Und jetzt?«

Sie starrten einander schweigend an und blickten dann auf die verschlossene Badezimmertür. Das Telefon läutete. Schon wieder. Kenji versuchte, es zu ignorieren, doch das Läuten hörte nicht auf. Es läutete so lange, bis er den Hörer abnahm.

»Inagaki-san ... Nein, das ist kein guter Zeitpunkt ... Wir stecken in einer heiklen Lage ... Nein, ich habe nichts getan oder gesagt, was sie aufgeregt hat ... Sie hat sich im Badezimmer eingeschlossen und will nicht herauskommen ... Wenn es denn unbedingt sein muss.«

Er legte den Hörer wieder auf. »Er will raufkommen. Ich konnte es ihm nicht ausreden.«

»Vielleicht schafft er es, sie wieder aus dem Badezimmer herauszulocken«, sagte Ami und zuckte hilflos mit den Schultern.

Nur wenige Minuten später stand Inagaki vor der Tür und zitterte vor Wut. »Was haben Sie mit ihr gemacht, Yamada?« Er humpelte hinter Kenji ins Zimmer. »Worüber hat sie sich so aufgeregt? Haben Sie auch nur die leiseste Ahnung, mit was für einer einzigartigen, zarten und feinfühligen Frau Sie es hier zu tun haben? Wenn Sie ihre Gefühle irgendwie verletzt haben, dann schwöre ich Ihnen, dass ich ...«

Bevor er die Gelegenheit hatte, seine Drohung auszusprechen, stellte sich Ami demonstrativ zwischen die beiden Männer. »Mein Mann hat nichts dergleichen getan, Inagaki. Er war im Umgang mit ihr immer geduldig und freundlich.«

Kenji war es nicht gewöhnt, dass seine Frau ihn verteidigte – normalerweise hielt sie zur Gegenseite –, und sah ihr leicht amüsiert zu.

»Hoshino-san ist nervös. Sie hat Lampenfieber und muss mit viel Feingefühl dazu überredet werden herauszukommen. Sie braucht jemanden, der ihr Selbstwertgefühl aufbaut. Doch jetzt, wo Sie da sind, könnte ich mir niemanden vorstellen, der das besser könnte.«

Inagaki rückte seine Krawatte zurecht. »Ich kann es ja einmal versuchen.« Er humpelte zur Badezimmertür. »Lassen Sie uns bitte allein.«

Kenji und Ami zogen sich in die Ecke des Raumes zurück, wo sie sich in zwei kleine Sessel neben dem Fenster setzten und Inagaki, der leise an die Badezimmertür klopfte, besorgte Blicke zuwarfen. Sie konnten nicht hören, was er sagte. Er sprach im Flüsterton. Doch nach einiger Zeit ging die Badezimmertür einen Spaltbreit auf, und er schlüpfte durch die Tür und schloss sie schnell hinter sich. Einige Minuten verstrichen.

»Was glaubst du, machen sie da drin?« Kenji knetete nervös seine Hände im Schoß.

»Lass ihnen etwas Zeit.«

»Wir haben keine Zeit mehr.« Er schaute auf seine Uhr und sah, dass es inzwischen halb zwölf war. »Ich werde sie jetzt da herausholen.« Er stand auf, ging mit großen Schritten zur Badezimmertür und wollte gerade anklopfen, als sie sich von selbst öffnete. Hoshino kam heraus und lächelte schüchtern, hinter ihr Inagaki.

»Ich bin so weit.« Sie klatschte in die Hände und schaute zu Inagaki auf, der gönnerhaft lächelte. »Erzählen Sie mir, was ich sagen soll.«

Kenji sah, dass ihre Hände immer noch zitterten.

36

»Wollen Sie die etwa alle kaufen?« Die junge Aushilfsverkäuferin blätterte den Stapel Zeitschriften durch, den Kenji auf den Ladentisch gelegt hatte, und hielt hier und da inne, um die Cover einiger Zeitschriften genauer zu betrachten. »Das sind vielleicht viele. Oh, ich wusste gar nicht, dass diese Ausgabe schon rausgekommen ist. Ich habe schon länger darauf gewartet.«

Sie zog eine Zeitschrift in DIN-A4 unten aus dem Stapel, die auf Klatschgeschichten über Prominente, Serienstars und Politiker spezialisiert war und diese mit großformatigen Farbfotos ausschmückte. Kenji sah zu, wie sie die Zeitschrift durchblätterte und dabei verschiedene Laute des Entsetzens oder der Belustigung von sich gab. »Ich wusste gar nicht, dass die zwei zusammen sind … Was, um Himmels willen, trägt die da eigentlich?«

»Wer ist das?« Ein dünner Mann mit einer schrillen Stimme, der ein enges weißes T-Shirt trug, versuchte, Kenji über die Schulter zu blicken. »Fuchsienrosa. Wie furchtbar. Das passt überhaupt nicht zu ihrem Typ.«

Kenji räusperte sich geräuschvoll, nahm mit einem Griff seine Zeitschrift wieder an sich und legte sie entschlossen zurück auf seinen Stapel. »Entschuldigen Sie bitte, aber ich würde gerne meine Zeitschriften bezahlen. Ich muss zur Arbeit.«

Der Mann in dem weißen T-Shirt zog sich zurück.

»Ich habe doch bloß kurz geguckt.«

»Manche Leute sind wirklich unhöflich.«

»Besonders so früh am Morgen, wenn Sie mich fragen.«
»Könnte ich bitte einfach zahlen?«

Mit einer Umständlichkeit, die kaum zu ertragen war, hob die Aushilfsverkäuferin die Zeitschriften eine nach der anderen hoch und tippte die Preise in die Kasse. Bei einigen Zeitschriften hatte sie Probleme, die Preisangabe auf dem Cover zu finden, und die Tasten auf der Kasse schienen ihr auch nicht geläufig zu sein. Sie zählte alles zusammen, drückte auf einen Knopf, worauf ein lautes Ping ertönte, und nannte Kenji den Preis. Er schluckte und blickte auf seinen Stapel Zeitschriften. Ihr war bestimmt irgendwo ein Fehler unterlaufen. Doch er hatte keine Zeit und auch keine Lust, die Sache richtigzustellen, und legte einen Geldschein auf den Ladentisch.

Sie blickte auf den Geldschein und dann auf den Stapel, der vor ihr auf dem Ladentisch lag. »Warten Sie einen Moment. Da muss mir ein Fehler unterlaufen sein. Sie haben mir zu viel gegeben. Lassen Sie es mich noch einmal versuchen.«

»Nehmen Sie einfach das Geld.« Er drückte ihr den Geldschein in die Hand. Er wusste, dass er kurz angebunden und vielleicht sogar unhöflich war, doch das war ihm egal. Es war nicht das erste Mal an diesem Morgen. Heute früh hatte er Yoshi ausgeschimpft, weil er seine Zähne »falsch« geputzt hatte. Dann, als er zum Bus gerannt war, hatte er sich an einer alten Frau vorbeigedrängt und ihr dabei die Einkaufstasche aus der Hand geschlagen, sodass Äpfel und Orangen über den Boden kullerten. Er war nicht stehen geblieben, um ihr beim Einsammeln der Früchte zu helfen, sondern war durch die offene Tür in den Bus gesprungen, um kurz darauf einer hochschwangeren Frau den letzten freien Sitz vor der Nase wegzuschnappen.

Er war irgendwie nicht in der Lage, sein Verhalten zu kontrollieren. Den ganzen Morgen schon wurde er von einer seltsamen Mischung aus Wut, Sorge und böser Vorahnung getrieben. Der gestrige Tag – er stieß die Ladentür auf und lief auf die Straße – war ein absolutes Desaster gewesen. Es war ihm nicht gelungen, die Erinnerung an das, was passiert war, aus dem Kopf zu bekommen, und er hatte furchtbar schlecht geschlafen. Erst um vier Uhr in der Früh war er eingeschlafen und hatte dann den Wecker nicht gehört. Und jetzt würde er auch noch zu spät zur Arbeit kommen, obwohl er so verzweifelt darauf bedacht gewesen war, als einer der Ersten im Büro zu sein. Er brauchte eine Stunde, wo ihn keiner störte, um die Zeitschriften alle durchzusehen. Er wollte herausfinden, ob der Artikel irgendwo erschienen war, und wenn ja, dann musste er sich eine Antwort auf die Fragen zurechtlegen, die Goto ihm mit Sicherheit stellen würde. Doch jetzt war es schon halb zehn. Seine Kollegen saßen wahrscheinlich schon seit über einer Stunde am Schreibtisch, und die Neuigkeit hatte sich inzwischen bestimmt im ganzen Büro herumgesprochen. Die Gerüchteküche brodelte bestimmt schon.

Der Laden befand sich in einem kleinen grauen Betonblock direkt neben dem fünfundzwanzigstöckigen Hochhaus, in dem Kenji arbeitete. Normalerweise kaufte er sich eine Zeitung und danach einen Kaffee und einen Muffin in dem Laden daneben, bevor er das kurze Stück über die Betonplatten zum Eingang des Hochhauses ging. Heute blieb ihm jedoch keine Zeit mehr dafür. Er ließ das Frühstück ausfallen und nahm den Fahrstuhl in den einundzwanzigsten Stock, wo er sich mit gesenktem Kopf an Suki vorbeischlich und ganz eng an der Wand entlang durch den Korridor hastete.

Sein Arbeitsplatz war nicht mehr in der düsteren Ecke im einundzwanzigsten Stock, sondern in dem Büro, in dem Abe früher gesessen hatte. Zuerst hatte Kenji sich geweigert, in dem riesigen Raum zu arbeiten, denn er fürchtete, dass das Projekt damit unter einem schlechten Stern stehen könnte. Doch Goto hatte darauf bestanden, und als er anfing, sich zu fragen, warum man Kenji, Abes rechter Hand, überhaupt so einen miserablen Arbeitsplatz zugewiesen hatte, schien es Kenji vernünftiger, das Angebot anzunehmen. Doch jetzt fragte er sich, ob sein Bauchgefühl damals nicht doch richtig gewesen war.

Das Büro bot mehr, als er sich je erträumt hatte. Es war riesengroß, hell und luftig, mit einem riesigen Fenster, das die ganze Breite der Wand hinter seinem Schreibtisch einnahm. Wenn er eine Ablenkung suchte, brauchte er sich nur in seinem schwarzen Lederstuhl umzudrehen, die Sonnenblende aufschnappen zu lassen und den Mount Fuji in der Ferne zu betrachten (vorausgesetzt, es war ein klarer und kein diesiger oder nebeliger Tag). Wenn es nebelig war, betrachtete er stattdessen den Verkehr auf der Straße und überlegte, wo all die Menschen wohl hin wollten.

Mifune hatte systematisch alle Spuren von Abe aus dem Büro beseitigt. Seine persönlichen Sachen – Berichte, Journale, Bücher und Magazine, Videos von alten Shows, eine Tasche mit Golfschlägern, Schnappschüsse, die ihn beim Spiel mit Kollegen oder in Begleitung weniger bekannter Prominenter zeigten – waren in Kisten verstaut und an seinen einzigen noch lebenden Verwandten geschickt worden, einen Onkel, der auf der einsamen Insel Shikinejima lebte. Dieser hatte die Pakete jedoch postwendend mit einem Begleitschreiben zurückgehen lassen, auf dem stand, dass er für diese Dinge keine Verwendung habe und was aus dem riesigen Vermögen geworden sei, das sein Neffe seinen Erzählungen zufolge im Laufe seines Berufslebens angehäuft hatte. Stimmte es denn nicht, dass Abe ein erfolgreicher Mann beim Fernsehen gewesen sei? Goto schrieb zurück – der ältere Mann hatte kein Telefon – und erklärte, dass Abes ganzer Besitz verkauft worden war, um dessen Schulden zu bezahlen. Der Onkel hatte sich danach nicht wieder gemeldet.

Ohne Abes persönliche Sachen wirkte der Raum leer. Auf Mifunes Drängen hin hatte Kenji damit begonnen, ihn mit seinen eigenen persönlichen Sachen zu bestücken. Doch trotzdem sahen die zwei riesigen Bücherregale aus massivem Eichenholz an der rechten und an der linken Wand noch ziemlich nackt aus. Jemand, der in das Büro kam, hätte denken können, dass es leer steht, wenn Kenji nicht ein paar persönliche Dinge auf den dazu passenden Eichenholzschreibtisch gestellt hätte: ein Foto von den Zwillingen mit den Sonnenbrillen, die er ihnen geschenkt hatte, als die ganze Familie die Kirschblüte angeschaut hatte, ein weiteres Foto, auf dem Yoshi im Blütenblätterregen tanzte, ein Talisman und ein Bild, das Yoshi für ihn gemalt hatte.

Als Kenji mit seinem Stapel Zeitschriften unter dem Arm in der offenen Tür des Büros stand, fragte er sich, ob er nicht besser gleich seine wenigen Besitztümer zusammenpacken und nach Hause gehen sollte. Es würde Goto auf jeden Fall die Mühe und die Peinlichkeit ersparen, ihm genau das nahezulegen.

Er ließ sich auf seinen Lederstuhl fallen und warf die Zeitschriften auf den Schreibtisch. Dieser Stuhl, das Büro und diese Aussicht würden ihm sehr fehlen. Er war erst vor ein paar Tagen in dieses Büro gezogen, doch es war ihm schon ans Herz gewachsen.

Er betrachtete den Stapel Zeitschriften. Er konnte noch schnell einen Blick hineinwerfen. Es war immer noch Zeit. Goto war in einer Frühstückssitzung mit dem Aufsichtsrat und würde mindestens bis in den späten Vormittag hinein beschäftigt sein. Seine Hand hielt über dem Stapel inne, und er fragte sich, welche Zeitschrift er zuerst durchsehen sollte. Er suchte die *Mainichi News* heraus und blätterte schnell die Seiten durch. Zu schnell, wie sich herausstellte, denn er überblätterte einige Seiten, die zusammenklebten. Er befeuchtete seinen Daumen und nahm sich die Zeitung noch einmal vor. Auf Seite sieben fand er, wonach er gesucht hatte.

»Der gefallene Star«, lautete der Titel, und darunter war eine Schwarz-Weiß-Fotografie von Hoshino zu sehen, wie sie über die Mikrofonkabel, die kreuz und quer über den Boden des Konferenzsaales verliefen, gestolpert und auf allen vieren gelandet war. Der dazugehörige Artikel war von Leiko Kobayashi geschrieben worden, einer bekannten Journalistin, deren Kolumnen in verschiedenen Tageszeitungen erschienen und die sich auf Meldungen aus der Unterhaltung sowie auf Fernseh- und Filmbesprechungen spezialisiert hatte. Von Zeit zu Zeit schrieb sie etwas »seriösere« Artikel. Als Kenji ihren Namen unter dem Artikel las, wusste er, dass das nichts Gutes bedeutete. Leiko Kobayashi war berüchtigt für ihre scharfe Zunge und für ihre kompromisslose Haltung. »Warum sollte man Menschen mit Feingefühl behandeln«, so war sie einst zitiert worden, nachdem sie eine junge Starschauspielerin mit ihrer schonungslosen Kritik in eine bekannte Nervenklinik gebracht hatte, »wenn man sie mit Verachtung strafen kann.« Ihr unbeugsamer Stil faszinierte und entsetzte die Leute zugleich. Und während die breite Öffentlichkeit nicht genug von ihr bekommen konnte, war sie für das Business wie ein Stachel im Fleisch. Während seiner Zeit bei NBC hatte sie mindestens fünf gerade anlaufende Shows mit einer einzigen Kritik wieder gekippt, und, so schien es, sie hatte sich nicht geändert.

Er holte tief Luft und begann zu lesen.

»Obwohl sie hinfiel und wegen des Sturzes unter großen Schmerzen litt, bestand die ehemalige Fernsehmoderatorin Hoshino, 44, darauf, die Pressekonferenz fortzusetzen, in der ihre neue Unterhaltungsshow *Millyenaire* vorgestellt werden sollte. Man konnte nicht umhin, zu denken, dass sie sich diese Mühe lieber hätte sparen sollen. Manchmal undeutlich vor sich hin nuschelnd, manchmal weitschweifig und immer völlig zusammenhanglos redend, kam sie einem fast so vor, als hätte sie sich eine Gehirnerschütterung zugezogen. Doch leider war die Realität noch viel dramatischer. Hoshino, die ehemalige Mode-Ikone und allseits beliebte Starmoderatorin, war offensichtlich sturzbetrunken.«

Es war noch viel schlimmer, als Kenji befürchtet hatte. Er zuckte zusammen und las weiter.

»*Millyenaire* klingt nach einem soliden Konzept für eine Unterhaltungsshow, doch der leitende Produzent – ein unbekanntes Gesicht im Showgeschäft namens Kenji Yamada – scheint sich einen größeren Brocken aufgeladen zu haben, als er bewältigen kann, wenn man einmal von diesem, Pressekonferenz genannten, Fiasko ausgeht. Es dauerte nicht lange, bis Hoshino in Tränen ausbrach und erklärte, dass der Show noch ein finanzkräftiger Sponsor fehle und ›irgendjemand, egal wer‹ ihr doch bitte zur Seite stehen möge. Falls sie nach diesem Auftritt die Show weiterhin moderieren soll, können wir nur hoffen, dass niemand diesem Aufruf Folge leistet.«

»Das war's.« Er stand auf und schleuderte die Zeitschrift auf den Schreibtisch. Es gab keinen Grund, hier noch länger zu warten. Wenn Goto und die Verantwortlichen bei NBC, von denen er wusste, dass sie ausgesprochen konservativ eingestellt waren und keinesfalls in einen Skandal verwickelt werden wollten, diesen Artikel zu Gesicht bekamen, würde er auf der Stelle gefeuert werden. Warum sollte er darauf noch warten? Wäre es nicht besser, einfach sofort zu gehen und sich eine weitere Demütigung zu ersparen? Er zog die Schreibtischschubladen auf, holte achtlos eine Reihe persönlicher Dinge heraus und warf sie in seine Aktentasche. Dann blickte er sich ein letztes Mal um, zog den Sonnenschutz vor das Fenster und machte sich bereit zu gehen.

»Was ist denn hier los?«

Kenji erstarrte, einen Arm im Regenmantel und mit dem anderen Arm bei der Suche nach dem zweiten Ärmel im Stoff verheddert. Im Türrahmen stand Goto mit einem Lächeln auf den Lippen, das man nur sarkastisch nennen konnte. Er erinnerte Kenji an eine Katze, die mit einer Maus spielte.

»Wollen Sie irgendwohin?« Während er sprach, zog Goto die Ärmel seines schwarzen Jacketts über die Manschetten seines grauen Hemdes. Er hatte eine dicke schwarze Krawatte um.

Kenji mühte sich immer noch mit seinem Mantel ab, doch es gelang ihm schließlich, den zweiten Arm in den Ärmel zu stecken. Er zog den Mantel fest um sich. Er hatte ihn verkehrt herum angezogen, mit der Innenseite nach außen, doch das konnte er jetzt nicht mehr ändern. Er musste so schnell wie möglich hier raus. »Ich dachte, es wäre das Beste, wenn ich gehe, ja.«

»Ach, wirklich?« Mit einer Hand an den Türrahmen gelehnt, ließ Goto seinen Blick über Kenjis Schreibtisch und über die aufgeschlagene Zeitschrift schweifen. »Ist das die aktuelle Ausgabe der *Mainichi News*?«

Er nickte tief beschämt.

»Ich nehme an, die liebreizende Kobayashi hat uns mit einem detaillierten Artikel bedacht.«

»Das hat sie.« Kenji nahm seine Aktentasche und ging mit großen Schritten zur Tür, fest entschlossen, sich so würdevoll zu geben, wie es mit einem verkehrt herum angezogenen Regenmantel möglich war.

»Großartige Neuigkeiten.«

Kenji blieb wie angewurzelt stehen. Nicht nur weil er an der Tür angelangt war und an Goto nicht vorbeikam, sondern auch weil er sich nicht sicher war, ob er Goto richtig verstanden hatte. »Vielleicht hatten Sie noch keine Zeit, den Artikel zu lesen.«

»Doch, ich habe ihn gelesen.« Goto rührte sich nicht von der Stelle, obwohl er sehen konnte, dass Kenji an ihm vorbeiwollte.

»Aber ...« Er verstand Goto nicht. »Sie freuen sich über den Artikel?«

»Natürlich freue ich mich darüber. Das ist eine neue Show. Wir brauchen ein bisschen Publicity. Gut oder schlecht, das tut nichts zur Sache. Das habe ich gestern Nacht zumindest so zu Hoshino gesagt.«

»Sie haben sie getroffen?« In Kenjis Kopf drehte sich alles, und er musste die Aktentasche auf dem Boden abstellen, damit er sich mit der Hand an der Wand abstützen konnte.

»Ja, als ich ihr die Kiste mit Champagner vorbeigebracht habe. Nur eine kleine Geste meiner Bewunderung.« Er strich sich gedankenvoll übers Kinn. »Als junger Mann habe ich Hana Hoshino sehr bewundert.«

Kenji dachte an die leeren Champagnerflaschen, die er auf dem Boden in Hoshinos Zimmer gefunden hatte, und platzte heraus: »Was haben Sie getan? Sie sollte auf gar keinen Fall Alkohol trinken. Sie kann damit nicht umgehen.« Es gab für ihn keinen Zweifel, dass Hoshino nicht nur die Finger vom Alkohol lassen sollte, sondern dass der Alkohol, zusammen mit den Medikamenten, die sie verschrieben bekam, eine explosive Mischung war und eine verheerende Wirkung hatte.

»Das ist mir auch zu Ohren gekommen.« Goto lachte leise in sich hinein, löste sich von der Tür, trat in das Büro und setzte sich auf den Stuhl gegenüber dem Fenster.

Kenji blieb nichts anderes übrig, als es ihm gleichzutun. Er setzte sich widerstrebend auf die andere Seite des Schreibtisches und fuhr mit den Fingern gedankenverloren um einen Kaffeefleck herum, den die Putzkolonne übersehen hatte. Er wusste, dass sie bereits da gewesen war, denn der ganze Raum duftete nach Zitrone.

»Es sieht übrigens so aus, als ob Sie einen Sponsor an Land gezogen hätten.«

»Ach ja?« Kenji beugte sich in seinem Stuhl vor. Der Zitronenduft machte ihn schwindelig. Oder vielleicht lag es daran, dass er kaum geschlafen und noch nicht gefrühstückt hatte.

»Ich habe heute Morgen einen Anruf bekommen. Die Fuji Bank möchte die Show mitfinanzieren. Sie versprechen sich anscheinend davon, dass sie so die jüngeren Altersgruppen, die man über die gängige Werbung kaum erreicht, als potenzielle Kunden gewinnen. Ich habe mit einem gewissen Herrn Inagaki gesprochen. Obwohl er mich ausdrücklich darum gebeten hat, seinen Namen Ihnen gegenüber nicht zu erwähnen. Gibt es da ein Problem?«

»Nein, es gibt kein Problem.« Kenji schüttelte bedächtig den Kopf.

»Freut mich, zu hören.«

»Gut, das war alles, was ich Ihnen sagen wollte.« Goto schlug sich mit den Händen auf die Oberschenkel, erhob sich und ging geräuschlos über den Teppich zur Tür. Obwohl er ihm nicht mehr gegenübersaß, hatte Kenji immer noch den Duft seines Rasierwassers in der Nase. Er erfüllte den ganzen Raum.

»Sie haben das ganz hervorragend gemacht, Yamada-san.«

Kenji blickte auf und runzelte die Stirn. Es sah tatsächlich danach aus, doch er war sich nicht sicher, wie er das geschafft hatte.

»Sie haben mich gerettet, und das werde ich Ihnen nicht so schnell vergessen.« Goto tätschelte auf seine Krawatte. »Was halten Sie von einer Partie Golf am nächsten Wochenende?«

»Golf?«, entfuhr es Kenji.

»Ja, ich habe einen Mitgliedsausweis im Maruhan-Golfklub.«

»Ich würde sehr gerne mit Ihnen Golf spielen. Obwohl mein Handicap …« Er nestelte unsicher an seiner Augenklappe, die er immer noch trug. »… alles andere als beeindruckend ist.« Würde er mit nur einem sehfähigen Auge überhaupt spielen können?

Goto zögerte, und ein paar endlose Sekunden lang befürchtete Kenji, er würde sein Angebot vielleicht zurückziehen, ein Gedanke, der noch unerträglicher war als der Gedanke, seine Arbeit, das Büro, den Stuhl und die Aussicht zu verlieren.

»Wenn das so ist …«, sagte Goto und zog an den Manschetten seines Hemdes, sodass Kenji die diamantverzierten Manschettenknöpfe sehen konnte, »… sollten wir darüber nachdenken, Ihnen eine eigene Mitgliedskarte zu besorgen. Damit Sie Ihr Handicap verbessern können.«

37

»Da wären wir«, rief der Fahrer, fuhr mit seinem Taxi schwungvoll auf den Parkstreifen und hielt mit quietschenden Reifen vor dem einstöckigen Gebäude, das zwischen zwei Hochhäusern eingekeilt war.

Sie waren die Straße bereits zum dritten Mal abgefahren, und beide hatten immer nur nach oben geschaut und deshalb das unauffällige, fensterlose Gebäude mit der zurückgesetzten roten Tür übersehen.

Kenji stieg aus und bezahlte den Fahrer. In der düsteren Eingangsnische tastete er sich an der Mauer entlang, bis er mit der Hand auf etwas Kaltes, Metallisches stieß. Eine Gegensprechanlage. Er drückte auf einen kleinen quadratischen Knopf, und die Gegensprechanlage summte laut, doch es dauerte etliche Sekunden, bis sich jemand meldete.

»Wer ist da?«, bellte eine Stimme.

»Kenji Yamada.« Seine Stimme klang heiser und war kaum zu verstehen. Er drehte sich um, räusperte sich und wandte sich wieder zur Gegensprechanlage. »Der Leitende Produzent von *Millyenaire*.« Er sprach die Worte zum ersten Mal laut aus und stellte fest, dass er trotz seiner Nervosität lächelte.

Er hörte das Rascheln von Papier, dann wieder einen lauten Summton und eine knappe Anweisung, wie das Gebäude zu betreten sei. Er drückte gegen die rote Tür und betrat einen kleinen Vorraum mit drei Gängen. Alle Gänge sahen gleich aus; der Boden war mit grobem grauem Teppich bedeckt, die Wände waren weiß gestrichen, und die Decke war mit gelben Styroporkacheln verkleidet, auf denen sich in regelmäßigen Abständen die Plastikverkleidung einer Neonröhre befand.

Er warf einen prüfenden Blick in die drei Gänge und überlegte, welcher der richtige war und ob wohl jemand hier herumlief, den er fragen könnte.

»Yamada-san.«

Er hätte einen Freudenschrei ausstoßen können, als er Mifune mit einem roten Klemmbrett durch einen der Gänge auf sich zukommen sah. Die Absätze ihrer Schuhe schlugen mit einem Klick gegeneinander, als sie vor ihm stehen blieb.

»Wir liegen hinter dem Zeitplan zurück, und es gibt noch viel zu erledigen. Kommen Sie bitte mit.«

Sie konnte manchmal sehr herrisch auftreten, doch er hatte festgestellt, das war genau das, was er brauchte.

»Der Taxifahrer konnte die Adresse nicht finden«, versuchte er zu erklären, doch Mifune hatte sich schon wieder umgedreht und lief den ganzen Gang zurück, den sie gekommen war. Während er hinter ihr herhastete, überlegte er, ob es nicht ratsamer wäre, ihr die genauen Gründe für sein Zuspätkommen zu verschweigen. Er wollte auf keinen Fall inkompetent erscheinen. Er war erst gegen drei Uhr morgens ins Bett gekommen, weil er sich für den heutigen Tag vorbereiten wollte, darauf, was er sagen und wie er auftreten würde. Weniger wichtige Details, zum Beispiel die Frage, wie er zum Studio kommen und was er anziehen sollte, hatte er dabei vergessen. So hatte er nach dem Aufstehen kostbare Zeit verloren, die er eigentlich für ein paar morgendliche Atemübungen eingeplant hatte, weil er im Schlafzimmer herumlaufen und sich entscheiden musste, welche Krawatte den besten Eindruck machen würde, um dann hektische Telefonate zu führen, weil er sich die genaue Wegbeschreibung zum Studio geben lassen musste.

Der Gang schien sich endlos hinzuziehen. Sie bogen so oft nach links und dann wieder nach rechts ab, dass er sich schon fragte, ob sie nicht wieder genau da herauskommen würden, wo sie losgegangen waren. Von außen betrachtet hätte er nie gedacht, dass das Gebäude so groß war.

Mifune blieb vor einer weißen Doppeltür stehen. An wie vielen Türen, die alle gleich aussahen, waren sie eigentlich schon vorbeigelaufen? Er hoffte sehr, dass Mifune ihn hier nicht allein lassen würde. Er bezweifelte, dass er je wieder zum Ausgang zurückfinden würde.

»Das ist Studio Vier.«

Während sie sprach, öffnete Mifune die weißen Türen, und gemeinsam betraten sie das stockdunkle Studio.

»Das ist Mirus größtes Studio für sechshundert Zuschauer, und hier wird *Millyenaire* produziert.«

Die weißen Türen schlossen sich geräuschlos hinter ihnen, und einige Sekunden lang wurden sie von undurchdringlicher Dunkelheit eingehüllt. Kenji spürte Mifunes Gegenwart links neben sich und hörte, wie verschiedene Lichtschalter schnell hintereinander angeknipst wurden, sodass mehrere helle Scheinwerfer unter der hohen Decke aufleuchteten. Das Studio unterschied sich nicht sehr von denen, die Kenji während seiner Tätigkeit bei NBC kennengelernt hatte, obwohl es ganz bestimmt größer war und ihn an einen großen dunklen, höhlenartigen Lagerraum erinnerte. Der Fußboden war schwarz, genau wie die Wände, die Decke und die Sitzreihen, die in drei Blöcke eingeteilt waren und in einem Winkel von fünfundvierzig Grad anstiegen. Steile Treppenstufen an beiden Seiten der Sitzreihen führten bis zu den höheren Rängen hinauf. Dieses Studio unterschied sich von den anderen Studios lediglich dadurch, dass rechts hinten auf der großen Bühne vor den Sitzreihen eine Art Container aufgestellt war. Er war mindestens sieben Meter lang, dreieinhalb Meter hoch und dreieinhalb Meter breit, hatte keine Fenster und wirkte völlig fehl am Platz.

»Ist es das?« Kenji spürte, wie sich freudige Anspannung in seinem Magen ausbreitete. Es war fantastisch. Alles war genau so, wie er es geplant und in seinem Notizheft aufgeschrieben hatte, das er Abe dummerweise in jener Nacht in dem Restaurant in Roppongi gegeben hatte. Glücklicherweise war es ihm gelungen, das Notizheft aus Abes Safe zu holen, als er in dessen Büro gezogen war.

»Das ist die Wohnung, in der die Kandidaten während der Show leben.« Mifune ging zur Tür des Containers.

»Das hier zu sehen lässt alles so real werden«, sagte er lächelnd.

Mifune runzelte leicht die Stirn. »Gefällt er Ihnen? Ist es so, wie Sie es sich vorgestellt haben? Ich habe mich genau an die Angaben in Ihrem Notizheft gehalten.«

»Es ist perfekt.«

Sie lächelte und betrat den Container, wobei sie sich ein wenig duckte, um sich den Kopf nicht am Türrahmen zu stoßen. »Passen Sie auf Ihren Kopf auf, wenn Sie hereinkommen.«

Er folgte ihr hinein. Drinnen zog er mit einem scharfen Laut die Luft ein. Es war wirklich fantastisch. Hätte er nicht gewusst, dass er in einem Container war, hätte er es nicht für möglich gehalten. Hier sah es genauso aus wie in einer x-beliebigen Hochhauswohnung am Stadtrand von Tokio. Vielleicht war es ein bisschen düsterer und schmuddeliger und außerdem sehr spärlich möbliert. Abgenutzte Tatamimatten bedeckten den Boden, und die Wände der ganzen Kabine waren mit einer grell gemusterten Tapete bezogen, samtene Sechsecke auf schimmerndem Goldgrund. In regelmäßigen Abständen hatte man Bilder mit ländlichen Motiven in Mahagonirahmen aufgehängt.

Die Wohnung bestand aus einem einzigen durchgehenden Raum. Schlaf-, Ess- und Wohnbereich waren nur durch ein paar einfache Möbelstücke abgetrennt, wie einen aufgerollten Futon, einen niedrigen rechteckigen Tisch mit Kissen und einen durchgesessenen Sessel. Alles hier drinnen erinnerte Kenji an die Wohnung, in der er vor seiner Heirat gelebt hatte. Die spärliche Möblierung und das Fehlen von Fernseher und Radio hatten ihn damals nicht gestört, weil er so gut wie nie zu Hause gewesen war. Doch wie würden sich die Kandidaten fühlen, wenn sie hier vierundzwanzig Stunden am Tag, sieben Tage die Woche ohne Beschäftigung eingesperrt waren? Sie würden bestimmt den Verstand verlieren, oder?

»Das Publikum sitzt draußen direkt vor dem Container?«, fragte er ungläubig und klopfte mit den Knöcheln gegen die Wände. »Wie kann das funktionieren?«

»Der Container ist komplett schallisoliert. Hier drinnen hören Sie nichts von dem, was draußen passiert. Warten Sie eine Minute.« Mifune lief aus der Kabine hinaus und schloss die Tür hinter sich. Einige Sekunden später kehrte sie mit leicht gerötetem Gesicht zurück. »Haben Sie etwas gehört?«

»Nein.« Er schüttelte den Kopf.

»Ich habe so laut geschrien, wie ich konnte.«

»Das ist unglaublich. Ich habe nicht das Geringste gehört.« Er sah sich ein letztes Mal im Raum um und rieb sich die Hände. »Was steht als Nächstes auf der Liste?«

»Wenn Sie bitte mitkommen würden.« Mifune drehte sich um und verließ den Container. »Hoshino ist in der Maske und bereitet sich auf einen Fototermin vor. Ihre Frau ist bei ihr. Sie haben beide darum gebeten, dass Sie bei ihnen vorbeischauen, sobald Sie angekommen sind. Danach habe ich das Produktionsteam zusammengeholt, damit Sie ihnen eine kurze Einweisung geben können.«

Er stolperte hinter ihr aus dem Container und hätte sich um ein Haar den Kopf an der Containertür gestoßen.

»Ich habe heute Morgen mit NBC wegen der Sendezeit für die Show telefoniert«, fuhr sie fort und ging mit zielstrebigen Schritten zur Studiotür, »und sie haben sich entschlossen, uns auf sieben Uhr am Sonntagabend zu setzen. Ich nehme an, Sie wissen, dass das nicht die beste Sendezeit ist.«

Er nickte. Als er noch bei NBC gearbeitet hatte, hatten sie diese Sendezeit die »Friedhofszone« genannt. Das lag vor allem daran, weil es sich um die Zeit zwischen den Nachrichten und der wöchentlichen Seifenoper handelte. Beide Sendungen hatten hohe Einschaltquoten. Es war ein ungeschriebenes Gesetz, dass alles, was zwischen diesen beiden Sendungen ausgestrahlt wurde, keinen besonders hohen künstlerischen Anspruch und eher geringe Erfolgschancen hatte. Doch das musste nicht unbedingt so sein. Die Leute, die die Nachrichten anschalteten, wollten sich oft auch noch die Seifenoper ansehen und ließen das, was dazwischen kam, unabhängig von dessen künstlerischem Wert weiterlaufen, einfach nur, weil sie zu faul waren, die Fernbedienung in die Hand zu nehmen und umzuschalten. Diese Sendezeit war üblicherweise für Lückenfüllerprogramme mit geringem Budget reserviert. Gelegentlich wurde sie auch für eine neue Show genutzt, die der Sender erst einmal testen wollte, um sie dann bei guter Resonanz auf eine bessere Sendezeit zu setzen, wo sie ein eigenständiges Publikum ansprach. Kenji hoffte, dass für seine ehemaligen Kollegen *Millyenaire* zu dieser zweiten Kategorie zählte.

»Ishida-san von der Programmforschung hat sich ebenfalls mit uns in Verbindung gesetzt, um die Pilotfolge zu besprechen.« Mifune gab Kenji einen Zettel, auf dem eine Telefonnummer stand. Er brauchte ihn nicht, denn die Nummer war nach wie vor tief in sein Gedächtnis eingebrannt. Schließlich handelte es sich um die Nummer seines ehemaligen Vorgesetzten.

Sie verließen das Studio, gingen den Gang hinunter und bogen nach rechts ab. Kaum waren sie abgebogen, hörte Kenji das laute, abgehackte Lachen einer Frau. Er warf Mifune einen verstohlenen Blick zu, doch entweder hatte sie es nicht gehört, oder sie war einfach zu höflich, um etwas dazu zu sagen.

»Da sind wir.« Sie öffnete wieder eine weiße Tür. Licht, Rauch und Gelächter schlugen ihnen entgegen.

Die Maske war im Vergleich zu dem riesigen Studio winzig klein, obwohl man mithilfe eines Spiegels, der sich über die ganze Breite der längsten Wand genau gegenüber der Tür zog, versucht hatte, den Raum größer wirken zu lassen. Vor dem Spiegel saß Hoshino auf einem hohen Drehstuhl aus schwarzem Leder mit verstellbarer Rückenlehne. Im Kragen ihrer Bluse steckte ein Papiertuch. In einer Hand hielt sie ein halb leeres Champagnerglas und in der anderen eine lange dünne Zigarre. Ami saß mit gerötetem Gesicht auf einem Stuhl in der Ecke des Raumes und nippte ebenfalls an einem Glas Champagner. Die beiden Frauen tratschten miteinander wie alte Freundinnen, während eine weitere Frau sich um Hoshinos Make-up kümmerte und wieder eine andere ihr die Haare kämmte und frisierte. Sie redeten über einen Serienstar, für den sie beide schwärmten und der immer mit einer anderen Frau in den Promispalten der Zeitungen auftauchte.

»Ich glaube ihm nicht eine Sekunde, dass er so ein Frauenheld ist, wie er immer tut.« Hoshino trank einen Schluck Champagner. »Bestimmt hat er etwas zu verheimlichen.«

»Wirklich?« Ami sah entsetzt aus.

»Oh ja.« Hoshino nahm einen tiefen Zug von ihrer Zigarre. »Ich habe so etwas schon oft erlebt. Ich kann Ihnen sagen, mir macht so leicht niemand was vor.«

Ami erblickte ihren Mann im Spiegel und quietschte: »Kenji, du musst unbedingt ein Glas Champagner mit uns trinken.«

»Ich kann nicht«, wehrte er ab. Ihm war auch ohne Alkohol schon flau im Magen. »Ich stecke mitten in der Arbeit.«

»Schauen Sie mal, das hier sind meine Sachen zum Anziehen.«

Als Hoshino aufsprang, bemerkte Kenji, dass sie leicht schwankte. Sie packte ihn am Arm – vielleicht, so dachte er, damit sie nicht das Gleichgewicht verlor – und führte ihn in die hinterste Ecke des Raums, wo eine behelfsmäßige Kleiderstange mit etlichen Kleidern in Plastikhüllen aufgestellt worden war.

»Das sind sie also«, sagte er und nickte.

»Wir haben ausgemacht, dass ich während der gesamten Show für Hoshinos Garderobe verantwortlich bin.«

»Das sind ja fantastische Neuigkeiten«, versicherte er und tat so – da er wusste, dass seine Frau es von ihm erwartete –, als würde er die Seidenstoffe unter den Plastikhüllen genauer betrachten; die roten, die blauen und die grünen; die gemusterten und die einfarbigen Stoffe, die Pailletten und Strasssteine.

»Angezogen sehen sie sogar noch besser aus«, fügte Hoshino leicht nuschelnd hinzu, weil die Visagistin gerade damit beschäftigt war, bei ihr Lippenstift aufzutragen. »Die Sachen sind besser als alles, was ich bis jetzt getragen habe. Der Stoff ist von bester Qualität, und der Schnitt ist perfekt.«

»Ich bin froh, dass sie Ihnen gefallen.« Ami klatschte in die Hände.

»›Gefallen‹ ist noch untertrieben«, bemerkte eine der beiden anderen Frauen mit krächzender Stimme. »Sie ist ganz vernarrt in die Kleider. Sie hat sie den ganzen Morgen über anprobiert.«

»Wirklich?«

»Darauf können Sie wetten«, erwiderte die Frau. Sie hatte eine tiefe Stimme, und es hörte sich so an, als ob es für sie mühselig war, überhaupt zu sprechen. Kenji vermutete, dass die Zigarre von ihr stammte. »Sie konnte sich nicht entscheiden, welches Kleid sie beim Fototermin tragen wollte, deshalb hat sie sich entschieden, alle zu tragen. Eins nach dem anderen.«

Ami konnte ihre Begeisterung nicht verbergen und klatschte in die Hände wie ein aufgeregtes Kind.

»Hoshino-san, es ist so weit.« Mifune steckte ihren Kopf durch die offene Tür. »Der Fotograf ist bereit für den Fototermin mit Ihnen. Kenji, wenn Sie bitte mit mir kommen wollen. Das Team wartet schon auf Sie.«

38

Der kleine Raum war quadratisch und fensterlos. Es gab nur ungefähr halb so viele Stühle, wie Leute da waren, und die, die keinen Sitzplatz mehr bekommen hatten, lehnten an der Wand oder hockten auf der Kante der Tische, die in den hinteren Teil des Raumes geschoben worden waren.

Kenji blieb in der Tür stehen. Es sah so aus, als wolle er Mifune den Vortritt lassen, doch in Wahrheit wollte er die Gelegenheit nutzen, die Mitglieder aus Abes Produktionsteam eingehender zu betrachten, bevor sie ihn in Augenschein nehmen würden. Es waren viel mehr, als er erwartet hatte. Mindestens dreißig. Es war schwierig, sie zu zählen, denn sie standen so dicht gedrängt und redeten alle durcheinander, bis Mifune – die an dem einzigen freien Platz vorn im Raum stand – sich schließlich räusperte. Eine Welle der Dankbarkeit durchströmte ihn. Es machte alles so viel leichter für ihn, sie an seiner Seite zu haben. Sie zeigte ihm, wo es langging, und sagte ihm, was er tun musste. Es fiel ihm schwer, ihr nicht bei jeder Gelegenheit überschwänglich zu danken. Doch wenn er das täte, würde er schlicht und einfach unprofessionell wirken.

»Ich danke Ihnen, dass Sie gekommen sind«, sagte Mifune.

Alle blickten sie schweigend an. Dann entdeckte einer von ihnen Kenji, und ein leises Murmeln breitete sich im Raum aus.

»Wie in meiner letzten Rundmail schon erwähnt, habe ich Sie aus zwei Gründen hierher gebeten.«

Obwohl sie sich an das Produktionsteam gewandt hatte, blickten alle immer noch unverwandt auf Kenji.

»Zum einen, damit unser neuer Leitender Produzent das gesamte Team kennenlernen kann. Zum anderen, damit Sie Ihre Anweisungen bekommen.«

Mifune wandte sich zu Kenji, der ihr auf eine Art und Weise zunickte, die er für souverän und seiner Position angemessen hielt, und sagte: »Bitte, fahren Sie fort.«

Das war das Signal, auf das alle im Raum gewartet hatten. Jetzt schauten alle auf Mifune. Kenji, der sich nicht mehr ihren prüfenden Blicken ausgesetzt sah, entspannte sich ein wenig.

»Ich möchte Sie bitten, nacheinander aufzustehen, Ihren Namen zu sagen und Ihren Aufgabenbereich zu nennen. Ito-san, würden Sie bitte anfangen?«

Ein Mann um die vierzig mit runden Wangen und einem ebenso runden Bauch, der ganz in Jeans gekleidet war, stand auf. »Gaku Ito, Kameramann.« Er ließ sich schwer auf den Stuhl zurückfallen und nickte der Frau auf dem Stuhl neben sich zu.

Als sie sich erhob, entstand durch die Bewegung ein Luftstrom, der den Saum ihres geblümten Kleides bauschte. »Iva Yoshida, Drehbuchautorin.«

Einer nach dem anderen stand auf, nannte seinen Namen und seine Berufsbezeichnung und setzte sich wieder. Es waren Kameraleute, Beleuchter, Drehbuchautoren und Bühnenbildner. Sogar die Visagistin und die Stylistin, die Hoshino inzwischen beim Fotografen abgeliefert hatten, schlüpften in den Tagungsraum, stellten sich als Letzte vor und entschuldigten sich für ihr Zuspätkommen.

Ob sie erwarteten, dass er sich ihre Namen alle merkte, fragte Kenji sich beunruhigt, während er von der Tür in die Mitte des Raums trat und dabei sagte:

»Ich danke Ihnen allen. Danke, dass Sie heute hierhergekommen sind.« Er atmete tief und langsam und rief sich die Rede in Erinnerung, die er gestern Nacht vorbereitet und Wort für Wort auf Karteikarten geschrieben hatte. Er hatte sich erst in letzter Minute dagegen entschieden, die Karteikarten mitzunehmen, denn er ging davon aus, dass er kompetenter wirken und mehr Respekt gebieten würde ohne die Karten. Jedes Wort wurde mit, wie er es am liebsten sehen würde, betontem Nachdruck geäußert. Er stand kerzengerade, hielt den Kopf hoch und beschränkte sich auf sparsame Gestik. Die Gesten, die er einsetzte, waren mit Bedacht gewählt, stimmig und flüssig. Kurz gesagt, er orientierte sich an einem Mann, den er früher sehr bewundert hatte: am Leiter des Bereichs Programmforschung bei NBC – Ishida.

»Mein Name ist Kenji Yamada, und obwohl ich es als großes Glück für mich bezeichnen würde, könnte man es auch als großes Unglück bezeichnen, dass ich den Job als Leitender Produzent für *Millyenaire* bekommen habe.« Er machte eine kurze Pause und ließ dem Team Zeit, nicht nur das, was er gesagt hatte, auf sich wirken zu lassen, sondern auch das, was er nicht gesagt hatte, indem er jede Erwähnung von Abes Namen vermieden hatte. »Sie werden sich sicher fragen, wer ich eigentlich bin. Welche beruflichen Qualifikationen ich vorweisen kann.«

Zwei Männer in der ersten Reihe tauschten einen Blick, der alles sagte, was Kenji wissen wollte. Er hatte genau ins Schwarze getroffen. Das war auch nicht wirklich schwer gewesen. Er hatte sich einfach vorgestellt, wie er sich an ihrer Stelle fühlen würde. Auf welche Fragen er gerne eine Antwort hätte, wenn jemand vollkommen Fremdes überraschend die Leitung des Teams übernähme, in dem er arbeitete, jemand, der neu in der Firma war, jemand, über den man nichts wusste. Er hätte wissen wollen: Wo hat derjenige bisher gearbeitet? Warum arbeitet er dort nicht mehr? Welche Erfahrungen hat er?

»Ich habe zweiundzwanzig Jahre beim Fernsehen gearbeitet«, fuhr er fort, während die beiden Männer sich erwartungsvoll zulächelten. »Meine Karriere war, wie man vielleicht sagen könnte, nicht sehr beeindruckend.«

Aus dem Lächeln wurde ein Stirnrunzeln. Leises Gemurmel breitete sich im Raum aus, während die Zuhörer unruhig auf ihren Sitzen hin und her rutschten. Es war genau die Reaktion, die er beabsichtigt hatte. Ob es jedoch auch die gewünschte Wirkung haben würde, das stand auf einem ganz anderen Blatt.

»Hart arbeiten, gute Ergebnisse für das Unternehmen erzielen, und eines Tages wird es sich auszahlen. Das hat man mir in meiner früheren Stellung bei NBC immer gesagt.« Es war nicht nötig, im Detail zu beschreiben, auf welcher Position er früher gearbeitet hatte. Er musste nur erwähnen, dass er zumindest für einen der führenden Sender gearbeitet hatte. »Ich habe mich an diese Anweisungen immer gehalten und geduldig auf meine Beförderung gewartet.«

Jemand hustete.

»Doch dann bin ich trotz allem, trotz meiner Loyalität und trotz meiner Treue einfach so entlassen worden. Mit gerade mal vierzig Jahren wurde ich arbeitslos.«

Der Drehbuchautorin war ihre Betroffenheit deutlich anzusehen, und sie holte ein Spitzentaschentuch aus ihrer Handtasche und hielt es sich vor den Mund.

»Doch meine Geschichte geht noch weiter.« Kenji wippte auf den Zehen und verschränkte die Hände fest hinter seinem Rücken. »Meine Karriere ist also vielleicht nicht besonders bemerkenswert, doch dann hatte ich eine spektakuläre Idee, und das war die Idee für *Millyenaire*.«

»Ich dachte, das wäre Abe-sans Idee gewesen«, hörte er jemanden flüstern.

»Aber sie haben ihm den Bonus gegeben.«

»Sie glauben doch nicht, dass er ...«

»Das hätte er bestimmt nicht getan, oder?«

Er ging in die rechte Ecke des Raums und blieb stehen. »Ich könnte Ihnen einfach erzählen, was ich in der Vergangenheit alles gemacht habe. Von den Shows, an denen ich mitgearbeitet habe. Von den Einschaltquoten, die diese Shows erzielt haben. Von den Produktionskosten. Von dem Geld, das diese Shows eingebracht haben. Doch ist das wirklich wichtig? Alles, was jetzt zählt, ist *Millyenaire*. Es hat mich viele Monate harter Arbeit gekostet, es bis hierher zu schaffen. Echte körperliche und geistige Anstrengung.« Er fasste sich an seine Augenklappe.

»Um zu verstehen, was hinter *Millyenaire* steckt, müssen Sie verstehen, wie die Idee entstanden ist, nicht, was ich früher gemacht habe. Deshalb erzähle ich Ihnen meine Geschichte. Ich will nicht, dass Sie mich bemitleiden. Ich will, dass Sie inspiriert werden und motiviert sind. *Millyenaire* erzählt die Geschichte eines ganz normalen Mannes und einer ganz normalen Frau. Leute wie Sie und ich, die sich jeden Tag abmühen und hart arbeiten müssen, um erfolgreich zu sein. Es ist eine Geschichte vom Erfolg trotz aller Widrigkeiten. Eine Geschichte, die uns zeigt, dass Sie trotz der Steine, die Ihnen in den Weg gelegt werden, nicht aufgeben und immer wieder von vorne anfangen müssen. Es ist eine Geschichte über das Licht am Ende eines langen Tunnels.«

Die beiden Männer in der vordersten Reihe drehten sich auf ihren Stühlen um und begannen aufgeregt miteinander zu flüstern.

»Sie alle hier spielen eine entscheidende Rolle in dieser Geschichte, und ich will, dass Sie keine Sekunde an der

Wichtigkeit Ihrer Rolle zweifeln. Fujiwara-san ...« Er wandte sich der Stylistin zu, die unsicher zu Boden blickte. »Sie werden dafür sorgen, dass Hoshino-san makellos aussieht. Sie wird ihr Spiegelbild anschauen und sich dank Ihnen wunderschön fühlen. Dadurch wird sie selbstsicher werden und ihre Arbeit gut machen. Ito-san, mit Ihrer ruhigen Hand werden Sie Hoshino in strahlendem Glanz filmen, während ihre Worte, die Drehbuchtexte, die Fantasie der Zuschauer anregen und beflügeln werden. Ashida-san ...« Er wandte sich einem jüngeren Mitglied des Produktionsteams zu. »Sie werden jeden Tag die Zeitschriften und Zeitungen in die Wohnung des jeweiligen Kandidaten bringen. Sie halten diesen Job vielleicht für unbedeutend, doch ohne Sie würde die Show nicht funktionieren.

Zusammen werden wir ein Programm machen, das die Tradition der Unterhaltungsshows, wie wir sie kennen, nicht nur hier in Japan, sondern auf der ganzen Welt, grundlegend verändert. Ich habe nur noch eine Frage an Sie.« Schweigend trat er wieder in die Mitte des Raums und blickte zu Boden. Als er weitersprach, war es sehr still im Raum. »Sind Sie dabei?«

»Was hat er gesagt?«

»Ich habe ihn nicht verstanden.«

Kenji sah auf und blickte einigen Zuhörern nacheinander ins Gesicht, hielt dem Blick stand und wandte sich der nächsten Person zu. Als er den Satz noch einmal wiederholte, klang seine Stimme lauter und klarer: »Sind Sie dabei?«

Ein paar Stimmen antworteten leise, aber bestimmt: »Wir sind dabei.«

Er schlug sich mit der rechten Hand auf die Brust und runzelte die Stirn. »Sie enttäuschen mich. Wollen sich nur so wenige von Ihnen der Herausforderung stellen? Ich werde Sie noch einmal fragen. Sind Sie dabei?«

Als er die Frage zum dritten, und danach zum vierten Mal stellte, hatten sich alle von ihren Plätzen erhoben und riefen, während sie klatschten und mit den Füßen stampften: »Wir sind dabei.«

39

Es war gegen Kenjis Gewohnheit, am Samstag zu arbeiten. In den letzten Wochen hatte er sich angewöhnt, an den Wochenenden so viel Zeit wie möglich mit seiner Familie zu verbringen. Freitags kam er spätestens um halb neun Uhr abends nach Hause und brachte eine extragroße Pizza mit. Wenn er durch die Wohnungstür kam, rief er: »Kommt und holt sie euch.« Dann stürmten die Kinder, die auf dieses Signal von ihm gewartet hatten, aus ihren Zimmern. Die ganze Familie versammelte sich danach um den Küchentisch, um gemeinsam zu essen. Eriko nahm sich nur ein Stück und behauptete, sie könne wegen ihrer dritten Zähne nur dieses eine Stück essen. Ami bestand darauf, dass das Küchenfenster weit offen stand und die Tür fest geschlossen war. »Andernfalls bekomme ich den Geruch wochenlang nicht aus der Wohnung.«

Am Samstagmorgen hingegen war außer ihm niemand in der Wohnung. Deshalb nutzte Kenji die Gelegenheit, um etwas Arbeit nachzuholen. Sobald jedoch die Zwillinge mit ihrer Mutter zurückkamen, legte er seine Papiere zur Seite, und sie unternahmen etwas zusammen. Letzte Woche hatten sie ein Picknick im Park gemacht und eine Runde Baseball gespielt. Die Woche davor waren sie schwimmen gegangen. Obwohl es diese Veränderung in der Wochenendroutine der Yamadas erst seit Kurzem gab, war daraus schon ein festes Ritual geworden. Die Zwillinge löcherten ihn schon von Mittwoch an mit Fragen, kaum dass er von der Arbeit zurückkam, selbst wenn es sehr spät wurde und sie eigentlich schon längst schlafen sollten.

»Was für eine Pizza bringst du uns am Freitag mit, Papa?«

»Ich fand die Pizza, die wir letzte Woche hatten, lecker.«

»Das sagst du immer.«

»Können wir am Samstag schwimmen gehen?«

»Ich will ins Kino.«

An diesem Wochenende jedoch war alles anders. Es war das Wochenende, an dem Miru TV im Cerulean Tower ein Casting für einen Kandidaten organisiert hatte, der bei *Millyenaire* mitspielen wollte, und Kenji war schon spät dran.

Vor genau drei Wochen hatte er persönlich eine nur einmal erscheinende Anzeige im Anzeigenteil der *Mainichi News* aufgegeben. Zur großen Überraschung des gesamten Produktionsteams hatten sich darauf Tausende von Bewerbern gemeldet. Offensichtlich war er nicht der Einzige, der die letzten Seiten der Zeitung genau durchlas. Wonach er dort eigentlich suchte, wusste er nie so recht, doch er war sich immer sicher gewesen, dass er es sofort erkennen würde, wenn er es fände. Ob er sich auf diese Anzeige wohl auch beworben hätte? Vielleicht, dachte er mit einem Achselzucken, während er das Haus verließ und die Straße hinunterging. Der Text hätte sicherlich seine Aufmerksamkeit erregt; er hatte viel Zeit darauf verwendet, den richtigen Ton zu treffen. »Würden Sie gern eine Million verdienen?«, hieß es in der Anzeige. »Haben Sie schon einmal eine Unterhaltungsshow gesehen und gedacht: ›Das hätte ich besser hinbekommen?‹ Hier ist Ihre Chance. Bewerben Sie sich noch heute.«

Mögliche Bewerber sollten ein Video einsenden, auf dem sie, so wie sie es für passend hielten, darlegten, warum ausgerechnet sie es verdienten, eine Million zu gewinnen, und sie sollten dabei außerdem ihre besonderen

Talente präsentieren. Mifune und Ashida hatten sich durch alle eingeschickten Videoaufnahmen gearbeitet und sie auf eine überschaubare Zahl von einhundert reduziert. In der letzten Woche hatten die beiden sich dann mit den meisten dieser einhundert Bewerber getroffen. Beide erzählten anschließend, wie sehr es sie überrascht hatte, dass jemand, der sich auf dem Video so witzig und selbstsicher präsentiert hatte, vor Publikum so nervös war und so schlecht zu Wort kam. Die Liste reduzierte sich sehr schnell auf zehn. Die verbleibenden zehn waren zu einem letzten Casting eingeladen worden, bei dem sie ohne ihr Wissen von dem erweiterten Produktionsteam und von Kenji beobachtet werden sollten.

Als er die Liste durchging, die Mifune ihm gegeben hatte, sah Kenji, dass unter den letzten zehn Bewerbern genauso viele Männer wie Frauen waren. Einer, so hatte man ihm gesagt, stach besonders heraus. Er war Anfang dreißig, nannte sich nur »Endo« und hatte als Beruf auf dem Bewerbungsformular »Schauspieler und Off-Stimmen-Künstler« angegeben. Das Produktionsteam war sich einig, dass Endo bei Weitem der beste Kandidat war. Er war schlagfertig, lustig, wortgewandt und gutaussehend. Doch sie mussten sichergehen, dass er das auch unter den extremen Bedingungen der Show war. Dazu war das Casting an diesem Tag gedacht.

Alle Kandidaten waren in den Cerulean Tower eingeladen worden, wo man sie eine Stunde lang in einem Raum allein lassen würde. Vielleicht sogar länger als eine Stunde, wenn das Team es für notwendig hielt. Der Raum war bis auf einen Stuhl und ein paar Sachen – darunter ein Satz leuchtend bunter Bauklötzchen für Kinder, ein Paar hochhackige Pumps, ein Regenmantel, ein Dreirad und ein großer Reifen – völlig leer. Diese Sachen hatte Eriko bei ihren Preisausschreiben gewonnen, und es war möglich, dass der betreffende Kandidat, wenn er ähnlich erfolgreich war, nur solche Dinge um sich hatte, um sich in der *Millyenaire*-Wohnung die Zeit zu vertreiben. Das Team sollte nicht nur ihre Fähigkeit bewerten, sich selbst zu beschäftigen, sondern auch ihre Fähigkeit, andere Leute zu unterhalten, die ihnen vielleicht zusahen. Der Test war ziemlich einfach. Jeder Kandidat, der in der festgelegten Zeit von den Sachen Gebrauch machte, würde in die zweite Phase des Castings vorrücken. Das Team, das ihnen mithilfe einer versteckten Kamera zusah, hoffte sehr, dass Endo den Test bestehen würde. In der zweiten Phase, die am Sonntag stattfinden sollte, würde der Kandidat mit einem großen Stapel Preisausschreiben, die aus Zeitungen und Zeitschriften ausgeschnitten worden waren, allein gelassen werden. Die Bewerber hätten eine Stunde Zeit, so viele Preisausschreiben wie möglich zu lösen: Fragen beantworten, Lösungswörter finden und Fehler entdecken. Am Schluss dieser Phase würden ihre Ergebnisse ausgewertet werden.

Es würde ein langes Wochenende werden, doch er freute sich darauf, dachte Kenji, während er seinen Schritt beschleunigte. Er musste sich beeilen, wenn er den Zug um acht Uhr eins nach Tokio noch erwischen wollte. Als er am Supermarkt vorbeikam, musste er an Dai denken. Er hatte sie letzte Woche gesehen, ihr zugewinkt und war über die Straße gegangen, um mit ihr zu reden, doch dann hatte er Tomo entdeckt. Seit ihr Mann wieder aufgetaucht war, erschien es ihm ratsam, sich von Dai fernzuhalten, und obwohl er ihre freundschaftlichen Gespräche und ihre liebenswerte Art vermisste, wusste er doch, dass es so das Beste war. Zumindest redete er sich das ein, als er sie unvermittelt wiedersah. Sie stand vor dem Supermarkt, so dicht an die Wand gedrückt, wie es nur ging. Er ging auf die andere Straßenseite und stellte sich hinter einen parkenden Lieferwagen, wo sie ihn nicht sehen konnte. Sie trug ihre Arbeitskleidung und eine dicke gefütterte Jacke, wie sie normalerweise die Supermarktangestellten trugen, die die Kühltruhen auffüllten. Er fragte sich, ob sie sich nicht viel zu warm angezogen fühlte, denn es war so ein warmer Sommertag. Sie hatte den Kopf gesenkt, sodass ihr Gesicht nicht zu sehen war, und hielt eine Plastiktüte in der rechten Hand, die leer zu sein schien. Kenji fiel auf, dass sie sich in der kurzen Zeit, seit er sie zuletzt gesehen hatte, dramatisch verändert hatte. Vorher war sie eine rundliche, hübsche Frau gewesen, doch jetzt hatte sie etliche Kilo abgenommen und sah trotz der Jacke untergewichtig, ja sogar ausgemergelt aus. Sie trug eine große schwarze Sonnenbrille.

Er dachte an die Bahn, die er erwischen musste, und wollte weitergehen. Er hatte nicht genug Zeit, um zu ihr hinüberzugehen und mit ihr zu reden, überlegte er. Außerdem wäre das auch keine gute Sache. In seinem Leben lief es im Moment ziemlich gut, und er wollte sein Glück auf keinen Fall aufs Spiel setzen. Doch konnte er wirklich einfach so weitergehen? Es hatte einmal eine Zeit gegeben, in der sie ihm eine sehr gute Freundin gewesen war. Sollte er ihr jetzt nicht auch einen Freundschaftsdienst erweisen?

Er rannte über die Straße und blieb vor ihr stehen. »Dai«, sagte er sanft.

Sie antwortete nicht, und er sagte ihren Namen noch einmal etwas lauter.

»Dai. Ich bin es, Kenji.«

Sie blickte auf, doch er konnte ihre Augen hinter den schwarzen Gläsern der Sonnenbrille nicht erkennen.

»Kenji.« Ihre Stimme klang künstlich und fast gezwungen fröhlich, und er fragte sich, ob sie etwas getrunken hatte. Etwas an ihrem Verhalten erinnerte ihn an Hoshino.

»Sie sehen gut aus. Der neue Job bekommt Ihnen.«

»Das stimmt. Sehr sogar.« Wenn Kenji nervös war, neigte er dazu, zu viel zu reden. Und genau das tat er auch jetzt. Er erzählte ihr alles, was ihm in den Sinn kam: von der Show, dem Produktionsteam und den Castings, die an diesem Wochenende stattfinden würden. Einige Minuten vergingen, bis er bemerkte, dass sie ihm gar nicht zuhörte und hinter der dunklen Sonnenbrille auf den Boden starrte. »Dai, ist alles in Ordnung? Sie kommen mir so anders vor, so abwesend.«

Sie hob langsam den Kopf. Es war fast so, als ob sie Drogen genommen hätte. Als ihr Gesicht auf gleicher Höhe war wie das seine, sah er, dass ihre Unterlippe, die er immer so gern angeschaut hatte, weil sie so voll und schön geschwungen war, zitterte. Eine große Träne lief unter ihrer Sonnenbrille hervor und rollte über ihre Wange. Er wühlte in seiner Tasche nach einem Taschentuch und bat sie bestürzt: »Bitte, weinen Sie nicht. Sie weinen zu sehen ist das Allerschlimmste für mich.«

»Ich benehme mich nur ziemlich albern.« Sie wollte das Taschentuch nicht nehmen und wischte die Träne mit dem Handrücken weg. Und noch eine Träne, die ihr über die Wange lief. »Sie müssen jetzt gehen. Mein Mann kommt jeden Moment, und er darf nicht sehen, dass wir miteinander reden. Er war sehr wütend letztes Mal.«

Ein schrecklicher Gedanke schoss Kenji durch den Kopf. »Nehmen Sie die Sonnenbrille ab, damit ich Ihre Augen sehen kann.« Er wusste, dass seine Stimme zitterte.

Sie wich so weit wie möglich vor ihm zurück, was kaum mehr ging, da sie mit dem Rücken bereits an der Wand stand, und schüttelte den Kopf. »Sie sehe nur müde und verquollen aus. Ich habe letzte Nacht nicht gut geschlafen.«

»Warum stehen Sie hier draußen? Warum sind Sie nicht drinnen bei der Arbeit?«, hakte er nach.

»Ich war drinnen«, gab sie zu. »Sie haben mich weggeschickt. Sie haben gesagt, dass ich so übermüdet nicht arbeiten kann.«

Als ihre Stimme stockte, wusste er sofort, dass sie log. Aber warum? Was hatte aus dieser früher so lebhaften, extrovertierten Frau ein zitterndes, verängstigtes Wesen gemacht? Was hatte aus einer Frau, deren Offenheit ihr einnehmendster Charakterzug gewesen war, jemanden gemacht, der ganz offensichtlich etwas verheimlichte? Ihn überkam unvermittelt der Wunsch, die Wahrheit zu erfahren. Er streckte die Hand aus, obwohl eine Stimme in seinem Kopf warnend rief: »Tu es nicht!« Es war grob, gedankenlos und verletzend einer Frau gegenüber, die ihm etwas bedeutete, doch er konnte sich einfach nicht beherrschen. Er nahm die Sonnenbrille und zog sie von ihrem Gesicht. Ihr rechtes Auge war blau und zugeschwollen. »Wer war das?« Seine Stimme war ruhig und beherrscht, doch mit jedem Wort, das er aussprach, wuchs die Wut in ihm.

Sie nahm ihm die Brille wieder aus der Hand. »Wie können Sie es wagen. Das geht Sie nichts an. Das geht Sie gar nichts an.«

»Bitte, seien Sie mir nicht böse. Ich frage nur, weil Sie mir etwas bedeuten. Wer hat Ihnen das angetan? War er das?«

Sie bewegte sich nicht vom Fleck und wiegte sich nur mit gesenktem Kopf langsam vor und zurück.

Er wollte sie packen und sie zwingen, sofort damit aufzuhören. Sie machte ihm jetzt wirklich Angst. Dann kam ihm plötzlich ein Gedanke. Er war ein Mann mit Geld. Miru TV zahlte ihm ein sehr gutes Gehalt. Wenn er mit diesem Geld nicht seinen Freunden half, was hatte seine Arbeit und die Schufterei dann für einen Sinn?

»So kann es nicht weitergehen.« Er packte sie fest an den Schultern. »Sie müssen mit mir kommen. Ich werde einen sicheren Platz finden, wo Sie bleiben können. Einen Platz, wo er Sie nicht findet.«

Sie blickte zu ihm hoch und lachte. Geringschätzig oder so, dachte er. »Und was ist mit Ihrer Arbeit? Mit Ihrem Leben? Mit Ihrer Frau? Mit Ihren Kindern? Würden Sie das alles einfach zurücklassen und mit mir weggehen?«

»Ich habe nicht gemeint ...« Er kam ins Stottern. Wie sollte er ihr erklären, ohne sie zu verletzen, dass er nicht vorgehabt hatte, mit ihr wegzugehen? Dass er sie nur an einen sicheren Ort weit weg von ihrem Mann bringen wollte? Und woher wusste sie von Ami und den Kindern? Es war ein Fehler gewesen, sie bei ihrer ersten Begegnung anzulügen und zu behaupten, er sei geschieden. Doch je länger er die Lüge aufrechterhalten hatte, desto unmöglicher wurde es, ihr die Wahrheit zu sagen.

Es kam ihm vor, als wüsste sie, welche Fragen er sich in Gedanken stellte. Als sie antwortete, war ihre Stimme kalt und distanziert. »Ich habe Sie zusammen gesehen. Bei einem Picknick im Park. Und erzählen Sie mir nicht noch mal, dass das Ihre Schwester war, weil ich gesehen habe, wie Sie sie geküsst haben.«

Er erinnerte sich an den Kuss. Der Kuss war von ihm ausgegangen. Durstig vom Baseballspielen hatte Ami hastig eine Dose Sprudel ausgetrunken und dann laut gerülpst. Beschämt hatte sie die Hand vor den Mund gehalten, und die Kinder hatten sich vor Lachen auf der Decke gekugelt. Er fand die ganze Sache entzückend und beugte sich zu ihr hinüber und küsste sie auf den Mund, bis sie ihn schließlich wegstieß und sagte: »Jetzt habe ich aber genug von deinem albernen Getue.«

»Ihr Männer seid doch alle gleich.« Dai lachte verächtlich. »Und jetzt verschwinden Sie schon, und lassen Sie mich in Ruhe.«

»Es tut mir leid, dass ich Sie angelogen habe. Es war ein dummer Fehler.« Er packte ihre Schultern noch fester. »Doch das ändert nichts an dem, was ich gerade gesagt habe. Ich will Ihnen immer noch helfen.«

Sie schüttelte seine Hände ab und zischte: »Verschwinden Sie. Es ist das Beste für Sie. Sie machen alles nur noch schlimmer. Bitte, tun Sie es mir zuliebe.« Ihr lautes Schluchzen zog immer mehr neugierige Blicke auf sie beide.

»Was ist hier los?«

Kenji fuhr herum und starrte in das Gesicht von Dais Mann Tomo. Wut und Verachtung kochten in ihm hoch, während er von der wimmernden Dai zu ihrem Mann und wieder zu Dai blickte.

»Yamada-san wollte gerade gehen.« Sie stieß Kenji weg. »Nicht wahr? Er ist nur zufällig hier vorbeigekommen. Auf seinem Weg zur Arbeit.« Sie versetzte ihm noch einen Stoß, dieses Mal mit mehr Kraft, sodass er gegen einen Einkaufswagen in der Nähe taumelte.

»Sie können Sie nicht so behandeln. Das werde ich nicht zulassen.« Tomos aalglatter Gesichtsausdruck machte Kenji rasend. Er sah aus wie eine alte Eidechse, die von der Sonne ausgedörrt und verschrumpelt war.

»Komm, wir gehen.« Tomo packte Dai am Arm und zog sie zu sich hin.

»Tun Sie das nicht«, sagte Kenji flehentlich zu Dai und packte sie am anderen Arm. »Sie müssen nicht mit ihm mitgehen.«

Die Tränen liefen ihr jetzt ungehindert übers Gesicht. »Begreifen Sie es immer noch nicht? Sie machen alles nur noch viel, viel schlimmer.« Sie sah so verängstigt aus, dass er ihren Arm losließ und zusah, wie sie davongezerrt wurde und hinter ihrem Mann herstolperte.

Er starrte ihnen nach, bis sie um die Ecke gebogen waren und er sie nicht mehr sehen konnte. Eine Zeit lang stand er einfach nur da. Allmählich wurde ihm klar, dass er nichts weiter tun konnte. Er drehte sich um und ging wieder über die Straße auf die andere Seite. Zuerst hörte er das Geräusch von quietschenden Reifen, als das Auto mit hoher Geschwindigkeit um die Ecke kam. Dann sah er ihre Gesichter. Dai schaute entsetzt und Tomo aalglatt und zu allem entschlossen.

40

*D*ai.« Kenji versuchte zu sprechen, doch sein Mund war ausgedörrt und was er sagte, war kaum zu verstehen. Doch sie musste ihn verstanden haben, denn durch den Nebel, der seinen Kopf umgab, drang eine weiche, freundliche Stimme.

»Ich bin es, Ami. Deine Frau Ami.«

Eine Hand, glatt und warm, lag auf seiner Hand. Zuerst nur ganz leicht, dann hielt sie sie fest und massierte seine Handballen. Das Gefühl war so beruhigend, dass er wieder einschlief.

»Kenji, es tut mir leid. Es tut mir so furchtbar leid.«

»Ami?« Er war wieder wach. Dieses Mal war das, was er sagte, besser zu verstehen, obwohl es ihm immer noch schwerfiel, zu sprechen.

»Kenji, ich bin's, Dai. Ich musste Sie sehen. Um Ihnen zu sagen, wie leid mir das tut, was passiert ist. Was er Ihnen angetan hat.«

Sehr langsam schlug er die Augen auf. Dai stand vor ihm, umgeben von einem blendend weißen Licht. Oder war alles nur ein Traum? Ihr Gesicht war wieder voller geworden, und sie lächelte zu ihm herunter. Er hatte sie noch nie gesehen, wie sie ihr Haar offen trug, und er wollte ihr sagen, wie hübsch sie aussah, doch er brachte kein Wort heraus.

»Jetzt sehe ich vieles klarer«, fuhr sie fort.

Er streckte die Hand aus und wollte ihre Hand nehmen, doch ihre Finger entglitten ihm, und sie trieb davon, und ihre Stimme wurde immer schwächer.

»Ich verlasse ihn. Dieses Mal für immer. Ich werde irgendwohin gehen, wo er mich nie findet. Ich kann Ihnen nicht sagen, wo ich hingehe. Lieber nicht. Ich wollte mich aber erst von Ihnen verabschieden. Und mich bei Ihnen entschuldigen. Ich kann gar nicht sagen, wie leid es mir tut. Sie sind ein guter Mensch, Kenji. Ich werde Sie vermissen.«

Auch als sie schon verschwunden war, konnte er noch ihr Parfüm riechen. Es roch so frisch nach Salatgurke.

Sich zu wehren war viel zu anstrengend. Sich fallen zu lassen war viel einfacher. Und so angenehm, merkte er, während er sich langsam in eine Art Tunnel fallen ließ, der von gleißend weißem Licht erfüllt war, und entlangglitt und auf und nieder federte.

»Kenji.«

Irgendwo weit unten rief jemand seinen Namen. Er rollte sich herum und blickte in die Richtung, aus der die Stimme kam. Unten auf dem Boden liefen Leute hinter ihm her. Zuerst erkannte er Ami. Dann Eriko, Mifune und Hoshino. Keine von ihnen konnte ihn einholen, stellte er mit einem leisen Lachen fest, und beobachtete, wie sie hinter ihm herliefen, wie sie vergeblich hochsprangen und versuchten, den Saum oder die Kordel seines karierten Schlafanzuges zu fassen. Der Gedanke schoss ihm durch den Kopf, dass Dai niemals versucht hätte, ihn herunterzuziehen, und ihm mit Freude erlaubt hätte, durch die Luft zu schweben. Bei diesem Gedanken sank er unvermittelt zu Boden, und Ami konnte ihn am Fuß packen. Doch sie war nicht stark genug, um ihn festzuhalten, und so glitt er lachend wieder davon.

»Ich muss mit Ihnen über meine Kleider reden«, rief Hoshino. »Das rote oder das blaue für die Eröffnungsshow? Was würde Ihrer Meinung nach am besten wirken?« Sie hielt zwei Kleider vor sich hoch, während er ihr den Rücken zuwandte und hörte, dass sie vor Wut mit dem hochhackigen Schuh aufstampfte.

»Macht doch, was Ihr wollt«, rief er zu ihnen hinunter. »Es interessiert mich nicht mehr.« Es fühlte sich einfach zu gut an, so schwerelos und leicht zu sein. Nichts würde ihn dazu bringen, wieder hinunterzugehen. Außer Dai vielleicht, und sie war fortgegangen.

Ami packte den Gürtel seines Bademantels und lief mit ihm mit. »Es ist an der Zeit, dass du herunterkommst«, forderte sie ungeduldig. »Du hast lang genug geschlafen, und es gibt wichtige Dinge, die erledigt werden müssen.« Während Ami auf ihren Mann einredete, zog Eriko an ihrem Arm und zwang sie, stehen zu bleiben. Während Kenji davonschwebte und sie hinter sich zurückließ, lief Mifune herbei. Sie rannte unter ihm dahin. Ihr hübsches Gesicht ließ keine Regung erkennen. Sie lächelte nicht und runzelte nicht die Stirn, sie presste nur ihr rotes Klemmbrett fest an sich. »Ich habe hier eine Musikauswahl für die Titelmelodie; die müssen Sie sich anhören. Sie müssen ein Musikstück auswählen. Die Musikabteilung muss allerspätestens morgen Bescheid wissen.«

Jede Forderung war wie ein kleines Gewicht, das ihn herunterzog, und er fühlte, wie er tiefer und tiefer sank, bis er sanft auf dem Boden landete. Das überwältigende Gefühl, etwas Wunderbares verloren zu haben, machte ihm schwer zu schaffen, und er öffnete widerstrebend die Augen. Die weißen Wände; das schmale Bett, das unter seinem Gewicht quietschte; der leichte Geruch nach Desinfektionsmitteln. Es war alles so beängstigend vertraut. Er war schon wieder im Krankenhaus. Wie war er hierhergekommen? Er hörte ein Geräusch links neben ihm und rief hoffnungsvoll: »Doppo, sind Sie das?«

»Yamada-san. Sie sind wach.«

Es war nicht Doppo. Es war eine weiß gekleidete Krankenschwester.

»Bitte nicht sprechen.« Sie steckte ihm ein Thermometer in den Mund und blickte auf eine kleine Uhr, die vorn an ihrem Schwesternkittel festgesteckt war.

»Dai.«

»Wie bitte?« Sie nahm ihm das Thermometer aus dem Mund und ließ ihn wiederholen, was er gesagt hatte, bevor sie ihm das Thermometer wieder in den Mund steckte. »Dai?« Sie runzelte die Stirn. »Ah ja. Sie war da. Als Sie eingeliefert worden sind. Sie wollte, dass wir Ihnen sagen, dass sie da war. Sie war aber nur das eine Mal da. Natürlich schaut Ihre Frau regelmäßig bei Ihnen vorbei, zusammen mit Ihren Arbeitskolleginnen, Mifune und Hoshino. Ich muss zugeben, dass es sehr aufregend für uns ist, eine so bedeutende Persönlichkeit in unserem Krankenhaus zu haben. Aber ...« Sie sah ihn ein wenig missbilligend an, und auf ihrer Stirn erschienen tiefe Furchen. »... Sie müssen sich ausruhen, und Mifune wartet draußen, um Sie zu sehen. Ich werde ihr erlauben, ein paar Minuten zu Ihnen zu kommen, aber auf keinen Fall länger.«

Kenji nickte, und die Krankenschwester verschwand durch den weißen Vorhang. Kurz darauf trat Mifune herein.

»Yamada-san. Sie sind bei Bewusstsein. Ich bin so froh, dass es Ihnen anscheinend besser geht. Wir haben uns alle sehr große Sorgen um Sie gemacht.«

Kenji versuchte unter großer Anstrengung, sich aufzusetzen. Mifune sah, wie er sich abmühte, und half ihm dabei, die Kissen zurechtzurücken.

»Wo bin ich?«

»Sie sind im Krankenhaus.«

»Aber wie ist das passiert? Ich war ... Das Casting. Ich war auf dem Weg zum Casting. Ich darf nicht zu spät kommen. Nehmen Sie mich mit? Wenn wir gleich losgehen, kommen wir vielleicht noch rechtzeitig.« Kenji schlug die Bettdecke zurück und sah erstaunt auf sein linkes Bein, das vollständig eingegipst war. »Oh nein«, stöhnte er und betrachtete sein Bein. »Nicht schon wieder. Warum muss das immer ausgerechnet mir passieren?«

»Die Ärzte meinten, dass die Knochen nach Ihrem letzten Bruch noch nicht gänzlich verheilt waren. Sie haben auch gesagt, dass Sie von Glück reden können, dass Sie sich bei dem Unfall nur ein Bein gebrochen haben«, beruhigte ihn Mifune, während sie die Kissen hinter seinem Rücken aufschüttelte.

»Der Unfall«, wiederholte er verständnislos und blickte zu ihr auf.

Sie runzelte ein klein wenig ihre sonst makellos glatte Augenbraue. Die Bewegung war so winzig, dass er sie mit Sicherheit übersehen hätte, wenn er ihr nicht gerade in diesem Moment so aufmerksam ins Gesicht geschaut hätte.

»Was verschweigen Sie mir?«, verlangte er zu wissen. »Was ist passiert?«

»Man hat es Ihnen nicht gesagt?«

Er schüttelte den Kopf.

»Sie sind von einem Auto überfahren worden.«

»Überfahren. Nein, das kann nicht sein.« Er forschte in seinem Gehirn nach irgendwelchen Erinnerungen an den Vorfall, nach irgendetwas, das ihre Behauptung bestätigen würde, doch es war vergeblich. Das Letzte, woran er sich erinnerte, war, dass er auf dem Weg zum Casting war, als er Dai gesehen hatte. Sie hatten miteinander geredet. Dann war ihr Mann aufgetaucht. Natürlich, Tomo. Sein Gesicht hinter der Windschutzscheibe war das Letzte, was Kenji gesehen hatte. Schon der bloße Gedanke daran jagte ihm Angst ein. Wo war Tomo jetzt? War er immer noch auf freiem Fuß und machte die Straßen unsicher? Würde er zurückkommen und Kenji den Rest geben? Oder war er zufrieden mit dem, was er angerichtet hatte? Kenji versuchte mit Macht, die Gedanken zu verdrängen. Er konnte sich darüber jetzt nicht den Kopf zerbrechen. Nur eins war in diesem Moment wichtig: Er musste zu dem Casting.

»Das Casting. Schaffen wir es noch, wenn wir uns beeilen?«

Mifune zögerte.

»Was verheimlichen Sie mir? Was ist los?«, wollte er wissen. Er hatte noch nie erlebt, dass sie um Worte verlegen war.

»Das Casting hat schon vor einiger Zeit stattgefunden.«

»Wie lange ist das her?«

»Vier Wochen.«

Er konnte das Blut in seinen Ohren pochen hören. »Die Show. Ich muss …« Kalter Schweiß bedeckte seinen ganzen Körper. »Ich habe mich treiben lassen. Ich hätte eher zurückkommen sollen. Ich wusste, dass ich hätte zurückkommen können, doch ich wollte es nicht.« Er versuchte stöhnend zuerst das eine und dann das andere Bein aus dem Bett zu heben und auf dem Boden aufzusetzen, doch die Anstrengung war zu viel für ihn. Ihm wurde schwindelig, und er sank zurück auf das Kissen.

»Bitte, Yamada-san, Sie dürfen sich nicht überanstrengen. Es geht Ihnen noch nicht so gut. Ich kann Ihnen versichern, dass alles in bester Ordnung ist. Die Polizei hat sogar schon den Mann verhaftet, der Ihnen das angetan hat. Es gab eine Zeugin. Eine Frau, die gleich nebenan im Supermarkt arbeitet. Es war ein kleiner Ganove, der das Auto gestohlen hatte, mit dem er sie überfahren hat. Er sitzt jetzt im Gefängnis.«

Kenjis Schlafanzug klebte feucht und klamm auf seiner Haut. Er kratzte sich gedankenverloren im Nacken. »Was ist mit dem Casting? Wie ist es gelaufen?«

Mifune zog sich einen Stuhl heran, der in der Nähe stand, und setzte sich. »Das Casting ist gut gelaufen. Endo war, wie wir erwartet haben, der beste Kandidat. Wir haben eine Pilotfolge gedreht und sie von einigen Bewertungsgruppen testen lassen. Die Reaktion war ausgesprochen positiv. Wir waren so weit, die ersten Folgen abzudrehen, als Endo einen Rückzieher machte.«

»Nein.« Was sollte denn noch alles schieflaufen, fragte er sich.

Sie nickte. »Ihm war eine Rolle in einer Seifenoper angeboten worden.«

»Und dann? Was haben Sie gemacht?«

»Ashida-san und ich haben die nächsten Kandidaten auf der Liste angesprochen, doch niemand war geeignet oder verfügbar. Also haben wir uns alle Bewerber von damals noch einmal vorgenommen und zehn neue herausgefiltert. Eine Frau hat das Rennen gemacht. Sie ist älter, als wir es uns vorgestellt haben. Aber sie hat so eine exzentrische Art.«

»Haben Sie irgendwelche Fotos von ihr?«

»Ich dachte, ich hätte sie dabei …« Sie suchte in ihrer Akte. »… aber ich muss sie im Büro liegen gelassen haben.«

Hinter dem Vorhang, der um sein Bett verlief, hustete jemand, ein mühsamer, abgehackter Laut, der sie beide verstummen ließ, bis es aufhörte.

»Wir hatten keine Zeit mehr, noch eine Pilotfolge mit der neuen Kandidatin zu drehen, doch NBC hat das nicht weiter gestört. Nach der Reaktion der Bewertungsgruppen auf Endo waren sie ganz wild darauf, die erste Folge zu senden. Ehrlich gesagt sind sie vom Erfolg der Show so überzeugt, dass sie sie live übertragen und nicht, wie ursprünglich gedacht, erst aufzeichnen und dann senden.«

»Wann soll die erste Folge laufen?«

»Heute Abend.«

»Heute Abend?«, wiederholte Kenji ungläubig. »Wie konnte in so kurzer Zeit nur so viel passieren?«

»Sie haben das Team sehr gut auf die Aufgabe vorbereitet.« Sie schenkte ihm ein seltenes Lächeln. »Sie wollten Sie in der Zeit, in der Sie sich von dem Unfall erholen, nicht im Stich lassen.«

Der Vorhang wurde aufgezogen, und die Krankenschwester trat erneut herein. »Ihre zehn Minuten sind um«, sagte sie streng zu Mifune. »Yamada-san muss sich jetzt ausruhen.«

»Ja natürlich.« Mifune stand sofort auf. »Ich werde gleich Ihre Frau anrufen und ihr sagen, dass Sie wieder bei Bewusstsein sind. Sie hat sich große Sorgen gemacht, dass Sie die erste Folge verpassen.« Die Stuhlbeine kratzten unangenehm über den Boden, während sie den Stuhl wieder an die Wand schob. »Ich besuche Sie morgen wieder. Bis dann also.«

»Bis dann«, sagte Kenji und ließ sich von der Krankenschwester zwei weiße Tabletten auf seine Zungenspitze legen. Er hätte sich gerne bei Mifune bedankt und ihr gesagt, dass er nicht wüsste, was er ohne sie machen sollte, falls sie wirklich, wie sie immer sagte, nach Amerika gehen würde.

41

Irgendjemand summte eine Melodie. Es war ein fröhliches, melodisches Lied, das ihn langsam aus dem Schlaf erwachen ließ. Er blieb ein paar Minuten mit geschlossenen Augen liegen und lauschte der Melodie. Als er die Augen aufschlug, sah er aus den Augenwinkeln eine gemusterte Bluse, die ihm bekannt vorkam, und er drehte den Kopf zu Ami, die einige große runde rosafarbene Äpfel in einer Plastikschale auf seinem Nachttisch arrangierte.

Sie legte den letzten Apfel in die Schale und begutachtete ihr Werk. Ein kleines zufriedenes Lächeln lag auf ihren Lippen, als sie ihre Hände an einem karierten Tuch abwischte, von denen sie immer einige frische in Reserve in ihrer Handtasche dabei hatte. Sie wandte sich um und bemerkte, dass Kenji wach war und sie ansah.

»Ich dachte, Äpfel sind besser als Blumen.« Sie zögerte und setzte sich dann auf die Bettkante. Sie strich ihm das Haar aus dem Gesicht und drückte ihm einen dicken Kuss auf die Stirn. Als sie sich zurücklehnte, um ihn zu mustern, verschwand das Lächeln aus ihrem Gesicht, ihre Lippen bildeten einen schmalen Strich, und ihre Augenbrauen zuckten. »Du hast uns allen einen ganz schönen Schrecken eingejagt. Wenn ich daran denke, was dieser Mann getan hat, dann läuft mir immer noch eine Gänsehaut über den Rücken. Er hätte dich umbringen können.«

»Na ja, das hat er aber nicht«, sagte Kenji beruhigend. Er wollte keinen weiteren Gedanken mehr an Tomo verschwenden. Er war im Gefängnis, wo er zweifellos hingehörte, und Dai war irgendwo in Sicherheit. Es war ein für alle Mal vorbei. »Ich bin noch sehr lebendig. Und vielleicht bin ich sogar ein bisschen klüger geworden. Es liegt wohl daran, dass ich auf den Kopf gefallen bin. Schade, dass es bei meinem Auge nicht auch so funktioniert hat.« Er berührte die schwarze Augenklappe aus Leder.

»Der Mann ist ein Monster.«

»Lass uns nicht mehr weiter über ihn nachdenken. Sag mal ...« Kenji beugte sich vor und versuchte angestrengt, durch den kleinen Spalt im Vorhang zu sehen, der offen geblieben war. »... wo sind denn die Kinder?«

Der Metallrost des Bettes ächzte laut, als Ami sich etwas bequemer hinsetzen wollte. »Wami-san passt auf sie auf. Sie kommen später am Abend bei dir vorbei.«

Kenji runzelte missbilligend die Stirn, während er sich auf die Kissen zurücklegte und den Plastikbecher nahm, den Ami ihm hinhielt. Er hatte bereits ein wenig gegessen, doch er hatte noch nichts getrunken. Jetzt fühlte er sich so ausgetrocknet, dass ihm ganz schwindelig war, und er trank den Saft gierig und ließ sich von Ami noch einmal nachschenken. »Wo ist deine Mutter?«

»Bei meiner Schwester in Osaka. Sie ist schon ein paar Wochen weg und will noch ein paar Wochen bleiben. Wie geht es dir?« Sie fuhr mit der Hand über Kenjis stoppelige Wange und lächelte. »Da braucht aber jemand eine Rasur.«

Ihm war bewusst, wie schlecht er aussehen musste, und wenn er sich nicht so schläfrig fühlen würde, wäre es ihm sicher peinlich gewesen. Seine Haare waren fettig und ungewaschen und seine Kopfhaut juckte. Seine Mundwinkel waren trocken und rissig, und seine Zähne fühlten sich an, als ob sie dringend geputzt werden müssten. »Ich brauche nicht nur eine Rasur. Oh nein, nicht schon wieder.«

»Was ist los?« Ami sprang wie elektrisiert vom Bett auf.

»Nichts weiter«, grinste er. »Es ist nur mein Bein, es juckt manchmal, und ich würde mich gern kratzen. Aber ich komme einfach nicht ran.«

»Ich dachte schon ...« Sie verzog unvermittelt das Gesicht.

»Was ist denn?« Ihm kam plötzlich der Gedanke, dass die Ärzte ihr möglicherweise etwas gesagt hatten, was er nicht wusste. Vielleicht waren die Verletzungen an seinem Bein schlimmer, als man ihm erzählt hatte. »Mein Bein.« Er blickte auf sein Bein, das vor ihm auf dem Bett lag. »Ich werde doch wieder gehen können, oder?«

»Natürlich wirst du das. Es war ein glatter Bruch. Genauso wie der erste.« Ami schluchzte, und die Tränen liefen ihr über die Wangen. Hinter dem Vorhang war das geschäftige Stimmengemurmel der Krankenschwestern zu hören, die ihre Abendvisite begannen.

»Was ist denn dann? Warum weinst du?«

»Es liegt nur an mir. Ich benehme mich albern. Weißt du, als Mifune-san anrief, habe ich versucht, so schnell wie möglich hierherzukommen, aber ich war zu spät. Als ich kam, hast du geschlafen. Ich hatte Angst, dass du vielleicht ganz lange schläfst und dass ich wieder nicht mit dir reden könnte.«

»Aber das kannst du doch jetzt.«

»Ich bin eine schreckliche Ehefrau.« Sie schniefte laut. »Wenn ich daran denke, wie ich dich behandelt habe, dann schäme ich mich so. Du hast doch nur versucht, alles für uns, für deine Familie, zu tun.«

Kenji sah erstaunt auf Ami, die sich mit einem Taschentuch das Gesicht abtupfte. Doch die Tränen liefen unaufhörlich weiter. Ihm fiel auf, dass sie dunkle Ringe unter den Augen hatte und dass ihre Handgelenke schmaler aussahen als sonst. Hatte sie noch mehr abgenommen? Hatte sie nicht geschlafen?

»Du bist eine treue und geduldige Frau gewesen«, flüsterte er ihr zärtlich zu und streichelte ihr nun seinerseits übers Gesicht. »Auch als ich dich zum Äußersten getrieben habe, bist du bei mir geblieben.«

»Du hast mich sehr stolz gemacht«, sagte Ami gepresst.

»Du hast mich auch stolz gemacht. Wie du fertig geworden bist mit allem, was so passiert ist. Schau dich an. Du bist eine erfolgreiche Geschäftsfrau.«

Sie schniefte abwehrend.

»Doch, genau das bist du. Und jetzt hör auf zu weinen. Ich kann nicht zulassen, dass meine wunderschöne Frau so unglücklich ist. Aber sag, haben wir nicht wieder einmal Glück?« Er kicherte, während er an Eriko dachte. »Da ist die alte Nervensäge endlich einmal weg, und wir könnten uns zur Abwechslung ein paar schöne Tage machen, aber ich stecke hier fest.«

Ami rang sich ein kleines Lächeln ab und schlüpfte durch den Vorhang um Kenjis Bett, um sich, wie sie ihm erklärte, das Gesicht abzuwaschen. Kenji blickte ihr nach und begriff, dass er wirklich ein glücklicher Mann war. Er hatte immer alles für selbstverständlich gehalten. Sein Leben als Ehemann und Vater. Doch jetzt konnte er den wahren Wert dieser Dinge erkennen. Was wollte man mehr, als von einer Familie umgeben zu sein, die einen unterstützte und liebte. Dai hatte ihm das gezeigt, und egal, wo sie jetzt war, er schwor ihr feierlich, dass er seine Familie für alle Zeiten wertschätzen würde.

Als Ami einige Minuten später wiederkam, streckte er seine Hand nach ihr aus. »Ami, ich wollte nur sagen …«

»Schau dir nur die ganzen Karten an, die du von deinen Kollegen bekommen hast«, unterbrach sie ihn, tätschelte seine Hand und legte sie zurück aufs Bett, während sie an ihm vorbeiging und einige Karten in die Hand nahm, die ordentlich auf dem Nachttisch und auf dem Bettrand hinter Kenjis Kopf aufgestellt waren. »Ich wünsche Ihnen eine schnelle Genesung, Mifune.« Sie stellte die Karte zurück, nahm eine andere und zeigte sie ihm, mit einem Mann in karierten Hosen, passender Kappe und einem roten Pullover vorn drauf, der seinen Golfschläger schwang. »Ich freue mich aufs Golfspielen. Das müssen wir unbedingt nachholen, sobald Sie aus dem Krankenhaus kommen. Aran Goto.« Über diese Karte schien sie sich besonders zu freuen, und sie drückte Kenjis Hand. »Deine ehemaligen Kollegen von NBC haben dir sogar ein Geschenk geschickt. Es ist zusammen mit einer von Shin Ishida unterschriebenen Karte gekommen. Schau mal.« Sie deutete auf eine Zimmerpflanze auf einem schmalen länglichen Rolltischchen, das quer über dem Bett stand.

»Das ist ein Ficus.« Er starrte die Pflanze vorwurfsvoll an.

»Ist sie nicht entzückend? Wenn ich mich recht erinnere ...« Amis Satz verhallte unvollendet im Raum.

Kenji nutzte die Gelegenheit und schob das Tischchen weg, wobei er sich an etwas erinnerte, an etwas sehr Wichtiges. »Was ist mit der Show? Sie wird heute zum ersten Mal ausgestrahlt. Ich darf sie nicht verpassen.« Zum zweiten Mal an diesem Tag schlug er die Bettdecke zurück und versuchte aufzustehen, doch er sank gleich wieder auf die Kissen zurück, weil es zu anstrengend war.

»Mach dir keine Sorgen«, beruhigte Ami ihn. »Ich habe die Ärzte gefragt, und sie haben mir gesagt, dass es in Ordnung ist, wenn wir die Show alle zusammen mit dir im Fernsehzimmer hier im Krankenhaus anschauen. Die Zwillinge kommen auch. Und dein Freund Izo. Ich habe außerdem die Freundin meiner Mutter, Wami-san, eingeladen und ...« Ami machte eine Pause. »... ihren Sohn, Inagaki.«

Kenji stöhnte. Er konnte sich wirklich etwas Schöneres vorstellen, als seine Zeit mit dem Mann zu verbringen, der während seiner Arbeit in der Bank so eine Freude daran gehabt hatte, ihn zu schikanieren.

»Sei mir bitte nicht böse«, bat Ami. »Es sollte eine kleine Party werden, um deine Genesung zu feiern. Ich habe auch etwas zu essen vorbereitet.«

»Wann sollen wir rübergehen?«

»Wir können jetzt gleich gehen.« Ami stand auf und griff nach einem Rollstuhl, der am Fußende des Bettes stand.

Er protestierte, aber als er seine Beine anschaute, wusste er, dass es sinnlos war.

42

Kenji starrte schweigend auf den Fernseher, während er versuchte, in seinem Kopf die passenden Worte für das zu finden, was er empfand. Nicht genug damit, dass er in den vergangenen vier Wochen nur ab und zu bei Bewusstsein gewesen war und alle Vorbereitungen für *Millyenaire* verpasst hatte, jetzt hatte er sich auch noch das Bein gebrochen und musste die erste Folge der Unterhaltungsshow, die er entwickelt hatte, auf einem tragbaren Schwarz-Weiß-Fernseher mit einem dreiunddreißig Zentimeter großen Bildschirm und einem losen Kabel als Antenne anschauen. Es gab nicht einmal einen richtigen Platz für den Fernseher. Er stand auf einem der metallenen Rollwagen, mit denen sie das Essen auf die Stationen brachten.

»Es tut mir leid«, sagte Ami entschuldigend und vergewisserte sich, dass die Bremse des Rollstuhls festgestellt war. In ihrer Entschuldigung war der verärgerte Unterton deutlich herauszuhören. »Das war das einzige Gerät, das sie auftreiben konnten. Der Fernseher für die Patienten ist letzte Woche kaputtgegangen. Sie mussten sich diesen Fernseher von einem der jüngeren Ärzte ausleihen. Wenn ich gewusst hätte, wie schlecht er ist, hätte ich unseren hierherbringen lassen. Aber ich hatte keine Ahnung. Ich habe es erst vor einer Stunde gesehen. Und da war es zu spät.«

Kenji war frustriert, doch er wusste, dass es sinnlos war, sich über etwas aufzuregen, was er nicht ändern konnte. Außerdem wollte er Ami nicht noch mehr Stress machen.

Das Fernsehzimmer war lang und schmal, mit metallisch grauen Fenstern in den beiden Längsseiten. Aus zwei Fenstern konnte man auf den Parkplatz schauen. Zwei weitere Fenster gingen auf den Flur, und man konnte sehen, wenn ein Patient oder jemand vom Personal vorbeiging. Senkrechte Lamellenvorhänge sollten verhindern, dass man hinaus- oder hineinschauen konnte, doch sie waren inzwischen schadhaft und wiesen größere Lücken auf. Niedrige gepolsterte Stühle waren in der Mitte des Raums aufgestellt, und an der Wand stand der Fernseher auf dem Servierwagen.

»Es gibt Schlimmeres.« Kenji tätschelte seiner Frau die Hand, die sie auf seine rechte Schulter gelegt hatte. Draußen ging ein älterer Mann am Fenster vorbei und schlurfte den Flur hinunter. Er hatte ein Krankenhaushemd an, das am Rücken offen war, und war bis auf ein paar strohige Haarbüschel, die ihm vom Kopf abstanden und wie Antennen hin und her schwankten, vollkommen kahl. Er hatte eine große nässende Wunde am Kopf, und obwohl eine Schwester hinter ihm herging und ihn führte, schien er völlig verwirrt und desorientiert zu sein. Als er vorbeiging, schaute der alte Mann Kenji an, und der wandte schnell den Blick ab. »Wo sind die Kinder?«, fragte er und schüttelte sich unwillkürlich. »Ich dachte, sie wären hier.«

Ami, die in eine Ecke des Raums gegangen war, wo sie Teller mit Essen aus zwei blauen Kühltaschen holte und auf einen langen Tisch stellte, warf einen Blick über die Schulter. »Sie müssten jeden Moment kommen. Schau, da sind sie schon.«

Die Tür des Fernsehzimmers flog auf, und Yumi und Yoshi kamen hereingestürmt und redeten aufgeregt durcheinander.

»Ich habe es überall in der Schule herumerzählt. Taka wollte, dass wir alle bei ihr übernachten, damit wir es zusammen anschauen können, doch ich habe gesagt, dass ich nicht komme. Sie war ziemlich traurig, darum habe ich ihr gesagt, dass ich nächste Woche bei ihr übernachten kann.«

»Du bist so blöd.«

»Bin ich nicht.«

»Sie lädt dich bloß ein, weil sie denkt, dass du sie ins Fernsehstudio mitnimmst und dass sie dort lauter berühmte Leute trifft. Ich weiß das, weil ihr Bruder in meiner Klasse ist und es mir gesagt hat.«

Sie hatten Kenji nicht gleich gesehen. Ami hatte seinen Rollstuhl ans Ende des Zimmers vor den Fernseher geschoben, und er versuchte mühsam, den Rollstuhl umzudrehen. Als er schließlich bemerkte, dass die Bremse noch angezogen war, und er es endlich schaffte, den Rollstuhl umzudrehen, starrten die Zwillinge ihn schweigend an.

»Es sieht schlimmer aus, als es ist«, beruhigte er sie, obwohl er ernsthaft bezweifelte, dass das wirklich stimmte. Sein Bein war von den Zehen bis zur Leistenbeuge eingegipst und stand waagerecht vor, von Metallstützen gehalten. Von der Anstrengung, den Rollstuhl umzudrehen, war er ganz außer Atem und keuchte und schwitzte.

Yumi kam als Erste mit vorsichtigen Schritten auf ihren Vater zu. »Tut es weh?«, fragte sie und starrte auf sein Bein.

»Nur, wenn ich versuche, einen Ball zu kicken«, erwiderte er.

Sie kicherte, kam ein wenig näher und tippte mit einem Finger auf den Gipsverband.

»Yumi!« Ami schäumte. »Dein Vater ist kein Wesen, das man erforschen muss. Er hat furchtbar viel mitgemacht.«

»Beachte sie einfach nicht«, flüsterte Kenji, nahm die Hand seiner Tochter, zog sie zu sich an den Rollstuhl heran und legte ihr einen Arm fest um die Taille. »Yoshi, du auch.« Er winkte ihn heran und senkte die Stimme zu einem verschwörerischen Flüstern: »Wenn ihr ein paar Stifte besorgt, dürft ihr etwas auf den Gips schreiben.«

Die Zwillinge strahlten über das ganze Gesicht und ließen sich auf den Boden plumpsen, wo Yoshi seinen Rucksack aufriss, ein Federmäppchen herausholte und den Inhalt zwischen sich und seiner Schwester verteilte. Während sie sich darüber zankten, wer welchen Stift bekommen sollte, begrüßte Kenji seine beiden nächsten Gäste. Ami hatte sie bereits angekündigt, doch Kenji hatte nicht geglaubt, dass sie tatsächlich kommen würden.

»Inagaki, Wami. Wie schön, dass Sie gekommen sind.«

»Yamada-san.« Inagaki humpelte, schwer auf seinen Stock gestützt zum Rollstuhl herüber. »Wie fühlen Sie sich?«

»Sehr glücklich im Kreise meiner wunderbaren Familie.« Er verzog das Gesicht, als Yumi sich schwer auf sein Bein stützte und anfing, eine Katze auf den Gips zu malen.

»Das ist eine schlimme Sache«, fuhr der Bankleiter mit echtem Mitgefühl fort, »in seinem eigenen Wohnviertel über den Haufen gefahren zu werden. Einem Viertel, das normalerweise so sicher ist.«

Kenji nickte wieder, beugte sich vor und bat die Zwillinge, ihrer Mutter zur Hand zu gehen. Er wollte ein paar vertrauliche Worte mit Inagaki wechseln. Er wollte nicht, dass irgendetwas zwischen ihnen stand. Zumindest nicht an diesem Abend, an dem schon so viel schiefgelaufen war.

»Im Hinblick auf Ihre finanzielle Unterstützung wollte ich Ihnen noch sagen …«

»Bitte. Kein Wort mehr darüber.« Inagaki hob abwehrend die Hand. »Nennen Sie es einen Freundschaftsdienst für einen besonderen Menschen. Für zwei besondere Menschen. Aber jetzt …« Er drehte sich um und wies mit einer weiten Geste auf den Tisch mit dem Essen, das Ami vorbereitet hatte. »... schauen Sie sich einmal diese wunderbaren Sachen an. Ami, Sie haben sich selbst übertroffen, und ich kann für mich sagen, dass ich Hunger habe.«

Kenji erkannte, dass es aussichtslos war, die Angelegenheit weiterzuverfolgen. Er beobachtete, wie Inagaki einen Pappteller mit Speisen von den Tellern volllud, die Ami ihm nacheinander reichte. Es war gut möglich, dass Inagaki in seiner Rolle als Bankleiter entscheidend am Zustandekommen des Sponsorenvertrages mitgewirkt hatte, weil er sich auf diese Weise für sein Verhalten gegenüber Kenji entschuldigen wollte. Tatsächlich ging Kenji sehr davon aus, dass dem so war. Doch der Bankleiter war zu stolz, um es zuzugeben.

»Kenji, hier habe ich etwas von deinen Lieblingsgerichten.« Ami gab Kenji einen Pappteller, und obwohl er ihn nahm und sich bei ihr bedankte, wusste er doch genau, dass er keinen Bissen davon essen würde. Ob es daran lag, dass er einfach zu nervös war, oder ob er keinen Appetit hatte, weil er in den letzten vier Wochen nur flüssige Nahrung zu sich genommen hatte, wusste er nicht. Die Ärzte hatten ihm auf jeden Fall gesagt, dass es einige Zeit dauern könnte, bis er wieder ganz der Alte war, und dass er nicht zu viel auf einmal erwarten sollte.

»Wie spät ist es denn?«, fragte er nervös. Seine eigene Uhr lag auf dem Nachttisch, und er konnte hier im Zimmer keine Uhr entdecken.

»Fünf vor sieben«, erwiderte Ami und klatschte in die Hände. »Höchste Zeit, dass sich alle einen Platz suchen. Schnell, Yoshi«, bat sie ihren Sohn, während sie Kenji wieder zum Fernseher drehte, »... mach den Fernseher an.«

Der Fernseher war so klein, dass alle mit ihren Stühlen nach vorn rücken und sich dicht neben Kenji quetschen mussten, damit sie überhaupt etwas sehen konnten. Gerade als sie es sich bequem gemacht hatten, wurden sie von einem lauten Klopfen am Fenster gestört. Izo kam eilig über den Flur gelaufen.

»Es tut mir leid, dass ich so spät komme«, rief er, warf seinen Koffer in eine Ecke und stieg über Kenjis Rollstuhl, um sich im Schneidersitz zu Kenjis Füßen auf den Boden zu setzen. »Hab ich irgendwas verpasst? Hat die Show schon angefangen?«, wollte er wissen.

»Wir haben gerade erst den Fernseher eingeschaltet«, erwiderte Kenji genervt. Warum brauchten die Leute nur so lange, bis sie sich einfach nur hingesetzt hatten? Sie würden noch den Anfang der Show verpassen.

»Schsch«, flüsterte Ami und lehnte sich über den kleinen Stuhlkreis zum Fernseher, um den Ton lauter zu stellen.

Sie hatten sich genau rechtzeitig hingesetzt. Aus den beiden kleinen Lautsprechern am Fernseher erklang die elektronische Titelmelodie von *Millyenaire*. Sie begann ganz leise und steigerte sich dann zu einem lauten Crescendo mit Trommeln und Keyboards. Die verschiedenfarbigen Scheinwerfer flackerten hektisch durcheinander, während eine tiefe männliche Stimme verkündete: »Meine Damen und Herren, herzlich willkommen zu *Millyenaire*. Durch die Show heute Abend führt sie –« Er unterbrach seine Rede kurz, weil der Applaus des frenetisch klatschenden Studiopublikums so laut war, dass der kleine Fernseher auf dem Servierwagen vibrierte. »– Hana Hoshino.«

In diesem Moment vergaß Kenji, dass er im Krankenhaus war. Seine Begeisterung war so groß, dass er sich vorstellte, er säße selbst im Studio unter dem Publikum, und er stimmte lautstark in das Klatschen und die Jubelrufe ein.

»Seht nur, sie hat mein Kleid an. Das rote, glaube ich. Ich kann es nicht genau erkennen«, quietschte Ami und klatschte aufgeregt in die Hände, während sie auf ihrem Stuhl auf und ab wippte. »Es sieht fantastisch aus. Genau so, wie ich es mir vorgestellt habe.

Die Titelmelodie klang langsam aus, bis sie kaum noch zu hören war. In diesem Moment sagte Hoshino nach zwanzigjähriger Abwesenheit ihre ersten Worte live im Fernsehen. Alle Zuschauer in dem kleinen Zimmer hielten den Atem an.

»Guten Morgen, meine Damen und Herren.«

Kenji warf einen Blick auf die Uhr an der Wand. Es war sieben Uhr abends. »Hat sie wirklich gesagt, was ich denke, dass sie gesagt hat? Sagt mir bitte, dass ich mich täusche«, sagte er zu den anderen und blickte nacheinander in die entsetzten Gesichter der anderen.

Inagaki, der seine rechte Hand an die Stirn presste, stöhnte und nickte. Ami starrte ihn nur mit offenem Mund an, und die Kinder hockten auf ihren Stühlen und schnalzten laut mit der Zunge.

»Aber ... wie ...«, stotterte Kenji. »Sie kann ihren Text doch ablesen. Auf dem Teleprompter. Sie haben doch bestimmt einen Probedurchlauf gemacht.«

»Lampenfieber«, vermutete Inagaki, und es sah so aus, als ob er recht hätte, denn Hoshino korrigierte schnell und professionell ihren Versprecher.

Kenji schob den Gedanken an diesen Patzer weg und hörte aufmerksam zu, als sie die Regeln der Show erklärte. Er beugte sich in seinem Rollstuhl so weit vor, dass sich seine Rückenmuskeln schmerzhaft verkrampften und es ihm immer schwerer fiel, eine Sitzposition zu finden.

»Ich kann nicht hören, was sie sagt. Könnte bitte jemand den Fernseher lauter stellen«, sagte er gereizt, und Ami drehte den Ton noch ein bisschen höher, sodass der Servierwagen von den Schwingungen des Fernsehgerätes vibrierte.

Er war nicht der Einzige, der sich unbehaglich fühlte. Den anderen schien es genauso zu gehen, und die Stimmung im Raum wurde immer gedrückter. Sie hatten alle einen großen Auftritt von Hoshino erwartet. Sie war einmal eine große Fernsehmoderatorin gewesen, gewandt, strahlend, selbstbewusst und vor allen Dingen glanzvoll. Was auch immer sie einmal gehabt hatte, es schien ihr völlig abhanden gekommen zu sein. Ihr Moderationsstil war unbeholfen, sie machte an den falschen Stellen eine Pause, kicherte immer wieder schrill und nervös und versprach sich ständig. Doch die Zuschauer waren sehr nachsichtig. Sie klatschten aufmunternd in angemessenen Abständen, und als sie ihnen den Container in der Ecke des Studios zeigte, in dem die Kandidatin inzwischen lebte, genau genommen schon seit zwei Tagen, hielten sie vor Erstaunen den Atem an.

»Unsere Kandidatin hat keine Ahnung, dass wir alle hier draußen sitzen. Sie geht davon aus, dass sie in einer richtigen Wohnung in einem Viertel in der Tokioter Innenstadt lebt.«

Während sie noch redete, betraten zwei Männer das Studio. Sie trugen einen schwarzen Overall und schoben einen großen Bildschirm, der mindestens einen Meter zwanzig mal neunzig Zentimeter maß und auf zwei Beinen stand, aus dem im Dunklen liegenden Teil des Studios ins Scheinwerferlicht. Auf dem Bildschirm war nichts zu sehen, bis in der Mitte ein heller Fleck auftauchte und ein Bild erschien. Auf dem Bildschirm war nun die kleine, spärlich möblierte Wohnung im Container zu erkennen. Die Kamera verweilte auf der grell gemusterten Tapete und den abgenutzten Tatamimatten. Dann schwenkte die Kamera hinüber zur Küchenecke, zum Wohnbereich und zum Bad, bevor sie schließlich eine geräuschvoll schlafende, laut schnarchende Gestalt auf einem Futon zeigte.

Diese Aufzeichnung wurde vor drei, nein, ich meine, vor zwei Tagen gemacht.«

Die Studiogäste holten ein weiteres Mal tief Luft, als auf dem Bildschirm gezeigt wurde, wie die Kandidatin mit verbundenen Augen in ein schwarzes Auto mit abgedunkelten Scheiben gesetzt und zu der roten Studiotür gebracht wurde, vor der Kenji einige Wochen zuvor ebenfalls gestanden hatte. Die Tür ging auf, und die Kandidatin wurde von einer Hand, die er als Mifunes Hand erkannte, durch viele lange Korridore geführt, bis sie schließlich an den weißen Studiotüren und dann an der Containertür ankamen. Kenji sah die Kandidatin zum ersten Mal, und obwohl ihr Gesicht absichtlich nicht gezeigt wurde, konnte er erkennen, dass es sich um eine ältere Frau handelte, viel älter, als er es erwartet hatte.

»Nach ihrer Ankunft hat unsere Kandidatin einige Zeit damit verbracht, die Wohnung zu inspizieren.«

Die Aufzeichnungen zeigten, wie die ältere Frau die Wohnung genau unter die Lupe nahm, verschiedene Schränke öffnete und laut mit der Zunge schnalzte, als sie sah, dass die Schränke leer waren. Ihr Haar war grau und lockig, und sie trug einen geblümten Kittel über den Sachen, die sie bei ihrer Ankunft getragen hatte. Als sie sich schließlich alles angesehen hatte, ließ sie sich schwer auf den einzigen Sessel in der Wohnung fallen, und eine andere Kamera zeigte eine Aufnahme von ihrem Gesicht.

»Mutter!«, rief Ami.

»Das ist ja Großmama.« Yumi und Yoshi kicherten.

Kenji wippte in seinem Rollstuhl vor und zurück. In seinem Kopf drehte sich alles. »Das ist unmöglich.«

Wami war die Einzige im Raum, die kein Wort sagte. Sie hatte, seit sie gekommen war, kein Wort gesprochen.

Auch Hoshino versuchte mühsam, sich ihre Überraschung nicht anmerken zu lassen. Sie sah die Kandidatin offensichtlich ebenfalls zum ersten Mal, andernfalls wäre sie wohl gefasster gewesen. »Das ist ja eine Überraschung.« Einige Sekunden verstrichen, in denen sie nichts weiter sagte. Als sie schließlich wieder auf den Teleprompter blickte, war dieser bereits weitergelaufen, und sie bemühte sich, den Anschluss wiederzufinden. »Unsere Kandidatin, Eriko, hat ihre Zeit in der Wohnung bislang sehr sinnvoll verbracht. Sie musste offenbar dringend ein paar Stunden Schlaf nachholen.« Verschiedene Einspielungen waren auf dem Bildschirm zu sehen. Einige zeigten Eriko, wie sie auf der linken oder auf der rechten Seite schlief; einige zeigten sie schnarchend auf dem Rücken; einige zeigten sie schlafend auf dem Futon und wieder andere schlafend im Sessel. Die Studiogäste lachten laut.

Kenji sah, wie Ami sich wand vor Scham und den Blick vom Fernseher abwandte.

»Was, um Himmels willen, tut sie da eigentlich? Sie blamiert uns. Die ganze Familie«, weinte sie hinter einem vorgehaltenen Taschentuch.

»Sie muss die Anzeige in der Zeitung gelesen haben«, sagte er mit zusammengebissenen Zähnen. »Du weißt doch genau, wie deine Mutter ist. Immer auf der Suche nach dem schnellen Geld. Sie glaubt, dass sie dir damit einen Gefallen tut. Etwas Schlimmeres hätte sie kaum tun können. Mein Ruf ist ruiniert, wenn die anderen herausfinden, wer sie ist. Sie werden denken, dass ich sie eingeschleust habe.«

»Ich kann das nicht mehr mitansehen.« Ami stand auf und verließ den Raum. Die Tür fiel laut hinter ihr ins Schloss.

»Sie wacht nur auf, um etwas zu essen«, fuhr Hoshino fort, und weitere Einspielungen von Eriko erschienen auf dem Bildschirm: wie sie schlürfend Nudeln aß; wie sie gierig Reis herunterschlang und sich auf kleine Kuchen stürzte.

»Großmama ist sonst ganz anders«, flüsterte Yoshi gut hörbar und blickte zu Kenji.

Er musste zugeben, dass das stimmte. Seit sie bei den Yamadas lebte, war Eriko mit ein paar Stunden Schlaf und mit Essensportionen ausgekommen, von denen ein kleiner Vogel hätte satt werden können. Das waren, so hatte sie ständig allen erzählt, die ihr zuhörten, die Nachteile des hohen Alters, mit denen sie sich abfinden musste. Sie jetzt so zu sehen war, als ob man einer völlig anderen Frau zusah. Doch was noch viel schlimmer war, es war ein sehr eintöniges Verhalten für eine Fernsehshow. Von den Kandidaten wurde erwartet, dass sie sich irgendwie beschäftigten und auf diese Weise auch das Fernsehpublikum unterhalten würden. Jetzt würden die Leute nicht nur denken, dass er die Show manipuliert hatte, sie würden auch noch sagen, dass er eine schlechte Wahl getroffen hatte.

Die Kamera schwenkte auf Hoshino. »Nun ja«, sie lachte nervös, »unsere Kandidatin scheint wirklich müde zu sein. Und hungrig. Und sie scheint sich überhaupt nicht dafür zu interessieren, an irgendeinem Preisausschreiben teilzunehmen.« Die Kamera zeigte einen riesigen Stapel Zeitungen und Zeitschriften.

Kenji hielt es nicht mehr aus, sich die Show weiter anzusehen und dabei zu wissen, dass viele andere Leute sie sich ebenfalls anschauen würden. »Schaltet das aus«, verlangte er und rollte mit seinem Rollstuhl aus dem Zimmer.

43

Schnarch TV.«

Mifune ließ eine weitere Zeitung auf den Stapel fallen, der auf Kenjis Schoß lag. Die Zeitung war aufgeschlagen auf der Seite mit der Überschrift *Die Fernsehprogramme der letzten Woche*, einer Rubrik, die jeden Montag in einigen der populären Zeitungen erschien. Unten rechts auf der Seite war ein unscharfes Schwarz-Weiß-Foto von der gestrigen Folge von *Millyenaire* zu sehen, das Eriko fest schlafend auf ihrem Futon zeigte, mit nach hinten geneigtem Kopf und leicht geöffnetem Mund. In einem kleinen Glas auf dem Boden am Kopfende des Futons konnte man gerade noch ihr Gebiss erkennen, das im Wasser lag.

Als Eriko zu den Yamadas gezogen war, hatte es Kenji sehr gestört, dass sie ihr Gebiss in einem Wasserglas an den unmöglichsten Stellen in der Wohnung abstellte. Er war überall auf dieses Gebiss gestoßen: in einem Glas mit Wasser auf der Anrichte in der Küche oder auf dem niedrigen Tischchen neben dem Telefon. Einmal hatte er das Glas mit dem Gebiss sogar im Kühlschrank entdeckt. Er hatte sich dann immer mit einem Stoßseufzer an Ami gewandt und sich über Erikos Angewohnheit beschwert. Jetzt wünschte er sich jedoch, er wäre rücksichtsvoller mit der alten Frau umgegangen, geduldiger und freundlicher. Wenn er netter gewesen wäre, hätte sie vielleicht nicht das Bedürfnis gehabt, auf sein Inserat im Kleinanzeigenteil der *Mainichi News* zu antworten, und seine Frau würde immer noch mit ihm reden.

»Ich habe die Zeit lieber damit zugebracht, das Aquarium meiner Kinder sauber zu machen.« Mifune gab ihm eine weitere Zeitung, und noch eine und noch eine. »Sterbenslangweilig ... Verschwenden Sie Ihre Zeit nicht mit dieser Show ... Ich dachte, das sollte eine Spielshow sein. Was ist das eigentlich für ein Wettbewerb?«

Er schüttelte sich. Mifune tat nur das, was sie als ihren Job ansah. Und das tat sie äußerst gewissenhaft, detailliert und effizient. Doch war es wirklich nötig, dabei so gnadenlos zu sein? Zumindest stand in den Zeitungskritiken nichts darüber, dass die Kandidatin die Schwiegermutter des Produzenten war. Oder dass seine Frau für die Garderobe zuständig war.

»Das reicht.«

Mifune legte die restlichen Zeitungen und Zeitschriften auf einen Stuhl neben sich und blickte auf Kenji hinunter, der mit seinem vor sich ausgestreckten Bein im Rollstuhl saß. Sie schien ohne Frage auf die nächsten Arbeitsanweisungen zu warten. Er wünschte sich fast, er hätte sie nach der Show gestern Abend nicht angerufen und darum gebeten, zu ihm ins Krankenhaus zu kommen und einige der leitenden Mitglieder des Teams mitzubringen. Sie warteten jetzt draußen vor dem Fernsehraum und versuchten angestrengt, nicht durch die Fenster zu schielen, die von dem kaputten Sichtschutz nur notdürftig vor neugierigen Blicken geschützt waren. Natürlich hatte die Stationsschwester Einwände erhoben. Zum einen, weil der Aufenthaltsraum der Patienten für eine Sitzung in Beschlag genommen werden sollte, und auch, weil Kenji vorhatte, zu arbeiten, obwohl er sich eigentlich noch schonen sollte. Er hatte ihr verschiedene Dinge versprechen müssen, einschließlich eines Autogramms von Hana Hoshino für sie und die anderen Krankenschwestern, bevor sie sich bereiterklärte, ein Auge zuzudrücken.

»Ah.« Ein Gedanke schoss Kenji unvermittelt durch den Kopf.

»Was ist denn?«, fragte Mifune.

Es gab einen Menschen, der die schlechte Stimmung in der Öffentlichkeit zu ihren Gunsten beeinflussen konnte. Unabhängig davon, was alle anderen dachten und sagten, ein einziges gutes Wort von ihr konnte die ganze Situation retten. Egal, wie teuflisch dieses Vorhaben auch schien.

»Was ist mit Leiko Kabayashi?«

Mifune holte die *Mainichi News* aus dem Zeitungsstapel, den sie auf den Stuhl gelegt hatte. »Keine guten Neuigkeiten, fürchte ich.«

»Lesen Sie es mir vor.«

»Sind Sie sicher, dass Sie es wirklich hören wollen?«

»Ja, lesen Sie es mir vor.«

Mit einer übertriebenen Geste schlug Mifune die Zeitung auf und blätterte schnell die Seiten durch. Als sie die Stelle gefunden hatte, faltete sie die Zeitung in der Mitte und danach noch einmal und fing an zu lesen. »*Millyenaire* – so wurde behauptet, obwohl ich nicht weiß, von wem eigentlich – würde die Tradition der Unterhaltungsshows in Japan revolutionieren, und die Wogen der Begeisterung würden die internationale Fernsehwelt mitreißen. Wenn so die Zukunft aussieht, könnte bitte jemand die Notbremse ziehen? Ich möchte aussteigen. Wo soll ich anfangen? Am besten vielleicht mit der Kandidatin. Meine eigene Großmutter hätte es besser hinbekommen und wäre mit Sicherheit unterhaltsamer gewesen. Und das will etwas heißen, denn sie ist seit einem schlimmen Schlaganfall vor sieben Jahren halbseitig gelähmt und ans Bett gefesselt und kann nicht mehr sprechen.« Mifune blickte von der Zeitung auf.

»Lesen Sie weiter.« Er nickte ihr zu.

»Hoshinos Moderation war eine Schande. Nachdem sie sich zwanzig Jahre lang aus dem Fernsehgeschäft zurückgezogen hatte, kann man sich nur fragen, warum sie nicht lieber im Ruhestand geblieben ist. Sie hat sich so elegant durch ihren Text gestottert wie ein Elefant, der Schlittschuh läuft. Doch wer könnte ihr einen Vorwurf machen? Wahrscheinlich war sie geblendet von den Pailletten, die buchstäblich jeden Zentimeter ihres Kleides bedeckten. Genauso wie es der Kandidatin blühen könnte, wenn man von der gestrigen Vorstellung ausgeht, hat meines Erachtens auch die Designerin, die im Abspann der Show als ›Ami‹ auftauchte, die letzten zwanzig Jahre eingesperrt in einer Wohnung verbracht. Wie hätte sie sonst die aktuellen Modetrends verschlafen können? Oder gar übersehen können, dass Hoshino nicht mehr die Schönheit ist, die sie einmal war? Daran können auch alle falschen Glitzersteine der Welt auf ihrem Kleid nichts ändern.«

»Das reicht, das reicht.« Kenji machte eine abwehrende Handbewegung. »Vielleicht ändert Kobayashi ihre Meinung, wenn die zweite Folge besser läuft.«

Mifune lachte. »Leiko Kobayashi schreibt nie eine zweite Kritik über eine Show. Eine reicht normalerweise auch vollkommen.«

Vor dem Raum hatten einige Mitglieder des Teams eine ordentliche Schlange gebildet. »Das Team ist seit der Show gestern Abend sehr niedergeschlagen. Die Kritiken zu lesen hat ihnen nicht gerade geholfen. Ich weiß, dass sie es kaum erwarten können, Sie zu sehen. Ihre Worte haben sie beim letzten Mal sehr bewegt, und sie hoffen, dass Sie ihnen aus diesem Tief heraushelfen können.«

Wenn sie ihm eine lange schmale Klinge in die Brust gestoßen hätte, hätte es für ihn nicht schmerzhafter sein können. Er holte tief Luft. War er in der Lage, ihnen das zu geben, was sie von ihm erwarteten? Die letzte Rede war ohne Frage gut angekommen, doch darauf hatte er sich gründlich vorbereiten können. Kenji war schon immer ein Mann gewesen, der mit einem entsprechenden Vorlauf glänzen konnte. Doch eine gute Leistung spontan und ohne Vorlauf zu bringen, das konnten seine extrovertierten Kollegen besser als er. Obwohl er doch sicher in der Lage wäre, das Ruder herumzureißen, oder etwa nicht? Wenn es keine Show mehr gab, was bliebe ihm dann noch? Er müsste wieder im Postraum arbeiten, und das könnte er nicht ertragen. Deshalb musste er es einfach schaffen. Für sich selbst und auch für seine Kollegen.

»Holen Sie sie herein.«

Mifune ging zur Tür und öffnete sie.

Yoshida, die Drehbuchautorin, kam als Erste herein, ging zu ihm und setzte sich auf seine Aufforderung hin auf einen Stuhl. Ihr folgte Ashida, der, wie Kenji zu Ohren gekommen war, in den letzten Wochen zu Mifunes Stellvertreter aufgestiegen war. Der Junge sah müde aus, und seine Haare waren ungekämmt. Mifune zufolge war er seit fünf Uhr früh auf den Beinen und hatte sich den Fragen der Presse gestellt. Beide warfen Kenji verstohlene Blicke zu, die so voller Mitleid waren, dass er den Blick abwandte. Außerdem waren noch ein Kameramann, eine Visagistin und einer von Hoshinos Leibwächtern gekommen.

Kenji zog Mifune am Arm, um ihre Aufmerksamkeit auf sich zu lenken. »Was will der denn hier?«, flüsterte er, als sie sich zu ihm heruntergebeugt hatte. »Warum ist der Leibwächter da? Wo ist Hoshino-san?«

»Sie fühlt sich nicht wohl. Ich habe gleich heute Morgen versucht, mit ihr zu sprechen, doch sie hat einen Migräneanfall und weigert sich, irgendjemanden zu sehen außer ihrem Freund, dem Bankleiter. Sie hat darum gebeten, dass einer ihrer Leibwächter an ihrer Stelle an der Sitzung teilnimmt, denn sie möchte auf keinen Fall verpassen, was Sie zu sagen haben, und sie hat mir versichert, dass sie zum nächsten Dreh wieder fit sein wird.«

Er nickte. Alle hatten sich inzwischen hingesetzt und blickten ihn erwartungsvoll an. Er konnte es nicht weiter hinauszögern. Er rollte seinen Rollstuhl herum, um ihnen ins Gesicht sehen zu können. Es war mühsam, und er kam ins Schwitzen. Auch die anderen fühlten sich unwohl, denn als es ihm schließlich gelang, den Rollstuhl umzudrehen, waren die meisten wieder aufgestanden. Sie schienen unsicher zu sein, ob sie ihm helfen oder einfach nur zusehen sollten, wie er sich abmühte. Im Rollstuhl zu sitzen war ja schon schlimm genug, doch weil das eine Bein ganz lang vorgestreckt war, musste er auch noch darauf achten, dass um ihn herum genug Platz war, bevor er versuchte, den Rollstuhl irgendwie zu bewegen. Die Schwestern bestanden jedenfalls auf dem Rollstuhl, solange er immer noch unter Schwindelanfällen litt.

»Ich danke Ihnen, dass Sie gekommen sind.« Er wischte sich den Schweiß mit einem Taschentuch von der Stirn, während jemand einen Plastikbecher mit kaltem Wasser neben ihn stellte. Mifune hatte das Wasser aus einem Wasserspender in der Ecke des Raumes geholt. Er trank den Becher in einem Zug leer und gab ihn Mifune zurück, bevor sie sich zu den anderen auf einen Stuhl setzte.

Es fiel ihm schwer, ihren Blicken zu begegnen, deshalb spielte er mit dem Gürtel seines dunkelblauen Frotteebademantels. Es musste unbedingt gut gehen. Es musste unbedingt besser laufen als das letzte Mal. Er schob den Gürtel zu einer Seite und sah hoch. Er ließ sogar seinen Blick nacheinander auf jedem Einzelnen eine Weile ruhen. Dann klatschte er sehr langsam und betont in die Hände, zuerst leise und dann immer lauter. Das Geräusch gefiel ihm, es klang stark und mutig. Stärker und mutiger, als er sich fühlte. Er wollte nicht, dass es aufhörte.

Am Anfang verzog keiner im Raum eine Miene. Sie sahen ihn alle an, als ob es die normalste Reaktion der Welt wäre, in dieser Situation zu klatschen. Ashida lächelte ihm sogar ermutigend zu, während Yoshida mit dem Kopf wippte, als würde sie einem verborgenen Rhythmus folgen. Doch je länger er klatschte, desto unbehaglicher schienen sie sich zu fühlen. Fujiwara, die Visagistin, war die Erste, die es nicht mehr aushielt. Sie drehte sich um und warf einen unsicheren Blick auf Mifune. Neben ihr zupfte Yoshida nervös an ihrer Handfläche, während Ito, der Kameramann, verärgert die Stirn runzelte. Selbst Hoshinos Leibwächter, der irgendetwas Unsichtbares von seinem Hosenbein gezupft hatte, starrte Kenji an. Die Einzige, die von seinem Verhalten unbeeindruckt zu sein schien, war Mifune. Sie betrachtete ihn kühl. Doch er konnte ihre Haltung inzwischen ziemlich gut deuten, die Art, wie sie sich vorbeugte, ihm zuhörte und ihren Stift über dem Notizheft gezückt hielt, um zu wissen, dass sie ihm und seiner Fähigkeit, das Ruder herumzureißen, uneingeschränkt vertraute. Er stellte sich vor, wie sie ihn sah, und fühlte sich mächtig und mutig.

Er fing an, leise zu lachen. Eigentlich war ihm gar nicht nach Lachen zumute, doch je länger er lachte, desto einfacher wurde es. Seine Muskeln, die bis dahin steif und verspannt gewesen waren, lockerten sich, und es machte ihm sogar Spaß, obwohl er sich bewusst war, dass sie alle vielleicht schon wegen des Klatschens an seinem Verstand gezweifelt hatten und das Lachen alles nur noch schlimmer machen würde. Genau das schien auch der Fall zu sein, denn Ashida starrte ihn fassungslos, mit weit offenem Mund an, und Ito rieb sich verärgert die Oberschenkel, als ob er sich so daran hindern könnte, wütend aus dem Raum zu stürmen.

»Na los«, rief Kenji ihnen zu. »Machen Sie schon mit.«

Niemand rührte sich oder machte irgendwelche Anstalten, Kenjis Aufforderung zu folgen. Auch Mifune sagte kein Wort.

»Na los, versuchen Sie es einfach.«

Ashida war der Erste, der in das Klatschen miteinstimmte. Er klatschte leise und höflich, und seine Handflächen berührten sich kaum dabei.

»Sie sind hier nicht in einem klassischen Konzert«, forderte Kenji ihn heraus, bis der junge Mann mutiger wurde und lauter klatschte. Er sah überrascht aus, und ein breites Grinsen erschien auf seinem Gesicht. Es dauerte nicht lange, bis er anfing einen Jubelschrei auszustoßen, und weil er so aussah, als amüsierte er sich prächtig, konnten sich die anderen ein Lächeln nicht verkneifen. Aus dem Lächeln wurde ein Lachen, dem ein Klatschen und dann ein Jubelschrei folgten, und schließlich machten alle so viel Krach wie nur möglich. Etliche Sekunden verstrichen, bis ihnen auffiel, dass Kenji selbst gar nicht mehr klatschte und lachte. Daraufhin wurden sie von einem Moment zum anderen mucksmäuschenstill.

»Das war großartig.« Kenji klang atemlos und fühlte sich auch so. »Besser, als ich es mir vorgestellt habe.«

»Yamada-san.« Die Sorge stand Ashida ins Gesicht geschrieben. »Entschuldigen Sie bitte, wenn ich unverschämt erscheine, aber was war großartig?«

Die anderen murmelten zustimmend.

»Das Leben ist großartig.« Kenji umfasste die Räder seines Rollstuhls und versuchte, mit dem Stuhl zu wippen. Doch es gelang ihm nicht, deshalb tat er so, als wolle er mit dem Stuhl ein Stück nach vorne rollen. »Die Show war besser, als ich zu hoffen gewagt habe.«

»Aber die Kritiken …« Ito starrte vielsagend auf die Zeitungen und Zeitschriften, die auf dem leeren Stuhl lagen. »… waren vernichtend.«

»Vernichtend. Denken Sie das wirklich?« Es war nicht leicht, doch Kenji tat so, als wäre dieser Gedanke völlig neu für ihn.

»Ja, vernichtend.«

Der Kameramann, der der Älteste im Team war und die meiste Erfahrung hatte, verlor offensichtlich die Geduld. Es war an der Zeit, sie auf seine Seite zu ziehen.

»Ich würde sagen, sie waren anders, als Sie es erwartet haben. Wir haben immer betont, dass *Millyenaire* anders sein würde, und genau das war es auch. Ich will Ihnen etwas ans Herz legen, was ich mit den Jahren gelernt habe. Der beste Weg, die Leute gegen sich aufzubringen, ist, dass man etwas verändert, und genau das tun wir hier. Natürlich werden sie sich darüber aufregen. Natürlich werden sie sagen, dass es ihnen nicht gefällt. Das ist nicht die Art Unterhaltungsshow, an die sie sich gewöhnt haben. Es wird einige Zeit dauern, bis sie die Show verstehen und schätzen können. Aber geben Sie ihnen ein paar Wochen Zeit, und sie werden sich an der Show nicht mehr sattsehen können. *Millyenaire* wird in aller Munde sein.«

»Glauben Sie das wirklich?«, wollte Yoshida wissen, während sie sich eine Haarsträhne, die sich aus ihrem Knoten gelöst hatte, aus dem Gesicht pustete.

»Sie können sogar mit Fug und Recht behaupten, dass die Show bereits in aller Munde ist. Haben Sie schon einmal von einer Show gehört, die schon bei der ersten Folge so viel Aufmerksamkeit erregt hat? Normalerweise setzt man sich mit einer neuen Show erst nach und nach auseinander. Das gilt aber nicht für *Millyenaire*. Wir haben nicht um so viel Aufmerksamkeit gebeten. Wir haben sie einfach bekommen.«

»Ich schätze, da ist was dran.« Yoshida nickte und drehte die lose Haarsträhne um den Finger. »So habe ich das noch nie gesehen.«

Sogar Ito und Hoshinos Leibwächter schienen über seine Sicht der Dinge nachzudenken. Damit war die Sache jedoch noch nicht erledigt. Er musste noch einen draufsetzen. Er hatte sie vielleicht milde gestimmt und auf seine Seite gezogen. Jetzt musste er sich vergewissern, dass sie auch weiterhin treu und motiviert dabeibleiben würden.

»Es gibt allerdings eine Sache, die mich bedrückt.«

»Was meinen Sie?« Ashida beugte sich in seinem Stuhl vor.

»Sagen Sie es uns bitte«, bat Yoshida.

»Das kann ich nicht.« Er wandte sich ab und tat so, als würde er zögern.

»Sie müssen es uns sagen.«

»Sie können es uns nicht vorenthalten.«

»Nun, vielleicht haben Sie recht. Es ist nur … Sehen Sie, ich habe angenommen, dass Sie alle aus einem härteren Holz geschnitzt sind. Ich habe gedacht, dass Sie wirklich mitmachen wollen. Aber bei der erstbesten Hürde, die Ihnen in den Weg gelegt wird, sind Sie schon drauf und dran, alles hinzuschmeißen und aufzugeben.«

Ashida zog die Stirn in Falten und schüttelte den Kopf. »Aufgeben – niemals. Ich doch nicht.«

»Ich auch nicht.«

»Ich bin auf alle Fälle weiter mit dabei.«

»Ich auch.«

»Wenn das so ist …« Seine Stimme klang tiefer und strahlte mehr Autorität aus. »… kommen Sie nicht wegen jeder kleinen Unannehmlichkeit und Sorge zu mir gerannt. Es kann gut sein, dass es noch schlimmer wird, und ich muss mich darauf verlassen können, dass Sie die Nerven behalten. Am Ende werden mehr Ruhm und Glanz auf Sie warten, als Sie sich vorstellen können, und zu einem gewissen Teil wird es das Verdienst von Ihnen allen hier im Raum sein.«

Zum ersten Mal, seit sie an diesem Tag im Krankenhaus angekommen war, lächelte Mifune, und er wusste, dass er genau den richtigen Ton getroffen hatte. Als sich ihre Schultern sichtlich entspannten, lockerten sich auch seine Schultern, und er bemerkte, wie verspannt sein Rücken und seine Schultern waren.

»Entschuldigen Sie bitte.«

Kenji nickte Ashida zu, der die Hand gehoben hatte.

»Es gibt da eine Sache, über die wir –« Er warf einen Blick auf die anderen, die bestätigend nickten. »– uns Sorgen machen. Wir haben gehört, dass die Kandidatin Ihre Schwiegermutter ist. Das ist doch sicher nur ein Gerücht, oder?«

Diese Frage hatte Kenji schon viel früher erwartet, und er hatte sich schon eine Antwort zurechtgelegt. »Ich fürchte, es ist leider wahr. Obwohl ich Ihnen versichere, dass weder meine Frau noch ich die geringste Ahnung davon hatten. Andernfalls hätten wir das auf keinen Fall zugelassen.«

Alle schauten zu Boden. Ihre Reaktion verriet ihm, dass das Auftreten seiner Schwiegermutter als Kandidatin in der Show im gesamten Team heiß debattiert wurde. Sie waren jedoch viel zu höflich, um ihm gegenüber das wahre Ausmaß ihres Unmuts zu zeigen. Er konnte nichts weiter tun, als das eben Gesagte noch zu bekräftigen und darauf zu hoffen, dass sie ihm glaubten.

»Woher hätte ich das denn überhaupt wissen sollen? In den letzten vier Wochen war ich kaum bei Bewusstsein und habe im Krankenhaus gelegen. Vor meinem Unfall stand Endo schon so gut wie sicher als Kandidat fest. Als ich aufgewacht bin, war ich davon überzeugt, dass sich daran nichts geändert hatte. Ich hoffe wirklich sehr, dass Sie mir glauben. Diese Show bedeutet mir unendlich viel, und ich würde nie etwas tun, um sie aufs Spiel zu setzen. Meine

Schwiegermutter hat aus eigenem Antrieb gehandelt. Vielleicht wusste sie nicht einmal, dass ich überhaupt etwas mit der Show zu tun habe. Ich weiß sehr genau, dass sich das unglaubhaft anhört. Aber genau so ist es.«

»Bitte verzeihen Sie mir noch einmal, wenn ich unverschämt bin«, fuhr Ashida fort, und seine Stimme zitterte vor Nervosität. »Die größten Probleme, die wir mit der Show haben, hängen mit der Kandidatin zusammen. Mit ihrer Schwiegermutter. Sie tut nichts weiter als essen und schlafen.«

»Sie haben absolut recht, und ich habe ein paar Ideen, wie wir dieses Problem vielleicht lösen können.« Er zog ein Notizheft aus der Tasche seines Bademantels und las: »Die alte Dame isst zu viel. Geben Sie ihr weniger zu essen. Machen Sie ihr klar, dass sie nur dann etwas zu essen bekommt, wenn sie es gewinnt. Ich garantiere Ihnen, dass Sie dann viel schneller anfängt, an Preisausschreiben teilzunehmen. Sie schläft zu viel? Wecken Sie sie auf. Die Möglichkeiten liegen direkt vor Ihrer Nase.«

Während er sprach, schrieb Mifune eifrig in ihr Notizheft.

»Yoshida-san, bitte sorgen Sie dafür, dass Hoshino ihre Texte mindestens vierundzwanzig Stunden vor der Aufzeichnung der Show bekommt, und ...«

Kenji sah den Leibwächter an, wobei ihm bewusst wurde, dass er nicht einmal seinen Namen kannte.

»Ronin Muto.« Seine Stimme war kaum zu hören, und er schien für einen Mann seiner Statur erstaunlich schüchtern zu sein.

»Ronin-san, Sie müssen dafür sorgen, dass sie sie vorher einstudiert.«

»Ich kümmere mich darum.«

»Ito-san.«

Der Kameramann blickte erwartungsvoll auf.

»Sorgen Sie dafür, dass die bunten Scheinwerfer etwas dezenter eingesetzt werden. Sie lassen die Show etwas altmodisch wirken. Und –« Er wandte sich an die Visagistin. »Sie könnten den Mitarbeiterinnen in der Garderobe vielleicht nahelegen, dass sich Hoshino für eines der weniger auffälligen Kleider meiner Frau entscheidet. Und nun –« Er drehte mit großer Anstrengung seinen Rollstuhl um, sodass er ihnen den Rücken zuwandte, und rollte zur Tür. »– Sie haben mir gesagt, dass Sie mitmachen. Worauf warten Sie dann noch? Gehen Sie wieder an die Arbeit.«

44

*E*s war schon dunkel, als Kenjis Bahn in Utsunomiya einfuhr. Zusammen mit den anderen Pendlern verließ er die Bahnstation, doch er machte sich nicht wie sie auf den Heimweg. Vorher musste er sich noch eine Ausgabe der *Mainichi News* besorgen und ging in den nächstgelegenen Kiosk. »Haben Sie sie da?«, erkundigte er sich ungeduldig. Er stützte sich mit einem Ellenbogen schwer auf den Ladentisch und versuchte, einen Blick auf die andere Seite zu werfen, wo der Verkäufer stand. Wenn sein gebrochenes Bein, das sich keinen Millimeter vom Boden zu lösen schien, ihn nicht daran gehindert hätte, wäre er vielleicht sogar über den Ladentisch geklettert. Auf den Verkaufsregalen konnte er keine Ausgabe entdecken, aber das lag vielleicht daran, dass es schon so spät war. Es war möglich, dass die Zeitungen bereits mit Paketschnur zusammengebunden unter dem Ladentisch lagen, um in Kürze mit den anderen unverkauften Zeitungen, die zurückgeschickt wurden, abgeholt zu werden. Als er auch hinter dem Verkaufstisch kein Exemplar entdecken konnte, richtete er sich mühsam wieder auf. Trotz der beiden Krücken, die er sich fest unter die Achseln geklemmt hatte, schwankte er leicht.

»Was suchen Sie denn?« Der junge Verkäufer hinter dem Ladentisch rückte verwundert seine Baseballkappe auf dem Kopf zurecht.

»Eine *Mainichi News*.«

»Die Zeitung ist heute nicht ausgeliefert worden.«

»Hmmpff.« Kenji wandte sich mit einem Ruck um, humpelte zur Tür, die zum Glück automatisch auf- und zuging – noch nie war er über diese Erfindung so dankbar gewesen wie in der letzten Woche –, und trat auf die Straße hinaus. Kaum hatte er einen Fuß auf die Straße gesetzt, wo ihm die kalte Nachtluft entgegenschlug, als auch schon eine Fahrradfahrerin auf ihn zugerast kam. Sie klingelte wütend mit ihrer Fahrradklingel, konnte ihm gerade noch so ausweichen und fuhr weiter mit beachtlichem Tempo die Straße hinunter.

Als sie aus seinem Blickfeld verschwand, machte er hinter ihrem Rücken eine wütende Geste mit der Hand. »Ja, gibt's denn so was?«, murmelte er leise und hinkte langsam die Straße hinunter, in die gleiche Richtung wie die Fahrradfahrerin. Wie war es nur möglich, dass es in keinem Laden, an keinem Kiosk und in keinem Zeitungsautomaten, wo er heute gewesen war, eine *Mainichi News* gab? Und auch sonst hatte niemand von den Leuten, die er unterwegs gefragt hatte, und das waren wirklich viele gewesen, eine Ausgabe dieser Zeitung gehabt. In ganz Tokio schien es einen Zeitungsnotstand zu geben, der ausgerechnet diese Zeitung betraf. Entweder war sie gar nicht geliefert worden, oder sie war schon eine Stunde nach der Auslieferung ausverkauft gewesen. Er musste einfach an eine Ausgabe herankommen. Dass es ihm einfach nicht gelang, frustrierte ihn so sehr, dass er laut mit den Zähnen knirschte und an seinen Fingernägeln kaute, bis sie bluteten. Die Zeit lief ihm davon. Es war schon acht Uhr abends, und alle Läden, die noch Zeitungen übrig hatten, würden sie in dieser Minute zusammenpacken, damit der Lieferwagen sie wieder einsammeln konnte.

Er stolperte vorwärts. »Was soll ich jetzt machen?«, murmelte er und bemerkte zu spät, dass die Gummispitze seiner rechten Krücke in einem Gullydeckel stecken geblieben war. Er zerrte schimpfend und ächzend an der Krücke, aber es gelang ihm nicht, sie herauszuziehen. Erst als ein kleiner Schuljunge, der von seiner Mutter dazu angewiesen wurde, herbeilief, um Kenji zu helfen, schafften sie es gemeinsam, seine Gehhilfe wieder freizubekommen.

»Vielen Dank.« Kenji verbeugte sich kurz – er hasste es, wenn andere Leute ihn so schwach sahen – und ging weiter, wobei er einen großen Bogen um die Gullys machte. Einige Leute starrten ihm hinterher, als er an ihnen vorbeiging. Ein junger Mann in einer dunkelblauen Jeans und mit einer spitzen Tweedmütze, eine junge Frau, deren Schuhe mindestens eine Nummer zu groß waren, sodass sie ihr beim Gehen von den Fersen rutschten und auf dem Asphalt klapperten, und ein kleines Kind, das von der Mutter in einem Kinderwagen geschoben wurde. Sie sahen ihn mitleidig und vielleicht sogar etwas ängstlich an. Erst in diesem Moment wurde ihm bewusst, dass er laut vor sich hin knurrte. War das alles, was von ihm noch übrig geblieben war? War er nur noch eine unbeholfene, chaotische Gestalt, die durch das Wohnviertel stolperte und gezwungen war, sich von einem Kind helfen zu lassen?

Die zweite Folge von *Millyenaire* war inzwischen gelaufen. Er musste den Tatsachen ins Auge sehen. Sie war genauso schlecht gewesen wie die erste, wenn nicht sogar noch schlechter. Dem Produktionsteam konnte er keine Vorwürfe machen. Sie hatten jeden einzelnen Vorschlag von ihm bis ins kleinste Detail befolgt. Hoshino hatte ihre Texte so früh bekommen, dass sie reichlich Zeit zum Üben gehabt hatte, vielleicht sogar zu viel Zeit. Während sie anfangs spontan moderiert und lauter Fehler gemacht und Text ausgelassen hatte, moderierte sie jetzt hölzern und steif. Zwar unterliefen ihr jetzt streng genommen keine Fehler mehr, aber sie präsentierte die Show völlig leidenschaftslos und verlieh ihr keinerlei persönliche Note.

Eriko hatte in dieser Woche noch weniger verwertbares Filmmaterial geliefert als in der Woche zuvor und immer noch nicht an einem Preisausschreiben teilgenommen. Die Zeitungen und Zeitschriften, die täglich in die »Wohnung« geliefert wurden, stapelten sich an der Tür direkt unter dem Briefkasten immer höher. Ihr weniger zu essen zu geben hatte offensichtlich nicht die erhoffte Wirkung, und sie zeigte nicht die geringste Motivation, irgendetwas zu tun. Dass es seltener etwas zu essen gab, schien lediglich zu bewirken, dass sie noch mehr schlief, und egal, was sie taten, um sie zu wecken – grelles Licht, laute Geräusche, tropfende Wasserhähne –, sie ließ sich davon offenbar kein bisschen stören.

Heute früh war ihm auf seinem Weg zur Arbeit fast schlecht geworden vor Angst, weil er fürchtete, dass Goto und die anderen Mitglieder des Aufsichtsrats, ganz zu schweigen von den Mitgliedern des Produktionsteams, von ihm einen Rechenschaftsbericht verlangen würden. Mifune hatte Kenji darüber informiert, dass Goto wusste, dass Eriko Kenjis Schwiegermutter war, und dass er beschlossen hatte, die ganze Sache erst einmal unter den Teppich zu kehren. Wenn sie die Angelegenheit nicht an die große Glocke hängen würden, dann würde es hoffentlich niemandem auffallen, und bis jetzt war diese Rechnung aufgegangen.

Nachdem er das fünfundzwanzigstöckige Bürogebäude betreten hatte, war es ihm gelungen, in sein Büro in einem abgeschiedenen Winkel des einundzwanzigsten Stockwerkes zu kommen, ohne unterwegs aufgehalten zu werden. Als er sich über den dicken Teppichboden im Büro vorankämpfte – die Gummienden seiner Krücken blieben immer im Teppich hängen, sodass er die Krücken bei jedem Schritt hochheben musste –, war es ihm vorgekommen, als ob ihm eine dunkle Wolke auf Schritt und Tritt folgen würde. Wie dankbar war er gewesen, als er endlich im Büro ankam und die Tür hinter sich schließen konnte. Wie beruhigend war es gewesen, seinen geliebten Eichenholzschreibtisch zu sehen, die Aussicht aus seinem Fenster zu genießen und die paar kleinen Besitztümer zu berühren, die im Büro standen. Wie unglücklich er wäre, wenn er das alles aufgeben müsste, dachte er und setzte sich in seinen schwarzen Ledersessel.

Als Erstes wollte er jede einschlägige Zeitung von der ersten bis zur letzten Seite durchlesen. Letzte Woche war *Millyennaire* ein Topthema gewesen. Aber diese Woche, so stellte er fest und warf die letzte Zeitung hin, stand nirgends mehr etwas darüber. Diese Erkenntnis weckte in ihm eine Mischung aus Erleichterung und verletztem Stolz. War ihnen seine Show etwa nicht gut genug, dachte er zornig und hoffte gleichzeitig, dass *Millyenaire* so die Chance hatte, sich noch einige Zeit dahinzuschleppen. Wer konnte schon sagen, was in dieser Zeit noch alles passieren würde? Vielleicht würde die alte, wortgewandte Moderatorin in Hoshino wieder aus ihrem Dornröschenschlaf erwachen. Vielleicht würde Eriko ihre unstillbare Lust, an Preisausschreiben teilzunehmen, wiederentdecken. Dann könnte auch die Show zu dem Erfolg werden, von dem er immer geträumt hatte.

Ein lautes Klopfen unterbrach seine Gedanken. Das Geräusch von Knöcheln, die wiederholt an die Holztür schlugen. Während der fordernde, sich wiederholende Rhythmus nicht abbrach, überlegte Kenji fieberhaft, ob er nicht irgendwie verschwinden oder sich verstecken könnte. Vielleicht unter dem Schreibtisch? Bevor er die Gelegenheit hatte, irgendetwas zu tun, wurde die Bürotür aufgerissen, und Ashida kam hereingelaufen.

»Yamada-san, bitte entschuldigen Sie die Störung. Es tut mir sehr leid, aber Mifune hat mir gesagt, dass sie gesehen hat, wie Sie ins Büro gekommen sind. Ich muss Sie unbedingt sprechen. Wissen Sie ...« Er war ganz außer Atem vor Aufregung oder von der Anstrengung. Kenji konnte nicht sagen, was genau es war. Kleine Schweißperlen standen Ashida auf der Stirn, und er knetete die ganze Zeit seine Hände.

»Leiko Kobayashi hat in ihrer Kolumne eine Kritik über *Millyenaire* geschrieben.«

»In der *Mainichi News*? Das kann nicht sein. Das wäre mir aufgefallen.« Ihm wurde plötzlich sehr warm, als er den Stapel mit den Zeitungen durchsuchte, der vor ihm auf dem Schreibtisch lag. »Da stand nichts drin. Ich habe keine Kritiken über die Show gefunden.« Die Erkenntnis dämmerte ihm erst, als er bei den untersten Zeitungen im Stapel angelangt war. Natürlich, jetzt fiel es ihm wieder ein. Er hatte an diesem Morgen kein Exemplar der *Mainichi News* gekauft. Als er heute Morgen im Laden vor dem Zeitungsregal gestanden hatte, hatte er seine Hand kurz nach der Zeitung ausgestreckt. Keine Frage. Doch dann hatte er es sich anders überlegt. Er hatte schon genug Zeitungen in der Bahn zu tragen, und da Leiko Kobayashi eine Show nie zweimal besprach, schien es nicht sehr sinnvoll, die Zeitung auch noch zu kaufen. Dass sie gegen ihre eigene Gewohnheit verstieß, war sicher von Bedeutung. Konnte er hoffen, dass das eine gute Nachricht war? »Haben Sie die Zeitung?«, fragte er und streckte Ashida die Hand entgegen.

Ashida schüttelte den Kopf. »Eine Freundin hat mir erzählt, dass sie die Kolumne gesehen hat.«

»Was stand drin?«

Wieder ein Kopfschütteln. »Es tut mir leid, aber sie hat sie nicht gelesen. Ich dachte, dass Sie vielleicht ein Exemplar der Zeitung haben.«

»Also gut, kommen Sie.« Stöhnend stemmte Kenji sich aus dem Sessel hoch und humpelte auf seinen Krücken, die am Schreibtisch lehnten, zu Ashida hin. »Wir müssen ein Exemplar auftreiben.«

Und so hatte die Suche nach einem Exemplar der *Mainichi News* angefangen. Zusammen klapperten sie das ganze Büro ab, wo es am späten Vormittag so geschäftig zuging wie in einem Bienenstock. Kenji war langsamer als Ashida und schaffte nur einen kleinen Bereich des Büros, doch er blieb an jedem Schreibtisch stehen, beugte sich über den Sichtschutz oder schlug, wenn dieser zu hoch war, mit seiner Krücke dagegen, bis ein Kopf dahinter zum Vorschein kam und fragte: »Was ist denn das für ein Lärm?«

Jeden, der vorbeikam, ging er genauso unhöflich und humorlos an und fragte nur: »Haben Sie eine *Mainichi News*?« Die Antwort war immer Nein, und mit der Zeit rechnete er schon mit dieser Antwort, sodass er gelegentlich einfach weiterhumpelte, bevor derjenige, den er in so einem unhöflichen Ton angesprochen hatte, überhaupt die Gelegenheit hatte, auf seine Frage zu antworten. »Warum suchen Sie nach der *Mainichi News*?«, wollte der eine oder andere von ihm wissen, doch er gab keine Antwort und wandte sich gleich an den nächsten. Eine Stunde später hatten sie jeden im Büro gefragt, und Ashida war außerdem noch in allen Läden in der Nähe gewesen, aber sie hatten keinen Erfolg gehabt.

»Ich versuche es heute Abend auf dem Heimweg«, hatte Kenji ihm versprochen und war sich sicher gewesen, dass es außerhalb des Stadtzentrums bestimmt noch genügend Exemplare der Zeitung geben würde, doch nach Arbeitsschluss hatte er feststellen müssen, dass die Zeitung auch in keinem Laden in Utsunomiya aufzutreiben war. Der Laden, in dem er es gerade versucht hatte, war seine letzte Hoffnung gewesen. Jetzt blieb ihm nichts anderes übrig, als unverrichteter Dinge nach Hause zu gehen, und obwohl er sich ärgerte, dass seine Suche vergeblich gewesen war, war er insgeheim auch erleichtert. Je weniger er über die Kritik von Leiko Kobayashi wusste, desto mehr Hoffnung blieb ihm.

Am Ende der Straße bog er um die Ecke und traf wieder auf die Fahrradfahrerin, die ihm vor einigen Minuten ausgewichen war, um nicht mit ihm zusammenzustoßen. Sie war unter einer Straßenlaterne stehen geblieben und unterhielt sich angeregt mit einem jungen Mann. Auf dem Rücken trug sie einen Rucksack, aus dem etwas herausstand, das ... Er war sich nicht ganz sicher, doch es sah aus wie die Ausgabe der Zeitung, nach der er den ganzen Tag so verzweifelt gesucht hatte.

»Hey, Sie«, rief er laut und winkte mit der ausgestreckten Hand. »Sie da auf dem Fahrrad. Fahren Sie nicht weg. Ich muss mit Ihnen reden.« Er humpelte eilig auf sie zu. Die Gummispitze seiner Krücke blieb erneut in einem Gullydeckel stecken, und er musste sie wieder mit Gewalt herausziehen. Dieses Mal fluchte er laut, weil er befürchtete, dass die Fahrradfahrerin wegfahren würde, bevor er bei ihr war. »Warten Sie. Nur eine Minute. Rühren Sie sich nicht von der Stelle.« Als er schließlich vor ihr stand, war sein Gesicht schweißbedeckt, und sein Hemd hatte auf dem Rücken einen großen Schweißfleck.

Die Fahrradfahrerin, die mit einem Fuß auf der Straße stand und den anderen Fuß auf dem Pedal ihres Rades hatte, sah ihn fragend an. »Sind Sie den ganzen Weg hinter mir hergelaufen, um sich bei mir zu entschuldigen?«

»Die Zeitung«, stieß er keuchend hervor. Ihm war von der Anstrengung schwindelig und übel. »Ich möchte sie Ihnen abkaufen. Wie viel wollen Sie dafür haben?«

Sie runzelte die Stirn und warf ihrem Freund einen Blick zu. Ihr Freund kicherte, verstummte aber sofort wieder, als er Kenjis Gesicht sah.

»Sie meinen das ernst, oder?«

»Natürlich meine ich das ernst.« Er zog mit einiger Anstrengung sein Portemonnaie aus der hinteren Hosentasche und nahm den erstbesten Geldschein heraus. Es war ihm egal, wie viel es war. Er wollte einfach nur die Zeitung. »Nehmen Sie das. Zehntausend Yen.« Er drückte der Fahrradfahrerin den Geldschein in die Hand. Sie zuckte mit den Achseln, zog die Zeitung aus ihrem Rucksack und gab sie ihm. Ohne sich weiter aufzuhalten, schlurfte er zum nächsten Ladeneingang hinüber, wo er die Zeitung unter einer Neonlampe lesen konnte, und suchte nach dem Artikel. Auf Seite sechzehn fand er, wonach er gesucht hatte.

»Findet diese Zumutung wohl je ein Ende? Im wahrsten Sinne des Wortes.« Nach diesen ersten paar Worten wusste er schon, dass alles aus war. »Dreißig Minuten lang mussten die ahnungslosen Zuschauer eine Fernsehunterhaltung über sich ergehen lassen, die im besten Fall unerträglich peinlich und im schlimmsten Fall todlangweilig war. In dieser Woche hat das Produktionsteam, das für diese Katastrophe verantwortlich ist, sich offensichtlich meine erste Kritik zu Herzen genommen und versucht, das Spiel voranzutreiben.«

Er stöhnte und zog wieder neugierige Blicke der Fahrradfahrerin und ihres Freundes auf sich. Für wen hielt sich Leiko Kobayashi eigentlich? Die Arroganz dieser Frau war wirklich unglaublich. Wie konnte sie glauben, dass sie in irgendeiner Form Macht über ihn und seine Entscheidungen hatte. Dass er auf ihre Vorschläge reagieren würde. Ihm war klar, dass das Schlimmste noch nicht ausgestanden war, und er wollte die Zeitung einfach wegwerfen. Doch er konnte es nicht, und so las er weiter.

»Aus der Show ist mittlerweile ein wirklich mitleiderregendes Trauerspiel geworden. Um die Kandidatin wachzurütteln und sie dazu zu bringen, endlich an irgendwelchen Preisausschreiben teilzunehmen, was ja die Grundidee der

Show ist, sind ihre täglichen Essensrationen eingeschränkt worden. Der alten Dame scheint das jedoch gar nichts auszumachen, und sie verschläft weiterhin den größten Teil des Tages. Nicht einmal die Schikanen, die sich das Produktionsteam ausgedacht hat, um ihren Schlaf zu stören, wie grelle Beleuchtung, laute Geräusche und ein ständig tropfender Wasserhahn, können sie aus ihrem Schlummer reißen.«

Mit einem abgrundtiefen Gefühl des Abscheus knüllte er schließlich die Zeitung zusammen und pfefferte sie auf die Straße. Eine alte Dame mit einem rosafarbenen Mohairhut sah ihn im Vorbeigehen missbilligend an. Er beachtete sie nicht und winkte das erste Taxi heran, das dahergefahren kam.

45

Als er in die Wohnung ging, bemerkte er sofort, dass nichts so war, wie es sein sollte. Durch die Tür zu kommen war eine langwierige und umständliche Prozedur. Er hievte sein eingegipstes Bein über die Türschwelle, zog den Schlüssel aus dem Schloss und humpelte dann zur Seite, damit er die Tür hinter sich schließen konnte. Dabei musste er versuchen, auf seinen Krücken das Gleichgewicht zu halten. Erst als er hineingegangen war, fiel ihm auf, dass eine unheilvolle Stille über der Wohnung lag. Unheilvoll deshalb, weil er normalerweise, wenn er um diese Zeit nach Hause kam, vom aufgeregten Geplapper der Kinder empfangen wurde, die sich, nachdem sie ihr Abendbrot gegessen hatten, darüber stritten, welche Sendung sie in der nächsten halben Stunde sehen wollten, bevor sie wieder an ihre Hausaufgaben gingen. Sie stritten meist so lange, bis ihre dreißig Minuten um waren und sie nicht eine einzige Sendung angeschaut hatten. Er blieb mucksmäuschenstill stehen und lauschte angestrengt. Doch er konnte absolut nichts hören. Aber viel beunruhigender war noch, dass in der ganzen Wohnung das Licht brannte. Es sah fast so aus, als wäre jemand von Raum zu Raum gelaufen und hätte nacheinander alle Lampen eingeschaltet. Ami hätte das ganz bestimmt niemals zugelassen. Jedenfalls nicht, solange sie in der Wohnung war.

Wo konnte sie also sein, fragte er sich und humpelte den Flur hinunter. Er war ihm noch nie so lang vorgekommen, und auch seine Bewegungen erschienen ihm langsamer als sonst. Er blickte auf seine Arme und sah, dass sich ihm die Haare aufgestellt hatten und dass er eine Gänsehaut bekam. Als er die Stimme seiner Frau im Wohnzimmer hörte, wurde ihm bewusst, was für eine Angst er gehabt hatte. Er hätte fast einen Freudenschrei ausgestoßen.

»Da bist du ja.« Er wollte noch etwas sagen, um seiner riesengroßen Erleichterung Ausdruck zu verleihen, doch die Worte blieben ihm im Halse stecken, als er das Bild sah, das sich ihm bot. Mitten auf dem kanariengelben Kunstledersofa hockte Yumi mit angezogenen Beinen, gesenktem Kopf und zuckenden Schultern. Sie weinte herzzerreißend und wurde von heftigem Schluchzen geschüttelt. Zu ihren Füßen hockte Ami und lehnte den Kopf an Yumis Stirn. Sie flüsterte ihrer Tochter beruhigende Worte zu, die er nicht verstehen konnte, und strich ihr über das weiche zerzauste Haar.

»Was ist los? Was ist passiert?«, fragte er hastig, und obwohl er sich selbst dafür verachtete, wäre er am liebsten sofort wieder aus der Wohnung gelaufen. Schließlich wurde Ami bestens mit solchen Angelegenheiten fertig. Sie warf ihm einen vorwurfsvollen und verächtlichen Blick zu. Jetzt wünschte er sich noch mehr, die Wohnung auf der Stelle wieder zu verlassen, doch er blieb, wo er war.

»Liebling, du musst mir erzählen, was passiert ist«, bat Ami und wischte Yumi die Tränen aus dem Gesicht. Doch die Tränen strömten unaufhörlich weiter. »Wie soll ich dir helfen, wenn du mir nicht erzählst, was los ist?«

»Er ... Er ... Er ...« Yumis Stimme klang unnatürlich gepresst, und sie brachte kein Wort heraus.

»Was ist denn passiert?« Kenji ließ sich auf das Sofa neben Yumi sinken.

»Papa.« Yumi umklammerte die Hand ihres Vaters mit einer Kraft, die ihn überraschte. Ihre Hand fühlte sich klein und glatt an in seiner.

»Was ist los?«, sagte Kenji mit aufmunternder Stimme. »Sag uns doch bitte, was passiert ist. Du kannst mit uns über alles reden.« Er warf Ami einen Blick zu und hoffte, sie würde ihm irgendwie zu verstehen geben, dass sie auf seiner Seite war, doch seine Frau wich seinem Blick aus.

»Er hat gesagt, dass er mir weh tun wird, wenn ich mit jemandem rede.«

»Wer hat das gesagt, mein Schatz?« Mit der rechten Hand drehte Ami Yumis Gesicht von ihrem Vater weg. Doch Yumi hörte nicht auf, ihren Vater anzusehen. Dicke Tränen rollten aus ihren geröteten Augen und liefen ihr über die Wangen.

»Ich weiß nicht, wie er heißt. Er ist in der Klasse über mir.«

»Das glaube ich dir einfach nicht«, bemerkte Ami mit fester Stimme.

Kenji fiel auf, dass der Fernseher mit ausgeschaltetem Ton im Hintergrund lief. Gerade liefen die Nachrichten.

»Wenn du mir sagst, was passiert ist, sorge ich dafür, dass er dir nie wieder weh tut.«

Kenjis Beine fühlten sich inzwischen taub an. Er legte seiner Tochter unbeholfen einen Arm um die Schultern. Sie fühlte sich so zerbrechlich an wie eine kleine Puppe und war ohne Frage sehr verletzlich. »Bitte sag uns doch, was passiert ist«, bat er, mehr um seiner selbst als um ihretwillen. Wenn er nur dieses eine Problem lösen und die Welt seiner Tochter wieder in Ordnung bringen könnte, dann würde auch alles andere gut werden, dachte er.

Das kleine Mädchen schniefte und blickte auf ihre Füße in den weißen Tennisschuhen, die an den Zehen ziemlich abgestoßen waren. »Er hat gesagt, dass Großmama eine dumme alte Frau ist und dass meine Eltern keinen Anstand haben, wenn sie die alte Dame für sich arbeiten lassen.«

»Ich wusste es«, rief Ami wütend aus und sprang auf. Sie spitzte ihre Lippen, und er konnte hören, dass sie schwer durch die Nase atmete. »Ich wusste, dass so etwas passieren würde. Wie haben sie es herausgefunden?«

»Es ist mir so rausgerutscht.« Yumi schluchzte laut.

»Bitte.« Kenjis Arm lag nicht mehr unbeholfen auf den Schultern seiner Tochter, sondern hielt sie schützend umfasst. »Lass uns das nicht vor dem Kind diskutieren.«

»Da hast du ausnahmsweise einmal recht.« Ami nahm sich zusammen und kauerte sich wieder auf den Fußboden. »Großmutter benimmt sich manchmal etwas dämlich.«

Yumi lächelte zaghaft.

»Aber wir wissen alle, dass sie nicht dumm ist. Denk nur mal an das Auto, dass sie für uns gewonnen hat. Jemand, der einfach nur dumm ist, würde so etwas nie hinbekommen, habe ich nicht recht? Und was ist mit dem Computer und den ganzen Lebensmitteln? Außerdem ist es einfach nicht wahr, dass wir Großmutter dazu gezwungen haben, an der Show teilzunehmen.« Ami strich Yumi übers Haar. Während sie sprach, versiegten die Tränen allmählich. »Wir hatten keine Ahnung. Wir haben es erst erfahren, als wir sie im Krankenhaus im Fernsehen gesehen haben. Weißt du noch?«

Yumi nickte wortlos. Sie hatte inzwischen aufgehört zu weinen und japste laut nach Luft.

»Für mich klingt es so, als ob dieser Junge nur eifersüchtig ist, weil du eine berühmte Großmutter hast und er nicht. Daran musst du denken. Die Leute sagen oft verletzende Dinge, weil sie selbst unzufrieden sind. Sollen wir jetzt mal gehen und dein Gesicht waschen, und danach lese ich dir eine Geschichte vor? Ich bleibe heute Nacht bei dir, bis du eingeschlafen bist.«

Ami nahm ihre Tochter bei der Hand und führte sie zuerst ins Badezimmer und dann ins Schlafzimmer. Keine von beiden sagte noch irgendetwas zu Kenji, und er blieb auf dem Sofa sitzen, bis Ami nach einer guten Stunde wiederkam. Sie schloss die Wohnzimmertür fest, aber leise hinter sich.

»Ich wusste, dass so etwas passieren würde.«

Er öffnete den Mund, um ihr zu widersprechen, doch er merkte, dass es sinnlos war.

»Sag jetzt nichts.« Ami stand, eine Hand in die Hüfte gestemmt, vor dem Fernseher. Sie trug einen beigen Trainingsanzug mit zwei rosafarbenen Streifen an der Seite auf den Hosenbeinen. So etwas trug sie normalerweise, wenn sie allein zu Hause war und sauber machte oder nähte. Wenn sie eine Kundin erwartete oder aus dem Haus gehen wollte, um Besorgungen zu machen oder die Kinder abzuholen, zog sie ein eleganteres Outfit an. Sie trug vorne offene weiße Plastiksandalen, und in ihrer linken Hand baumelte ein Autoschlüssel.

»Willst du irgendwohin?«, fragte er.

»Kümmere dich nicht um mich«, fauchte sie ihn an. »Kümmere dich lieber darum, dass meine Mutter aus der Show verschwindet, und zwar sofort.«

»Das kann ich nicht«, versuchte er ihr zu erklären und fühlte sich noch unzulänglicher als je zuvor. War es wirklich seine Schuld, dass seine Tochter so geweint hatte? Während er sich das fragte, fuhr er mit seinem rechten Daumennagel immer wieder über eine grellgelbe Noppe des Sofas. Hatte er das seiner Familie wirklich angetan?

»Was soll das heißen, du kannst das nicht? Du bist doch der Produzent, oder etwa nicht? Du kannst tun, was du willst.«

»Sie hat einen Vertrag unterschrieben. Sie wusste, auf was sie sich da einlässt. Sie ist vertraglich gebunden.«

»Hol sie auf der Stelle da raus«, wiederholte Ami. »Ich will keine Ausrede mehr von dir hören. Ich habe unserer

Tochter gerade versprochen, dass ich nicht zulasse, dass ihr noch einmal so etwas Schlimmes passiert. Sorge gefälligst dafür, dass ich mein Wort ihr gegenüber nicht brechen muss.«

Sie riss die Wohnzimmertür auf und stürmte hinaus, nur um gleich darauf mit einem Haufen Bettzeug, das sie sich unter den rechten Arm geklemmt hatte, wieder aufzutauchen. Sie schleuderte ihm die Sachen mit einer solchen Wucht entgegen, dass ein Glaskrug mit Milch, der auf dem Wohnzimmertisch stand, umgerissen wurde und zu Boden fiel. Zum Glück zerbrach der Krug nicht, doch die Milch ergoss sich über den Teppich.

»Du schläfst hier, bis du die ganze Angelegenheit wieder in Ordnung gebracht hast«, fuhr Ami ihn wutentbrannt an. »Und räum dieses Chaos auf.«

46

*I*n Anbetracht der Zuschauerzahlen –«, Goto machte eine leichte Kopfbewegung zu der Kurvengrafik, die auf die weiße Leinwand am oberen Ende des Sitzungsraumes projiziert worden war, »– sind wir gezwungen, eine schwierige Entscheidung zu treffen.« Er rückte seine Krawatte zurecht und räusperte sich. »Es besteht sogar die Möglichkeit, dass uns die Entscheidung abgenommen wird. Wenn unsere Sponsoren abspringen.«

Jemand stöhnte auf, während sich im Raum leises Gemurmel erhob. Ob sie wohl über ihn redeten, fragte Kenji sich ängstlich? Schrieben sie sich gegenseitig kleine Zettel, auf denen stand, was sie über ihn dachten? Gaben sie die Zettel untereinander weiter? Machten sie ihm Vorwürfe und behaupteten, dass das alles nur seine Schuld war. Eine Situation wie diese war ihm nur zu gut vertraut.

Mit einer leichten, eleganten Bewegung zog Goto einen schwarzen Ledersessel unter dem Tisch hervor und setzte sich. Er stützte die Ellenbogen vor sich auf den Tisch, die mit seinen Händen ein großes, schmales Dreieck bildeten. Über die Finger hinweg musterte er der Reihe nach alle, die im Raum versammelt waren. Sein Blick war weder angriffslustig noch abwehrend. Er war lediglich prüfend. Kenji versuchte, dem Blick auszuweichen. Sein gebrochenes Bein leistete ihm dabei gute Dienste, denn er musste deswegen etwas abseits vom Tisch, außerhalb des Kreises, sitzen, den die Mitglieder des Produktionsteams bildeten.

Aus dieser etwas abseitigen Position heraus starrte er unverwandt auf die Grafik. Der Umgang mit Zahlen war ihm aus den letzten zweiundzwanzig Jahren seines beruflichen Lebens sehr vertraut. Als er die unbarmherzige schwarze Kurve und die dazugehörigen Daten betrachtete, sprangen ihm ein paar besonders ins Auge. Fünfundsiebzig Prozent der Zuschauer gaben an, dass die Dauer der Show angemessen sei, fünfundachtzig Prozent sagten, dass sie die Show wieder einschalten würden, drei von fünf Personen in der Gruppe der Vierzig- bis Fünfundfünfzigjährigen sahen sich regelmäßig Unterhaltungsshows an. Die Zahlen sprachen Klartext. Das gefiel ihm so gut daran. Und wenn die Zahlen nicht das ergaben, was man mit ihnen beweisen wollte, konnte man sie ein bisschen frisieren oder zurechtbiegen. Doch nie so weit, dass dadurch die Position des Forschungsleiters gefährdet werden könnte. Es gab einfache, allgemein bekannte Techniken, auf die eine Person in seiner Position zurückgreifen konnte. Unterschlage einen Ausreißer, nimm einen Mittelwert und nicht den niedrigen, und gib eine neunzigprozentige statt einer fünfundneunzigprozentigen Sicherheit an. Doch diese Techniken würden ihm hier auch nichts nutzen. Es gab keine Möglichkeit, die Fakten zu schönen, ganz gleich, wie lange er die Grafik anschaute. Die schwarze Linie beschrieb eine eindeutige Abwärtskurve. *Millyenaire* verlor immer mehr Zuschauer. Es handelte sich nicht nur um einen vorübergehenden Trend. Es gab keine Anzeichen, dass sich das Blatt wenden würde. Die Unterhaltungsshow ... seine Unterhaltungsshow war jämmerlich gescheitert.

Obwohl die Klimaanlage eingeschaltet und der kalte Luftstrom, der auf seinen Kopf herunterblies, so kräftig war, dass seine Haare zerzaust wurden, kam es Kenji stickig vor im Raum, und er hätte am liebsten seine Krawatte gelockert und den obersten Hemdknopf aufgeknöpft.

Die Grafik zeigte die Entwicklung der Zuschauerzahlen in den letzten sechs Wochen, seit Beginn der Show. Alle waren sich einig, dass die Zahlen in der ersten Woche, als über zehn Millionen Zuschauer eingeschaltet hatten, vielversprechend gewesen waren. Sicher hatten sie nicht explizit *Millyenaire* anschauen wollen. Wahrscheinlicher war, dass sie nach den Nachrichten, die direkt davor gelaufen waren, nicht gleich ausgeschaltet hatten. Da sie nicht umschalten oder ausschalten wollten, hatten sie das Programm eben einfach weitergeschaut und auf die beliebteste Seifenoper des Senders gewartet, die direkt im Anschluss an *Millyenaire* lief. Es kam jedoch nicht so sehr darauf an, wie die hohen Zuschauerzahlen zustandegekommen waren. Viel wichtiger war, dass den Zuschauern das gefiel, was sie sahen, dass sie das Programm bis zum Ende ansahen und in der Woche darauf wieder einschalteten. Vielleicht sogar, dass sie ihren Freunden und Bekannten von der Sendung erzählten. Zumindest war das die Theorie gewesen, auf die er gesetzt hatte.

In seiner Analyse der Zuschauerzahlen hatte das Programmforschungsteam von NBC, das gleiche Team, in dem Kenji früher gearbeitet hatte, die Zuschauerzahlen im Fünf-Minuten-Takt gemessen. Auf diese Weise hatten sie einen starken Anstieg gegen Ende der ersten Folge verzeichnet, als noch mehr Zuschauer eingeschaltet hatten. Diese hatten ebenfalls vorgehabt, die Seifenoper zu sehen. Das Motto von NBC lautete jedoch, dass mit dem Einschalten die Schlacht erst halb gewonnen war. Eine Schlacht, die inzwischen ohne Frage verloren schien. Die Zuschauerzahlen für *Millyenaire* hatten in der zweiten Woche um die Hälfte und in der dritten und vierten Woche noch einmal um die Hälfte abgenommen. Die Nachricht verbreitete sich wie ein Lauffeuer, was sie Leiko Kobayashi und ihren inzwischen wöchentlich erscheinenden

Programmbesprechungen von *Millyenaire* in der *Mainichi News* zu verdanken hatten. Leider handelte es sich bei diesen Programmbesprechungen nicht um die Art Kritik, auf die sie gehofft hatten.

Kenji blätterte den Bericht durch, den Ishidas Programmforschungsteam erstellt hatte und der auf seinen Knien lag, und suchte verzweifelt nach einem Hoffnungsschimmer, nach irgendeinem kleinen Anzeichen dafür, dass es sich lohnte, *Millyenaire* fortzusetzen. Doch in den ordentlich beschriebenen Seiten und den farbenfrohen Grafiken fand er nichts, was ihn hätte beruhigen können. Er sah nur weitere beunruhigende Fakten. Es gab, wie es schien, viele Faktoren, die unweigerlich dazu geführt hatten, dass die Show bei den Zuschauern durchgefallen war. Die Zuschauer suchten vergeblich nach dem Wettkampf in der Show. In den vergangenen vier Wochen hatte Eriko nicht an einem einzigen Preisausschreiben teilgenommen, obwohl sich die Zeitungen und Zeitschriften an der »Wohnungstür« stapelten. Stattdessen schlief sie immer noch die meiste Zeit und stand nur auf, um ins Bad zu gehen und die kleinen Mahlzeiten zu essen, die sie geliefert bekam. Hoshinos Moderationsstil wurde als unberechenbar eingestuft. In den dreißig Minuten einer Folge moderierte sie mal steif und hölzern, dann wieder war sie so spontan, dass sie sich fast lächerlich machte. Die Zuschauer fanden, dass die Show durch sie altmodisch wirkte – eine junge Moderatorin hätte der Show besser getan –, und Beleuchtung, Titelmusik und Garderobe unterstrichen noch den Eindruck, dass diese Show in eine längst vergangene Zeit gehörte. Kenji war, so schien es, mit seiner Show zehn Jahre zu spät auf Sendung gegangen. Der Bericht kam zu dem Schluss, dass *Millyenaire* so schnell wie möglich abgesetzt werden sollte, bevor der Sender durch die Show einen Imageschaden erleiden würde.

Während er gedankenverloren mit seinem Kugelschreiber auf die erste Seite des Berichtes klopfte, betrachtete er die aufgeführten Namen und die Kontaktadressen. Dabei fiel ihm ein Name auf, den er überhaupt nicht kannte. Er fragte sich, ob das wohl sein Nachfolger war, und trommelte mit seinem Stift, ohne dass es ihm bewusst wurde, immer schneller und lauter auf die Seite. Die anderen warfen ihm befremdete Blicke zu.

Hier im Raum war schon längst nicht mehr das riesige Produktionsteam versammelt, mit dem er vor vier Wochen bei Drehbeginn von *Millyenaire* zusammengearbeitet hatte. Nach und nach waren die älteren, erfahreneren Teammitglieder von der Show abgezogen worden, um an erfolgreicheren Shows mitzuarbeiten, und einen Ersatz für sie hatte Kenji nicht bekommen. Diejenigen, die ihm noch geblieben waren, beobachteten ihn jetzt aufmerksam. Er wich ihren Blicken aus. Er fühlte sich ihrem Mienenspiel und den Gedanken, die er in ihren Augen lesen konnte, nicht gewachsen. Einem Mienenspiel, das so subtil war, dass er es wahrscheinlich nicht hätte lesen können, wenn er nicht gewusst und geahnt hätte, was es bedeutete. Schließlich hatte er es schon einmal gesehen, und es jagte ihm Angst ein.

Nachdem durchgesickert war, dass es sich bei Eriko um seine Schwiegermutter handelte, hatte es bei Miru TV zwangsläufig eine Menge Gerede gegeben. Die Leute hatten ihm verstohlene Blicke zugeworfen und ihr Gespräch abgebrochen, sobald er den Raum betrat. Als er das Krankenhaus verlassen hatte und das gesamte Team zu einer Sitzung zusammenholte, war es alles andere als einfach gewesen, sein Team davon zu überzeugen, dass er das Auswahlverfahren nicht manipuliert hatte und das Preisgeld nicht für sich gewinnen wollte. Er wies darauf hin, dass er zu der Zeit, als Eriko als mögliche Kandidatin zum

Casting eingeladen worden war, bewusstlos im Krankenhaus gelegen hatte, und dass er, als er schließlich wieder zu sich gekommen war, immer noch davon ausging, dass ihr bevorzugter Kandidat, Endo, zum Casting erscheinen würde. Sie hatten eingesehen, dass das, was er sagte, eine gewisse Logik hatte, und ließen sich nach und nach überzeugen. Zum Glück war es ihm außerhalb von Miru TV gelungen, seine familiäre Verbindung mit Eriko geheimzuhalten, und die Medien hatten diese Tatsache bis jetzt mit keinem Wort erwähnt.

Für einen Moment war er dankbar, dass die Klimaanlage kalte Luft auf seinen Kopf herunterblies, und er sagte: »Ich verstehe es einfach nicht. Zu Hause hat sie die ganze Zeit bei Preisausschreiben mitgemacht und so gut wie nie verloren. Irgendetwas stimmt nicht mit ihr. Sie muss krank sein. Vielleicht sollten wir einen Arzt zu ihr schicken?«

»Es liegt nicht nur daran, dass sie nichts gewinnt«, ließ Mifune von der gegenüberliegenden Ecke aus verlauten, »sondern auch, dass sie so …« Sie zögerte und rutschte nervös auf ihrem Stuhl hin und her. »… langweilig ist.« Als die Leute, die rechts und links neben ihr saßen, zustimmend nickten, schien sie mutiger zu werden. Es sah Mifune gar nicht ähnlich, dass sie ihm widersprach, doch in letzter Zeit hatte sie in ihrer bedingungslosen Unterstützung etwas nachgelassen. Mit der rechten Hand, deren sanft gerundete Nägel in einem zarten Pfirsichton lackiert waren, strich sie sich die Haare aus den Augen. »Alles, was sie tut, ist schlafen und essen. Die interessanteste Aufzeichnung von ihr, die wir in der letzten Woche senden konnten, zeigte sie, wie sie auf allen vieren auf dem Boden nach Reiskörnern suchte, die sie vielleicht noch kochen könnte.«

Kenji schoss die Schamesröte ins Gesicht, und er sank noch tiefer in seinen Sessel. Er fühlte sich inzwischen wie ein Wesen, das von einer Gruppe Biologiestudenten im Grundstudium seziert wurde. Er stellte sich vor, wie sein Brustkorb nach einem langen Schnitt weit auseinanderklaffte und seine Eingeweide, die tiefrot und violett waren, vor ihren Augen pulsierten.

»Es ist alles meine Schuld«, warf Hoshino ein, die leise vor sich hin weinte, seit Goto ihnen die Grafik gezeigt hatte. Sie saß auf einem Stuhl direkt neben ihm und hielt ein weißes Taschentuch vor das Gesicht gepresst. Der Rest ihres Gesichtes war hinter langen schwarzen Locken verborgen, die sich aus ihrer Hochfrisur gelöst hatten. Sie hatte den Nerzmantel, den sie getragen hatte, als sie ankam, nicht ausgezogen, und warf Muto, der vor dem Raum auf und ab ging, immer wieder ängstliche Blicke zu. Das überraschte Kenji nicht, denn Inagaki hatte ihm in einem seltenen, kameradschaftlichen Moment erzählt, dass Hoshino sich schon wieder Geld lieh und dass der Geldverleiher, der ihr in der Annahme, dass *Millyenaire* ein großer Erfolg werden würde, großzügig und ohne zu zögern zu einem hohen Zins Geld gegeben hatte, inzwischen ziemlich nervös geworden war und die Summe zurückforderte, die sie ihm schuldete.

»Wenn diese abscheuliche Kobayashi nur endlich damit aufhören würde, ihre schrecklichen Kritiken über die Show zu schreiben«, sagte Yoshida mit zornbebender Stimme. Sie trug an diesem Tag einen lilafarbenen Mohairpullover mit kurzen Ärmeln, der stark fusselte und dessen Flusen vor ihr in der Luft umherschwirrten und sie zum Niesen brachten.

Hoshinos Schluchzen wurde immer lauter, und alle starrten betreten zu Boden. »Wenn ich es nur erklären könnte, dann würden Sie es vielleicht verstehen«, stieß sie hervor und rang nach Atem. »Es ist alles meine Schuld.

Aber ich kann es Ihnen nicht erklären. Es ist alles zu viel für mich. Es ist wirklich zu viel.«

Sie nahm das Taschentuch von ihrem Gesicht, sodass man ihre verlaufene Wimperntusche sehen konnte. Sie starrte jeden Einzelnen der Reihe nach an. Ob sie jemanden suchte, der ihr widersprechen und sie beruhigen würde, fragte sich Kenji. Doch niemand kam ihr zu Hilfe. Nicht einmal er. Was hätten sie ihr auch sagen sollen? Es stimmte. Kenji hatte schon nach den ersten zehn Minuten von *Millyenaire* gewusst, dass jegliches Talent, das Hana Hoshino, die Ikone der Achtzigerjahre, einmal gehabt hatte, inzwischen weg war. Sie war fix und fertig. In keiner einzigen Folge hatte sie ihren Text fehlerlos abgelesen. Am Anfang hatte sie ihre Fehler professionell und unauffällig korrigiert und kein großes Aufhebens gemacht. Inzwischen wurde jeder Fehler von einem nervösen Lachanfall begleitet, der etliche Sekunden anhielt und manchmal mit einem Schluckauf endete. Sie hatten keine andere Wahl, als ihre Moderation vor der Show aufzuzeichnen. Sie hatten sogar eine Schauspielerin engagiert, deren Stimme genauso klang wie die von Hoshino und die ihre Texte übernahm, nachdem Hoshino immer öfter angetrunken, zu spät oder manchmal sogar am falschen Tag ins Studio kam.

»NBC ist beunruhigt. Sehr beunruhigt«, betonte Goto, der sie immer noch über seine verschränkten Finger beobachtete, die die Spitze des Dreiecks darstellten, das er mit seinen Armen bildete. An seinen Handgelenken sah man die goldenen Manschettenknöpfe, die er an seinem hellblauen Hemd trug. »Der Sender will die Show umgehend absetzen. Die Sendung wirft ein schlechtes Licht auf sie. Doch sie haben schon viel Geld in die Show gesteckt, und ich konnte sie überreden, bis Anfang nächster Woche keine endgültige Entscheidung zu treffen. Unsere Sponsoren sind auch sehr unzufrieden. Sie wollen ebenfalls aussteigen. Doch es ist mir gelungen, sie davon zu überzeugen, dass ich noch einen Trumpf im Ärmel habe, der sie vielleicht umstimmt.«

»Wirklich?« Kenji hatte seit Wochen nicht mehr so begeistert geklungen, und er beugte sich erwartungsvoll in seinem Stuhl vor.

»Nein, habe ich nicht. Aber vielleicht haben *Sie* ja noch einen Trumpf im Ärmel?« Goto breitete in einer übertriebenen Geste die Arme aus, so als wolle er alle hier umarmen. Er ließ Kenji nicht aus den Augen. Plötzlich erhob er sich unvermittelt von seinem Platz. »Sie haben bis zum Ende der Woche Zeit. Wir treffen uns hier am Montagmorgen gleich nach Arbeitsbeginn. Wenn bis dahin keiner von Ihnen eine Idee hat, wie wir das Ruder herumreißen können, werden wir *Millyenaire* absetzen. Es hat keinen Sinn, das Unausweichliche hinauszuzögern. Einverstanden?«

Das war ein Ultimatum, und Kenji, der Goto ins Gesicht sah, nickte langsam mit dem Kopf.

»Sie können gehen.«

Bevor er ging, bot Goto Hoshino ein frisches Taschentuch an, das sie nahm und gegen das Taschentuch austauschte, das sie sich bis dahin vor das Gesicht gehalten hatte, wobei sie einen lauten Schluchzer von sich gab. An der Tür blieb Goto stehen. »Verbringen Sie das Wochenende mit Ihren Familien, und lassen Sie es sich gut gehen. Aber denken Sie daran, dass wir am Montagmorgen eine Entscheidung treffen müssen, und stellen Sie sich darauf ein. Ich muss Ihnen sicher nicht sagen, was für katastrophale Folgen es für uns hätte, wenn wir die Show vorzeitig absetzen müssten. So etwas ist in der Geschichte von Miru TV noch nie vorgekommen.«

Kenji wartete, bis sich der Raum geleert hatte. Er musste nicht lange warten. Niemand wollte mit ihm allein zurückbleiben, und er konnte ihnen nicht einmal einen Vorwurf machen. Er fühlte sich inzwischen so, als ob ein böser Fluch auf ihm lastete. Mühsam stemmte er sich aus dem Sessel und verließ langsam auf seinen Krücken, die in den dicken Teppich einsanken, das Sitzungszimmer. Auf dem Weg zu seinem Büro zerbrach er sich den Kopf darüber, wie er *Millyenaire* noch retten könnte. Ihm musste einfach etwas einfallen. Sein Job hing davon ab. Eine Sache war da noch. Seine letzte Chance. Er dachte seit Tagen darüber nach und grübelte. Sollte er es wagen? Hatte er überhaupt noch eine Wahl?

Als er wieder in seinem Büro war, fiel sein Blick auf den Stapel mit Zeitungen und Zeitschriften, die ganz rechts in der Ecke des Büros lagen und die Ashida später in den Container bringen sollte. Er setzte sich eilig an den Schreibtisch, für den Fall, dass jemand an die Tür klopfte und seinen Plan zunichte machen würde, und kritzelte eine Nachricht auf ein Stück Papier, das er zwischen die Seiten einer Zeitschrift schob, die Eriko am liebsten las. Wenn das Team mitbekommen würde, dass er mit der alten Frau Kontakt aufnahm, wäre das das Ende seiner Karriere. Doch wenn er sich zurücklehnte und gar nichts tat, würde das ebenfalls das Ende bedeuten. Er wählte seine Worte mit Bedacht.

Nun gab es nur noch eine Sache, die er tun konnte. Bevor er darüber nachdenken konnte, was er da eigentlich tat, nahm Kenji den Telefonhörer in die Hand und wählte die Nummer, die auf einem pinkfarbenen Post-it stand, das so alt war, dass es sich an den Ecken schon einrollte.

47

Kenji hatte für sein Treffen mit Leiko Kobayashi einen Tisch im Aoyama reserviert. Das Aoyama war ein ziemlich protziges Restaurant in Shibuya. Grelle Lichter erhellten einen riesigen Speiseraum mit schneeweißen Wänden, an denen verschiedene moderne Kunstwerke hingen. Als der Kellner ihn zu seinem Tisch führte, blieb Kenji vor einem der Bilder stehen, um es sich genauer anzusehen, doch es gelang ihm nicht, die tiefere Bedeutung der orangen Blasen auf dem weißen Hintergrund zu ergründen. Als er das Preisschild unter dem Bild sah, schluckte er und ging weiter. Er verstand nichts von dem Bild, geschweige denn, dass er es sich hätte leisten können.

»Hier lang?«, fragte Kenji den Kellner, der an einem kleinen runden Tisch, auf dem ein gestärktes weißes Tischtuch lag, auf ihn wartete. Kenji bahnte sich mühsam einen Weg durch das Restaurant und entschuldigte sich bei den Gästen, die er versehentlich angerempelt oder mit einer ungeschickt aufgesetzten Krücke beim Essen gestört hatte. Zwei Stühle standen sich an dem kleinen Tisch gegenüber, obwohl der Platz nicht einmal für einen Gast reichte. Das war wohl kaum eine ruhige Ecke, wie er bei der Reservierung verlangt hatte, denn der Tisch stand direkt vor der riesigen Fensterfront des Restaurants, sodass die Leute, die vorbeigingen, fast automatisch einen Blick hereinwarfen – auf die Gäste im Restaurant und auf das, was sie aßen.

»Wir hatten leider keinen Tisch mehr frei, als Goto-san anrief. Diesen Tisch hier haben wir nur ihm zuliebe noch dazugestellt«, erklärte der Kellner betont höflich.

Kenji biss sich auf die Zunge und beschloss, lieber nichts mehr zu sagen. Er bedankte sich höflich bei dem Kellner für dessen Hilfsbereitschaft und setzte sich an den Tisch.

Er hatte nur eine Stunde im Internet recherchieren müssen, um alles herauszufinden, was er über Leiko Kobayashi wissen musste. Jetzt kannte er die wichtigsten Stationen ihrer Karriere, wusste, für welche Zeitungen sie schrieb, wo sie lebte, wohin sie zum Essen ging, und sogar ihre Lieblingsfarbe. Das Aoyama war, laut einem erst kürzlich erschienenen Interview, ihr Lieblingsrestaurant in Tokio. Es war ein Leichtes, an diese Information heranzukommen, doch einen Tisch im Aoyama zu reservieren erwies sich als äußerst schwierig. Zumindest, bis er auf die geniale Idee gekommen war, sich als Goto auszugeben. Immer, wenn er lügen musste, bekam er ein ausgesprochen ungutes Gefühl in der Magengegend. Doch er hatte erreicht, was er wollte, und er hatte sich von dieser Glückssträhne etwas ermutigt gefühlt. Der Restaurantchef hatte ihm einen Platz zugesichert, und obwohl die Bediensteten des Aoyama gleich gemerkt hatten, als Kenji ins Lokal kam, dass es sich bei ihm nicht um Goto handelte, war es Kenji leichtgefallen, ihnen eine glaubwürdige Ausrede zu präsentieren.

»Es gab einen Notfall im Studio … er musste überraschend weg … hat mich gebeten, an seiner Stelle hierherzukommen.«

Während er sein gebrochenes Bein ausstreckte und versuchte, eine Stellung zu finden, damit es möglichst nicht im Weg war, ging Kenji in Gedanken noch einmal durch, wie er bei dem Treffen vorgehen wollte. Zunächst einmal würde er tunlichst vermeiden, darüber zu sprechen, warum er Kobayashi zu diesem Essen ins Aoyama eingeladen hatte. Stattdessen würde er der Journalistin Komplimente machen, denn sie war, so hatten seine Recherchen ergeben, viel mehr als nur eine Fernsehkritikerin. Sie war eine ernst zu nehmende Journalistin, die unter verschiedenen Pseudonymen Artikel über Formen von sozialer Ungerechtigkeit und ganz allgemein über Dinge, die im Argen lagen, verfasst und veröffentlicht hatte. Er würde sie dazu ermutigen, ihm ausführlich von sich zu erzählen, und jede sich ihm bietende Gelegenheit ergreifen, ihre schriftstellerischen Fähigkeiten und ihre offenkundige Entschlossenheit, die Augen vor der Wahrheit nicht zu verschließen, lobend hervorzuheben. Das Essen würde erstklassig sein, und der Wein würde in Strömen fließen und ihre Zunge lösen, falls sie sich zugeknöpft geben sollte. Kenji hingegen würde nur Wasser trinken, um einen klaren Kopf zu behalten. Gegen Ende des Abends schließlich, wenn sie beide auf ein gutes Essen und einen netten Abend zurückblicken konnten, würde er die Angelegenheit zur Sprache bringen, die ihm auf der Seele lag. Das unbedeutende Thema ihrer wöchentlich erscheinenden Kritik zu *Millyenaire* und welche Auswirkungen diese Kritik auf die Show hatte. Es wäre doch viel besser, wenn sie einfach ignorieren würde, dass es die Show überhaupt gab, oder – falls er sich erlauben durfte, das zu sagen – waren ein paar nette Worte zu viel verlangt?

»Kenji Yamada?«

Als es Kenji endlich gelungen war, sich aus seinem Stuhl hochzustemmen, hatte sich Kobayashi schon auf den Stuhl ihm gegenüber gesetzt, faltete eine gestärkte weiße Serviette auseinander und legte sie sich auf den Schoß. Er sah sie zum ersten Mal in seinem Leben. Auch in den Artikeln, die er von ihr gelesen hatte, hatte er kein Bild von ihr gefunden. Natürlich hatte er sich in seiner Vorstellung ein Bild von ihr gemacht. Vor seinem inneren Auge hatte er eine reife, schlanke und ernst blickende Frau in einem maßgeschneiderten Hosenanzug und mit langen Haaren gesehen, die sie in der Mitte gescheitelt und am Hinterkopf zu einem strengen Knoten hochgesteckt hatte. Mit dieser Vorstellung hatte er jedoch denkbar falsch gelegen. Es war schwer zu sagen, wie alt Kobayashi war, weil sie so unglaublich fett war. Ihr Kopf war rund, ihr Oberkörper war rund, und ihre Arme wären sicher auch rund gewesen, wenn sie nicht so lang gewesen wären. Ihr Körperumfang war beachtlich, obwohl man schwer schätzen konnte, wie viel er wirklich maß, da sie ein schwarzes, zeltartiges Kleid trug. Unter ihrem Kleid hätte eine ganze Familie problemlos campen können, dachte er gehässig. Ihre Haare waren nicht lang und schwarz, wie er es sich ausgemalt hatte, sondern streichholzkurz und rot gefärbt, passend zu ihrem Lippenstift und dem Nagellack auf ihren abgekauten Fingernägeln.

»Vielen Dank, dass Sie meine Einladung angenommen haben.« Kenji setzte sich schnell wieder hin und brachte vorsichtig sein Bein unter, während Kobayashi ihn amüsiert, aber schweigend betrachtete.

»Ich hatte Hunger.« Sie holte eine silberne Dose aus einer roten Lederhandtasche, nahm eine Zigarette heraus, klopfte sie auf den Tisch und zündete sie mit einem schmalen silbernen Feuerzeug an. Die Zigarette verbreitete den Geruch von Pfefferminze, der in der Luft zwischen ihnen hing.

»Hi.« Der Kellner tauchte neben Kenji auf. »Hier ist die Speisekarte und die Getränkekarte für Sie.« Er legte zwei in Leder gebundene Karten, von denen die eine dicker und breiter war als die andere, vor sie auf den Tisch. »Sie können sich Zeit lassen mit den Karten, ich komme etwas später wieder, um Ihre Bestellung aufzunehmen.«

Er drehte sich um und wollte gehen, doch Kobayashi hielt ihn zurück mit einer lauten, herrischen Stimme, die nicht nur den Kellner an seinem ursprünglichen Vorhaben hinderte, sondern auch alle Gespräche an den Nachbartischen zum Verstummen brachte. »Ich nehme einen Wodka und eine Diätlimonade. Mit nur einem Eiswürfel.«

Der Kellner ging hinüber zur Bar. In der Zwischenzeit studierte Kobayashi die Getränkekarte, wobei ihr der Zigarettenrauch in die Augen stieg. »Also«, sagte sie, schob die Karte weg und lächelte verkniffen. Er konnte nicht sagen, ob ihre Zähne wirklich so gelb waren oder ob sie nur durch den grellroten Lippenstift so wirkten.

»Also«, wiederholte Kenji. »Kobayashi-san, ich muss zugeben ...« Er gab sich alle Mühe, verlegen zu wirken. »... ich bin schon immer ein Fan von Ihnen gewesen. Ihre Artikel sind sehr interessant ... gewähren tiefe Einblicke ... und sind wirklich prägnant.« Er hatte gelesen, dass Leiko Kobayashi anfangs für eine Frauenzeitschrift geschrieben hatte, sich aber schnell hochgearbeitet hatte und Herausgeberin geworden war. Anschließend hatte sie damit begonnen, für Tageszeitungen zu schreiben, und inzwischen veröffentlichte sie neben ihren Fernsehkritiken auch seriöse Leitartikel. Dass sie unterschiedliche Pseudonyme für die verschiedenen Themen wählte, half ihr dabei, das zu schützen, was sie ihr »Markenzeichen« nannte.

»Finden Sie? Leiko hat ein Kompliment bekommen.«

Kenji merkte schnell, dass sie die befremdliche Angewohnheit hatte, von sich selbst in der dritten Person zu reden.

»Die Geschichten sind nicht immer so gut. Nehmen Sie zum Beispiel die, an der ich gerade arbeite ...«

»Es tut mir leid, das zu hören.« Kenji überlegte, ob er sich ebenfalls eine Zigarette anzünden sollte, doch er bemerkte, dass seine Hände zitterten, und verzichtete darauf.

Ihm war nicht bewusst gewesen, wie nervös er tatsächlich war, bis zu dem Moment, wo sie leibhaftig vor ihm saß. Von diesem Treffen hing so viel ab. Wenn er nur alles richtig hinbekam, dann war er sich sicher, dass sich viele positive Entwicklungen daraus ergeben könnten. »Was ...«

»Über Krähen, ja. Sind Ihnen die Krähen schon mal aufgefallen?« Kobayashi wedelte mit den Armen über ihrem Kopf und versuchte auf groteske Art, eine Krähe nachzumachen, wobei sie um ein Haar das eisgekühlte Glas mit Wodka umgeworfen hätte, das der Kellner ihr soeben gebracht hatte. Sie nahm das Glas und trank einen Schluck. »›Leiko‹, haben sie gesagt, ›wir wollen einen Artikel über Tokios Problem mit den Krähen.‹ Also habe ich ihnen gesagt: ›In Ordnung, und wie soll ich Ihren Artikel anlegen?‹ Mein Verstand –« Sie schlug sich mit den Knöcheln der rechten Hand so kräftig gegen den Kopf, dass Kenji an ihrer Stelle vor Schmerz aufheulte. »– ist ihnen immer voraus. Soll die Regierung als korrupt dargestellt werden, weil sie das Problem auf die lange Bank schiebt, denn sie sind einfach zu sehr damit beschäftigt, Schmiergelder von Geschäftsmännern anzunehmen, die den offiziellen Auftrag haben wollen, einen Plan zur Lösung dieses Problems zu entwickeln? Nein, sagen sie. Wir wollen einen menschlich anrührenden Artikel. Sprechen Sie mit Leuten, die von Krähen angegriffen worden sind, und finden Sie heraus, welche Auswirkungen das auf ihr Leben hatte. ›Tsts‹, antworte ich ihnen. Leiko ist eine seriöse Journalistin. Sie schreibt keine Artikel über kleine schwarze Vögel. Sie sagen, dass sie keine Wahl hat. Wenn Leiko ihr Geld haben will, dann muss sie es tun. Und übrigens. Vögel. Davon gibt es gar nicht so wenige.«

Der Kellner war wieder an ihren Tisch gekommen und wartete mit gezücktem Stift über seinem Notizblock. »Möchten Sie jetzt bestellen?«

»Brauchen Sie noch ein paar Minuten?«, fragte Kenji höflich, denn Kobayashi hatte noch keinen Blick in die Speisekarte geworfen.

»Nicht nötig. Ich nehme immer das Gleiche.« Sie drückte ihre Zigarette in dem schweren Aschenbecher aus. Auf dem Zigarettenfilter war ein dicker Abdruck ihres roten Lippenstifts zu sehen. »Bitte nach Ihnen.«

Während Kenji als Vorspeise einen Caesar Salat und als Hauptgang ein Truthahnchili bestellte, zündete sich Kobayashi eine neue Zigarette an und stieß den Rauch durch die Nase aus, als der Kellner sich ihr zuwandte, um ihre Bestellung aufzunehmen.

»Ich nehme vorweg eine Bloody Mary und danach Spareribs mit Pommes frites. Und viel Barbecuesoße.«

»Möchten Sie einen Wein zum Essen trinken?«

Ohne Rücksprache mit Kenji zu halten oder auch nur einen fragenden Blick in seine Richtung zu werfen, bestellte Kobayashi die teuerste Flasche Wein auf der Getränkekarte.

Als der Kellner ihre Bestellung aufgenommen hatte, wandte er sich um und ging davon, wobei die Sohlen seiner schwarzen Lederschuhe laut auf den glänzenden schwarzen Bodenfliesen klackten.

»Wo war ich stehen geblieben?« Kobayashi dachte kurz nach. »Die Krähen. Sind sie Ihnen schon mal aufgefallen?«

Kenji dachte ein paar Sekunden nach. »Jetzt, wo Sie es sagen, ja tatsächlich. Sie sitzen auf den Hochspannungsleitungen vor meiner Wohnung. Bei Sonnenuntergang fangen sie an zu krächzen. Ich habe sie noch nie als Problem betrachtet.« Er zuckte mit den Achseln.

»Dann habe ich eine Information für Sie, die Sie überraschen dürfte«, fuhr sie angeregt plaudernd fort und nahm einen tiefen Zug von ihrer Zigarette. »Ein Angestellter des

Japanischen Wildvogel-Bundes hat mir gesagt, dass die Einwohner von Tokio problemlos eine Zahl von dreitausend Krähen verkraften können. Was glauben Sie, wie viele Krähen gibt es derzeit in Tokio?«

»Viertausend.« Kenji legte die Stirn in Falten, als man hinter einer weißen Schwingtür mit einem Bullaugenfenster, von der er annahm, dass sie in die Küche führte, ein lautes Scheppern und eine wütende Männerstimme hörte. Der Geräuschpegel der Gespräche im Restaurant nahm kurz ab, bevor er wieder auf den Stand vor dem Vorfall anstieg. Sein Mund fühlte sich trocken an. Er nahm einen Schluck von dem eisgekühlten Wasser und wünschte sich, er könnte einen richtigen Drink bekommen. Vielleicht würde das seine Nerven beruhigen.

»In Tokio allein gibt es dreißigtausend Krähen.«
»So viele?«
»Es ist der Müll«, kreischte sie und sprach dann etwas ruhiger weiter, wobei sie sich über den Tisch beugte und verschwörerisch die Stimme senkte, als ob sie alte Freunde wären. Er bemerkte mit unverhohlenem Abscheu, dass sie ihre ausladenden Brüste auf den Tisch presste, sodass sie fast die gesamte Tischfläche einnahmen. »Sie leben von dem Müll, der jede Nacht in Säcken auf die Straße gestellt wird. Sie reißen die Säcke mit ihren kräftigen Schnäbeln auf. Es sind die furchtbaren Regeln und Vorschriften, die uns in diesem Land auferlegt werden. Wir müssen unseren Müll nach zig Kriterien sortieren: recyclebar, kompostierbar, Aluminium, Glas. Und als ob wir es ihnen nicht schon leicht genug machen, wollen sie auch noch, dass wir den sortierten Müll jeweils in einen andersfarbigen durchsichtigen Sack stecken, damit die Müllmänner sie auseinanderhalten können. An dem Tag, als dieser Beschluss gefasst wurde, haben die Krähen ein Freudenfest gefeiert.« Leiko stieß einen seltsamen Laut aus, irgendet-

was zwischen einem Freudenschrei und einem Krächzen. »Jetzt müssen sie die Säcke nicht einmal mehr aufreißen, um herauszufinden, ob Fleischreste drin sind. Sie müssen nur noch am Straßenrand sitzen und Ausschau halten. Wenn sie etwas Vielversprechendes entdecken, greifen sie an und verteilen den Müll über den ganzen Bürgersteig. Sollen die Müllmänner doch das Chaos beseitigen, sage ich immer. Doch meine Nachbarn haben sich über mich beschwert. Jetzt bleibt mir nichts anderes übrig, als aufzuräumen, wenn die verfluchten Vögel sich sattgefressen haben.«

»Ihr Salat.« Der Kellner stellte die Vorspeise vor Kenji auf den Tisch und ein hohes Glas mit einem langen Selleriestängel vor Kobayashi. Er öffnete die Flasche Rotwein und stellte sie in die Mitte des Tisches. »Ich lasse die Flasche hier für sie stehen, damit der Wein atmen kann.«

Kenji konnte der Versuchung nicht länger widerstehen. Er schob die Schüssel mit den knackigen Salatblättern zur Seite und bestellte sich einen doppelten Whisky. »Mit Eis. Kein Wasser.«

»Wir haben eine große Auswahl an Whisky. Soll ich Ihnen die Karte bringen?«

»Bringen Sie mir bitte die Hausmarke.« Es war ihm einerlei. Er brauchte einfach einen Drink. Diese Frau war viel abscheulicher und narzisstischer, als er es je für möglich gehalten hätte. Ihr nur zuhören zu müssen machte ihn schläfrig. Als der Kellner zur langen hell erleuchteten Bar ging, hinter der schmale, deckenhohe Glasregale standen, richtete Kenji seine Aufmerksamkeit wieder auf Kobayashi, die geräuschvoll auf ihrem Selleriestängel kaute. »Was tut man gegen das Problem? Kümmert sich die Regierung vielleicht …?«

Sie unterbrach ihn, während sie mit dem halb abgekauten Selleriestängel in dem Glas mit dem roten Getränk rührte. »Sie fangen die Vögel und vergasen sie. In einem erst kürzlich erschienenen Bericht wird behauptet, dass sie auf diese Weise siebentausend Vögel losgeworden sind. Jede Aufsichtsstation hat sogar ein eigenes Team von Freiwilligen, die herumlaufen und die Kräheneier in den Nestern kaputtschlagen. Sie sollten diese Nester einmal sehen. Verrückte Viecher. Sie bauen ihre Nester auf Mantelhaken. Mantelhaken – können Sie sich das vorstellen?«

»Löst es das Problem?« Kenji nahm einen großen Schluck von dem Glas, das der Kellner vor ihn auf den Tisch gestellt hatte, während er auf Kobayashis Antwort wartete, die in ihrer Handtasche nach einem Foto suchte, das sie ihm zeigen wollte. Das goldbraune Getränk brannte, als es seine Kehle hinunterlief, und er fühlte sich gleich viel besser. Nicht mehr so nervös. Sie flößte ihm nicht mehr so viel Angst ein, aber er war immer noch eingeschüchtert. Er trank noch einen Schluck, und dann noch einen. Vielleicht war er ein wenig wütend. Ja, er war wirklich wütend. Darüber, was sie ihm und seiner Show angetan hatte. Und außerdem noch seiner Familie und seinen Kollegen, dachte er verbittert, und kippte seinen Whisky hinunter. Er hatte ihn in kürzester Zeit ausgetrunken und bestellte sich einen neuen. Wenigstens schien sein Plan aufzugehen. Kobayashi redete pausenlos über sich. Er fragte sich, ob sie wohl Kiemen hatte, und betrachtete leise in sich hinein kichernd ihren Hals. Er konnte keine Kiemen entdecken, doch er war sich sicher, dass sie redete, ohne Luft zu holen. Oh, seine Gedanken schweiften ab. Er musste sich zusammenreißen und durfte unter keinen Umständen vergessen, das Zusammentreffen in die geplante Richtung zu lenken, dann konnte diese Nacht zu seinem großen Triumph werden. Er stellte sich vor, wie er dem Team davon erzählen und wie der bewundernde Ausdruck in Mifunes Augen zurückkehren würde.

»Ich finde es einfach nicht.« Sie stellte die Tasche zurück auf den Boden. »Aber egal. Sie wollten wissen, ob das Problem so gelöst wird? Ganz und gar nicht. Sie finden immer und überall die Nahrung, die sie brauchen, und es werden immer mehr. Inzwischen werden Netze über die Müllsäcke gelegt. Doch wenn die Krähen nicht mehr an die Säcke herankommen, fliegen sie nach Ginza oder Roppongi und ernähren sich von den Essensresten aus den Restaurants. Sie bedienen sich inzwischen sogar an den Futterrationen für die Tiere im Zoo von Ueno, und sie greifen herumstreunende Hunde an oder picken Löcher in den Rücken von Rehen und Hirschen.«

»Trotz ihrer anfänglichen Bedenken«, bemerkte Kenji – er hatte mittlerweile das Gefühl, alles unter Kontrolle zu haben, und war deshalb vielleicht sogar ein wenig selbstgefällig und herablassend –, »scheint Ihnen dieses Thema sehr am Herzen zu liegen.«

Sie verlagerte ihr enormes Gewicht auf dem kleinen Holzstuhl, der geräuschvoll unter ihr ächzte und auf den Bodenfliesen quietschte. »Leiko muss sich für ein Thema begeistern können. Wenn sie einen Artikel schreiben will, muss das Thema ihr am Herzen liegen, selbst wenn sie das am Anfang selbst nicht glaubt.«

»Wovon genau handelt denn Ihre Geschichte? Was ist ihr Aufhänger?« Er blickte sich im Restaurant um und hoffte, dass der Kellner ihn bemerkte. Schließlich erschien der Kellner wieder an ihrem Tisch, und Kenji konnte noch einen Whisky bestellen. Bei dieser Gelegenheit füllte der Kellner auch gleich Kobayashis Weinglas.

»Ich habe mit Mitgliedern einer Selbsthilfegruppe gesprochen, Opfer der Krähen von Tokio. Sie alle sind von den Krähen angegriffen worden. Einige von ihnen haben auf einer Parkbank gesessen und etwas vom Bäcker gegessen. Andere waren mit dem Fahrrad auf dem Weg zur

Arbeit oder gingen ihren alltäglichen Gewohnheiten und Aufgaben nach. Die meisten von ihnen sind von den Krähen im Sturzflug attackiert worden. Die Krähen haben mit dem Schnabel auf ihre Opfer eingehackt. Einige habe ernsthafte Verletzungen davongetragen, andere sind mit einem blauen Auge davongekommen. Jetzt sind sie alle sehr nervös und haben Angst, auf die Straße zu gehen. Sie haben immer einen Schirm dabei, auch wenn es gar nicht regnet, und nehmen schwere Wurfgeschosse in der Tasche mit, für den Fall, dass sie etwas nach den Krähen werfen müssen.«

»Warum greifen die Krähen überhaupt an?« Kenji spürte, dass er sauer aufstoßen musste. Deshalb schloss er schnell den Mund und schob den Whisky weg. Auf leeren Magen zu trinken war keine so gute Idee gewesen. »Sie finden doch genug Nahrung, um zu überleben.«

»In dieser Jahreszeit paaren sie sich. Sie verteidigen ihre Nester gegen Eindringlinge, die ihnen unwissentlich zu nahe kommen. Die meisten Opfer erzählen, dass sie die Krähen schon ein paar Sekunden, bevor sie angegriffen haben, gesehen und beobachtet haben. Und das, mein Freund, sollten Sie unter gar keinen Umständen tun. Wenn Sie eine Krähe sehen, wenden Sie sofort den Blick ab, und schauen Sie zu Boden. Schauen Sie einer Krähe auf gar keinen Fall in die Augen.«

»Kann ich das abräumen?« Der Kellner wies auf Kenjis fast unberührten Caesar-Salat und auf Kobayashis leeres Bloody Mary-Glas. Beide nickten mit dem Kopf.

»Und so hat Leiko einen ganzen Tag damit zugebracht, über dieses Thema zu schreiben. Sie hat über Krähen geschrieben, obwohl sie eigentlich eine seriöse Journalistin ist. Ich hoffe wirklich sehr, dass Sie ein interessanteres Thema für mich haben.«

Als sie ihn mit ihren schwarzen Knopfaugen anstarrte, schoss Kenji der Gedanke durch den Kopf, dass sie eine auffällige Ähnlichkeit mit einer Krähe hatte. Er verspürte den Drang, laut zu lachen, doch stattdessen holte er tief Luft.

»Ich wollte mit Ihnen über *Millyenaire* sprechen.«
»Das dachte ich mir.«

Das Lächeln auf ihrem Gesicht wirkte auf eine grausame Art berechnend. Bisher hatte er sie gehasst, doch jetzt verachtete er sie.

»Einmal Truthahnchili mit Reis.« Ein riesiger Teller wurde vor Kenji auf den Tisch gestellt. Darauf waren eine großzügige Portion Chili, Reis und Tortilla Chips unter einer Schicht Guacamole, Salsa, geschmolzenem Käse und Sauerrahm und ein kleiner Berg aus frittierten Bohnen. »Und Ihre Spareribs. Kann ich Ihnen sonst noch etwas bringen?«

»Mehr Barbecuesoße. Das ist bei Weitem nicht genug Soße«, erwiderte Kobayashi, während sie ihre Leinenserviette in den Halsausschnitt ihres zeltähnlichen Kleides stopfte.

Der Kellner erschien nur wenige Sekunden später mit einer großen Schale, in der sich eine dickliche braune Soße befand.

Kenji nahm Messer und Gabel und begann zu essen. Der Whisky hatte ihm den Appetit verdorben, doch er musste wenigstens ein bisschen essen. Er blickte auf und lächelte Kobayashi zu, die sich bereits über ihr Essen hermachte und mit den Zähnen das Fleisch von einer Rippe riss, die sie in beiden Händen hielt. Sie legte die abgenagte Rippe zurück auf ihren Teller und wischte sich die Finger an der Serviette ab, wo sie Spuren der rotbraunen Barbecuesoße hinterließ. Es war offensichtlich, dass sie sich nicht mit ihm unterhalten wollte, und sie unterband alle seine Versuche, ein Gespräch mit ihr zu führen, bis jedes Rippchen auf ihrem Teller fein säuberlich abgenagt war.

Der Kellner erschien erneut an ihrem Tisch.

»Möchten Sie noch einen Nachtisch oder vielleicht lieber einen Kaffee?« Nachdem er ihnen die Dessertkarte gebracht hatte, fing er an, den Tisch abzuräumen, wobei er ein weißes Tuch hervorholte, das voller Flecken von Essensresten war. »Ich würde Ihnen den Zitronenkuchen und den Käsesahnekuchen mit Blaubeeren empfehlen«, sagte er, während er die Teller vorsichtig und professionell auf seinem rechten Unterarm balancierte.

Kenji lehnte dankend ab, während Kobayashi den Käsesahnekuchen mit einer großen Portion Vanilleeis bestellte. Nachdem der Kuchen an den Tisch gebracht und in Windeseile verzehrt worden war, bestellte sie noch einen Cognac und eine Zigarre. Kenji spürte, wie ihn der Mut verließ. Der Whisky hatte ihm zunächst Selbstvertrauen gegeben, doch inzwischen fühlte er sich vom Alkohol schwerfällig und lethargisch. Er musste das Gespräch auf *Millyenaire* bringen, jetzt oder nie. Er holte tief Luft, trank einen Schluck Wasser, und öffnete den Mund, um etwas zu sagen.

Kobayashi kam ihm zuvor. »*Millyenaire*. Sie wollten mit mir über die Show sprechen?«

Kenji spulte seine gut vorbereitete Rede ab. »Wie Sie sicher wissen, bin ich der leitende Produzent von *Millyenaire*. Die Show bedeutet mir mehr, als ich Ihnen sagen kann. Aber ich bin nicht der Einzige, dem sie etwas bedeutet. Auch andere haben sehr viel Herzblut in die Show gesteckt, obwohl sie daneben noch viele andere Verpflichtungen und Sorgen haben. Die Dame, die unsere Moderationstexte schreibt, hat ein fünf Monate altes Baby. Unser Kameramann hat seine Arbeit erst vor Kurzem wieder aufgenommen, nachdem seine Frau nach langer und schmerzhafter Krankheit gestorben ist.«

Er hatte gehofft, dass er Kobayashi dazu bewegen könnte, Mitgefühl zu zeigen, indem er die Menschen hinter der

Show so real wie möglich werden ließ, doch sie versuchte nicht einmal, ein übertriebenes Gähnen zu unterdrücken.

Er wollte auf keinen Fall so schnell klein beigeben und redete einfach weiter. Jedes Wort von ihm war aufrecht und ehrlich. Sie musste ein Herz aus Stein haben, wenn sie das nicht würdigte und sich davon nicht erweichen ließ. »Wir sind wie eine Familie, die gemeinsam sehr hart an *Millyenaire* gearbeitet hat, und wir sind über jedes Wort und über jede schlechte Kritik von Ihnen wirklich ausgesprochen erbost.«

»Ah ja.« Leiko lächelte. »Leikos Kritiken. Ich habe mich schon gefragt, wann Sie die Sprache darauf bringen würden. Aber ich kann wirklich nichts für Sie tun. Leikos Anhängerschaft erwartet genau das von ihr. Was bleibt ihr anderes übrig? Ihr sind die Hände gebunden.«

Der Kellner trat erneut an ihren Tisch. »Kann ich Ihnen noch etwas bringen?«

»Nein, nur die Rechnung bitte.« Leiko lächelte Kenji zu, wobei man kleine Fleischreste zwischen ihren Zähnen sehen konnte. »Sie übernehmen die Rechnung?« Sie hob ihre Handtasche vom Boden auf und stopfte ihre Zigaretten und ihr Feuerzeug hinein. »Es gibt wirklich nichts mehr, was Leiko Ihnen zu diesem Thema sagen könnte.«

Kenji beugte sich über den Tisch und legte seine Hand leicht auf ihre dicken Finger, obwohl ihn diese Geste mit Ekel erfüllte. »Bitte«, sagte er flehentlich und verachtete sich dafür. »Sie haben eine Show nie mehr als einmal in Ihrer Kolumne kritisiert. Warum machen Sie das bei *Millyenaire* anders?«

Sie zog ihre Hand ruckartig weg, beugte sich herunter und senkte ihre Stimme zu einem scharfen Zischen. »Normalerweise reicht eine Kritik von mir, um eine Show zu vernichten. Aber Ihre Show ist wie eine lästige Fliege, die vor dem Fenster herumschwirrt. Selbst wenn man das

Fenster aufmacht, weigert sie sich, nach draußen zu fliegen, und bleibt einfach da und fliegt die ganze Zeit weiter gegen die Scheibe. Ihre Show nervt mich, und ich muss etwas dagegen tun.«

»Wenn Sie in Ihrer Kolumne einfach nicht mehr über die Show schreiben, haben wir vielleicht noch eine Chance.«

»Warum sollte Leiko so etwas tun?«

»Als menschliche Geste einem anderen Menschen gegenüber?«

Sie richtete sich auf. »Vielleicht hätte Ihre Freundin Hoshino ebenso viel Mitgefühl mit mir haben können, als Sie vor vielen Jahren mit meinem Ehemann durchgebrannt ist. Sie können sich bei ihr für diese unangenehme Situation bedanken.«

Sie drehte sich auf dem Absatz um und versuchte, das Restaurant mit entschlossenen Schritten zu verlassen, doch sie kam nur mühsam voran, weil sie sich zwischen den Tischen und Stühlen hindurchquetschen musste. Während Kenji ihr hinterherstarrte, läutete plötzlich sein Mobiltelefon. Er griff automatisch in seine Tasche, holte es heraus und drückte auf den Knopf mit dem Hörer.

»Ja. Was ist los?«

Sekunden später lief auch er so schnell er konnte aus dem Restaurant und die Straße hinunter.

48

*I*st das wahr?«

Kenji streckte blindlings die Hand aus und nahm das Mikrofon, um es sich aus dem Gesicht zu schieben. Es schwirrte die ganze Zeit vor seiner Nase herum wie eine lästige Fliege, und es war nicht das einzige. Von allen Seiten tauchten Mikrofone auf, die geschäftig in seine Richtung geschoben wurden. Einige waren so groß, dass er sich fragte, ob sie das Geräusch seines keuchenden Atems aufnehmen würden. Er humpelte so schnell, wie es ihm mit dem gebrochenen Bein und den Krücken nur möglich war, aus dem Krankenhaus hinaus, ging über den Bürgersteig und stieg in das wartende Taxi. Die Journalisten folgten ihm bis zu dem geparkten Wagen.

»Hat Hana Hoshino gestern Nacht versucht, sich das Leben zu nehmen?«

»Wird sie wieder gesund?«

»In welcher Beziehung stehen Hana Hoshino und die Fernsehkritikerin Leiko Kobayashi zueinander?«

»Kein Kommentar.« Er schob sich rückwärts über den Sitz des Taxis, in dem es betäubend nach Kiefer roch, beugte sich vor und zog die Tür zu. Vor dem Fenster ging das Blitzlichtgewitter weiter und ließ die grauen Pflastersteine und die braune Steinfassade des Krankenhauses aufgeregt flackern.

Kenji nannte dem Fahrer die Adresse des Hauptsitzes von Miru TV in Naka-Meguro, und sie fuhren los. Das Taxi fädelte sich gemächlich in den unaufhörlichen Verkehrsfluss der Stadt ein.

Es war acht Uhr morgens. Er wusste das so genau, weil ihm die Zeit von einer Digitaluhr mit blauen Zahlen entgegenblinkte, die sich mitten auf dem Armaturenbrett befand, das glänzte wie frisch poliert. Vielleicht war es Montag, doch er war sich nicht sicher. Vielleicht war es auch schon Dienstag. Die letzten Tage hatte er verbracht wie in einem Nebel und dabei jedes Zeitgefühl verloren. Nachdem er am Freitagabend im Aoyama Inagakis Anruf bekommen hatte, war er direkt ins Krankenhaus gefahren und die ganze Zeit dort geblieben und hatte nur sporadisch auf einem der unbequemen Plastikstühle im Wartezimmer geschlafen.

»Gehen Sie nach Hause. Schlafen Sie sich aus, und ziehen Sie sich etwas Frisches an«, hatten ihm die Krankenschwestern wiederholt geraten, doch er hatte höflich und bestimmt den Kopf geschüttelt. Er war es Hoshino schuldig, dass er in ihrer Nähe blieb. Je länger er auf dem Plastikstuhl ausharrte, desto mehr Schuldgefühle hatte er bekommen. Während der ganzen Fahrt ins Krankenhaus hatte er ihr insgeheim Vorwürfe gemacht und sich Leiko Kobayashis Worte wieder und wieder ins Gedächtnis gerufen. Also Hoshinos Mangel an Anstand war es zu verdanken, dass *Millyenaire* von der Fernsehkritikerin so aufs Korn genommen worden war und Woche für Woche in der Öffentlichkeit verrissen wurde. Er hatte sie verflucht. Ihre Eitelkeit und ihre Dummheit. Er hatte sie alles Mögliche geheißen. Und er hatte sich vorgenommen, ihr, wenn er sie das nächste Mal sah, klipp und klar zu sagen, was er von ihr hielt. Diese dämliche Frau.

Inagaki hatte am Telefon völlig unzusammenhängendes Zeug geredet, doch er war sich sicher, dass der Wodka und der Champagner Hoshino ins Krankenhaus gebracht hatten. Kenji hatte überhaupt kein Mitleid mehr mit ihr. Zumindest nicht, bis er sie schlafend in dem winzigen Krankenhausbett sah, das jedoch um sie herum riesig wirkte. Ihre unnatürlich schwarzen Haare lagen wild zerzaust auf dem schneeweißen Kissen, das Make-up in ihrem Gesicht war verschmiert, und in ihren Mundwinkeln zeigten sich schwarze Flecken von einer Kohlelösung. Als er sie dort so vor sich liegen sah, drängte sich ihm der Gedanke auf, wie zerbrechlich sie in Wirklichkeit doch war. Und außerdem sehr verletzlich. Und er war verantwortlich dafür, dass sie hier gelandet war, weil er sie der Lächerlichkeit preisgegeben und sie in diese elende Lage gebracht hatte. Jetzt war er es ihr einfach schuldig, diesem ganzen traurigen und unglückseligen Durcheinander ein Ende zu machen. Wie Goto schon bei ihrer letzten Zusammenkunft gesagt hatte, es war an der Zeit, bei *Millyenaire* den Stecker zu ziehen.

Der Fahrer starrte Kenji im Rückspiegel an. »Kenne ich Sie nicht irgendwoher?«

»Ich denke, nicht.« Kenji gähnte hinter vorgehaltener Hand und schüttelte energisch den Kopf.

»Müde?«

»Ich kann die Augen kaum noch offen halten«, gab er zu und blickte dem Taxifahrer im Rückspiegel in die Augen, bevor er den Blick abwandte. Draußen regnete es in Strömen. Der Regen trommelte gleichmäßig auf die Heckscheibe. Auf der Ablage vorn klebte eine kleine Katze mit hoch erhobener Pfote, und ein Jadestein baumelte an einem roten Band, das um den Rückspiegel gewickelt war.

»Waren Sie die ganze Nacht im Krankenhaus?«

Kenji betrachtete den Jadestein, der hin und her pendelte. Er hatte eine fast hypnotische Wirkung auf ihn. »Das ganze Wochenende.«

Der Taxifahrer öffnete den Mund, um etwas zu sagen, doch er wurde von einem silbernen Mercedes unterbrochen, der direkt vor ihm einscherte. Er stieß eine ganze Serie von Verwünschungen aus. Kenji musste unwillkürlich lächeln, während er durch das Fenster die Gebäude betrachtete, an denen sich das Taxi im morgendlichen Stoßverkehr langsam vorbeischob. Er bemerkte, dass die Scheibenwischer eingeschaltet waren. Das monotone Geräusch der Wischer, die unermüdlich über die Scheibe fuhren, und die Wärme im Auto machten ihn schläfrig. Er wusste, dass er jeden Moment einnicken konnte, doch als er die Augen schloss und sein Kopf nach hinten fiel, erschien vor seinem inneren Auge das Bild von Hoshino, wie sie in dem Bett im Krankenhaus lag.

Während sie auf den rostbraunen Plastikstühlen im Wartezimmer saßen und auf die Nachricht warteten, wie es um Hoshino stand, hatten Kenji und Inagaki die Ereignisse des Abends in allen Einzelheiten rekonstruiert. Sie hatten dabei auf das zurückgegriffen, was sie selbst wussten, und auf das, was sie von anderen erfahren hatten. Nachdem die Sitzung im Büro von Miru TV am Freitagabend zu Ende war, hatte Kenji sich mit Leiko Kobayashi im Aoyama getroffen. Hoshino hingegen war in ihr Hotelzimmer gegangen und hatte eine Überdosis Paracetamol genommen, die sie mit einer ganzen Flasche Wodka hinuntergespült hatte. Es war eine Fügung des Himmels gewesen, dass sie, bevor sie das Bewusstsein verlor, Inagaki angerufen und völlig zusammenhangloses Zeug gelallt hatte, sodass dieser sofort zu ihr gehetzt war, wo er sie zusammengesunken auf den Marmorfliesen im Badezimmer gefunden hatte. Ihr Kopf lehnte an der Toilettenschüssel, und über ihre Stirn zog sich ein Rinnsal von getrocknetem Blut. Im Krankenhaus war ihr sofort der Magen ausgepumpt worden, während Kenji und Inagaki ungeduldig im Wartezimmer warteten. Dann endlich kam die erlösende Nachricht. Die Medikamente waren glücklicherweise noch nicht ins Blut gelangt, und so würde Hoshinos Verzweiflungstat keine bleibenden Schäden hinterlassen. Doch Kenji wusste, dass er sich das niemals verzeihen konnte. Die Schuld lastete auf seiner Brust wie ein schweres Gewicht. Aber er war im Begriff, etwas dagegen zu tun. Nur so würde er vielleicht wieder frei atmen können. Er weigerte sich zu gehen, bis Hoshino wieder so weit bei Bewusstsein war, dass sie Besuch empfangen konnte. Als er zu ihr durfte, entschuldigte er sich aus tiefstem Herzen, bat sie um Verzeihung und machte sich sofort auf den Weg ins Büro.

»Haben Sie das von der Fernsehmoderatorin gehört?«, fragte der Taxifahrer und warf Kenji im Rückspiegel einen Blick zu. Er wartete die Antwort nicht ab und fuhr fort: »Sie hat eine Überdosis Tabletten genommen, hab ich jedenfalls gehört. Ich frage mich, ob sie wohl in dem Krankenhaus liegt. Ich wette, das war der Grund dafür, dass die ganzen Reporter da herumgewimmelt sind. Was meinen Sie?«

Kenji zuckte mit den Schultern.

»Ich bin mir ganz sicher. Vielleicht kommen Sie mir deshalb so bekannt vor. Ich kenne Sie aus dem Fernsehen. Die Reporter waren das ganze Wochenende dort, und ich kenne Sie irgendwoher. Vielleicht haben die Reporter Sie dabei erwischt, wie Sie hineingegangen und wieder herausgekommen sind.«

»Möglich.«

Es schien den Fahrer nicht zu stören, dass Kenji nicht wirklich auf seine Fragen antwortete, und obwohl Kenji nicht sehr gesprächig war, war er doch froh über die Gesellschaft des Taxifahrers. Der Klang einer anderen Stimme vertrieb seine eigenen, aufdringlichen Gedanken.

»Du hast ihr das angetan.« Diese immer gleichen Worte schwirrten unaufhörlich in seinem Kopf herum. »Es ist genau so, als hättest du ihr selbst die Tabletten gegeben.«

»Sie geben Leiko Kobayashi die Schuld. Sagt Ihnen der Name was? Die Fernsehkritikerin, von der man sagt, dass sie Gift und Galle spuckt. Sie hat eine schlechte Kritik über die neue Unterhaltungsshow dieser Moderatorin geschrieben. Und nicht nur eine, sondern einen ganzen Haufen. Es sah so aus, als wollte sie kein gutes Haar an der Show lassen. Es war irgendein persönlicher Rachefeldzug. Ich wollte mir die Show gestern Abend selbst einmal anschauen, um mit eigenen Augen zu sehen, warum eigentlich alle so einen Aufstand darum machen.«

»Gestern Abend?«

»Genau. Sie läuft jeden Sonntag um sieben.«

Natürlich, Kenji hatte es ganz vergessen. *Millyenaire* war gestern Abend gesendet worden. Er hatte angenommen, dass die Show unmöglich gesendet werden konnte, da Hoshino, die Moderatorin der Show, im Krankenhaus lag. Doch das Team hatte sich längst darauf eingestellt, dass sie nicht auftauchte, und konnte auf eine ganze Reihe von vorher aufgezeichneten Moderationen von Hoshino und auf eine Ersatzsprecherin zurückgreifen, die sich genau anhörte wie Hoshino.

Der Taxifahrer setzte den linken Blinker. »Ich musste gestern Abend arbeiten. Meine Frau hat sich die Show angeschaut. Sie sagt, dass sie schon ziemlich schlecht ist, aber irgendwie witzig. Sie zeigen diese alte Frau in der Show, die lauter verrückte Sachen macht.«

»Verrückte Sachen?« Dem Fahrer war es gelungen, Kenjis Interesse zu wecken. Er beugte sich vor und legte eine Hand auf den Schutzbezug über der Kopfstütze. »Was meinen Sie mit: verrückte Sachen?«

Das Taxi hielt an einer Ampel an. Zwei Schulmädchen gingen langsam vor dem Taxi über die Straße. Sie trugen eine marineblaue Schuluniform mit einem Faltenrock und dazu passendem Blazer. Unter dem Blazer trugen beide ein weißes T-Shirt mit einem aufgedruckten Gesicht. Das Gesicht kam ihm bekannt vor, doch er wusste nicht, ob er sich irrte. Die Scheibenwischer wischten pausenlos, und es regnete heftig. Als die Schulmädchen näher kamen, konnte er das Gesicht etwas genauer erkennen. Es war das von Falten zerfurchte Gesicht einer Frau. Einer Frau, die er kannte. Es war Eriko, er war sich so gut wie sicher. Er öffnete das Fenster und versuchte, einen besseren Blick auf das Gesicht zu erhaschen, doch die Mädchen waren vorbeigegangen, und das Taxi setzte seine Fahrt fort.

»Warten Sie. Halten Sie an«, rief er. »Ich muss sofort aussteigen.«

»Nicht hier. Hier darf ich nicht anhalten«, rief der Taxifahrer zurück, und als das Taxi schließlich anhielt, ein Stück weiter die Straße hinunter, waren die Schulmädchen längst verschwunden.

»Fahren Sie einfach weiter«, murmelte Kenji und massierte sich die Schläfen. Sein Kopf spielte verrückt vor Müdigkeit und Schlafmangel. Er hatte sich das alles bestimmt nur eingebildet. Das war die einzig logische Erklärung für das, was er gesehen hatte. Aber da war immer noch der Taxifahrer. Und was er ihm erzählt hatte. »Verrückte Sachen. Sie haben gesagt, dass die alte Dame verrückte Sachen macht.«

»Das hat meine Frau mir erzählt. Sie macht in einem Turnanzug die Wohnung sauber. Sie macht Aerobic. Und das, obwohl sie zweiundachtzig Jahre alt ist. Verrückt, sage ich. Da sind wir.«

Er hielt vor dem Bürogebäude an, in dem Kenji arbeitete. Kenji bezahlte den Fahrer, stieg aus und humpelte eilig ins Bürogebäude, wo er den Fahrstuhl in den einundzwanzigsten Stock nahm. Als er durch den Empfangsraum ging, sah Suki von ihrem milchweißen Glasschreibtisch auf. Auf dem Tisch vor ihr stand eine lange schmale Vase mit einer weißen Lilie auf einem dicken grünen Stängel.

»Goto möchte Sie sehen, sobald Sie ins Büro kommen.«

»Wo ist er?«

»Im Fernsehraum.«

Das kam ihm sehr gelegen. Er wollte es so schnell wie möglich hinter sich bringen. Doch er wollte sich erst ein wenig frisch machen und sich das Gesicht mit kaltem Wasser waschen. Er machte sich direkt auf den Weg zur Männertoilette, vorbei an den ordentlichen Schreibtischreihen und an etlichen seiner Kollegen. Alle sprachen ihn an und erzählten ihm das Gleiche: Goto wartete im Fernsehzimmer auf ihn. Als er am Waschbecken stand und sich mit kaltem Wasser das Gesicht wusch, kam Ashida aus einer der Toiletten und öffnete den Mund.

»Ich weiß«, sagte Kenji und trocknete sich die Hände an einem Handtuch ab. »Ich bin schon unterwegs.«

Er ging durch das Büro zum Fernsehzimmer. Dabei fiel ihm auf, dass viele der Schreibtische, an denen er vorbeikam, unbesetzt waren. Das war ungewöhnlich. Es war bereits halb neun. Um diese Zeit saßen die meisten seiner Kollegen an ihrem Platz. Vielleicht waren sie zu einem Notfall gerufen worden? Er hoffte sehr, dass es nichts mit Eriko zu tun hatte. Nach dem, was der Taxifahrer ihm auf der Fahrt erzählt hatte, hatte er ein zunehmend ungutes Gefühl.

Erst als er fast beim Fernsehzimmer angekommen war, bemerkte er, dass die Tür offen stand und viele Leute aus dem Raum in den Flur strömten. Hier waren sie also alle. Als er näher kam, hörte er, wie sie sich seinen Namen zuraunten. Er war kaum an der Tür, als Goto aus der hinteren rechten Ecke des Raumes, in der er stand, mit lauter Stimme rief: »Machen Sie bitte Platz, alle miteinander. Machen Sie Platz.«

Im Fernsehzimmer waren mehr Menschen versammelt, als er es je zuvor erlebt hatte. Er schätzte, dass sich mindestens dreißig Leute im Raum befanden, doch sie gaben sich alle Mühe, ihm Platz zu machen. Sie drückten sich an die Wände und bildeten eine Gasse für ihn. Als er durch den Raum ging, fing jemand an, in die Hände zu klatschen. Ein anderer fiel in das Klatschen ein. Bald erbebte der ganze Raum von lautstarkem Klatschen und begeisterten Jubelrufen.

»Was soll denn das?«, brach es aus ihm heraus. »Warum klatschen Sie? Haben Sie überhaupt eine Ahnung, was los ist?« Seine Stimme wurde immer lauter und wütender, doch es brachte nichts, sie konnten ihn nicht hören. Sie hörten nicht auf, ihm zuzujubeln und ihm anerkennend auf den Rücken zu klopfen, bis er schließlich bei Goto in der Ecke des Raumes angekommen war und alle verstummten.

»Goto, ich muss sofort mit Ihnen sprechen. Wir müssen …«

»Gleich, Yamada-san.« Goto klatschte in seine riesigen Hände. »Ruhe bitte, alle miteinander. Es geht los.« Er wies mit dem Kopf auf den großen Fernsehbildschirm im vorderen Teil des Raumes.

»Wir müssen darüber reden, was Sie am Freitag gesagt haben«, flüsterte er.

Goto lächelte ihm freundlich zu. »Nicht jetzt. Ich denke, Sie sollten sich das zuerst einmal anschauen.«

Zusammen mit den anderen wandte Kenji sich widerstrebend dem Fernseher zu.

»Kann bitte jemand den Ton lauter stellen?«, rief eine Stimme, und die Lautstärke wurde aufgedreht.

Auf dem Bildschirm tauchte eine Nachrichtensprecherin auf. »Die Nachricht, dass Hana Hoshino Freitagnacht eine Überdosis Tabletten genommen hat, ist bis jetzt weder von ihren Kollegen noch von ihren Freunden bestätigt worden.«

Die Nachrichtensprecherin verschwand, und eine Einspielung wurde gezeigt, in der zunächst Kenji und dann Inagaki beim Verlassen des Krankenhauses zu sehen waren. Beide antworteten »Kein Kommentar« auf die Fragen der wartenden Journalisten.

»Die Moderatorin einer Sonntagabend-Spielshow mit dem Titel *Millyenaire* hatte in der letzten Zeit mit großen persönlichen Problemen zu kämpfen«, fuhr die Nachrichtensprecherin fort. »Ihre Alkoholprobleme wurden schlimmer, als es *Millyenaire* nicht gelang, die Gunst der Fernsehzuschauer zu gewinnen. In der Show versucht eine Kandidatin, eine Million Yen zu gewinnen, indem sie an Preisausschreiben in Zeitschriften und Zeitungen teilnimmt. Die Preise, die sie dort gewinnt, werden anschließend in Geld umgerechnet, doch bis jetzt ...« Erikos Gesicht erschien auf einem Bildschirm direkt hinter der Nachrichtensprecherin. »... hat die Kandidatin ihre Zeit lediglich mit Schlafen und Essen zugebracht.

Hoshino selbst hat in einem noch nie da gewesenen Ausmaß das Augenmerk der Fernsehkritikerin Leiko Kobayashi auf sich gezogen, der nachgesagt wird, dass sie mit ihren Kritiken die Hoffnung vieler neu anlaufender Shows auf einen Erfolg im Keim erstickt hat. Besonders Hoshinos Garderobe und ihr Moderationsstil waren ins Kreuzfeuer der Kritik geraten, und man nimmt an, dass der ehemalige, erst kürzlich ins Rampenlicht zurückgekehrte Fernsehstar Hoshino Freitagnacht eine Überdosis Tabletten geschluckt hat. Leiko Kobayashi wollte sich dazu vor der Kamera nicht äußern.«

Auf dem Bildschirm wurde eine weitere Einspielung gezeigt. Dieses Mal war Kobayashi zu sehen, wie sie mit einer großen Sonnenbrille auf der Nase ein Mehrfamilienhaus betrat und ihr Gesicht hinter einem Exemplar der *Mainichi News* verbarg.

Die Nachrichtensprecherin legte eine kurze Pause ein, was darauf schließen ließ, dass der Bericht über Hoshino hier endet.

»Gestern Nacht attackierte ein Schwarm Krähen im Yoyogi Park ...«

Goto nahm die Fernbedienung und schaltete den Fernseher aus.

»Yamada-san, wie geht es unserer Patientin?«

Im Raum wurde es mucksmäuschenstill, und alle wandten sich um, um Kenji anzusehen.

»Sie ist ziemlich mitgenommen, aber es geht ihr besser. Sie wird keine bleibenden Schäden davontragen. Wahrscheinlich hat ihr Stolz am meisten gelitten. Es wäre ihr lieber gewesen, wenn die Presse nichts von alledem erfahren hätte.« Er schüttelte den Kopf. »Es ist mir ein Rätsel, wie sie von der ganzen Sache Wind bekommen haben. Ich habe bloß im Studio Bescheid gesagt.«

»Wie dem auch sei«, sagte Goto hüstelnd und rückte seine gelbe Krawatte zurecht. Sein von grauen Haaren durchzogener schwarzer Bart sah tadellos aus, so als hätte er ihn erst kürzlich gestutzt. »Wir können nichts mehr daran ändern.« Er klatschte laut in die Hände. »Also los, alle miteinander. Die Pause ist vorbei. Gehen wir wieder an die Arbeit. Yamada-san, kommen Sie bitte mit.«

Nachdem sich der Raum geleert hatte, konnten die beiden Männer auf den Flur hinaustreten. Goto musste sich zu Kenji herunterbeugen, um auf einer Höhe mit ihm zu sein. Er flüsterte ihm mit einem angedeuteten Lächeln auf den Lippen verschwörerisch zu: »Als ich Sie gefragt habe, ob Sie noch einen Trumpf im Ärmel haben, hatte ich ja keine Ahnung. Ich muss schon sagen, Sie sind ein wahres Genie. Haben Sie beide das zusammen ausgeheckt? Sie und Hoshino-san? Und der Bankleiter? War der auch dabei?«

Kenji blieb stehen. »Ich verstehe nicht.«

Goto blickte ihn einige Sekunden lang fragend an, lächelte und ging dann weiter, während er mehrmals nach rechts und links sah, um sicherzugehen, dass ihnen niemand zuhörte. Alle blickten auf, als sie vorbeigingen, lächelten und klatschten. Goto senkte die Stimme noch weiter. »Natürlich verstehen Sie nicht. Ich sehe, Sie wollen dieses Spiel nach Ihren Regeln spielen. Je weniger ich weiß, desto besser. Ich bin absolut Ihrer Meinung.«

»Goto, Sie müssen mich anhören. Das, was in den letzten Tagen passiert ist, bedeutet das Aus für *Millyenaire*. Die Dinge sind außer Kontrolle geraten. Wir haben das Leben von Menschen aufs Spiel gesetzt. Das wollte ich nicht.«

»Das Aus? Machen Sie Witze?« Goto lachte laut auf. »Wissen Sie nicht, dass sich die Zuschauerzahlen letzte Nacht verdoppelt haben?«

»Verdoppelt? Warum das?«

»Was glauben Sie denn? In der Öffentlichkeit gibt es eine große Sympathiewelle für Hoshino, und die Zuschauer wollen ihr zeigen, dass sie sie unterstützen. Die Kritiken, die heute erschienen sind, fallen viel positiver aus als in den letzten Wochen. Das ist genau das, was wir gebraucht haben. Und was noch wichtiger ist, es sieht so aus, als ob Ihre Schwiegermutter jetzt ebenfalls mitmacht. Ich habe keine Ahnung, wie Sie das hinbekommen haben, aber seit gestern Nacht ist sie wie ausgewechselt.«

Kenji dachte an die Notiz, die er zwischen die Seiten von Erikos Lieblingszeitschrift gesteckt hatte. Ihm war der Gedanke gekommen, dass ihr in der neuen Wohnung etwas fehlte, und zwar die ständigen Reibereien zwischen ihr und ihrem Schwiegersohn. Deshalb hatte er ihr etwas geschrieben, um sie daran zu erinnern, dass er ihr zusah. Er hatte es zuerst für eine gute Idee gehalten. Jetzt kam ihm alles sinnlos vor.

»Ich habe Verständnis dafür, dass Sie die Show gestern Abend wahrscheinlich nicht mitverfolgt haben, aber Sie sollten sich an Mifune-san wenden. Sie hat eine Aufnahme für Sie organisiert.«

Sie blieben vor Gotos Büro stehen, und er legte Kenji die Hand auf die rechte Schulter. »Ich muss gestehen, dass Sie mir eine Zeit lang echtes Kopfzerbrechen bereitet haben, Kenji. Ich habe nicht mehr geglaubt, dass Sie der ganzen Sache gewachsen sind. Ich war sogar fast überzeugt, dass Sie ein Betrüger sind, so wie Abe es immer von Ihnen behauptet hat. Es wäre mein Untergang gewesen. Aber ich habe mich getäuscht. Sie haben vielleicht sogar die ganze Zeit auf so eine Gelegenheit gewartet. Das haben Sie gut gemacht.«

Goto ging in sein Büro und schloss die Tür hinter sich.

49

Kenji drückte auf Wiedergabe und setzte sich in seinen Stuhl. Der vertraute Vorspann von *Millyenaire* erschien auf dem Bildschirm, und die Titelmelodie dröhnte aus den Lautsprechern. Mitten aus dem bunten Scheinwerferlicht trat Hoshino. Natürlich hatte er damit gerechnet, doch sie dort zu sehen, obwohl sie eigentlich in einem Krankenhausbett lag, machte ihm zu schaffen. Außerdem hatte sie fast keine Ähnlichkeit mit der Frau, die er gerade erst im Krankenhaus besucht hatte. Die Frau im Krankenhaus hatte das übliche weiße Krankenhaushemd an und war so zart und dünn gewesen wie Pergamentpapier. Die Frau auf dem Bildschirm vor ihm trug ein mitternachtsblaues Seidenkleid. Das Publikum klatschte frenetisch. Es war kein richtiges Publikum, sondern eine Tonbandeinspielung. Sie hatten zum Schluss nicht mehr genug Leute ins Studio bekommen, und Hoshino hatte sich außerdem geweigert, live aufzutreten.

»Herzlich willkommen bei *Millyenaire*.« Die Worte sprudelten aus Hoshinos Mund heraus. Ein unbeteiligter Zuschauer hätte ihre Überschwänglichkeit und ihre schrille Stimme, die sich beim Sprechen überschlug, auf Nervosität zurückgeführt. Doch er erkannte jetzt, dass das, genauso wie ihre Trinkerei, deutliche Anzeichen dafür waren, dass diese Frau unter enormem Druck stand. Er war zu sehr mit sich selbst beschäftigt gewesen, um das zu erkennen, zu besorgt um *Millyenaire* und zu versessen darauf, die Show zum Erfolg zu führen. Wie lächerlich ihm das alles jetzt vorkam.

Hoshino verschwand vom Bildschirm, und stattdessen war die Wohnung zu sehen. Im Hintergrund kommentierte Hoshinos Stimmdouble die Lage. Der Übergang war nahtlos. Er hätte die beiden Stimmen nicht auseinanderhalten können, obwohl er wusste, dass es in Wirklichkeit zwei unterschiedliche Stimmen waren.

»Es war eine bewegte Woche in der Wohnung«, erklärte die Stimme, und ein Bild von Erikos faltendurchzogenem Gesicht füllte den ganzen Bildschirm aus. Kenji, der sich auf seinem Stuhl vorgebeugt hatte, die Ellenbogen auf den Tisch gestützt und das Kinn in die Hände gelegt, wich erschrocken zurück, und sein Stuhl rollte ungebremst gegen die Wand. Er wusste nicht genau, was seine heftige Reaktion ausgelöst hatte, also zog er sich wieder an den Tisch heran und studierte aufmerksam den Bildschirm, in der Hoffnung, dort eine Erklärung für sein merkwürdiges Verhalten zu finden. Was hatte ihn so in Erstaunen versetzt? Er starrte in das Gesicht der alten Frau, und langsam dämmerte es ihm. In den letzten Wochen war die Vorstellung, die sie in der Wohnung geboten hatte, nicht sehr rühmlich gewesen. Trotz ihres früheren gehässigen Verhältnisses und der Tatsache, dass sie die Show – seine Show – ruinierte, hatte er inzwischen ein wenig Mitleid mit ihr. Schließlich war sie eine harmlose, zerbrechliche alte Frau, die nur noch schlafen und essen konnte und die durch die Bedingungen in der Wohnung zur Untätigkeit verurteilt war. Hatte er sich manchmal sogar schuldig gefühlt? Vielleicht. Wenn er für seine Familie gesorgt hätte, so wie es eigentlich seine Aufgabe gewesen wäre, dann hätte seine Schwiegermutter nicht auf die Anzeige geantwortet und wäre auch nicht in der Show. Doch das war Schnee von gestern. Das Gesicht auf dem Bildschirm vor ihm wirkte nicht mehr zerbrechlich und schwach. Es war zwar alt und voller Falten. Doch der entschlossene Ausdruck in ihren Augen war zurückgekehrt. Da war der gleiche Zug um den Mund, den er an ihr kannte, wenn sie ihn kritisiert hatte, und ihm fiel auf, dass sie ihren Kopf mit den grauen Locken, die sie jede Nacht sorgfältig auf Lockenwickler aufdrehte und mit einem Haarnetz befestigte, auf eine stolze Art erhoben hatte. Da war sie wieder, die ihm vertraute Nervensäge.

Die Kamera folgte ihr durch die Wohnung. Sie ließ sich auf den Boden fallen, legte zwei zusammengefaltete Handtücher unter ihre Knie und machte sich daran, die Badezimmerfliesen mit einer harten Drahtbürste zu schrubben. Dann wusch sie die Bürste in einem Eimer mit Seifenlauge aus.

Mit weit offen stehendem Mund sah er ihr zu, wie sie die Wasserhähne mit einer Zahnbürste sauber machte und anschließend mit einem Tuch so gründlich polierte, dass sie glänzten. Ihre Verwandlung, genau wie die im Badezimmer, nachdem sie dort fertig war, war bemerkenswert.

Kenji kicherte laut und klatschte begeistert in die Hände. »Liebe Schwiegermutter, zeigst du uns am Ende doch noch, aus was für einem Holz du geschnitzt bist?«

»Es war ein arbeitsreiches Wochenende für Eriko«, fuhr die Sprecherin fort. »Das Reinigungsset, das sie gewonnen hat und das am Samstagmorgen geliefert wurde, ist insgesamt fünftausend Yen wert. Etwas später am selben Tag kamen auch noch ein Gymnastikball und Sportbekleidung im Wert von zehntausend Yen.«

»Wie bitte?«, stieß er aus und blickte sich um, als ob er irgendwo im Raum eine Antwort auf seine Frage finden könnte. »Warum hat mir niemand etwas gesagt? Sie nimmt an Preisausschreiben teil. Das hätte ich erfahren müssen.«

Ein weiteres Bild von Eriko erschien auf dem Bildschirm. Sie trug einen körperbetonten türkisfarbenen Gymnastikanzug aus Lycra, der so ähnlich aussah wie der von

Ami. Er war der alten Frau etliche Nummern zu groß. Die Beine und die Ärmel waren zu lang, und er hing locker an ihrem schmalen Körper. Doch es schien ihr nichts auszumachen. Sie schien es nicht einmal zu bemerken und verrenkte ihre Gliedmaßen auf unglaubliche Art und Weise, sodass ihre Gelenke laut knackten und Kenji des Öfteren erschrocken das Gesicht verzog. Bei einigen Übungen, die Eriko zum Besten gab, hätte Kenji nie gedacht, dass eine Frau in ihrem Alter dazu überhaupt noch in der Lage war. Sie setzte sich auf den Boden, streckte ihr rechtes Bein hoch und beugte ihren Kopf zu dem Bein. Nach einigen Versuchen gelang es ihr stöhnend und nach Luft japsend, das Bein hinter ihren Kopf zu legen. Zwar wirkten ihre Anstrengungen nicht besonders elegant, und die alte Frau kam nur sehr langsam und hin und wieder auch nur, wenn sie schummelte, zu dem gewünschten Ergebnis, doch Kenji konnte nicht anders, als im Stillen den Hut vor ihrem Ehrgeiz und ihrer Ausdauer zu ziehen. Schließlich stand sie auf und ließ sich langsam in den Spagat nieder, wobei am Ende nur noch etwa dreißig Zentimeter zum Boden fehlten.

Während die Aufzeichnung weiterlief, nahm sich Kenji die Zeitungsausschnitte mit den Kritiken über die gestrige Folge vor, die Mifune ihm auf den Schreibtisch gelegt hatte. Er warf einen kurzen Blick auf die Ausschnitte.

»Man kann *Millyenaire* wohl kaum als Quizshow bezeichnen. Die Preise sind nicht der Rede wert und nicht sehr attraktiv. Die aktuelle Kandidatin hat bislang wenig Ehrgeiz an den Tag gelegt, etwas zu gewinnen. Doch das Konzept scheint trotzdem aufzugehen. Die Show ist auf jeden Fall sehenswert und ausgesprochen unterhaltsam. Dazu tragen nicht zuletzt auch Hana Hoshinos komische Moderationskünste und ihr sich selbst parodierender Kleidungsstil bei.«

»Die Show ist einfach genial. Wie kann etwas, das so schlecht ist, nur so großartig sein?«

»Wir haben ihr beim Verlieren zugesehen, jetzt wollen wir sehen, wie sie gewinnt.«

Kenji zog sich mühsam aus seinem Stuhl hoch, stopfte die Zeitungsartikel in die Jackentasche und verließ das Büro, um sofort wieder ins Krankenhaus zu fahren.

50

»Rate mal, was passiert ist.« Ami klang ganz atemlos, so als ob sie die Treppen eines mehrstöckigen Hauses ohne Pause hinaufgelaufen wäre.

»Hallo, Ami, wie geht es dir?«, sagte Kenji gut gelaunt und mit einem frotzelnden Unterton. »Mir geht es sehr gut. Danke der Nachfrage.«

Am anderen Ende der Leitung stieß Ami einen ungeduldigen Seufzer aus. Er kannte dieses Geräusch nur zu gut und wusste sofort, dass es ratsam war, sie nicht weiter aufzuziehen.

»Könntest du mir einen Tipp geben?« Er klemmte sich den Telefonhörer zwischen Kopf und Schulter, blickte sich suchend auf seinem Schreibtisch um und legte alle Papiere auf einen Stapel, die er für sein Treffen mit Mifune in ein paar Stunden benötigte. Sie wollten die Abschlussfeier zur letzten Folge von *Millyenaire* besprechen. Eriko musste nur noch Preise im Wert von zweihundertfünfzig Yen gewinnen, um die Summe von einer Million zu erreichen, und sie würde in wenigen Tagen persönlich vor einem Livepublikum im Studio auftreten. Doch die Liste, die Mifune ihm gegeben hatte, war anscheinend irgendwo zwischen den Akten auf seinem Schreibtisch verschwunden. In der Liste waren alle Aufgaben vermerkt, die bereits erledigt waren, genauso wie die, die sie noch erledigen mussten. Er musste sie unbedingt wiederfinden, schon allein, um zu verhindern, dass sie ihn mit diesem leicht verärgerten Ausdruck betrachtete, wenn er ihr beichten musste, dass er die

Liste verloren hatte. Ihr Gesichtsausdruck selbst ließ nicht im Geringsten darauf schließen, dass sie sich ärgerte. Sie presste einfach nur das rote Klemmbrett, das sie immer mit sich herumtrug, fest an ihre Brust, drehte den Kugelschreiber, den sie zwischen Daumen und Zeigefinger hielt, etwas schneller als sonst und verlagerte ihr Gewicht von einem Fuß auf den anderen. Daran konnte er erkennen, dass sie sich ärgerte. Und er hasste nichts mehr, als sie zu verärgern, denn ohne Mifune wäre nichts von dem, was sie erreicht hatten, Wirklichkeit geworden. Und jetzt würde sie ihn schon bald verlassen und nach Amerika gehen. Also wo war die Liste?

»Was hast du gesagt?«, fragte Ami.
»Wer, ich?«
»Ja, du.«
»Ich habe gar nichts gesagt.« Er schüttelte den Kopf.
»Was machst du gerade?«
»Nichts.«
»Du atmest so schwer.«
»Ich sitze nur an meinem Schreibtisch. Also, was wolltest du mir erzählen?«

Ami verstummte einen Moment lang. Er wusste, dass sich das Gespräch an diesem Punkt in zwei Richtungen entwickeln konnte. Entweder fand sie irgendetwas an seiner Antwort und seinem Verhalten nicht akzeptabel, und ihr Ton wurde kalt und abweisend, bis sie schließlich aufhängte. Oder aber ihr Mitteilungsdrang war stärker, und sie würde einfach weiterreden. Zum Glück tat sie Letzteres.

»Angelique Besson hat angerufen.«
»Angelique Besson«, wiederholte Kenji verständnislos. Ami schien offensichtlich davon auszugehen, dass er wusste, wer diese Frau war, doch er hatte nicht die leiseste Ahnung.

»Ich habe dir von ihr erzählt. Ein paar Mal sogar. Sie hat eine Boutique in Harajuku, die ›Sophistique‹ heißt.«

»Ach ja, natürlich.« Es war ihm schließlich doch noch gelungen, die Liste wiederzufinden. Sie hatte unter einer leeren Kaffeetasse gelegen und wies etliche braune Ringe auf. Während Ami ihm noch einmal von Angelique Besson und ihrer Boutique erzählte, überflog er die Liste, wobei er einige Aufgaben durchstrich und ein paar neue hinzufügte. Die Abschlussfeier von *Millyenaire* wäre in diesem Jahr eines der größten gesellschaftlichen Ereignisse in Tokio, und es war ungeheuer wichtig, dass alles nicht nur gut, sondern perfekt ablief. Gemeinsam mit Goto hatten sie eine Liste mit VIPs zusammengestellt, die zu der Feier eingeladen werden sollten. Es handelte sich dabei um Leute, die bei den großen Sendern arbeiteten und die so viel Einfluss und Macht hatten, dass sie Miru TV neue Aufträge für ähnlich zugkräftige Shows wie *Millyenaire* verschaffen konnten. Kenji hatte bereits einige Konzepte im Hinterkopf.

»Ich habe ihr vor ein paar Wochen eine Auswahl von meinen Kleidern zur Ansicht vorbeigebracht, aber weil sie sich nicht mehr bei mir gemeldet hat, bin ich davon ausgegangen, dass sie an meinen Entwürfen nicht interessiert ist. Aber inzwischen hat sich herausgestellt, dass sie kurzfristig nach Paris musste, und sie will jetzt doch meine Kleider in ihrer Boutique verkaufen.«

Amis Stimme überschlug sich vor Aufregung. Kenji wusste, dass er die gleiche Begeisterung zeigen sollte, doch es fiel ihm schwer. Er fand Kleider nicht so aufregend wie seine Frau. Oder wie Hoshino, wenn er es sich recht überlegte.

»Das sind ja fantastische Neuigkeiten. Wir gehen am Wochenende aus und feiern das. Mit der ganzen Familie. Ganz egal, wo. Du darfst es dir aussuchen.«

»Angelique ist davon überzeugt, dass der Retrolook wieder in Mode kommt. Die Achtzigerjahre sind im Moment ziemlich angesagt. Alle reißen sich um Schulterpolster, auffälligen Schmuck und weite Röcke. Angelique will, dass ich exklusiv für sie Kleider entwerfe. Sie nimmt mich erst einmal für ein Jahr unter Vertrag. Und falls alles glattläuft ...« Im Hintergrund war ein lautes Summen zu hören. »Das ist die Gegensprechanlage«, sagte Ami erklärend. »Ich sollte lieber an die Tür gehen. Das ist wahrscheinlich Takai-san. Ich kann es kaum erwarten, ihr alles zu erzählen. Sie wird sicher grün und gelb vor Neid. Bis heute Abend dann.«

Bevor Kenji noch etwas sagen konnte, hatte Ami aufgelegt. Er blickte fassungslos auf den Hörer und legte ihn auf die Basisstation. Er bewunderte seine Frau. Sie war in diesen Wochen wie ein Wirbelwind, immer in Bewegung, voller Energie, und sie visierte ein Projekt nach dem anderen an. Er war wirklich froh, dass sie so glücklich war. Und dass er die Liste gefunden hatte, stimmte auch ihn froh. Wenn er nur die Zeit hätte, sich etwas genauer damit zu befassen, wünschte er sich im Stillen, als es ein Mal leise an seine Bürotür klopfte.

»Herein.«

Mifune kam lautlos durch das Büro auf ihn zu. »Ihre Post.«

Er lächelte und nahm den großen Stapel Briefe entgegen. Während er den Stapel flüchtig durchsah, nahm Mifune die Fernbedienung von seinem Schreibtisch und richtete sie auf den Fernseher, der in einer Ecke des Raumes an der Decke angebracht war.

»Es fängt in ein paar Minuten an«, bemerkte sie und bezog sich damit auf die Nachrichtensendung, die er gerne sehen wollte und an die sie ihn auf seine Bitte hin erinnern sollte. »Kann ich Ihnen noch einen Kaffee bringen?«

»Keinen Kaffee, danke.« Er schüttelte betrübt den Kopf. »Was soll ich nur ohne Sie machen, wenn Sie nach Amerika gehen? Wie soll ich das schaffen?«

Mifune runzelte die Stirn. »Ich bin mir sicher, dass Suki-san die Arbeit genauso gut erledigt wie ich, wenn nicht sogar besser.«

»Das wird sie bestimmt.« Er seufzte laut und hielt beim Durchsehen der Post plötzlich inne. Zwischen den Briefumschlägen steckte eine Postkarte. Auf der einen Seite der Karte war eine Bleistiftzeichnung von einer Katze zu sehen, die dalag und gut genährt und zufrieden aussah. Auf der anderen Seite stand etwas in einer Handschrift geschrieben, die ihm nicht bekannt vorkam. »Ich danke Ihnen, Mifune-san. Das wäre erst einmal alles.«

»In Ordnung.« Sie sah ihn fragend an, doch als er nichts mehr sagte, ging sie zur Tür, wo sie noch einmal kurz stehen blieb. »Ich komme dann um zwei Uhr wieder, um mit Ihnen die Details für die Party abzusprechen. Sie haben die Liste, die ich Ihnen gegeben habe, doch noch, oder?«

Er wedelte mit dem Papier, auf dem die Kaffeeflecken deutlich zu sehen waren, in der Luft, und es fiel ihm schwer, seine Ungeduld zu zügeln. Er wollte unbedingt wissen, was auf der Karte stand, und konnte es kaum erwarten. »Nun gehen Sie schon, Mifune-san. Und zwar schnell«, murmelte er kaum hörbar. Als sie sein Büro endlich verlassen hatte, drehte er die Karte um und las.

»Lieber Kenji. Ich habe meine Ruhe und meinen Frieden an einem wunderschönen Fleckchen auf unserer Insel gefunden. Ich kann Ihnen leider nicht sagen, wo.« Er warf sofort einen Blick auf den Poststempel, doch der war verschmiert und unleserlich. »Es ist besser so. Ich schaue mir Ihre Show mit großem Vergnügen an. Sie müssen sehr stolz auf sich sein. Meine allerherzlichsten Grüße.«

Die Postkarte war nicht unterschrieben.

Er betrachtete noch einmal das Bild und hielt sich die Karte unter die Nase, überzeugt, dass er ihr Parfüm darauf riechen könnte. Doch falls die Karte jemals nach ihrem Parfüm gerochen hatte, war nichts mehr davon geblieben. Ganz in Gedanken, zuckte er zusammen, als es erneut an seine Tür klopfte, dieses Mal lauter und kräftiger als beim letzten Mal. Eilig legte er die Karte in die oberste Schublade seines Schreibtisches, schob sie wieder zu, verschloss sie und steckte den kleinen silbernen Schlüssel in den Pott, in dem er seine Kugelschreiber und Bleistifte aufbewahrte.

»Herein.«

»Gut, dass Sie da sind.« Goto betrat mit großen Schritten das Büro und zog sich einen Stuhl an Kenjis Schreibtisch heran. »Was macht Ihr Bein?«, fragte er und warf einen Blick über den Schreibtisch.

»Der Gips ist gestern abgenommen worden. Es fühlt sich noch ein bisschen wackelig an, und sie haben mir Übungen gezeigt, die ich mit dem Bein machen soll, aber ich bin froh, dass ich den Gips los bin. Er hat mich in meiner Bewegungsfreiheit schon ziemlich eingeschränkt. Das wird einem erst bewusst, wenn man einen solchen Gips tragen muss.«

»Ja, das kann ich mir vorstellen.« Goto strich die Falten auf seinen Hosenbeinen glatt und warf einen Blick auf den Fernseher. »Wann fängt es an?«

»Jeden Moment. Jetzt ist es so weit.«

Kenji stellte den Ton lauter, und die beiden Männer lehnten sich in ihren Sitzen vor. Die Stimme der Nachrichtensprecherin wurde lauter, und hinter ihr war ein großformatiges Foto von Erikos Gesicht zu sehen. Das Foto war ihnen inzwischen nur zu vertraut. Es stammte aus der Folge, in der Eriko zum ersten Mal aus ihrer Lethargie erwacht war, als sie in ihrem geblümten Hauskittel sauber gemacht und in dem hautengen türkisfarbenen Gymnastikanzug trainiert hatte. Dieses Foto war inzwischen fast jeden Tag in den Nachrichten, Zeitschriften und Zeitungen.

»Inzwischen ist das ganze Land vom *Millyenaire*-Fieber gepackt, und die Zuschauerzahlen sind noch einmal auf ein Rekordhoch von siebzehn Millionen gestiegen«, sagte die Nachrichtensprecherin sachlich und emotionslos. »Die Show geht jedoch langsam dem Ende zu. Der Kandidatin Eriko Otsuki fehlen nur noch zweihundertfünfzig Yen, um den Jackpot von einer Million Yen zu knacken. Die Kritiker loben den unaufhaltsamen Erfolg der Show, und Eriko ist zu einer nationalen Ikone geworden. Heute Vormittag haben wir die Leute in Tokio gefragt, warum sie von Eriko so fasziniert sind.«

Goto, der neben Kenji saß, sprach mit leiser und ruhiger Stimme. Er wandte seine Augen nicht einen Moment vom Fernseher ab. »Die Show hat sich zu einem riesigen Erfolg entwickelt. Bei mir gehen inzwischen Anfragen aus den USA und Europa ein. Einige Länder sind sehr daran interessiert, die Rechte an der Show zu kaufen. Zusammen mit den Einnahmen vom Merchandising wird Miru viel Geld an *Millyenaire* verdienen. Ich möchte Ihnen nicht verschweigen, dass der Aufsichtsrat sehr zufrieden ist.«

Kenji nickte mit dem Kopf. Mehr konnte er nicht tun. Jeder Tag brachte inzwischen eine neue Entwicklung oder einen neuen Erfolg im Zusammenhang mit *Millyenaire* und übertraf ihre Erwartungen bei Weitem. Jeden Morgen, wenn er mit dem Zug zur Arbeit fuhr, schnappte er Gesprächsfetzen zwischen Freunden oder zwischen Kollegen auf. Fast immer ging es dabei um *Millyenaire*. Die Fanartikel gingen weg wie warme Semmeln, sodass sie oft mit den Lieferungen nicht mehr hinterherkamen. Das beliebteste Stück war eine dreißig Zentimeter große Nachbildung von Eriko in einem geblümten Hauskleid und mit einem Haarnetz auf ihren grauen Locken. Eriko zierte die Titelblätter aller Klatschmagazine. Auch waren mehrere Schriftsteller an Ami herangetreten, weil sie eine Biografie über Eriko schreiben wollten. Und es war sogar die Rede von einem Film. Auch über Hoshino wurde regelmäßig in den Frauenzeitschriften berichtet, und sie tauchte in den verschiedensten Talkshows auf.

Es war kein Traum. Das geschah tatsächlich mit ihm. Und doch erschien ihm alles zugleich sehr unwirklich.

Er atmete tief ein und wandte seine Aufmerksamkeit wieder dem Bildschirm zu, wo gerade drei junge Mädchen in Schuluniform interviewt wurden. Sie waren schüchtern vor der Kamera, kicherten nervös und knufften sich immer wieder gegenseitig, fast wie die Pinguine, die er im Zoo gesehen hatte.

»Schaut Ihr Euch *Millyenaire* an?«, fragte eine Stimme hinter der Kamera.

Sie nickten alle gleichzeitig.

»Kannst du mir sagen«, fragte die Stimme und hielt dem größten Mädchen ein Mikrofon vor das Gesicht, »warum dir die Show so gut gefällt?«

»Ich weiß es nicht.« Sie blickte angestrengt zu Boden, als ob es dort etwas Interessantes zu sehen gäbe. »Eigentlich finde ich die Show ziemlich schlecht. Fast so peinlich, wie meiner Großmutter auf der Hochzeit meiner Schwester beim Tanzen zuzusehen. Manchmal finde ich sie so peinlich, Eriko, meine ich, dass ich einfach nicht mehr hinschauen kann. Ich halte mir dann immer die Augen zu. Aber ich kann einfach nicht aufhören, mir die Show anzusehen. Jede Woche schaue ich sie mir wieder an, um zu sehen, ob es noch schlimmer geworden ist. Und es wird tatsächlich jedes Mal schlimmer.«

Angespornt von ihrer Freundin beugte sich das nächste Mädchen vor, das kleiner und dicker war als ihre Freundin und einen langen Pony trug, der ihr in die Augen fiel. Sie wollte offensichtlich nicht ins Hintertreffen geraten und sagte ins Mikrofon: »Zum Beispiel bei der Folge, wo sie einen Fußball gewonnen hat und sich selbst beibrachte, wie sie ihn drei Minuten lang in der Luft halten konnte. Das muss man sich mal vorstellen. In dem Alter. Mein Bruder kann das noch nicht einmal annähernd so lange, und der ist elf.«

»Oder bei der Folge«, fiel ihr das dritte Mädchen ins Wort, das eine Zahnspange trug, »in der sie eine Mundharmonika gewonnen und sich selbst beigebracht hat, darauf zu spielen. Immer wieder dasselbe Lied, bis ich fast wahnsinnig geworden bin.«

Sie bekam einen Lachanfall, und die Kamera zoomte von den Mädchen weg, sodass alle drei gemeinsam zu sehen waren.

»Ihr drei tragt ziemlich auffällige T-Shirts«, bemerkte die Stimme, und die Schulmädchen öffneten ihren Blazer und zeigten ihre T-Shirts, auf denen Erikos Gesicht abgebildet war.

»Ich habe auch noch eine Puppe«, sagte das Mädchen mit der Zahnspange stolz und hielt eine Plastikpuppe in die Kamera, die aussah wie Eriko. Das jagte Kenji jedes Mal einen Schauer über den Rücken, obwohl er diese Puppen inzwischen sehr oft sah. Die Puppe hatte wirklich eine verblüffende Ähnlichkeit mit der alten Frau.

Das Mädchen mit dem langen Pony wollte nicht so übergangen werden und drängelte sich ans Mikrofon. »Am Sonntag übernachten meine Freundinnen bei mir zu Hause. Da kommt die letzte Folge, und wir wollen das feiern.«

Diese Bemerkung schien die Stimmung der bis dahin recht ausgelassenen Mädchen zu drücken. Sie waren nicht mehr darauf aus, etwas zu sagen, und wirkten ziemlich niedergeschlagen. Die Reporterin nutzte die Gelegenheit, um ins Studio zurückzugeben, und es gab eine kurze Pause, bevor die Nachrichtensprecherin zum nächsten Thema überging.

»Ein Müllmann im Stadtbezirk Chiba musste ins Krankenhaus gebracht werden, nachdem er von einer Krähe angegriffen wurde.«

Kenji nahm die Fernbedienung und schaltete den Fernseher aus. Währenddessen sprang Goto begeistert und voller Energie von seinem Stuhl auf, kam hinter den Schreibtisch und sah Kenji ins Gesicht. »*Millyenaire* läuft viel besser, als wir uns das je erträumt haben. Deswegen hat mich der Aufsichtsrat gebeten, Ihnen das hier zu geben.« Er schob einen weißen Briefumschlag über den Tisch. Kenji starrte ihn einfach nur an.

»Was ist da drin?«, fragte er ängstlich.

»Betrachten Sie es einfach als Zeichen der Anerkennung«, schlug Goto mit einem breiten Lächeln vor und verließ das Büro.

Einige Minuten verstrichen, bis Kenji endlich den Mut hatte, den Umschlag in die Hand zu nehmen. Er wusste nicht genau, wovor er eigentlich solche Angst hatte. Dachte er vielleicht, dass in dem Umschlag die Papiere seien, die das Ende seiner neuen Karriere bedeuteten? Möglich war es. Seit seiner Entlassung bei NBC traute er den Menschen um sich herum so ziemlich alles zu. Er hatte immer gewusst, dass das Unternehmen an erster Stelle stand. Jetzt wusste er auch, dass das auf Kosten der Angestellten gehen konnte, und er hatte gelernt, niemandem mehr zu trauen. Der Inhalt des Umschlags machte ihn so nervös, dass er es hinausschob, ihn zu öffnen, bis er sich am Abend auf den Heimweg machte. Er nahm seinen versilberten Brieföffner, ein Geschenk von Ami, und schlitzte den Umschlag mit einer scharfen Bewegung auf, drehte ihn mit der offenen Seite nach unten und schüttelte den Inhalt auf seinen Schreibtisch.

Als er sah, was in dem Umschlag war, hielt er den Atem an und setzte sich wieder hin. Vor ihm lagen ein unbefristeter Anstellungsvertrag bei Miru TV, eine Mitgliedskarte für den Maruhan-Golfklub und ein Scheck über eine Million Yen.

51

Kenji betrachtete sein Gesicht im Spiegel, der die ganze Länge der gekachelten Wand direkt über den Waschbecken einnahm. Wie in allen Räumen des Studios gab es auch in der Männertoilette keine Fenster. Die einzige Lichtquelle war eine Lampe mit vier Glühbirnen, zu zwei und zwei angebracht, in der Mitte der niedrigen Decke. Von den vier Glühbirnen waren zwei kaputt, und eine flackerte, während die noch intakte Glühbirne den Raum mit dem Spiegel und seinem Spiegelbild in ein graues Licht tauchte.

Zuerst hatte Kenji gedacht, er sei vielleicht krank, denn er hatte sein Gesicht noch nie so leblos gesehen, fast so, als litte er unter Sauerstoffmangel. Als er sein Spiegelbild sah, musste er unwillkürlich an einen kalten, toten Fisch auf einer Steinplatte denken. Ja, genau so sah es aus. Die letzten Tage mussten ihm mehr abverlangt haben, als ihm bewusst gewesen war. Er war pausenlos im Vorbereitungsstress für die letzte Folge von *Millyenaire* und für die Abschlussparty und hatte kaum Gelegenheit gehabt, zu schlafen oder zu essen. Jetzt, so schien es zumindest in diesem seltsam grauen Licht, bekam er die Quittung dafür. Doch heute Abend, so tröstete er sich, während er sich in die Wangen kniff, bis sie wieder etwas Farbe bekamen, würden seine Lebensgeister wieder etwas geweckt.

Er rückte seine Augenklappe zurecht und fragte sich, wie er wohl ohne diese Klappe aussehen würde. Er nahm sie inzwischen gar nicht mehr ab, denn sein Augenlicht war sehr zum Erstaunen der Ärzte nicht wiedergekommen. Doch trotz der Augenklappe und dem vollkommen weißen Haar sah er immer noch besser aus als vor achtzehn Monaten. Er fühlte sich ausgeglichener, gesünder, ja sogar jünger. Er dachte an die Nacht in der Gas Panic-Bar in Roppongi zurück und schüttelte sich angewidert. Es kam ihm fast so vor, als wäre einer der Kondenstropfen, die unter den Rohren hingen, die sich kreuz und quer an der Decke der Bar entlangzogen, in den Kragen seines Hemdes gefallen und seinen Rücken hinuntergelaufen. Sein Regenmantel war, nachdem sein Saum die Nacht über in verschütteten Drinks gehangen hatte, ruiniert gewesen, und dass er billigen Whisky auf leeren Magen getrunken hatte, war ihm alles andere als gut bekommen.

Doch diese Zeit gehörte jetzt der Vergangenheit an, und er wollte die Erinnerung daran am liebsten in eine Kammer mit einer schweren Eisentür und mit einem rostigen Schloss verbannen, die sich, nachdem sie einmal geschlossen worden war, nie wieder öffnen ließ. Die Dinge hätten sich auch ganz anders entwickeln können. Der Gedanke, was gewesen wäre, wenn er damals nicht zufällig in der Pachinko-Halle Doppo getroffen hätte, jagte ihm Angst ein. Doppo war ein großer Mann mit einem ebenso großen Herzen gewesen, und er hatte eine Persönlichkeit gehabt, so schillernd wie die Farben seiner Hemden. Er hatte ihm Mut gemacht, aktiv zu werden und seine Träume zu leben. Seine Finger suchten instinktiv nach dem Christopherus-Medaillon, das er um den Hals trug. Als er es in die Hand nahm, glaubte er, eine Stimme zu hören, die von den gekachelten Wänden der Männertoilette widerhallte.

»Bürohengst, ich fühle mich geehrt, dass Sie dieses Bild von mir haben, doch Sie wissen, dass es nicht der Wahrheit entspricht. Sie haben es aus eigenem Antrieb heraus geschafft. Sie haben es nur sich selbst zu verdanken, dass dieser Traum in Erfüllung gegangen ist, nicht mir.«

Kenji fuhr so schnell herum, dass er um ein Haar das Gleichgewicht verloren hätte, und er war sich sicher, dass er für den Bruchteil einer Sekunde im Spiegel schwarze Haare und ein grelles Hemd hatte erkennen können. Oder lag es an dem schlechten Licht und an seiner regen Fantasie, die mit ihm durchgegangen war, weil er zu wenig geschlafen und zu wenig gegessen hatte? Nein, das war unmöglich. Peng. Die Tür der hintersten Toilettenkabine fiel zu. Die Ledersohlen seiner neuen, glänzend braunen italienischen Lederschuhe klapperten laut auf den weißen Bodenfliesen, als er zu der Kabine rannte und die Tür aufstieß. Es war niemand da. Weder in dieser Kabine noch in einer der anderen Kabinen. Er war vollkommen allein in der Männertoilette. Nun ja, vielleicht doch nicht ganz allein, dachte er und schloss seine Hand fest um das Christopherus-Medaillon.

Er atmete tief durch und trat aus der Männertoilette in das Labyrinth der Studiogänge.

Er verirrte sich ständig in den langen, immer gleich aussehenden Fluren des Studios von Miru TV. Der grobe graue Teppichboden und die Kunststofffliesen an der Decke gaben ihm keinen Hinweis darauf, in welchem Flur er sich gerade befand. Es gab keinerlei Erkennungszeichen oder besondere Merkmale, und so lief er zumeist erst planlos in die eine und dann in die andere Richtung. Für gewöhnlich irrte er so lange hilflos umher, bis er schließlich zufällig auf jemanden stieß, der wusste, wo es hinging, und der ihm den Weg zeigen konnte. Heute jedoch war es anders. Heute musste er einfach nur dem Lärm folgen, der aus den geöffneten Türen von Studio Drei drang. Studio Drei war klein im Vergleich zu Studio Vier, in dem *Millyenaire* gedreht wurde, doch das kam ihnen bei ihrem Vorhaben sehr gelegen, für die einhundert ausgewählten Gäste, die zur After-Show-Party geladen waren, ein besonderes Ambiente zu bieten. Fünfhundert weitere Gäste waren außerdem noch zur After-Show-Party nach Erikos Liveauftritt vor dem Studiopublikum, von dem sie noch nichts wusste, ins Studio Vier eingeladen worden.

Wenn er nur daran dachte, wie die alte Dame dreinschauen würde, nachdem sie die Wohnung verlassen hatte, jagte Kenji ein Schauer über den Rücken, und seine Haare an den Armen stellten sich auf.

Unmittelbar vor der Tür zu Studio Drei blieb er stehen und rückte seine Krawatte zurecht. Er warf einen prüfenden Blick auf seinen Anzug, der aus einem exklusiven kaffeefarbenen Schurwollstoff geschneidert worden war, und fühlte sich durch und durch wie ein Leitender Fernsehproduzent. Er war kein Schwindler, er war ein echter Spitzenmann. Schon allein sein Hemd bewies es: beigefarbenes Leinen aus Italien. Und auch die goldenen Manschettenknöpfe mit den kleinen Rubinen, passend zu seiner Krawattennadel, unterstrichen, was er war. »Du hättest selber eine Auszeichnung verdient«, sagte er zu sich, bevor er mit selbstsicheren Schritten das Studio betrat, wo die Luft von freudiger Erwartung, angeregten Gesprächen und Musik summte. Kellner in weißem Jackett und schwarzer Hose gingen durch die Grüppchen von Menschen, die sich in dem höhlenartigen Raum verteilten, füllten die Gläser mit Champagner und boten kleine Partyhäppchen an.

Er sah sich suchend um, blickte jedem im Raum prüfend ins Gesicht, jedem, der ihm nicht den Rücken zugekehrt hatte. Es gab einen Menschen, mit dem er unbedingt sprechen musste, und zwar sofort. Später würde es nur noch voller werden, und alle würden etwas von ihm wollen. Dann hätte er keine Zeit mehr, um mit jemandem ein Gespräch unter vier Augen zu führen. Schließlich entdeckte er sie auf der anderen Seite des Studios. Ihr schwarzes Haar glänzte im hellen Licht. Es war schwierig, sich einen Weg zu ihr zu bahnen. Viele Leute, von denen er die meisten zwar mit Namen kannte, die er aber noch nicht persönlich kennengelernt hatte, sprachen ihn an und gratulierten ihm. Unter den Gästen waren etliche berühmte Baseballspieler, Serienstars, Popstars und andere bekannte Persönlichkeiten des öffentlichen Lebens. Sie alle, so schien es jedenfalls, wollten mit ihm sprechen und ihm auf die Schulter klopfen, so als ob sie ihr Leben lang Freunde gewesen wären.

»Großartige Show.«

»Das Beste, was ich je gesehen habe.«

»Was haben Sie als Nächstes vor?«

»Erzählen Sie mir nicht, dass Sie nicht schon wieder eine großartige Idee in der Hinterhand haben, ich würde es Ihnen sowieso nicht glauben.«

Er wollte einfach nur auf die andere Seite hinübergehen, um sie zu begrüßen, um es ihr zu erzählen und um ihr zu danken. Wenn er sich bei ihr bedanken könnte, dann wäre es fast so, als würde er sich bei Doppo bedanken, bei ihrem Vater. Während er sich einen Weg durch das Studio bahnte, drückte ihm jemand ein Champagnerglas in die Hand. Er trank es hastig aus und gab das leere Glas dem nächsten Kellner, der vorbeiging. Schließlich gelang es ihm, zu ihr durchzukommen. Das laute Stimmengewirr von den unzähligen Gesprächen um sie herum summte in seinen Ohren wie ein aufdringlicher Fliegenschwarm. Doch als er ihren Namen aussprach, schien das Geräusch augenblicklich zu verstummen. Es kam ihm fast so vor, als wären sie allein im Raum.

»Umeko-san.«

Während sie sich umwandte, schienen alle Geräusche und Klänge um ihn herum von ihm abzuprallen. Sie strahlte über das ganze Gesicht, sodass ihre rundlichen Pausbacken, die denen ihres Vaters so ähnlich waren, nach oben gezogen wurden.

»Kenji, es ist so schön, Sie zu sehen.« Aus einem plötzlichen Impuls heraus zog sie ihn an sich und umarmte ihn. Bei jedem anderen Menschen hätte er sich in so einem Moment wahrscheinlich unbeholfen und unwohl gefühlt, doch mit ihr verband ihn etwas ganz Einzigartiges. Es war fast so, als würden sie sich schon ein Leben lang kennen. »Geht es Ihnen gut?« Sie trat einen Schritt zurück und hielt ihn bei den Schultern, während sie bewundernd seinen Anzug betrachtete. »Sie sehen wirklich großartig aus.«

Er nickte. »Besser, als es mir je gegangen ist. Deshalb wollte ich mit Ihnen reden. Wissen Sie, nichts von dem hier hätte ich erreicht ohne Ihren Vater. Ich werde nie mehr die Gelegenheit haben, ihm für alles zu danken, was er für mich getan hat.«

»Ich bin mir sicher, dass er es weiß.« Sie strich die Falten an seinen Ärmeln glatt, die ihr Griff hinterlassen hatte.

»Nein, Sie verstehen das nicht.« Er nahm sie behutsam am Ellenbogen und führte sie in eine etwas ruhigere Ecke des Studios. Nach und nach drangen die Geräusche und die Gegenwart der anderen Menschen um sie herum wieder in sein Bewusstsein, und er war sich darüber im Klaren, dass sehr viele Leute genau aufpassten, was er sagte, und an seinen Lippen hingen wie Muscheln an einem Schiffsrumpf. »Ich habe es Ihnen gegenüber noch mit keinem Wort erwähnt, aber Ihr Vater hat mich überhaupt erst auf die Idee für *Millyenaire* gebracht. Ohne ihn gäbe es das hier alles nicht. Ich fühle mich fast wie ein Betrüger. Es war im Grunde seine Idee. Wissen Sie, er kam zu mir ins Krankenhaus, und er war es, der mich auf die Idee gebracht hat. Ohne ihn hätte ich gar nichts erreicht. Ich wäre ein Niemand.«

Ihr Gesicht blieb für einen Moment lang regungslos, und er befürchtete, dass er ihr zu nahegetreten war.

»Ich kann mir beim besten Willen nicht vorstellen, dass Ihre Rolle bei dem allen hier so unwichtig war.« Ihre Stimme war ruhig und beherrscht, doch sie verlieh ihren Worten einen gewissen Nachdruck. »Mein Vater hat mir immer erzählt, was für ein kreativer und begabter Mann Sie sind. Dass Sie große Ideen haben, dass Sie sich diese Ideen aber nicht eingestehen und dass Ihnen der Mut fehlt, an sich selbst zu glauben. Er sagte einmal, dass Sie eines Tages sehr erfolgreich sein werden, und er hat recht behalten. Schauen Sie doch.« Sie nahm Kenji am Ellenbogen und drehte ihn herum, sodass er den Raum mit den vielen Menschen überblicken konnte. »Diese Leute sind heute alle Ihretwegen hier. Nicht wegen meinem Vater. Genießen Sie Ihren Erfolg. Sie haben ihn sich verdient.« Sie drückte ihm freundschaftlich die Hand. »Wenn Sie mich jetzt bitte entschuldigen würden, ich muss meinen Sohn suchen. Er ist irgendwo untergetaucht. Er ist so aufgeregt, weil so viele berühmte Leute hier sind, und ich befürchte, dass er vielleicht ein bisschen zu aufdringlich wird.«

Umekos langer schwarzer Seidenrock schwang elegant um ihre Beine, als sie in der Menschenmenge verschwand. Kenji blickte ihr nach. Plötzlich spürte er, wie sein Magen knurrte. Er hatte einen solchen Heißhunger wie seit Tagen, vielleicht sogar seit Monaten nicht mehr. Er ließ sich von einem Kellner noch ein Glas Champagner geben und ging zu einem langen Tisch, auf dem ein Büffet aufgebaut war. Dort nahm er sich von den verschiedenen Sachen und schichtete sie auf seinen Teller, wobei er sich schon den einen oder anderen Happen in den Mund steckte.

Überall um ihn herum hörte man Gelächter und Gespräche. Die Geräusche im Raum klangen leicht und heiter, wie kleine Glocken, die läuteten. Zum ersten Mal wurde ihm bewusst, wie sehr er sich wünschte, ein Teil davon zu sein. Er wollte feiern. Er hatte es sich verdient, ausgelassen zu feiern. Doch eins nach dem anderen. Erst einmal musste er etwas essen.

»Yamada-san.«

Mit einem höflichen Lächeln im Gesicht blickte Kenji vom Tisch auf. Es dauerte einige Sekunden, bis ihm einfiel, warum ihm der Mann, der neben ihm stand, so bekannt vorkam. Das angegraute Haar, die dicken Brillengläser, das getupfte Taschentuch, das aus der Brusttasche seiner Anzugjacke herausschaute. Neben ihm stand Ishida, sein ehemaliger Chef bei NBC. Das Lächeln gefror Kenji auf den Lippen, und er musste den Teller mit seinem Essen auf den Tisch zurückstellen, weil seine Hände unkontrolliert zitterten.

»Ishida-san. Es ist lange her.« Es überraschte ihn, wie ruhig seine Stimme klang. Von der großen Bitterkeit, die in ihm aufstieg, war nichts zu merken.

»Genau achtzehn Monate.« Ishida hatte so schnell geantwortet, als ob er jeden Tag pflichtbewusst gezählt hätte. »Ich habe Ihre Karriere mit großem Interesse verfolgt. Herzlichen Glückwunsch zu Ihrer Show.«

»Vielen Dank.« Kenji nickte abweisend. »Das wäre ohne die harte Arbeit der Männer und Frauen hier nicht möglich gewesen. Ohne meine Familie und meine Freunde.«

»Manchmal denke ich …« Ishida nahm seine Brille ab und putzte sie mit dem weißen, getupften Taschentuch. »… dass auch ich ein bisschen zu Ihrem Erfolg beigetragen habe. Schließlich wäre ohne mich –« Er sah auf und lächelte unsicher. »– nichts von all dem hier passiert.«

Einen Moment lang dachte Kenji, es sei der Hunger oder die Müdigkeit, vielleicht auch beides zusammen, weshalb er plötzlich so eine ohnmächtige Wut empfand. Dann jedoch wurde ihm klar, dass es das getupfte Taschentuch war, das ihn so wütend machte. Wie konnte Ishida so dreist sein, einen Teil von Kenjis Erfolg für sich zu beanspruchen? Er hätte Kenji um ein Haar in den Abgrund gestürzt, und zwar ohne das geringste Anzeichen von Reue oder Gewissensbissen.

Als Kenji sprach, war seine Stimme ruhig, aber jedes Wort kam klar und fest. »Alles, was ich erreicht habe, habe ich aus mir selbst heraus erreicht. Seien Sie versichert, dass Sie absolut keine Rolle dabei gespielt haben.«

»Ich …« Ishida öffnete den Mund, um etwas zu erwidern, doch er wurde von einer Lautsprecheransage unterbrochen.

»Alle Anwesenden werden gebeten, sich auf ihre Plätze zu begeben. Nur noch fünf Minuten bis zur Show.«

52

*D*ie vorderste Reihe ist für Sie reserviert worden«, teilte ihm Mifune mit, während sie Kenji den Flur entlangscheuchte. »Da sind auch genug Plätze für Ihre Familie und Ihre Freunde.«

Der Container stand im Scheinwerferlicht, sodass er sofort ins Auge stach, wenn man das Studio betrat. Im Hintergrund ertönte leise Jazzmusik. Er war nie ein Fan von Jazzmusik gewesen, doch die von Ashida sorgfältig ausgewählte Musik, die die allgemeine Stimmung zum Ausklang von *Millyenaire* zum Ausdruck bringen sollte, passte perfekt. Der Klang der Saxophone weckte in ihm die Sehnsucht nach etwas, von dem ihm nicht bewusst gewesen war, dass er es verloren hatte, während der eindringliche Klang des Schlagzeugs seine Unruhe vergrößerte. Er war immer noch wütend auf Ishida. Doch er schob den Gedanken weg und ließ lieber die Atmosphäre auf sich wirken. Die wenigen Leute, die bereits im Studio saßen, unterhielten sich mit gedämpfter Stimme und flüsterten ehrfürchtig. Die Wirkung der Scheinwerfer, der Musik und der Menschen war nicht von dieser Welt, und er blieb unvermittelt stehen, sodass er allen, die hinter ihm warteten, den Zutritt zum Studio versperrte. Er wollte diesen Moment ganz in sich aufsaugen und sich bis an sein Lebensende daran erinnern.

»Hier entlang bitte, Yamada-san.«

Kenji lief neben seiner Assistentin her und flüsterte, nachdem er sich umgeschaut und sich vergewissert hatte, dass niemand in Hörweite war: »Wie geht es ihr?«

»Sie ist nervös, aber ansonsten geht es ihr gut. Inagaki-san ist bei ihr. Soweit ich weiß, machen sie gerade ein paar Atemübungen.«

»Und sie hat nichts getrunken?«

»Nicht einen Tropfen.«

Das war immerhin eine gute Nachricht. Sie gingen ein ziemlich großes Risiko ein, weil sie die Show heute Abend live sendeten, doch Goto hatte darauf bestanden. Es würde, so hatte er betont, der Show einen gewissen Nervenkitzel verleihen, den es bei den vorher aufgezeichneten Folgen nicht gab. »Es wäre so«, hatte Goto auf einer Sitzung in der letzten Woche erklärt, »als könnte man dabei zusehen, wie Geschichte geschrieben wird.« Wenn die Liveshow jedoch ein Flop werden würde, wären die Folgen für Kenji katastrophal, und es würde lange dauern, bis er sich von so einem Schlag erholt hätte. Sein guter Ruf, den er sich mühsam über Monate aufgebaut und den er ängstlich verteidigt hatte, wäre mit einem Schlag ruiniert. Doch er war, ähnlich wie Goto, dazu bereit, das Risiko einzugehen. Was konnte es schon schaden, wenn Hoshino ein paar Fehler unterliefen, wenn sie ihren Text verbockte und an den falschen Stellen lachte? Das erwartete man inzwischen von ihr, und das Publikum liebte sie wegen ihrer Fehler nur noch mehr. Ihre Unzulänglichkeit war zu ihrem Markenzeichen geworden, und es war einer der Hauptgründe, warum die Show so erfolgreich war.

Als Kenji bei der vordersten Reihe angekommen war, bedankte er sich bei Mifune und setzte sich auf seinen Platz. Seine Familie war bereits vollständig versammelt, Ami und die Zwillinge und Amis Schwester aus Osaka, die mit ihren drei Kindern und ihrem Mann vor einigen Tagen angereist war. Am Ende der Reihe saß Wami, Erikos beste Freundin. Als Inagaki einige Minuten später zu ihnen stieß, setzte er sich auf den freien Platz neben seiner

Mutter. Kenji fiel auf, dass Izo als Einziger noch fehlte. Er hatte sich auf der Party nebenan angeregt mit einer attraktiven Frau aus der Forschungsabteilung von Miru TV unterhalten, und als er einige Minuten später kam, waren seine Wangen leicht gerötet.

»Es tut mir leid, dass ich zu spät bin.« Izo setzte sich. Kenji nickte.

Die Warterei war kaum mehr auszuhalten. Wie würde die Show enden? Würde es einen Knalleffekt geben, wie bei dem kleinen Feuerwerk, das sie organisiert hatten? (Es war kein großes Feuerwerk, weil die zuständige Behörde es nicht genehmigt hatte.) Würden die Kritiken gut ausfallen? Würde es Kenji gelingen, dass seine Show und sein Name lobend in den Annalen der Fernsehproduktion erwähnt würden? Er hoffte es sehr. Das war genau die Arbeit, von der er immer geträumt hatte, und er wollte noch sehr lange weitermachen. Außerdem war er nicht der Einzige, der von *Millyenaire* profitiert hatte. Amis Kleider wurden inzwischen in Boutiquen in ganz Tokio verkauft. Selbst Inagaki war auf seine Kosten gekommen. Er hatte seinen Lieblingsstar getroffen, die Frau, die er am meisten bewunderte (und vielleicht sogar anbetete), und er war von der Fuji-Bank zum Regionalleiter befördert worden, weil er die Idee für den erfolgreichen Sponsorenvertrag gehabt hatte.

Die Scheinwerfer, die auf den Container in der Ecke gerichtet waren, wurden gedimmt und schließlich ganz ausgeschaltet, als die Jazzmusik im Raum verhallte. Anstelle der Jazzmusik erklang nun die vertraute Titelmelodie von *Millyenaire*, die allmählich zu einem Crescendo mit Keyboards und einem synthetischen Trommelwirbel anschwoll. Ein weißes Kreuz auf dem Studioboden erstrahlte im grellen Scheinwerferlicht, und Hoshino trat, von frenetischem Applaus begleitet, hinter dem Container hervor auf die Bühne. Sie trug eine von Amis schillerndsten Kreationen, ein cremefarbenes Satinkleid mit weißem Spitzenbesatz und getupften Ärmelbündchen aus Kunstpelz.

»Meine Damen und Herren, herzlich willkommen zu *Millyenaire*. Das ist die Folge, auf die Sie alle so sehnsüchtig gewartet haben.«

Frenetisches Klatschen und Jubelrufe folgten ihren Worten. Das Geräusch der klatschenden und jubelnden Menschen hallte Kenji in den Ohren. Hoshino fuhr fort:

»Vor drei Monaten ist unsere Kandidatin in eine ihrer Meinung nach wirklich existierende Wohnung in der Innenstadt von Tokio gezogen. Seitdem hat sie uns in dieser Wohnung zu Tode gelangweilt und uns dazu gebracht, dass wir Tränen gelacht haben. Sie hat die Herzen der Menschen in diesem Land im Sturm erobert und nach und nach einen Jahresvorrat Reis, eine Garage voll elektrisches Werkzeug, eine All-inclusive-Reise nach Taiwan, ein Motorboot und eine Schönheitsbehandlung gewonnen. Heute Abend werden alle Preise, die Eriko gewonnen hat, in klingende Münze umgetauscht und eine Gesamtsumme von einer Million Yen auf ihr Konto überwiesen. Eines dürfen Sie jedoch nicht vergessen: Eriko wusste zwar, dass wir sie gefilmt haben, doch sie hat keine Ahnung, wie erfolgreich die Show in den letzten Monaten geworden ist. Sie weiß nicht, dass ihr in den vergangenen acht Wochen siebzehn Millionen Zuschauer zugesehen haben und dass sie heute Abend vor einem Livepublikum auftreten wird.«

Erikos Gesicht wurde auf einem Bildschirm hinter Hoshino eingeblendet. Das Publikum im Studio klatschte, und Kenji war der Eifrigste unter ihnen. Seine Beziehung zu Eriko war alles andere als einfach und entspannt gewesen, doch insgeheim freute er sich darauf, die alte Nervensäge wiederzusehen. Besonders jetzt, wo die Familie es sich leisten konnte, in eine andere Wohnung zu ziehen, in eine größere Wohnung, in der er seiner Schwiegermutter nicht immer über den Weg laufen musste. Ihm fiel auf, dass sich die alte Frau zu diesem besonderen Anlass heute in Schale geworfen und ihr bestes Kleid angezogen hatte, das sie normalerweise zu Hochzeiten trug. Es war lila, mit einer passenden Jacke und einem kleinen Hut mit einer lilaschwarzen Feder an der Seite. Sie hatte das Gesicht in ihre faltigen Hände gelegt.

»Eriko, heute haben Sie eine Million Yen gewonnen, und Sie können die Wohnung jetzt verlassen.«

Die alte Frau ließ die Hände sinken. »Vielen Dank«, sagte sie wieder und wieder und verbeugte sich.

»Stellen Sie sich bitte in die Mitte des Raumes. In wenigen Minuten wird jemand kommen und Sie abholen.«

Als Eriko in der Mitte der »Wohnung« stand, begann Hoshino von zehn abwärts zu zählen. »Zehn, neun«, stimmten die Zuschauer im Studio in den Countdown mit ein, »acht, sieben, sechs, fünf, vier, drei, zwei, eins.«

Urplötzlich und ohne Vorwarnung kippten die Wände der Wohnung, in der Eriko die letzten Monate gelebt hatte, um, und die Decke wurde nach oben gezogen. Die alte Frau fand sich unvermittelt allein in den Überbleibseln der Wohnung wieder, während überall um sie herum Feuerwerkskörper gezündet wurden und knallend und heulend in die Luft stiegen. Sie öffnete den Mund und schrie aus vollem Hals, es war ein seltsamer, erstickter Schrei, während sie mit den Armen um sich schlug wie ein kleiner Vogel, der noch nicht fliegen konnte. Das Publikum erhob sich von den Sitzen, und ihre Jubelrufe wurden immer lauter und hallten durch das Studio. Einige Zuschauer pfiffen und riefen Erikos Namen oder stampften mit den Füßen.

»Eriko, Eriko, Eriko.«

Das setzte der alten Frau nur noch mehr zu. Sie schrie immer lauter und fuchtelte immer wilder mit den Armen. Dann, ganz plötzlich, erstickte ihr Schrei. Zuerst fiel es niemandem auf, nicht einmal Kenji. Erst als sie den rechten Arm auf die Brust presste und ihr Gesicht sich vor Schmerz verzerrte, kam ihm der Gedanke, dass etwas nicht in Ordnung war. Er sah fassungslos zu, wie sie in die Knie sackte, und fragte sich, ob das zur Inszenierung der Show gehörte, doch gleichzeitig wusste er genau, dass es sich um etwas viel Ernsteres handelte.

Vor einem Livepublikum von sechshundert Menschen und mehr als siebzehn Millionen Zuschauern an den Fernsehgeräten schwankte Eriko auf den Knien, kippte nach vorn und fiel der Länge nach hin.

»Mutter«, schrie Ami und rannte zu den Überbleibseln des Containers.

Doch es war schon zu spät.

53

*I*n der Fiberglaskapsel war es heiß und stickig. Kenji erwachte keuchend und setzte sich mit einem Ruck auf. Er zog sich die weichen Ohrstöpsel aus den Ohren und nahm die Augenmaske vom Gesicht. Zwischen seinem Kopf und der Decke der röhrenartigen Kapsel waren noch mehrere Zentimeter Platz, doch die Kapsel war sehr schmal, und es war schwierig, sich umzudrehen und zum Ausgang zu kriechen. Es gelang ihm dennoch, und er stieß heftig die Tür auf, ohne daran zu denken, dass vor der Tür vielleicht jemand stehen könnte. Er steckte hastig den Kopf zur Tür hinaus. Der Gang, in dem sich auf jeder Seite zwei Reihen von Kapseln übereinander befanden, war menschenleer. Auch die Hausschuhe, die gestern Nacht in einer ordentlichen Reihe auf dem Fußboden gestanden hatten, waren nicht mehr da. Das bedeutete normalerweise, dass auch die anderen Übernachtungsgäste nicht mehr da waren, meistens Männer, die genau wie er in Tokio arbeiteten und die, anders als er, eine Familie hatten, zu der sie heimwollten, es sei denn, sie verpassten am Abend zuvor die letzte Bahn nach Hause.

Wie spät war es überhaupt? Er drehte sich so schnell es ging auf allen vieren um und suchte unter der Decke und unter den Kissen nach seiner Armbanduhr. Als er sie schließlich fand und einen Blick darauf warf, schleuderte er sie verärgert auf die Matratze. Es war bereits zehn Uhr morgens. Er würde zu spät kommen. So schnell er konnte, kletterte er die Leiter außen an der Kapsel hinunter und lief hastig zum Waschraum, wo er sich in Windeseile frisch machte und anzog.

Er hatte nur zufällig davon erfahren, dass Erikos Beisetzung an diesem Tag in Utsunomiya stattfinden würde. Nach der letzten Folge von *Millyenaire* war Kenji in das Schlafkapsel-Hotel in Shibuya gezogen. Es lag in der Nähe der Bahnstation, sodass er schnell nach Hause zurückkonnte, falls Ami ihn wieder aufnehmen wollte. Doch das wurde mit jedem Tag unwahrscheinlicher. Er rief regelmäßig zu Hause an. Doch sie weigerte sich, mit ihm zu sprechen, und hatte in der Tat seit der Nacht, als sie das Krankenhaus verließen, wo Erikos Körper aufgebahrt worden war, bis alles Notwendige mit dem Beerdigungsinstitut geregelt worden war, kein Wort mehr mit ihm geredet. In dieser Nacht war sie nach Hause gefahren und hatte ihm unmissverständlich erklärt, dass sie ihn zu Hause nicht mehr sehen wollte. Seitdem wohnte er in dem Schlafkapsel-Hotel.

Gestern Nacht hatte er auf der dünnen Matratze in seiner Kapsel gelegen, sich das Programm in dem kleinen Fernseher angesehen, der an der Fiberglaswand direkt über seinen Knien angebracht war, und schwermütig eine Dose Bier getrunken, nachdem er zuvor schon drei Dosen Bier geleert hatte. Die Sendung, die er nur nebenbei angeschaut hatte, war zu Ende, und die Nachrichten fingen an. Der Anblick von Erikos Gesicht auf dem Bildschirm ließ ihn hochfahren, und er stellte den Fernseher so laut, dass der Mann in der Kapsel neben ihm gegen die Trennwand hämmerte und rief: »Stellen Sie den Fernseher leise.« Kenji beachtete ihn nicht. In den Nachrichten ging es um Erikos Totenwache. Er erfuhr, dass die Totenwache an diesem Tag in Utsunomiya stattgefunden hatte. Ihre engsten Familienangehörigen und Freunde waren dabei gewesen, zusammen mit hunderten von Fans, die ebenfalls dorthin gekommen waren, wo die Totenwache abgehalten wurde, und den Verkehr im Umkreis von mehreren Kilometern zum Erliegen gebracht hatten. Die Nachrichtensprecherin gab bekannt, dass bei der Bestattung, die am nächsten Tag um elf Uhr morgens in einem nahe gelegenen Krematorium stattfinden sollte, wohin der Leichnam transportiert werden würde, noch mehr Trauergäste und Fans erwartet würden.

Die Vorstellung, zu der Beisetzung zu gehen, machte Kenji Angst. Wie konnte er Ami bei der Beisetzung ihrer Mutter unter die Augen treten, wo er doch wusste, dass er für ihren Tod verantwortlich war? Und wie sollte er seinen Kindern oder seiner Schwägerin in die Augen sehen? Auch sie hatten jemanden verloren, den sie von Herzen liebten. Doch seine Feigheit zählte jetzt nicht. Alles, was zählte, war, dass er den Anstand hatte, auf die Beisetzung zu gehen, seine Anteilnahme und seinen Respekt gegenüber seiner Schwiegermutter und seiner Familie unter Beweis zu stellen und Ami um Verzeihung zu bitten. Aber jetzt würde er zu spät kommen, und er hatte keine Zeit mehr, sich, wie ursprünglich geplant, einen schwarzen Anzug zu kaufen. Die einzigen Sachen, die er dabeihatte, waren die, die er am Abschlussabend der *Millyenaire*-Show getragen hatte, einen kaffeebraunen Anzug und ein beiges Leinenhemd. Dieses Outfit würde respektlos wirken, und darüber hinaus waren die Sachen fleckig und zerknittert. Doch er hatte nichts anderes. Wenn er nur nicht so spät aufgewacht wäre. Insgeheim verfluchte er die Männer, die im selben Gang übernachtet hatten und die erst gegen zwei Uhr morgens betrunken in ihre Kapseln gekrochen waren und deren Schnarchen ihn bis vier Uhr in der Früh am Einschlafen gehindert hatte.

Es war ihre Schuld, dass er nicht rechtzeitig kommen würde, ging es ihm durch den Kopf, als er eilig das Hotel verließ. Zum Glück musste er, als er im Bahnhof von

Tokio ankam, nur ein paar Minuten auf die nächste Bahn nach Utsunomiya warten. Als er sich einen Platz in der Bahn suchte, hoffte er, dass er sich bald besser fühlen würde und nicht mehr so nervös wäre, doch er konnte die Unruhe einfach nicht abschütteln. Er starrte die ganze Zeit aus dem Fenster und nahm hin und wieder einen Schluck Whisky aus der Flasche, die er in der Tasche dabei hatte, um seine Nerven zu beruhigen. Doch der Alkohol zeigte keine Wirkung. Als er in Utsunomiya ankam, winkte er ein Taxi heran und bat den Fahrer, ihn zum Bestattungsinstitut zu fahren. Der Fahrer murmelte: »Nicht noch so einer«, was Kenji hätte zu denken geben sollen, doch er war mit anderen Dingen beschäftigt. Erst als der Wagen etwa anderthalb Kilometer vor dem Bestattungsinstitut anhalten musste und nicht mehr weiterkam, machte sich Panik in ihm breit. Er bezahlte den Fahrer, sprang aus dem Taxi und lief den Rest des Weges zu Fuß.

Das Bestattungsinstitut war ein unauffälliges weißes Gebäude mit drei Stockwerken und großen Fenstern. Auf einer riesigen Karte, die auf einer Staffelei vor dem Gebäude aufgestellt war, standen in dicken Zeichen die Namen aller Angehörigen von Eriko. Wie die Nachrichtensprecherin gestern Abend schon angekündigt hatte, hatten sich unzählige Menschen, überwiegend junge Mädchen, um das Gebäude versammelt. Viele trugen T-Shirts mit Erikos Gesicht über ihrer Schuluniform. Einige hatten ein Bild von der alten Frau oder Gebetsperlen in der Hand. Ein durchdringender Geruch von Räucherstäbchen lag in der Luft, und obwohl so viele Menschen an diesem Ort versammelt waren, herrschte eine sehr gesittete, ja ehrfürchtige Atmosphäre. Kenji kam an vielen jungen Mädchen vorbei, die hemmungslos schluchzten und von Freundinnen getröstet wurden, denen selber die Tränen in den Augen standen. Er bahnte sich einen Weg durch die Menschenmenge und gelangte schließlich zum Eingang des Gebäudes, vor dem zwei Männer standen. Sie kamen ihm bekannt vor.

»Muto-san«, sagte er, als er in einem der beiden Hoshinos Leibwächter erkannte. Den Namen des anderen kannte er nicht.

Sie grüßten ihn höflich, doch als er sich an ihnen vorbeiquetschen wollte, bauten sie sich vor ihm auf und versperrten ihm den Weg.

»Es tut mir leid, aber hier dürfen nur Familienmitglieder und Gäste der Familie durch«, sagte Muto und vermied es, Kenji in die Augen zu sehen.

»Aber ich gehöre zur Familie«, protestierte er. »Sie wissen doch, wer ich bin.«

Sie sagten nichts mehr, doch sie rückten keinen Millimeter von der Stelle. Er versuchte noch einmal, sich an ihnen vorbeizudrängen, doch sie stießen ihn zurück. Es war offensichtlich zwecklos. Er musste versuchen, irgendwie anders hineinzukommen. Er lief suchend um das Gebäude herum, doch er konnte keine offene Tür und kein offenes Fenster entdecken. Schließlich gab er es auf und ging unverrichteter Dinge wieder zurück, in der Hoffnung, dass er schnell ein Taxi finden würde, was ihm auch gelang. Er bat den Fahrer, ihn nach Hause zu bringen, zu der Wohnung seiner Familie. Er hatte keinen Schlüssel und konnte nicht hinein – der Schlüssel war in der Wohnung –, aber es machte ihm nichts aus, draußen zu warten. Er setzte sich auf eine niedrige Mauer gegenüber dem Haus, bis Ami und die Zwillinge zurückkehrten, etliche Stunden später. Er musste den ganzen Tag auf sie warten, bis es schließlich dunkel wurde und seine Muskeln steif geworden waren und schmerzten. Aber das war in Ordnung so. Er betrachtete es als eine Art Bestrafung.

Ami stieg aus dem Taxi, und hinter ihr die Kinder. Sie sahen ernst und feierlich aus. Ami trug einen schwarzen

Kimono, Yumi hatte ein schwarzes Trägerkleid und eine weiße Bluse an und Yoshi einen schwarzen Anzug. Kenji wünschte, er hätte heute bei ihnen sein und sie trösten können. Er stand auf und wollte gerade über die Straße gehen, als er sah, was Ami im Arm hatte. Sie hielt eine große Urne an sich gedrückt. Kenji bekam weiche Knie, doch irgendwie brachte er den Mut auf, über die Straße zu ihnen hinzugehen.

»Ami«, rief er mit leiser Stimme.

Ami reagierte so, als ob er ihren Namen aus vollem Halse gebrüllt hätte. In ihrem Gesicht war nur Verachtung, und es erschütterte ihn bis ins Mark.

»Was hast du hier verloren? Ich habe dir gesagt, dass du nicht kommen sollst. Ich will dich nie mehr sehen.«

»Bitte, Ami. Ich will mit dir reden. Ich will die Kinder sehen.«

»Nein, kommt nicht in Frage.« Ami packte Yumi an der Hand und zerrte sie über den Bürgersteig zur Haustür. Yumi, die über die Schulter zu ihrem Vater herübersah, brach in Tränen aus. Auch Yoshis Unterlippe zitterte. »Los, beeilt euch«, fuhr Ami sie an und lief so schnell, dass sie nur mit Mühe hinterherkamen.

»Ami, du musst mir verzeihen. Es tut mir wirklich leid, was mit deiner Mutter passiert ist. Wenn ich gewusst hätte, dass ihr Herz nicht in Ordnung war, hätte ich niemals zugelassen, dass die Show auf diese Weise beendet wird. Das musst du mir glauben.«

»Ich muss dir überhaupt nichts glauben.« Ami stand inzwischen vor dem Haus und schob die Schlüsselkarte in das elektronische Schloss außen an der Mauer, bis es einen Piepton von sich gab. Sie öffnete die Tür, scheuchte die Kinder hinein und schloss die Tür fest hinter ihnen. Durch die Scheibe sah er hilflos zu, wie sich seine Familie immer weiter von ihm entfernte, bis sie um die Ecke bogen und aus seinem Blickfeld verschwanden. Als er sie nicht mehr sehen konnte, drückte er so lange auf die Klingel, bis er hörte, wie die Wohnungstür geöffnet wurde – sie wohnten im Erdgeschoss – und Schritte durch den Flur hallten. Ami erschien mit einem halb geschlossenen Koffer, aus dem Kleidungsstücke herausquollen. Sie öffnete die Tür und warf ihm den Koffer zu.

»Hier, bitte schön. Jetzt hast du keinen Grund mehr, jemals wieder herzukommen.«

Kenji gelang es nicht, den Koffer zu fangen. Er landete auf dem Boden, sprang auf, und Kenjis Kleidung, einschließlich seiner Unterwäsche, flog durch die Gegend. Beschämt bückte er sich nach seiner Wäsche und sammelte sie ein. Als er alles wieder in den Koffer gepackt hatte, war von Ami nichts mehr zu sehen. Es war offensichtlich sinnlos, noch einmal mit ihr reden zu wollen. Sie hatte ihm klar und deutlich gezeigt, was sie von ihm hielt. Sie hasste ihn. Nein, es war sogar noch schlimmer. Sie verachtete ihn. Er konnte nur hoffen, dass sich ihre heftigen Gefühle mit der Zeit legten und dass sie ihm zumindest erlaubte, die Kinder zu sehen.

Er machte kehrt und ging zurück zur Bahnstation, wo er den nächsten Zug nach Tokio nahm. Als er in Tokio ankam, begab er sich unverzüglich nach Naka-Meguro und zum Hauptsitz von Miru TV. Seit Erikos Tod war er nicht mehr dort gewesen. Nachdem die Geschichte in der Zeitung war, konnte er sich dort nicht mehr blicken lassen. Sie hatten nicht nur alle Einzelheiten über Erikos Tod berichtet, sondern auch herausbekommen, dass sie die Schwiegermutter des Leitenden Produzenten war. Kurz darauf hatten sie Wind davon bekommen, dass die Frau des Leitenden Produzenten für Hoshinos Garderobe zuständig gewesen war und dass ein früherer Klassenkamerad von Kenji den Sponsorenvertrag eingefädelt hatte, durch den die Show überhaupt erst möglich geworden war. Eine Zeitung hatte Kenji Größenwahn vorgeworfen, eine andere hatte berichtet, dass Inagaki vom Dienst suspendiert worden war und einer Untersuchungskommission Rede und Antwort stehen musste. Währenddessen gingen Amis Kleider weg wie warme Semmeln.

Obwohl es nie seine Absicht gewesen war, hatte Kenji Miru TV in ein schlechtes Licht gerückt, und er musste das wieder in Ordnung bringen. Das jedenfalls hatte er jetzt vor. Er würde ins Büro gehen, ein Entschuldigungsschreiben verfassen, sich bedanken und Goto seine Kündigung überreichen. Dann würde er seine Sachen zusammensuchen und gehen. Der Moment war günstig, denn es war bereits recht spät, und das Gebäude würde menschenleer sein. Es war nicht sehr wahrscheinlich, dass ihn, abgesehen von den Wachmännern, jemand sehen würde.

Als er endlich in sein Büro kam, ließ er sich schwer in den Sessel an seinem heiß geliebten Schreibtisch fallen und blickte tief betrübt zum wahrscheinlich letzten Mal aus dem Fenster auf die blinkenden Lichter der Fahrzeuge, die unten auf der Straße vorbeifuhren. Dann drehte er sich um, schaltete seinen Computer an und hatte gerade angefangen, den Brief zu schreiben, als die Tür aufflog und Goto mit zielstrebigen Schritten hereintrat.

»Yamada-san, wo um alles in der Welt waren Sie? Ich versuche seit Tagen, Sie telefonisch zu erreichen. Ich habe Ihnen x-mal auf die Mailbox gesprochen.

Kenji war so verlegen, dass er Goto nicht anzuschauen wagte. Er starrte nur auf seinen Schreibtisch und sagte: »Bitte nehmen Sie meine Entschuldigung wegen dem an, was passiert ist. Es tut mir wirklich leid, dass ich Miru TV in Verruf gebracht habe.«

Goto zog einen Stuhl an Kenjis Schreibtisch heran und setzte sich. »Nicht so schlimm. Tatsächlich hätte uns gar nichts Besseres passieren könnte.« Er zögerte kurz, bevor er weitersprach. »Natürlich bedauere ich Ihren persönlichen Verlust. Eriko war Ihre Schwiegermutter. Ich möchte Ihnen mein Beileid aussprechen. Ich habe veranlasst, dass ein Kranz ins Bestattungsinstitut geschickt worden ist, und einige unserer Angestellten waren bei der Beisetzung. Doch ihr Tod war ein großes Glück für uns. Seit letzter Woche haben wir die Rechte an der Show in vierzehn Länder verkauft. Es sieht so aus, als ob sich inzwischen alle darum reißen, einmal ein *Millyenaire* zu sein.« Er lachte leise. »Und Sie, Yamada-san, haben Miru TV ohne Frage sehr viel Geld gebracht. Der Aufsichtsrat ist mit Ihrer Leistung außerordentlich zufrieden.«

»Aber die Zeitungen.«

»Zerbrechen Sie sich darüber nicht den Kopf. Die Aufregung wird sich bald wieder legen. Vor allem jetzt, wo Leiko Kobayashi keine Kritiken mehr schreibt. Wie dem auch sei, wir werden uns um Sie kümmern. Tauchen Sie einfach für eine Weile unter. Wo wohnen Sie im Moment? Ich weiß, dass Sie nicht mehr zu Hause leben, weil wir versucht haben, Sie dort zu erreichen.«

Kenji wurde rot und nannte den Namen des Schlafkapsel-Hotels.

»Okay, warten Sie, hier ist die Adresse einer Wohnung, die unserer Gesellschaft gehört. Zeigen Sie diesen Brief dort vor –« Er kritzelte ein paar Zeilen auf ein Blatt mit dem Briefkopf der Gesellschaft. »– und bleiben Sie dort, bis Sie sich wieder in der Lage fühlen, zur Arbeit zu gehen.«

»Vielen Dank«, sagte Kenji und hielt erleichtert den Brief fest. Er würde alles darum geben, wenigstens eine Nacht lang ungestört schlafen zu können.

»Nicht der Rede wert.« Goto stand auf und lächelte. »Sie gehören jetzt zur Familie.«

54

*F*reust du dich?«, fragte Kenji Yumi, mit der er gerade telefonierte.

Zwei Jahre waren vergangen, seit sie als Familie zusammen in einer Wohnung gelebt hatten, die Zwillinge, Kenji und Ami. Die Zeit war vergangen wie im Flug. Er konnte kaum glauben, dass die Zwillinge in ein paar Wochen in die Junior High School kommen würden. Nach dem, was Yumi erzählte, waren sie bestens vorbereitet darauf. Sie hatten bereits eine neue Schuluniform, eine Schultasche, ein Federmäppchen und Stifte bekommen. Sogar Tennisschläger hatten sie gekauft, weil sie im neuen Schuljahr Tennisstunden nehmen wollten. Yumi hatte auch schon ein bisschen geübt.

»Und wie geht es deiner Mutter?«, fragte Kenji, wie er es jedes Mal tat, wenn er anrief, am Mittwoch und Samstag um sechs Uhr abends, außer am Wochenende, weil sie da in seiner Wohnung in Tokio übernachteten. Ami hatte es ihm strikt verboten, an einem anderen Tag oder zu einer anderen Zeit anzurufen. Sie hatte von Anfang an klargemacht, dass sie genau wissen wollte, wann er anrief, damit sie nicht zufällig selbst ans Telefon ging. Yumi wich seiner Frage wie immer aus, und da Kenji nicht wollte, dass sie sich noch unwohler fühlte als ohnehin schon, wenn sie mit ihm über ihre Mutter sprechen musste, beschloss er, das Thema fallen zu lassen.

»Gut, wir sehen uns dann am Wochenende. Die Kirschblüte steht kurz bevor. Hast du den Bericht in den Nachrichten gesehen? Vielleicht können wir einen Ausflug in den Park machen.«

Yumi antwortete, dass sie gerne in den Park gehen würde, und legte, nachdem sie sich voneinander verabschiedet hatten, den Telefonhörer auf.

Als Kenji auflegte, atmete er laut aus und hoffte, dass damit auch etwas von dem Gefühl der Einsamkeit verschwinden würde, das ihn bei dem Gespräch mit den Zwillingen übermannt hatte. Wenigstens würde er den heutigen Abend nicht allein verbringen. Es war inzwischen halb sieben. In einer halben Stunde würde er Izo in der Ramen-Bar in Shinjuku treffen, wo sie sich vor langer Zeit kennengelernt hatten. Obwohl es dadurch, dass er nicht mehr wusste, wo er sein Portemonnaie und seine Schlüssel gelassen hatte, schwierig werden könnte, pünktlich dort zu erscheinen. Freiberuflich zu arbeiten hatte seine Vorteile. Zum Beispiel konnte er von zu Hause aus arbeiten. Doch das führte auch dazu, dass überall in seiner Wohnung Bücher, Akten, Videokassetten, CDs und alle möglichen technischen Geräte herumlagen. Er begann seinen Schreibtisch abzusuchen und sah unter Stapeln von Papieren und Zeitschriften nach, bis er schließlich fand, wonach er gesucht hatte.

Nachdem Eriko gestorben war, hatte Kenji weitere sechs Monate für Miru TV gearbeitet. Es waren lange sechs Monate gewesen. Nach einer Schonfrist von drei Wochen hatte Goto, der von *Millyenaires* Erfolg begeistert war – die Show hatte sich weltweit verkauft –, angefangen, Kenji nach seinem nächsten großen Coup zu fragen. Kenji war in sich gegangen, doch alles, was er vorschlug, war irgendwie witzlos und nicht ernst zu nehmen. (Dem Team gefielen zwar viele seiner Ideen, doch ihm wurde klar, dass man sie dazu angehalten hatte, das zu sagen.) Wenn er in seinem Büro saß und durch das Fenster auf den Fuji blickte, fühlte er sich wie eine dicke fette Henne. Sie kommen zu mir, nehmen mir meine Eier weg und verschwinden wieder, hatte er gedacht. Ich will mehr. Er dachte an all die Leute, die jeden Tag auf der Straße an ihm vorbeigingen. In ihren müden Augen brannte ein Feuer, doch niemand sah es, niemand außer ihm. Er war einmal genauso gewesen. Als er seine neue Idee hatte, war er sofort zu Goto gegangen, und der hatte Kenji so entgeistert angeschaut, als ob er den Verstand verloren hätte. Kenji war nichts anderes übrig geblieben, als Miru TV zu verlassen. Wenn er etwas Außergewöhnliches tun wollte, musste er es allein tun.

Er kehrte Miru TV den Rücken und gab eine Kleinanzeige in der *Mainichi News* auf. Das Ergebnis waren einige Dokumentationen, die derzeit im Fernsehen liefen, und zwar immer am späten Sonntagabend. Die erste Dokumentation zeigte das Alltagsleben eines kleinen Angestellten. Er stand um halb sechs in der Früh auf, fuhr mit öffentlichen Verkehrsmitteln zwei Stunden zur Arbeit, setzte sich an seinen Schreibtisch, nahm an Sitzungen teil und aß zu Mittag. Tagein, tagaus lebte er in diesem eintönigen Trott dahin. Es schien nichts zu geben, was ihn interessierte, nur stumpfsinnige Plackerei, und die Zuschauer fanden ihn bedauernswert. Vielleicht beglückwünschten sie sich sogar, weil sie selbst viel besser dran waren. Dann, in der zweiten Hälfte der Dokumentation, kam Schwung in die Sache, und die Vorurteile der Zuschauer gerieten ins Wanken. Es stellte sich heraus, dass sich der kleine Angestellte am Abend, nach einem langen Arbeitstag, als freiwilliger Feuerwehrmann engagierte, und während er an manchen Abenden nichts weiter tat, als mit anderen Feuerwehrmännern in der Feuerwache zusammenzusitzen, bekämpfte er ein andermal gewaltige Brände und rettete kleine Kinder aus lebensgefährlichen Situationen. Doch ganz gleich, was er am Abend getan hatte, er stand weiter jeden Morgen um halb sechs auf, ging zur Arbeit, seine Kollegen wussten von nichts und er war ein Held, der sich nie beklagte.

Dann war da eine fünfundvierzigjährige Frau, die glücklich verheiratet war und zwei Kinder hatte, auf die sie sehr stolz war. Außerdem hatte sie noch einen Job, den sie im Großen und Ganzen gern machte. Trotzdem wurde sie das Gefühl nicht los, dass in ihrem Leben irgendetwas fehlte, ein gewisser Nervenkitzel oder eine gewisse Leidenschaft. Deshalb ließ sie einmal im Monat aus einem Laden etwas mitgehen. Sie behielt die gestohlenen Sachen nie; der Nervenkitzel, sie mitgehen zu lassen, war Befriedigung genug.

Anfangs hatte er große Schwierigkeiten gehabt, die Sender dazu zu bewegen, sich die Dokumentationen überhaupt einmal anzusehen. Da er der Mann war, der Japans erfolgreichste Unterhaltungsshow produziert hatte und dessen Schwiegermutter dabei gestorben war, öffneten sich ihm viele Türen, doch er konnte nicht verhindern, dass ihm diese Türen wieder vor der Nase zugeschlagen wurden. Die Leitenden Angestellten, die zusagten, sich mit ihm zu treffen, erwarteten etwas Vergleichbares, sie wollten nichts Todernstes, und erst als seine Dokumentation *Die Geschichte des kleinen Angestellten* auf dem Internationalen Dokumentarfilmfestival von Yamagata gezeigt worden war, fingen die Leute allmählich an, ihn ernst zu nehmen. Die Dokumentationen wurden von einem kleineren Sender gekauft. Die Einschaltquoten bei den ersten beiden Dokumentationen fielen ziemlich niedrig aus, und die Kritiker waren verwirrt. Doch Kenji war deshalb nicht übermäßig besorgt. Er wusste, dass die Dinge oft eine überraschende Wende nahmen, und er war es gewöhnt, geduldig auf seine Stunde zu warten.

Nachdem er sein Portemonnaie und seine Schlüssel endlich gefunden hatte, zog er seine Jacke an und blieb kurz beim Eingang stehen, um die beiden Fotos neben der Tür geradezurücken, die er selbst gemacht hatte. Auf dem einen war Yoshi zu sehen, wie er ausgelassen im Kirschblütenregen im Ueno-Park herumhüpfte. Das andere zeigte die Zwillinge mit den leuchtend bunten Sonnenbrillen, die er ihnen am selben Tag gekauft hatte.

Als Kenji zur Bahnstation ging, fragte er sich, wie lange es her war, seit er Izo zum letzten Mal gesehen hatte. Es war mindestens ein Jahr her, so viel war sicher. Und selbst nach so einer langen Zeit würde er nur ein paar Stunden mit seinem Freund verbringen können. Izo war nur für einen Tag in Tokio. Für Kenji war es eine glückliche Fügung, denn heute vor zwei Jahren war Eriko gestorben, und Kenji wollte an diesem Tag gern etwas Besonderes machen und ihn auf keinen Fall allein verbringen. Bevor Izo angerufen hatte, hatte er sogar Hoshino und Inagaki gefragt, ob sie mit ihm essen gehen wollten. Doch sie hatten leider keine Zeit gehabt, denn Hoshino war in Hokkaido mit den Aufnahmen für ihre neue Talkshow beschäftigt, und ihr frisch gebackener Ehemann, Inagaki, der auch ihr Manager war – seit seiner Suspendierung und der anschließenden Kündigung bei der Bank –, begleitete sie überhallhin. Kenji hatte sich immer wieder ausdrücklich für die Umstände entschuldigt, die zu Inagakis Suspendierung geführt hatten, doch Inagaki hatte ihm versichert, dass das nicht weiter schlimm sei. Es sah so aus, als ob er glücklich wäre, nicht mehr bei der Fuji-Bank arbeiten zu müssen, und noch glücklicher, mit einer vielbeschäftigten, erfolgreichen Frau verheiratet zu sein.

Als Kenji die Bar betrat, stellte er fest, dass sich überhaupt nichts verändert hatte. Nur der Küchenchef war nicht mehr da. Der Neue war jünger und lebhafter als Izos alter Bekannter, doch die Schürze, die er umgebunden hatte, war genauso fleckig wie die seines Vorgängers. Kenji nickte ihm höflich zu, setzte sich auf einen Barhocker ans Ende der Theke und studierte die Speisekarte. Irgendwie rechnete er damit, dass die Tür jeden Moment aufflog und Izo mit seinem abgewetzten braunen Lederkoffer hereingeplatzt kam. Doch in Wirklichkeit war Izos Ankunft viel unauffälliger, als er sich vorgestellt hatte, und er hatte einen schwarzen Aktenkoffer in der Hand.

»Yamada-san.« Izo begrüßte Kenji herzlich und setzte sich auf einen Hocker neben ihn. »Wie geht es Ihnen?«

»Gut«, antwortete Kenji ebenso herzlich. »Sie sehen gut aus. Sehr elegant.«

Izo blickte unsicher auf seinen Anzug. »Meinen Sie, ich habe mich verkauft?«

Kenji war überrascht, wie seriös sein Freund in dem eleganten blauen Anzug und mit seinem ordentlichen Haarschnitt wirkte, doch etwas von dem alten Izo war immer noch zu erkennen. Er trug eine große schwarze Sonnenbrille, obwohl die Sonne bereits untergegangen war, und als er sie abnahm, sah Kenji, dass er immer noch zwei verschiedenfarbige Augen hatte, ein braunes und ein grünes.

»Überhaupt nicht«, antwortete Kenji hastig. »Auf keinen Fall.«

»Manchmal mache ich mir deswegen Sorgen. Aber man wird älter. Man kann nicht sein ganzes Leben damit verbringen, herumzureisen und aus dem Koffer zu leben.«

»Sie haben völlig recht.« Kenji nickte zustimmend. »Was macht Ihre Arbeit?«

Izo erzählte es ihm, nachdem sie beide das Gleiche zu essen bestellt hatten wie an dem Tag, als sie sich zum ersten Mal begegnet waren – chinesische Nudeln mit Schweinefleisch und Lauch. Einen Teil der Geschichte kannte Kenji bereits. Vor einem Jahr hatte Izo wieder einmal eines seiner verrückten Haushaltsgeräte erfunden. Es war vielleicht Izos verrückteste Erfindung überhaupt, eine kleine batteriebetriebene Hülle, die sich, wenn man ein Ei darin einwickelte, aufheizte und es langsam gar kochte. Wenn das Ei fertig war, schaltete sich die Hülle ab, und das Ergebnis war ein perfekt gekochtes weiches oder hartes Ei, ganz nach Belieben. Eines Abends kam Izo in einer Bar von Kyoto, wo er sich ein paar Drinks genehmigte, mit einem Mann ins Gespräch und versuchte, ihm so eine Eiumhüllung zu verkaufen. Es stellte sich heraus, dass der Mann in Kyoto eine Firma leitete, die Haushaltsgeräte herstellte. Er war von Izos Erfindung so begeistert, dass er sie kaufte und Izo einen Job in seinem Unternehmen anbot.

»Manchmal kommt es mir seltsam vor, dass ich in einem Büro sitze, einen Anzug anhabe und jeden Tag mit denselben Leuten zusammenarbeite«, gestand Izo. »Doch sie lassen mir ziemlich freie Hand. Wenn ich in einem Café über eine neue Erfindung nachdenken will, dann ist das völlig in Ordnung. Oder wenn ich in den Kaufhäusern nach neuen Ideen Ausschau halten will. Manchmal sitze ich einfach irgendwo im Park herum oder liege auf dem Rasen und schaue in den Himmel. Für sie zählen nur die Ideen, die ich ihnen liefere, und ich habe immer jede Menge.«

»Das stimmt«, lachte Kenji und machte sich über die Schale mit den dampfenden Nudeln her, die der Koch vor ihn auf den Tresen gestellt hatte.

»Doch jetzt habe ich genug von mir erzählt. Wie geht es Ihnen, mein Freund?«, fragte Izo und rutschte unruhig auf dem Hocker hin und her. Kenji hatte den Eindruck, dass er verlegen war und nach den richtigen Worten suchte. »Ich habe Ihre Dokumentationen im Fernsehen gesehen. Sie waren ... interessant.«

Kenji lächelte. Er war solche Reaktionen gewöhnt. Doch er wollte, dass Izo verstand, warum ihm diese Dokumentationen so wichtig gewesen waren. »Als ich noch ein kleiner Junge war, haben meine Mutter und ich uns Geschichten über die Leute ausgedacht, denen wir auf der Straße begegnet sind. Meine Geschichten waren immer übertrieben und fantastisch, und es ging um Piraten und Schmuggler und Bankräuber. In den Geschichten meiner Mutter ging es um Männer und Frauen, die nach außen hin ganz normal wirkten, die aber eine außergewöhnliche Begabung hatten oder außergewöhnliche Dinge taten. ›Wenn du Glück hast‹, so hat sie immer zu mir gesagt, ›dann wirst du, wenn du groß bist, diese Leute einmal kennenlernen. Und vielleicht bist du eines Tages selbst einer von ihnen.‹«

Izo lachte und aß von seinen Nudeln. »Das ist eine amüsante kleine Gefühlsduselei.«

»Das ist nicht nur Gefühlsduselei«, erwiderte Kenji leidenschaftlich. »In der Zeit, als ich nichts weiter als ein kleiner Angestellter war, hat es mich angetrieben. Die Vorstellung, dass ich etwas Außergewöhnliches schaffen könnte, hat mir jeden Tag dabei geholfen, aufzustehen. Und schließlich war ich ... habe ich etwas Außergewöhnliches geschafft. Obwohl ...« Er brach ab. »Wie dem auch sei, *Millyenaire* ist in die ganze Welt verkauft worden. Es war meine Idee. Ich war für die Show verantwortlich. Doch manche Leute haben nicht so viel Glück wie ich. Sie bekommen nie die Chance zu glänzen. Ich wollte ihnen die Chance geben.«

»Sind Sie deswegen von Miru TV weggegangen?«, fragte Izo.

Kenji nickte.

»Und befriedigt Ihre Arbeit Sie?«

»Mehr denn je.«

Izo dachte einige Sekunden darüber nach. »Dann freue ich mich für Sie. Aber was ist mit Ihnen und Ami?«, wollte er wissen.

Kenji schüttelte traurig den Kopf und wechselte zu einem angenehmeren Thema über. Er versprach, Izo bald einmal in Kyoto zu besuchen.

»Wer weiß«, lächelte Izo. »Vielleicht treffen Sie da ein paar von Ihren außergewöhnlichen Menschen. Mit so einer Frisur und so einer Augenklappe –« Er deutete auf die Augenklappe, die Kenji immer noch trug, da die Sehfähigkeit in diesem Auge nie wiedergekommen war, obwohl die Ärzte es ihm so oft versichert hatten. »– werden diese Leute Sie sicher überall finden.«

Als sie sich später vor der Ramen-Bar trennten, winkte Kenji seinem Freund nach und rief ihm zu, er solle sich auch weiterhin die Dokumentationen im Fernsehen ansehen, da das Beste noch kommen würde. Als Kenji sich umdrehte, um in die entgegengesetzte Richtung zu gehen, sah er eine Kirschblüte, die der Wind vor sich hertrieb.

Sie landete auf der Straße direkt vor seinen Füßen.

Danksagung

Ich möchte Unilever dafür danken, dass sie mich nach Tokio versetzt haben, und meinen Kollegen und Kolleginnen bei Nippon Lever dafür, dass sie mich so herzlich aufgenommen haben.

Mein Dank gilt auch Dr. Alf Louvre, der den ersten Entwurf des Romans korrigiert und kommentiert hat, ebenso wie Alison Samuel und Poppy Hampson, die mir bei der Fertigstellung des Romans geholfen haben.

Zu guter Letzt möchte ich mich bei Bill Hamilton und Corinne Chabert sowie bei meiner ganzen Familie und bei meinen Freunden und Freundinnen für ihre aufmunternden Worte und für ihre Unterstützung bedanken.

»*Einer der verführerischsten Romane Camilleris – ein kunstvoll komponiertes Meisterwerk*«

LA STAMPA

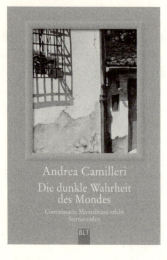

Andrea Camilleri
DIE DUNKLE WAHRHEIT
DES MONDES
Commissario Montalbanos
neunter Fall
Aus dem Italienischen von
Moshe Kahn
BLT
272 Seiten
ISBN 978-3-404-92304-5

Montalbano sieht sich mit einem rätselhaften Mordfall konfrontiert, als er Angelo Pardo in obszöner Position tot in dessen Wohnung auffindet. Alles deutet auf ein Verbrechen aus Leidenschaft hin, gab es doch mehrere Frauen, die um Pardos Gunst buhlten. Aber auch wenn die weiblichen Zeugen alles daransetzen, dem Commissario die Sinne zu verwirren, verliert er doch nie den Blick für das Wesentliche ...

Schräg, originell, witzig – ein Roman zum Mitschämen und Tränenlachen!

Laurie Notaro
SCHLECHTE MANIEREN
IN BESTER GESELLSCHAFT
Aus dem Amerikanischen von
Stefanie Retterbush
Roman
400 Seiten
ISBN 978-3-404-15927-7

Im hohen Alter von Anfang dreißig neue Leute kennenzulernen ist schwer. Erst recht, wenn man gerade in eine neue Stadt gezogen ist. Als Maye ihre Freunde in Phoenix zurücklässt, hätte sie jedoch nicht gedacht, wie schwer. Und weil sie die Kollegen ihres Mannes mit ihren unfreiwilligen Striptease-Einlagen leider ebenso wenig beeindrucken kann wie den städtischen Vegetarier-Club mit ihrer Vorliebe für saftige Steaks, sieht sie nur einen Ausweg: den Schönheitswettbewerb der ortsansässigen Abflussrohr-Fabrik. Die Gewinnerinnen zählen seit jeher zu den beliebtesten Mitbürgerinnen der Stadt. Das wär doch was, denkt Maye, und ahnt nicht, auf was sie sich da eingelassen hat ...

Bastei Lübbe Taschenbuch

WWW.LESEJURY.DE

WERDEN SIE LESEJURYMITGLIED!

Lesen Sie unter www.lesejury.de die exklusiven Leseproben ausgewählter Taschenbücher

Bewerten Sie die Bücher anhand der Leseproben

Gewinnen Sie tolle Überraschungen